Inés und ihre Gespenster

Harry Ulber

Inés und ihre Gespenster

Sämtliche Handlungen und Inhalte der hier vorliegenden Erzählungen aus Lateinamerika und der Karibik sowie die darin aufscheinenden Personen sind gänzlich frei erfunden. Eventuelle Ähnlichkeiten mit tatsächlichen Begebenheiten und lebenden oder bereits verstorbenen Personen wären rein zufällig.

Unberührt hiervon bleiben selbstverständlich die an mancher Stelle erwähnten Namen von Persönlichkeiten aus der Geschichte und tatsächlich existierende Örtlichkeiten.

Bibliografische Information der Deutschen Nationalbibliothek
Die Deutsche Nationalbibliothek verzeichnet diese Publikation in der Deutschen Nationalbibliografie; detaillierte bibliografische Daten sind im Internet über http://dnb.dnb.de abrufbar.

© 2017 Harry Ulber
Satz, Umschlaggestaltung, Herstellung und Verlag:
BoD – Books on Demand
ISBN 978-3-7431-8536-4

Inhalt

Das Chamäleon	7
Der Besuch des Senators: Tres Rios I	53
Nachts trinkt María Blut (Vicentes Braut)	67
Ehre, wem Ehre gebührt!: Tres Rios II	88
Abseits vom Licht	108
Der Neger Domingu	120
Eine merkwürdige Geschichte: Tres Rios III	138
Der rot blühende Flamboyant	154
Puco Sánchez bricht sein Schweigen: Tres Rios IV	169
Rosario	186
Das monströse Haus	195
Verklärung, Tod und Genesung: Tres Rios V	215
María Ángeles verweigert sich	228
Die Esperanza ist unverkäuflich!	240
Inés und ihre Gespenster: Tres Rios VI	251
Die namenlose Straße	297
Unheil über Boca Rita	316
An einem Dienstag im November: Tres Rios VII	332
Von der Liebe, der Armut und dem Fluss	360
Das Billardspiel: Tres Rios VIII	378
Eine merkwürdige Entfremdung	399
Der große Regen	414
Die Aufständischen: Tres Rios IX	419
Nach dem Begräbnis	435
Sargento Sertíjo: Tres Rios X	453
Basura	473

In jedem Menschen steckt ein *Che*,
bedeutet der Spruch auf der zerbröckelnden Mauer.
Die Alten gehen tagtäglich daran vorüber hinaus aufs Feld,
denn ihre Hoffnung haben sie längst begraben.

Die Jungen aber betrinken sich in der Cantina mit billigem Fusel
und träumen von einer besseren und gerechteren Welt.
Wenn dann die Nacht hereinbricht und eine jede Stirn benebelt ist,
denken sie wieder an ihr großes Vorbild *Che*.

Das Chamäleon

In den Händen hielt der Diktator einen ganz jungen Vogel, der gerade aus seinem Nest im dicht belaubten Mangobaum direkt vor seine Füße gefallen war. Zunächst überlegte er noch, ob es überhaupt der Mühe wert sei, sich nach diesem zu bücken, oder ob es nicht eher angebracht wäre, ihn sogleich mit seinen schweren ledernen Stiefeln zu zerquetschen; entschied sich dann aber dafür – da er heute ausgesprochen heiterer Laune war –, den winzigen, pochenden, warmen Federball aufzuheben und ein wenig zu betrachten. Dieser piepste eifrig, geradezu aufgeregt und vergnügt, denn schließlich erwartete er irgendeine Nahrung, die ihn groß, kräftig, sogar eines Tages mächtig werden lassen würde, weswegen der Diktator augenblicklich sein Gesicht verzog und einen vortrefflichen Vergleich schloss, der ihn nunmehr begeisterte, so dass er leise vor sich hin murmelte: »Mein armes hungriges, so demütiges und kleines Volk!«

Dann setzte er seinen Spaziergang unbeirrbar fort.

Als ihm der Vogel letztendlich doch überdrüssig wurde, der noch immer zaghaft in seinen behandschuhten Händen mit einem weit offenen Schnabel piepste, drückte er mehrmals kräftig zu, bis kein Laut mehr zu vernehmen war, und schleuderte das leblose Etwas geradezu verächtlich in eine dornige Hecke, die er zwischenzeitlich erreicht hatte. Anschließend wandte er sich nach links dem plätschernden Springbrunnen zu, streifte die Handschuhe ab und wusch sich ärgerlich die Spuren des soeben begangenen Mordes von seinen makellos reinen, gepflegten Händen.

Die weiß getünchten Wände des Palastes im Hintergrund strahlten übermächtig, fast überirdisch rein im gleißenden Sonnenlicht des frühen Nachmittags.

Es war das erste Mal nach seiner Machtübernahme, dass er einen Mord tatsächlich wieder selbst begangen hatte; normalerweise beauftragte er Eduardo Moscote mit derartigen Angelegenheiten, der ihm hundertprozentig ergeben und ein charakterloses Schwein war und zudem ständig danach trachtete, seine – des Diktators – Gunst unter keinen Umständen zu verlieren.

Es war der Comandante Filadelfo Puerto, der aus dem Schatten einer offen stehenden Seitentür hurtig in den Innenhof hinaustrat und auf ihn zueilte. Dieser erstattete in strammer Haltung die ordentliche Meldung: »Man hat soeben die Weine aus den chilenischen Anbaugebieten geliefert.«

»Ausgezeichnet«, murmelte der Diktator. »Es wird morgen Abend ein großartiges Fest geben.«

»Sehr wohl! Ein großartiges Fest für Eure Exzellenz«, wiederholte der Comandante ohne Rührung.

Mit einer kaum wahrnehmbaren Handbewegung deutete Seine Exzellenz, Emilio Alejo Don Vega de Saba y de Todos los Santos, seinem Untergebenen an, sich zu entfernen.

Nichts tat der Comandante Filadelfo Puerto lieber und schlich sich lautlos mit einem scheinheiligen Lächeln in den Mundwinkeln, das er sich längst bei Anwesenheit des Diktators oder bei einem persönlichen Gespräch mit ihm angeeignet hatte, davon.

Als er die dürre Pepita Oreja unter den schattigen Säulen des Innenhofes ausmachte, setzte er seine gewohnt steinerne und teilnahmslose Miene auf, denn ihr war keineswegs zu trauen. Jedermann in der näheren Umgebung Seiner Exzellenz wusste, dass sie insgeheim und unentwegt damit beauftragt war, Spionagedienste zu leisten. Jeden Donnerstag schloss sie sich für zwei Stunden mit dem persönlichen Vertrauten von Emilio Alejo Don Vega de Saba y de Todos los Santos in einem Raum des Palastes ein, um diesem Bericht zu erstatten. Dieser Vertraute, der lediglich auf den schlichten Namen Xandão hörte, denunzierte dann die entsprechenden Personen, die innerhalb weniger Tage irgendwo in einsamer Landschaft tot aufgefunden wurden oder einfach spurlos verschwanden und nie wieder auftauchten. Die dürre Pepita Oreja mit ihren spärlichen Hühnerbrüsten und den umso größeren Ohren ahnte ebenso wenig, dass man ihre Spionagetätigkeit längst durchschaut hatte, wie Seine Exzellenz und Xandão dies hätten wahrhaben wollen; denn dazu hielten sie das gemeine, so einfache Volk im Allgemeinen für viel zu dumm, bloß gefräßig und insbesondere für demütigst untertänig.

Der Comandante Filadelfo Puerto – nachdem er sich endlich in Sicherheit wähnte und unbeobachtet fühlte – gestattete sich jetzt ein sehr spöttisches Lächeln, denn er wusste, dass Seine Exzellenz Emilio Alejo Don Vega de Saba y de Todos los Santos den frisch eingetroffenen Wein aus den sonnigen Tälern der chilenischen Anden nicht mehr trinken und dieses großartige Fest – ein solches veranstaltete er mehrmals im Jahr – keinesfalls mehr genießen würde. Längst hatte die Verschwörung sein Todesurteil ausgesprochen. Jetzt mussten endlich unerklärliche Morde, sämtliche Korruption und Denunziation in diesem Land unweigerlich ein rasches Ende finden!

Zwischenzeitlich hatte Emilio Alejo Don Vega de Saba y de Todos los Santos, der sich stets gut nährte und willkürlich allerorten Gelder abzweigte, wann immer es ging, um seine anspruchsvollen Bedürfnisse zu befriedigen, den kleinen Vogel längst vergessen, dessen Leben kaum begonnen hatte und so grausam enden musste, weil er – o welch ein schreckliches Schicksal in dieser verfluchten Welt! – unvorsichtigerweise aus seinem weichen, heimischen Nest im Mangobaum direkt zu Füßen des Diktators gefallen war.

Was interessierten einen solchen überhaupt Begriffe oder Selbstverständlichkeiten wie Ehre oder Mitleid? Vor allem besaß der Diktator den alleinigen Wunsch, sich immerzu selbst darstellen zu müssen, seine Macht unaufhörlich auszukosten – und Emilio Alejo Don Vega de Saba y de Todos los Santos konnte sich wahrhaftig ohne jeglichen Grund aufplustern wie ein Pfau und wild und zornig schäumen, um sich anschließend wieder als ein vertrauter, harmloser Freund zu zeigen, dem allerdings keiner seiner Untergebenen tatsächlich vertraute; vielleicht mit Ausnahme der hühnerbrüstigen Pepita Oreja, Xandão, dem Chamäleon oder Eduardo Moscote, der eh nichts anderes als eine erbärmliche Kreatur und ein gemeiner Handlanger war.

Jedenfalls wiegte sich der in sich selbst gar so sehr verliebte Emilio Alejo Don Vega de Saba y de Todos los Santos, von eigentlich kleiner Statur und mit unzähligen Falten im Gesicht, die unweigerlich auf sein fortgeschrittenes Alter hindeuteten, gänzlich in Sicherheit, als er in seinen kühlen Arbeitsraum im Palast zurückkehrte und sich an seinen imposanten Mahagonischreibtisch setzte.

Er lächelte zufrieden. Sein blitzsauberes weißes Hemd roch nach zartem Rosenduft, trotzdem er ein wenig schwitzte, seine Füße steckten in glänzenden, ledernen und ausgesprochen teuren Stiefeln, die man sich nur leisten konnte, wenn man immer an der Spitze thronte; eisern, erbarmungslos, selbstsüchtig und unnahbar für das gemeine Volk war, das lediglich dazu diente, seinen Reichtum unaufhörlich zu mehren.

Ein Porträt von Napoléon Bonaparte, das diesen nach den siegreichen Schlachten von Austerlitz (1805) und Jena und Auerstedt (1806) in voller Größe zeigte, prunkte schwer an der grün tapezierten Wand über den Schränkchen und Vitrinen mit den zierlichen Kristallkelchen darin, aus denen schon so mancher süße, lippenrot gefärbte Frauenmund geschlürft hatte.

Jetzt aber dachte Seine Exzellenz nur mehr an seine schneeweiße Yacht, die weit draußen im Hafen vor Anker lag, an seine getreuen Golffreunde im Club, anschließend an seine Frau Sara Domingo und an die beiden längst erwachsenen Töchter, bevor Xandão, das Chamäleon, mit flinken Schritten sein herrschaftliches Büro betrat. Ihm war es jedenfalls gestattet, sich ohne Anmeldung Seiner Exzellenz jederzeit zu nähern.

»Was gibt's?«, knurrte Emilio Alejo Don Vega de Saba y

de Todos los Santos ärgerlich in einem gewohnt forschen und kommandierenden Ton, seinen so schönen privaten Träumen urplötzlich entrissen.

»Wichtige Neuigkeiten!«, stammelte Xandão.

»Berichten Sie!«

»Man redet von einer Verschwörung gegen Seine Exzellenz!«

»Wenn es nur das ist, werde ich heute früher nach Hause gehen«, sagte der Diktator und lächelte sarkastisch. »Irgendwelche Verschwörungen gegen mich finden ja nahezu tagtäglich statt. Ordnen Sie die Angelegenheit nach Ihrem eigenen Ermessen«, befahl er, ohne überhaupt daran interessiert zu sein, Näheres darüber zu erfahren.

»Aber mir scheint ... verzeihen Sie, Exzellenz! ... dass insbesondere hinsichtlich des morgen bevorstehenden Festes eine gewisse Vorsicht geboten sein sollte.«

»Dann verstärken Sie die Sicherheitsmaßnahmen«, ordnete der Diktator an.

Während er sich aus seinem ledernen Sessel erhob und in seine Uniform schlüpfte, die mit zwei, drei glänzenden Orden bestückt war, wandte er sich nochmals seinem Vertrauten Xandão zu und fragte: »Beweise?«

»Keine Beweise; nur ... äh! ... gewisse Beobachtungen und Deutungen seitens unserer getreuen Pepita Oreja ...«

Mit einer verächtlichen Handbewegung gebot der Diktator Xandão augenblicklich zu schweigen. Die hühnerbrüstige Pepita Oreja war zwar tatsächlich unersetzbar in ihren Beobachtungen, den lautlosen Schritten, mit denen sie sich, geradezu unhörbar, irgendwelchen Verdächtigen näherte; doch spann sie sich aus allen möglichen Ungereimtheiten immer wieder irgendwelche Verschwörungen hervor, die es tatsächlich niemals gab.

Außerdem hatte der Diktator jetzt keine Lust mehr, in seinem Büro irgendwelchen Amtsgeschäften nachzugehen, da er augenblicklich daran dachte, sich auf seiner Yacht gänzlich der Entspannung hinzugeben, um beim großen Fest, morgen, eine für die anwesenden und sorgfältig auserwählten Gäste glänzende Rede zu halten, die ihm einen grandiosen Beifall sichern würde.

»Ich ordne hiermit an, dass Sie damit beauftragt sind, alles zu tun, um das große Fest am morgigen Tage ohne irgendwelche Zwischenfälle über die Bühne gehen zu lassen!«, befahl Seine Exzellenz in einem strengen Ton.

Draußen wartete schon sein Chauffeur, um ihn an den Hafen zu bringen.

Das Chamäleon, duftend nach frischem Parfum und immer pflichtbewusst, zog sich mit der hühnerbrüstigen Pepita Oreja in einen Nebenraum zurück, um noch einmal die ganze Angelegenheit zu überdenken, ob tatsächlich irgendeine spürbare Gefahr im Geheimen lauerte, welche die morgendliche Festlichkeit stören könnte. Letztendlich aber gab es in der Tat keinen gewichtigen Grund hierfür, weswegen man beschloss, sich der allgemein ausbreitenden Ruhe des restlichen Tages hinzugeben, sich den auf mehreren eisernen Rosten bereits vorbereiteten Tintenfischen, Seebarben und sonstigen Fischen, den frischen Salaten zu widmen und Gespräche zu führen, die jedenfalls nichts mit Seiner Exzellenz oder der Politik des Landes zu tun hatten, sondern eher ausgesprochen persönlicher Natur waren.

Das Land lag rettungslos verloren in den stinkenden Ausdünstungen des neuen Tages. Die Indígena Carmen Ecolástica stopfte die Maiskolben, nachdem sie diese von ihrer trockenen Schale befreit hatte, in einen spröden Baumwollsack. Gelegentlich nahm sie einen Schluck Wasser aus dem Tonkrug, der neben ihr auf dem blanken Lehmboden stand, zu sich. Trotzdem sie die dreißig kaum überschritten hatte, wirkte ihr Gesicht, das schon einige tiefe Furchen von einer lange andauernden Armut und Verzweiflung aufwies, wie das einer Fünfundvierzigjährigen. Ihre Hände waren mager, knöchern, schmutzig und die Finger verkrümmt von der ewigen Feldarbeit, die ihre Familie gerade so ernährte. Ein anderes Leben hatte sie nie gekannt.

Unter dem Schatten spendenden Ceiba-Baum gackerten ihre sieben Hühner. Hinter diesen liefen fünfzehn unaufhörlich piepsende Küken her. Ein schwarzes Schwein suhlte sich genüsslich im feuchten Schlamm neben der Regentonne. Carmen Ecolástica folgte mit ihren Augen, die tiefschwarz, aber längst glanzlos geworden waren, nunmehr der gebeugten Gestalt ihres Mannes Ernesto, der sich endlich dazu aufraffen konnte, das Dach ihrer gemeinsamen Hütte, wenigstens notdürftig, zu reparieren. Sie beobachtete, wie er, geschnittenes Holz unter dem Arm tragend, eben die Leiter erklomm. Neben der Eingangstür ihrer Hütte lehnte eine langstielige Axt, die er sich gestern, am Vormittag, von Alfredo Naza, ihrem Nachbarn, ausgeborgt hatte. Anschließend hatte er damit begonnen, Holz zu zerkleinern, um die einzelnen Scheite dann auf dem Dach festzunageln, damit der Regen nicht mehr hereintropfen würde.

Nach vier Tagen unaufhörlicher Regenschauer vor einem Monat, die eine deutliche Spur auf dem Erdboden neben dem Esstisch hinterlassen hatten, war er nunmehr endlich gewillt, das Dach notdürftig zu reparieren, wusste Carmen Ecolástica. Sie stieß einen Seufzer dankbarer Erleichterung aus, schnürte den Baumwollsack zu und wollte sich soeben aus ihrer sitzenden Haltung erheben, als sie sich dabei ertappte, dass sie wiederholt über die Worte ihres Mannes nachdachte, die dieser eben in jenen Regennächten vor einem Monat geäußert hatte. Sie wusste, dass er manchmal gereizt auf irgendwelche Äußerungen reagierte, insbesondere dann, wenn er aus der Cantina des Dorfes nach Hause kehrte, in der er sich zuweilen mit seinen Freunden verabredete, um billigen Fusel zu trinken. Warum auch nicht? Sie gewährte ihm diese kleine Freiheit ohne zu murren. Aber eben während dieser andauernden Regentage, in denen ein feines Rinnsal neben ihrem Esstisch unaufhörlich durchs Dach tropfte, hatte er beim gemeinsamen Mahl merkwürdige Dinge geäußert und davon gesprochen, dass es auf diese Weise nicht mehr weitergehen könne.

»Die Armen verrecken ganz langsam und ganz allmählich, während sich Emilio Alejo Don Vega de Saba y de Todos los Santos und seine Getreuen ... hahaha! ... tagtäglich den Bauch mit Köstlichkeiten vollschlagen und über unser gepeinigtes Volk, dessen vergossenes Blut sie dazu noch genüsslich schlürfen, ausgiebig lachen ... hahaha!«

Mit Ernesto war irgendetwas Merkwürdiges geschehen, ahnte sie sofort. Nie zuvor hatte sie ihn dermaßen verärgert, verzweifelt und in sich völlig aufgelöst erlebt.

Ihre Töchter Maya Hermosa und Atacama fingen sogar vor Angst und Schrecken an zu weinen, während Benito unbeirrt den kargen Maisbrei aus seinem Teller in sich hineinstopfte.

Irgendetwas war geschehen, denn Ernesto war eigentlich immer sehr schweigsam gewesen, hatte sich über Politik und über die Diktatur in ihrem Land nie geäußert, sondern stets nur darauf geachtet, dass die Familie irgendwie überlebte.

»Was ist los mit dir?«, fragte sie unwillkürlich. »Hast du zu viel getrunken?«

Er lächelte. Er lächelte an jenem Abend geradezu sarkastisch und sagte nach einer geraumen Weile leise: »Sieh dich doch bloß einmal genau im Spiegel an, Carmen Ecolástica, mein geliebtes Weib. Bedauerst du nicht auch dein Schicksal, dieses unnatürliche, unaufhörlich fortschreitende Altern aufgrund unserer Armut ... und der Armut aller Indígenas in diesem ausgezehrten Land?«

Sie seufzte schwer über seine Gefühllosigkeit in diesem Augenblick, die sie wie einen unvorhersehbaren Dolchstich im Herzen empfand und sie geradezu tödlich beleidigte. Er hat sich also eine Geliebte genommen, eine um viele Jahre Jüngere, und lässt mich mit unseren drei Lieblingen sitzen, überlegte sie. Wortlos räumte sie das Geschirr ab und warf einen zufälligen, doch äußerst verzweifelten Blick in den zerbrochenen Spiegel an der Wand.

Die Armut und die mit ihr verbundene tagtägliche, geradezu sinnlose Feldarbeit unter einem fortwährend gleißenden Sonnenlicht, die kaum ein schlichtes Überleben zuließ, hatten tatsächlich unübersehbare Spuren in ihrem Gesicht hinterlassen, wie sie sich eingestehen musste; aber dass er sich so plötzlich und auf einmal aller Verpflichtungen der Familie gegenüber entledigen wollte, begriff Carmen Ecolástica nicht. Eine schüchterne Träne, die wahrlich von ihrer Verbitterung zeugte, rann über ihre Wange.

»Es liegt nicht an dir … eher an den allgemeinen Umständen in diesem Land … dieser unerbittlichen Diktatur«, sprach Ernesto leise und umarmte sie.

»Vertraue mir … vertraue mir … aber es muss etwas geschehen!«

Maya Hermosa und Atacama hatten zwischenzeitlich zu weinen aufgehört, denn die Worte ihres Vaters klangen nunmehr – wie gewohnt – sanft und beschwichtigend, was sie einigermaßen beruhigte. Benito war satt vom vielen Maisbrei, stand auf und legte sich gähnend und grunzend auf das provisorisch errichtete Bett neben der Eingangstür der Hütte.

»Aber etwas ist mit dir geschehen, Ernesto, ich spüre es … ich bin dein angetrautes Weib und verspüre daher eine jegliche Veränderung an dir«, sagte Carmen Ecolástica scheu.

»Ich habe den Comandante Filadelfo Puerto in der Cantina des Dorfes angetroffen, der ganz auf unserer Seite, der Seite der Armen, steht«, gestand Ernesto jetzt zaghaft ein.

»Und was hat dies zu bedeuten?«, fragte Carmen Ecolástica verwundert.

»Er hat jedenfalls einen direkten Zugang zum Diktator, kennt ihn persönlich und hasst ihn ebenso wie die gesamte indianische Bevölkerung.«

»Und?«

»Nichts weiter ...«, sagte er nebensächlich. »Aber es kann nichts schaden, wenn man gewichtige Persönlichkeiten kennt, die einen gewissen Einfluss haben.«

Am Abend füllten erneut kühle Nebel die Täler im Hochland. Carmen Ecolástica legte sich auf ihr einfaches Lager nieder und hoffte, dass sie vielleicht doch eines Tages zufrieden mit ihrer Ernte, ihren endlosen Bemühungen um ein besseres Leben sein würden. Tatsächlich aber glaubte sie eigentlich nicht daran und nahm sich dennoch vor, in der allmählich verfallenden Dorfkirche wiederum einen Strauß Blumen niederzulegen. Ohne diesen Glauben an Christus, den wahren Sohn Gottes, gab es ja nichts ... überhaupt nichts ... was ansonsten zu tun wäre ...

Das Chamäleon Xandão beäugte die Kinder im Vorhof des Palastes aufmerksam, die, von ihren Lehrern dirigiert, geflissentlich versuchten, Gleichschritt zu halten. Die gelben, roten und blauen Bänder, die sie in ihren Händen schwangen, durften nicht in Unordnung geraten. Ihr Auftritt war zur Eröffnung des großen Festes geplant, bevor der Diktator seine Rede halten sollte.

»Auch Kinder sind äußerst verdächtig ...«, flüsterte Pepita Oreja mit blinzelnden, ein wenig verstörten Augen, die soeben lautlos neben Xandão getreten war, ins Ohr des Chamäleons.

»In diesem Alter noch nicht«, verneinte der Angesprochene vehement.

Die hühnerbrüstige Pepita zuckte nur mit den Schultern und schwieg daraufhin. Ihre Augen versprühten dabei allerdings dämonische Blitze, die bis in die intimste Tiefe irgendeines Gegenübers vordringen konnten.

»Sie hat den bösen Blick!«, sagte vor vier Monaten der unvorsichtige García Mendéz auf einer Versammlung im Dorf.

Drei Tage später war und blieb er für immer spurlos verschwunden.

Man musste mit gewissen Äußerungen äußerst vorsichtig sein, seitdem Emilio Alejo Don Vega de Saba y de Todos los Santos mit seinen Getreuen in diesem Land die Macht an sich gerissen hatte. Mit ihrer spitzen Nase erschnüffelte Pepita Oreja jetzt einen verdächtigen Geruch, den sie zunächst nicht zu deuten wusste. Wie eine Hündin folgte sie diesem lautlos im Schatten der Säulen des Innenhofes, bis sie – voller Zufriedenheit mit sich – die Ursache dieses Geruchs endlich ausmachen konnte. An einer Mauerecke stand tatsächlich der Comandante Filadelfo Puerto und unterhielt sich offensichtlich mit einem schlichten, einfachen Bauern aus den Reihen des Volkes, der ihr zwar unbekannt war, aber ebenso verdächtig erschien wie der Comandante selbst.

Sie roch Scheiße!

Man muss ihn unbedingt im Auge behalten, wusste sie.

Leider konnte sie von dem Gespräch nichts aufnehmen, das abrupt abgebrochen wurde, als plötzlich ein Sonnenstrahl durch das dichte Laubwerk des Mangobaumes am gusseisernen Tor direkt auf ihr Gesicht fiel. Der Comandante musste sie unweigerlich entdeckt haben; denn jetzt zog er den Bauern in seiner weißen Kleidung und dem zerschlissenen Strohhut geschwind mit sich fort, hinüber auf die belebte Straße, wo sie im Gewühl des Marktgeschehens ihren aufmerksamen Blicken entkamen.

»Vorsicht ist geboten«, murmelte Pepita Oreja leise vor sich hin, »denn wer anfängt leichtsinnig zu werden, der muss immer damit rechnen, dass er letztendlich geopfert wird.«

Jedenfalls beschloss sie, bei der großen Feier den Comandante Filadelfo Puerto nicht aus den Augen zu lassen; denn sie verdächtigte ihn schon lange, dass er bei einer eventuellen Verschwörung gegen den Diktator eine gewichtige Rolle spielen könnte.

Das Chamäleon Xandão zog sich nunmehr in seine privaten Räume im Palast zurück, denn die Vorbereitungen der Kinder für das großartige Fest auf dem Vorplatz langweilten es entsetzlich. Im Spiegel betrachtete Xandão nun sein Angesicht, das schön, noch jugendlich, aber mit der Zeit ausgesprochen trügerisch, wenn nicht gar unheimlich und scheinheilig wirkte. Zugegebenermaßen hasste Xandão den Diktator Emilio Alejo Don Vega de Saba y de Todos los Santos, die hühnerbrüstige Pepita Oreja und den gemeinen Mörder Eduardo Moscote; doch ebenso gern sonnte er sich in diesen Gefilden der Macht, an der er in seiner gewichtigen Stellung bedenkenlos teilnehmen konnte. Allerdings musste es ihm tatsächlich an den Kragen gehen, wenn irgendein Umschwung im Land aufflackerte; ein Attentat, mit dem man jederzeit rechnen musste, gelang; denn neben dem Diktator, Pepita Oreja und Eduardo Moscote war er wohl die am meisten gehasste Persönlichkeit im ganzen Land. Dies bereitete ihm zuweilen ein scheußliches Unwohlsein in der Magengegend; denn immerzu musste man damit rechnen, dass die Unterdrückten, diese grausam Unterdrückten, sich auf die Dauer nicht mehr mit dem ihnen auferlegten Schicksal zufrieden geben würden. Eine Veränderung lag wahrlich in der Luft; spürbar wie ein herannahendes Unwetter, das sich über den Gipfeln der Berge ausbreitete, näher kam und die Umgebung augenblicklich verdunkeln würde.

»Man muss schließlich mit allem rechnen!«, stöhnte das Chamäleon nun und dachte angestrengt über seine gegenwärtige Lage nach.

»Wenn man ganz oben steht, genügt ja nur ein bloßer, leichtsinniger Fehltritt, um in einen fürchterlichen Abgrund hinunterzustürzen«, wusste es.

»Man muss sich letztendlich allen Möglichkeiten gegenüber offen zeigen«, beschloss Xandão und nahm sich vor, mit dem Comandante Filadelfo Puerto, den Pepita Oreja längst aller möglichen Gemeinheiten und Intrigen verdächtigte, ein offenes Gespräch zu führen.

Der Diktator Emilio Alejo Don Vega de Saba y de Todos los Santos (dieses »Todos los Santos« hatte er sich übrigens von den Kirchenoberhäuptern des Landes mit sehr üppigen Geldzuwendungen erkauft) vergnügte sich zwischenzeitlich auf seiner Yacht. In dunkelblauer Badehose, mit behaarter, stolz geschwellter Brust und barfüßig stand er an der Reling und fühlte sich in vollkommener Sicherheit. Dass er seine Macht sichtlich genoss, erkannte man an einer jeglichen seiner Bewegungen. Hob er kurz die Hand, erschien schon ein Steward in schneeweißer

Kleidung auf Deck und brachte ihm, nicht ohne unzählige Verbeugungen dabei ausführend, einen Drink; schnippte er mit den Fingern, so erschien sein persönlicher Sekretär, dem er irgendwelche überflüssigen, doch ihm gewichtig erscheinenden Schreiben diktierte; lächelte er, seiner Macht ein wenig überdrüssig, denn tatsächlich war er ja noch – trotz allem – ein Mensch, so streichelte seine Frau Sara Domingo sein frisch rasiertes Kinn und hauchte ihm verlogene Liebkosungen ins Ohr.

»Mein großartiger Admiral ... Mein bedeutender Horatio!«, flüsterte sie ihm zu, wenn er aufrecht an der Reling stand und aufs weite Meer hinausblickte.

Jeglichen Vergleich mit dem englischen Admiral Lord Nelson, der einst die Schlacht bei Trafalgar siegreich geschlagen hatte und für England die Vorherrschaft auf den Meeren einleitete und sicherte, genoss er sichtlich.

Sara Domingo war mit den Jahren ebenfalls reichlich gealtert; doch erschien sie ihm weiterhin in ihrer jugendlichen Blüte, wie er sie kennengelernt und vor langer Zeit geehelicht hatte.

»Man müsste das Altern gesetzlich verbieten können«, stammelte er fast lautlos vor sich hin.

»Es ist ungerecht, dass man altert, wenn man im Leben eine gewisse Position erreicht hat und sogar über ein ganzes Volk regiert.«

Seufzend betrachtete er seinen Bauchansatz.

»Diese Sorgen ...«, murmelte er, denn jetzt galt es auch noch, Reina María Nieve und Reina María Josefa, seine beiden Töchter, standesgemäß zu verheiraten.

Leider waren sie überhaupt keine Schönheiten. Aber darauf kam es ja gar nicht an. Es galt doch nur, ihnen jeweils einen der Edlen aus seiner unmittelbaren Umgebung schmackhaft zu machen, die treu, zumindest unterwürfig, auf seiner Seite standen.

Das Meer, das er schaute, wogte sanft plätschernd vor sich hin. Ein friedliches Idyll lag in der glasklaren Luft. Morgen, auf dem Fest, nach seiner ausführlichen Rede vor den geladenen, ausgesuchten Gästen, die ihm zweifelsohne allesamt ergeben waren, würde er sich ein wenig betrinken, wusste er, was keineswegs etwas ausmachte oder verwerflich war, wenn man sich rechtzeitig zurückzog. Und er, als Diktator, als mächtigster Mann des Landes, konnte sich jederzeit, wann immer es ihm beliebte, zurückziehen, um einen erbärmlichen Rausch auszuschlafen.

Dies war nur eines seiner Vorrechte vor allen anderen Vorrechten, die er sich anmaßen konnte.

Niemals sieht ein Diktator einen Fehler ein, denn sein eigenes Selbstbewusstsein ist einfach so grandios, sich selbst gerecht, dass irgendwelche Zweifel nur Personen belasten können, die vielleicht noch über ein gewisses Mitgefühl verfügen, über die Fähigkeit, gerechte Urteile auszusprechen, die eben einem Diktator längst abhanden gekommen sind.

Der wolkenlose Himmel ergoss sich über die im Hafen liegende schneeweiße Yacht.

»Welch ein friedliches Idyll«, murmelte Emilio Alejo Don Vega de Saba y de Todos los Santos andächtig, als er seinen Blick über die Häuserreihen am fernen Ufer schweifen ließ.

Nichts deutete darauf hin, dass sich durch seine inzwischen fünfjährige Regentschaft in diesem Land etwas verändert hätte. Die Armen waren noch immer arm und blieben es weiterhin, während die wenigen Reichen, die er selbstverständlich zu seinem Fest geladen hatte, seine Führung lobten. Die dunkelblaue Badehose, die ihn zwickte, reizte ihn dazu, sich – in einem unbeobachteten Moment – am Sack zu kratzen.

Ein Fischer auf seiner Barkasse, die eben auf den Wellen schlingernd vorüberfuhr, winkte ihm zu.

Weil er sich in diesem Augenblick äußerst zufrieden fühlte und ausgesprochen heiterer Laune war, erwiderte er den Gruß mit einer schlichten Handbewegung. Seine Frau, Sara Domingo, die soeben aus der Kabine trat, musterte ihn mit einem gutmütigen, wenn auch etwas gelangweilten Blick.

»Was für ein herrliches Wetter; was für ein unbeschwerter Tag!«

Er lächelte.

»Ein Tag ohne Verpflichtungen und stumpfsinnige Amtsgeschäfte!«

Sie bewunderte ihn. Auch wenn er in seiner dunkelblauen Badehose und mit seinem behaarten Körper keinen Adonis darstellte, hatte er es immerhin geschafft, sich eine Macht anzueignen, von der die Welt sprach. Er war jedenfalls der Präsident dieses Landes und schrieb Geschichte ... Geschichte, die sie zwar nicht verstand, aber immerhin redete man sie mit dem mächtigen Titel einer Frau Präsidentin an, was sie dazu bewegte, sorglos die Beine zu spreizen, wenn der Präsident es wollte; wenn der armselige Präsident des mächtigen Landes oder vielmehr der mächtige Präsident dieses armseligen Landes danach verlangte. Obwohl sie ihn niemals geliebt hatte, fand sie – Sara Domingo – sich damit ab, die gewöhnlichen Pflichten eines angetrauten Weibes zu erfüllen. Und eine weitere Pflicht war es nunmehr, ihre Töchter – Reina María Nieve und Reina María Josefa – standesgemäß zu verheiraten. Dies beschäftigte Sara Domingo hauptsächlich in ihrer Eigenschaft als Frau des Diktators, der zwar von seinem Volk im Allgemeinen verhasst war, doch … sah man's nicht soeben? … von einem einzelnen Fischer ehrfürchtig vom Deck seiner Barkasse aus gegrüßt worden war.

Das Chamäleon Xandão zeigte sich noch ein wenig unentschlossen, als es im schattigen Säulengang des Palasthofes mit bedächtigen Schritten auf und ab ging. Schmuck saß dessen Uniform mit den goldenen Borten und Quasten, dem Degen an der rechten Seite des breiten Gürtels und der Pistolentasche an der linken. Dabei beobachtete es die Ankunft der Fischhändler, Metzger und Obstverkäufer, die ihre Waren für das bevorstehende Fest lieferten, mit äußerst misstrauischen Blicken. Noch misstrauischer aber begegnete Xandão der fortwährend aufgeregt und unaufhörlich hin und her eilenden Pepita Oreja, die reichlich damit beschäftigt war, alles im Auge zu behalten. Ihr entging nichts, wusste er – und er musste verdammt vorsichtig sein. Aber die hühnerbrüstige Pepita Oreja hatte jetzt so viel zu tun, dass es ihr einfach unmöglich war, ihr Augenmerk auch noch auf ihn zu richten. So beobachtete Xandão das gusseiserne Tor, durch das der Comandante Filadelfo Puerto in einem jeden Augenblick treten musste.

Das gleißende Sonnenlicht überflutete den groß angelegten Innenhof des Palastes mit seinen verschiedenartig gemauerten und verschnörkelten Brunnen, Blumenbeeten, Mango- und Ceiba-Bäumen, in dem Eduardo Moscote, der unheimliche Mörder in Diensten des Diktators, soeben erschienen war, um zwei Wachtposten elendiglich zusammenzuscheißen, die sich gar ein wenig nachlässig im Schatten der Mauer herumgedrückt hatten, anstatt schwitzend in der prallen Hitze auf ihrem Posten direkt neben dem Tor auszuharren.

»Ihr elenden Schweinehunde!«, betitelte er sie lautstark.

Die beiden sichtlich Erschrockenen nahmen sogleich militärische Haltung an, mussten eine unendliche Flut von Schimpfwörtern über sich ergehen lassen – und waren augenblicklich dazu verurteilt, mit ihren Gewehren im Anschlag noch Stunden in der prallen Hitze neben dem gusseisernen Tor reglos zu verharren, bevor sie endlich abgelöst werden sollten.

Eduardo Moscote, mit seinem stets versteinerten, unbeweglichen Gesicht, der Handlanger der Diktatur, seiner Exzellenz Emilio Alejo Don Vega de Saba y de Todos los Santos, verschwand kurze Zeit später in den kühlen Innenräumen des Palastes, um sich eine Erfrischung zu gönnen.

Man sagte von ihm, dass er nichts anbrennen ließ, dass er zwar ein Teufel in Menschengestalt im Dienste der Republik (das Land unter der Diktatur des Presidente bezeichnete sich offiziell nach außen hin tatsächlich als eine Republik!) sei, doch zudem ein überaus zärtlicher Familienvater. In dieser Beziehung glich er vielleicht sogar ein wenig dem verfluchten Polizeiminister Joseph

Fouché im fernen, damaligen Frankreich, der jedenfalls mit seinen Intrigen Danton, Robespierre und auch die Regierungszeit Napoléons überlebt hatte. Tatsächlich war er wohl ein überaus zärtlicher Familienvater; doch musste seine unscheinbare Ehefrau geflissentlich darüber hinwegsehen, wenn er sich an manch fröhlichen Wochenenden in irgendwelchen billigen Bordellen herumtrieb, wo er sich die Gunst einzelner hübscher Damen mit einem stets prall gefüllten Portemonnaie erkaufte.

Das Chamäleon Xandão aber bewegte sich noch immer lautlos im Schatten des Säulenganges auf und ab, wie eine Katze auf lautlosen Pfoten, bis es die plötzliche Ankunft von Filadelfo Puerto bemerkte, der mit geraden Schritten auf den Palasteingang zuschritt. Die hühnerbrüstige Pepita Oreja erschnüffelte gerade den Geruch von frischen glänzenden Fischleibern auf der Auslage eines armselig hölzernen Karrens, der soeben vorgefahren war. Somit nutzte Xandão seine Chance und rief den breitschultrigen Comandante zu sich.

»Auf ein Wort, Filadelfo!«

Noch nie zuvor war es vorgekommen, dass ihn das Chamäleon Xandão in solch vertrauter Anrede angesprochen hatte.

Er verneigte sich ergeben.

»Kommen Sie mit!«, befahl das Chamäleon mit seinem gewohnt spitzen Ton und führte ihn um eine Ecke, die vom großen, sich weit ausdehnenden Platz nicht einzusehen war. Dort lagerten die Abfälle des höfischen Lebens, die – in irgendwelche grobleinenen Säcke gestopft – noch nicht abgeholt worden waren. Man konnte in der Luft den Geruch von Fäulnis und Ratten verspüren.

Was aber hat dies zu bedeuten?, fragte sich Filadelfo Puerto unwillkürlich.

»Comandante!«, sagte die Stimme des Chamäleons, die plötzlich gar nicht mehr – wie ansonsten – einschüchternd und befehlend wirkte.

»Comandante«, wiederholte sie ruhig und fast zärtlich, »sagen Sie mir ... vertraulich ... von Freund zu Freund ... jedenfalls vertraulich ... ob das geplante Fest ohne außerordentliche Schwierigkeiten ... Unannehmlichkeiten ... ablaufen wird.«

Der Comandante Filadelfo Puerto erklärte in einem sicheren Tonfall: »Man wird Seine Exzellenz mit dem Ihm gebührenden Respekt empfangen und ehren ... was sonst?«

Xandão ging nachdenklich ein paar Schritte auf und ab, bevor er erneut vor seinem Gesprächspartner stehen blieb und sagte: »Aber vielleicht ... man spricht allerorten davon ... wird es den Versuch eines Attentats auf Seine Exzellenz geben.«

»Davon weiß ich nichts«, betonte Filadelfo Puerto in einem überzeugten Tonfall.

»Aber wenn dem dennoch so wäre ... in meiner Eigenschaft als Politiker des Staates und als Vertrauter des Präsidenten, der einfach nicht umhin kann, sein ihm auferlegtes Amt ordentlich und geflissentlich zu erfüllen ... wenn dem tatsächlich so wäre ...«

Der Comandante lächelte zaghaft.

»Dann stürben wohl auch die Handlanger der Diktatur einen schrecklichen, einsamen Tod!«

»Aber wenn sie eigentlich ...« – und das Chamäleon äußerte dies in einem wahrlich überzeugten Ton – »... doch eigentlich mit dem allem tatsächlich überhaupt nichts zu tun hätten?«, sagte dessen Stimme, die nunmehr ein wenig zitterte, wie der Comandante sogleich bemerkte.

Schweiß perlte zudem von der Stirn des Chamäleons.

»Sie sind ihm jedenfalls auf all seinen verfluchten, anrüchigen und abtrünnigen Wegen gefolgt und haben das Land in ein schreckliches Unglück gestürzt!«

Man würde ihn foltern, einfach krepieren lassen wie einen Hund, überdachte der Comandante seine Worte, die er Xandão, dem Chamäleon, so einfach und unvorsichtigerweise gegenüber geäußert hatte.

Ich Idiot!, überlegte er – und gebot sich jedenfalls, jetzt äußerste Vorsicht bei der weiteren Unterhaltung mit Xandão walten zu lassen.

Aber das Chamäleon zeigte sich äußerst schweigsam und nachdenklich seinen bekennenden, verräterischen Aussagen gegenüber.

»Man wird sehen, was kommen wird«, betonte es sogar, während es seinen Arm geradezu freundschaftlich um die Schultern von Filadelfo Puerto legte.

»Wir sollten vielleicht einmal gemeinsam miteinander speisen und unser Gespräch fortsetzen«, sagte es abschließend.

Der Comandante Filadelfo Puerto wunderte sich über den plötzlichen Geruch einer ekelhaften, scheußlichen Angst, der dem Körper seines Gegenübers entströmte, und den allgemeinen Geruch des Abfalls, der Fäulnis und der Ratten – hier an diesem Ort, an dieser Stelle – gewissermaßen übertünchte.

Plötzlich war das alljährlich mehrmals stattfindende Fest in vollem Gange.

Der Diktator erschien auf den marmornen Stufen seines Palastes in einer schmucken, schneeweißen Uniform, an der mehrere glänzende Orden festklebten. Seine kurze Ansprache fand regen Beifall unter den versammelten Mächtigen und Aristokraten.

Man vernahm klassische Musik von Beethoven, Schubert, Chopin und Bach aus dem kleinen Europa, die einen gewissen, gar begeisterten Anklang fand. Der frische Fisch am Büfett schmeckte ebenso vorzüglich wie das dargebotene Schweine- und Ziegenfleisch der Bauern, das für diese Herrlichkeit aus allen Landesteilen herangeschafft worden war. Und ebenso betäubend schmeckten die Kartoffeln, Karotten, das Gemüse der Bevölkerung, das dieses von ihren Feldern mühsam auf ihren Karren herbeigeschafft hatte, um die Gaumen der Diktatur mit einer wenigstens äußerlich dargebotenen Zufriedenheit zu kitzeln.

Kristallene Gläser klirrten.

Chopins Etude op. 10 no. 3 »Tristesse« durchschwebte einsam den Raum und verflüchtigte sich in der glasklaren Luft.

Eine ausgelassene Fröhlichkeit machte sich breit.

Die Damen der Gesellschaft in ihren farbenprächtigen Kleidern erwarteten ihre Tänzer, die Herren trugen Uniformen, die zuweilen ebenfalls mit irgendwelchen Orden geschmückt waren. Ein Durcheinander von flüsternden, hauchenden Stimmen durchlief die breiten Korridore. Münder schmatzten vergnügt bei irgendwelchen dargebotenen Leckerbissen. Die tropische Hitze war ebenso fühlbar wie der tausendfältige Geruch der Speisen auf den Auslagen der silbernen Tabletts. Sanfte Kerzenlichter in kostbaren drei- oder fünfarmigen Leuchtern verbreiteten ein Gefühl von angenehmer Ruhe und zufriedener Behaglichkeit.

Man war zu dieser Festlichkeit geladen, weil man reich war und angesehen – und weil man in einem gewissen Einklang mit der vorherrschenden Diktatur stand.

Wen bekümmerte die schreckliche Armut der Bevölkerung in diesem Lande, wenn man sie weder sehen noch verspüren wollte? In ihren prächtigen Kutschen waren sie vorgefahren, um sich denen zu zeigen, die sie mit gebührendem Respekt erwarteten. Der alte General strich sich ebenso galant über seinen grauen Schnauz- und Backenbart, wie die aufblühenden jungen und auch die schon ein wenig welk gewordenen Damen mit ihren längst verbitterten Gesichtern sich über ihre angespannten Hüften strichen.

Was man erwartete, war ein gefälliges Wort seitens Emilio Alejo Don Vega de Saba y de Todos los Santos. Auch wenn man ihn nicht geradezu liebte, so bewunderte man jedenfalls seine absolute Macht. Wen er betrachtete, mit wem er sich vielleicht sogar in ein kurzes Gespräch einließ, der durfte jedenfalls stolz sein und wusste, dass ihm eine glänzende Karriere bevorstand.

So standen sie allesamt bereit, während Seine Exzellenz lächelnd in seiner schmucken, schneeweiß glänzenden Uniform ihre Reihen wie ein begnadeter König abschritt.

»Danke für Ihr Erscheinen, Admiral!«

»Ich habe zu danken für die Einladung«, bemerkte der Angesprochene und schob seine Tochter vor.

»Wenn Eure Exzellenz erlauben … meine Jüngste, die Carmencita!«

»Entzückend!«, sagte Emilio Alejo Don Vega de Saba y de Todos los Santos noch geschwind, bevor er den nächsten Gast mit einem Handschlag begrüßte.

So schritt er an den langen Reihen der Versammelten entlang, denen man eine persönliche Einladung zu dieser Festlichkeit übermittelt hatte – und von denen es keiner versäumte, daran teilzunehmen. Niemand hätte dies jemals gewagt!

»Ach, Madame!«, seufzte der Diktator und küsste eine faltige, mit Altersflecken längst bedeckte Hand. »Wie geht es Ihnen?«

Die Angesprochene lächelte aus ihren mit den Jahren längst glanzlos gewordenen Augen ihrem Präsidenten zu. »Man müsste noch einmal jung sein«, erklärte sie.

»Wem sagen Sie das ... wem sagen Sie das!«, bemerkte der Diktator nachdenklich.

Es ist wahrlich ungerecht, dass auch solch erhabene Personen wie unsereins irgendwann aus dem gegenwärtigen Leben scheiden müssen, überlegte Emilio Alejo Don Vega de Saba y de Todos los Santos.

Madame hatte ihm einst – vor einer erschreckend lang zurückliegenden Zeit, die längst nur mehr schlichte Vergangenheit war – ihre Enkelin Azalea vorgestellt, mit der er ein liederliches, gar verwerfliches Liebesverhältnis begonnen hatte, das nur deshalb enden musste, weil er es als äußerst vernünftig und für seine weitere Entwicklung notwendig empfunden hatte, sich letztendlich mit Sara Domingo zu vermählen, deren Vater als Innenminister des Landes seinerzeit eine gewichtige Rolle innehatte. Ohne diese Heirat, wusste er, wäre es ihm niemals gelungen, Präsident dieses Landes zu werden.

Welch einen herrlichen Glanz solch ein Fest doch über alle Anwesenden ausbreitet, erkannte der Diktator, insgeheim darüber lächelnd – und fühlte sich wie neugeboren.

Nur wegen ihm – seiner Persönlichkeit und der damit verbundenen Macht – waren sie von allerorten, selbst aus den entferntest gelegenen Winkeln und Ecken des Landes angereist; weil sie einfach danach trachteten, von ihm mit einem Handschlag begrüßt zu werden.

Dabei bedachte Emilio Alejo Don Vega de Saba y de Todos los Santos jedoch nicht, oder wollte es einfach nicht wahrhaben, dass die meisten unfreiwillig der Aufforderung zu dieser Festlichkeit gefolgt waren, um nicht in Ungnade zu fallen.

Augenblicklich sonnte er sich in seiner Herrlichkeit! Er empfand eine schreckliche Genugtuung darin, dass sie ihm die Ehre erwiesen, einfach anwesend zu sein, um ihn – ihren Präsidenten – wie gewohnt zu feiern.

Sara Domingo, mein angetrautes Weib, wo bist du?, fragte er sich und sah sich nach ihr um, die gerade in ein Gespräch mit der alten Gräfin von … verwickelt war.

Ja, ich habe tatsächlich mein Ziel auf Erden erreicht, wusste er und schmunzelte vergnügt.

Ich bin, ich bin … ich …

Plötzlich fiel ein einzelner Schuss, der dieser schrecklichen Diktatur ein rasches Ende bereiten sollte.

Seine Exzellenz, Emilio Alejo Don Vega de Saba y de Todos los Santos, der gerade seine Hand der siebten Gräfin von … entgegenstrecken wollte, brach augenblicklich zusammen wie ein einfaches Kartenhaus, das irgendwer zusammengesetzt hatte und nunmehr in einem flüchtigen Augenblick zusammenstürzen ließ. Die Damen schrien aufgebracht! Ein roter Fleck neben seinen Orden zierte seine Brust. Sein Haar hing plötzlich grau und leblos von den Seiten herab.

Jemand schrie: »Was ist geschehen?«

Ein anderer fluchte: »Mord! ... Ein Attentat! ... Ein frevelhafter, gemeiner Mord!«

Die Leibwache Seiner Exzellenz drängte die Gäste entschlossen und mit Gewalt zur Seite und formierte sich zu einem Kreis um den Gefallenen.

»Unser Glück ist dahin!«, jammerte einer verwirrt.

Der Comandante Filadelfo Puerto zog sich mit einem süffisanten Lächeln von diesem Bankett zurück; diesem geisterhaften, völlig unwirklichen Bankett.

Während sich Xandão, das Chamäleon, ebenfalls heimlich davonmachte, um sein erbärmliches Leben, das er jetzt in Gefahr sah, in Sicherheit zu bringen, bewahrte die hühnerbrüstige Pepita Oreja jedoch vollkommen die Ruhe und Übersicht – und begann lautstark ihre Anordnungen zu treffen: »Befehlen Sie, Comandante Moscote, verstärkte Wachen an die Eingangspforte ... ans Tor ... auf die Balkone ... an alle strategisch wichtigen Stellungen im Palast!«

Die Wachtposten, die ihre Waffen längst gezogen hatten, gehorchten in diesem Durcheinander allein ihren Befehlen und den schrillen Anordnungen von Eduardo Moscote.

Die geladenen Gäste wurden allesamt – trotz Nörgeleien, vereinzelter Gegenwehr und erbitterter Zwischenrufe – in die vom großen Festsaal seitab gelegene Bibliothek gedrängt, wo sie einzeln langwierigen Verhören in einem schlichten Arbeitszimmer nebenan unterzogen werden sollten.

Alle – so hieß es allgemein! – hatten zwar den Schuss vernommen, doch keiner wollte gesehen haben, wer diesen abgegeben hatte.

»Diese Verschwörung muss augenblicklich aufgedeckt werden«, urteilte Pepita Oreja mit entschlossener Stimme, »um die Republik zu retten!«

Zwischenzeitlich bäumte sich der Körper des Diktators auf dem weißen marmornen Boden des Saales ein allerletztes Mal auf. Aus seinen Mundwinkeln schwappte rotes Blut. Seine weit aufgerissenen Augen konnten und wollten nicht begreifen, was um ihn herum geschah. Ungläubig stierte er auf den kostbaren Kronleuchter, der direkt über ihm von der Decke herabhing, bis sein Blick endgültig erlosch.

Eduardo Moscote, das Gewehr im Anschlag, stand neben der hühnerbrüstigen Pepita Oreja. Sein steinerner Blick hatte längst erkannt, dass sowohl der Comandante Filadelfo Puerto wie auch Xandão, das Chamäleon, von der Bildfläche verschwunden waren. Sofort verdächtigte er sie des gemeinen Attentats auf Emilio Alejo Don Vega de Saba y de Todos los Santos, den Präsidenten der Republik.

Seine Exzellenz lag noch immer mit weit aufgerissenen, völlig überraschten Augen auf dem edlen Marmorboden des großen Saales.

»Es ist vorbei«, stellte der augenblicklich anwesende Leibarzt des Präsidenten sachlich fest und verschloss dem Diktator für immer die Augen.

Sara Domingo, in ihrem rauschenden dunkelgrünen Ballkleid und ihrer prächtig schimmernden Juwelenkette um den Hals, erlitt einen Schwächeanfall und musste von ihren beiden Töchtern gestützt werden.

»Was soll nun aus uns allen werden?«, jammerte sie leise.

Es entging den aufmerksamen Blicken Pepita Orejas, die die sich neu ergebende Situation sofort in Griff genommen und die Macht an sich gerissen hatte, als sie rasch auf den Balkon hinaustrat, um die allgemeine angespannte Lage zu überschauen, keineswegs, dass sich dort draußen eine fürchterliche Unruhe bemerkbar machte, die sich in allen Gassen der Stadt in Windeseile ausbreitete.

Schon bewegten sich gesichtslose, schattenhafte Gestalten (Massen!) auf die Mauern des Palastes zu. Vereinzelt fielen Schüsse. Plötzlich bestürmten einige beherzte Bauern mit brennenden Fackeln, einfachen Prügeln oder schlichten Sensen in ihren Händen das gusseiserne Tor.

»Freiheit für alle!«, schrien diese erbärmlichen Kreaturen.

»Nieder mit der Diktatur!«

»Der schreckliche Tyrann ist endlich tot!«

Die Lage wurde zunehmend ernster.

Das Tor konnte nicht mehr lange den daran zerrenden kräftigen Händen der Menge, die immer mehr anschwoll, standhalten. Eine Gewehrsalve brachte zehn aus ihr augenblicklich zu Fall; aber zwanzig ersetzten sie augenblicklich. Die ganze Stadt war auf den Beinen und in Aufruhr.

»Uns bleibt nur mehr die augenblickliche Flucht!«, flüsterte die hühnerbrüstige Pepita Oreja dem Mörder Eduardo Moscote ins Ohr.

»Die Flucht? ... Aber wohin?«

»Auf die Yacht seiner Exzellenz im Hafen ... und geschwind hinaus aufs weite Meer!«

»Und seine Frau und die beiden Töchter?«

»Man wird sie wohl mitnehmen müssen, um politisches Asyl in irgendeinem Nachbarland zu finden ... zu erbitten«, beschloss Pepita Oreja mit einem hässlichen Seitenblick auf die drei zitternden Wesen neben der inzwischen zugedeckten Leiche des Präsidenten.

Jetzt rafften sie noch gierig und geschwind Geld, Schmuck und andere tragbare Wertsachen zusammen, bevor sie sich durch einen versteckten, geheimen und unterirdischen Gang, von dem nur wenige Vertraute wussten, aus den weitläufigen Räumen des Palastes schlichen.

An der Spitze der Rebellen rückte der Comandante Filadelfo Puerto in den Innenhof des Palastes vor. Längst gab es keine Gegenwehr mehr.

»Vorwärts! ... Vorwärts! ... Vorwärts!«, schrie er mit gezücktem Degen.

»Die Diktatur von Emilio Alejo Don Vega de Saba y de Todos los Santos existiert nicht mehr!«, schrie er einzelnen Soldaten entgegen, die nicht wussten, wie sie mit dieser Situation umgehen sollten, und sich dennoch – nach kurzer Zögerung – in Windeseile dazu entschlossen, sich den Rebellen anzuschließen.

»Brot für die Republik!«

»Freiheit für die einfachen Bauern und Indígenas!«

»Dem Volk, was dem Volk gehört!«, kreischte die wogende, aufgebrachte Menge.

Der ängstliche Xandão, das Chamäleon, wurde in einem der weitläufigen Zimmerfluchten des Palastes, wo er sich hinter einem schweren samtenen Vorhang versteckt hatte, entdeckt und bat zitternd, auf Knien, um Gnade.

»Comandante Filadelfo Puerto, Sie erinnern sich doch … Sie erinnern sich doch gewiss noch … mein Freund! … an unser Gespräch vor wenigen Stunden … und dass ich …«

Ein erstickter Schrei folgte.

Nein! Gnade durfte es nicht geben, wenn die junge und neue Republik Bestand haben sollte.

Jetzt galt es auf jeden Fall, die noch flüchtige Pepita Oreja und den elenden Mörder Eduardo Moscote aufzuspüren und einzufangen. Aber nirgendwo entdeckten die Rebellen von diesen irgendeine Spur.

Die stets hungrigen Bauern machten sich über das Büfett her, griffen mit ihren gierigen, schwieligen Händen nach all den dargebotenen Köstlichkeiten und steckten sich diese in ihre oft schon von lästiger Zahnfäulnis geplagten Münder. Es gab kein Halten mehr. Möbel, Leuchter, Gemälde, Essgeschirr, Teppiche – alles, was eben nicht niet- und nagelfest war – wurden weggeschleppt. Im Innenhof des Palastes brannte ein riesiges Feuer, um das die Kinder der Armen ausgelassen herumtanzten.

Auf dem breiten Balkon mit seinen verschnörkelten weißen Marmorbüsten, stolzen Götterfiguren und zahllosen Palmen in Blumentöpfen verkündete der Comandante Filadelfo Puerto das Ende der Diktatur, was in einen allgemeinen Jubel und Freudentaumel ausartete.

Zu sehr hatten sie gelitten, die Erniedrigten und Beleidigten, um jetzt ihre lange Zeit gehegte Ruhe weiterhin bewahren zu können. Jetzt dürsteten sie allesamt nach köstlichem Blut, dem Blut der Revolution, und schrien aufgebracht: »Hinunter zum Hafen!«

»Tod den Mördern!«

»Vernichtet die schändlichen Kreaturen der Diktatur!«

Die aufgebrachte Menge hatte Pepita Oreja, Eduardo Moscote, Sara Domingo und ihre beiden Töchter Reina María Nieve und Reina María Josefa ergriffen, noch bevor diese den Hafen erreichen konnten, um über das Meer zu entfliehen, und schleppten sie auf den Platz.

»Hängt sie auf, die gemeinen Verbrecher!«, schrie das gepeinigte Volk.

Der Comandate Filadelfo Puerto wandte sich zur Seite, um nichts mehr von alledem zu vernehmen, wahrzunehmen, hören zu müssen; ja, um auch keine Entscheidung treffen und vor allem keine Gnade in diesem geschichtsträchtigen Augenblick für die aufgespürten Gefangenen aussprechen zu müssen.

Erst als die fünf Toten leblos an den kräftigen Ästen der Ceiba-Bäume baumelten, gebot er dem gemeinen Volk mit einer Handbewegung Einhalt und verkündete: »Genug für heute! Geht jetzt nach Hause!«

Es dauerte noch eine geraume Weile, bis sich die Menge allmählich in den weitläufigen Gassen der Stadt verlor und ihre hell leuchtenden Fackeln in der Finsternis erloschen.

Ernesto Ecolástica, der Indígena aus dem fernen Bergdorf, der an der Seite des Comandante stand, entblößte ein breites Lächeln und sagte: »Wir haben gesiegt und bekommen jetzt endlich, was uns allen zusteht!«

»Wir haben zwar die Diktatur aus dem Land gejagt, aber was ihr letztendlich folgen wird, ist wahrlich noch nicht abzusehen«, bemerkte ein Namenloser neben ihm.

Den fünf Toten an den Ästen der Ceiba-Bäume konnte jetzt jedenfalls alles egal sein, wusste Filadelfo Puerto und lächelte ein gar spöttisches Lächeln.

Noch immer stopfte die Indígena Carmen Ecolástica die Maiskolben, nachdem sie diese von ihrer trockenen Schale befreit hatte, in einen spröden Baumwollsack. Inzwischen waren mehrere Monate seit der Entmachtung und dem Tod von Emilio Alejo Don Vega de Saba y de Todos los Santos und seiner Getreuen vergangen – und es hieß, dass der ehemalige Comandante Filadelfo Puerto nun die Macht an sich gerissen hätte. In ihrem abgelegenen Dorf aber spürte man wahrlich nichts von irgendwelchen Veränderungen oder gar Verbesserungen. Nur einzelne Gerüchte drangen allmählich in ihre ländliche Abgeschiedenheit vor. Ernesto, ihr Mann, wartete darauf, dass sich etwas Entscheidendes ereignen würde. So verbrachte er die meiste Zeit damit, stumpfsinnig Zigarren rauchend, unter dem Mandelbaum neben dem Hühnerstall zu sitzen, die Natur zu beobachten, um geduldig den Einbruch der Dunkelheit abzuwarten. Dann begab er sich in die Cantina, wo er hoffte, dass irgendjemand neue Nachrichten über das politische Geschehen im Lande wusste. Alfredo Naza, ihr nächster Nachbar, der fünf Tage mit seinem Karren auf Märkten in der Umgebung unterwegs gewesen war, um seine Feldfrüchte zu verkaufen, konnte aber auch nur davon berichten, was in den Zeitungen stand, die er mitgebracht hatte und den Neugierigen in der Cantina reichte.

Eine Abbildung zeigte den Comandante Filadelfo Puerto in schmucker Uniform fröhlich lächelnd auf dem Balkon des Präsidentenpalastes, dem Volk zuwinkend.

Ernesto Ecolástica war damit zufrieden und brachte die Zeitung mit nach Hause, um sie seiner Frau Carmen zu zeigen.

»Na und?«, meinte diese nur. »Wieder einer, der vergnügt und zufrieden lächeln kann, während sich an unserem Schicksal nichts ändern wird.«

Über Politik kann man mit ihr wahrlich nicht reden, beschloss Ernesto.

In den nächsten Wochen würden sich bestimmt bedeutende Veränderungen im ganzen Land ergeben, wenn die neue Republik erst einmal gefestigt war. Und schließlich führte der Comandante Filadelfo Puerto jetzt mit starker Hand das hungrige gemeine Volk an und hatte in der Vergangenheit sogar einige Male in ihrer Cantina verkehrt, um über die bevorstehenden Umwälzungen zu philosophieren. Die Verschwörer hatten einstimmig beschlossen, ihm die Führung anzuvertrauen.

So wartete Ernesto Ecolástica weiterhin ab, dass irgendetwas Wesentliches geschah.

Einer aus dem Dorf kehrte nach schier endlosen Tagen aus der Hauptstadt zurück und erzählte, dass jetzt wieder Soldaten in Uniform den Palast bewachen würden. Er brachte eine abgegriffene Zeitung mit, in der Filadelfo Puerto in dunkler Badehose beim Angeln auf einer Yacht abgebildet war.

Dies machte ihn schon etwas nachdenklich; denn auch unter der Diktatur von Emilio Alejo Don Vega de Saba y de Todos los Santos hatte die Presse derartige Fotografien abgedruckt, die eigentlich nicht das wahre, vorherrschende Elend im Land zeigten, sondern lediglich einen Präsidenten, der ... was auch immer! ... repräsentierte.

So beschloss Ernesto Ecolástica eines Morgens, den neuen und designierten Präsidenten der jungen Republik in seinem Palast aufzusuchen, der sich ja unweigerlich an ihn erinnern musste, an ihre gemeinsamen Gespräche, und ihn sicherlich nicht abweisen würde.

Die Palastwache aber verwehrte ihm kommentarlos den Zutritt.

Er starrte in die Mündung eines auf ihn gerichteten Gewehrlaufes und machte sich schleunigst davon.

Es folgten erneut Gerüchte über Unruhen im ganzen Land. Schüsse sollten auf irgendwelche harmlosen Bauern abgegeben worden sein, die lediglich ein wenig zu offensichtlich über ihre beschissene Lage gemurrt hatten.

Hatte seine Frau Carmen tatsächlich recht, wenn sie behauptete, dass den ansonsten anständigen und ehrenwerten Menschen ein ihnen auferlegtes, errungenes Machtgefühl sie letztendlich dazu verleitete, an nichts anderes mehr als an sich selbst zu denken? Ja war denn alles umsonst gewesen? Und ein Diktator lediglich durch einen anderen ersetzt worden?

»Ich kann es nicht begreifen«, erklärte Ernesto Ecolástica den in der Cantina des Dorfes Versammelten.

»Nichts hat sich verändert, nur ein Gesicht, ein Abbild, ist offensichtlich nahtlos durch ein anderes ersetzt worden.«

Nein! Daran konnte er sich jetzt keinesfalls mehr gewöhnen, dass alles seinen gewohnten Gang wie eh und je nehmen sollte.

»Wir hatten doch eine Revolution … oder war dies alles nur ein Hirngespinst?«

Ein erdrückendes Schweigen verweilte im Raum der Cantina, das wie ein Geruch von Scheiße über allen lastete. Selbst der Ventilator an der Decke konnte diesen elenden Geruch nicht vertreiben.

Man betrank sich mit billigem Fusel, spöttelte und ahnte (wusste), dass das armselige Leben weiterhin so verlaufen würde, wie es nun einmal vorbestimmt war.

Nein! Damit wollte sich Ernesto keinesfalls zufrieden geben.

»Wir trachteten nach Veränderungen … und nichts ist geschehen«, bemerkte er.

Keiner widersprach ihm, aber ebenso wenig war auch keiner dazu geneigt, etwas gegen diesen Stillstand der Zeit zu unternehmen.

»Geh nach Hause, Ernesto«, murmelte der Wirt der Cantina. »Wir sind längst müde geworden von alledem …«

Carmen Ecolástica besah sich im zerbrochenen Spiegel und versuchte ihr eigentliches, tatsächliches Alter mit dem in Einklang zu bringen, was ihr aus diesem entgegensah.

Die Jahre waren keineswegs unbemerkt an ihr vorübergeschritten.

Ihr betrunkener Mann fiel aufs Bett und seufzte schwer atmend: »Für all dies haben wir gelebt … für was, eigentlich? … Haben wir überhaupt gelebt? … Ich weiß nichts mehr … und alles ist so verschwommen … ach!«

Wen interessierte überhaupt ihr klägliches Leben, das sie fernab der Zivilisation in den Bergen führten, das so weit entfernt von den Geschehnissen in der Hauptstadt ablief?, fragte er sich unwillkürlich.

Dann schlief er ein.

Carmen Ecolástica lächelte bitter.

Der Comandante Filadelfo Puerto spazierte währenddessen im großen, beleuchteten Saal des Präsidentenpalastes auf und ab und gab den Dienstboten Anweisungen. Schmuck war seine Uniform und der gestutzte Bart, den vor allem die Damen der Gesellschaft sehr schätzten.

»Wenn Eure Exzellenz sich vielleicht bemühen möchten ...«

Eine Unterschrift wurde von ihm verlangt.

»Wenn Eure Exzellenz sich jetzt eventuell zur Tafel begeben möchte ...«

Es wurde darum gebeten, dass er speiste.

»Wenn Eure Exzellenz ...«

Er kostete und antwortete: »Ausgezeichnet!«

Der Diktator Emilio Alejo Don Vega de Saba y de Todos los Santos war durch einen gezielten Schuss getötet worden – und die Körper seiner Schergen, seiner engsten Vertrauten, hatte man an den Ceiba-Bäumen im Vorhof des Palastes aufgehängt, überlegte der Comandante Filadelfo Puerto.

Aber ihn würde man niemals so kläglich hinrichten können, wusste er.

Seine Macht war längst gefestigt durch ein neues Militär, das jegliche Unruhen im ganzen Land schon im Keim erstickte.

»Ich bin … und somit bin ich!«, erklärte er seinen Ratgebern.

Die Macht des Landes lag nun allein in seiner Hand.

Sobald sich der ehemalige Comandante Filadelfo Puerto in seine privaten Gemächer zurückzog, betrachtete er ehrfürchtig sein Ebenbild in jenem Spiegel, in dem sich wohl auch Emilio Alejo Don Vega de Saba y de Todos los Santos immerzu genüsslich und selbstzufrieden betrachtet hatte. Zärtlich strich er mit dem Zeigefinger seiner linken Hand über den sehr schmal gestutzten Oberlippenbart, der gerade in Mode war und die Weiber entzückte.

»Ich bin zum mächtigsten Mann der Republik aufgestiegen«, murmelte er vergnügt und ließ es sich nicht nehmen, jetzt noch einen Diener des Palastes herbeizurufen, um sich eine Flasche Wein und eine würzige Zigarre bringen zu lassen.

Das einfache Volk – mit seinen Bedürfnissen und Problemen – hatte er längst vergessen. Ein Porträt von Heinrich VIII. aus England, das diesen fett und aufgedunsen in seinen letzten Lebensjahren zeigte, hing an der Wand über seinem Schlafgemach.

Während er einen Schluck Wein nahm und tiefe Rauchkringel auspaffte, dachte er daran, demnächst ins Ausland zu reisen, sich eine junge Geliebte zu nehmen und vor allem das Leben zu genießen.

An Ernesto Ecolástica erinnerte er sich jetzt ebenso wenig wie an all die Indígenas im Hochland, die ja nichts mit seiner Welt und seinen Vorstellungen von einer solchen gemeinsam hatten.

Aber warum erschien ihm die Gestalt des Chamäleons nur immerfort in diesem Spiegel? Xandão, das Chamäleon, war ja längst tot – und dennoch zeigte sich ihm immerfort dieses Chamäleon mit seinen schrecklichen Hörnern, das je nach Gemütslage ständig seine Farbe wechselte, in diesem von Gold umrahmten Spiegel.

Dies berührte ihn doch sehr – und somit verbrachte er eine weitere schlaflose Nacht mit merkwürdigen Albträumen.

Am darauffolgenden Morgen berichtete man ihm, dass man Plakate, auf denen sein lächelndes Porträt abgedruckt war, von den Fassaden der Häuser, von Säulen und Baumstämmen gerissen oder sie zumindest bespuckt hatte.

»Undankbar ist das gemeine Volk!«, schrie er wutentbrannt.

Daraufhin durchlief er die prächtigen Palasthallen in seinem himmelblau gestickten Morgenmantel mit tiefen Seufzern und einer elenden inneren Unruhe.

»Dieses gemeine, abtrünnige Volk ...«, murmelte er verächtlich.

Das Chamäleon aber, das ihm in einer gewissen Nacht nach der Machtübernahme im Schlafzimmerspiegel von Emilio Alejo Don Vega de Saba y de Todos los Santos so unverhofft zum ersten Mal erschienen war und fortan zu jeder weiteren, x-beliebigen Abendstunde auftauchte, brachte ihn allmählich dem Wahnsinn nahe.

Er verschob sämtliche Auslandsreisen, verfügte Unbedeutendes, ertappte sich dabei, dass er intensive Gespräche allein mit sich selbst führte und erkannte, dass man ihn augenscheinlich in der näheren Umgebung mit Missmut ... gar Misstrauen ... betrachtete ... beobachtete.

Ja, man beobachtete einen jeglichen seiner Schritte, erkannte er plötzlich.

So zog er sich immer mehr in seine privaten Gemächer zurück.

Überall lauerte unterdessen das Chamäleon, das ihm nicht mehr allein aus einem Spiegel entgegentrat, sondern ihm sogar schon aus den zierlichen Kaffeetassen in sein Gesicht entgegensprang, die man ihm reichte; sich in irgendwelchen Mündern entblößte, die ihm irgendeine Mitteilung zu Gehör brachten – und sämtliche Damen, die ihn zu sprechen wünschten, entblößten dieses garstige Gesicht des verwandelbaren Chamäleons.

»Ich bin verflucht!«, schrie Filadelfo Puerto, verscheuchte die Dienerschaft mit einer flüchtigen Handbewegung und zog sich wiederholt und bevorzugt in seine privaten, stillen Gemächer zurück.

Dort aber lauerte bereits wieder dieses verfluchte Antlitz des unaufhörlich seine Farben wechselnden Chamäleons in allen Winkeln und Ecken, das ihm geradezu spöttisch zulächelte.

Wenn es jemals eine Revolution gegeben hatte, dann war diese kläglich gescheitert aufgrund der einfachen Tatsache, dass der Mensch zumeist widersprüchlich, gar widerlich wirkt, sobald er dem Genuss der Macht verfällt. Aus dem Comandante Filadelfo Puerto, dem stets Besonnenen und dem Sprecher der Armut, entwickelte sich allmählich ein Scheusal, das in einem Vergleich mit der fünfjährigen Diktatur von Emilio Alejo Don Vega de Saba y de Todos los Santos durch nichts mehr zu unterscheiden war; vielleicht lediglich durch die einfache Tatsache, dass er geradezu unsichtbar für die Bevölkerung wurde und sich immer mehr in die weitläufigen Palasträume zurückzog, während draußen auf den Straßen unaufhörlich Schüsse fielen.

Wer sich durch ein bloßes Wort oder Begehren seinen allgemeinen Anordnungen widersetzte, wurde ermordet, still und heimlich, eben wie damals!

Filadelfo Puerto hatte sich zwischenzeitlich eine Geliebte genommen, eine sechzehnjährige Indígena, die unbeschreiblich schön war und aus dem Hochland kam. Sie hieß Estrella Merceditas und verbrannte innerlich gar grausam, während sie dem neuen Presidente des Landes allabendlich zur Verfügung stehen musste. Sie liebte die Tiere des Waldes und des Hochlandes, aber dieses menschliche Tier hasste sie noch mehr als ihre Armut und die Einsamkeit in den Bergen. Wie Jean Paul Marat durch Charlotte Corday, damals, während der Französischen Revolution, durch einen gezielten Messerstich hingerichtet worden war, stieß sie dem neuen Diktator des Landes eben solch ein Messer in die Brust, direkt ins Herz, als dieser gerade in der Badewanne saß.

Das nach Jasmin duftende Wasser verfärbte sich augenblicklich blutrot.

Darüber berichteten die Zeitungen:

»Ein frevelhaftes Attentat auf die neue, die junge Republik ist begangen worden!«

»Wer wird zukünftig die Macht in die Hand nehmen?«

»Wir benötigen eine Persönlichkeit und Autorität, die uns geradewegs in eine vernünftige Demokratie führt!«

Estrella Merceditas schwieg zu all den an sie gerichteten Vorwürfen und wusste, dass sie rechtmäßig im Sinne des Volkes gehandelt hatte.

Aber konnte es tatsächlich noch eine Rettung für sie geben?

Man hängte sie nach einer kurzen anonymen Gerichtsverhandlung auf einem der Ceiba-Bäume im Vorhof des Palastes auf.

Ernesto Ecolástica fluchte: »Sie war eine von uns!«

Nichts würde sich ändern in diesem Land! Man würde weiterhin verfahren wie bisher. Doch die Erinnerung an Estrella Merceditas, für die sie beteten, bestärkte die Hoffnung der Bauern auf eine bessere Zukunft. Sie wurde zu ihrer Heiligen in den zukünftigen Jahren und Jahrzehnten.

Ernesto Ecolástica jedenfalls schwor darauf, dass sie wiederkehren würde; die Herrliche, die Gerechte, die geradezu Göttliche!

Als Carmen Ecolástica eines Tages gerade die Wäsche der Familie in einem Bach wusch, kehrte ihr Mann nach Wochen der Abwesenheit wieder ins Dorf zurück. Er wirkte reichlich verstört.

»Man hat die Diktatoren in marmorne Grüfte gebettet – und redet jetzt schon wieder von irgendwelchen Neuwahlen«, bemerkte er.

In der Hauptstadt hatte er an verschiedenen Örtlichkeiten diverse Plakate gesichtet, auf denen lächelnde, das Blau vom Himmel versprechende und offensichtlich stark geschminkte Gesichter ihre Dienste für das geschundene Land anboten. Daraufhin war er in verschiedene Cantinas gegangen, um seine überschüssige Wut mit reichlich Alkohol hinunterzuspülen.

»Jetzt glaube ich wahrlich an keine Veränderungen mehr«, beschloss Ernesto nachdrücklich.

Carmen Ecolástica, seine Frau, lächelte.

In ihrer kärglichen Hütte, die sie bewohnten, stand das Abendessen bereit. Trotz alledem gediehen ihre Kinder prächtig. Benito verschlang den Maisbrei weiterhin mit großem Vergnügen und ihre Töchter Maya Hermosa und Atacama entwickelten sich vorzüglich und wuchsen heran.

»Kannst du dir vorstellen, dich jemals in ein Chamäleon zu verwandeln, das seine Farben und Launen tagtäglich, vielleicht gar stündlich, wechselt und lediglich den augenblicklichen Gegebenheiten anpasst?«, fragte er sie nachdenklich.

»Dies kann ich nicht, weswegen wir auch stets arm, aber jedenfalls ehrlich sein werden«, antwortete sie ohne Umschweife und ohne viel darüber nachdenken zu müssen.

»So sind wir trotz alledem glücklich?«

»Unser alleiniges Glück besteht in unserer Familie, ehrlichen und vertrauenswürdigen Mitbewohnern im Dorf und in unserem Glauben«, verkündete Carmen Ecolástica mit Nachdruck. »Niemals wird uns irgendjemand irgendeinen Schaden zufügen können.«

Jetzt dachte Ernesto Ecolástica an seinen Nachbarn Alfredo Naza, der ihm die langstielige Axt ausgeliehen hatte, um das Dach zu reparieren, dachte an den Wirt der Cantina, bei dem er unbegrenzt seinen Verzehr an Getränken anschreiben lassen konnte, an Ana Hernández, die ihnen bei der Geburt ihrer Kinder immerzu unentgeltlich als Hebamme zur Verfügung gestanden hatte – und an alle wahrhaftigen Freunde des Dorfes, die nichts mit solch einem Chamäleon zu tun hatten und anfangen konnten, das sich in den Straßen der Hauptstadt in der Vergangenheit sichtbar ausbreitete und auch zukünftig wieder ausbreiten würde.

»Wir werden uns weiterhin darum bemühen, so zu sein, wie wir nun einmal sind.«

Ernesto Ecolástica fühlte sich auf einmal mit sich und der ganzen Welt dort draußen überaus zufrieden. Sein Entschluss, auf dem kargen, wenig ertragreichen Feld unermüdlich zu arbeiten, stand jetzt jedenfalls fest, denn zu einem Chamäleon, das stündlich und je nach Gutdünken seine Farben wechselte, wollte er keinesfalls werden ... dies verhinderte sein wahrer und eigentlicher Stolz.

Was galt ihnen irgendeine Diktatur in diesem weitab von der Hauptstadt gelegenen Hochland? Sie würden weiterhin leben wie bisher, ohne dass es irgendeine Veränderung geben konnte. Ihr Weg war einfach vorgeschrieben! Und Ernesto Ecolástica setzte sich am Abend schweigsam auf seinen Stuhl am Essenstisch und betrachtete die einfache Speise, die seine Frau zubereitet hatte.

»Daran haben wir uns ja längst gewöhnt.«

»Die Erde riecht nach Kartoffeln, Karotten, Hühnerfleisch und nach all ihrer elenden Mühsal«, sagte sie.

»Letztendlich gewöhnt man sich daran«, murmelte er wiederholt bescheiden.

Nach all den erlebten Ereignissen in der Vergangenheit wussten sie tatsächlich, dass sich nichts in ihrer schlichten Gegenwärtigkeit jemals verändern würde.

Sie waren einfache, ehrliche Bauern, die fernab von der übrigen Welt ihr klägliches Dasein fristeten, die lediglich von den kümmerlichen Erträgnissen ihrer Felder leben mussten; sie bildeten eine kleine Familie, die sich tagtäglich darum abmühte, ihr Leben in diesem Hochland zu meistern, mit dem sie aus irgendwelchen Gründen verbunden war.

»In der Tat hätte sich auch eine wirkliche, eine ehrliche Revolution für uns niemals bemerkbar gemacht, denn dazu leben wir einfach viel zu weitab vom ganzen Geschehen«, erkannte Ernesto Ecolástica nachdenklich.

»Und Che?«, bemerkte Carmen Ecolástica verwundert.

»Che?« Ihr Mann lächelte, während sein Blick unwillkürlich auf Benito fiel, der mit seinem wohlgefüllten Bauch zufrieden auf dem Bett neben der Tür schlummerte. »Che? Der starb in Bolivien einen wahrhaftig schrecklichen und sehr einsamen Tod.«

Nach einer Weile eisigen Schweigens fügte er noch verbittert hinzu: »Der ging hinüber … einfach hinüber zu den Toten … und die Welt … diese lächerliche Welt … brachte ihre geflissentliche Verachtung dabei zum Ausdruck.«

Der Besuch des Senators

Tres Rios I

In Tres Rios, einem unscheinbaren Dorf am Rande des Dschungels, herrschte rundum eine ausgelassene, freudige Stimmung, als der Alcalde eines Tages – nicht ohne Stolz – auf dem Platz unter den schattigen, weit ausladenden Mandelbäumen einigen dort gerade zufällig beim Kartenspiel, Schach oder bei der Siesta anzutreffenden Versammelten erklärte, dass der Senator mit an Sicherheit grenzender Wahrscheinlichkeit auf seiner Rundreise durch das Land auch zu ihnen kommen würde. Dies sprach sich innerhalb kürzester Zeit wie ein Lauffeuer herum.

»Wie sieht er eigentlich aus?«, fragten einige – und andere glaubten sich daran zu erinnern, dass sie schon einmal ein Plakat mit seinem Bildnis irgendwo gesehen hätten, angeheftet an einem knorrigen Baumstamm, aufgeklebt an einer Säule oder aufgehängt an einer Gebäudefassade in der Provinzhauptstadt.

»Man wird ihm zumindest einige vorteilhafte Versprechungen und Zusagen entlocken können, wenn wir ihn herzlich begrüßen und ihn auf unser armseliges Dasein aufmerksam machen«, sagten die Männer, während die Frauen sich eigentlich mehr dafür interessierten, wie er sich kleide, ob er noch einigermaßen jung sei und eine stattliche Figur habe und überhaupt, ob er vielleicht gar noch ledig wäre. Dabei dachten sie an ihre Töchter, die es zu verheiraten galt.

Der Alcalde, Amadé Velásquez, schmunzelte bei all dem, was ihm so zu Gehör kam, und schwieg zunächst, bis ein förmliches Schreiben aus der Provinzhauptstadt eintraf, das bestätigte, dass der Senator übernächsten Sonntag für wenige Stunden Station in ihrem Dorf machen würde, das die Welt bisher nicht kannte. Zufrieden las er die Mitteilung in der Cantina von José Baurillo dem dort anwesenden Publikum von Bauern, Fischern, Händlern, kichernden Weibern und Nichtsnutzen vor.

»Man muss ihm einen ehrwürdigen Empfang bereiten, damit er Tres Rios niemals mehr vergessen wird«, sagte Ulysses Maté nachdenklich, »ein Fest mit Musik, Trachten, Tänzen und ausgesprochener Heiterkeit.«

Dem stimmte nicht nur der Alcalde, sondern auch das ganze Dorf zu.

Jetzt entbrannte tatsächlich ein Fieber in allen mit dem Hintergedanken, dem Senator einen würdigen Empfang zu bereiten, damit Tres Rios vom Staat eine ordentliche finanzielle Spritze zukommen würde, die eh längst fällig war.

In den nächsten Tagen nähten die Frauen, schufteten die Männer, indem sie ihren Häusern einen neuen Anstrich gaben – und die Kinder wurden daran gewöhnt, geflochtene Blumenkränze in ihrem Haar zu tragen, und damit beauftragt, Gedichte auswendig zu lernen, um dem zu erwartenden hohen Gast der Regierung einen überaus gefälligen Eindruck von Tres Rios zu vermitteln. Die heiratsfähigen Mädchen beschäftigten sich eifrig damit, ihre natürliche Schönheit noch zu vervollkommnen, indem sie geheimnisvolle Kräuter, Blüten und Blätter aus dem Dschungel herbeischafften, um diese auf ihre ebenholzfarbene Haut aufzulegen, bevorzugt auf Schenkel, Bauch und Brüste. Diese selbstgefällige Geschäftigkeit hinderte sie nunmehr daran, in den an das Dorf angrenzenden drei Flüssen – denn davon hatte es seinen schlichten Namen erhalten – neben den Kaimanen Wäsche zu waschen oder einfache Feldarbeit zu verrichten. Die Alten und insbesondere ihre Mütter sahen ihnen diese Verweigerung der alltäglichen Arbeiten und Pflichten nach in der Hoffnung auf das große Los, das vielleicht eine von ihnen ziehen sollte. Die Musiker übten stundenlang auf ihren billigen Instrumenten, um ihre Lieder fehlerfrei vorzutragen. José Baurillo war davon überzeugt, dass der Senator in seiner Cantina speisen würde, weswegen er anordnete, dass der Fußboden geschrubbt, das Geschirr auf Hochglanz poliert und die Wände von den lästigen braunen Flecken und Spinnweben befreit wurden.

»Wenn der Senator bemerkt, dass unser Bewässerungssystem auf den Feldern im Hinterland noch ein wenig finanzielle Unterstützung durch den Staat benötigt, dass die Mehrzahl von uns noch barfüßig herumläuft, weil Schuhe für sie unerschwinglich sind, und wir uns überhaupt nur von dem ernähren, was uns die Natur und der Boden ringsum bieten, dann wird er fürwahr ein Einsehen haben«, bemerkte der Alcalde zuversichtlich.

Die Dorfbewohner befanden sich allesamt in gespannter, doch letztendlich hoffnungsvoller Erwartung, denn noch niemals hatte sich ein Senator aus der Provinzhauptstadt hierher bemüht, in ihre winzige, unbedeutende Ansiedlung von wenigen Wohnhäusern an den drei Flüssen, deren Fluten sich unaufhörlich, doch träge am westlichen Dorfausgang hinter der felsigen Erhebung miteinander mischen.

»Man müsste den Vögeln an diesem Tag ihr fürchterliches Gekrächze verbieten, um den werten Herrn nicht zu erschrecken«, meinte Aurélio Tapa lachend im schon fortgeschrittenen Schnapsrausch.

Wie gewöhnlich lag Puco Sánchez in seiner Hängematte, als die Nacht mit ihren tiefschwarzen Schleiern einfiel, und beschäftigte sich mit seinen Gedanken.

»Glaubst du tatsächlich, dass wir etwas davon haben werden, wenn der Senator Tres Rios am kommenden Sonntag besucht?«, fragte seine Frau Julia.

Er nippte an seinem mit Wasser vermischten Aguardiente und zuckte mit den Schultern.

»Schließlich sind Politiker dazu da, wenn nicht das triste Leben überhaupt, so doch unseren augenblicklichen Zustand, der ja kaum mehr zu ertragen ist, ein wenig zu verbessern«, beschwichtigte er.

In Wirklichkeit aber glaubte er nicht daran, dass der Besuch des Senators irgendwelche positiven Auswirkungen auf das Dorf haben würde, und beschloss, an dem bewussten Sonntag jedenfalls in seiner Hängematte liegen zu bleiben.

In ihrem nackten Zustand entdeckte Rebeca, ihre gemeinsame Tochter, gerade in ihrem mondkühlen Bett das Abenteuer Welt. Wenn der Senator sie unter den versammelten Dorfbewohnern erblickte, was anzunehmen war, da wohl mit ein paar Versprengten aus dem Dschungel, die sich eventuell an dem Festtag noch einfinden könnten, kaum mehr als hundert Leute zusammenkämen, würde es um ihn augenblicklich geschehen sein. Sie lächelte zufrieden. Keinem Mann war es jemals gelungen, sie zu übersehen. Unaufhörlich begegnete sie den neugierigen, wenn nicht gar lüsternen Blicken der Jünglinge, der verheirateten Männer und zuweilen auch dem gequälten, verwitterten Grinsen der zahnlosen Greise auf der staubigen Dorfstraße, wenn sie im Sonnenlicht vorüberwandelte. Sie hoffte, dass der Senator noch einigermaßen frisch, kräftig und ansehnlich sei, damit sie ihm bedenkenlos zunächst in die Provinzhauptstadt, dann in die Hauptstadt, auf Reisen in Nachbarländer und sogar nach Übersee folgen konnte. In ihren Träumen nahm er fast schon eine überirdische und vollkommen verzauberte Märchengestalt an.

»Wir haben nicht viel zu bieten außer Gesang, Tanz, ein Festessen und eine treue Beziehung zu unserem Land«, sagte der Alcalde entschlossen.

»Und dies ist vielleicht gut so«, fügte er nach einer Weile nachdenklich hinzu.

Damit lehnte er die vorgetragenen Vorschläge ab, die ihm zu Gehör kamen und folgendermaßen lauteten:

»Man müsste wenigstens eine Bühne aus grobem Holz für seine Rede errichten.«

»Man könnte ein gewaltiges Feuerwerk organisieren.«

»Man sollte Lampions, kleine Fähnchen und dergleichen zwischen den Häusern und über der Straße aufspannen, um ihn gebührend zu empfangen.«

»Wir haben kein Geld für unnütze Ausgaben«, entschied Amadé Velásquez sachlich, »und dies soll der Senator während seines kurzen Aufenthalts auch bemerken und geflissentlich zur Kenntnis nehmen.«

»Es genügt völlig, wenn wir ihm unsere Stimmen zur

Wiederwahl geben«, stimmte jetzt auch Ulysses Maté den Ausführungen des Alcalde zu.

»Schließlich haben wir unseren trübseligen und allmählich verfallenden Häusern zumindest einen frischen Anstrich verpasst«, bestätigte José Baurillo, der Wirt.

Julia Sánchez fragte sich tatsächlich, ob hundert gewonnene Stimmen für die Wiederwahl solch eine weite Anreise überhaupt rechtfertigen.

Ihr Mann Puco wusste darüber besser Bescheid: »Es summiert sich, wenn er sämtliche Dörfer der ganzen Provinz besucht – und schließlich muss er diese Kampagne nicht aus eigener Tasche bezahlen. Außerdem werden ihm an jeder Örtlichkeit, wo er auftritt, höchste Referenzen erwiesen und die besten Annehmlichkeiten geboten – und er kann sich überall kostenlos den Bauch vollschlagen. Dafür hören wir eine Rede, die – einmal von irgendwelchen Schreibern ausgearbeitet – in jedem Dorf von hier bis dort vorgetragen werden wird und bei der es lediglich darauf ankommt, die jeweilige Ortsbezeichnung in der Einleitung und am Schluss nicht zu verwechseln.«

Julia Sánchez wusste, dass der Senator auf die gewichtige Stimme ihres Mannes verzichten musste.

Endlich war es so weit! Sie hatten sich zur Mittagszeit in der brütenden Hitze auf dem staubigen Platz in der Dorfmitte versammelt, um geduldig die Ankunft des Senators zu erwarten. Die kleinen Mädchen trugen Blumenkränze und bunte Schleifen in ihrem Haar, nette Kleidchen und weiße Söckchen, die kleinen Buben kurze Hosen in Marineblau und weiße gestärkte Hemden, die heiratsfähigen Jungfrauen gestickte Blusen mit tiefem Ausschnitt und sehr kurze Röcke, die Alten ihre triste Alltagskleidung, die mit ihnen längst verwachsen zu sein schien. Der Alcalde hatte sich an sein Sonntagsjackett einen Orden geheftet, der im grellen Sonnenlicht funkelte und ihm von einem entfernten Verwandten mütterlicherseits vererbt worden war, der damals unter Bolívar und Sucre für die Befreiung Lateinamerikas gekämpft hatte und dessen Gebeine man irgendwo zwischen der Pazifikküste und Amazonien vermutete. An seiner Seite stand José Baurillo, der Wirt, der über der Eingangstür seiner Cantina noch schnell einen Willkommensgruß, ein »Bienvenidos á Tres Rios« hatte anbringen lassen. Von seiner Hängematte auf der Veranda seines flaschengrün gestrichenen Hauses aus beobachtete Puco Sánchez lächelnd das Geschehen.

»Morgen wird alles wieder so sein, wie es immer gewesen war«, wusste er.

Die Musikkapelle bestand aus fünf Personen mit sechs bis acht Instrumenten. Ihre Kehlen waren längst ausgedorrt, als jemand in der Ferne nach etwa zwei Stunden geduldigen Verharrens eine Wagenkolonne ausmachte.

»Alles auf die Plätze!«, schrie der Alcalde aus Leibeskräften.

Noch einmal überflog er geschwind seine Begrüßungsrede, die aus wenigen Zeilen bestand und die er längst auswendig kannte.

Aus einem Jeep, dem eine schwarze Limousine und ein weiterer Jeep dicht folgten, sprangen vier schwer bewaffnete Soldaten und stellten sich am Eingang des Platzes auf. Nachdem weitere vier Soldaten dem zweiten

Jeep entsprungen waren, nach links und rechts Ausschau hielten und die Lage für unbedenklich befanden, gab der Comandante ein Zeichen, worauf der Chauffeur aus der Limousine ausstieg und die hintere Tür öffnete.

»Applaus!«, ordnete Amadé Velásquez, der Alcalde von Tres Rios, an.

Man vernahm das Händeklatschen von etwa hundert Personen, als der Senator dem geheimnisvollen Wagen mit den verdunkelten Fensterscheiben entstieg. Er wirkte gebrechlich. Der Alcalde eilte mit geschwinden Schritten auf ihn zu. Als er vor dem schmächtigen, klein gewachsenen Senator in all seiner politischen und wirtschaftlichen Größe stand, machte er unwillkürlich eine tiefe Verbeugung, bis dieser mit einem angedeuteten Lächeln in den zerfurchten Mundwinkeln sprach: »Danke! Danke! Es ist genug!«

»Verehrter Herr Senator, wir heißen Sie herzlich willkommen in Tres Rios, einem kleinen, doch unserem großen Land zugehörenden Dorf am Rande des Dschungels, dem Ihr Besuch heute gewidmet ist. Mit Interesse verfolgen wir fürwahr das politische Geschehen nicht nur in der Provinzhauptstadt, der fernen Hauptstadt, sondern überhaupt das gesamte Weltgeschehen, das uns das Fernsehen sogar hierher, in diese Weltabgeschiedenheit, überträgt. Wir sind stolz, Bürger und Bürgerinnen eines Landes zu sein, das im Verlauf der Geschichte schon so viel Leid erdulden musste, und dennoch ...«

»Danke, danke«, unterbrach ihn der Senator beschwichtigend und sah sich mit wenig Wohlgefallen um.

Vergeblich suchte er eine Bühne. Man hatte lediglich neben der Eingangstür der Cantina auf der etwas erhöhten Veranda links ein Stehpult aufgestellt, das man sich vom Gemeindelehrer in der übernächsten Siedlung stromabwärts ausleihen musste. Darauf war ein Mikrofon platziert. Zwei kümmerliche Lautsprecher, provisorisch festgezurrt mit einfachen Stricken, hingen an Holzpfosten befestigt. Von der vorspringenden Überdachung, neben dem Willkommensschild, baumelte in der Windstille reglos die Nationalflagge des Landes.

»Alle werden Sie hören können, Herr Senator«, versicherte der Alcalde, als er den etwas überraschten Blick des Politikers bemerkte.

José Baurillo sah seine Stunde gekommen, ging geschwind ein paar Schritte voraus, blieb plötzlich stehen und breitete, indem er sich dem hohen Gast zuwendete, seine Arme aus.

»Wenn der Herr Senator vielleicht zunächst eine Erfrischung zu sich nehmen möchte?«

»Gewiss, gewiss, sehr gern!«

Allesamt waren sie enttäuscht über das gebrechliche Erscheinungsbild des Senators, der vergeblich jugendlich zu wirken versuchte, indem er mit einem forschen Sprung der Limousine entstiegen war und dabei vom Chauffeur, was deutlich zu sehen gewesen war, gestützt werden musste, um nicht zu fallen. Sein weißer Sommeranzug mit Hut, die hellbraunen Lederschuhe, die scharlachrote Krawatte wirkten ausgesprochen komisch, wenn nicht gar lächerlich. Zudem bemühte er sich angestrengt, in seiner Haltung Macht zu demonstrieren, und bewegte sich dennoch ungeschickt und mühsam wie ein müder Greis an der Seite des Comandante und des Alcalde.

»Er hat schon den unangenehmen säuerlichen Geruch des Alters angenommen«, bemerkte Rebeca Sánchez spitz, nachdem der Senator soeben an ihr vorübergegangen war, ohne sie anzusehen.

Einige kicherten leise.

»Vielleicht interessieren ihn kleine Mädchen überhaupt nicht«, flüsterte der junge Noél Augustín Valle, hinter zwei Schultern versteckt, die ihm reichlich Schutz gegenüber einem eventuellen Wutausbruch boten, ihr zu.

Mehr als einmal hatte die hübsche Rebeca ihm schon eine geklatscht.

»Vielleicht ist er zudem ja auch noch blind«, sagte sie lediglich.

Vereinzeltes Gelächter war vernehmbar.

Der Senator trank in der schattigen Cantina das Glas, das man ihm reichte, in einem Zug aus und verlangte nach einer weiteren Erfrischung.

»Der Weg war lang und staubig«, gab er zu bedenken, während er seinen Hut abnahm und sich die Stirn mit einem Taschentuch trocknete.

»Auf Ihr Wohl!«, sagte Amadé Velásquez mit fester Stimme und nahm dabei fast eine militärische Haltung ein.

»Auf das Wohl unseres Landes!«, betonte der Senator, bevor er auch das zweite Glas in einem Zug leerte.

Außer ihm, dem Comandante Juan Crespo Orosí, dem Alcalde und dem Wirt befand sich nur mehr die hübsche Berendice Luz im Raum. Sie hatte die köstlichen Häppchen vorbereitet, von denen sich der Senator gerade eines in den Mund stopfte. Aus seinen trüben, wässrigen Augen kroch ein kurzes Aufleuchten hervor, als er – kauend – seinen neugierigen Blick auf ihre üppigen Reize lenkte.

Dieser durchdringende Blick war Berendice Luz äußerst unangenehm, denn sie hatte – wie eben all die anderen heiratsfähigen Mädchen aus Tres Rios – mit der Ankunft eines stattlichen Mannes gerechnet und keineswegs mit dem gebrechlichen Auftreten solch eines Greises, dem – wie sie zudem längst bemerkt hatte – feine Haarbüschelchen auf den Ohren und aus der Nase wuchsen und dessen Haupthaar längst völlig ergraut war.

»Nach Ihrer Rede, Herr Senator, würden wir Sie gerne zu einer Besichtigung unseres Dorfes, der neu errichteten Bewässerungsanlage auf den Feldern, die leider noch nicht ganz fertiggestellt ist, der Kirche auf halber Strecke nach Pascua und auf den Fußballplatz einladen«, schlug Amadé Velásquez vor.

Dabei hatte er selbstverständlich den Hintergedanken, den Senator auf die baufälligen Wohnhäuser, die mehr oder weniger mit einfachsten Mitteln provisorisch erschaffene Bewässerungsanlage, das brüchige Kirchengebäude ohne Glocke und ohne Eingangsportal sowie auf den kümmerlichen Fußballplatz mit seinen schlichten Toren und ohne eine überdachte Zuschauertribüne hinzuweisen.

»Meine Rede wird kurz sein«, versprach der Politiker.

Puco Sánchez sah von seiner Hängematte auf und beobachtete seine Tochter, die mit einem Arm voll Wäsche hinunter an den Fluss ging. Er wusste augenblicklich, dass die Zeit des Kräuterauflegens nunmehr vorbei war.

»Man muss uns einen reichlich vertrottelten Senator geschickt haben, wenn Rebeca es vorzieht, an solch einem Tag Wäsche zu waschen«, lachte er lauthals los.

Tatsächlich dauerte die Rede des Senators, bei der er sich darüber ausließ, was er seit seinem Amtsantritt vor zwei Jahren bereits an sozialen und kulturellen Verbesserungen im stets harten Kampf mit seinen Gegnern durchgesetzt und erreicht hatte, gerade mal zehn Minuten.

»Bis hierher ist davon leider noch nichts vorgedrungen«, bemerkte Aurélio Tapa sarkastisch im Hintergrund, die Beine weit von sich gestreckt, auf einem Pfosten sitzend, und nahm augenblicklich einen gewaltigen Schluck aus einer noch halbgefüllten Schnapsflasche. Längst war er als Säufer im Dorf bekannt, seitdem er erfahren hatte, dass sein drittes Kind nicht von ihm, sondern von einem Dahergelaufenen (irgendeinem Scharlatan!) gezeugt worden war. Daraufhin jagte er seine Frau mitsamt dem Bastard aus dem Dorf, brannte sein eigenhändig erbautes Wohnhaus nieder und verschwand für einige Monate im Dschungel. Als er zurückkehrte, hatten auch seine beiden anderen Kinder, die bereits erwachsen waren, Tres Rios verlassen, um irgendwo in der Ferne ihr Glück zu suchen und ihre Ruhe zu finden. Aurélio Tapa hatte fortan beschlossen, bis zu seinem Lebensende zu trinken, denn dies war sein einziger Trost.

Nach seiner Wiederwahl, betonte inzwischen der Senator, würde er Tres Dios … er hüstelte verlegen, nachdem der Comandante, der neben ihm stand, ihn auf seinen Versprecher aufmerksam gemacht hatte … Tres Rios, selbstverständlich, nimmermehr vergessen, persönlich wiederkehren und dafür sorgen, dass … ja was eigentlich? …

Der Alcalde flüsterte ihm zu: »Die Bewässerungsanlage!«

… selbstverständlich eine Bewässerungsanlage erbaut werde …

»Die Kirche und der Fußballplatz!«

… ein öffentliches Gotteshaus, ein Fußballplatz …

»Schuhe!«

… ja, auch eine Schuhfabrik in der Abgeschiedenheit der Wildnis errichtet werden würde, schrie er jetzt aus Leibeskräften ins Mikrofon.

Die kleine Jasmin Esmeralda in ihrem zitronengelben Kleidchen und der ebenso farbigen Schleife im Haar war dazu ausersehen worden, ihm barfüßig einen Strauß Blumen zu überreichen, denn Schuhe hatte sie nie gekannt.

»Entzückend!«, bemerkte der Senator – und erntete dafür mehr Applaus als für seine gesamte Rede, der die Bewohner von Tres Rios ungläubig und gar ein wenig verwirrt gelauscht hatten.

Der Alcalde, der wusste, dass die Zeit drängte, bevor der Senator mit seiner Wagenkolonne wieder abfahren würde, beeilte sich, ihm erneut den Rundgang schmackhaft zu machen.

»Bei dieser Hitze, verehrter Freund, wäre es mir bei weitem angenehmer, noch eine kleine Erfrischung zu mir zu nehmen«, sagte der Senator und trocknete sich die Stirn nach dieser heftigen Rede.

Gesagt, getan!

Jetzt erinnerte der Comandante Juan Crespo Orosí den Senator an seine weiteren Verpflichtungen.

»O ja, die Zeit drängt!«

Er reichte dem Alcalde seine schlaffe, feuchte Hand und zwinkerte ihm zu. »Ich rechne selbstverständlich mit den Stimmen Ihrer Untertanen.«

»Gewiss, gewiss«, antwortete Amadé Velásquez nunmehr mit einem gespielten Lächeln in den Mundwinkeln und dachte insgeheim, dass es völlig überflüssig gewesen sei, diesen Narren überhaupt zu empfangen.

Während sich die Wagenkolonne in einer riesigen Staubwolke langsam entfernte, fragte Ulysses Maté den Alcalde nachdenklich: »Wird der Senator sein Versprechen einhalten und nach seiner Wiederwahl erneut nach Tres Rios kommen?«

Amadé Velásquez sah noch immer den sich zum Horizont entfernenden Fahrzeugen hinterher, seufzte tief und antwortete schließlich: »Ich könnte schwören, dass er Tres Rios und seine Bewohner bereits jetzt – in diesem Augenblick – vollständig vergessen hat, falls er unser Dorf und unsere Heimat zuvor überhaupt bemerkte.«

»Somit wird sich für uns auch in Zukunft nichts ändern«, sagte Ulysses Maté bedrückt.

»Nur das, was wir selbst zustande bringen, wird irgendeine Veränderung schaffen«, schloss der Alcalde das Gespräch.

Irgendwer brachte nach zwei Monaten die Nachricht ins Dorf, dass der Senator mit großer Stimmenmehrheit wiedergewählt worden war, was sich flugs überall verbreitete und ein gewisses, gar ungläubiges Erstaunen hervorrief.

Nachts trinkt María Blut (Vicentes Braut)

Eines Tages brachte er sie mit ins Dorf. Stolz und mit einem breiten Grinsen im Gesicht spazierte er aufgeplustert wie ein Pfau – gemütlich und ganz ohne Hast, fast ein wenig trunken von stiller Glückseligkeit – an ihrer Seite über den staubigen, von hohen Bäumen beschatteten Platz, auf dem an den wenigen Festtagen im Jahr immer die Hölle los war, wenn der Lautsprecherwagen aus dem nahen Holguín vorfuhr und ihn mit dröhnender Musik überschwemmte. Aber auch an ganz belanglosen Tagen saßen dort immer ein paar bekannte Gestalten herum, um irgendwie die überflüssige Zeit in der gleißenden Hitze des Nachmittags totzuschlagen, denn davon besaßen sie schließlich allesamt genug. Er genoss die verwunderten und neugierigen Blicke, die ihnen begegneten, auf ihnen verweilten und ihnen schließlich folgten, während sie sich fest und lächelnd an seinen Arm schmiegte, und grüßte zuweilen nach links oder rechts den einen oder anderen. Als sie seine Hütte mit den Bananenstauden und den Ziegen im Vorgarten betraten, saß seine Großmutter in dem geflickten Korbsessel auf der allmählich verfallenden Veranda, deren Holz mit den Jahren längst von der Witterung zerfressen war. Sie betrachtete die Fremde, die er mitgebracht hatte, sehr eindringlich mit ihren blinzelnden kleinen Augen über den mächtigen faltigen Tränensäcken und fragte anschließend: »Deine Braut, Vicente?«

Während die Ziegen mit großem Gemecker in ihren Stall am Rande der Umzäunung flüchteten, antwortete er lächelnd: »Sie heißt María Manuelita de Guadelupe – und eigentlich kennen wir uns schon seit geraumer Zeit.«

Die Großmutter war zufrieden, erhob sich aus dem brüchigen Korbsessel, drückte beiden kraftlos die Hand und verabschiedete sich mit der Bemerkung: »Ich will das junge Glück nicht weiter stören.«

Sie wohnte ein paar Hütten weiter am Ausgang des Dorfes neben den ersten Zuckerrohrfeldern zusammen mit ihrer ebenso greisen Schwester. Ihre Ehemänner hatten längst das Zeitliche gesegnet.

Tatsächlich war es eine Lüge gewesen, dass er María Manuelita de Guadelupe, wie er der Großmutter und allen anderen, die ihn noch danach fragen sollten, verkündete, schon seit geraumer Zeit kannte; denn tatsächlich war er ihr erst vor zwei Tagen in irgendeinem schäbigen Tanzlokal in Holguín begegnet, in dem sie den Gästen Zigarren aus der Fabrik zum Verkauf angeboten hatte.

»Willst du mit mir kommen?«, fragte er sie. »Ich wohne in B., habe ein paar Ziegen, Bananenstauden im Vorgarten und arbeite zumindest während der Saison auf den Zuckerrohrfeldern der nahen Umgebung.« Lächelnd fügte er leise hinzu: »Außerdem befinde ich mich sozusagen auf Brautschau.«

Sie überlegte nicht lange, steckte die restlichen Zigarren in seine Hemdtaschen, legte den überflüssig gewordenen Bauchladen auf dem Tresen ab und sagte: »Dann lass uns gehen.«

Vielleicht glaubte sie sogar in diesem Augenblick, ihrem Schicksal zu entrinnen – und dass ihn etwas wie die Vorsehung hierhergeschickt habe.

Tatsächlich war sie überaus hübsch, wenn auch ein wenig mager. Sie trug ein eng anliegendes, doch mit der Zeit bereits schmutzig gewordenes Kleid mit großen Blumenmustern und hatte tiefdunkle Augen, die wie Teiche glänzten und in denen man wahrlich versinken musste, wenn man sie schaute. Ihr offenes schwarzes Haar duftete für ihn nach frischen Blüten, auch wenn es eigentlich seit Tagen nicht mehr gewaschen worden war und eher eine Art von Übelkeit hervorrufen konnte. Er aber roch nur den süßlichen Duft frisch gepflückter Rosen.

Sie schlossen die Fensterläden und liebten sich die ganze Nacht hindurch, während sich im Dorf in Windeseile die Nachricht verbreitete, dass Vicente Morillo in Kürze eine Familie gründen würde.

Beim Frühstück bemerkte er zum ersten Mal, dass sie kaum etwas zu sich nahm. Ihr genügten eine halbe Tasse Kaffee und drei Bissen von einem Gebäck, das die Großmutter ihnen zurückgelassen hatte, als sie zu ihrer Schwester zurückgekehrt war. Er kam mit dem Kauen kaum nach, so gierig verschlang er ein Stück nach dem anderen, und fragte daher mit vollem Mund: »Hast du denn überhaupt keinen Appetit?«

María Manuelita de Guadelupe lachte, stand auf und deutete mit einer verspielten Bewegung auf ihre Hüften: »Ich muss mich ein wenig zurückhalten.«

Er verstand augenblicklich und grinste breit, während er erneut einen Bissen in seinen Mund schob.

In der Tat – was sie ihm jedoch verschwieg – empfand sie tatsächlich ein starkes Hungergefühl, das sie geduldig bekämpfte, bis die Gelegenheit günstig sein würde, es nach Einbruch der Dämmerung zu stillen.

Bladimir Canejo, Julieta Delgado, Pedro Ramón de Trinidad und Oscar Miranda mit seiner Schwester Bernarda überfielen ihn nach dem Frühstück mit ihrem herzlichen Gelächter und ihrer neugierigen Offenheit. In Windeseile hatte sich die neue Begebenheit im Dorf herumgesprochen und sie dürsteten allesamt danach, die Unbekannte kennen zu lernen.

»Wo hast du sie versteckt, Vicente?«, fragte Bladimir ohne Umschweife in seiner gewohnt direkten Art, als er ihnen noch ein wenig schläfrig die Tür öffnete.

Bladimir verstummte augenblicklich, als er sie in diesem düsteren abgeschlossenen Raum der Hütte neben dem Esstisch stehen sah; lächelnd, den Blick würdevoll auf die Eindringlinge gerichtet, die so unverhofft aus dem Nichts aufgetaucht waren; inmitten der Staubpartikel, die im kräftigen Sonnenlicht, das durch das einsame Fenster spärlich schimmerte, sichtbar wurden und das ihre ganze Schönheit wie einen herrlichen Strauß wilder Blumen zur Entfaltung brachte.

Pedro pfiff leise durch die Zähne.

»Das ist María Manuelita, meine zukünftige Braut«, stellte Vicente sie seinen Freunden vor.

Sie befanden sich allesamt in ausgelassener Stimmung. Während Julieta die Fremde ohne Umstände umarmte, herzte und mit ihr augenblicklich Freundschaft schloss, hielt sich Bernarda zurück und drückte ihr fast ein wenig schüchtern die Hand.

»Lasst uns an den Strand fahren, Freunde«, sagte Oscar mit einem Ton in der Stimme, der keinen Widerspruch duldete.

Seinen alten Chevrolet hatte er direkt vor der Hütte des Hausherrn auf der staubigen Straße geparkt.

»Dann muss mein Nachbar die Ziegen hüten«, beschloss Vicente und rief nach ihm. Hernando Sáenz, der hinter einem knorrigen alten Obstbaum auftauchte, erklärte sich ohne Umstände dazu bereit. Sein Geist war zwar etwas zurückgeblieben, doch mit solch einfachen Aufgaben konnte man ihn bedenkenlos betrauen.

Auf dem Rücksitz des Chevrolet sitzend, bedrängte Julieta Delgado, deren Mund einer fleischigen köstlichen Frucht glich und die immer zu irgendwelchen Späßen aufgelegt war, María Manuelita mit tausend Fragen. Doch im Gegensatz zu ihr zeigte sich Vicentes Braut mit ihren kargen Antworten nahezu verschlossen, was Julieta in wahre Begeisterungsstürme ausbrechen ließ.

»Du hast dir da wahrlich ein Juwel geangelt, mein Lieber!«

Von Bernarda Miranda hätte man auf dieser Fahrt fürwahr annehmen können, dass sie taubstumm zur Welt gekommen sei, da sie entweder die vorübergleitende Landschaft betrachtete oder ihre Hände, die sie in ihrem Schoß ein wenig krampfhaft verschränkte.

Dann, endlich, war es so weit!

Im Hintergrund, nach all den weiten und bis zum Horizont reichenden Zuckerrohr-, Getreide- und Kartoffelfeldern, tauchte das offene Meer auf.

Die Bucht, in der sie anhielten, war auf der linken Seite nur von wenigen Menschen aus dem Hotel belagert, dickbäuchigen reichen Herren und deren schwabbeligen, unansehbaren Frauen – allesamt Ausländer – aus dem fernen Europa. Die Sonne stand hoch am Himmel, und braune Meerespelikane glitten wie sanfte Schatten vorüber.

»Natur, wir lieben dich!«, jauchzte Bladimir vor Freude und sprang allen voran in die grün schimmernde Flut.

Ihm folgten Bernarda, ihr Bruder Oscar und Pedro Ramón.

María Manuelita aber setzte sich auf den Sandboden und weigerte sich, es den anderen gleichzutun.

»Das Wasser schreckt mich ab, denn es verbirgt unsichtbare Gefahren«, sagte sie mit fest entschlossener Stimme.

Vicente verstand sie nicht.

»Ich habe heute ebenfalls keine Lust, nass zu werden«, bemerkte Julieta lächelnd und drängte Vicente dazu, den anderen zu folgen.

Über dem Brackwasser zwischen den Mangrovensümpfen im Hintergrund schwelte ein Geruch von Fäulnis und Verfall.

»Wie mager du bist, María«, sagte Julieta leise und betrachtete ohne Scheu den Körper von Vicentes Braut, die augenblicklich aufstand, um sich ein paar Meter weiter unter einen Schatten spendenden Baum zu begeben.

»Du verträgst wohl auf die Dauer auch kein allzu starkes Sonnenlicht«, bemerkte sie weiterhin, nachdem sie ihr gefolgt war und sich neben sie setzte.

»Die Nacht ist mir seit jeher zum Tag geworden«, gestand María Manuelita leise.

Julieta wusste nicht, was sie darauf erwidern sollte.

Noch immer planschten die anderen vergnügt in den Fluten, als sie die Nase rümpfte und bekannte: »Es stinkt hier ja fürchterlich!«

Tatsächlich wehte der Geruch des Brackwassers, von einem sanften Wind getragen, direkt zu ihnen herüber.

»Es duftet herrlich nach Rosen«, widersprach María.

Nun fühlte sich Julieta Delgado doch ein wenig unwohl so allein mit Vicentes Braut, fand sie reichlich sonderbar, sprang auf und sagte: »Lass uns Holz zusammentragen für ein Feuer, auf dem wir dann Fische braten, die erst noch gefangen werden müssen.«

Sie kicherte über diese unvernünftige Bemerkung, die wohl Marías Schweigsamkeit und merkwürdiges Benehmen ihr abverlangt hatte.

María Manuelita kostete ein Stück des gebratenen Fisches und fand ihn doch reichlich verbrannt. Roh hätte sie ihn bevorzugt, doch das verschwieg sie. Das Feuer knisterte und aus den Wipfeln der Bäume tönte das Gezeter unzähliger Vögel. Pedro Ramón de Trinidad erzählte wohl zum hundertsten Mal die Geschichte seiner durchzechten Nacht im April vor zwei Jahren in La Habana, in der er beim Würfelspiel ein kleines Vermögen gewonnen hatte, das längst wieder – wie flüchtiger Sand – durch seine Hände gerieselt war.

»Damals begegnete mir ein Engel, der tanzen konnte, tanzen konnte …«

Er nahm einen kräftigen Schluck Rum.

In der Ferne verstummte bereits die Musik aus der umzäunten Hotelanlage, welche die Reichen beim Essen und Trinken allabendlich unterhielt und zu der sie, die Kubaner, keinen Zutritt hatten. Posten bewachten die Eingänge rund um die Uhr.

Egal, die Nacht war warm, die Brandung gleichmäßig und der billige Fusel hatte sie schläfrig gemacht. María

Manuelita de Guadelupe schälte sich aus der Umarmung von Vicente und machte sich wie eine Schlafwandlerin davon. Offensichtlich bemerkte es niemand. Sie verschwand zwischen den Schattenumrissen der Bäume. Nach einer Stunde kehrte sie gesättigt zurück und schmiegte sich wieder an die Seite ihres Bräutigams in den weichen Sand. Bernardas weit geöffnete Augen funkelten wie dunkle Blitze.

Am nächsten Morgen, als sie erwachten, planschte Vicentes Braut bereits weit draußen in der grün schimmernden Bucht.

»Entweder war sie schon gestern verrückt oder ist es heute«, bemerkte Bladimir Canejo lächelnd.

»Wer kennt sich schon wirklich aus mit Frauen?«, fügte Oscar Miranda nachdenklich hinzu.

Pedro Ramón de Trinidad dachte jetzt nicht mehr an seinen Engel, der tanzen konnte, sondern an die ewigen Vorwürfe seines Vaters, der ihn auf dem Feld benötigte, und drängte daher auf eine eilige Rückkehr nach Holguín.

Vicente Morillo war stolz auf diese plötzliche Veränderung in dem sonderbaren Benehmen Marías, die, kaum ans Ufer zurückgekehrt, sich klatschnass und kühl in seine Arme schmiegte, vergnügt lächelte und schnaufte: »Ich bin geschwommen wie ein Delphin.«

»Man muss ihre Eigenheiten erst einmal kennen lernen, dann verstehen und schließlich dulden«, sagte Julieta zufrieden.

Nur Bernarda Miranda, Oscars Schwester, schwieg und beobachtete María aufmerksam, die sich mit einem Handtuch abtrocknete und schließlich ihr Kleid über ihren mageren Körper, der jetzt gesättigt zu sein schien, streifte.

Als sie abfuhren, bemerkten sie einen alten Mann, der auf eine tote Ziege herniederschaute, die am Wegrand lag. Tausend Fliegen durchschwirrten die glasklare Luft. Sie kümmerten sich nicht darum und sprachen davon, solch einen Ausflug in Kürze, schon am nächsten Sonntag, zu wiederholen.

Auch als zukünftige Braut von Vicente Morillo vermochte sie es nicht, ihr auferlegtes Schicksal zu besiegen. Es war ein Trug, wenn sie daran glaubte, mit der Zeit Gefallen und Geschmack an den einfachen und natürlichen Speisen des menschlichen Lebens zu finden.

»Nachts trinkt María Blut … wie damals der Großvater«, hatte ihre Mutter besorgt geäußert, bevor sie sich entschlossen in ihr Grab legte, das sie sich zwei Tage zuvor im benachbarten Tal zwischen den schattigen Königspalmen mit energischer Kraft und unendlicher Mühe gegraben hatte, um letztendlich als Fledermaus wiederzukehren. Alle Mitglieder ihrer früh verstorbenen Familie, wusste María Manuelita de Guadelupe, kehrten letztendlich in dieser Form wieder und konnten sich ausschließlich nur mehr an Blut sättigen, am lebenden und warmen Blut irgendwelcher Säuger.

Lag ihr eigener und so fremd gewordener Körper nicht auch schon bereits neben der toten Mutter im Grab?, fragte sie sich. Nein, er schnaufte regelmäßig mit tiefen kräftigen Lungen in der Hitze der schwülen Nacht an der Seite von Vicente Morillo, der in Holguín auf Brautschau gewesen war, was sie dazu veranlasst hatte, ihm augenblicklich in das Dorf B. zu folgen.

Versuchte Rückgewinnung der Natürlichkeit zwischen zwei Geschlechtern, zwischen Mann und Frau, sagte ihr das Bewusstsein. Oder zwischen gedankenlosen Tieren, die sich einfach paarten, wenn die Hitze danach verlangte.

Erneut quälte sie ein fürchterlicher Hunger – und sie stand auf, diesen zu stillen. Eine halbe Stunde später legte sie sich wieder an die Seite des Mannes, der noch immer schnarchte und zu ihr gesagt hatte, sie sei seine Braut.

Vicentes Braut!

Nachdem sie bereits Jorges, Oscars, Manuels und Miguels Braut gewesen war, konnte sie ebenso gut auch Vicentes Braut sein für eine gewisse und festgesetzte Dauer, bis man sie wieder fortschickte zu den Teufeln, Dämonen und den blutsaugenden, ungeliebten Fledermäusen.

Sobald die Dämmerung ihre schwarzen Schwingen über die Insel ausbreitete und die Nacht allmählich herniedersank, fühlte sich María Manuelita de Guadelupe jedenfalls schrecklich wohl in ihrer Einsamkeit und der gesättigten Sattheit einer Nahrung, die sie mit Inbrunst genossen und geschlürft hatte.

Am Morgen stammelte Hernando Sáenz unverständliche Worte und deutete auf die tote Ziege zwischen den großblättrigen Bananenstauden, als er Vicente auf die sonnige Veranda heraustreten sah.

»Ein Anfang …«, stotterte er, »… und ein Ende … ein Ende ist nicht abzusehen …«

Er hielt sich die Ohren zu, als hörte er nochmals vereinzelt Schüsse fallen wie damals, als die Revolution begann – und er erinnerte sich an die zerfetzten Leiber in den sumpfigen Dickichten der Insel, die er als Zwanzigjähriger mit seiner alten Flinte durchstreift hatte, um für die Freiheit des Volkes und gegen die Diktatur zu kämpfen.

»Am Anfang entdeckt man ... immer entdeckt man am Anfang ... nur ... nur eine tote Ziege, dann ... dann einen toten Menschen, viele ... viele tote Menschen ... Kadaver, Leichen, kein Ende ...«

»Beruhige dich, Hernando«, sprach Vicente keuchend, »hier liegt nur eine verendete Ziege, die ich augenblicklich fortschaffen will. Und damit hat's sich!«

Er holte seinen alten verrosteten Spaten aus einem kleinen Schuppen, den er hinter seiner Hütte erbaut hatte und in dem allerlei Gerümpel lagerte, und machte sich daran, im hintersten Winkel seines kargen Anwesens eine Grube auszuheben. Als er sich der toten Ziege bemächtigte, indem er mit einem Strick ihre Beine zusammenband und sie hinter sich herschleifte, bemerkte er Hernando Sáenz, der einsam auf einer verwitterten Bank unter seinen knorrigen Obstbäumen saß und vor sich hin stammelte: »Alles beginnt von neuem ... alles kehrt wieder ... wieder an den Anfang zurück. Kein Ende ... es ist kein Ende abzusehen ... Tote Leiber vermehren ... vermehren sich ... unaufhörlich ...«

Vicente erklärte seinen Nachbarn jetzt – in seinen Gedanken – tatsächlich für verrückt und hörte ihn nicht mehr; denn schließlich war er damit beschäftigt, den Körper der toten Ziege mit Erde zu bedecken, während der Schweiß sein Hemd durchtränkte und von seiner Stirn perlte. Die anderen Ziegen seiner kleinen Herde ruhten im Schatten, als wären sie noch vollzählig und hätten den Verlust eines ihrer Artgenossen von gestern und den wohl weiteren Verlusten in den zurückliegenden zwei Jahren, nachdem manch eine Ziege schon geschlachtet worden war, als Vicente sie erstand und hierhertrieb, gar nicht bemerkt. Nur in ihren glänzenden Augen funkelte etwas wie die Angst vor einem unbekannten, doch sehr nahen Schicksal, dem sie nicht entkommen konnten.

Er hatte sie seit dem frühen Morgen fast vergessen, da das unvorhergesehene Geschehen ihn vollkommen beansprucht hatte. Als er nun den Spaten wieder im Schuppen unterstellte und sich der Veranda näherte, sah er, wie sie, seine Braut, sich in ihrem knappen scharlachroten Bikini im verschlissenen Korbsessel auf der Veranda im kräftigen Sonnenlicht rekelte.

»Wollen wir frühstücken?«, fragte er lächelnd.

»Du warst so lange weg, da habe ich mir gedacht, ich esse schon mal einen Happen. Der Kaffee aber ist noch warm.«

»Ausgezeichnet!«, freute sich Vicente aufrichtig.

Als María Manuelita de Guadelupe knospend und aufreizend in ihrer spärlichen Bekleidung neben ihm stand, während er hintereinander drei Schlucke Kaffee nahm, empfand er auf einmal ein so überschwängliches Glück und eine sich schon wieder einstellende Lust, die ein so heftiges Feuer in ihm entfachte, dass er aufsprang, sie am Arm ergriff und ins Bett zerrte. Sie lachte, schrie, und er schrie ebenfalls und grunzte wie ein frisch geworfenes

Ferkel. Die Hütte erbebte in ihren Grundmauern, bis die Lust endlich wieder verklungen war.

»Meine kleine Dämonin!«, hauchte er zufrieden.

»Wie recht du hast«, sagte sie nachdenklich und tauchte in einer der beiden Regentonnen unter, die im zementierten, winzigen Bad das Wasser beinhaltete, das der alte, längst verrostete Hahn über dem Waschbecken versagte.

Während Vicente schlummerte und von seinem unermesslichen Glück träumte, rieb sie sich nebenan mit einem Handtuch trocken und wusste, dass die toten Ziegen und Bernardas Spürsinn sie früher oder später verraten würden.

In der Tat hatte Bernarda Miranda in der Dunkelheit der Nacht am Strand das heimliche Verschwinden Marías und deren Rückkehr nach vielleicht einer Stunde geduldigen Wartens und Lauschens bemerkt. Zudem hatte sie sich darüber gewundert, wie sorgfältig sich Vicentes Braut anschließend das Gesicht wusch, bevor sie sich niederlegte, als gelte es irgendwelche verräterischen Spuren zu beseitigen. Die Veränderung in Marías Wesen am Morgen war allen aufgefallen und hatte die kleine Gesellschaft wahrlich erleichtert, doch nur sie – Bernarda – bemerkte den eigentlichen Grund hierfür: eine vollkommen zufriedene Gesättigtheit! Gleichzeitig aber war ihr selbstverständlich aufgefallen, wie sich María Manuelita davor geekelt hatte, den gebratenen Fisch zu kosten und die wenigen Bissen, die sie zu sich nahm, heimlich wieder ausspuckte. Etwas stimmte nicht mit Vicentes Braut, und sie beschloss, sie fortan nicht mehr aus den Augen zu lassen. Bei der Abfahrt hatte sie ein flaues Gefühl in ihrem Magen verspürt, als sie an der toten Ziege, die von Mücken, Würmern und Käfern umschwärmt am Wegrand lag, vorübergefahren waren.

Jetzt, in der Cantina, sprach Vicente erneut von einer toten Ziege, einer aus seiner kleinen Herde, die er am frühen Morgen begraben musste. Dies fand im Kreis der Freunde jedoch wenig Beachtung; vielmehr begeisterten sie sich an der aufkeimenden Verrücktheit von Vicentes Nachbarn.

Bladimir kam sogleich auf die Idee, Hernando Sáenz einen Streich zu spielen, um ihm einen gehörigen Schrecken einzujagen. Dies war augenblicklich eine beschlossene Sache.

María Manuelita de Guadelupe bemerkte wiederum die auf sie gerichteten schweigenden Augen von Bernarda Miranda, die sie unaufhörlich beobachteten, während sie sich mit Julieta Delgado lachend über dies und jenes amüsierte. Sie wusste, dass irgendein schwerer Vorwurf, der gegen sie gerichtet war, in diesen lastete. Auf eine diesbezügliche Bemerkung hin erklärte Julieta leise, dass Bernarda eigentlich schon seit den Tagen ihrer Kindheit in Vicente verliebt gewesen sei.

»Also das ist es …«, flüsterte María leise.

Auf einmal tat ihr die sichtlich pummelige Anklägerin mit den fuchsroten Haaren, den allzu kräftigen Oberarmen und dem Gang einer Schimpansin ein wenig leid, denn sie konnte sich nicht vorstellen, dass Vicente ihr jemals mehr als eine freundschaftliche Achtung (immerhin war sie Oscars Schwester) entgegengebracht hatte.

Pedro Ramón de Trinidad dachte jetzt wieder an seinen wundersamen Engel, der tanzen konnte, und bestellte unaufhörlich Rum. Währenddessen heckten Bladimir Canejo und Oscar Miranda eine heimliche Verschwörung aus, die nur gelegentlich durch ihr trunkenes Kichern unterbrochen wurde.

»Ist dies deine Braut, Vicente?«, fragte der alte Alejo Madura vom Nebentisch, wo er mit ein paar Gleichaltrigen Würfel spielte. »Deine Großmutter lässt keine Gelegenheit aus, das ganze Dorf darüber in Kenntnis zu setzen.«

Sie lachten, setzten sich zusammen und María Manuelita de Guadelupe musste viele Hände schütteln.

Es waren Worte der Bewunderung, die sie rundum vernahm; Worte, die süß wie Honig schmeckten und die sie einen fernen Rosenduft riechen ließen; Worte, die eine jede Frau gern hört, selbst wenn sie daran Zweifel hegt, da diese offensichtlich ein wenig der überschäumenden Freude eines bloßen Augenblicks entsprangen. Erstaunlich aber war, dass sie dadurch für kurze Zeit ihr Schicksal vergaß und überhaupt kein Hungergefühl empfand.

Vicente grinste breit und bestellte eine neue Runde für alle. Sie bemerkte seinen unermesslichen Stolz, der übertrieben war, denn sie hätte wohl auch für einen anderen im Tanzlokal in Holguín ihren Bauchladen abgelegt, um mit ihm mitzugehen. Es musste an der Hitze und der Langeweile auf der Insel liegen, dass man so einfach eine jede Gelegenheit von Abwechslung nutzt. Mit tatsächlicher Liebe hatte dies jedenfalls nichts zu tun – und sie wusste zudem, dass sie rechtzeitig verschwinden würde, sobald man weitere tote Ziegen in ihrer unmittelbaren Umgebung entdeckte und man sie letztendlich unweigerlich verdächtigen musste. Aber sie benötigte ja deren

Blut, um gleichzeitig ihren Durst und ihren Hunger zu stillen.

Wieder waren Bernardas Augen aufmerksam auf sie gerichtet; Augen, denen nichts entging und die schon bald ihr düsteres Geheimnis aufdecken würden. Dem eigenen Schicksal kann keiner entfliehen!

»Ein Tänzchen, Manuelita?«

Wieso sollte sie es dem alten Alejo Madura verwehren, der lieber auf den Acker hinausging, um unterm gnadenlosen Sonnenlicht bei seiner mühsamen Arbeit zu schwitzen, als sich im kühlen Schatten seiner Behausung neben sein fettes, stöhnendes Weib aufs Bett zu legen. Dennoch hatte er fünf Söhne und zwei Töchter gezeugt, als er die Blindheit der Schlafkammer noch der ermüdenden Arbeit auf sich endlos bis zum Horizont erstreckenden Zuckerrohrfeldern vorzog. Aber dies lag fürwahr schon lange zurück.

Noch immer hörte Hernando Sáenz gelegentlich die Stimmen der Revolution in seinen Träumen. In dieser Nacht aber vernahm er sie stärker als je zuvor. Er glaubte beinahe, die Truppen des Diktators Batista würden in einem letzten Aufbäumen an sein Haus heranrücken, in dem die Rebellen versteckt waren. Eine vereinzelte Stimme schrie: »Wo ist der Hund?«

Jetzt verstand er nichts mehr, denn er war längst aus dem Bett gesprungen, spähte durch das Fenster nach draußen und fühlte sich augenblicklich wach. Dennoch, obwohl in der Dunkelheit nur die Umrisse seiner knorrigen Obstbäume zu erkennen waren, vernahm er weiterhin vereinzelte Stimmen.

»Wir rücken langsam vorwärts«, sagte eine.

»Comandante, zu Befehl!«, schrie eine andere aufgebracht.

Etwas raschelte im Gebüsch.

Die tote Ziege, wusste Hernando Sáenz, war ein untrügerisches Zeichen.

Aus seinem Schrank nahm er die alte Flinte, die er seit Jahrzehnten in weiser Voraussicht vor einer neuen Gefahr hegte und pflegte und legte eine Patrone ein. Mit leisen Schritten schlich er die einfache Holztreppe, die er selbst gezimmert hatte, hinunter ins Erdgeschoss und tauchte seinen Kopf in einen Kübel kalten Wassers.

Es gab keinen Zweifel mehr. Deutlich vernahm er eine schrille Stimme, die ihn – wenn auch unsichtbar – direkt ansprach. Sie sagte: »Ergeben Sie sich, Sáenz, und kommen Sie mit erhobenen Händen heraus!«

»Ergeben …«, murmelte er, »ergeben habe ich mich noch nie in meinem ganzen Leben und werde dies auch niemals tun. Ein wahrer Revolutionär stirbt einen Heldentod!«

Noch einmal erinnerte er sich an die Invasion in der Schweinebucht. Sie lagen im dornigen Dickicht, im zentimeterhohen Sumpf, im heißen Sand – und der Aggressor rückte heran. Keiner dachte an Rückzug. Alle waren sie sich einig, die Freiheit bis zum eigenen Tod zu verteidigen. Er kratzte seinen störrigen Bart, den er seit jenen Tagen nicht mehr abrasiert hatte.

»Diese tote Ziege von heute Morgen hat die Welt wiederum aus ihrem Gleichgewicht gebracht«, stammelte er. »Die Diktatur ist zurückgekehrt!«

Etwas bewegte sich hinter den Büschen auf der Vorderseite seines Anwesens, als er durch das Fenster neben der Eingangstür spähte.

»Vorwärts! Holt den Verbrecher heraus!«, sagte deutlich eine Stimme in der Dunkelheit. Der Mond schien hell und der Flug vereinzelter Fledermäuse bedeckte seine blassgelbe Scheibe mit wirren Schatten.

Er würde sterben, denn die Übermacht war zu groß. Aber letztendlich war ihm dies völlig egal, denn seitdem er seine Frau Tanía verloren hatte, bedeutete ihm das Leben eigentlich nichts mehr und er schwelgte nur mehr dahin in Erinnerungen, die längst zu Moder und Staub zerfallen waren.

»Komm heraus mit erhobenen Händen!«, schrie eine Stimme barsch, während eine andere kicherte, unheimlich kicherte, als wäre deren Verursacher schon einem geheimnisvollen Wahnsinn erlegen.

»Lebend kriegt ihr mich nie, Soldaten der Diktatur Batistas!«, schrie er jetzt durch den geöffneten Fensterspalt hinaus in die schwarze Nacht.

Jetzt kicherten schon mehrere, als würden sie Fidel, Che, ihn und alle anderen verspotten. Vorsichtig öffnete er das Fenster noch ein wenig weiter und stemmte den Schaft seines Gewehrs fest gegen die Schulter. Dabei achtete er auf eine jede Bewegung, die er ausmachen konnte.

Warum stürmten sie bei ihrer Übermacht nicht augenblicklich sein Haus?, fragte er sich. Vielleicht glaubten sie tatsächlich, er wäre nicht allein, sondern umgeben von unzähligen Freunden der Revolution.

Tanía war in seinen Armen gestorben, weil ein Schuss von irgendwoher ihre Brust zerschmetterte. Sie verblutete in seinen Armen – und er weinte fürchterlich.

Jetzt aber besann er sich erneut und schrie in die Dunkelheit hinaus: »Niemals ergebe ich mich den eisernen Klauen der Diktatur!«

Wohl zwei Minuten herrschte draußen einsame Stille, bis eine Stimme endlich sagte: »Ich glaube, er hat genug, Bladimir. Lasst uns nach Hause gehen.«

»In Ordnung«, sagte eine andere, und eine dritte meinte: »Ein gelungener Spaß!«

Als sich Pedro Ramón de Trinidad aus dem Gebüsch erhob, hinter dem er geduckt gelegen hatte, und sich streckte, fiel ein Schuss.

Den aufmerksamen Augen von Hernando Sáenz entging keine Bewegung.

Erstaunt betrachtete Pedro Ramón de Trinidad seine linke Hand, die mit scheußlichem Blut befleckt war, als er sie vor sein Gesicht hob. Ein letztes Mal dachte er an den bezaubernden Engel, der tanzen konnte und von dem er niemals wieder erzählen würde. Er lächelte sogar, bevor er wie ein prall gefüllter Kartoffelsack leblos auf den harten Boden krachte.

»Du isst ja schon wieder nichts«, bemerkte Vicente Morillo mit besorgter Miene.

Tatsächlich hatte sie das Frühstück nicht angerührt und nur kurz an ihrer Tasse schwarzen Kaffees genippt.

»Ich habe eben keinen richtigen Appetit«, erklärte sie beiläufig.

In den letzten Tagen war María Manuelita de Guadelupe reichlich abgemagert, was zumindest Julieta sogleich feststellte, als sie mit Bernarda Miranda die Veranda betrat. Um dem kräftigen Sonnenlicht auszuweichen, hatte sie den Korbsessel ganz in die hinterste Ecke gerückt und lag nun darin wie ein Häufchen Elend.

»Ich sehe schon, wir müssen dich füttern«, sagte Julieta.

Es graute ihr vor der Banane, die ihr gereicht wurde. Aber artig aß sie die Frucht und biss auch noch ein paarmal in einen rotbäckigen Apfel.

»Na also«, meinte Julieta zufrieden und setzte sich neben sie.

Nur Bernarda fiel es auf, dass Marías hungriger Blick zuweilen hinüberstreifte auf die andere Seite der staubigen Straße, wo der junge Pablo Montoya gerade eine reichlich meckernde Ziegenherde vorübertrieb. Ihr schauderte.

Vicente trat seufzend aus der Tür. Noch immer dachte er an das schreckliche Geschehen in jener unglücklichen Nacht, in der Bladimir, Oscar und Pedro Ramón gemeinsam beschlossen hatten, sich einen törichten Spaß mit Hernando Sáenz, seinem Nachbarn, zu erlauben.

»Wer konnte schon ahnen, dass der Verrückte eine alte Flinte in seinem Haus versteckt hielt …?«, sagte er, ohne zu Ende zu sprechen.

»Oscar ist zuweilen ein dummer kleiner Junge«, bemerkte Bernarda trocken, »aber dies wird ihm hoffentlich eine Lehre sein.«

»Und Pedro Ramón?«

Julieta bekam keine Antwort, doch ahnte sie unwillkürlich, dass sich die anderen jetzt ebenfalls an seine oftmals erzählte Geschichte über den Engel, der tanzen konnte, erinnerten. Damit hatte sie zweifelsohne recht.

Es war María Manuelita, die leise bemerkte: »Ich wünsche sehr, dass er ihm noch einmal begegnet.«

Was mit Hernando Sáenz geschehen war, nachdem man ihn nach diesem kalten Schuss, der in der warmen karibischen Nacht endlos widerhallte, abgeholt hatte, wusste niemand.

Der alte Enrique Piensas, der sich als Augenzeuge hervortat, erzählte überall, dass der Delinquent seine Verhaftung überhaupt nicht wahrnahm, sondern glaubte, man würde ihn abholen, um gegen die Diktatur zu kämpfen.

»Die tote Ziege ... war ... war ein untrügerisches Zeichen ... noch einmal ein Anfang ... ein Anfang ohne Ende«, soll er dabei gestammelt haben.

Niemals kann man seinem eigenen Schicksal entfliehen, wusste María Manuelita de Guadelupe, als sie sich nach Mitternacht für immer aus Vicente Morillos Hütte davonschlich. Ein langer Fußweg lag vor ihr. Der fahle Mond beschien sanft und blass die verlassene, einsame Landstraße, die endlosen Zuckerrohrfelder, die fernen Hügel – und die stolzen Königspalmen erinnerten sie an wundersame Krieger und einsame Beschützer in dieser sternenklaren Nacht. Sie war arm, doch wenigstens ordentlich gesättigt für den Augenblick.

Ehre, wem Ehre gebührt!

Tres Rios II

Die entsetzlichen Schreie erschütterten das ganze Dorf. María Magdalena, die gerade in der Küche damit beschäftigt war, das frisch gewaschene Gemüse zu zerkleinern, schnitt sich vor Schreck mit dem Messer in den Daumen, so dass ein roter Blutstropfen auf ein einzelnes grünes Salatblatt fiel. Auf der staubigen Straße verharrten die Kinder in ihrem Spiel und wandten ihre Köpfe erstaunt dem blau angestrichenen Haus am Rande des Dorfplatzes zu, aus dem die Schreie wohl erklungen waren. Selbst Pater José de Las Casas, so erzählte man später, bekreuzigte sich augenblicklich in der Kirche, die ein Stück außerhalb von Tres Rios auf dem Weg nach Pascua liegt, kniete vor dem Altar nieder und betete inbrünstig, als hätte er die entsetzlichen Schreie – durch Gottes unerschütterlichen Willen – bis hierher vernommen. Allmählich versammelten sich ein paar Neugierige unter den weit ausladenden Mandelbäumen, die kaum zwanzig Schritte von der Cantina entfernt in dieser entsetzlichen Mittagshitze eine angenehme Kühle spendeten, um zu erfahren, was eigentlich geschehen sei.

»Schach!«, drohte Jorge, der Neunzigjährige, der einen ausgefransten Strohhut trug und kleine listige Augen hatte, seinem Gegenspieler, dem fünfundsiebzigjährigen Pablo, der ärgerlich abwinkte.

Natürlich, Jorge war schwerhörig und hatte die Schreie nicht vernommen. Man hätte neben ihm eine Kanonenkugel abfeuern können und er würde weiterhin verkniffen überlegen, welchen Zug er auf dem Brett als nächsten ausführen würde.

Nun aber war alles wieder still – und die Dorfbewohner sahen einander unschlüssig an. Etwas, von dem sie nicht wussten, was, musste geschehen sein. Vorsorglich starrten sie weiterhin hinüber zum blau angestrichenen Haus, bis sich dessen hölzerne Tür endlich langsam und allmählich öffnete und eine Person freigab, die, wegen der allzu plötzlichen Helle, die ihr entgegenschlug, heftig mit den Augen zwinkerte und vor Schmerzen stöhnte. Obwohl ein dicker Verband die linke Wange des offensichtlich Gepeinigten bedeckte, erkannten sie in der trostlosen Gestalt nunmehr augenblicklich ihren Alcalde Amadé Velásquez, der unerkannt zu entkommen versuchte.

»Hahaha, man hat ihm wohl ein paar verfaulte Zähne gezogen, dem Feigling«, bemerkte einer, was zur Folge hatte, dass sämtliche Versammelten in ein allgemeines Gelächter ausbrachen.

Jetzt war ihm der gesamte Spott des Dorfes Tres Rios sicher, wusste Amadé Velásquez, der ihn noch mehr schmerzte als das hastige Ziehen der drei verfaulten Zähne durch die ungeschickten Hände des Zahnarztes.

Nach mehreren schlaflosen Nächten und Tagen, die er schlummernd in einem Korbsessel auf der schattigen Veranda verbracht hatte, fühlte sich der Alcalde, nachdem die heftige Schwellung der linken Wange zurückgegangen war, wieder einigermaßen fähig, seinen Amtsgeschäften nachzugehen. Als ihn seine Schritte an der

Cantina von José Baurillo vorbeiführten, stand der Wirt gerade im Gespräch mit Puco Sánchez unter dem Vordach in der Eingangstür. Etwas missfiel ihm augenblicklich an ihren Blicken und an ihren Begrüßungsworten, ohne dass er wusste, was dies eigentlich war.

»Wieder in Ordnung, Alcalde?«, fragte der eine.

»Wie wär's mit einem Schluck?«, fügte der andere hinzu.

Er winkte ab, lächelte verlegen und erklärte im Vorübergehen: »Ich muss mich um vordringliche Geschäfte kümmern.«

Hinter seinem Rücken verspürte er ein spöttisches Grinsen, das vielleicht tatsächlich vorhanden war oder nur in seiner Einbildung bestand.

María Magdalena überquerte vor ihm die staubige Dorfstraße mit einem Korb in der Hand.

»Wie geht's dir?«, fragte er laut.

María Magdalena blieb augenblicklich stehen, lächelte ihm zu und dankte für die Nachfrage.

»Und wie geht's dir, Alcalde?«

Er murmelte etwas über die gnadenlose Hitze in den letzten Tagen, bis er ihren verbundenen Finger bemerkte, darauf deutete und nach der Ursache fragte.

Nun lachte María Magdalena lauthals los und erklärte: »Deine Schreie waren so entsetzlich, dass ich mir beim Zerkleinern des Gemüses in den Daumen geschnitten habe ... hahaha!«

Bestürzt eilte Amadé Velásquez weiter.

Ja, man lachte über ihn, auch wenn es keiner jemals wagen würde, ihm dies offen zu zeigen.

Bevor er sein schäbiges Büro erreichte, begegnete er dem angetrunkenen Aurélio Tapa, der auf einem alten und mit Flechten überwachsenen Baumstumpf saß, die Füße weit von sich gestreckt, und ihm zurief: »Sind sie jetzt endlich alle gezogen worden, deine verfaulten Zähne?«

Also doch! Er wusste es ja längst! Insgeheim war er der Lächerlichkeit preisgegeben.

Er setzte zunächst den Ventilator in Gang, der ihm ein wenig Kühlung verschaffte, bevor er sich an seinem Schreibtisch niederließ.

In der Tat! Das ganze Dorf lachte und spottete heimlich über ihn.

Seit dem Besuch des Senators vor wenigen Monaten hatten sich keine besonderen Begebenheiten mehr im Dorf ereignet. Das Leben lief gleichgültig vor sich hin. Die Kasse war leer und dennoch fragten einige an, ob sie für den damaligen Anstrich ihrer Häuser und Hütten eine Unterstützung erwarten könnten.

»Vergebliche Mühe«, murmelte der Alcalde und trocknete sich die noch immer schweißtriefende Stirn mit einem groben Taschentuch.

Anschließend dachte er erneut angestrengt darüber nach, dass ihn das Missgeschick mit seinen drei angefaulten Zähnen bei diesem Stümper von Zahnarzt, der nur in unregelmäßigen Abständen für wenige Tage im Jahr nach Tres Rios kam und dann mit seinen billigen Folterinstrumenten in das blau getünchte Haus einzog, wesentliche Sympathien unter der Bevölkerung des Dorfes gekostet hatte; denn die Schmerzen waren kaum auszuhalten gewesen, weswegen er auch fürchterlich schreien musste.

Anderen wäre es da kaum anders ergangen – und doch war er nun der Gepeinigte, über den sich ganz Tres Rios – wenn auch nur heimlich – amüsierte.

Am Abend beobachtete seine Frau, dass er mürrisch in den Kartoffeln herumstocherte.

»Hast du denn überhaupt keinen Appetit, Amadé?«, bemerkte sie vorsichtig, leise.

Er legte das Besteck zur Seite und antwortete, dass man ihn seit diesem vermaledeiten Besuch beim Zahnarzt überall verspotten würde.

»Das bildest du dir nur ein«, erklärte seine Frau gelassen, während sie die Teller wegräumte.

Auch in dieser Nacht fand der Alcalde von Tres Rios keinen Schlaf.

Am darauffolgenden Morgen aber geschah das Unerwartete!

Als er, der sich gerade auf dem Weg in sein Büro befand, an der Cantina von José Baurillo vorüberging, ertönte aus dem verräucherten würzigen Schatten des Innenraums die wohlbekannte Stimme des Wirtes: »Hast du's schon gehört, Alcalde?«

Augenblicklich blieb er stehen und zuckte mechanisch mit den Schultern. Die Sonne brannte schon am frühen Morgen von einem wolkenlosen Himmel kraftvoll auf den staubigen Dorfplatz hernieder, so dass er unwillkürlich blinzeln musste.

»Was sollte ich denn gehört haben?«, wunderte sich der Alcalde.

Auf der Veranda erschien José Baurillo, rotgesichtig, schwer schnaufend und mit einem Gesichtsausdruck voller Verzweiflung.

»In Cuatro Esquinas ist Guillermo Barajas getötet worden!«

Ungläubig starrte Amadé Velásquez den Überbringer dieser schrecklichen Nachricht an. In einem Zustand von plötzlicher Trance verspürte er nur, wie er teilnahmslos nachfragte: »Getötet? Von Aufständischen?«

José Baurillo lud ihn mit einer Handbewegung zum Verweilen in seiner schattigen Veranda ein.

»Offensichtlich von einem mächtigen Krokodil, das anschließend wieder im Fluss verschwunden ist.«

Der Alcalde musste sich setzen.

»Ich kann mir nicht vorstellen, dass Guillermo Barajas so unvorsichtig gewesen sein sollte, sich von einem Krokodil auffressen zu lassen«, murmelte er nachdenklich und ungläubig. »Woher weißt du es?«

Der Wirt nahm auf einem Strohstuhl ihm gegenüber Platz und seufzte. »Berendice Luz hat es mir heute Morgen erzählt«, erklärte José Baurillo und rief laut nach ihr.

Mit verweinten Augen erschien diese in der Tür und stammelte in abgebrochenen Sätzen alles, was sie über den Hergang wusste: »Man hat nur mehr seine Hosen und sein blutdurchtränktes Hemd am Flussufer vorgefunden … Ach, wie schrecklich!«

Ihr Gesicht war kalkweiß und vereinzelt liefen Tränen über ihre geröteten Wangen.

»Er wollte wohl ein Bad nehmen und ist nicht mehr ans Ufer zurückgekehrt! … Ich brach von Cuatro Esquinas nach hierher auf, als es noch dunkel war … Täglich lege ich ja diese anderthalb Stunden dauernde Strecke zu Fuß zurück, was wohl allgemein bekannt ist … Ich hörte ein aufgeregtes Rufen, ein schrilles, verzweifeltes Schreien seiner Frau Ana, die jetzt Witwe ist ... und plötzlich stand der junge Noél Augustín Valle schwitzend vor mir und stotterte aufgeregt, dass ein schreckliches Unglück geschehen sei ...«

Berendice Luz musste sich schnäuzen, bevor sie überhaupt weiterreden konnte.

»... und Guillermo wohl von einem Krokodil aufgefressen wurde, weil man lediglich nur noch seine Hosen und sein Hemd am Flussufer vorfand ... Der Arme!«

»Setz dich und trink etwas, Berendice«, sagte der Wirt erschüttert.

Er konnte Guillermo Barajas sehr gut leiden, da dieser immer sehr großzügig gewesen war und sämtliche Feste, ob Taufen, Hochzeiten oder Beerdigungen, immer in seiner kleinen und unbedeutenden Cantina gefeiert hatte.

»Ein unersetzlicher Verlust«, murmelte er daher, insgeheim den zukünftig nicht mehr zu erwartenden Einnahmen nachtrauernd.

Der Alcalde, Amadé Velásquez, verspürte die erfrischende Kühle, die der brausende Ventilator in seinem Büro verbreitete. Auf seinem Schreibtisch lagen überflüssige Schriften und Papiere kreuz und quer über- und durcheinander, irgendwelche unnütze Eingaben und Gesuche, die er eh nur mit den simplen politischen Sprüchen eines sich weiterhin Geduldenmüssens, einer unweigerlich bevorstehenden besseren Zukunft und eines augenblicklichen Abwartens beantworten konnte. Er schob sie zur Seite, zündete sich eine würzige dicke Zigarre an, während er angestrengt über den so plötzlichen Tod von Guillermo Barajas nachdachte.

Zugegeben, es gab genügend Krokodile im Fluss, die sich nicht davor scheuten, mit ihren eisernen Kiefern zuzuschnappen, mit ihren spitzen, fürchterlichen Zähnen jegliches Fleisch zu zerreißen, um es in großen Stücken zu verschlingen; doch dass der ansonsten so bedachte Guillermo unvorsichtigerweise ein Bad in den Fluten genommen hatte, als die Nacht noch ihr dunkles Tuch über den gefahrvollen Fluss ausbreitete, daran konnte er einfach nicht glauben.

»Er hätte wahrlich unsinnig betrunken sein müssen, um solch eine vorhandene und ihm stets bewusste Gefahr gänzlich außer Acht zu lassen.«

Dem widersprach auch das blutdurchtränkte Hemd, das man neben seinen Hosen am Flussufer aufgefunden hatte. Wenn es tatsächlich blutdurchtränkt war, dann konnte dies doch nur bedeuten, dass ein oder mehrere Unbekannte ihn zuvor ermordeten, um seinen leblosen Körper anschließend den Krokodilen zu überlassen.

Der Alcalde von Tres Rios nahm sich jedenfalls vor, die genauen Hintergründe dieses schrecklichen Vorfalls gründlich untersuchen zu lassen.

Seine Frau fragte beim Abendessen, ob er noch immer Schmerzen habe.

Er kaute die Kartoffeln auf der rechten Seite seines Kiefers, denn links fehlten ihm ja drei Zähne, die der Zahnarzt ihm gezogen hatte, und meinte: »Es geht schon … es muss gehen.«

Damit wollte er ausdrücken, dass er sich längst daran gewöhnt hatte, in Zukunft nur mehr mit seinen rechten Backenzähnen das Fleisch, Gemüse und Obst zu zerkleinern, das er zu sich nahm.

»Hoffentlich halten die wenigstens noch die restlichen vierzig Jahre«, murmelte er missvergnügt.

Ulysses Maté, der ansonsten wenig zu tun hatte, stellte eine Gruppe von Freiwilligen zusammen, um das mörderische Krokodil zu erlegen, das irgendwo zwischen Cuatro Esquinas und Tres Rios im Fluss sein Unwesen trieb. Augenblicklich schlossen sich den drei bekannten Taugenichtsen aus dem übernächsten Dorf, die er für das Vorhaben angeworben hatte, noch der Säufer Aurélio Tapa und der junge Wirrkopf Noél Augustín Valle an.

»Comandante«, nannten sie Ulysses Maté, der in blank geputzten, schwarz glänzenden Stiefeln vor ihnen auf und ab schritt und erklärte, dass man das Ungeheuer am ehesten mit einem ausgelegten Köder anlocken könne.

Daraufhin töteten sie eine Ziege, legten den Kadaver auf eine Sandbank und warteten mit ihren alten Jagdflinten in den Büschen geduldig auf das mörderische Krokodil, das nach ihrer Einschätzung von der Schnauzen- bis zur Schwanzspitze sicherlich drei Meter messen musste.

Als Erstes ließen sich die Geier neben dem Kadaver nieder, die sie mit vereinzelten in die Luft abgefeuerten Schüssen immer wieder vertreiben konnten, die jedoch nach geraumer Zeit wiederkehrten. Den Geiern folgte ein schnüffelndes borstiges Schwein, das allerdings keinen Geschmack an der toten Ziege fand und rasch wieder ins dichte Unterholz zurückkehrte. Dann endlich schnappten die Kiefer eines jungen Krokodils zu, das jedoch nicht einmal einen ganzen Meter maß.

»Comandante, was jetzt?«, lallte Aurélio Tapa, der bereits eine Flasche Aguardiente geleert hatte und in seinem Gepäck nach einer zweiten suchte.

»Man muss sich gedulden«, erklärte Ulysses Maté mürrisch.

Während einer der Männer aus Cuatro Esquinas über dem Feuer einen Eintopf zubereitete, lagen die Übrigen im Gras und spielten Karten. Wenig später aßen sie, lobten den Koch und waren zufrieden. Aurélio Tapa bemerkte als Erster, als er mit schwankenden Schritten aufstand und mit blinzelnden Augen hinüber zur Sandbank blickte, dass der Kadaver der Ziege verschwunden war.

»Verdammt!«, meckerte er.

»Morgen werden wir das Ungeheuer erlegen!«, schwor der Comandante Maté feierlich.

Sie machten sich auf den Nachhauseweg, da es schon spät war und sie von der plötzlich hereinbrechenden Dunkelheit nicht überrascht werden wollten.

Guillermo Barajas aus Cuatro Esquinas hatte unter den hübschen Frauen der Umgebung viele heimliche Freundinnen gehabt, weswegen er sich im Laufe der Zeit deren Ehemänner, offizielle Liebhaber und auch verschwiegene Neider zu seinen erklärten Feinden machte. Erst vor einigen Monaten war es in der Cantina von José Baurillo zu einem Zwischenfall gekommen, als sich der junge Noél Augustín Valle völlig betrunken und mit einem Messer in der Hand auf diesen Verführer aller unschuldigen Frauenherzen stürzte und ihn am Arm leicht ritzte. Schnell war der Heißsporn überwältigt und zu Boden gerissen worden, wo er wie ein Häufchen Elend still vor sich hin jammerte. Er hatte Rebeca Sánchez, in die er doch reichlich vernarrt war und die ihn dennoch nicht erhörte und niemals erhören würde, auf einem Spaziergang mit dem hübschen Guillermo Barajas beobachtet, was ihn zu diesem unbeherrschten Wutausbruch verleitete, den er selbstverständlich wenige Augenblicke später zutiefst bereute. Zwar vergab ihm der Angegriffene unverzüglich mit einer abwehrenden Handbewegung, die bedeutete, dass ja nichts Außerordentliches geschehen sei, doch konnte man am blassen Gesicht des ebenfalls anwesenden Puco Sánchez unschwer erkennen, dass er jedenfalls seine Tochter Rebeca bezüglich der misslichen Angelegenheit zur Rede stellen würde.

Rebeca Sánchez schwor, was sich in Windeseile in ganz Tres Rios verbreitete, als hätte dieses Dorf am Rande des Urwalds in allen Winkeln, sämtlichen Ecken und selbst in den abgelegensten Behausungen Ohren, dass ihr weder an einem aufgeplusterten Hahn, damit meinte sie zweifelsohne Guillermo Barajas, noch an einem kindlichen Trottel, was auf Noél Augustín Valle zutraf, jemals etwas liegen würde. Doch ob ihr Vater ihr tatsächlich glaubte, konnte man niemals in Erfahrung bringen.

Jetzt erinnerte sich der Alcalde auch daran, dass Ulysses Maté, der am Morgen mit ein paar Taugenichtsen aufgebrochen war, um das mörderische Krokodil zur Strecke zu bringen, Guillermo Barajas erst vor zwei Wochen damit bedroht hatte, ihn eigenhändig zu erwürgen, wenn er seiner Frau Lucinda weiterhin nachstellen würde. Und Aurélio Tapa, der Säufer, hatte ja damals in seinem Nest ein Kuckucksei vorgefunden, weswegen er seine Frau für immer fortjagte, das Haus in Brand steckte, spurlos im Urwald verschwunden war, um jetzt wieder hier zu sein, herumzusitzen, die Stunden in einem endlosen Müßiggang verrinnen zu lassen und um insgeheim vielleicht irgendwelche Rachegedanken auszubrüten.

Es gab genügend Verdächtige, die Guillermo Barajas nicht wohlgesinnt waren und ihm wahrlich den Tod wünschten. Lediglich von José Baurillo, dem Wirt der Cantina, konnte man mit Gewissheit sagen, dass er zutiefst bedauerte, einen seiner besten Gäste verloren zu haben, weswegen er wiederholt schwer schnaufte und dem Alcalde erklärte, dass Guillermo in seinen Augen stets ein anständiger Kerl gewesen sei. Amadé Velásquez ließ seinen Blick über Porfiria Baurillo schweifen, die mit einem Besen, den sie in ihren groben Händen hielt, den Boden der Veranda fegte. Er konnte das ehrliche Leid des Wirtes verstehen, denn an seinem unscheinbaren Weib, deren Röcke sich über ein gewaltiges Hinterteil spannten, und an deren schroffem Gesicht, wann immer es sich einem zuwandte, nicht eine Spur von Schönheit mehr, falls eine solche überhaupt jemals vorhanden gewesen, zu entdecken war, konnte auch der Tote niemals eine heimliche Sehnsucht von frevelhafter Annäherung verspürt haben.

»Was ist los mit dir, Alcalde?«, fragte auf einmal der Wirt. »Du wirst doch nicht etwa deine drei verfaulten Zähne vermissen ... hahaha!«

Tatsächlich schmerzte ihn das entzündete Zahnfleisch, doch mehr noch quälte ihn ein Gedanke, der ihn plötzlich beschäftigte.

»Ich muss zurück ins Büro!«, sagte er und stand auf.

»Wichtige Geschäfte?«, fragte José Baurillo beiläufig.

»Vermutlich wurde Guillermo Barajas tatsächlich von einem Krokodil im Fluss aufgefressen, doch da war er gewiss schon tot«, murmelte der Alcalde, während er aus dem Schatten der Veranda ins flimmernde Sonnenlicht hinaustrat.

»Ein Mord in Tres Rios? Das gab es noch nie … und ich würde für die Unschuld aller Dorfbewohner fast meine Hand ins Feuer legen«, bekannte der Wirt der Cantina und schaute dem Alcalde noch eine geraume Weile nachdenklich hinterher.

Noch immer dachte Amadé Velásquez an die heftigen Schmerzen beim Reißen seiner linken Backenzähne durch die blank geputzten Instrumente des brutalen Zahnarztes. Dr. Aquilino Gareja war ein Mann von großer Statur, hoch aufgeschossen, mit einem pickelnarbigen Gesicht und gewiss noch keine fünfzig Jahre alt, obwohl sein dichtes Kopfhaar bereits vollkommen ergraut war, glatt gekämmt, halblang an den Seiten herunterhing und seine Ohren leblos bedeckte. Längst war er als unsinniger Quatschkopf und Querulant verschrien, der immer viel versprach und wenig hielt. Dennoch genoss er es, die Dorfbewohner von Tres Rios weiterhin mit lauter, energischer Stimme und mit Hilfe der Würde seines Titels zu beeindrucken und zu beschwatzen, um ihnen zumindest ein paar Zähne zu ziehen. Wenn es in den Rahmen der Zeit gepasst hätte, würde er sogar ohne Umschweife behauptet haben, er hätte selbst Simón Bolívar irgendwo in der Wildnis von einem äußerst schmerzhaften Zahnleiden befreit. Somit konnte er allerdings nur behaupten, was nicht nachweisbar war, dass er dem einen oder anderen berühmten Zeitgenossen hilfreiche Dienste geleistet hätte, die er sich selbstverständlich ordentlich honorieren ließ. Ungeschickt fragte Ulysses Maté ihn eines Tages, weswegen er dann überhaupt in solch einem Dorf wie Tres Rios, am Rande der Welt, praktiziere.

»Nun ja, nun ja ...«, stotterte Dr. Aquilino Gareja ein wenig verärgert, »weil sich ja ansonsten kein Spezialist um euch arme Schweine kümmern würde.«

Das höhnische Gelächter der in der Cantina von José Baurillo Versammelten dröhnte noch immer gewaltig in den Ohren des Alcalde, als er sich jetzt daran erinnerte. Und Jorge, der Neunzigjährige, der wie gewöhnlich erneut eine siegreiche Schlacht auf dem Schachbrett gegen seinen emsigen Widersacher Pablo, den Fünfundsiebzigjährigen, zu Ende führte, murmelte: »Jedenfalls schlürfe ich seit Monaten nur mehr Brei und weich gekochtes Gemüse, seitdem Sie mir den letzten noch verbliebenen Zahn gezogen haben, der zwar ein wenig krumm gewachsen, aber sonst noch völlig in Ordnung war, Sie Stümper!«

Amadé Velásquez wusste auf einmal, dass er sich trotz der augenblicklich pochenden linken Backenseite niemals unverzüglich zu Dr. Aquilino Gareja hätte begeben dürfen. Nun konnte er nur mehr auf der rechten Seite das köstliche Fleisch zerkauen, die Bratkartoffeln zerkleinern, das knackige Gemüse brechen ... und zudem war ihm der allgemeine Spott verblieben.

María Magdalena, der er auf der staubigen Dorfstraße begegnet war, hatte über ihn gelacht, José Baurillo und Puco Sánchez grinsten, als er nach Tagen der Genesung an der Cantina vorübereilte, um endlich wieder seinen Amtsgeschäften nachzugehen, und überhaupt erkundigte man sich seither unaufhörlich nach seinen gezogenen verfaulten Zähnen.

Doch das tatsächliche Bewusstsein hatte ihm Dr. Aquilino Gareja trotz des beißenden Äthergeruchs in seiner provisorisch eingerichteten Zahnarztpraxis nicht benebeln können. Die heftige Unterhaltung, die der Doktor hinter der halb verschlossenen Tür mit seiner jungen Frau Mariquita führte, als er ihn wohl schon in einem Delirium wähnte, entging ihm keineswegs. Er erinnerte sich jetzt, während der Ventilator ununterbrochen in seinem Büro an der Decke brauste und eine erfrischende Kühle spendete, sogar an den genauen Wortlaut der Unterredung.

Er fragte barsch: »Woher kommst du?«

Sie antwortete leise, gar ein wenig verlegen: »Ich habe nur einen kleinen Spaziergang unternommen.«

Er höhnte: »Einen Spaziergang von drei Stunden?«

»Warum nicht?«, antwortete sie gelassen.

Er schrie beinahe: »Du hast dich doch mit diesem Kerl getroffen, gib es wenigstens zu!«

Sie bemerkte, beinahe ein wenig spöttisch: »Und wenn schon ... warum sollte ich nicht?«

»Hure!«, zischte er völlig außer Kontrolle.

Ihre Stimme klang plötzlich weinerlich: »Ach, lass mich doch in Ruhe!«

»Ich hasse dich, ich hasse diesen Kerl aus Cuatro Esquinas!«, zischte er giftig wie eine Schlange vor dem tödlichen Biss.

»Ich kann doch nichts dafür!«

»Verdammte Hure, ich bringe ihn um, diesen gemeinen Verführer!«

Danach besann er sich offensichtlich darauf, dass nebenan ein Patient auf ihn wartete, weswegen er seinen

Tonfall abrupt senkte und flüsterte: »Wir sprechen noch darüber, meine Liebe!«

Anschließend kehrte Dr. Aquilino Gareja in die Praxis zurück, beugte sich über seinen heftig schwitzenden Patienten und meinte fachmännisch: »Wir ziehen gleich alle drei verfaulten Zähne auf einmal, Alcalde, damit Sie endlich Ruhe finden.«

Ja, er war das Opfer einer gewissermaßen familiären Auseinandersetzung geworden, die ihn eigentlich doch überhaupt nichts anging.

»Ehre, wem Ehre gebührt!«, sagte Puco Sánchez, der auf der Veranda seines frisch angestrichenen Hauses in seiner Hängematte lag, ergriffen und zufrieden zu seiner Frau Julia.

Diese Worte galten dem Alcalde, Amadé Velásquez, der soeben aus der Provinzhauptstadt zurückkehrt war und von den Dorfbewohnern überschwänglich begrüßt und gefeiert wurde.

»Dabei hat er sich immer eingebildet, ganz Tres Rios hätte ihn insgeheim verspottet, als der mörderische Zahnarzt ihm die drei verfluchten Zähne zog und er vor Schmerzen furchtbar schreien musste. Jedenfalls sagte mir dies seine Frau«, betonte Julia Sánchez, bevor sie sich mit einem Korb voll Wäsche zum nahen Fluss aufmachte.

»Ehre, wem Ehre gebührt!«, wiederholte Puco Sánchez anerkennend, zufrieden und lächelte dabei still vor sich hin.

Jetzt erinnerte er sich noch einmal an den vergangenen Sonntag, als sie sich nach der Kirche in der Cantina von José Baurillo eingefunden hatten. Der Pater José de Las Casas hatte eine tief ergreifende Andacht für den Verstorbenen gehalten und Gott beschworen, seine Seele – trotz all der Sünden seines allgemein bekannten lasterhaften Lebens – für immer und ewig in die unermessliche Weite des Himmels aufzunehmen. Selbst Dr. Aquilino Gareja war auf Bitten des Alcalde angereist, der in seinem förmlichen Schreiben andeutete, dass sich zwischenzeitlich bemerkenswerte und neue Erkenntnisse hinsichtlich des Todes von Guillermo Barajas ergeben hätten. Die Neugier lockte ihn zurück an den Schauplatz des Verbrechens, während er seine junge Frau Mariquita aufgrund einer bereits seit Tagen andauernden Unpässlichkeit entschuldigte. Wie gesagt hatten sich nach der Totenmesse die meisten Dorfbewohner in der Cantina versammelt, als der Alcalde plötzlich das Wort ergriff:

»Verehrte Freunde, was den schrecklichen Tod von Guillermo Barajas betrifft, sind wir, damit beziehe ich mich auf eingehende Untersuchungen, die in den letzten Tagen mit dem Sergeanten der Polizeipräfektur in Cuatro Esquinas und einem Arzt aus der Provinzhauptstadt in meiner Anwesenheit an der Leiche durchgeführt wurden, zu neuen und erschreckenden Erkenntnissen gekommen ...«

»Er wurde nicht von den Krokodilen aufgefressen?«, bemerkte Berendice Luz ungläubig.

»Ein Mestize aus der Siedlung Las Brisas hat seinen verstümmelten Körper flussabwärts im Schilf aufgefunden und uns augenblicklich verständigt. Wir mussten dies verschweigen, um unsere Untersuchungen gewissenhaft zu Ende führen zu können ...«

»Was für Untersuchungen?«, unterbrach ihn Ulysses Maté.

Amadé Velásquez räusperte sich lauthals.

»Nun …«, fuhr er fort, indem er sich in der Runde der Versammelten umsah und seine Augen zuletzt eindringlich auf Dr. Aquilino Gareja heftete, dem der Schweiß von der blassen Stirn tropfte, »Guillermo Barajas ist auf reichlich unnatürliche Weise, nämlich mittels eines … eines Skalpells zu Tode gekommen, Dr. Gareja!«

»Unmöglich!«, bemerkte der Zahnarzt nervös. »Man sagt doch, dass die Krokodile im Fluss ihn aufgefressen haben?«

Sogleich schwieg er, weil er unwillkürlich spürte, dass sich plötzlich Dutzende von fragenden Blicken auf ihn hefteten.

»Nein, tatsächlich benutzten Sie ein ganz einfaches Jagdmesser, Herr Doktor, nicht wahr?«

»Was soll das?«, erzürnte sich Dr. Aquilino Gareja und sprang von seinem Sitzplatz auf. »Sie lügen doch! Zuerst reden Sie von einem Skalpell, dann von einem Jagdmesser und zudem von einer Leiche, die niemand gesehen hat, weil sie wahrscheinlich von den Krokodilen im Fluss gänzlich aufgefressen worden ist!«

»Noch nie – so weit ich zurückdenken kann – geschah hier in der Gegend ein Mord; doch ein Mord ist tatsächlich geschehen!«, bemerkte der Alcalde mit erhobener Stimme.

Dr. Aquilino Gareja ließ sich erneut auf seinen Sitzplatz nieder.

»Ach was, die Krokodile haben ihn aufgefressen … Und wer weiß, was für eine Leiche Sie da aus dem Fluss gefischt haben … hahaha!«

»... nachdem er sich in aller Ruhe sein blutverschmiertes Hemd am Ufer des Flusses ausgezogen hatte, um nachts ein Bad in den kühlen Fluten zu nehmen?«

Dr. Aquilino Gareja überlegte lange, bevor er antwortete: »Eigentlich frage ich mich tatsächlich, was dies alles mit mir zu tun haben soll, da Sie so eindringlich auf mich starren, Alcalde.«

»Wir werden Ihre Frau, Doña Mariquita, vernehmen und ausführlich über ihr Verhältnis zu dem Ermordeten befragen.«

»Aber sie ist doch augenblicklich krank, unpässlich ...«, stotterte Dr. Aquilino Gareja sichtlich verlegen.

»Das Messer steckte jedenfalls noch tief in der Brust von Guillermo Barajas und wird Sie letztendlich überführen«, unterbrach ihn der Alcalde.

»Sie lügen ja! Sie beschämen mich! Dies kann nicht sein, da ich es ja ...«

Jetzt wusste Dr. Aquilino Gareja, dass er sich verraten hatte, und verstummte augenblicklich.

»... da Sie es ja weit auf den Fluss hinauswarfen?«, fragte Amadé Velásquez siegessicher und von der Schuld des Zahnarztes nunmehr vollständig überzeugt.

Dr. Aquilino Gareja starrte nur mehr wortlos vor sich hin.

Wenn man seine Frau Mariquita eindringlich darüber befragen würde, was wohl auch geschehen musste, wusste er, würde sie ihre Untreue augenblicklich eingestehen, mit diesem Hund Guillermo Barajas die eine oder andere Nacht an irgendwelchen verborgenen Örtlichkeiten zugebracht zu haben, während er sich insgeheim in der Zurückgezogenheit seiner Räumlichkeiten einfand, um sich zu betrinken.

Der neunzigjährige Jorge, der – wie gewohnt – zusammen mit seinem ständigen Widersacher, dem fünfundsiebzigjährigen Pablo, in einer Ecke der Cantina beim Brettspiel saß, sagte laut: »Schachmatt!«

Pablo stierte irritiert auf die Stellung der schwarzen Figuren seines Gegenspielers, anschließend auf seine eigenen und murmelte: »Alter Narr, du hast dich zum ersten Mal, wie es scheint, getäuscht.«

»Schachmatt ... dem schrecklichen Zähneausreißer!«, betonte Jorge lächelnd.

»Jetzt verstehe ich dich, du witziger alter Kerl.« Pablo lachte.

Dennoch verlor er auch dieses Spiel, wie Dr. Aquilino Gareja seinen Stolz und die Liebe zu seiner Frau Mariquita, die vielleicht niemals existierte, längst verloren hatte.

Am Abend seufzte die Frau des Alcalde schwer: »Zuweilen bist du wirklich ziemlich nachtragend, Amadé.«

Er saß in seinem Korbsessel, rauchte eine dicke Zigarre und flüsterte fast unhörbar: »Der Hund hat mich dazu verdammt, dass ich zukünftig nur mehr auf der rechten Seite meines Gebisses kauen kann ... und dafür muss er für den Rest seines kläglichen Lebens büßen!«

Abseits vom Licht

Bei Tagesanbruch, als der erste Hahnenschrei im Dorf ertönte und sein geschärftes Gehör erreichte, öffnete Javier Fuente – wie gewohnt – seine von der Nacht noch verklebten Augen. Eine sich erst allmählich auflösende Dämmerung breitete sich im schlichten Schlafraum aus. Die enge Räumlichkeit wies außer einer mit altem Stroh gefüllten harten Unterlage, auf der er seine kargen, einsamen Nächte verbrachte, lediglich noch ein marodes Schränkchen auf, dem eine Schublade fehlte und das ihm die toten Eltern vor vielen Jahren vererbt hatten. In den vorhandenen drei anderen Schubladen bewahrte er seine wenigen unbedeutenden Habseligkeiten auf; Kleinigkeiten wie eine alte hölzerne Flöte, auf der er zu gegebenen Anlässen zuweilen spielte, ein silbernes Kreuz an einer Halskette und eine schwere Locke von Rosita Rojas Haar, seiner Spielgefährtin im zarten Kindesalter, die längst nicht mehr duftete. Zu oft hatte er in all den Jahren daran gerochen.

Als er das auf die zierlichen rechteckigen Gemüsebeete, die knorrigen Obstbäume und den steinernen Brunnen hinauszeigende Fenster, von dessen Holzrahmen im Verlauf der Zeit die Farbe abgeblättert war, öffnete, atmete er tief durch. Der Hund des Nachbarn sprang auf, begrüßte ihn mit lautem Gebell, kratzte mit den Pfoten aufgeregt am Drahtgitter seines Käfigs und legte sich nach einer Weile wieder mit geduckter Schnauze, leise winselnd, auf den trockenen Erdboden nieder.

Der Geruch der endlosen Weite erfreute Javier Fuente jeden Tag aufs Neue, wenn er ihn schnupperte und sich letztendlich gewaltsam aus dem Kerker seiner einfachen Schlafzelle löste. Das dunkle, undurchdringbare Grün des Regenwaldes, den Fluss, die sanfte Anhebung im Westen, den Vulkankegel hoch im Norden und den herrlich blauen Himmel bis hin zum Horizont, der allmählich zum Vorschein kam, aber sah er nicht, denn Gott hatte es gewollt, dass er blind wie ein Höhlenbewohner, abseits vom Licht, zur Welt kam. Seine leblosen Augen irrten völlig nutzlos umher, während seine ungewöhnlich ausgebildete Nase alle an diesem wie auch an jedem anderen Morgen vorhandenen Gerüche schnupperte, die es zu fassen gab.

Auch die begierige Hundeschnauze von nebenan saugte unentwegt diese seltsamen Gerüche der Umgebung auf, wobei sie sich jetzt vor allem für den verführerischen Schinkenduft interessierte, der aus irgendeiner Öffnung des Nachbarhauses hinaus ins Freie quoll.

Seine jüngste Schwester Olguíta stand bereits am Herd, als er sich in den Wohnraum tastete. Ihr langes Haar fiel unordentlich auf ihre schmalen Schultern herab, als ob sie in der vergangenen Nacht einen Liebhaber empfangen hätte, was er aufgrund seiner Blindheit jedoch nicht sehen konnte.

»Setz dich, der Kaffee ist in einer Minute fertig«, sagte sie gut gelaunt.

Auch wenn es ihm unmöglich war, Olguíta aufmerksam zu betrachten, roch er doch etwas Befremdendes an ihr, den harten Geruch eines Mannes, so dass er nach einer langen Pause, ein wenig scheinheilig lächelnd, fragte:

»Hast du in der vergangenen Nacht vielleicht heimlich Besuch gehabt?«

Sie errötete. »Dumme Worte!«, bemerkte sie, während sie ihm die Tasse mit dem heißen Gebräu fast bis zum Rand füllte.

Er schwieg und nahm einen kräftigen Schluck.

»Ausgezeichnet«, murmelte er nach einer Weile zufrieden.

Zu gern hätte er Olguíta einmal, nur ein einziges Mal anschauen mögen. Gewiss war sie schlank, hübsch, eine Schönheit, der sich die Männer des Dorfes unbedingt nähern mussten. Doch lediglich ihren Geruch, ihre hastigen Bewegungen und ihre feine Stimme, die niemals etwas verriet, konnte er wahrnehmen.

Pepe Felipe Suerte, der dreizehnjährige Sohn des Nachbarn und Javiers bester Freund, betrat – wie gewöhnlich – Minuten später den Wohnraum, ohne anzuklopfen und als ob er hier ebenfalls zu Hause wäre und zur Familie gehören würde. Außer Olguíta und ihm, Javier, gab es noch die beiden älteren Schwestern, Gabriela, die weit entfernt, irgendwo in Nicaragua, bei den Angehörigen ihres inzwischen verstorbenen Ehemannes lebte (der Kontakt zu ihr war längst abgerissen), und Sandrita, die gelegentlich vorbeischaute und sich nach ihrer beider Befinden erkundigte. Ansonsten meisterten Olguíta und der Blinde ihr kleines schlichtes Leben zumeist allein.

»Rieche ich etwa Schinken und Eier?«, piepste der frühmorgendliche Gast.

»Setz dich und hau rein!«, knurrte Javier mit einem breiten Grinsen im Gesicht.

Nach einer Weile fragte er seine Schwester: »Können wir uns solch ein kräftiges Frühstück überhaupt leisten?«

»Lass das nur mal meine Sorge sein«, erwiderte sie stolz.

Sie hatte auf dem Markt eine Stickerei verkaufen können, an der sie monatelang hart arbeiten musste. In den nächsten Wochen konnten sie jedenfalls von diesem Gewinn zehren, denn sie benötigten nicht viel.

Pepe Felipe Suerte mampfte und schmatzte.

Nachdem er den letzten Bissen hinuntergeschlungen hatte, sagte er, aufgrund der bevorstehenden Unternehmung und des genossenen Schinkens wegen vor Kraft strotzend und überaus munter: »In Antigua, wie ich erfahren habe, sollen heute im Laufe des Tages mehrere Busse mit Touristen eintreffen.«

Er verbreitete stets eine ausgelassene Heiterkeit mit seinen dürren Beinen, die in schlampigen Hosen und in reichlich abgestumpften Schuhen steckten. Sein kurzer Haarschopf stand wie gewöhnlich wirr in die Höhe, während seine Augen unaufhörlich blinzelten.

»Man muss sich beeilen!«

Javier Fuente ließ sich davon inspirieren und verspürte augenblicklich ein lohnendes Geschäft.

»Also los, verlieren wir keine Zeit!«, murmelte er begeistert.

Bis dorthin war schließlich eine Strecke von knapp zwei Stunden Fußweg zurückzulegen.

»Viel Glück!«, bemerkte Olguíta noch, bevor sie loszogen.

Ihr herzliches Lachen begleitete sie, während sie sich auf den langen und beschwerlichen Weg machten.

In Antigua gibt es eine längst zerfallene Ruinenstadt aus indianischer und vorkolumbianischer Vergangenheit, die Jahr für Jahr Besucher von nah und fern anlockt. Er selbst hatte sie zwar noch nie mit eigenen Augen gesehen, doch kannte Javier zwischenzeitlich eine jede Unebenheit, einen jeden Stein und eine jede Mauer in diesem weitläufigen Areal, da ihn Pepe mindestens einmal im Monat hierherführte.

Das Gemäuer, an das er sich lehnte, war brüchig und von filzigem Moos überwachsen. Er erkannte es sofort, denn an diesem Platz standen oder saßen sie immer bevorzugt, wenn er noch nicht von anderen Bettlern belegt war, um Almosen zu erbitten. Seine blinden Augen schweiften aufmerksam umher. Von gegenüber, aus dem Souvenirladen, drangen erste vereinzelte Stimmen.

»Hier sind wir richtig. Hier ist es gut«, erklärte Pepe.

Javier Fuente verspürte das allmählich hitzig aufkeimende Sonnenlicht, das seine Stirn mit einer lechzenden heißen Zunge beleckte. Geduldig streckte er den zerschlissenen Hut vor, in den die Münzen der Vorüberspazierenden aus Mitleid fallen sollten. Insgeheim aber fühlte er sich jetzt, nach dieser langen Anreise, irgendwie benebelt, fern seiner Heimat der wirklichen Träume und des unwirklichen Lebens; irgendwo zwischendrin – und fragte seinen kleinen Begleiter, ob es nicht bei weitem vernünftiger wäre, augenblicklich ins Dorf zurückzukehren. Man könnte ja diesen wie jeden anderen Tag einfach verschlafen.

Pepe antwortete nichts, kaute nur mürrisch an einem Strohhalm und wusste, dass sie zwei Stunden gebraucht hatten, um hierherzukommen. Und jetzt fing wieder – wie gewöhnlich – dieses ihm längst bekannte Theater an …

Das Knattern eines ankommenden Busses ließ Javier Fuente verstummen. Er spürte ein Heer von mächtigen Schritten, das sich geschlossen auf sie beide zu bewegte.

Jetzt fing der Dreizehnjährige herzzerreißend an zu schluchzen und zu weinen. Dies war ihr geheimes Zeichen. Augenblicklich musste er wieder den vertrottelten Blinden mit den unkontrollierbaren Armbewegungen und den gelegentlichen Zuckungen seiner Gesichtsmuskeln spielen, um den Fremden das Geld aus der Tasche zu ziehen – und zudem Pepes idiotischen Bruder.

Schon beugte sich jemand ganz nah zu ihnen herab.

Augenblicklich roch er ein schweres süßes Parfum, den Duft langen blonden Haares und fing an, ein wenig zu wimmern und sich zu verrenken.

»Ach, der arme Kleine«, sagte eine weiche Frauenstimme.

Eine zweite Person äußerte eindringlich, dass man ihnen unbedingt eine Kleinigkeit geben müsse.

Ein Mann hüstelte verlegen im Hintergrund.

»Wie schmutzig sie aussehen«, sagte eine weitere Stimme, wohl in der Annahme, dass derartige Individuen sicherlich auch taub sein würden.

Im Hintergrund krächzte ein Vogel.

Eine Kirchenglocke läutete im fernen Tal.

Nach einer kurzen Pause drängte der Reiseleiter unaufhaltsam weiter, indem er lautstark mehrmals in die Hände klatschte.

Pepe bedankte sich artig.

Nach einer Weile berührte er Javier an der Schulter und sagte: »Du kannst jetzt aufhören.«

Er hatte gar nicht wahrgenommen, dass sich dieses Heer von Schritten längst wieder entfernt hatte, so sehr war er in sein Narrenspiel vertieft gewesen; doch das heftige Klatschen des Reiseleiters hatte er dennoch bemerkt.

»Fünf herrlich grüne Dollarscheine!«, schrie sein kleiner Freund begeistert. »Wenn es so weitergeht, werden wir noch reich!«

Tatsächlich waren es gerade mal zwei Dollar.

»Es war Jackson, der elende Hund, der selbst noch den Toten das Geld aus den Taschen zieht, nicht wahr?«, sagte Javier Fuente beunruhigt.

Nachdem der kleine Pepe Felipe Suerte dies schüchtern bestätigt hatte, wusste der Blinde, dass die fünf Dollar nur mehr die Hälfte wert waren, denn der unverschämte Reiseleiter Jackson beanspruchte stets fünfzig Prozent ihrer Einnahmen. Ansonsten würde er sich nicht davor scheuen, ihr Täuschungsspiel augenblicklich jedem freigiebigen Spender zu verraten.

Aber zuweilen war ihm, Javier Fuente, auch dies völlig egal. Was nützte ihm selbst der Reichtum, wenn er weder das eigentliche Leben dort draußen noch das Leben innerhalb seiner eigenen Wände aufgrund seiner Blindheit niemals richtig wahrnehmen konnte?

Weshalb hatte ihn Gott dermaßen bestraft?

Nie war er irgendwie aufsässig geworden, nie hatte er irgendein Verbrechen geduldet, nie war es ihm irgendwie in den Sinn gekommen, seinen Nachbarn oder sonst wen im Dorf zu hintergehen. Dennoch hatte Gott es so gewollt, dass er blind wie ein das tiefe Erdreich bewohnendes Tier zur Welt gekommen war und seine Umgebung nur mit einem ausgeprägten Geruchssinn erspüren konnte.

»Ich leide schrecklich«, flüsterte er leise. »Pepe, gib mir einen Strick!«

Der kleine Freund kannte diese gelegentlichen Gefühlsausbrüche von Javier Fuente zur Genüge. Sie gingen ebenso schnell wieder vorüber, wie sie ausgebrochen waren.

»Der gibt uns bestimmt ebenfalls fünf Dollar«, bemerkte Pepe auf einmal aufgeregt, in Javiers Ohr flüsternd.

»Ich scheiße darauf!«, schrie der Angesprochene wütend.

Augenblicklich war er sich wieder völlig seiner Hilflosigkeit bewusst. Ohne Pepes Unterstützung auf dem Weg hierher hätte er es niemals gewagt, das schmale Rinnsal auf dem kaum fünfzehn Zentimeter breiten Balken zu überqueren. Er hätte einen Umweg von mindestens zwei weiteren Wegstunden in Kauf nehmen müssen oder wäre einfach in die Tiefe eines solchen Abgrunds gestürzt.

»Sei doch ruhig!«

Jetzt verspürte er, dass der Dreizehnjährige aufsprang und sich hastig ein paar Schritte von ihm entfernte. Der gute Pepe war wirklich ein treuer Freund!

Doch was war los? Er konnte ja nichts sehen, obwohl er sich jetzt emsig der Richtung zuwandte, die sein kleiner Kumpan einschlug.

»Muchas gracias, Señor!«, sagte dieser.

Gespannt verharrte er.

»Muchas gracias!«, wiederholte die ihm zur Genüge bekannte und noch kindlich piepsende Stimme Pepes.

Die Sonne betäubte ihn ein wenig, so dass er die Füße weit von sich streckte und sich erneut an die brüchige Mauer anlehnte.

Schweigen!

Im Hintergrund unzählige Stimmen und gedämpfte Schritte.

Ein Windrad vor dem Souvenirladen klapperte blechern.

Vögel jubilierten in der Luft.

Dunkelheit und Schweigen!

Es roch zugleich nach Wachstum und Verwesung.

Es roch nach Gesottenem und Gebratenem.

Es roch nach Altem, nach Neuem, nach Kraft und Zerfall.

Es roch nach Gemeinheit, wenn er erneut darüber nachdachte, dass er – vor sechsundzwanzig Jahren – blind wie ein Maulwurf zur Welt gekommen war. Und die Frauen, diese edlen, so herrlichen Geschöpfe, kannte er nur von ihrem weichen, viel versprechenden, dem ihnen ausströmenden Duft.

Dies machte ihn beinahe wahnsinnig!

Begierig lauschte er den Erzählungen der anderen Gleichaltrigen im Dorf, wenn sie darüber redeten. Aber alles durfte man ihnen auch nicht glauben; doch wenn nur ein Bruchteil von dem, was sie sagten, auf Wahrheit beruhte, dann versäumte er Unglaubliches.

Die Sonne und die elenden Gedanken ließen nicht mehr los von seiner Stirn.

Er setzte sich, seufzend – und wühlte mit den Fingerspitzen im dürren Grasboden. Verkrampft lauschte er einer weit entfernten Stimme, die in sein Gehör drang.

Plötzlich kehrte Pepe wieder an seine Seite. »Fünf Dollar, wie ich dir gesagt habe«, log er.

Auf einmal war er, der Blinde, wieder gänzlich Herr seiner Sinne.

»Steck sie geschwind in die Tasche, damit Jackson, der elende Hund, nichts davon mitbekommt«, sagte er.

»Wir werden den Gauner ordentlich betrügen ... hahaha!«

Auch Javier Fuente lachte jetzt: »Hahaha!«

Bei Einbruch der Abenddämmerung machten sie sich auf den Nachhauseweg in ihr Dorf. Von den an diesem Tag insgesamt tatsächlich eingenommenen acht anstatt vorgespielten sechzehn Dollar hatten sie Jackson vier abgeben müssen. Der dreizehnjährige Pepe Felipe Suerte getraute sich nicht einzugestehen, dass er anstatt der rein rechnerisch noch verbleibenden zwölf Dollar nur mehr vier in der ausgefransten Tasche bei sich trug.

»Ein lohnendes Geschäft«, murmelte Javier Fuente zufrieden. »Nur gut, dass Jackson, der Hund, nicht alles mitbekommen hat.«

Nach einer Pause fügte er hinzu: »Jetzt haben wir uns eine kräftige Suppe verdient, die uns Olguíta mit Freuden zubereiten wird.«

Pepe schwieg.

Allmählich stieg am Horizont der Mond auf.

»Pura vida – das reine Leben!«, bemerkte der Blinde nachdenklich. »Auch wenn ich ihn nicht sehen kann, kann ich ihn dennoch fühlen.«

Er hielt inne und fragte plötzlich: »Sagtest du etwas?«

»Ich?«, fragte Pepe verwundert. »Ich sagte nichts.«

»Du bist heute so schweigsam, mein kleiner Freund.«
Längst hatte Javier Fuente erkannt, dass die nicht vorhandenen zwölf Dollar, diese Lüge aus Freundschaft, Pepes Herz bedrückten.

»Du hast auch Tränen in den Augen«, bemerkte er nach einer geraumen Weile.

»Die kannst du gar nicht sehen«, stotterte Pepe verzweifelt.

Javier lächelte insgeheim. »Ich kann sie ebenso sehen, wie ich das Nichtvorhandensein der zwölf Dollar in deinen lumpigen Taschen sehen kann.«

Auf einmal war alles heraus.

»Tatsächlich … tatsächlich … sind es nur … nur vier«, stotterte Pepe und stieß mit seinem rechten Fuß wütend gegen einen Stein am Wegrand. »Aua! Verdammt noch mal!«

Nachdem sie schweigend weitergegangen waren, erklärte Javier freudestrahlend: »Aber wir haben uns die kräftige Suppe, die uns Olguíta zubereiten wird, dennoch verdient und werden sie genüsslich schlürfen.«

Der kleine Kumpan bewunderte ihn; denn obwohl er blind war, konnte man ihn schwerlich hintergehen.

Der Mond beleuchtete die fahlen Gesichter der Wandernden.

Olguíta lächelte. Ein viertel Hühnchen, eine Kartoffel und ein ganzes Ei schwammen im tiefen Suppenteller.

Pepe lächelte, grunzte zufrieden, mampfte und schmatzte.

Javier lächelte ebenfalls. Auch wenn man es immer wieder versuchte, ließ er sich dennoch von niemandem im Dorf auf den Arm nehmen, erst recht nicht von den jungen Angebern mit ihren angeblich reichen Erfahrungen mit sämtlichen Weibern der Umgebung.

»Pura vida!«, bemerkte er noch, bevor er sich von Pepe verabschiedete. »Und morgen ist wieder ein neuer Tag«, setzte er hinzu.

»Ich werde pünktlich zur Stelle sein«, piepste die Stimme des Dreizehnjährigen, bevor sie sich in der Weite verlor.

Der immer wachsame Hund des Nachbarn bellte mehrere Male.

Voller Sehnsucht dachte Javier Fuente an einen kräftigenden Schlaf, abseits vom Licht, auf seinem harten Strohlager, und an den ersten Hahnenschrei, der – wie gewohnt – einen neuen Tag einleiten würde, während Olguíta nach Liebe dürstend Ausschau nach ihrem Liebhaber hielt. Ihre neuen zierlichen Lackschuhe an den Füßen glänzten im Mondschein.

Der Neger Domingu

Mit geradezu überschäumender Kraft, in einem tosenden Gemisch aus Orange-, Gelb- und Rottönen, unbarmherzig glühend, glitt der untergehende Sonnenball – noch ein wenig zwischen den einzelnen, reglos stehenden Wolken verweilend – am Horizont allmählich ins ruhige endlose Meer. Auf den mit der Tageshitze noch immer voll gesaugten Felsen, draußen vor der von diesen eng umschlungenen, eingezwängten Bucht, stürzten sich vereinzelte Leiber in die kühlenden Wasserfluten, wo sie mit den schillernd blauen, zitronengelben, gesprenkelten, gestreiften, gepunkteten und dunklen Fischen um die Wette schwammen. Ein Frachter, dessen klägliches Schwarz in diesem insgesamt rötlich schäumenden Idyll nahe der Küste Venezuelas gänzlich verblasste, kroch kaum merkbar vorüber.

Eine Stimme auf der Balustrade flüsterte aufgeregt: »Verdammt noch mal, so lässt es sich wahrlich leben!«

Ihn aber konnte diese friedliche Stille keineswegs täuschen, die über dem offenen, weiten Meer lag. Die Bucht, eingeengt durch eine Anhäufung grober, künstlich aufgeschütteter Felsen, links und rechts, drohte in ihrer engen Umschnürung wie ein Korsett zu platzen in Anbetracht der grenzenlosen Weite dort draußen.

Seine Situation war geradezu aussichtslos geworden – und eigentlich gab es keine Zukunft mehr für ihn.

Der Neger Domingu beugte sich weit über die Balkonbrüstung, denn von unten vernahm er nunmehr vereinzelt säuselnde Stimmen. Eine Tür schlug zu. Dann war es augenblicklich wieder still.

»Noch einmal Glück gehabt ... und dennoch aussichtslos«, raunte er mit besorgter Miene.

Der riesige gespreizte Fächer eines Palmenzweiges streifte über sein Gesicht. Noch vor einer Stunde hatte es geregnet. Jetzt aber erhob sich ein gewaltiges Leuchten am Horizont; ein allerletztes Mal, bevor die Sonne endgültig im Meer beziehungsweise hinter der Krümmung der Unendlichkeit des Erdballs versinken würde. Gelbe, orange gefärbte, grelle Wolkenstreifen bedeckten den Himmel, so weit das Auge schaute. Morgen würde sie wiederkehren ... für die Reichen, die Glücklichen und Sorglosen, doch nicht mehr für ihn. Soeben fuhr das letzte Motorboot vom Riff draußen, tuckernd, in den kleinen Hafen ein. Laute, geschäftige Männerstimmen drangen an sein Ohr.

Es bestand augenblicklich keine Gefahr! Er lächelte erleichtert. Seile wurden festgezurrt, halbleere Sauerstoff-Flaschen auf den Anlegesteg geschleppt.

Der leise Wind rauschte durch die breit gespreizten Fächer der Palmenzweige, die sich sanft bogen und wie in einem Windspiel leise flüsterten. Von gegenüber, aus dem See-Aquarium, vernahm der Neger Domingu das klägliche Brüllen der halb dressierten Seelöwen. Die Mandelfrüchte, aneinandergereiht wie Trauben an einem Rebenstock, waren – jetzt im November – noch grün. Ein prächtiger, gelbbäuchiger Trupial bewegte sich fast geräuschlos durch das dichte Laubwerk des großblättrigen Mandelbaumes. Auf einem Ast blieb er eine Weile lang sitzen und beäugte ihn furchtlos. Trotz der sich jetzt ausdehnenden Stille verspürte der Neger Domingu, der ein Nachkomme sklavischer Vorfahren war, eine eigenartige Unruhe, tatsächlich seine eigene Unruhe. Mit der kaum spürbaren salzigen Luft füllte er seine kräftigen Lungen. Von dieser Insel gab es kein Entrinnen, wusste er, als er durch die makellos weiß gestrichenen Flügeltüren wieder ins Zimmer trat. Der Ventilator drehte sich fast geräuschlos an der Decke. Aufgrund des Lind- und Dunkelgrüns der Einrichtung des Innenraumes dachte er sogleich an Gift, an ein schleichendes Gift, das vielleicht in Sekundenschnelle und ohne viel Aufsehen zu verursachen seinem Leben ein Ende setzen könnte.

»Hahaha!«, lachte er auf einmal lauthals auf, als er sich auf dem Bett ausstreckte und das fette Bündel an Dollarscheinen betrachtete, das er in der Hand hielt.

All dies Grün in seinen vielfältigen Schattierungen irritierte ihn zusehends. Selbst die teuren Flaschen Weißwein auf dem grünen Schreibtisch unter der schlichten Beleuchtung, die sich in diesem Lindgrün umarmten, sich im rechteckigen Spiegel widerspiegelten, erschienen ihm – samt ihrem farblos flüssigen Inhalt – grünfarben.

Nein! Ihn täuschte die friedliche Stille nicht, die sich dort draußen über dem offenen Meer ausbreitete, während er sich eine Stunde später auf einen dreibeinigen Hocker am Tresen schwang. Auch ahnte er den Betrug der bunt aneinandergereihten Flaschen auf dem hölzernen Brett in Griffweite über einigen bereits verzerrten Gesichtern, deren Münder willkürlich schluckten, was man ihnen vorsetzte.

Er war der einzige Neger im Rund – bei dieser auserlesenen und ausgelassenen Tafelrunde – und grinste breit. Wenn die Sinne so allmählich dahinschwinden, sich verflüchtigen, ist das Leben ja tatsächlich erträglich! Er wurde eingeladen und gab aus. Es kostete augenscheinlich nichts. Man deponierte eine gewisse Summe an der Rezeption des Hotels und konnte anschließend bestellen und saufen … bestellen und saufen … Was kicherte da der Chuchubi (Mockingbird) am Frühstückstisch, bevor er die Kaffeesahne mit seinem spitzen Schnabel aus der Plastik- und Aluminiumverpackung löste, um die verspritzte Flüssigkeit anschließend von der hölzernen Tischoberfläche aufzusaugen? Auch der Zuckerdieb (Bananaquit) war unaufhörlich unterwegs; was also bedeutete es überhaupt, ein Dieb zu sein? Jetzt lachte der Neger Domingu über irgendeine Posse, die jemand zum Besten gab. Man duldete ihn – wenigstens an diesem Abend und zu dieser Stunde – als Auserwählten, als einen von ihnen. Er verfügte über eine stattliche, wenn auch hagere Figur. Sein dichtes kurzes Haar glänzte rabenschwarz, seine geschwungenen, aufgeworfenen Lippen zeugten von Schönheit und Kraft – und er hatte es vor allem gelernt, stolz zu sein, sich niemals unterwürfig zu zeigen oder sich gar unterkriegen zu lassen und sich wie ein Señor zu bewegen. Makellos weiß blitzten seine Zähne, während aus den Mündern der Ausländer garstige Fäulnis roch oder künstliche, teure Zahnbrücken ihr aufgesetztes Lächeln zierten. Immerzu hatte er – trotz der Armut und der sanft verrinnenden Schlichtheit seines Lebens hier auf der Insel – darauf geachtet, ein gewisses Auftreten zu wahren. Diese verdammte, üppig gefüllte Geldbörse des Kerls aus Amsterdam aber lag so verlockend da vor ihm, unbewacht, griffbereit, dass er einfach zulangen musste. Jeder andere hätte es wohl ebenso getan.

»Teresa ...«, murmelte er nachdenklich, nachdem er seiner Sinne längst nicht mehr mächtig war.

»Teresa ... o Teresa!«

»Your wife?«

Was mischte sich da dieser grauhaarige Kerl mit der schwarzen Schildkappe, dem karierten Hemd und der beigefarbenen Weste mit ihren drei bis vier Ausbeulungen, in denen er was auch immer mit sich trug, in seine Gedanken?

Ja, Teresa war sein Weib gewesen, eine bezaubernde Inselschönheit, bis die verdammte Krankheit urplötzlich aufkam und ein rascher Tod sie dahinraffte; dieser schreckliche, endgültige Tod.

In Otrabanda, in einer armseligen Behausung, hatten sie gelebt, während er jetzt an einem Tresen mit dezenter elektrischer Beleuchtung saß – und wo seine Anwesenheit nur geduldet wurde, weil er zuvor eine gewisse Summe an der Rezeption hinterlegt hatte, die ihm – dem Neger Domingu – ebenso wie allen anderen hier das Recht zum ausgiebigen Trinken gab.

»Noch eine Runde!«, brüllte ein rotgesichtiger Affe, dem die fortwährende Hitze und die Sonne tagsüber sichtlich zu schaffen machten.

Schon tanzten die Flaschen mit ihren bunten Etiketten über dem Tresen ein artiges, wenn auch ein wenig skurriles Ballett.

»Die nächste Runde geht auf meine Rechnung«, sagte der Neger Domingu ohne Umschweife.

Er musste mehrere Hände drücken; Hände, die ihm fremd waren und die ihn eigentlich nichts angingen; ja für die er sich wahrlich nicht interessierte.

Dann fing er an, kraftvoll zu singen über die Liebe, die Armut und die Sklaverei, denn er hatte eine schöne Stimme. Man klatschte ihm Beifall. Und einer sagte: »Der Neger Domingu singt den Curaçao-Blues.«

Irgendwann, in einer ruhigen Minute, dachte er wieder an die schöne Teresa, mit der er kaum zwei Jahre lang verheiratet gewesen war, bis die schreckliche Krankheit sie in kürzester Zeit dahinraffte. Eine Fledermaus flog flatternd, schattengleich wie ein Dämon aus der Finsternis, vorüber. Wie gewöhnlich rauschte ein beständiger Wind über die Bucht. Das Meer plätscherte unaufhörlich auf die längst verlassene Uferpromenade mit den paarweise angeordneten Liegestühlen. Hinter der Steinmauer war es nicht mehr sichtbar, denn sanft schloss die Dunkelheit über ihm ihren Mantel der Finsternis.

Über seine Hand glitten behutsam die Stierkopffrochen, die er am Nachmittag im Becken des See-Aquariums mit Shrimps und kleinen zerteilten Fischresten gefüttert hatte. Ihre Münder saugten die Nahrung wie kleine Staubsauger auf. In Augenhöhe sah er den rosafarbenen Flamingos ins Gesicht, die majestätisch neben ihm herschritten, in ihre reglosen gelben Augen, als sei er ein Eindringling in ihr Refugium.

Jetzt lächelte der Neger Domingu und dachte nicht mehr daran, länger an diesem Tresen zu verweilen, der ihm plötzlich so unwirklich, gar grausam erschien.

»Teresa, meine geliebte Teresa, ich schäme mich so sehr«, flüsterte er.

Dreimal hintereinander musste er die Spülung der Toilette in seinem lindgrün gestrichenen Hotelzimmer betätigen. Anschließend legte er sich auf eines der breiten geräumigen Doppelbetten nieder und schlief augenblicklich ein. Nur noch das leise Summen des Ventilators an der Zimmerdecke war zu vernehmen und – wenn man genau hinhörte – die Brandung draußen und seine vereinzelten Seufzer.

In einem Traum erschienen dem Neger Domingu die gelben, grünen, blauen, rosafarbenen Spielzeughäuser von Willemstad am gegenüberliegenden Ufer so zerbrechlich wie das Leben selbst. Die Sonne prallte hell leuchtend auf ihre zierlichen Fassaden, während finstere Wolkengebilde – als Vorboten eines nahenden Unheils – über ihnen am Himmel standen, erdrückend und schwer zugleich.

Er erkannte Teresa am Ende der schwankenden Brücke, die sich nun auf ihrer Drehscheibe mit knatternden Motorengeräuschen Otrabanda näherte, dem gegenüberliegenden Ufer von Punda, um die Durchfahrt für ein gewaltiges Containerschiff in den natürlichen Hafen freizugeben. So entschwand Teresa, noch einige Augenblicke zu ihm herüberwinkend; Teresa, die er so sehr geliebt hatte, auch in diesem Albtraum seines Lebens.

Als das Containerschiff mit seinem schwarzen Rumpf, der einem überdimensionalen Leichensarg glich, die Hafeneinfahrt passierte, erwachte er.

Wenn er reich gewesen wäre, dann hätte sie niemals sterben müssen, wusste der Neger Domingu, denn eigentlich hätte ihre Krankheit besiegbar sein können. Aber dort, wo er wohnte, wo er hauste, gab es nichts zu holen – und den Rollstuhl seiner Mutter musste man provisorisch aus allen möglichen Einzelteilen zusammenschweißen, so dass er das Aussehen eines eisernen Korsetts hatte, in dem sich die Mutter mühsam auf klapprigen Rollen, dabei manchmal grimmig fluchend, fortbewegte. Wie würde es mit ihr weitergehen, wenn sie ihn letztendlich des Diebstahls überführten?, fragte er sich. Aus ihren längst glanzlos gewordenen Augen würden ein paar dicke Tränen hervorquellen und über ihre runzligen Wangen rollen; sie würde ihr langes graues Haar aus dem Knoten lösen und sich – inbrünstig betend – ihrem Schicksal ergeben; demütig wie ein sterbendes Tier, das jegliche Aussicht auf eine mögliche Flucht oder Rettung endgültig verloren hat.

In diesem dämmrigen Loch ihrer gemeinsamen Behausung würde sie einfach mit einer letzten, übermenschlichen Anstrengung die Fensterläden verschließen, den einsamen Tod erwarten und wissen: Es ist vorbei … schade, es ist alles vorbei!

Und er allein, er trug die Schuld daran!

Nie waren sie aus diesem verdammten Otrabanda mit seinen zerfallenden Bauwerken abseits der breiten Einkaufsstraße herausgekommen, aus dem allgegenwärtigen Drogensumpf der Armut, als ob unsichtbare Ketten aus Schmiedeeisen an den Füßen sie dort angekettet hätten; Reliquien aus den Zeiten der Sklaverei.

Endlich hatte er eine Anstellung als Wachmann in einer dieser modernen Hotelanlagen gefunden, wo es nur galt, einen rot-weiß gestrichenen Pfosten für einzelne Fahrzeuge zu öffnen und wieder zu verschließen. Zunächst trug er sein hellblau gestärktes Hemd und die dunkelblauen Hosen – seine Uniform – mit Würde, grüßte die Gäste und ließ sich von ihnen grüßen, bis die

immer fröhliche Teresa, seine Frau, plötzlich aufhörte zu lächeln, weil sie den Tod erkannte; den schrecklichen Tod, der in seiner düsteren Gestalt urplötzlich in ihr bisheriges, einigermaßen zufriedenes Leben eingetreten war wie ein unbestimmbares Unheil von irgendwoher. Der Glanz in ihren Augen erlosch. In wenigen Wochen siechte sie dahin, nahm keine Nahrung mehr zu sich, verweigerte Besuche von Freunden, Nachbarn und Bekannten, versperrte ihren kleinen Handspiegel in einer Schublade, um sich nicht mehr darin betrachten zu müssen, lehnte sich in ihrem zerschlissenen Strohstuhl auf der schmucklosen Veranda zurück, während sich das gleißende Sonnenlicht eines jeden neuen Tages auf dem brüchigen Asphalt der Straße ausbreitete, und sagte in einem bestimmenden Ton: »Ich werde euch in Kürze verlassen. Das Schicksal hat es letztendlich so entschieden.«
Dagegen war kein Einspruch zu erheben, denn in ihrem bescheidenen, armseligen Leben hatte sie immerzu die Wahrheit gesagt.
Bei Einbruch der Dämmerung schliefen die Seelöwen neben der steinernen Brücke unter der Mauer, über die er sich jetzt beugte, im Sand. Ihre Körper atmeten heftig, vereinzelt niesten sie und träumten wohl von großen silbernen Fischen, die sie gierig verschlangen – oder einfach von der Freiheit, die ihnen mehrere Gitter aus Maschendrahtzaun versperrten. Im Becken nebenan schlummerten sechsundzwanzig Ammenhaie (nurse sharks) – und vereinzelt tauchten die Körper riesiger Meeresschildkröten, Atem holend, aus der trüben, dunklen Flut. Der Wind rauschte unaufhörlich.

Der Neger Domingu erhob sich aus den zerwühlten Laken, als das kräftige Sonnenlicht längst schon über dem Strand schwelte. Trotz seiner angespannten Muskeln fühlte er sich zerbrechlich, zerbrechlich und hilflos wie ein Beutetier vor seiner Entdeckung. Am Frühstückstisch begegnete er Freunden des Vorabends, die ihn nicht einmal mehr grüßten. Zu sehr waren sie damit beschäftigt, sich die besten Bissen vom Büfett anzueignen; die dicken, unförmigen Pfannkuchen, die Rühreier, den fettigen Schinken und vor allem den frischen Obstsalat. Ein Trupial wagte sich bis zu den Pfannkuchen vor, bevor ihn ein Gast des Hotels mit einem Händeklatschen verscheuchte.

Noch hatten sie ihn nicht entdeckt, sein Verbrechen – und dass er sich tatsächlich an solch einer Örtlichkeit aufhielt, an der er fremd und eigentlich nicht geduldet war; denn schließlich gehörte er nicht zu ihnen, diesen Reichen, Glücklichen und Sorglosen, die ihre Zeit damit totschlugen, ihre Körper auf den bereitstehenden Liegestühlen auszubreiten, der Sonne ihre wohlgefüllten Bäuche entgegenzustrecken, sich einem Müßiggang hinzugeben, der augenscheinlich nichts als pure Langeweile war, und zu denken … oder gar nichts zu denken … jedenfalls anders zu denken, als ihm eigen war.

»Man muss sich einfach zurechtfinden«, sagte Teresa immer dann, wenn er, verzweifelt aufgrund ihrer Krankheit, in seinem hellblau gestärkten Hemd und den dunkelblauen Hosen nach Otrabanda zurückkehrte; Otrabanda mit seiner einzigen, breiten Geschäftsstraße und dem überdimensionalen Verfall, der wie ein Krebsgeschwür darin wucherte.

Die Mutter in ihrem Rollstuhl auf der Veranda, die aufmerksam den Strom des Lebens betrachtete, der an ihr vorüberglitt, morgens, mittags und abends. Ihr klagendes, zuweilen verweintes Gesicht. – Das zersprengte, brüchige Pflaster, die Händler aus der Nachbarschaft mit ihren kitschigen Waren, für die sich augenscheinlich niemand interessierte, dieses Leben von der Hand in den Mund, das austrocknete wie eine zierliche Pflanze in der Einöde der Insel; unterbrochen vielleicht an den wenigen Festtagen, an denen man sich schmückte, lachte und sich den hungrigen Bauch gänzlich füllte … die bunten Wandmalereien unter der Brücke, die ein staubiges Grau allmählich überdeckte und von nichts anderem als elender Trostlosigkeit sprachen.

Als er Teresa noch nicht kannte, schuftete er ein Jahr lang auf der westlichen Nordseite der Insel zusammen mit dem Haitianer José Carlos Amiro auf dem Hof eines Bauern, der Kühe, Ziegen, ein paar Pferde und Felder besaß. Es war eine anstrengende Arbeit gewesen, die kargen Felder zu beackern, das Vieh zu versorgen, Reparaturarbeiten an den Ställen und Gattern durchzuführen, ohne einen freien Tag zur Verfügung zu haben. In den Abendstunden verkrochen sie sich in ihrer blau angestrichenen Hütte, betranken sich und glotzten in die Röhre. Ja, solch ein Fernsehgerät war nahezu ihre einzige Verbindung zur Außenwelt gewesen in dieser jämmerlichen Behausung, die auf hohen Pfosten stehend die Ställe überragte, in denen die Kühe muhten, die Ziegen meckerten und die Pferde wieherten. Hoch oben, auf dieser hölzernen, brüchigen Plattform, besoffen sie sich, erzählten sich Geschichten, träumten von anmutigen Frauen, deren Körper so zart nach frischen Rosen duften, und von einer Zukunft, die diese banale Gegenwärtigkeit irgendeines Tages für immer auslöschen würde. Oft schlenderte er mit dem Haitianer, wenn sie mal ein paar Stunden freihatten, entlang dem steinigen Weg, der über zwei Terrassen anstieg, und den links und rechts ein dürres, trostloses Land umschloss, überfüllt mit Steinen, Kakteen, trockenen Sträuchern, vorüberhuschenden Eidechsen und Leguanen.

José Carlos Amiro war ein kleiner, wohlbeleibter Typ gewesen, den ein Schnauzbärtchen zierte und dessen Armmuskulatur durch die anstrengende Arbeit prächtig gediehen war, so dass er trotz seiner Herkunft und Armut etwas darstellte. Niemand hätte es jedenfalls gewagt, mit ihm einen Streit anzufangen. Aber – dagegen war nichts zu machen – derartige Ausflüge endeten doch immer in der düsteren Verlassenheit von eilfertig zusammengenagelten Bretterwänden an der Hauptstraße, die als Bar bezeichnet wurden und die lustigen Trinkvögel aus der ganzen Umgebung anlockten. Die dicke Margarita, eine Negerin mit geflochtenem Haar, in dem rote und weiße Perlen fest verankert waren, mit einem Arsch und Titten, die ihr Kleid geradezu sprengten, besaß tatsächlich eine Goldgrube. Sanft war ihr Lächeln, wenn die Gäste einkehrten – aber wenn sie diese loshaben wollte, weil der Rausch ihre Gesichter schon deutlich zeichnete, dann war von einer Sanftheit nichts mehr zu verspüren. Mit einer plötzlich verfinsterten Miene, entschlossen, drängte sie alle dazu, sich auf den Heimweg zu begeben; denn sie schließe jetzt, die Getränke seien erschöpft, und überhaupt wäre morgen ein neuer Tag. Margarita konnte tatsächlich eine Furie sein! Wer wagte da zu murren oder gar zu widersprechen, wenn sie stämmig in ihrer ganzen Fülle wie ein afrikanischer Dickhäuter mit ihrem Besen in der Hand dastand, um den Unrat des Tages zusammenzukehren, sobald sich der letzte Gast murrend erhoben hatte.

Mit einer Taschenlampe in der Hand leuchtete der Haitianer voran, und der Neger Domingu folgte ihm mit ein wenig torkelnden Schritten. Nach solch einem Ausflug mussten sie noch die Leiter zu ihrer auf hohen Pfosten stehenden blau angestrichenen Hütte erklimmen, um sich endlich auf ihrem schlichten Strohlager niederlegen zu können.

Er verstand sich ausgezeichnet mit dem Haitianer José Carlos Amiro, bis dieser eines Morgens erklärte, er müsse auf seine Insel zurückkehren. Die Zeit seines Aufenthalts hier war lediglich auf ein Jahr begrenzt. Daraufhin entschloss sich auch der Neger Domingu dazu, ein neues Leben zu beginnen. Ein letzter, kräftiger Händedruck besiegelte ihre Freundschaft.

Von dem Haitianer aber hatte er nie wieder etwas gehört.

Willemstad ... Otrabanda! Seine glückliche Zeit, wenn diese auch bescheiden gewesen war, begann, als er Teresa kennenlernte, die schöne Teresa mit den so sanften Augen, in denen sich die Sterne und der Mond widerspiegelten. Endlich hatte er entdeckt, dass man durch die schlichte Gegenwart einer bestimmten Person unendliches Glück empfinden kann. Prächtig war die Hochzeit verlaufen, wenn man auch Ausgaben hatte, die man sich eigentlich nicht leisten konnte. Alles verschlang Geld: die künstlichen Blumen in der Kirche, die saftigen Braten auf dem langen gedeckten Tisch im Freien, Teresas Kleid, seine neuen Hosen und Schuhe, die Musikkapelle, die Getränke zur Begrüßung der Gäste zum ausgiebigen Essen, zur Verabschiedung der Gäste, des Pfarrers Worte, die mit Girlanden geschmückte Pferdekutsche samt dem Kutscher in seinem historischen Gewand ... und was noch alles!

Dann aber hatte er schließlich diese Anstellung als Wachmann in hellblauem Hemd und dunkelblauer Hose gefunden – und alles wäre einigermaßen geregelt und zufrieden verlaufen, wenn Teresa nicht plötzlich erkrankt wäre und eines Morgens erklärt hätte, sie fühle sich elendiglich. Anschließend übergab sie sich mehrmals auf der schmutzigen Toilette im Hinterhof und ahnte bereits das kommende Unheil. Als man ihren Zustand im Krankenhaus als unheilbar verkündete, weinte er wohl zum ersten Mal in seinem Leben. Teresa aber lächelte, saß in ihrem Strohstuhl auf der Veranda und beschwor, sie habe die Kraft des Sonnenlichts und des Lebens überhaupt, das vor ihr auf den Straßen ablief, früher niemals mit solch einer Intensität wahrgenommen oder erlebt wie gerade jetzt in ihrem erbärmlichen Zustand.

Wieder saß er am Tresen, umringt von den garstigen Gesichtern des Vorabends, der letzten beiden Nächte, die er dort verbracht hatte. Wie flüssiges Gold schluckten sich die Getränke, die man ihm auf ein bloßes Handzeichen hin servierte. Noch hatte man ihn nicht entdeckt; seinen Diebstahl vielleicht einem anderen zugeschoben oder diesen gar noch nicht wahrgenommen. Vielleicht bemerken es reiche Leute zuweilen überhaupt nicht, wenn ihnen etwas abhanden kommt? Dies war beruhigend. Nacheinander trank er die fünf Farben des Curaçao. Er lud ein und wurde eingeladen. Man lachte unaufhörlich. Erneut plätscherte ein heftiger Regenschauer hernieder. Doch niemanden störte dies. Schwarz, undurchsichtig wirkte das Meer dort draußen. Helle Strahler beleuchteten vereinzelt die Kokospalmen. An den Nebentischen wurden deftige Speisen aufgetragen. Es roch nach Parfum, Wohlstand und einer tatsächlichen Unbeschwertheit.

Dennoch schämte sich der Neger Domingu, denn inmitten der aufgewühlten Heiterkeit musste er fortwährend an Teresa denken, die tot, längst verwesend in ihrem Grabe lag – und an seine Mutter in ihrem armseligen Rollstuhl, die jetzt vielleicht – gerade in diesem Augenblick – mit feuchten Augen die düsteren Wände ihrer schlichten Behausung anstierte und sich fragte, wie alles bloß weitergehen werde.

Der hell beleuchtete Pool, die makellos geputzten Wege, die Freundlichkeit, die den Gästen an der Rezeption des Hotels und überall begegnete, und die Ausgelassenheit hier am Tresen im Rund der fröhlichen Trinker: War dies eigentlich wirklich?

Sobald sie ihm die Handschellen anlegten, würden sich all die lächelnden Gesichter angewidert zur Seite wenden, sich unbefangen in ein Nichts auflösen – und dann war er wieder der Neger Domingu aus Otrabanda, der Nachkomme ehemaliger Sklaven, der kein Recht dazu hatte, überhaupt an solch einer Örtlichkeit zu verkehren.

Im lindgrün umrahmten Spiegel seines Zimmers entdeckte er eine Fratze, eine fürchterliche Fratze, die jedenfalls keine Ähnlichkeit mehr hatte mit seinem früheren, so stolzen Antlitz eines glücklichen, unbesiegbaren Menschen. Er fühlte die Schwäche, diese unsägliche Schwäche, die sich ihm behutsam näherte und keinen Ausweg mehr zuließ. Jetzt müsste man sich zum Schlafen hinlegen und dürfte jedenfalls nimmermehr erwachen. Leise surrte der Ventilator an der Decke. Zwei Geckos klebten an der weiß getünchten Wand.

Ein heftiges Unwetter, schließlich war November, zog allmählich über das Meer heran. Ein Türflügel schlug zu. Unaufhörlich prasselte der Regen auf die runden Blätter des Mandelbaumes hernieder. In weiter Ferne vernahm man einzelne Donner. Gelegentlich durchzuckten grelle Blitze das Schwarz des Himmels.

Der Neger Domingu streckte sich auf seinem Bett aus, doch er fand keinen Schlaf, denn allzu sehr beschäftigten ihn seine Gedanken. Er bezeichnete solche Stunden, die er als ein wahres Unglück empfand, zurecht als den Curaçao-Blues, den er auch schon in den vergangenen Jahren, beim Anblick der Mutter im Rollstuhl, bei der Arbeit auf dem Hof des Bauern mit dem Haitianer José Carlos Amiro, bei Teresas plötzlichem Tod und nach einem heftigen Besäufnis, erlebt hatte.

Nichts war mehr Wirklichkeit! Das ganze Leben ein bloßer Ablauf an Erinnerungen und irgendwelchen Träumen, die sich niemals erfüllten. Eine Ratte floh, aufgeschreckt durch ein plötzliches Geräusch, vom Ast des Mandelbaumes über den weit gespreizten Fächer des Palmenzweiges vor seinem Balkon. Über der Bucht lag eine dämonische Stille, während er sich über die Balustrade beugte und nach irgendeinem Sinn des Lebens suchte. Gab es einen solchen überhaupt? Eine weitere ruhige Nacht kehrte augenscheinlich über dem Meer ein, in dessen Tiefen jetzt ein Fressen und Gefressenwerden stattfanden, das nur ein trister, nachdenklicher Geist wahrnehmen konnte. Er putzte sich die makellos weißen Zähne, wie er es immer getan hatte, stellte sich unter die Dusche und empfand dennoch ein Gefühl von wahrhaftiger Sinnlosigkeit. Teresas dunkle Augen leuchteten nicht mehr, waren längst erloschen, und tatsächlich musste man sich an irgendwelchen Erinnerungen und Träumen festhalten, um nicht gänzlich verrückt zu werden.

Am nächsten Morgen erwachte der Neger Domingu, zerstochen von Moskitos, aus einem unruhigen Schlaf, als die ersten Strahlen des Sonnenlichts ins Zimmer fluteten. Nach einem ausgiebigen Frühstück kehrte er in diese Räumlichkeit zurück.

Schnell hatte er seinen zerschlissenen Koffer gepackt.

Draußen brauste – wie gewöhnlich – der nie enden wollende Wind. Das klägliche Brüllen der Seelöwen aus dem See-Aquarium war ebenfalls zu vernehmen.

Jemand klopfte an seine Tür.

»Nun haben sie mich also entdeckt«, raunte er – und verspürte augenblicklich eine tatsächlich vollkommene Gleichgültigkeit.

Mit stolz geschwellter Brust, bereit zu allem, öffnete er den Riegel der Tür.

Vor ihm stand das Zimmermädchen und sagte leise: »Verzeihung!«

Sie war gekommen, um die Handtücher zu wechseln. Erleichtert lächelnd wehrte er ab. »Bitte, ich reise in wenigen Minuten ab.«

Sie grinste breit und zog sich schüchtern zurück.

Nein! Sie würden ihn niemals kriegen, wusste er, denn schließlich musste er sich um seine Mutter kümmern, die ihn in ihrem schäbigen Rollstuhl sitzend längst erwartete. Und irgendwie würde das Leben schon weitergehen ... darin bestand kein Zweifel.

Die Sonne brannte aus einem heiteren, jetzt völlig wolkenlosen Himmel hernieder. Er sang den Curaçao-Blues, indem er seine wohltönende, kräftige Stimme erhob und – während er sich ein letztes Mal über die Balustrade beugte – entdeckte, dass ihm sein gegenwärtiges Leben doch noch nicht gänzlich abhanden gekommen war. Dennoch schämte er sich, da es Teresa jedenfalls niemals geduldet hätte, dass er zu einem, wenn auch unentdeckten Dieb verkommen war.

Dazu war sie einfach ... zu heilig.

Eine merkwürdige Geschichte

Tres Rios III

Der Sargento Esteban Uríba streckte die Beine weit von sich und richtete sich auf einen weiteren bedeutungslosen Tag ein, den er schlummernd auf der in einem satten Blau gestrichenen Veranda der kleinen Polizeistation in Cuatro Esquinas verbringen würde. Zudem war Sonntag, und nur er hatte Dienst. Im Allgemeinen war ihm dies keineswegs unangenehm, doch in letzter Zeit ertappte er sich immer häufiger dabei, dass er – sobald ihn ein gewisses Dösen überkam, was bei der gegenwärtigen Hitze nicht verwunderlich war – plötzlich in Erinnerungen schwelgte. Dies mag wohl an der überflüssigen Zeit oder an der entsetzlichen Langeweile liegen, gestand er sich insgeheim ein und schlummerte gar vergnügt fort, wenn ihm die eine oder andere flüchtige Liebe seines Lebens wieder im Traum erschien und Gestalt annahm; doch entsetzlich war, dass er sich in letzter Zeit immer häufiger an Guillermo González Sancho erinnerte, den er eigentlich völlig vergessen und damals, als er noch jung, voller Tatendrang und beim Militär war, ein wenig übereilt erschossen hatte.

Nur gut, wenn er bei solch einer Erinnerung dann sogleich erwachte, sich im kleinen Büro auf dem noch kleineren Herd einen Kaffee aufbrühte und mit losem, bis zum Bauchnabel aufgeknöpften Hemd wieder wach auf die Veranda hinaustrat, um dort ein wenig auf und ab zu schreiten. Niemand achtete hier, weitab von der

Zivilisation, auf den korrekten Sitz seiner Uniform. Die schwarzen Stiefel standen bereit in der Ecke, falls doch irgendwann einmal ein unvorhersehbares Ereignis eintreten sollte wie etwa vor zwei, drei Monaten, als neben der Polizeistation ein Jeep vorgefahren war, dem – überraschenderweise – der Comandante Juan Crespo Orosí entstieg, und es ihm gerade noch gelungen war, die Stiefel anzuziehen, das Hemd zuzuknöpfen und in militärischer Haltung Bericht zu erstatten; Bericht worüber? Bericht darüber, dass nichts zu berichten war. Dafür genügte ein kurzer Satz, den er mit klarer Stimme verkündete und der lautete: »Keine besonderen Vorkommnisse, Comandante!«

Derartige unvorhersehbaren Auftritte von irgendwelchen Ranghöheren in Uniform behagten ihm keineswegs, denn allzu leicht konnte man in Unannehmlichkeiten geraten, wenn solch einem Kerl gerade – aus welchem Grund auch immer – eine Laus über die Leber lief. Dagegen war man einfach machtlos. Der Comandante Juan Crespo Orosí aber hatte sich wahrlich von seiner besten Seite gezeigt, erbat sich ein Glas Aguardiente und zwang ihn, den Sargento, geradezu mit ihm anzustoßen und auf die Republik zu trinken. Sie saßen sich gegenüber, unterhielten sich über dies und jenes, bis der Comandante plötzlich – nach dem dritten Glas, während sich sein Fahrer geduldig die Füße vertrat – begann, in Erinnerungen zu schwelgen.

»Die Gruppe C war damals ein verteufelt gemeiner Haufen aus jungen Übereifrigen gewesen...«, erklärte er.

Jetzt erinnerte sich der Sargento Esteban Uríba mit Schrecken an den Wandbeschmierer Guillermo González Sancho, den er völlig sinnlos bei einem Einsatz der Gruppe C bei seiner nächtlichen Tätigkeit wie einen wilden streunenden Hund einfach abgeknallt hatte. Und er erinnerte sich zudem an den jungen schlanken Juan Crespo Orosí, der die ziemlich ungeordnete Gruppe C übernahm, als er sie gerade verlassen hatte. Er hatte ein wenig Bauch angesetzt, auf der Stirn und in den Mundwinkeln Falten bekommen, aber der dunkle, feurige, energische Blick, der ihn jetzt traf, war noch immer derselbe. Damals war er Juan Crespo Orosí ein paarmal begegnet.

»Ist Ihnen nicht gut, Sargento?«

Ein Glück, dass er ihn nicht erkannte.

»Aguardiente gibt's bei mir eigentlich erst nach Dienstschluss und nach Einbruch der Dämmerung«, entschuldigte er sich rasch.

»Hahaha!«, lachte der Comandante, stand auf und rief seinem Fahrer zu, der zwischenzeitlich ein Stück die staubige Straße hinaufspaziert war: »Sertíjo, wir fahren ab!«

Sertíjo eilte mit flinken Schritten zum Jeep zurück.

»Es hat mir wahrlich ein Vergnügen bereitet, mich mit Ihnen, Sargento, zu unterhalten.«

»Danke, Comandante«, sagte Esteban Uríba und sah dem davonbrausenden Jeep noch eine Weile hinterher.

Ursache der Rückkehr des Toten aus seinem längst vergessenen Grab in seine Erinnerung war also dieser plötzliche und so überraschende Besuch des Comandante Juan Crespo Orosí vor etwa zwei, drei Monaten gewesen, der unbedacht das Wort »Gruppe« und den Buchstaben »C« ausgesprochen hatte. Mit der Auferstehung des Erschossenen, die beim Dösen auf der Veranda der Polizeistation fortan Einlass in seine Gedanken fand, kehrte zugleich die Schuld wieder, diese verfluchte ungesühnte Schuld über ein im jugendlichen Übereifer begangenes Verbrechen, das er längst verdrängt zu haben glaubte.

Los pobres no te olvidan, Che!

Jemand hatte seine Überzeugung mit roter Farbe unübersehbar auf die graue Häuserfassade entlang der Avenida 9 de Octubre gesprüht; lange nach Mitternacht, als der breite Menschenstrom bereits spürbar versickert war. Dennoch wurde der Übeltäter dabei von Carlo, dem Schuhputzjungen, beobachtet, der gerade auf dem Nachhauseweg war, zögernd stehen blieb und leise kichernd Beifall klatschte, als er in ihm Guillermo González Sancho erkannte. Dieser wiederum beendete, nachdem er sich flüchtig und kurzzeitig erschrocken dem Beobachter seiner heimlichen Tätigkeit zugewandt hatte und in ihm keinerlei Gefahr erkannte, mit Entschlossenheit sein Werk. Bei Tageslicht würde man die Aufschrift sogar noch mit Leichtigkeit vom schräg gegenüberliegenden Hotel, dreißig Meter die Straße hinunter, entziffern können.

»Na, was sagst du dazu?«, sagte er lächelnd und zugleich stolz über seinen Mut und seine Entschlossenheit.

»Los pobres no te olvidan, Che!«, las Carlo mit Begeisterung vor. »Großartig, einfach großartig!«

Dann tauchte wie aus heiterem Himmel plötzlich Jade Jakinda auf, die wenig Hoffnung hatte, in dieser Nacht noch einen zahlungskräftigen Freier abzubekommen, grinste und gab den beiden den Ratschlag, sich schleunigst aus dem Staub zu machen, denn zwei Polizisten schlenderten gerade die Straße herauf. Sie hatte sie vor vielleicht fünf Minuten mit ihren gewohnt flinken Schritten überholt.

»Bis dann«, sagte Guillermo und eilte davon.

»Ich habe nichts zu befürchten und ich habe auch nichts gesehen«, versicherte Carlo und zog – ein Lied vor sich hin trällernd – weiter.

Vorsorglich überquerte Jade Jakinda die breite Avenida 9 de Octubre, um im Schatten der Häuserfassaden, wo das elektrische Licht der Straßenbeleuchtung niemals hinfällt, endlich nach Hause zu gelangen.

Am nächsten Tag entdeckte die kleine Acadia an der Hand ihrer Mutter die riesigen leuchtend roten Lettern auf der grauen verwitterten Wand. Jemand musste in der Nacht heimlich die brüchige Mauer erklommen haben, um von dort aus ungehindert diesen Frevel zu begehen, wusste die Mutter und übergab ihrer Tochter den Rosenstrauß, um sie damit in den Garten des Restaurants zu schicken, in dem bereits einige muntere Gäste saßen. Acadia verkaufte vier langstielige Rosen, denn mit ihren großen dunklen Augen, dem reglosen Schmollmund und den Zöpfen mit riesigen, leuchtend gelben Schleifen hatte sie eigentlich immer Erfolg. Sie hob einfach ihre bescheidene Ware den Leuten hin – und schon sagte eine tiefe Männer- oder eine helle Frauenstimme: »Ach, sieh dir nur die Kleine an, wie süß die ist!«

Manchmal gab man ihr sogar mehr, als sie verlangte. Meistens war die Mutter mit ihrer Arbeit sehr zufrieden, nahm ihr den Rest des Rosenstraußes beim Verlassen eines Lokals wieder ab, um ihn ihr, aufgefüllt, vor dem Eingang des nächsten erneut in die Hand zu drücken.

»Was bedeutet die rote Farbe an der Hauswand eigentlich?«, fragte Acadia plötzlich, nachdem sie ein paar Schritte gegangen waren.

»Ach, nichts! … nur die Armen, mein Kind, die nichts zu essen, kein Bett und kein Zuhause haben, machen mit solch einem Unfug auf sich aufmerksam«, erklärte die Mutter.

Die Kleine überlegte einen Augenblick lang und fragte schließlich: »Bekommen sie dann zu essen und ein richtiges Bett?«

»Natürlich nicht … und deshalb ist es ja auch ein Unfug, irgendwelche Wände mit solchen Parolen zu beschmieren.«

»Parolen?«

»Nun, eben mit einer grellen, weithin sichtbaren Farbe«, sagte die Mutter schnell.

Dem Onkel auf dem Land muss es sehr schlecht ergehen, obwohl er mehrere Hühner und zwei Kühe besitzt, überlegte Acadia, denn sein kleines Haus unter den beiden prächtigen Palmen hatte er letztes Jahr in einem leuchtenden und eben weithin sichtbaren Lila angestrichen und dabei wütend geflucht. Bei ihrem nächsten Besuch würde sie schon dafür sorgen, dass ihm die Mutter einen von ihren herrlichen Früchtekuchen mitbrächte!

Guillermo González Sancho war den ganzen Tag über – wie gewohnt – in der Fabrik mit irgendeiner stumpfsinnigen und trostlosen Arbeit beschäftigt gewesen. An die Schwielen an seinen Händen hatte er sich längst gewöhnt.

In der Eckkneipe von José, dem Einäugigen, traf er schon am frühen Abend auf seine Freunde.

»Carlo, der Schuhputzjunge, hat mir gesagt, dass du gestern Abend beziehungsweise heute Morgen in der Avenida 9 de Octubre tätig warst, du Revolutionär«, meinte Jorge und klopfte ihm dabei anerkennend auf die Schulter.

Joaquín erklärte, dass er dafür eine Runde springen ließe, und Mercedes zeigte ihre wohlgeformten Beine.

Zunächst empörte er sich ein wenig darüber, dass die Revolution schon von vornherein verraten sein musste, wenn nicht einmal ein einfacher Schuhputzjunge die Notwendigkeit des Schweigens begreifen würde; doch kaum später, als der billige Aguardiente in Strömen floss, ließ er sich mit Freuden von seinen heimlichen Verbündeten Jorge, Joaquín, José, dem Einäugigen, Mercedes und zwei oder drei weiteren Säufern hochleben.

Sie stimmten »El pueblo unido jamás será vencido« an, das letztendlich in einem undeutlichen Gemurmel und Gestammel ausklang. Dennoch: Sie waren sich einig, dass in dieser bedeutenden Nacht die neue Revolution endlich begonnen hatte. Die Frau von Jorge, eine eher unscheinbare und in den letzten Jahren unappetitlich aufgedunsene Person mit einer fleckigen Schürze und abgetragenen Sandalen, betrat plötzlich wütend die Eckkneipe von José und brachte sie alle mit einem Schlag auf den Boden der Tatsachen zurück.

»Freunde, es ist Zeit für mich!«, verabschiedete sich Jorge mit einem kummervollen Blick und trottete geradezu ängstlich hinter dem Wesen her, dass er einmal – vor sehr langer Zeit – wirklich unsinnig geliebt und begehrt hatte.

Joaquín setzte seinen Hut auf und Guillermo González Sancho fragte Mercedes ohne Umschweife, ob sie ihn begleiten wolle.

»Der Spaß ist vorbei!«, erklärte sie und versuchte ihre Beine sorgsam mit dem geblümten und viel zu kurzen Stück Stoff zu bedecken. Nachdem sie ihr letztes Glas geleert hatte, sprang sie auf und eilte allein, frei wie ein Vogel und geschwind wie ein Raubtier, in die Nacht hinaus.

»Ich schließ jetzt sowieso«, sagte der Einäugige entschlossen.

Joaquín und die zwei oder drei anderen Säufer machten sich ebenfalls allmählich davon, während Guillermo auf wackligen Beinen versuchte, die Bushaltestelle zu erreichen. Herrlich war die Luft, wenn auch merklich kühl; duftend die Wiese, rechts neben dem Kiesweg; gewaltig die Stimmen der nachtaktiven Tiere. Jetzt wusste er, dass es für ihn in diesem Zustand unmöglich war, die noch hundert Meter entfernte Bushaltestelle zu erreichen, so dass er mit einer raschen Körperbewegung nach rechts über den Graben stolperte und unsanft auf den Wiesenboden hinfiel, wo er sogleich einschlummerte. Irgendwann fing es zu regnen an. Was machte dies schon aus? Hauptsache war doch, dass die rote Farbe auf der grauen Häuserfassade der Witterung und vor allem der allzu rasch vergänglichen Zeit standhielt.

»Los pobres no te olvidan, Che«, murmelte er mehrmals.

Wenn er morgen zu spät in die Fabrik käme, würde man ihn bestimmt feuern. Doch dies bereitete ihm keine Sorgen, denn ebenso wie Carlo besaß er solch einen braunen hölzernen Kasten mit Wichse, Bürsten, Lappen und verschiedenen Schuhcremes, um irgendwie über die Runden zu kommen.

Wie toste das Meer im Rücken der Stadt, als Guillermo González Sancho über das breite Brückengeländer hinweg in die unendliche Ferne spähte. Dort drüben, irgendwo dort drüben gab es Inseln, unzählige Inseln, auf denen sich das Leben vielleicht noch lohnte. Er war festgebunden an dieses grausame Ungeheuer, dessen Namen er wohlwollend verschwieg. Man bedeckte es mit Plakaten und Anzeigen, ein grelles Neonlicht breitete sich bei Einbruch der Nacht in seinen stinkigen Eingeweiden aus, und aus den Hinterhöfen gellten die Schreie eines schlichten, stumpfsinnigen Überlebens.

Jemand sagte: »Man muss schließlich zurechtkommen, sich fügen und sich den Gegebenheiten anpassen.«

Ein anderer beschwor die moderne Zeit, indem er verlauten ließ, dass die Welt heutzutage eben nur mehr aus Betrügern und Betrogenen bestehen würde.

Guillermo González Sancho aber verstand diese Welt nicht mehr. War man denn nur mehr darauf bedacht, auszubeuten … immerfort auszubeuten, ohne Unterlass?

Der Fabrikbesitzer hatte ihn tatsächlich entlassen, gefeuert, ihn als ein Subjekt bezeichnet, das hoffnungslos verloren sei.

Er dachte angestrengt darüber nach. Jegliche Begier nach Macht war ihm fremd, also musste er sich unwillkürlich dazu entschließen, auf die Seite der Verlierer überzutreten.

Die Indígenas in den Bergen fristeten ein kärgliches Dasein; umgeben von Kälte, den Geistern der schneebedeckten Höhen, klaglosen Lamas, Alpakas und Hunden, die einsam starben.

Nein! Er wollte die übrige Welt auf ihr Schicksal aufmerksam machen, auch wenn es ihn das eigene Leben kosten würde.

Wieder in den Straßen der allmählich hinfaulenden gigantischen Stadt setzte er den Pinsel an, um seine Wahrheit und die Wahrheit aller Unterdrückten zu verkünden.

Letztendlich fiel ein unbedachter Schuss!

Der junge Kerl, der wohl eine ordentliche militärische Ausbildung genossen hatte, sagte lediglich: »Es war Notwehr!«

Seine Kameraden stimmten ihm zu. »Wir können es beschwören!«, versicherten sie.

Auf dem tristen Asphalt vermischte sich die rote Farbe mit dem Blut des Getöteten. Man schaffte seine Leiche fort.

»Los pobres no te olvidan, Che!«, war auf der Fassade zu lesen, die der gemeine Hund beschmiert hatte.

Der Sargento Esteban Uríba seufzte schwer, als er sich an alle Einzelheiten von damals erinnerte: den Schuss, das lautlose Abgleiten des Körpers von der rot beschmierten Wand, das Knacken des Hinterkopfes des Getöteten, als wäre eine Kokosnuss auf den Asphalt aufgeschlagen, der offene Mund mit den blitzenden Zähnen, die vorwurfsvollen Augen und zugleich das spöttische Grinsen im

Gesicht von Guillermo González Sancho. Und schließlich betrank er sich unsinnig auf der in einem satten Blau gestrichenen Veranda der kleinen Polizeistation in Cuatro Esquinas.

Die Kirche ohne Portal mit den längst zerbrochenen Treppenstufen, deren linke Seitenwand ein riesiges Loch aufweist, durch das der Regen und die Vögel unaufhörlich eindringen, stand an diesem Morgen stumm und menschenleer, doch – wie gewohnt – aufrecht in ihrer ruinenhaften Größe und trotzte dem allmählichen Verfall. Pater José de Las Casas ruhte in einem Korbsessel neben seinem gerade frisch angelegten Gemüsebeet und beobachtete zwei smaragdgrüne Baumleguane, die sich im dicht belaubten Gezweig – fast direkt über ihm – geräuschvoll balgten. Mehrmals raschelte es heftig. Ein zarter Zweig brach ab. Dann fielen die beiden Gegner plötzlich wie zwei fette Früchte auf sein frisch angelegtes Gemüsebeet herab, schauten ihn einen Augenblick verdutzt aus ihren unbeweglichen Augen an und suchten schleunigst das Weite, indem sie erneut den Stamm des dicht belaubten Baumes erklommen. Jetzt war wieder Stille eingekehrt und der Pater schmunzelte, denn er hätte niemals gedacht, dass seine Soutane solch eine Wirkung auf Leguane ausübt.

Der Vormittag war ungewöhnlich heiß und er verspürte, dass er schon ein wenig zu schwitzen begann, weshalb er sich rasch dazu entschied, den kühlen Schatten des Kircheninnenraums aufzusuchen. Als er durch das immer offen stehende Portal trat, flatterten ein paar Vögel auf und flüchteten durch das riesige Loch im brüchigen Gemäuer. Auf dem Weg zum Altar entlang den wenigen morschen Bänken verharrte er augenblicklich, denn er glaubte, einen tiefen Seufzer vernommen zu haben. Als er sich umsah, entdeckte er aber kein Tier, wie er zunächst vermutete, sondern einen Menschen, der seitlich neben dem schlichten Altar kniete – und erkannte in ihm den Sargento Esteban Uríba aus Cuatro Esquinas, den er hier an dieser Örtlichkeit noch niemals zuvor angetroffen hatte.

»Mein Sohn«, sprach er mit bedächtiger Stimme, als er ganz dicht an ihn herangetreten war.

Der Sargento sah mit einem kläglichen Blick zu ihm hoch und stammelte: »Hochwürden, mich plagen Gewissensbisse … fürchterliche Gewissensbisse … ich benötige Ihre Hilfe …«

»So bist du hier richtig im Hause des Herrn.«

Der Sargento Esteban Uríba dachte lange über die tröstenden Worte des Paters José de Las Casas nach, der schließlich im Namen des Herrn zu ihm gesprochen hatte. »Gott vergibt allen Sündern«, lautete deren Zusammenfassung, die ihn jedoch letztendlich nicht von seinen Gewissensbissen befreien konnte. Tatsächlich überlegte er ernsthaft, an den Schauplatz seines Verbrechens – denn jetzt bekannte er sich zu dieser frevelhaften Tat – zurückzukehren, um die Familie von Guillermo González Sancho aufzusuchen, Verzeihung zu erbitten, sich zu demütigen, sich sogar vor ihr in den Dreck zu werfen, Gnade zu erflehen und was auch immer. Nun benötigte er kein Dösen mehr auf der in einem satten Blau gestrichenen Veranda der kleinen Polizeistation in

Cuatro Esquinas, denn der Getötete saß schweigend und vorwurfsvoll im hellen Tageslicht neben ihm, begleitete ihn auf seinen gelegentlichen Rundgängen und war ständig zugegen. Das spöttische, unbewegliche Grinsen von Guillermo González Sancho zwang den Sargento dazu, sich regelmäßig zu betrinken. Mit fiebrigen Augen starrte er in die Weite, als an irgendeinem Sonntag erneut der Jeep des Comandante Juan Crespo Orosí vorfuhr.

»Sertíjo, vertritt dir die Beine«, sagte eine wohlbekannte Stimme.

Jetzt bemühte sich der Sargento Esteban Uríba erst gar nicht, sein Hemd zuzuknöpfen, die Stiefel – wo waren sie eigentlich? – in aller Eile anzuziehen, denn die lausige Trunkenheit stand ihm zu deutlich im Gesicht geschrieben, wie er wusste, und der Comandante würde ihn augenblicklich zur Sau machen. Er lächelte breit. Und wenn schon!

»Hahaha!«

»Sie sind ja betrunken, Sargento, dies ist ja ungeheuerlich!«, brüllte der Comandante Juan Crespo Orosí. »Sind Sie verrückt geworden?«

»Ich bitte … bitte vielmals um Verzeihung … Nehmen Sie Platz, Comandante … hier, ja hier, direkt gegenüber von meinem besten Freund und zugleich ärgsten … ärgsten Feind Guillermo … Guillermo González Sancho …«, stammelte Esteban Uríba gänzlich von Sinnen, »… den ich seinerzeit … seinerzeit in meinem jugendlichen Übereifer erschossen habe … ja, einfach erschossen habe wie einen streunenden Straßenköter … Peng! … Und jetzt ist er zurückgekehrt … hahaha!«

»Guillermo González Sancho?«, wiederholte der Comandante verwundert. »Was reden Sie denn da für wirres Zeug?«

»Die Gruppe C bestand damals ... bestand aus lauter Verrückten und Abenteurern ... und ich Elender ... ich – Sargento Esteban Uríba – habe den verfluchten Wandbeschmierer Guillermo González Sancho mit einem gezielten Schuss niedergestreckt ... und jetzt ist er wiedergekehrt ... wiedergekehrt ... und hier sitzt er und quält mich fürchterlich!«

Bei diesen Worten zerraufte sich der Sargento sein schütteres Haar, lehnte sich mit einer lethargischen Handbewegung erschöpft auf seinem Stuhl zurück und seufzte schwer.

»Guillermo González Sancho ...«, murmelte der Comandante nachdenklich und versuchte sich angestrengt an damals zu erinnern, »... wurde doch hinterrücks – wenn es sich tatsächlich um diesen Wandbeschmierer handelt – von einem gewissen Jorge Emanuel Rigoberto ermordet, der ihm niemals verzeihen konnte, dass er ihn regelmäßig verspottete, wenn dessen Frau ihn aus der Cantina dieses Einäugigen nachhause zerrte.«

Mit weit aufgerissenen Augen stierte der Sargento Esteban Uríba den Comandante Juan Crespo Orosí an, der sich zwischenzeitlich an die Balustrade der Veranda gelehnt hatte.

»Aber ich weiß doch, dass ich – ohne nachzudenken – das Gewehr an die Schulter anlegte, kurz auf den Kerl zielte und abdrückte, verdammt! ... Ich sehe es ja noch vor mir wie damals!«

Jetzt lachte der Comandante lauthals los.

»Die Gruppe C befand sich seinerzeit in Ausbildung und bestand aus einem zusammengewürfelten Haufen von Besserwissern, Übereifrigen, Idioten und herumstreunenden Individuen, die sich freiwillig zu diesem Dienst gemeldet hatten. Sie waren noch grün hinter den Ohren – und somit schickte man sie mit Platzpatronen auf die Straßen, damit sie keinen Unfug anstellen konnten …«

»Platzpatronen?«, unterbrach ihn der Sargento ungläubig.

»Ja, Platzpatronen … und ihr habt geglaubt, ihr seid die Größten … hahaha!«

Mit großer Erleichterung erhob sich der Sargento Esteban Uríba von seinem Stuhl und lehnte sich neben den Comandante über die Brüstung der Balustrade. Er sah hoch zum wolkenlosen Himmel, lächelte und wirkte auf einmal sehr ruhig und überaus nüchtern.

»Platzpatronen … hahaha … man schickte uns mit Platzpatronen los ins Gefecht … hahaha!«

Der Comandante Juan Crespo Orosí legte seine Hand auf die Schulter des von einem fürchterlichen Verbrechen Geplagten und den damit einsetzenden Gewissensbissen Gepeinigten und sagte schließlich: »Sie sind schwer in Ordnung, Sargento, und mir scheint, Ihr ungebetener Gast hat sich zwischenzeitlich für alle Zeiten auf und davon gemacht.«

Plötzlich schien ihm sein kleines Leben wieder äußerst wichtig, in Ordnung und vor allem lebenswert zu sein. Der Jeep war längst abgefahren – und Esteban weinte, schluchzte und lächelte zugleich. Soeben eilte Berendice Luz vorüber und grüßte ihn mit einer flüchtigen Handbewegung. Der Stuhl, den der Getötete so forsch eingenommen hatte, war wieder leer, unendlich leer von schrecklichen Albträumen und quälenden Selbstvorwürfen, lediglich befleckt von zittrigen Lichtflecken, die unaufhörlich über ihn dahinkrochen. Der Sargento Esteban Uríba fühlte sich befreit, rein und glücklich, lachte ausgelassen und setzte in der kleinen Küche der Polizeistation Kaffee auf, um wieder völlig nüchtern zu werden; aber längst war er es ja schon geworden durch die Worte des Comandanten Juan Crespo Orosí.

»Jorge, der verdammte Kerl, hat damals die frevelhafte Tat begangen … und die Gruppe C schickte man lediglich mit Platzpatronen los … hahaha!«

Von nun an kehrten nur mehr solche Träume in den unendlichen Gedanken des Sargento Esteban Uríba wieder, die von früheren, längst abgeschlossenen Liebschaften handelten; Erinnerungen an blonde, rot- und schwarzhaarige Frauen, denen er einst begegnet war und die sich aus irgendwelchen Gründen – für immer – in die Weite eines unbegreiflichen Weltgeschehens verloren hatten.

Der rot blühende Flamboyant

Der Kranke erhob sich mühsam aus seiner Hängematte, lächelte stumm und beobachtete mit halb geschlossenen, ein wenig wässrigen Augen die schöne Naiden Carvajal, die soeben mit wuchtigen Bewegungen den trockenen Staub von den spröden Holzbrettern und den leicht nach links absinkenden Treppenstufen ihrer Veranda fegte. Seit einer Woche spuckte und schiss er unaufhörlich Blut – und wusste längst, dass es mit ihm allmählich zu Ende gehen würde. Plötzlich fingen seine schwachen, reichlich abgezehrten Arme, auf die er sich aufstützte, sehr heftig zu zittern an, so dass er sich – nach wenigen Minuten – wieder in die weichen Kissen zurückfallen ließ.

»Es ist dies ja ein völlig vergebliches Bemühen«, seufzte er leise, doch ärgerlich vor sich hin.

Jetzt konnte er nur mehr den herrlich rot blühenden Flamboyant, an dessen kräftigen Ästen die Hängematte mit zwei straffen Seilen befestigt war, und ein Stück des wolkenlos blauen Himmels über sich schauen; regungslos, geschwächt, angespannt, gar verbittert – und dabei in endlosen Gedanken schwelgend. Es waren weitschweifende Gedanken, die sich seiner bemächtigten und allesamt davon handelten, dass das Versäumte nicht mehr aufzuholen war, dass das augenblicklich Gegenwärtige (noch immer Gegenwärtige) geradezu teilnahmslos an ihm vorüberglitt und dass irgendeine Zukunft in so weiter, sinnloser Entfernung von seinem einsamen Schicksal, dem er sich längst ergeben hatte, lag, dass sie gänzlich unerreichbar für ihn sein musste.

Die anderen beiden Enden der Hängematte waren an einem Pfosten der Veranda und am Geländer der an diesen sich anschließenden Balustrade festgezurrt, so dass er – wenn er jetzt geradewegs in Richtung seiner dürren, ausgemergelten Beine bis hin zu den schmutzigen Zehenspitzen starrte – unwillkürlich den dunklen, düsteren Eingang seiner ärmlichen Hütte, der weit offen stand, vor sich sah, aus dem niemand trat, niemand treten konnte, da er seit Jahren (und dies war noch bei weitem untertrieben) mehr oder weniger allein und abgeschieden von der restlichen Welt lebte.

Dennoch hatte man ihn nicht gänzlich vergessen, denn das Dorf kümmerte sich um einen jeden Kranken; insbesondere dann, wenn es mit diesem allmählich zu Ende ging.

Erneut huschte ein sehr sanftes Lächeln über sein Gesicht, das er nicht zu deuten wusste. Vielleicht, weil er sich daran erinnerte, wie alles anders, ganz anders hätte verlaufen können. Tatsache aber war, dass ihn das Schicksal im Alter von kaum sechsundvierzig erreichten Lebensjahren fürchterlich strafte, wie es zuweilen irgendeinen straft, dem es unwillkürlich in seiner ganzen Größe auferlegt wird; aus einem heiterem Himmel heraus, einfach so … ja, einfach so … und dagegen war wahrlich kein Kraut gewachsen. Man muss es letztendlich akzeptieren, sagte sich der Kranke und erhob sich erneut mit einer gewaltigen Kraftanstrengung aus den weichen Kissen, um die verführerische Naiden Carvajal zu schauen.

Jetzt erntete er augenblicklich eine bittere Enttäuschung!

Auf der gegenüberliegenden Veranda des benachbarten Hauses war keine Tätigkeit mehr auszumachen, die Fensterläden waren verschlossen und dicke Spinnweben zwischen den verwitterten Pfosten und den hängenden, leeren Blumenkästen deuteten geradezu darauf hin, dass das gesamte Haus, das eher wie eine unscheinbare, ärmliche Hütte wirkte – eben wie seine eigene –, längst verlassen war.

»Es ist ja alles völlig bedeutungslos geworden«, kam ihm augenblicklich zu Bewusstsein, während sein fiebriger Blick dem Flug eines Rabengeiers hoch oben in den Lüften folgte.

Er hatte geträumt, tatsächlich geträumt, denn Naiden Carvajal, die er so sehr geliebt hatte, war ja längst in eine unbekannte Ferne entrückt und hatte niemals in seiner direkten Nachbarschaft, dort drüben oder anderswo, im Dorf gewohnt.

»Verdammte Hirngespinste!«, fluchte er.

Eines Tages kam ihm zu Ohren, dass sie sich vermählt hatte und aus der Ciudad in einen gewöhnlichen Ort in die Provinz umgezogen war, um dort ihr kleines Leben weiterhin zu bewältigen. Ob sie dort wohl zufrieden und glücklich an der Seite des von ihr auserwählten Mannes lebte?, fragte er sich.

Der Kranke lächelte zum wiederholten Mal, da ihn, außer der Verzweiflung darüber, dass ihn Naiden Carvajal seinerzeit nicht beachtet hatte und nicht beachten wollte, jetzt dieses andauernde Gefühl von einer längst verlorenen Liebe einfach nicht mehr losließ; seiner tatsächlich einzig wahren Sehnsucht im Leben überhaupt, die er jemals verspürt hatte.

»Ein Vergessen gibt es wahrlich nicht, wenn man sich letztendlich dem Tod mit großen Schritten nähert«, stellte er mit Verbitterung fest und versuchte trotzdem seinen Erinnerungen, die ihn jetzt nicht mehr loslassen wollten, irgendwie zu entkommen.
Vergeblich!
In der Tat fühlte er sich zwischen einer schrecklich glühenden inneren Hitze und einem ebensolchen kalten inneren Frost hin- und hergerissen, wie ein verlorener Spielball auf den endlosen Wellen des Meeres; gepeinigt, verflucht, ertrinkend, immerfort nach köstlichem Atem schöpfend.
Vergeblich!
Ich muss sterben, wusste er und ließ sich erneut – schwer schnaufend – in die weichen Kissen, aus denen er sich soeben nochmals erhoben hatte, zurückfallen.
Der rot blühende Flamboyant leuchtete über seinem Gesicht wie ein letzter Sonnenuntergang; aufrecht, gewiss, unabänderlich, doch schweigend und sich selbst darin genügend, dass auch seine Zeit von den vergänglichen Jahreszeiten abhängig war; einem unaufhörlichen Sterben und neuen Erblühen ausgesetzt, einer tatsächlichen Wiederkehr ... doch im Gegensatz zu dieser (seiner) Gewissheit einer erneuten Wiederkehr wusste Natanísmael Pocero, dass er – der Ungläubige – allein dem Nichts, einem widerlichen, endgültigen Nichts ausgesetzt war. Dennoch glaubte er – wie man so schön sagt – zwischenzeitlich längst den Frieden mit sich und der Welt im Allgemeinen geschlossen zu haben.

Der hinkende Juvenal Amarillo hängte ihm eines Nachmittags einen eigenhändig aus Draht gefertigten Käfig, in dem ein bunt gefiederter Papagei saß, an einen Ast des rot blühenden Flamboyants und versprühte dabei sein unaufhörliches Lächeln, das wahrlich einem jeden Schicksal trotzte.

»Er wird dir ein guter Freund sein!«, betonte er mit Inbrunst.

Der Kranke dankte ihm mit einem zufriedenen Grunzen und begriff augenblicklich, dass der Vogel dazu ausersehen war, ihm in den letzten Augenblicken seines erbärmlichen und sichtbar dahinschwindenden Lebens Gesellschaft zu leisten.

»Wie heißt er denn?«, fragte Natanísmael Pocero munter.

»El Niño Verde, weil er trotz all der undefinierbaren Farben seines Gefieders doch vornehmlich grün schillert«, antwortete Juvenal Amarillo mit einem breiten Grinsen in seinen zerfurchten Mundwinkeln.

Nachdem er das Abendessen, das ihm die alte Josefina Sal tagtäglich brachte – denn wie gesagt kümmerte man sich im Dorf wahrlich um die Kranken und Sterbenden –, gierig verschlungen hatte, wandte er sich mit einer plötzlich aufkeimenden Hoffnung und Neugierde dem Papagei zu.

»Und … bist du zufrieden … in meiner Nähe verweilen zu dürfen?«

Seine Stimme klang spöttisch.

Der Papagei antwortete nichts, denn er war augenblicklich emsig damit beschäftigt, einen Ausweg aus seinem Gefängnis zu finden, um in das über ihm liegende, so verlockende Laubwerk des herrlichen Flamboyant zu entkommen. Sein kräftiger Schnabel verbiss sich dabei vergeblich im Drahtgeflecht, während er immer wütender wurde, umgrenzt von dieser unnachgiebigen Geschlossenheit des ihn umschließenden Käfigs.

»Ich verstehe dich ja«, murmelte der Kranke nachdenklich. »Ich verstehe, dass du zu entkommen versuchst. Doch glaube mir: Es ist geradezu eine Unmöglichkeit. Alle Anstrengungen verlaufen letztendlich ins Leere.«

Als ob der Papagei El Niño Verde seine Worte verstanden hätte, setzte er sich nach einer geraumen Weile erschöpft und mit angelegten Flügeln auf die hölzerne Stange in der Mitte seines Käfigs und beäugte den Kranken mit seinen geheimnisvollen tierischen Augen, seinen unbeweglichen, starren Vogelaugen.

»Jetzt hast du's endlich kapiert, dass es keine Rettung mehr gibt«, seufzte Natanísmael Pocero und dachte dabei an sein eigenes Schicksal, das er unweigerlich mit dem des gefiederten Freundes verglich.

»Der eine ist lebenslänglich gefangen, während dem anderen seine Freiheit überhaupt nichts nützt, da er seinem baldigen Ende entgegensieht.«

Das Lächeln, das den Kranken erneut beflügelte, war ein seltsames, sehr befriedigendes Lächeln, als ob er schon mit Inbrunst darauf wartete, dass ihn das ihm auferlegte schwere Schicksal endlich ereilte und ihn von diesem tristen Erdgebundensein erlöste.

Aber die Erinnerung an die schöne Naiden Carvajal ließ ihn einfach nicht mehr los, so dass er – kaum ein wenig in irgendwelche Träume entrückt – sie wieder vor sich sah; leibhaftig, jung und bezaubernd, begehrenswert wie eine unerreichbare Fata Morgana in einer weit zurückliegenden Vergangenheit; bleich, weiß, schemenhaft aus dem saftigen Grün des Dschungels auftauchend, den sie nie gesehen oder gar erlebt hatte und der für ihn – den Kranken – jetzt nicht mehr begehbar war und eine Entfernung verdeutlichte, die gänzlich abseits seines nunmehr spröden, unsinnig dahinsiechenden Lebens, das er nur mehr schlummernd in seiner Hängematte verbrachte, lag; eine uneinholbare Entfernung.

»Sinnlose Gedanken ... sinnlose Erinnerungen ...«, murmelte der Kranke und stieß mehrmals abgrundtiefe Seufzer der Verzweiflung aus.

»Mein Geist spielt tatsächlich schon verrückt«, musste er sich unwillkürlich eingestehen.

Nachdem er sich kurzzeitig ein weiteres Mal aus seiner Hängematte erhoben hatte, die nackten Füße auf den Lehmboden aufsetzte, um schleunigst an die stille Örtlichkeit hinter seiner Hütte zu gelangen, was ihm allerdings beträchtliche Schwierigkeiten bereitete, schiss er erneut einen Schwall von dunklem Blut. Die Krankheit war unauslöschlich vorhanden und hinderte ihn daran, jetzt mit den anderen des Dorfes, mehr oder weniger vertrauten Freunden, jedenfalls Bekannten, in der Cantina an einer unbedenklichen Völlerei teilzuhaben, an ihrem einfachen Genuss und Rausch einer schlichten, sinnlosen Freude. Solch ein ungezwungen fröhliches und sorgloses Weiterleben gestattete sein erschöpfter Zustand einfach nicht mehr, und man musste sich wahrlich der immer heftiger werdenden Lethargie und Trostlosigkeit fügen.

»Wir werden wohl miteinander noch ein wenig auskommen müssen, mein Freund El Niño Verde«, flüsterte der Kranke dem Papagei in seinem Käfig zu, als er sich erneut, sichtlich benommen und weiterer körperlicher

Anstrengungen unfähig, in die Hängematte zurückfallen ließ.

Er wusste, dass er auch diese Nacht darin, außerhalb seiner Hütte, verbringen würde. Über ihm wachten der rot blühende Flamboyant und ein endloser Himmel, der jetzt zwar schwarz war, aber eine Stille verbreitete, die von der Ewigkeit zeugte, gleichzeitig vom Leben und vom Tod sprach; von irgendwelchen Zeugen losgelöst, wie etwas gänzlich Unbeteiligtes am ganzen Geschehen. Da gab es ein ungeschriebenes Gesetz ohne den Einfluss irdischer Richter und ohne starre, unbewegliche Paragraphen; eine einfache natürliche Begebenheit, der man – ohne jegliche Hoffnung – eben willkürlich ausgesetzt war.

»Nichts kann dem ständig gewohnten Lauf der Natur Einhalt gebieten«, seufzte der Kranke nachdenklich und entschied sich augenblicklich dafür, ihr fortan und weiterhin nicht mehr zu widerstreben. Gefasst – trotz einer inneren Fassungslosigkeit – wollte er sich ihr – der alles beherrschenden Natur – einfach ergeben, um den Tod ... den schrecklichen Tod ... letztendlich hinzunehmen wie einen Zufall, einen grandiosen Zufall, der plötzlich in sein Dasein getreten war und ihn mit Gewalt aus all seinen zukünftigen Vorhaben reißen sollte.

»Es wäre noch so viel zu sagen gewesen, und man hätte gewiss auch noch so einiges erleben können«, flüsterte Natanísmael Pocero in den inzwischen spürbar aufgekommenen Abendwind. Aus seinen Augen rannen leise heiße Tränen.

Der Papagei El Niño Verde aber krächzte unentwegt wirres Zeug und spreizte sein vornehmlich grün schillerndes Gefieder, um zu zeigen, dass er mit seiner Gefangenschaft keineswegs zufrieden war.

Er war Naiden Carvajal zum ersten Mal auf einer Geburtstagsfeier seines Freundes Carlos Incas Remedios vor beinahe zwanzig Jahren in der Ciudad begegnet. Sie trug ein blassblaues Kleid und weiß glänzende, mit schimmernd funkelnden Perlen in unterschiedlichsten Farben bestickte Sandalen. Ihr langes, rabenschwarzes Haar duftete nach Rosen und einer Fremdartigkeit, nach der er sich fortan sehnte. Zwischen den von unzähligen Händen zubereiteten Salaten, den gebratenen Fischleibern und den unzähligen Früchten am Büfett näherte er sich ihr galant und wagte es sogar, sie mit einer Schneeflocke zu vergleichen, da sie über ihrem blassblauen Kleid – der spürbaren Kälte wegen – noch einen weißen Pullover trug. Sie lächelte mit glänzenden Augen (was für rehbraune, glänzende Augen!) über diese von ihm vorgebrachte Merkwürdigkeit, denn weder er noch sie hatten jemals außerhalb der farbigen Fernsehwelt mit eigenen Augen – in natürlicher Umgebung – den herrlichen Schnee gesehen, den es zwar gab, doch nicht hier, nicht hier am Rande des immer tropischen Dschungels. Er hätte sie – fürwahr – auf der Stelle geheiratet; doch ebenso wie Naiden den Pullover ablegte, den er sie niemals wieder tragen sah, entfernte sie sich aus seinem Leben wie etwas nie Dagewesenes und Vorhandenes; ein Engel, der eben nur auf der Geburtstagsfeier seines Freundes Carlos Incas Remedios kurz zu Tage trat. Sich ihm vielleicht sogar verleugnend – wer weiß? –, tauchte sie immer wieder bei kleinen Gesellschaften auf, zu denen er nicht geladen war, so dass seine Erinnerung an sie allmählich hätte verblassen müssen. Aber sie verblasste keineswegs! Es gelang ihm gerade noch, ihr irgendwann ein winziges Geschenk zukommen zu lassen, bevor sie sich endgültig aus seinem Dasein verflüchtigte; eine grasgrüne, gläserne Raupe von vielleicht zweieinhalb Zentimetern Länge, die er kaufen, unbedingt kaufen musste, als hinge seine weitere Zukunft und überhaupt sein ganzes Schicksal davon ab.

»Sie raub(p)te sich ganz einfach aus meinem Leben!«, betonte er danach – viele, viele Jahre später – immer wieder.

Tatsächlich hätte alles anders verlaufen können, ohne diesen vielen Tragödien zwischendrin, die eigentlich gar keine Tragödien waren, sondern lediglich gemeine Abenteuer mit irgendwelchen Geschöpfen der Nacht, deren betörender Geruch ihn unwillkürlich anziehen musste und die ihm eine Leidenschaft versprachen, die immer nur wenige Augenblicke anhielt; Minuten, Stunden, höchstens zwei, drei Wochen. Kein Mann kann sich schließlich auf Dauer irgendwelchen verlockenden, derart weiblichen Gerüchen entziehen, auch wenn diese eine eigentlich lasterhafte Verruchtheit ausstrahlen; ein Geflecht aus Parfum, seidener Haut, schäbiger Schminke und vor allem Wollust ... vor allem bloße, unendliche Wollust für ein paar herrliche, im Großen und Ganzen gesehen jedoch völlig bedeutungslose Minuten!

Der Kranke ertappte sich dabei, dass er unterm gewohnt kräftigen Sonnenlicht des neuen Tages mit dem Papagei

El Niño Verde unsinnige Gespräche führte, die dieser eher teilnahmslos aufnahm.

»Was hältst du eigentlich davon, von diesen Merkwürdigkeiten des Lebens?«, fragte er ihn am Morgen, als er gerade aus einem satten Tiefschlaf in seiner Hängematte erwachte.

El Niño Verde saß mit gesträubtem Gefieder in seinem Käfig und blinzelte ihn mit furchtlosen, inzwischen an seine unmittelbare Nähe gewöhnten Augen an.

»Du sagst ja nichts?«, murmelte der Kranke.

Was sollte der Papagei, der lediglich darauf bedacht war, wenn sich irgendeine Möglichkeit bot, seinem Gefängnis zu entkommen, auch von sich geben?

»Es ist wahrlich dein Recht, zu alledem zu schweigen«, seufzte Natanísmael Pocero jetzt.

Die Sonne verströmte ihre gnadenlose Hitze über das unscheinbare Dorf bis hin zum Horizont und darüber hinaus. Alles schien geradezu gewöhnlich, friedlich und wie immer zu sein.

Josefina Sal brachte ihm ein Stück gebratenes Huhn mit Reis, das er gierig verschlang. Sie bemerkte, dass er ordentlich, wie ein von einer schrecklichen Krankheit endlich Genesender, die Nahrung zu sich nehmen konnte. Er dankte ihr, geradezu in allgemeine Lächerlichkeiten ausschweifend, dafür.

»In der Tat fühle ich mich heute wohler als an den vergangenen Tagen«, sagte er begeistert. Gab es noch eine Hoffnung?

Insgeheim aber glaubte der Kranke längst nicht mehr daran, dass er noch zu retten war.

»Alles unterliegt einer geradezu lächerlichen Täuschung«, murmelte er vor sich hin, als er wieder allein war.

In der Tat hatte er schon insgeheim mit seinem Leben abgeschlossen und verfluchte nur mehr den Umstand, dass man im Dorf allgemein davon sprach, wie ihm zu Ohren kam, dass er auch diese Krise in seinem Leben unbedenklich überstehen würde.

Niemand weiß ja davon, dass ich seit Tagen nur mehr Blut spucke und scheiße, überlegte er. Natanísmael lächelte jetzt sogar über sein kleines Geheimnis. Dem Tod geweiht werde ich mich ein letztes Mal aus meiner Hängematte erheben, um allen mitzuteilen, dass ich endgültig und für immer fortgehen werde.

»Für immer ... und für alle Zeiten«, flüsterte er ergriffen. Plötzlich erschauderte er vor seinen eigenen Gedanken.

Der Klang dieser verruchten Endgültigkeit in seinen Worten dröhnte in seinem Gehör wieder wie das unaufhörliche Schallen der Mittagsglocken der Kathedrale von San Cristóbal in der Provinzhauptstadt, das mindestens zehn Minuten anhielt, bis es allmählich und endlich wieder verstummte.

Dieser Endgültigkeit widmete er nunmehr seine ganzen Sinne, obwohl er ihr tatsächlich mit Abscheu begegnete.

Der Papagei El Niño Verde beäugte ihn unaufhörlich aus seinem Käfig heraus, während er längst beschlossen hatte, die gegenwärtige Welt für immer zu verlassen. So vergingen weitere endlose Tage.

»Was du mir antust, ist wahrlich ungerecht«, seufzte der Kranke eines Morgens und betrachtete aufmerksam die allmählich abfallenden Blüten des rot blühenden Flamboyant.

»Es schickt sich nicht, mich derart einsam sterben zu lassen.«

Sprach er dabei zum Baum oder etwa zu seinem gefiederten Freund?

Der Papagei mit dem Namen El Niño Verde jedenfalls krächzte weder, noch gab er irgendeine tiefsinnige Erkenntnis von sich; er spreizte lediglich sein Gefieder und erklärte damit, dass es eine Unverschämtheit sei, ihn länger an diesem Ort eingesperrt zu halten, außerhalb seiner natürlichen Umgebung ... und spreizte seine Flügel geradezu ärgerlich, um zu zeigen, dass er damit unbedingt recht hatte. Wiederholt lächelte der Kranke, dachte dabei an die schöne Naiden Carvajal, erhob sich jetzt fast mühelos aus seinen Kissen und öffnete schließlich mit einem schlichten Handgriff den Käfig, um den Vogel in seinen natürlichen Lebensraum zurückkehren zu lassen. El Niño Verde dankte es ihm dadurch, dass er noch ein Weilchen auf einem der Äste des rot blühenden Flamboyant sitzen blieb und ihn aufmerksam mit geneigtem Kopf ungläubig beäugte, bevor er endgültig und auf Nimmerwiedersehen in die Weite des Himmels – in diese endlos verlockende Freiheit – davonflog.

»Nun bist du wenigstens zufrieden«, murmelte der Kranke nachdenklich und fühlte sich augenblicklich unbeschreiblich glücklich.

»Lebe dein Leben, mein kleiner Freund!«, betonte er mit gewichtiger Stimme, die dennoch leise und flüsternd klang, von stummen Tränen gänzlich erfüllt.

In dieser Nacht spuckte und schiss Natanísmael Pocero kein Blut, denn plötzlich ahnte er, dass doch noch eine unbekannte, wenn auch vielleicht völlig bedeutungslose

Zukunft vor ihm liegen könnte. Auf einmal fühlte er sich so sehr gestärkt und in einer geradezu überschäumenden Hoffnung, dass er beschloss, jetzt aufrecht durchs Dorf zu spazieren, um sich all seinen Bewohnern zu zeigen. Gewiss würden sie ihm, die langjährigen Freunde und Bekannten, auch die mehr oder weniger Unbeteiligten, sogar zujubeln und heimlich bemerken, dass er tatsächlich – wie man es ja eigentlich immer vorausgesehen habe – einfach unverwüstlich und unverwundbar sei.

Nein! So leicht durfte man sich keinesfalls aufgeben!

Es war das mit den Jahren verwittert anzusehende, schrecklich zerfurchte Gesicht von Juvenal Amarillo, dem Hinkenden, das er sogleich, trotz den trüben Schleiern, die über seinen Augen lagen, erkannte, als dieser sich sanft über ihn beugte.

»Was machst du bloß für Sachen, Amigo!«

Der Kranke aber lächelte stolz und flüsterte in kaum hörbaren, von seiner körperlichen Schwäche immer wieder unterbrochenen Sätzen: »Ich habe El Niño Verde … den Papagei … weißt du, den Papagei … in die Freiheit entlassen … und … und Naiden Carvajal habe ich … Naiden Carvajal … habe ich … tatsächlich geliebt …«

»Damit hast du recht getan«, seufzte Juvenal Amarillo ergriffen und sah hoch zum wolkenlos blauen, ungetrübten Himmel, als sähe er dort oben soeben, zusammen mit dem grün gefiederten Papagei, die traurige Seele seines Freundes entschwinden.

Dann weinte er still vor sich hin.

Auch Josefina Sal, die dazugekommen war, schluchzte und schnäuzte sich in ihr Taschentuch.

»Wir werden dich vermissen, Natanísmael!«, betonte eine weitere Stimme, die der inzwischen der gegenwärtigen Welt Entwichene nicht mehr vernehmen konnte.

Zum allerletzten Mal nahm man auf seinem, noch im Alter von sechsundvierzig Jahren eher jugendlich wirkenden Gesicht ein überaus zufriedenes Lächeln wahr. In den verschleierten Augen des Dahingeschiedenen, die man ihm behutsam schloss, bemerkte jedoch niemand das geheimnisvolle, so wundersame Bild, das er mit sich in die endlose Weite der Ewigkeit entführte; dieses von allen nie gekannte, doch in seinem Bewusstsein stets sorgsam behütete und erfrischend wach gebliebene Bildnis der schönen Naiden Carvajal, die er zeitlebens so sehr geliebt hatte, dass er sie tatsächlich niemals gänzlich vergessen konnte.

Natürlich war und blieb sie letztendlich eine trügerische Erscheinung auf der Veranda des Nachbarhauses, denn dort hatte sie in Wirklichkeit niemals gelebt; aber irgendwie erschien sie ihm – Natanísmael Pocero – all die vielen Jahre seines Lebens hindurch als immer gegenwärtig und als wäre sie fürwahr ein tatsächlicher Engel; ein aus seinem Bewusstsein völlig unauslöschbarer Engel, dem er sich jetzt – nach seinem Tod – vielleicht nähern durfte ...

Vielleicht ... vielleicht ... oder auch nicht ... Und vielleicht beantworten sich nunmehr mit Leichtigkeit alle noch offen stehenden und zu lösenden Fragen ... wer weiß dies schon?

»Ich liebte die Welt, doch die Welt hat mich niemals geliebt!«

In pace requiescat!

Puco Sánchez bricht sein Schweigen

Tres Rios IV

Am vierten Tag, als der Regen endlich aufgehört hatte und über Nacht die dunklen Wolkengebilde plötzlich wieder verschwunden waren, überquerte der Alcalde Amadé Velásquez in schweren Stiefeln den schlickigen Dorfplatz. Aus den erdfarbenen Pfützen stiegen üble Dünste auf – und von den Bäumen und Dächern tropften vereinzelt noch feuchte und im Licht schimmernde Glasperlen herab. Nur allmählich kam hier und dort erneut das schlichte, einfache Leben von Tres Rios zum Vorschein. José Baurillo, der gerade die knarrenden Fensterläden seiner Cantina öffnete, um frische Luft in den stickigen Innenraum eindringen zu lassen, rief ihm, als er ihn erblickte, freudestrahlend zu: »Alcalde, wie wär's mit einem kräftigen Schluck? Ich fühle mich wie neugeboren!«

Amadé Velásquez zögerte einen Augenblick, denn noch immer zeigte sich das Dorf verlassen und wie ausgestorben, geradezu unheimlich, bis die kleine Jasmin Esmeralda lachend mit ihrem Mischlingshund um die Ecke bog.

Er konnte sie lachend sagen hören: »Pedro, du sollst dich doch nicht immer im aufgewühlten Schlamm der Straßen wälzen – oder bist du vielleicht ein grunzendes Schwein?«

Der zottelige Köter – entweder verstand er sie nicht oder kümmerte sich jedenfalls nicht darum – streckte die Pfoten in die Höhe, während er vergnügt jaulte und seinen rauen, pelzigen Rücken mit ruckartigen Bewegungen im Schlick badete, wohl in der Hoffnung, damit seine ewigen Plagegeister, die Flöhe, loszuwerden.

»Weshalb eigentlich nicht?«, antwortete der Alcalde nun endlich auf die Einladung von José Baurillo und setzte sich in einen Korbsessel, den ihm der Wirt der Cantina anbot, auf die Veranda.

Jasmin Esmeralda schimpfte noch immer mit Pedro, der hechelte und verzückt die Augen verdrehte, während er sich weiterhin im aufgewühlten Schlamm der Straße wälzte. Zufrieden beobachtete der Alcalde die Szenerie und wusste, dass in Tres Rios jetzt allmählich das verfluchte Leben wiederkehrte, so wie es von jeher war und immer sein würde. Tatsächlich empfand man nach solch einem tagelang andauernden Regenschauer immer ein Gefühl, als ob das Dorf am Ende der Welt aus der Lethargie eines langen unwirklichen Traums von Verlassenheit und unendlicher Einsamkeit neu erwachte.

Jetzt zeigte sich auch María Magdalena von schräg gegenüber mit einem borstigen Besen in der Hand auf ihrer Veranda und winkte kurz lächelnd herüber. Puco Sánchez streckte sich wie gewohnt in seiner Hängematte aus, und der junge Noél Augustín Valle kam, eine fröhliche Melodie pfeifend, auf dem Weg vom Fluss her.

»Die Natur überrascht uns doch stets mit irgendwelchen unvorhersehbaren Begebenheiten, die jedenfalls unabänderlich sind«, bemerkte José Baurillo nachdenklich.

»Dagegen ist fürwahr kein Kraut gewachsen.«

»In der Tat, so ist es«, bekannte Amadé Velásquez, indem er einen kräftigen Schluck nahm. »Man muss das Leben nehmen, wie es eben kommt.«

»Unten in der Ebene hat es sicherlich wieder eine Überschwemmung gegeben«, sagte der Wirt beiläufig.

»Die Bewohner von Naranjo haben es längst aufgegeben, sich dagegen zu wehren. Man nennt sie zur Regenzeit ja nur mehr ›Die aus Naranjo mit den nassen Füßen‹«, wusste der Alcalde.

Inzwischen überschüttete das gewohnte Sonnenlicht – zuerst zaghaft, dann mit überschäumender Wucht – wieder den Dorfplatz von Tres Rios mit seinen züngelnden Fluten und lockte Aurélio Tapa, den Säufer, aus einer Scheune hervor, in der er es sich in den vergangenen Regentagen zwischen dreizehn Ziegen, einem Pferd, sieben Flaschen Aguardiente und drei Dosen Nahrung gemütlich gemacht hatte.

»Ich bin vollkommen ausgedörrt«, sagte er grinsend.

Berendice Luz, die sich am frühen Morgen in weiser Voraussicht, dass dieser neue Tag die Sintflut endlich beenden würde, aus dem Nachbardorf aufgemacht hatte, bereitete ihm ein kräftiges Frühstück aus Reis, Bohnen, Eiern, Tomaten und vielfältigen Gewürzen.

Als Rebeca Sánchez in ihrer ganzen Schönheit, in einem engen T-Shirt und einem kurzen Rock, der ihre Beine voll zur Geltung brachte, den Platz überquerte, folgten ihr unwillkürlich vielsagende Blicke.

»Man müsste nochmals zwanzig sein«, bekannte José Baurillo augenblicklich.

»Dies wäre fürwahr angebracht … unter diesen Umständen«, gestand der Alcalde nachdenklich.

»Solange die Getränke nicht ausgehen, können mir die verdammten Weiber gestohlen bleiben«, fügte Aurélio Tapa gleichgültig hinzu.

Sie beobachteten, wie Noél Augustín Valle, der seine Melodie bei ihrem Anblick augenblicklich verloren hatte, stehen blieb und ihrer entschwindenden Gestalt sehnsüchtig hinterherblickte.

»Augen eines treuen Hundes«, bemerkte der Wirt.

»Augen eines armseligen Verlierers«, widersprach der Alcalde leise.

Denn für Rebeca Sánchez war und blieb Noél Augustín Valle der kleine Junge von nebenan, den sie reizte und mit dem sie spielte wie mit einer gewöhnlichen Hauskatze, die zwar schnurren, aber niemals unverschämt werden durfte.

»Diego Tadeo Avaro erwartet sie sicherlich schon«, meinte Berendice Luz, ohne mit der Wimper zu zucken.

»So dumm wird sie doch keineswegs sein«, empörte sich Amadé Velásquez.

»Wenn selbst der Vater sie zu ihm schickt«, wusste Berendice Luz.

In der Tat ging im Dorf das Gerücht um, dass der reiche Abogado Diego Tadeo Avaro, der vor einem Monat – frisch geschieden – in das weiße Haus auf dem Hügel eingezogen war, ein liederliches Verhältnis mit der schönen Rebeca Sánchez unterhielt.

»Unmöglich«, beteuerte José Baurillo, der Wirt der Cantina, »schließlich sagt man, dass in Cuatro Esquinas der Sohn des Fischers Ortega, Fernando Luís, längst ein Auge auf sie geworfen und man beide bereits mehrmals in inniger Zweisamkeit beim Spaziergang am Fluss beobachtet habe.«

»Geschwätz!«, urteilte Berendice Luz gnadenlos.

»Wenn Macht und Schönheit aufeinandertreffen, dann siegt immer die Macht.«

»Aber ...«, stammelte der Alcalde, der irgendwelchen flüchtigen Gerüchten keinerlei Bedeutung zumaß, die in Tres Rios immer wieder auftauchten und sich flugs, so wie sie aufgekommen waren, in alle Winde zerstreuten, wenn man ihnen tatsächlich nachging, »aber dies kann nicht sein; eher traue ich ihr ja noch ein Verhältnis mit ...«

Er verbot es sich, fortzufahren.

Nein! Rebeca Sánchez war und blieb für ihn rein wie der Quell eines Flusses und gewissermaßen unbescholten wie das geistliche Wort von Pater José de Las Casas, das an den Sonntagen aus den Ruinen der verfallenden Kirche durch sämtliche Ritzen tönte.

Berendice Luz lächelte vielsagend und wischte die Tischplatte ab.

»Mit dem Senator wäre sie jedenfalls augenblicklich mitgegangen, wenn er ihr damals nur ein wenig Beachtung geschenkt hätte, sagt man«, gab José Baurillo zu bedenken.

Der Alcalde beendete das Gespräch, indem er seufzte und bekannte: »Man redet so viel ... und vor allem so viel unnützes Zeug.«

Dennoch beschloss Amadé Velásquez, Puco Sánchez in seiner Hängematte aufzusuchen, um mit ihm ein ernstes Wort über die missliche Angelegenheit zu reden.

Der Abogado Diego Tadeo Avaro, ein Machtmensch und Geizkragen ohnegleichen, war wenig beliebt in Tres Rios, denn kurz nachdem er sich das weiße Haus auf dem Hügel angeeignet hatte, erschien er schon mit stolz erhobenem Haupt, geschwellter Brust und Beinkleidern, die er täglich wechselte, im Dorf. Er maßte sich sogar an, den Alcalde aufzusuchen, um ihm mitzuteilen, dass gewisse Veränderungen unbedingt nötig seien, um jedenfalls seinen Aufenthalt hier zu gewährleisten.

Während der Ventilator im Büro von Amadé Velásquez gleichmäßig und unaufhörlich an der Decke brauste, zog der klein gewachsene und maßlos dicke Don Diego ein Stück Papier hervor und zitierte, dass erstens seine nächtliche Ruhe durch ein turbulentes Treiben im Dorf weiterhin nicht mehr gestört werden dürfe, zweitens, dass er, Amadé Velásquez, in seiner Eigenschaft als Alcalde dafür Sorge zu tragen habe, dass zukünftig keine Gemeinen mehr um seinen neu erworbenen Besitz herumstreichen würden, und drittens, dass es unbedingt nötig sei, zukünftig Nachtwachen aufzustellen, da sein Boot ansonsten schutzlos am Landesteg liegen müsse und somit jederzeit den Gefahren eines Diebstahls ausgesetzt sei.

Der Alcalde glaubte seinen Ohren nicht zu trauen und erwiderte schließlich ärgerlich: »Aber Don Diego, ein turbulentes Treiben in Tres Rios gibt es höchstens an den wenigen Festtagen im Jahr, die an einer Hand abzuzählen sind. Auch lassen sich die Dorfbewohner durch irgendwelche unnütze Verordnungen niemals ihre persönliche Freiheit einschränken, denn schließlich sind sie hier geboren. Und da mir in meiner langjährigen Amtszeit noch kein einziger Diebstahl oder Raub in der ganzen Gegend jemals zu Ohren gekommen ist, ist es ein unmögliches Unterfangen, plötzlich irgendwelche Nachtwachen in Friedenszeiten zu fordern.«

Der Abogado Diego Tadeo Avaro schnäuzte sich. Sein Gesicht war zwischenzeitlich feuerrot angelaufen und er stöhnte: »Hier herrscht ja geradezu ein anarchistischer Zustand vor, wenn es erlaubt ist, dass Fremde unbekümmert von allen Seiten meinen Vorgarten betreten …«

»Dann umzäunen Sie ihn, und sie werden daran vorübergehen«, unterbrach ihn Amadé Velásquez und konnte dabei einen gewissen Spott schwerlich unterdrücken.

»Mein herrliches Boot an diesem lausigen Steg von Tres Rios ist Tag und Nacht …«

»Versperren Sie die Kajüte und engagieren Sie einen eigenen Aufpasser, wenn Sie dann ruhiger schlafen können.«

»Etwa einen von diesen so zahlreich herumstreunenden Halunken?«

Don Diego stierte den Alcalde entsetzt mit großen ungläubigen Augen an, erhob sich schwerfällig von seinem Sitz und schnaufte mehrmals heftig, bevor er sich umwandte und wortlos davonging.

Nach diesem Gespräch wusste Amadé Velásquez unwillkürlich, dass fortan der Friede im Dorf gestört war.

Was machte Fernando Luís, der Sohn des Fischers Ortega, aus Cuatro Esquinas zu dieser ungewohnten Stunde in Tres Rios?, fragte er sich, als er erneut den Platz überquerte, auf den mittlerweile die Sonne aus einem weithin wolkenlosen Himmel herniederstrahlte. Untätig herumlungernd bemerkte er ihn in der Eingangstür des großen blauen Hauses, stumm in die Weite starrend. Hielt er etwa insgeheim Ausschau nach Rebeca Sánchez? Aurélio Tapa saß noch immer auf der Veranda der Cantina – und er vernahm José Baurillos gewaltige und gnadenlose Stimme: »Jetzt ist's aber genug! Scher dich endlich zum Teufel!«

Der junge Noél Augustín Valle kaute am Wegrand im Schatten, auf einem Gummireifen sitzend, einen Grashalm, als er sich dem Haus von Puco Sánchez näherte.

»Hast du nichts anderes zu tun, Lümmel, als hier unnütz die Zeit totzuschlagen!«, schrie er zu ihm hinüber.

Der Angesprochene erhob sich wie vom Blitz oder wenigstens von einem unsichtbaren Stein getroffen, wandte sich um und schlenderte anschließend gleichgültig in Richtung Fluss davon.

Auf einmal spürte Amadé Velásquez, dass etwas in der Luft lag, das er noch nicht gänzlich zu deuten wusste. Aber sein Gefühl sagte ihm insgeheim, dass die hübsche Rebeca Sánchez damit in irgendeiner Beziehung stehen musste. Vier Tage lang war der Himmel bewölkt gewesen – und jetzt waren es die Gemüter. Auf den knorrigen schwarzen Ästen eines Baumes am Wegrand saß ein Dutzend kahlköpfiger Geier, die jedem seiner Schritte aufmerksam folgten. Er klatschte wütend in die Hände, um sie zu verscheuchen. Tatsächlich erhoben sich die Vögel daraufhin geräuschvoll in die Lüfte und nahmen dreißig Meter weiter eine zerbrochene Umzäunung in Besitz, die eine karge Ackerfläche vom Sumpf abgrenzte.

»Alcalde, welch ehrenwerter Besuch!«, sagte Puco Sánchez, winkte mit der Hand und bot Amadé Velásquez einen Stuhl an, als dieser seine Veranda betrat.

»Wenn's dich nicht stört, bleibe ich liegen ... hahaha!«
»Auf ein Wort, Puco!«
»Auf ein Wort, Alcalde, selbstverständlich!«

Jetzt erhob er sich doch, aufgrund des unvorhergesehenen Einfindens von Amadé Velásquez, ein wenig aus seiner Hängematte und ließ die Beine herunterbaumeln.

Im Hintergrund hörte man Hühner gackern und den seltsamen Schrei eines seltenen Vogels in einem schillernd bunten, gesprenkelten Federkleid, der alsbald vorüberflog.

»Julia, bring uns doch was zu trinken, ein unerwarteter Gast ist eingetroffen«, kommandierte Puco Sánchez nach einer Weile in Richtung Eingangstür seines Hauses, die offen stand.

»Nur keine Umstände wegen mir«, bemerkte Amadé Velásquez.

»Es sind keine Umstände, Alcalde«, betonte der überraschte Gastgeber.

Nachdem seine Frau Julia Amadé Velásquez begrüßt und beiden ein Mischgetränk mit reichlich Rum auf den kleinen Tisch gestellt hatte, ging sie wieder artig davon, um in der Küche den restlichen Abwasch zu erledigen.

»Nun, was gibt's?«, fragte Puco Sánchez jetzt reichlich neugierig, denn irgendetwas Bestimmtes musste den Alcalde zu ihm geführt haben.

»Ich weiß nicht so recht, wie ich anfangen soll«, bekannte dieser.

»Einfach heraus mit der Sprache!«

»Nun, nun … es handelt sich um Rebeca …«

»Rebeca?«

»… und um ihren Umgang …«

»Ihren Umgang?«

»Jedenfalls, so heißt es …«

»Was soll das heißen, dass es ›jedenfalls so heißt‹?«

»Es ist eben wegen …«
»Weswegen?«
»So kommen wir nicht weiter«, bekannte Amadé Velásquez und fühlte seinen rasenden Pulsschlag.
»Nein, so jedenfalls nicht«, gab auch Puco Sánchez zu erkennen.
Nachdem beide einen kräftigen Schluck genommen hatten, fühlte sich der Alcalde endlich dazu in der Lage, nicht mehr herumzureden, sondern direkt auf sein Ziel zuzusteuern. Während er seinem Gegenüber fest in die Augen sah, entschlüpfte ihm der Satz, der Puco Sánchez zu einem Geständnis zwingen oder gar gänzlich vernichten sollte.
»Man sagt, du schickst Rebeca zu ihm?«
»Zu wem?«, konterte der Angesprochene.
»Zu Don Diego in sein Haus auf dem Hügel.«
Jetzt schnaufte der Alcalde schwer, nachdem er dies ausgesprochen hatte.
»Diego Tadeo Avaro? … Ich schicke Rebeca … hahaha … zu Diego Tadeo Avaro? … Ich … hahaha! Julia, Julia, hör dir das mal an!«
Julia Sánchez erschien sogleich in der Tür, als sie gerufen wurde.
»Ich schicke Rebeca zu Diego Tadeo Avaro, dem Geizkragen, der dem Pater forsch die Tür gewiesen hat, als dieser um eine kleine Spende für ein neues Kirchendach bat, auf den Berg, damit er unzüchtige Spiele mit ihr treibt«, spottete Puco Sánchez.
Jetzt lachten beide ausgelassen – und der Alcalde kam sich augenblicklich ein wenig lächerlich vor. Doch irgendetwas lag in der Luft, was er noch nicht zu deuten wusste.

Was machte Fernando Luís, der Sohn des Fischers Ortega, aus Cuatro Esquinas zu dieser Stunde in Tres Rios? Weshalb war er Noél Augustín Valle Gräser kauend und untätig, obwohl er zu dieser Zeit eigentlich einer regelmäßigen Beschäftigung unten am Fluss nachging, am Wegrand begegnet?

»Ohne mein Wissen läuft hier etwas ab«, erkannte er plötzlich.

»Sag mir die Wahrheit, Puco«, stammelte er entsetzt. »Ist da etwa irgendeine geheime Verschwörung im Gange?«

»Die Wahrheit muss dem Alcalde verborgen bleiben, denn sie würde sein Amt unnötig gefährden.«

Puco Sánchez setzte nun eine sehr ernste Miene auf, während er Amadé Velásquez erklärte, dass dem Handeln zum Wohl aller Bürger und der Allgemeinheit keine gesetzlichen Vorschriften im Wege stehen dürften.

»Aber was heißt denn das?«

»Es heißt, dass Don Diego schleunigst wieder aus Tres Rios verschwinden muss, da er die idyllische Ruhe des Dorfes stört.«

Der Alcalde stierte mit einem entsetzten Gesichtsausdruck auf Puco Sánchez und seine Frau.

»Ich kann es nicht dulden, dass hier irgendeine ungesetzliche Tat, gar ein Verbrechen ausgeführt wird«, stammelte er.

Puco Sánchez lächelte sanft und sagte: »Auch du musst uns einmal dein Vertrauen erweisen, Alcalde, so wie wir deinen steten Einsatz für Tres Rios unaufhörlich loben.«

Amadé Velásquez ahnte, dass Puco Sánchez, der eigentlich eher Wortkarge, an diesem Mittag ein Schweigen über etwas gebrochen hatte, das ihn als Alcalde offensichtlich nichts angehen oder vielmehr schützen sollte. Es musste sich in der Tat um eine heimliche Verschwörung handeln, die, einmal beschlossen, jetzt zur Ausführung gelangen sollte. Diego Tadeo Avaro war zweifelsohne das ausgesuchte Opfer und Rebeca Sánchez spielte dabei eine gewichtige Rolle.

In der Nacht hatte er schwere Albträume, die seine Frau dazu veranlassten, ihm mehrmals ein Glas Wasser zu reichen.

»Ich sah Don Diego in der Hitze des Tages schwitzend den Dorfplatz überqueren und plötzlich in der Luft zerplatzen«, gestand er.

»Ein scheußlicher Traum!«, bemerkte seine Frau.

»Ich sah Don Diego lustvoll an Rebeca Sánchez herumfingern, so dass ich erwachte und mich fühlte, als hätte mir ein Esel ins Maul gepisst.«

»Entsetzlich!«, sagte seine Frau.

»Ich sah einen scheußlichen Mord und ganz Tres Rios angeklagt, diesen begangen zu haben … Daraufhin standen wir alle in einer Reihe vor dem Schafott, bewegten uns Schritt für Schritt vorwärts, während die ersten Köpfe fielen, bis auch ich endlich an die Reihe kam … Ich erwachte gerade noch rechtzeitig.«

»Hirngespinste! Es wird keinen Mord geben!«, betonte seine Frau zuversichtlich.

»Die Geschehen laufen an mir vorbei«, stöhnte der Alcalde.

»Was geschieht, muss letztendlich geschehen.«

War sie insgeheim auch mit den Verschwörern verbunden und in deren Vorhaben eingeweiht?

Als er den Dorfplatz am nächsten Morgen auf seinem Weg ins Büro überquerte, waren die Pfützen vollständig ausgetrocknet. María Magdalena schwang wieder ihren Besen, um die Veranda zu kehren. Unwillkürlich suchte sein Blick José Baurillo, doch die Cantina entblößte lediglich eine offen stehende Eingangstür mit einem schwarzen, düsteren Hintergrund, ohne irgendein Anzeichen von Leben oder irgendeine sonstige und gewohnte Geschäftigkeit zu zeigen. Augenblicklich sagte ihm sein Gefühl, dass dies, was Puco Sánchez angedeutet hatte, jetzt längst geschehen war.

Amadé Velásquez fühlte sich wie gerädert nach dieser von Albträumen gepeinigten Nacht und einer Ohnmacht des Nichtwissens über gewisse Vorgänge, die ihn in seiner Eigenschaft als Alcalde von Tres Rios schließlich angingen. Eine merkwürdige Stille lag über dem Dorf. Wenigstens lungerte nirgendwo mehr Fernando Luís, der Sohn des Fischers Ortega, aus Cuatro Esquinas herum, was ihn etwas beruhigte. Unwillkürlich richtete er seinen Blick jetzt in Richtung des großen weißen Hauses von Don Diego, das jedoch uneinsehbar war; verborgen hinter einem Hügel mit ihn beschattenden Wäldern, über denen in den Lüften die Geier kreisten.

»Ein Tag wie jeder andere«, murmelte er gerade, als plötzlich markante Schreie die einsame Stille erschütterten.

Auf dem schmalen Weg vom Hügel herabkommend, in den Staub fallend, sich wieder erhebend, erneut stürzend und mit zerrissener Bluse, die Augen schreckensweit geöffnet und mit zittrigen Händen, ihre Blöße bedeckend, erreichte Rebeca Sánchez die ersten Häuser des Dorfes, schluchzte, jammerte und schrie zugleich. Durch diese außergewöhnliche Störung des morgendlichen Idylls aus ihrer ansonsten so friedvollen Ruhe gerissen, erschienen die Bewohner von Tres Rios auf einmal allesamt in den Türen ihrer Hütten und Häuser. María Magdalena erreichte die mit verkrampften Fäusten in den Straßenstaub hämmernde jämmerliche Gestalt der niedergekauerten schönen Rebeca als Erste. Aus der Tür seiner Cantina trat José Baurillo und stierte auf die Ursache der ungewohnten Störung.

»Es ist Rebeca!«, rief er in den Hinterraum Berendice Luz zu, die sich mit einem Besen in der Hand in der Tür zeigte. Ihr rötliches Haar schimmerte im Sonnenlicht.

Waren das nicht Fernando Luís und die beiden Polizisten aus Cuatro Esquinas, die sich im Laufschritt der Gefallenen näherten? Tatsächlich! Der Alcalde bemerkte, wie der Sohn des Fischers Ortega die Kraftlose hochhob, während die Polizisten aufmerksam ihren Worten lauschten, die mit Tränen vermischt nur bruchstückweise zu vernehmen waren. Als er jetzt näher kam, verstand er etwas von »versuchter Schändung ...«, »dieser teuflische Kerl ...«, »was für ein Ungeheuer ...«

Fernando Luís zeigte sich höchst erregt und empört: »Ich werde ihn töten! Ich werde dem Kerl den Garaus bereiten, diesem Schwein!«

Amadé Velásquez verstand augenblicklich, was geschehen war oder vielmehr geschehen sein sollte. Der Abogado Diego Tadeo Avaro hatte die hübsche Rebeca Sánchez als Hausmädchen eingestellt und versucht, sie zu vergewaltigen. Seltsam war nur, dass nicht nur Fernando Luís, sondern sogar die beiden Polizisten zufällig in diesem ergreifenden Augenblick zur Stelle waren.

»Wo ist der Hund? Der verdammte Kerl soll es mir büßen, dass er es gewagt hat, meiner Rebeca ein Leid zuzufügen!«

Puco Sánchez wollte sich nicht beruhigen lassen.

Wütend stampfte er mit beiden Füßen auf den Boden und gab zu erkennen, dass er Don Diego unverzüglich aus seinem Haus zerren würde, um ihn zu erschlagen, zu erwürgen, ihm den Schwanz und die Hoden abzuschneiden. Die beiden Polizisten aus dem Nachbardorf mussten ihn mit Gewalt festhalten.

Der Abogado Diego Tadeo Avaro stand gerade in kurzen Hosen und einem breitkrempigen Strohhut auf dem Kopf auf der Terrasse seines Hauses, als der diensteifrige Sargento Esteban Uríba mit den zwei Polizisten aus Cuatro Esquinas im Jeep vorfuhr. Sie erklärten ihn unverzüglich für verhaftet, worauf Don Diego, sprachlos, seinen Hut abnahm und sich mit einem Taschentuch, das er mechanisch aus der Hosentasche gezogen hatte, die Stirn trocknete.

»Ich wüsste nicht, weswegen ... Es gibt keinen Grund ... In meiner Eigenschaft als Abogado ... Ich muss den Alcalde sprechen!«, stotterte er.

Es wurde ihm genehmigt und man brachte ihn unverzüglich in dessen Büro.

Der Ventilator brauste wie gewohnt an der Decke, als sich Don Diego und Amadé Velásquez nach so kurzer Zeit wieder gegenüberstanden. Doch dieses Mal, als der

Alcalde ihm soeben den Grund seiner Verhaftung in seinem Büro erläutert hatte, brauste Don Diego nicht auf, sondern setzte sich erschöpft und bat um ein Glas Wasser. Nachdem er einen kräftigen Schluck genommen hatte, bemerkte er zögernd: »Sie wissen, dass es sich hierbei um eine teuflische Hinterlist handelt und eine Anklage gegen mich nicht aufrechterhalten werden kann?«

»Ich muss mich an die Tatsachen halten, die ausgesagt worden sind.«

»Tatsachen? Von dieser kleinen Lügnerin ...«

»Ich gebe Ihnen den Rat, Ihre gegenwärtige Lage nicht noch mehr durch unvorsichtige Äußerungen zu verschlimmern«, erklärte Amadé Velásquez forsch.

»Und jetzt?«, fragte Don Diego schüchtern.

Der Alcalde ging in seinem Büro nachdenklich ein paar Schritte auf und ab. Auf einmal blieb er stehen und wandte sich dem Abogado zu: »Man könnte die Angelegenheit – unter der Voraussetzung, dass Rebeca Sánchez ihre Anzeige gegen Sie überhaupt zurückzieht – vielleicht demgemäß bereinigen, dass Sie Tres Rios wieder verlassen ...«

»Von dorther also weht der Wind«, murmelte Don Diego und lächelte fast ein wenig über die entdeckte Tatsache, dass offensichtlich das ganze Dorf in diese gemeine Verschwörung gegenüber dem ungeliebten Mitbürger, also gegen ihn, verstrickt war.

Das Wort »Anarchie«, das auf seinen Lippen lag, unterdrückte er wohlweislich. Dagegen kam man nicht an. Es nützte keinesfalls im Recht zu sein, wenn das Recht mit Füßen getreten wurde.

Drei Tage später stand das große weiße Haus auf dem Hügel jedenfalls wieder leer.

Als der Alcalde über den Dorfplatz spazierte, musste er unwillkürlich lächeln. Wie gewohnt stritten sich Jorge, der Neunzigjährige, und Pablo, der Fünfundsiebzigjährige, bei einer Partie Schach. José Baurillo lud ihn zu einem Trinkgelage am Abend.

»Was gibt es zu feiern?«, fragte Amadé Velásquez.

»Die wiedergewonnene Ruhe in Tres Rios«, sagte der Wirt der Cantina und ließ seinen Blick dankbar hinauf zum wolkenlosen Himmel schweifen, der sich so blau und unbeschwert offenbarte wie eh und je.

»... und Puco Sánchez zahlt die Zeche!«

Wer hätte das gedacht, überlegte der Alcalde, als er Jorges kichernde Fistelstimme vernahm.

»Schachmatt, mein lieber Pablo, schachmatt!«

»Ich kann's nicht begreifen«, stöhnte der Verlierer.

Um die Ecke spazierte Rebeca Sánchez, lächelnd und sich ihrer ganzen Schönheit bewusst, mit weichen Hüftbewegungen, die Blicke der Männer auf sich ziehend; ein nie versiegender Quell an Erotik und feuriger Lust.

Rosario

Über die sandige Fahrbahn läuft gackernd ein Huhn. Ihm folgt ein zweites, kurz darauf ein weiteres. Carlos zählt insgesamt fünf Hühner, die jetzt – beinahe reglos wie er – unter den hohen Tamarinden, die gewaltige Schatten werfen, verharren. Es sind die Hühner von Pablo Merceditas, die sich längst an seinen Anblick gewöhnt haben, denn beinahe täglich – während der größten Mittagshitze – hält er hier ungestört seine Siesta. Nun wendet er seinen Blick nach Osten hin zu den dürftigen Häusern entlang der ungeteerten Straße; zwei blauen, das eine hell mit schon abblätternder Farbe an den Außenwänden, das andere eher dunkel mit einer kleinen Veranda; einem feuerroten, in dem der alte Fernando Monte seinen Kiosk eingerichtet hat; drei, vier, fünf, sechs mehr oder weniger weißen, die er – wie schon so oft – abzählt, als könnte eines fehlen – und vergisst auch nicht, nach der grauen, allmählich verfallenden Hütte der Witwe Altagracia Santana, die sich etwas abseits auf einer Anhöhe befindet, Ausschau zu halten. Noch vor dem ersten Haus auf der linken Straßenseite steht seit Jahren ein Holzkarren mit morscher Deichsel und gebrochenen Speichen – und daneben, an einem Pfahl, der in der trockenen Erde steckt, ist ein verwittertes Schild befestigt, auf dem man den Namen der Ortschaft ablesen kann: Rosario!

Carlos muss unwillkürlich lächeln, denn wen interessiert es schon, dass diese Ansammlung von wenigen Häusern und Hütten den Namen Rosario trägt? Nicht einmal den Busfahrer, der neben den hohen Tamarinden auch nur dann anhält, wenn zufällig jemand aussteigen oder zusteigen möchte. Von der Anhöhe nähert sich ihm jetzt eine Gestalt, hinkend und mit einem zerschlissenen Strohhut auf dem zerfurchten Schädel, die unschwer als Pablo Merceditas, der Hühnerbesitzer, auszumachen ist.

»Alles in Ordnung, Carlos?«, fragt Pablo trocken, als er vor ihm steht.

»Klar, wie immer«, antwortet dieser.

Was gibt es auch anderes zu sagen? Der Himmel ist weiterhin wolkenlos blau, die Häuser und Hütten stehen noch (soeben hat er sie ja gezählt), und der Überlandbus fährt erst in zwei oder drei Stunden vorüber.

Pablo Merceditas hat Zeit, viel Zeit, ebenso wie Carlos, und daher lässt er sich augenblicklich im verdörrten Gras nieder.

»Weißt du, dass …«

Was er nun hört, wusste er tatsächlich noch nicht. Die Witwe Altagracia Santana beabsichtigt das Dorf zu verlassen.

»In diesem Dorf geboren …«

Wohin?, fragt er sich.

»… heißt auch in diesem Dorf sterben.«

Eine Tatsache, der man sich letztendlich fügen muss, denn so lautet die Regel.

»Sie hat Bekanntschaft mit einem neuen Mann geschlossen«, erklärt Pablo Merceditas, ohne mit der Wimper zu zucken.

Carlos lenkt bei diesen Worten seinen Blick erneut und unwillkürlich hinüber zu der grauen, allmählich verfallenden Hütte auf der Anhöhe und denkt an das schlichte, mit schroffen Steinen bedeckte Grab von Ramón Santana, den vor kaum drei Jahren ein schreckliches Fieber dahingerafft hatte.

»In Rosario geboren heißt selbstverständlich auch in Rosario sterben«, wiederholt er murmelnd.

Insgeheim aber empfindet er doch ein wenig Neid, denn keinem anderen aus dem von der Welt verlassenen Dorf ist es bisher gelungen, die Brücken der Vergangenheit gänzlich einstürzen und hinter sich zu lassen.

Die fünf Hühner von Pablo Merceditas bewegen sich jetzt gackernd dem Bächlein zu, das in dreißig Metern Entfernung von der Straße im Hintergrund vorbeisprudelt. Sie sind durstig.

Fernando Monte grüßt die beiden mit einem Winken seiner rechten Hand, als er sie bemerkt, während die Linke schlaff und halb gelähmt von seiner schmächtigen Schulter herabhängt. Selbstverständlich kennt man sich untereinander.

»Wer hätte das gedacht, dass die Witwe Altagracia Santana – in ihrem fortgeschrittenen Alter – Rosario noch verlässt«, sagt Carlos.

Pablo Merceditas lächelt. »Vielleicht kehrt sie bald wieder enttäuscht zurück, wer weiß? Denn anderswo ist es ja auch nicht anders oder gar besser.«

Carlos denkt angestrengt nach. »Wer duldet unsereins schon in Santa Cruz, der Endstation des Überlandbusses?«, murmelt er.

»Noch weiter weg von dort lauert irgendwo nur mehr die Fremde, die unbekannte Fremde, wie der Jaguar im Dschungel auf ein ahnungsloses Beutetier.«

Es ist wirklich am einfachsten, in Rosario zu bleiben, wissen beide.

Yolanda Perfuma lacht, als Pablo Merceditas ihr erklärt, dass die Witwe Santana beabsichtigt, das Dorf zu verlassen.

»Sie ist schon lange fort«, sagt sie.

»Gestern Abend fuhr ein Fremder in seinem Wagen vor. Sie verschloss augenblicklich ihre Fenster und die Tür, während der Mann ihren Koffer auf der Ladefläche festzurrte, und stieg ein. Sie rief mir noch zu, dass ich mich um ihre beiden Hunde kümmern solle …«

»Dann kommt sie bestimmt wieder«, meint Carlos nachdenklich.

Jetzt ist das Nahen des Überlandbusses spürbar. Unruhe und Aufregung machen sich breit. Fernando Monte tritt aus seinem Kiosk und setzt sich auf die hölzernen Treppenstufen. Die Frauen spazieren entlang der staubigen Straße auf und ab. Selbst ihre Männer auf den Feldern vergessen minutenlang ihre Arbeit und blicken in Richtung Horizont, wo sich der gelbrot gestreifte Bus unaufhaltsam nähert, kräftig Staub aufwirbelnd. Yolanda Perfuma streift ihren geblümten Rock zurecht. Vom Bächlein eilen die Hühner heran, um das Unding aus knatterndem Metall zu beäugen. Pedro del Santo Bosque stürzt mit einem Korb voller Früchte auf die Haltestelle zu. Entsetzlicher Motorenlärm ist vernehmbar. Yolanda gibt ein Zeichen, und der Fahrer drückt auf die Bremse. Der Koloss hält direkt neben den prächtigen Tamarinden. Vereinzelt machen sich erschöpfte, schwitzende Gesichter hinter den Glasscheiben bemerkbar, dankend für eine jegliche Erfrischung, die ihnen Pedro del Santo Bosque reicht. Der Busfahrer trocknet sich mit einem groben, schmutzig weißen Tuch die Stirn und drängt den Verkäufer murrend zur Eile. Yolanda Perfuma ergattert einen Fensterplatz und setzt ihre Sonnenbrille auf.

»Sicherlich hat sie eine Verabredung mit einem Mann und wird Rosario ebenso wie die Witwe Santana früher oder später verlassen«, murmelt Pablo Merceditas.

Carlos zuckt lediglich mit den Schultern und schweigt.

Der Bus fährt wieder los. Pedro del Santo Bosque gelingt es im allerletzten Moment, durch die offen stehende Tür abzuspringen.

»Ein gutes Geschäft!«, bemerkt er lächelnd.

Oftmals aber eilt er umsonst hierher unter die Tamarinden, weil der Überlandbus nicht anhält und einfach vorüberrast, als würde das Dorf überhaupt nicht existieren. Heute aber geht er mit sich und der Welt im Allgemeinen zufrieden davon.

»Ich muss zurück zu meinen Ziegen«, sagt Carlos und erhebt sich mühsam.

»Und ich muss meine Hühner zählen und darauf achten, dass keines verloren geht«, murmelt Pablo Merceditas, dabei stumpfsinnig lächelnd.

Rosario! Dunkelheit und eine unerträgliche Hitze. Der Jahrestag der Befreiung von der Diktatur naht. Demokratie! Demokratie! Demokratie! Die Dorfbewohner tragen ihre beste Kleidung und haben sich herausgeputzt. Musik und Tanz entlang der staubigen Straße. Eine Stimme aus dem Lautsprecherwagen verkündet neue politische Ziele, der Pfarrer aus der Nachbargemeinde lädt wiederholt zum sonntäglichen Gottesdienst ein, der Bierlaster ist längst entladen, und Fahnen werden geschwenkt. Zwei, drei Spanferkel brutzeln auf silbernen Drehspießen über dem Feuer. Rosario ist überladen, denn die einsamsten Bewohner aus den Hütten der Umgebung haben sich schon am frühen oder späten Nachmittag auf den Weg gemacht, um der Festlichkeit beizuwohnen.

»Einmal im Jahr lohnt es sich tatsächlich, hier zu leben!«, krächzt Jaime Mosiste, der Zurückgebliebene.

Mit den Händen stopft er ein von Fett triefendes Stück Fleisch in seinen fast zahnlosen Mund, spült eine Kanne Bier hinterher und bekleckert sein Feiertagshemd.

Demokratie! Demokratie! Demokratie!

Yolanda Perfuma entfernt sich mit dem noch minderjährigen José Victorio in die mondene Dunkelheit über den Feldern, kichernd und vor Geilheit schnurrend. Jeder weiß, dass sie im Maisfeld ihren BH lösen und das Höschen abstreifen wird. Darüber lächelt sogar der Pfarrer der Nachbargemeinde und nimmt seufzend einen gewaltigen Schluck.

Demokratie! Demokratie! Demokratie!

Pablo Merceditas hat Angst um seine fünf Hühner; aber an solch einem Tag, in solch einer Nacht schwindet jegliche Vernunft. Dies macht sich auch beim Kioskbesitzer Fernando Monte bemerkbar, der plötzlich für ein paar Minuten verschwindet, seinen Laden aufschließt, aus dem Regal zwei Flaschen Aguardiente nimmt und fünf dicke Zigarren in seine Hemdtasche steckt. Applaus, Applaus bei seiner Rückkehr; der linke Arm wei-

terhin halb gelähmt und schlaff von der Schulter herabbaumelnd, doch in der Rechten den Schnaps vorzeigend.
Demokratie! Demokratie! Demokratie!
Juanita und Conchita spielen mit ihren hölzernen Puppen im sanften Gras und bestaunen den schüchternen Mond, der ganz langsam oben am wolkenlosen Himmel vorüberzieht und wohl – ach so gern – auch an dieser Festlichkeit teilnehmen würde, wenn er nur könnte.
»Wenn ich groß bin, heirate ich nur ihn«, erklärt Juanita fest entschlossen.
»Dann heirate ich die Sonne«, sagt Conchita ernst.
Demokratie! Demokratie! Demokratie!
Die Tiere im nahen Wald, im Gestrüpp, auf den Feldern rund um das Dorf herum sind hörbar. Augen leuchten, Nasen schnuppern, ein Surren schwirrt in der Luft, ein Rascheln im Laub der Bäume. Hungrige Mägen suchen nach Beute. Der Kampf der Giganten aus dem Insektenreich, dem ein Nasenbär ein schnelles Ende bereitet. Schnüffelnde, schnaufende, kurzzeitig niesende Nasen und Augen, die suchend schauen; immerfort, tagtäglich. Es ist die unbezwingbare Natur, über die der Mond seine samtene Kühle und die Sonne ihre Hitze ausbreiten.
Demokratie! Demokratie! Demokratie!
Man spricht über die Witwe Santana, die nach Santa Cruz ausgezogen ist, um ihr Glück – ein neues Glück – zu finden. Die graue Hütte auf der Anhöhe wirkt wie ausgestorben mit den verriegelten Fenstern und der finsteren, verschlossenen Tür. Die Bananen im Vorgarten werden sicherlich die Vögel oder die Affen fressen, sagt

man. Trunkenheit! Eine üppige Trunkenheit macht sich bemerkbar. Sie ist grausam und schön zugleich.

Der Pfarrer bittet um ein Nachtlager.

Jaime Mosiste, der Zurückgebliebene, krächzt: »Kein Problem!«

Längst ist er satt, sein Magen wohlgefüllt, und das Bier schießt ihm beinahe schon aus den Ohren.

Was für eine Zufriedenheit!

Demokratie! Demokratie! Demokratie!

Ein ganzes Jahr wird vergehen, bevor sich in Rosario wieder die Welt einfindet; die glückliche, lasterhafte, so anschmiegsame Welt, die allen – auch den Trübsinnigsten – so sehr behagt. Irgendwann sind die Getränke ausgetrunken, die Spanferkel verschlungen, Zigarren und Zigaretten geraucht und der Mond am Horizont verschwunden.

Der Pfarrer schnarcht auf einem Lager aus Stroh, Juanita und Conchita träumen süß, Yolanda Perfuma ahnt, dass sie in dieser Nacht schwanger geworden ist, und Pablo Merceditas hofft, dass seine fünf Hühner morgen wieder gackernd zum Bächlein ziehen, um ihren Durst zu stillen.

Carlos, der wie gewohnt im Schatten unter den hohen Tamarinden seine Siesta hält, denkt an seine Ziegen, die friedlich grasen. Der nach Osten gewandte Blick ergibt nichts Neues, denn die beiden blauen, das rote, die sechs weißen Häuser stehen noch und auch das graue auf der Anhöhe. Die Sonne brennt – wie gewöhnlich – schrecklich heiß hernieder; doch was ihm auffällt, ist die Tatsache, dass von den fünf Hühnern von Pablo Merceditas eines fehlt. Dies macht ihn ein wenig traurig, denn irgendwie verspürt er, dass sich mit der Zeit doch einiges verändert und nichts mehr rückgängig zu machen ist.

Ein jeder Verlust schmerzt, weiß er.

In der Ferne nähert sich der Überlandbus ... und soll er überhaupt daran denken, ob es sinnvoll ist ... oder auch nicht, dass er ihn vielleicht ebenfalls eines Tages besteigt? ... Doch wer hier geboren worden ist, der sollte hier auch sterben, glaubt er noch immer. Wieder spazieren die Frauen des Dorfes entlang der Straße auf und ab, als ob sich durch die Ankunft des knatternden Metalls etwas in ihrer Gewohnheit und der Gewöhnlichkeit des verlassenen Dorfes verändern könnte, und erneut eilt der immer geschäftstüchtige Pedro del Santo Bosque auf seinen kurzen krummen Beinen mit einem Früchtekorb heran, um den wenigen Passagieren mit seinen groben, schmutzigen Händen eine köstliche Erfrischung zu reichen. Diesmal aber hält der gelbrot gestreifte Koloss nicht an, rauscht einfach vorüber, als ob Rosario auf der Landkarte überhaupt nicht existieren würde.

Keine zusteigenden oder aussteigenden Passagiere.

Carlos lenkt seinen Blick nochmals unwillkürlich hinüber zu der allmählich verfallenden Hütte der Witwe Altagracia Santana und bemerkt, dass deren Tür und Fenster weit offen stehen.

Hoch oben am Himmel ziehen die Geier lautlos weite Kreise.

»Sie ist zurückgekehrt«, weiß er und lächelt dabei, weil sich jeder Mann und jede Frau letztendlich wieder in Rosario einfinden, wenn sie nun einmal hier geboren worden sind. Und schließlich feiert man im nächsten Jahr erneut ein lärmendes Fest auf die errungene Demokratie!

Das monströse Haus

Jeder kennt das monströse Haus in der Avenida Dos am östlichen Ausgang des Parque Simón Bolívar, das flaschengrün angestrichen ist und dessen hohe Fensterläden sich niemals dem gemeinen Sonnenlicht öffnen. Weswegen auch? Tagsüber, wenn sich die stets gefräßigen und aufmerksamen Leguane mit den Müßiggängern in der öffentlichen Parkanlage die einzelnen, durch verstreute Kieselsteinwege und symmetrisch angeordnete Blumenbeete abgegrenzten Rasenflächen teilen müssen, weil diese ewigen Müßiggänger dort neben überfüllten Abfallbehältern und verwitterten Skulpturen ihre Hemden und Decken ausbreiten, um auf dem Rücken liegend lethargische Ruhe unter einem immensen Sonnenlicht zu genießen, bleiben die verstaubten, hohen Fensterläden des monströsen Hauses ebenso verschlossen wie bei Einbruch der Nacht, wenn schwere gusseiserne Gittertore zwar den Zutritt in den Park verwehren, doch den Eintritt in das nunmehr von sanften und schummrigen Lichtquellen beleuchtete Haus gewähren. Hereinspaziert! Über seinem breiten Portal, das verlockend wie ein honigsüßer, sündiger Höllenmund wirkt, wenn man die Düfte und Gerüche einatmet, die aus dem breiten dämmrigen Korridor nach draußen dringen und der aufreizend gekleideten, manchmal gar ein wenig gelangweilten Schönheiten ansichtig wird, die dort zuweilen arglos und unbeirrt zum Atmen auf den steinernen Stufen herumstehen, entdeckt man jetzt ein heftiges Aufleuchten einer blauroten Leuchtschrift, die aus den zwei simplen, aufreizenden Wörtern LA ESMERALDA besteht.

Hereinspaziert!, wiederholt von irgendwoher das flüsternde Säuseln einer dunklen, unbekannten Stimme. Vielleicht ist's auch bloß der Wind, dessen aufbäumende Kraft das Laub der Bäume erzittern lässt und unaufhörlich in das Gehör der neugierigen Passanten dringt.

Der schwarze Türsteher am Eingang, ein Riesenkerl mit bleckend weißen Zähnen und groben Händen, hat ein wachsames Auge und ein – wie es scheint – tatsächliches Gefühl dafür, wem er mit einer höflichen Geste den Zutritt in das monströse Haus gewähren kann und wem nicht. Schließlich darf es nicht sein, dass sich den unzähligen Königinnen der Nacht ein Jedermann nähert; ein Geizhals vielleicht, dem die Hosentaschen zugenäht sind oder der gar glaubt, er fände hier einen freigiebigen Spender für seinen immensen Durst. Tritt man ein, entdeckt man links und rechts mehrere abgetrennte Räume, die durch Zwischentüren verbunden sind und in denen sich ein Verweilen an den groß angelegten Tresen durchaus lohnt. In einem mittleren Saal, den mächtige Säulen aus der Zeit spanischer Kolonialherrschaft begrenzen und gewissermaßen stattlich umrahmen, tanzen die Gäste Merengue, Salsa, Son und Rock. Ein schwerer Kronleuchter hängt tief von der Decke herab. Verzückung! Gerüche schwerer süßer Parfums, die in einem trägen breiten Strom vorüberschweben.

Die rotbäckige Königin der Papayas unterhält sich flüsternd mit der an Körperformen üppigen Königin der Mangrovensümpfe, die kostbare Königin der tausend

Perlen verzückt im Rhythmus der Musik mit schlängelnden Hüftbewegungen den vorzeitig ergrauten US-Amerikaner Bob aus Wyoming, die niedliche Königin der Zwergwüchsigen schnorrt wiederholt eine Zigarette von Billy Joe aus Colorado, der mit weit aufgerissenen Augen und ungläubigem Blick schon ein wenig betrunken an der Wand lehnt, die bezaubernde Königin der Monate April bis September beäugt aufmerksam die Kundschaft der Märztrockenheit, während Isabel la Católica ununterbrochen mit ihrem Handy in der Hand telefoniert und Verabredungen trifft. Sie ist die einzige echte Blondine im monströsen Haus mit den Leuchtbuchstaben LA ESMERALDA auf seiner Fassade, welche die Gäste unweigerlich anziehen, und hat sich längst daran gewöhnt, dass die Männer sie von allen Seiten anstieren, begaffen, und drei bis fünf Feuerzeuge rechts und links von ihr aufblitzen, sobald sie eine Zigarette an ihre kirschroten Lippen führt, die gewollt oder ungewollt ihren hübschen Schmollmund so leidenschaftlich formen. Isabel la Católica ist fürwahr die unerreichbare Kaiserin inmitten all der vielen handlichen Königinnen, wie der Königin der leichten Schuhe, der Königin der haarlosen Achseln, der Königin der schweren Stiefel bis hin zu den Königinnen der längst verlorenen Würde, der aktuellen Bademode, der sanften Gleichgültigkeit, der kleinen Füße oder der Königin der Pinkfarben mit ihrem feinen schwarzen Oberlippenbart.

Aus den kühlen Schatten seines Hauses tretend, bemerkt Ariél Flocá-Ruiz zunächst nur den fehlenden Wind in den engen Straßenschluchten der Stadt. Feuchte Hundeschnauzen schnuppern an den Abfallbehältern, die in einer gewissen Höhe angebracht sind, damit sie von ihnen nicht erreicht werden können. Vergeblich! Die Knochenreste eines abgenagten Hühnchens haben sie längst aufgespürt – und ihre Schnauzen vergraben sich hungrig knurrend im wehrlosen Rest des Aases. Die Sonne steht augenblicklich im Zenit, der Asphalt dampft und selbst die verwitterten Statuen im Parque Simón Bolívar scheinen heftig zu schwitzen. Schuhputzer schlafen genüsslich schnarchend zwischen den fauchenden, in ihrer Rüstung metallic grün und purpurn schimmernden Leguanen auf den gepflegten Rasenflächen. Mamá Margarita de la Asunción hat ihre fleckigen Decken neben dem spritzenden, kühlen Wasserfall ausgebreitet und teilt die Portionen aus der Kühltasche gerecht zwischen ihren beiden Söhnen, die ihr ganzer Stolz sind, und deren Frauen und den drei Enkelkindern auf. Was übrig bleibt, wird sie später selbst verzehren. Die roten Rosen blühen kräftig – und niemand achtet auf das monströse Haus im Hintergrund, das sich an den östlichen Ausgang des Parks fast wie ein formloses Geschwür anschließt. Früher war es ein Botschaftsgebäude gewesen, dann der Privatbesitz eines sehr reichen Grande, bis es zu einem Bordell verkommen ist, wie Mamá Margarita de la Asunción verächtlich meint, wann immer irgendjemand das Gespräch auf dieses schäbige, von ihr geächtete Haus lenkt. Während Ariél Flocá-Ruiz einen gewürzten Hühnchenschenkel abnagt, betrachtet er abwechselnd und verstohlen mit zusammengekniffenen Augen und schwitzender Stirn die Fassade des besagten Hauses im Hintergrund und seine Frau Veronica, am Rande einer der sorgfältig ausgebreiteten Decken sitzend, die mit den Jahren ein prächtiges Hinterteil bekommen hat, und vergleicht sie unwillkürlich mit der bezaubernden Königin der Monate April bis September, an der er seit dem gestrigen Abend, als er vorgab, noch in dringenden Geschäften unterwegs gewesen zu sein, reichlich Gefallen findet.

»Wasch dir die Hände, José Luis, wenn du fertig bist«, sagt seine Frau, schwitzend, mürrisch, unzufrieden.

José Luis, sein achtjähriger Sohn, taucht verspielt – als griffe er nach einem glitschigen, nicht vorhandenen Fisch – die kleinen Hände ins glasklare Wasser des Springbrunnens.

Währenddessen denkt Ariél Flocá-Ruiz an den zarten ebenen Rücken der Königin der Monate April bis September, die selbst in der Trockenzeit nicht ausgetrocknet ist, sondern frisch im Leben steht wie eine geheimnisvolle Neuheit der Moderne. Im Gegensatz dazu erscheint ihm seine Frau Veronica endgültig verbraucht zu sein wie eine längst abgetragene Kleidung, eine altertümliche Tradition, ein Ding, das sich zur Unförmigkeit entwickelt hat und nur mehr ans tägliche Essen, an die Sauberkeit der Wohnung, an eheliche Pflichten und an die Familie denkt, an das Gerede der Leute von nebenan, an das schreckliche Urteil der alles bestimmenden, dominierenden Mamá Margarita de la Asunción, das – in seiner einfältigen Dummheit – unbeeinflussbar ist, und die nur danach trachtet, die Welt in ihrer kleinen, unsinnigen und beengenden Bahn der Familie und der Nachkommenschaft zu lenken und zu bewahren. Plötzlich erkennt Ariél Flocá-Ruiz bestürzt, dass nichts vollkommen und alles nur ein billiger Abriss ist; ein Abriss von einem Kalender aus irgendeinem Jahr, das längst in der Vergangenheit, in der Vergessenheit zurückliegt.

Er steht auf und richtet seinen unruhigen Blick über die endlosen Häuserreihen hinweg empor zum weiten wolkenlosen Himmel, wo es nichts zu sehen gibt außer dem weißen Schweif eines sich langsam entfernenden Flugzeuges.

»Dein Mann fängt an zu träumen«, bemerkt die Großmutter auf einmal spitz, sich die faltigen, ledernen Arbeitshände reibend.

Bedrohlich bohren sich ihre Augen in unbekannte Tiefen.

Ahnt sie vielleicht etwas?

»Lass ihn nur«, sagt Veronica, gleichgültig lächelnd, sich mit einem Fächer kühle Luft zufächelnd. »Manchmal benötigt er zwei oder drei Biere und ein paar Schnäpse, damit er sich in der Wirklichkeit wiederfindet.«

Der kleine Emilio, der Sohn seines Bruders Hernando, furzt soeben lautstark.

»Na hör mal, ist das ein Benehmen?«, schimpft María Gloria, seine Mutter.

Mamá Margarita de la Asunción findet es jetzt – nach dem ausgiebigen Essen – an der Zeit, die ausgebreiteten Decken zusammenzufalten und sich nach Hause zu begeben.

Keiner murrt und keine Widerrede ist geduldet, denn ihr Wort wiegt schwer innerhalb der Familie.

Die Leguane im Parque Simón Bolívar haben sich längst dafür entschieden, hier, auf dieser einsamen Insel inmitten einer unaufhörlich dröhnenden Betonwüste aus gewaltigen, in den weiten offenen Himmel aufragenden Häuserfassaden, umgeben von den breiten, unübersehbaren Schluchten der Avenidas und den schmalen stickigen Calles ringsum, zu verweilen, wo sie wenigstens regelmäßig gefüttert werden und nicht der Gefahr ausgesetzt sind, unter die Räder zu kommen, von Straßenkötern verfolgt und gehetzt zu werden oder schlicht und einfach zu verhungern. Wenn die schwarzen gusseisernen Gittertore am Abend geschlossen werden, kriechen sie gemächlich – fast schon mechanisch – hinauf in das üppige Blattwerk der Bäume, um ein wenig auszuruhen, ohne – wie tagsüber – ständig auf der Hut sein zu müssen, dass jemand nach ihnen tastet und greift oder mit lautem Geschrei – selbstverständlich vergeblich – hinter ihnen herjagt. Der einzige natürliche Ausgang aus diesem steinernen Moloch der hässlichen südamerikanischen Großstadt befindet sich tatsächlich nur in Richtung Süden, entlang der kilometerlangen Avenida Central, die zwischen den schmutzigen Häuserriesen endlich den Ausblick aufs Meer freigibt, wenn man es eigentlich gar nicht mehr erwartet.

Dort, am Malecón, zwischen Öl-, Fäulnis- und Marihuanagerüchen, würde auch der Freiheitsdrang der Leguane aus dem Parque Simón Bolívar ein jähes Ende finden müssen, ähnlich dem der verlorenen Menschengestalten in den dunklen Büschen abseits der von einem schummrig gelben Laternenlicht beleuchteten Hauptwege. Laufende Schritte entfernen sich, vereinzeltes Stimmengewirr wird hörbar – und Sirenen heulen fast stündlich auf, wenn wieder ein Diebstahl begangen wurde. Gleichmäßig aber strömen die fast unbewegten erdbraunen Fluten in der Bucht fortwährend in Richtung offenes Meer, ein losgerissenes Geflecht aus Laub, Tang, Zweigen, morschen Ästen und Plastikflaschen mit sich tragend.

Jetzt, zu dieser Stunde – wenn sich die armen verlorenen Seelen auf den Bordsteinen in Zeitungspapier betten, ihre verlausten Köpfe in die Nischen von engen Pappkartons stecken oder aufrecht wanken, bis eine unsichtbare Hand sie irgendwo zu Fall bringt –, erwacht das monströse Haus am östlichen Ausgang des Parque Simón Bolívar zu neuem Leben. Aus seinen Eingeweiden dringen herrliche Melodien und der stampfende Rhythmus uneingeschränkter Lebensfreude. Die Königin der tausend Perlen hat erneut die kleine Tanzfläche für sich eingenommen, während die Königin der schweren Stiefel mit grazilen Fingerbewegungen ein Stück Schweinefleisch, von dem das Fett auf die glänzende Tresenplatte heruntertrieft, verzehrt und der bettelnden Königin der kleinen Füße einen Happen davon abgibt, deren zugespitzter Mund mit den schneeweißen Zähnen sich gierig der Köstlichkeit nähert. Noch ein wenig unentschlossen wirkt der schmächtige Donovan, der sommersprossige Bastard aus Kansas City mit dem versteinerten Blick, der sich in das Dekolleté der Bedienung namens Marisa Gabriela Hermosa bohrt, die vor ihm unachtsam hinterm Tresen, ein wenig zu sehr nach vorn übergebeugt, in die Kühltruhe greift, um dieser eine Flasche Coca-Cola zu entnehmen und dabei ... welch eine herrliche Aussicht, my dear! ... entblößt, während die Königin der sanften Gleichgültigkeit an seiner Seite nicht mehr ihre kleine, fordernde und warme Hand von seinem erstarrten Knie nimmt, »Te quiero mucho!« säuselnd.

O diese Fabelwesen aus tausendundeiner Nacht werden tatsächlich Wirklichkeit inmitten dieser feuchtschwülen tropischen Hitze und grenzenlosen Ausgelassenheit. Der Schweiß strömt von den Stirnen der einsamen Trinker.

»Hereinspaziert! Immer wieder hereinspaziert!«, flüstert die gemeine Stimme einer ausgelassenen Lüsternheit.

Ariél Flocá-Ruiz hat es erneut geschafft, sich mit einer schlichten lästigen Lüge vom häuslichen Herd und aus der bedrohlichen Reichweite von Mamá Margarita de la Asunción zu entfernen.

Wo nur die Königin der Monate April bis September bleibt?

Mürrisch trinkt er sein eisgekühltes Bier; schluckweise, die ganze Szenerie dabei nicht aus den Augen lassend. Jack aus Kalifornien erweist sich als äußerst großzügig und spendiert den Königinnen der Papayas, der haarlosen Achseln und der längst verlorenen Würde, die sich wie hungriges Federvieh – rotbäckig, geil, gesund und empfänglich – um ihn scharen, teuren Sekt; lachend, Witze reißend, die vielen Arme, Beine und Rücken der Schönen tätschelnd; während Bob aus Wyoming, der schon gestern hier war, sich heute völlig in eine Ecke zurückgezogen hat, um sich ein wenig über den Spielverlust an den Roulettetischen im Hotel zu grämen, unaufhörlich Bier trinkend.

»Allesamt Betrüger!«, stöhnt er verzweifelt.

Wo nur die Königin der Monate April bis September bleibt?

Ariél Flocá-Ruiz mag jetzt nicht an seine Frau Veronica denken und tut es dennoch. Wie schön sie noch war vor der Geburt der beiden Söhne José Luis und Natanael!

Plötzlich fröstelt ihn, denn jemand hat das Fenster hinter seinem Rücken weit aufgerissen; das riesengroße Fenster, das in die Dunkelheit des seitlichen Palmengartens zeigt und das Mamá Margarita de la Asunción unbeschwert und mit Leichtigkeit – trotz ihrer weiten schwarzen Röcke, die immer ein wenig an ein Leichenbegängnis erinnern – Eingang gebieten würde, wenn es der Zufall wollte, um sich ihm wie ein flüchtiger Schatten zu nähern, das Küchenmesser in der fürchterlich erhobenen Hand.

»Verdammt, schließt endlich das Fenster!«, murrt er lautstark, ängstlich.

Jetzt ist ihm wohler, nachdem die schwarze Hand des Türstehers den unheimlichen Zugang hinter seinem Rücken wieder verriegelt hat. Das dunkle, strenge Gesicht des Negers, der sich geschmeidig und lautlos wie eine Raubkatze bewegt, lächelt ihm dabei ein wenig mitleidig zu.

Übertriebener Stolz eines Bediensteten, denkt er flüchtig.

Egal!

Wo nur die Königin der Monate April bis September bleibt?

Wie ausgelöscht sind auf einmal diese peinigenden Gedanken, die sich gerade noch mit seiner Frau Veronica, den Kindern und der Mamá Margarita de la Asunción befassten; elende Gedanken in einer Nacht wie dieser. Es ist die bezaubernde Königin der Monate April bis September, die ihm – umringt von den Königinnen der kleinen Schuhe, der Pinkfarben und der Zwergwüchsigen – zuwinkt, zulächelt, sich den Weg bahnt hin zu ihm.

»Que pasa?«

»No pasa nada!«

Vergessen ist das lange Warten, das bittere Leichenbegängnis der Gedanken und jede aufkeimende Saat von Sinn oder Unsinn auf der letztendlichen Suche nach irgendeiner Rechtfertigung. Denn der Macht seines Schicksals kann er jetzt nimmermehr entkommen; dieser bezauberndsten aller Verführungen aus hochgestecktem rabenschwarzem Haar, roten Plastiksandalen, Lippenrot und einer flüsternden Stimme, die wie das unaufhörliche Säuseln der Quelle eines glasklar sprudelnden Baches in sein Gehör dringt.

»Que rico, mi amor! Te quiero mucho!«

Gleichmäßig schaukeln die Boote auf den trägen Fluten des breiten Stromes. Dagegen ist die Avenida Central bis hinauf zum Parque Simón Bolívar lautstark beladen mit dem Geschrei der unzähligen Händler, die vor, in oder neben ihren Ständen stehen. Eine Mangofrucht rollt über den dampfenden und schwitzenden Asphalt. Aus der Behausung eines Pappkartons kriecht etwas wie ein menschliches Wesen, die schmutzigen Hände den Vorüberspazierenden entgegenstreckend.

»Kämme, Spiegel und Bürsten!«, brüllt eine heisere Stimme.

»Decken aus Alpakawolle!«, schreit eine andere.

»Lippenstifte, Nagellacke, Lidschatten!«, schmettert eine dritte.

Der letzte Atemhauch eines zottigen, armseligen Hundes erlischt zwischen Haufen von Gemüseabfall und dem knorrigen Stamm eines alten Mandelbaumes im unsichtbaren Schatten des gewöhnlichen Lebens. Seine Augen, die längst tot sind, glänzen noch feucht und still, prächtige Wunschbilder von warmen Hühnerknochen, fettigem Schweinefleisch oder einst jugendlicher Ausgelassenheit träumend. Es gibt kein Zurück mehr, denn Gewesenes wird Verwesendes. So jedenfalls lautet das schreckliche Gesetz der Natur.

»Papayas, Bananen, Mangos!«, brüllt eine heisere Stimme.

»Gekochtes, Gesottenes, Gebratenes!«, schreit eine andere.

»Perlenketten, Batterien, Armreifen und Uhren!«, schmettert eine dritte.

Aus der kühlen Vorhalle der Kathedrale tritt ein unsichtbarer Engel, nähert sich dem zerfilzten armseligen Etwas zwischen den Haufen von Gemüseabfall und dem knorrigen Stamm des Mandelbaumes und trägt mit sich ein Kleinod fort. Später, wenn die Nacht einbricht, wird der kleine Kadaver mit all dem anderen Müll fortgeschafft werden – und schon am nächsten Morgen wird es ihn, den hungrigen, kleinen, zottigen Kerl mit der stets nach Nahrung lechzenden feuchtrosa Zunge, niemals mehr in diesen von einer unglaublichen Hitze überladenen Straßen geben.

So verlischt die Zeit!

Unaufhörlich, doch unerkannt mischen sie sich in den Reigen des gewöhnlichen Tagesablaufs, bis schließlich die Sonne untergeht. Erst dann werden sie wieder zu Königinnen, während sie sich jetzt um all die nüchternen Belanglosigkeiten zu kümmern haben: die Versorgung ihrer unehelichen Kinder, die Unterstützung ihrer kranken und bedürftigen Großeltern, die Zahlung der teuren Miete und das Feilschen mit den verbrecherischen Händlern.

Unscheinbar wirken Porfiria, die Königin der Mangrovensümpfe in ihrem einfachen Faltenrock, und Conzuela, die Königin der kleinen Füße, die augenblicklich barfüßig geht, um ihre schmerzenden großen Zehen zu entspannen – und die Königin der Monate April bis September trägt eine dunkle Sonnenbrille, während sie ein paar Äpfel, Bananen und Gemüse in ihrer Tragetasche verstaut. Zu Hause wartet immer ein hungriges Kind, das es zu versorgen gilt.

Sonntagsausgelassenheit!

Beinahe unerträglich ist diese Hitze, die zwischen den Häuserschluchten in den tiefen asphaltierten Straßen wie auf dem Grund eines riesigen Backofens brodelt. Nackt springen die Tapferen in den ruhig dahinfließenden Strom am Malecón, wo am gegenüberliegenden Ufer die Krokodile sanft ins Wasser gleiten. Aus dem Uhrenturm klingt stündlich der helle schmetternde Klang dutzender kleiner, zierlicher und größerer Glocken aus Bronze; mehrstimmig. Gierig rafft die bettelnde Alte mit dem zahnlosen Mund in ihren schmutzigen Röcken ein paar billige Münzen zusammen, die der Fremde ihr gnädigerweise soeben aus seiner ledernen Geldbörse zu Füßen entleerte. Die zerbrochenen Treppenstufen am Ende des Malecón führen hinauf in ein wirres Geflecht aus schmutzigen, baufälligen Häusern und Hütten, die längst dem allmählichen Verfall preisgegeben sind. Der morsche hölzerne Flügel eines Fensterladens kracht auf den trostlosen Asphalt. In dunklen Korridoren rutschen Wesen auf wunden Knien und mit großen Augen ängstlich, verloren und dennoch neugierig schauend und staunend dem fröhlich glänzenden Licht zu, das Gott selbst diesen jammervollen Wesen, Kinder sind's, kostenlos gewährt. Es riecht nach Fäkalien, gemeiner Scheiße, toten Fisch- und Hundeleibern, unendlicher Armut, denn auch die Armut hat ihren eigenen Geruch. Sterben heißt hier nichts anderes, als Erlösung von dieser unvorstellbaren Pein und Pestilenz zu finden! Auf der hellblauen brüchigen Fassade des einstigen Bäckerladens, aus dessen offen stehender Eingangstür nur mehr Verlassenheit, Düsternis und der aufdringliche Kotgeruch von Fledermäusen weht, hat die Behörde ein buntes Wahlplakat anbringen lassen, das einen jungen aufstrebenden Politiker mit lächelnder Miene in Anzug und Krawatte zeigt, der aus gut situierten Verhältnissen stammt und für soziale Gerechtigkeit wirbt, obwohl er dieses oder ein ähnliches Viertel am Ende der Welt noch nie gesehen oder gar besucht hat. Eingetrocknete Spucke und Schlammspritzer kleben auf seinen törichten Augen, seinem Anzug, seiner Nase und diesem ewig lächelnden kosmetischen (künstlichen) Mund überflüssiger Worte. »Los pobres no te olvidan, Che«, spricht dagegen eine Inschrift aus schwarzen, holprig gemalten Buchstaben, die aus den Herzen der Armen kommt und bei der ein heimlicher Verschmutzer wohl augenblicklich mit Lynchjustiz rechnen müsste.

Satt werden nur die Geier hoch in den Lüften, die zu jeder Jahreszeit überschwängliche Nahrung finden.

Bei Einbruch der Dunkelheit aber ziehen schwere Gewitterwolken auf und leeren die tiefen Straßenschluchten in einem Atemzug. Auf einmal platzt ein fürchterlicher Regen hernieder, der andauert, während der sommersprossige Donovan aus dem fernen Kansas City unruhig in wilden Cowboyträumen auf seinem verschwitzten Kissen schlummert, süffisant lächelnd, Billy Joe aus Colorado mit fettigen Händen ein gebratenes Hühnchen verzehrt und Bob aus Wyoming schrecklich flucht, weil ihm die Moskitos unentwegt zu Leibe rücken. Nach zwei Stunden Schweigen, Totenstille, in denen nur das gleichmäßige, leblose Plätschern des heftigen Regengusses zu vernehmen war, hört man endlich wieder vereinzelt menschliche Stimmen, den ganzen Aufruhr des nächtlichen Lebens. Erneut beginnen die Händler zu schreien, zu feilschen, drängt sich ein buntes Gewirr durchschwitzter Röcke, Blusen, Hosen und Hemden vor dem Hoteleingang von links nach rechts und umgekehrt vorüber; verschwindend, an den Bordsteinecken verweilend; ratlos, während Jack aus dem sonnigen Kalifornien, lächelnd, frisch rasiert und herb duftend, auf das brüchige Trottoir hinaustritt.

Aus der Straße ist ein knöcheltiefer brauner, schwarzer, trostloser Fluss geworden, der einen unvorhersehbar in den unsichtbaren Strudel eines tiefen Abgrunds reißen könnte, wenn man den Asphalt unvorsichtigerweise bei einem der vielen offen liegenden Kanallöcher überqueren würde. Gefahrlos ist es keineswegs, sich jetzt in dieser trügerischen Flut in Richtung des Parque Simón Bolívar zu bewegen, wo das monströse Haus am Ende der Avenida Dos mit seinen Verführungen ewiger Jugend, herrlicher Heiterkeit und sündiger Ausgelassenheit hinter verschlossenen Fensterläden lockt. Die Leguane haben sich längst in das dichte Blattwerk der Bäume zurückgezogen. Die Königinnen der Nacht scheinen ein wenig lädiert zu sein. Wasser tropft aus ihren Haaren. Der Duft der schweren süßen Parfums hat sich verflüchtigt nach diesen zwei Stunden eines gewaltigen Unwetters. Aber letztendlich kommt doch Stimmung auf, wenn der laute Merengue, der kräftige Salsa, der tönende Son und der hämmernde Rock einsetzen. Und wieder sind sie allesamt hier anzutreffen – geziert lächelnd – unterm schummrigen Licht des vermaledeiten monströsen Hauses mit dem von Ohr zu Ohr geflüsterten Namen LA ESMERALDA, der allein schon eine herrliche Sehnsucht nach entschlossener, spürbarer Zweisamkeit in sich birgt; die Königinnen der Papayas, der kleinen Füße, der längst verlorenen Würde, die Königinnen der haarlosen Achseln, der Mangrovensümpfe, der Zwergwüchsigen, und wie sie alle heißen mögen.

Mamá Margarita de la Asunción – einfältig, erhaben, ihrer dümmlichen Stärke einer üppigen Drohne wohl bewusst – aber wäscht sich an der Spüle in der Küche das klebrige, elende Blut von den Händen; dieses giftige, tödliche Blut der teuflischen Versuchung und Verführung, während Ariél Flocá-Ruiz nichts ahnend und gespannt ein Fußballspiel seiner Mannschaft im Fernsehen verfolgt. Seine angetraute Frau Veronica, weich, zufrieden und sorglos in die Kissen eines gemütlichen Dienstagabends gebettet, knabbert unaufhörlich Chips, dabei genüsslich grunzend. Die beiden

Kinder José Luis und Natanael hat man längst zu Bett geschickt.

»Es ist wieder Frieden eingekehrt in die Familie«, sagt die ihr eigenes Leben und vor allem das Leben anderer immer beherrschende Mamá Margarita de la Asunción erleichtert, stolz, übertrieben stolz, schnäuzt sich die runzlige Nase und lächelt dabei geheimnisvoll, als sie das kleine gemeinsame Wohnzimmer mit frisch gewaschenen, wieder reinen Händen betritt, das sie sich mit ihren beiden verheirateten Söhnen und deren angetrauten Ehefrauen teilt. Die vom jahrelangen Rauch braun gefärbten Tapeten, der feuchte Schimmel in allen Ecken und die abblätternde Farbe an den Fensterrahmen stören nicht, wenn nur der häusliche und familiäre Frieden gewahrt ist!

»Soeben ist ein Anschlusstreffer für uns gefallen«, freut sich Ariél kindisch.

»Jetzt müssen wir nur mehr zwei weitere Tore gegen die gegnerische Mannschaft aufholen … hahaha!«

Sein Bruder Hernando glaubt daran, dass sie es schaffen könnten, weil nichts unmöglich ist, was nicht unmöglich sein kann oder sein darf.

Mamá Margarita de la Asunción hat in ihm einen Vertrauten, auf den man sich jedenfalls immer verlassen kann; einen wohlerzogenen Sohn und Verbündeten, der weiß, dass das von Gott gegebene Glück der Geborgenheit innerhalb einer Familie eine jegliche Tat, die gegen einen Dritten, einen Eindringling gerichtet ist, rechtfertigt.

Ariél Flocá-Ruiz wird sich heute nicht mehr loslösen können aus diesem engen Kreis der Familie; denn schon ist es reichlich spät, als das verlorene Fußballspiel endlich abgepfiffen wird. Er wird sich ebenso wie sein Bruder Hernando und dessen Angetraute María Gloria mit seiner Frau (seinem Eheweib) zu Bett begeben, nicht ahnend, dass die bezaubernde Königin der Monate April bis September nichts mehr zu suchen hat in dieser schlichten Märztrockenheit!

Das monströse Haus in der Avenida Dos am östlichen Ausgang des Parque Simón Bolívar, dessen Fassade flaschengrün gestrichen ist und dessen Fenster sich niemals dem gemeinen Sonnenlicht öffnen, aber existiert noch immer, obwohl keinem der treuen Besucher jemals das plötzliche Fehlen, die Abwesenheit der Königin der Monate April bis September irgendwie aufgefallen ist. Es verkehren einfach zu viele Schönheiten hier in dieser fruchtbaren Oase der ansonsten öden südamerikanischen Großstadt. Vielleicht kehrt sie ja wieder, irgendwann, im nächsten oder übernächsten Jahr.

»LA ESMERALDA«, murmelt Donovan, der sommersprossige Bastard aus Kansas City, während ihm die Königin der sanften Gleichgültigkeit über die straff gespannte Brust streichelt. Wer sie wohl war? Und die Königin der sanften Gleichgültigkeit, deren Ausweis als Geburtsort die hondurianische Hauptstadt Tegucigalpa angibt, erzählt ihm zwischen mehreren heftigen Zigarettenzügen und der Hitze der fortgeschrittenen Nacht die Geschichte der bezaubernden LA ESMERALDA, die hierherkam vor mehr als zehn Jahren, um ein neues Leben zu beginnen.

»Eine wahrhafte Schönheit war sie und kaufte das

monströse Haus zu einem Spottpreis, als bereits der Verfall anfing, an seinen verwitterten Außenwänden zu nagen. Sie lebte darin mit dem unerbittlichen Wunsch, der Welt einen Ort der feinen Künste und der einsamen Zuflucht zu gewähren; denn sie war eine bedeutende Malerin gewesen, eine Art von Frida Kahlo, bis dieser Kerl auftauchte, der sie verführte, schwängerte und einfach darin sterben ließ.«

»Und später?«, murmelt Donovan ergriffen, berauscht.

»Später kaufte es die Regierung ... und es wurden Einladungen ausgesprochen, unzählige Sitzungen abgehalten, glanzvolle Feste veranstaltet – und der Präsident der Republik, so sagt man jedenfalls, schnaufte schwer, wann immer er diesem Porträt der schönen LA ESMERALDA, das damals noch im Korridor hing, begegnete. Aber die Republik fiel einer Diktatur zum Opfer und das Bildnis der LA ESMERALDA verschwand in jenen Tagen, als die Unruhen auf den Straßen einsetzten, es unzählige Tote und Verletzte gab und keine Aussicht mehr auf einen dauerhaften Frieden.«

»Jetzt aber ist die Republik zurückgekehrt«, bemerkt Donovan nach einigen Minuten nachdenklichen Schweigens und sucht unwillkürlich mit den Augen nach dem Bildnis der LA ESMERALDA, als müsste es nach dem erneuten Einzug der Demokratie wiederaufgetaucht sein und irgendwo – hier im monströsen Haus – eine der vielen Wände schmücken. Doch es ist für alle Zeiten verschollen!

»Zumindest haben wir wieder ein Freudenhaus, das unzählige Gäste anzieht«, antwortet die Königin der sanften Gleichgültigkeit scheu lächelnd.

Längst war die Märztrockenheit vergangen und der leblose Leichnam der Königin der Monate April bis September in irgendeinem verlorenen und düsteren Winkel der südamerikanischen Großstadt aufgefunden worden. Wen aber kümmerte das überhaupt? Man schaffte ihn fort, beiseite, wie den Kadaver eines elend verhungerten Straßenköters, der grausam seinen schlichten Leiden erlegen war. Aber die bezaubernde Königin der Monate April bis September – man mag es glauben oder auch nicht! – wurde wieder gegenwärtig und erwachte aufs Neue im monströsen Haus in der Avenida Dos, belebte die Flure und Korridore weiterhin mit ihrer schlichten Eleganz und grazilen Schönheit, ihrem bezaubernden Lächeln und der Anmut ihrer Gestalt, so dass es wahrlich ein Verbrechen sein würde, sie zukünftig in diesen lasterhaften Räumlichkeiten für nicht anwesend oder gar tot zu erklären.

Verklärung, Tod und Genesung

Tres Rios V

Tres Rios, das Dorf am Ende der Welt, erstrahlte eines Nachmittags in einem besonderen und völlig ungewohnten Glanz, als hätte man es auf einmal aus seiner Abgeschiedenheit am Rande des Dschungels und der ewigen Nacht herausgerissen. Ursache hierfür war ein merkwürdiges Boot, das urplötzlich am Horizont auf einem der drei Flüsse, noch bevor sich deren Fluten unweit des Ortsausgangs hinter einer felsigen Erhebung unaufhörlich mischen, aufgetaucht war und jetzt fest getaut unten am Steg lag. Die kleine Jasmin Esmeralda, die gerade am Ufer ihre Puppe badete, hatte die Ankömmlinge als Erste bemerkt. Sie kamen ihr sogleich ein wenig wundersam vor, denn vom Deck des Bootes aus winkte ihr eine Zwergin zu, die ein sonderbares, vom Wind aufgeplustertes Kleidchen mit einem riesigen blau-rot-gelb eingefärbten Kragen trug, in dem sie fast versank und ihr, Jasmin, den Eindruck vermittelte, als würde sie sich augenblicklich wie ein prall gefüllter Ballon in die glasklare Luft erheben wollen. Zwischen den zwei Masten balancierte ein geschmeidiger Jüngling auf einem fast unsichtbaren Seil, jemand warf gleichzeitig drei verschiedenfarbige Bälle in die Höhe, die er geschickt immer wieder auffing und erneut hochschleuderte, so dass diese das Deck niemals berührten – und ein seltsamer Vogel trug einen anderen Vogel, einen rot gefiederten Ara, auf seinem Arm. Dieser Anblick erstaunte sie so sehr, dass sie mit offenem Mund, wie erstarrt, so lange am Flussufer verweilte, bis das Boot schon längst auf den samtenen Wellen an ihr vorübergeglitten war.

Wachte oder träumte sie?

»Beeil dich, Pepita, wir müssen es allen im Dorf erzählen, was wir soeben gesehen haben«, sagte sie, nachdem sie sich wieder ein wenig gefasst hatte, zog ihre Puppe in aller Eile an und sprang davon.

Berendice Luz fegte soeben die Veranda der Cantina von José Baurillo, als sie die Kleine mit glänzenden Augen vorüberhasten sah.

»Wohin so geschwind, Jasmin?«

»Zum Steg, zum Steg, wo die Zauberer angekommen sind!«, stammelte das Kind ganz außer Atem.

»Die Zauberer?«, murmelte Berendice und staunte über Jasmins ausgeprägte Phantasie, während sie sich in Gedanken versunken auf dem Besen aufstützte und in ihrer Arbeit innehielt.

Aber kaum hatte sie ihre alltägliche Tätigkeit wieder aufgenommen, sprang schon der junge Noél Augustín Valle, torkelnd und unbeholfen in seinen Bewegungen, mit langen dürren Schritten vorüber und schrie aufgeregt und ununterbrochen: »Hinunter zum Fluss … es gibt Neuigkeiten … Gaukler und Komödianten …«

Er stolperte, fiel hin, raffte sich wieder auf und rannte augenblicklich weiter, immer noch heiser schreiend: »Gaukler und Komödianten sind … sind angekommen … hurra! … Schnell hinunter zum Fluss!«

»El baile de San Vito«, murmelte Jorge, der Neunzigjährige, seufzte schwer und schob auf dem Schachbrett einen seiner schwarzen Bauern vor.

»Diesmal besiege ich dich, du verfluchter Hund!«, raunte sein Gegenspieler Pablo, der Fünfundsiebzigjährige, und stierte auf das vor ihm liegende und in seinen Anfängen noch längst nicht verlorene Spiel.
»Heute hole ich mir deine Dame!«
Der alte Jorge aber war auf einmal unfähig, sich – wie gewohnt – auf seine Schachzüge zu konzentrieren; denn tatsächlich glaubte er, in den tänzelnden, einem Trottel ähnlichen Bewegungen und dem plötzlichen Fall des jungen Noél Augustín Valle den Ausbruch des schrecklichen Veitstanzes erkannt zu haben.
»Merkwürdig …«, stammelte er, »aber keineswegs ungewöhnlich.«
Jetzt geriet das Dorf am Ende der Welt völlig aus dem Häuschen, denn nun eilten hintereinander plötzlich auch María Magdalena, Ulysses Maté, die Witwe Antonía Jezebel Verde mit hochgerafften Röcken – und die schöne Rebeca Sánchez vorüber.
»Wohin?«
José Baurillo stand in der Tür seiner Cantina und staunte.
»Hinunter zum Steg!«, sagte eine Stimme.
Tatsächlich bewegten sich jetzt immer mehr laufende Füße dorthin, als ob irgendein besonderes Ereignis urplötzlich in Tres Rios eingetroffen wäre. Und so musste es wohl auch sein.

Es waren reichlich seltsame Gestalten, jedenfalls keine normalen Menschen, die das morsche, kaum noch seetaugliche Boot an Land spuckte. Sie tanzten, flankiert von den Dorfbewohnern, über den Platz, den die herrlichen Mandelbäume in seiner Mitte augenblicklich nur ein wenig beschatteten, ließen züngelnde Feuer, die sie aus ihren Mündern spien, in der reinen Luft zerplatzen, nahmen fortwährend sich ändernde Gestalten und Formen an und hatten sogar ein Krokodil mitgebracht, das nicht zuschnappte, als einer der Fremden seinen Kopf in dessen riesigen Rachen steckte.

Es gab jedenfalls mehr Beifall als damals beim Besuch des Senators.

Zwischen der Cantina und dem blauen Haus gegenüber wurde in Windeseile ein straffes, kaum sichtbares Seil gespannt, über das jetzt ein geschmeidiger Körper spazierte. Sein Gleichgewicht hielt er geschickt mit einer langen und schwankenden Stange in den Händen.

»Hurra!«, schrie wiederholt der junge Noél Augustín Valle.

Die kleine Jasmin Esmeralda staunte über die endlosen Verrenkungen eines glatzköpfigen Clowns, der in seinen karierten Hosen und dem schwefelgelben Hemd zunächst einen Hund, dann einen Geier mit lahmen Flügeln, die im Wind trockneten, schließlich eine meckernde Ziege, ein blökendes Schaf, einen Brüllaffen und zum Schluss einen schnüffelnden Nasenbären imitierte. Sie lachte ausgelassen. Was für eine Freude! Alles kam ihr wie ein seltsames, unverhofft aus der Tiefe eines phantastischen Traums aufgetauchtes Märchen vor.

Der Alcalde, Amadé Velásquez, hieß den Direktor der Gaukler und Komödianten – denn so betitelte sich dieser – »herzlich willkommen!«.

»Man will wahrlich keine Unannehmlichkeiten bereiten, nur ein wenig das Publikum erfreuen, wenn es erlaubt ist«, äußerte sich der Direktor und lüftete seinen zylinderförmigen Hut. Ein Büschel wirrer Haare zeigte sich.

Die Zwergin in ihrem aufgeplusterten Kleid piepste mit einer unnatürlichen Stimme und fragte den Alcalde, ob man hier ein paar Tage verweilen könne.

»Selbstverständlich, denn Tres Rios ist der Welt gegenüber doch ziemlich aufgeschlossen«, betonte Amadé Velásquez.

Der neunzigjährige Jorge, den diese allgemeine Fröhlichkeit ein wenig irritierte, schob einen weiteren Bauern ins Gefecht.

»Jetzt hab ich dich endlich!«, knurrte Pablo siegessicher.

»Man kann sich ja auch gar nicht konzentrieren auf das Spiel«, klagte der alte Jorge und setzte eine bittersaure Miene auf. Zwei derartig ungeschickte und völlig unbedachte Züge hatte er schon lange nicht mehr ausgeführt. Darüber ärgerte er sich.

Was war denn das?

Jetzt standen drei, vier Leute übereinander und ein Fünfter schickte sich an, sich auf die Schultern des Obersten zu stellen. Der menschliche Turm schwankte zwar ein wenig, doch behielt er das Gleichgewicht.

»Hurra, hurra! … Er hat es geschafft!«, schrie der junge Noél Augustín Valle voller Aufregung.

Hände klatschten begeistert, als der kleine Kerl in der luftigen Höhe und auf dem lebenden Turm aufrecht stehend seine Arme entfaltete, um das Publikum mit übertriebenen Gesten zu grüßen.

Nun zog der Direktor der Gaukler und Komödianten bunte Blumen aus den Ärmeln seiner schwarzen Jacke, holte aus seinem zylinderförmigen Hut ein Kartenspiel hervor und legte die Dorfbewohner der Reihe nach mit irgendwelchen Tricks herein, die ein großes Erstaunen hervorriefen. Hinter María Magdalenens rechtem Ohr zerrte er ein Hühnerei, noch eins, ein drittes, hinter Jasmins Zöpfen eine weiße Taube hervor, die er alsbald unter stürmischem Beifall in die Luft aufsteigen ließ.

»Wie in einem Märchen«, freute sich die Kleine.

»Heute Abend«, verkündete der Direktor der Truppe mit bedeutungsvoller Stimme, »geben wir hier auf dem Platz eine lustige Komödie mit artistischen Einlagen und heißen dazu alle Dorfbewohner von Tres Rios herzlich willkommen!

Den Worten folgte ein begeisterter Applaus.

Dann wandte er sich der Cantina von José Baurillo zu, während sich die Gaukler und Komödianten zerstreuten, neugierige Fragen beantworteten oder weiterhin kleine Kunststücke zum Besten gaben. Als er gerade an Jorge und Pablo vorübergehen wollte, jauchzte der Fünfundsiebzigjährige vergnügt: »Schachmatt!«

Daraufhin blieb er stehen, betrachtete das Brett ausgiebig, schmunzelte und deutete nach einer Weile auf eine Figur, die dem weißen König keinen Ausweg mehr bot, und sagte gänzlich ruhig: »Aber, aber, mein Freund, Sie haben wohl die Dame Ihres Gegenspielers völlig außer Acht gelassen?«

Pablo stutzte und glaubte seinen Augen nicht zu trauen.

»Aber dies ist doch unmöglich!«, jammerte der Fünfundsiebzigjährige.

Der Neunzigjährige lachte lauthals los, schob seine Dame vor und stieß den weißen König um.

»In der Tat, wie du gesagt hast, Pablo: schachmatt! Hahaha!«

Señora Catarina Esmeralda tauchte das Tuch erneut in die Schale mit kaltem Wasser, die neben ihr auf dem armseligen Schränkchen stand. Besorgt fühlte sie die glühende Stirn ihres kleinen Lieblings. Jasmin sprach von Zeit zu Zeit wirr durcheinander in abgebrochenen Sätzen, irgendwelches Zeug von Zauberern, Gauklern und Komödianten, die in Tres Rios eingetroffen sein sollten. Sie war besorgt und sah durchs offen stehende Fenster hinaus auf den afrikanischen Tulpenbaum, der zu dieser Jahreszeit allmählich verblühte. Das Sonnenlicht warf vereinzelt helle Flecken auf die Erde. Die Hühner gackerten und raschelten im Laub. Nichts kam ihr verzaubert, eher gewöhnlich und nüchtern vor, eben wie immer, bis auf das heftige Fieber, das Jasmins kleinen Körper nunmehr seit drei endlos langen Tagen quälte. Erneut wand sie das Tuch – geradezu zärtlich – über der Schale aus, um es anschließend (sie wusste nicht mehr zum wievielten Mal) auf die Stirn ihres süßen Engels zu legen.

Jetzt schlief Jasmin, doch atmete sie schwer.

Trotz ihrer Müdigkeit, die sie seit Ausbruch des Fiebers auf den Beinen hielt, blieben Señora Catarina Esmeraldas Muttergefühle für das kleine Wesen, das so erbärmlich und verloren auf dem durchschwitzten Laken lag, gewaltig und geradezu überirdisch. Ohne zu zögern würde sie ihre sämtlichen Habseligkeiten herschenken, wusste sie, wenn sie bloß wieder Hand in Hand mit ihrer Tochter über die Felder, entlang dem Fluss und über den großen Dorfplatz spazieren könnte.

Sie weinte still vor sich hin, denn der Arzt, den der Alcalde Amadé Velásquez fast mit Waffengewalt nach Tres Rios herbefehlen musste, prüfte nur kurz Jasmins rasenden Puls, kramte ein paar Tabletten aus seiner Tasche hervor, äußerte sich in lateinischen Ausdrücken und verabschiedete sich schnellstens wieder, nachdem er längst erfahren hatte, dass es sich bei seiner Patientin, die er zu behandeln hatte, lediglich um eine gewöhnliche Indígena handelte. Pedro, der Hund, knurrte.

Jasmin öffnete die Augen, lächelte und stammelte: »Die Zauberer, Gaukler, Komödianten ... und die Zwergin auf dem Boot ... wie in einem Märchen ...«

Erschöpft schlief sie daraufhin erneut ein.

Allmählich versank der Nachmittag im kurzen Dämmerlicht des Abends, das rasch in schwarze, lärmende Nacht, verursacht von unzähligen Grillen und sonstigem Getier, überging. Pedro, Jasmins treuer vierbeiniger Freund, lag seit dem Ausbruch des heftigen Fiebers – auch wenn man ihm nur geringe Aufmerksamkeit schenkte – auf dem Boden des Schlafraums zu ihren Füßen, verweigerte jegliche Nahrung und winselte gelegentlich. Warum Señora Catarina Esmeralda zuweilen die Hände faltete und dabei auf ein hölzernes Kreuz stierte, das an der Wandseite des kärglichen Raumes hing, verstand er nicht, doch dass Jasmin augenblicklich nicht fähig war, ihn wie gewohnt über die Felder zu jagen, ihn zu umarmen, zu liebkosen oder auszuschimpfen, wenn er sich genüsslich im Schlamm suhlte, begriff er wohl. Aus diesem Grund winselte er gelegentlich und dachte weder ans Fressen noch ans Saufen.

Es war der besorgte Amadé Velásquez, der an die Tür klopfte, um sich nach dem Gesundheitszustand von Jasmin Esmeralda zu erkundigen.

Die Mutter stieß tiefe Seufzer der Verzweiflung aus.

»Sie wird wieder genesen, ich weiß es«, versicherte er leise und mit Inbrunst im Herzen.

In seinen Augen schwammen Tränen, als er später den verlassenen Dorfplatz überquerte. Der blasse Mond beschien die verschlossene, robuste Holztür der Cantina von José Baurillo. Ein merkwürdiges Schweigen erfüllte die Luft.

»Hereinspaziert!«, rief der Direktor der Gaukler und Komödianten immer wieder, während er unablässig an seinem feuerroten filzigen Bart zupfte. »Hereinspaziert, meine Damen und Herren, hereinspaziert!«

Jetzt stand ein Zelt mit breiten grünen und weißen Streifen aufgebaut am Ende des Platzes, von wo aus die einsame Straße in die Unendlichkeit der Nacht hinausführt.

Besorgt fühlte Señora Catarina Esmeralda die glühend heiße Stirn ihres Engels, dessen Schlaf merkwürdig unruhig war. Pedro winselte leise, die Schnauze festgedrückt an den kühlen Boden.

Oh, was für Späße!

Die Zwergin in ihrem aufgeplusterten Kleid mit dem riesigen blau-rot-gelb eingefärbten Kragen spielte eine Königin, um die sich, miteinander balgend, Kunststücke zeigend, ihre Höflinge scharten. Das Publikum lachte ausgelassen über ihre gezierte, lächerlich erscheinende Wichtigkeit, mit der sie höhnend die Reihe ihrer Untergebenen abmaß, die tänzelnd, die Köpfe tief verneigt, um sie herumschwirrten. Endlich verspürte sie ein wenig von diesem herrlichen Gefühl namens Macht, nach all den Jahren des üblen Spottes über ihre Kleinwüchsigkeit.

Jasmin Esmeralda stand in der ersten Reihe und verfolgte gebannt und mit leuchtenden Augen die komische und überaus lustige Aufführung.

Der Direktor spielte einen vornehmen Grande aus einem sehr fernen Land, der Ihrer Majestät mit gepuderter Perücke, in Kniebundhosen, weißen Strümpfen und einer samtenen Jacke mit weißen Spitzen am Kragen und an den Ärmeln würdevoll entgegenschritt, als die Zwergin einen am Bühnenrand befindlichen dreifüßigen Barhocker mühsam erklommen hatte, der ihren Thron darstellen sollte.

»Wenn Gnädigste Majestät erlauben …«, schrie er mit lauter, wohltönender Stimme.

»Sie erlaubt!«, entgegnete sie piepsend.

»… würde es mir, dem Abgesandten eines weit entfernten, hinter den Wolken liegenden Königreiches ein wahrhaftiges Vergnügen sein, Ihrer Majestät den von Ihren Reizen so sehr verzückten Prinzen Mendigo vorzustellen!«

»Ja ist er denn anmutig und schön?«, stammelte die Zwergin verzückt, indem sie ihr Haar in einem Handspiegel ordnete, den sie augenblicklich aus einer Tasche ihres Kleidchens gegriffen hatte.

»Der Anmutigste und Schönste seiner Gattung«, versicherte der Grande und machte zum wiederholten Mal einen Kratzfuß.

»Ja ist er denn auch reich?«, wollte die Königin jetzt wissen.

»Unvorstellbar reich, insbesondere an Widerspenstigkeit, und maßlos begierig ...«

»Begierig? Ich will ihn augenblicklich sehen!«

»Sehr wohl, Gnädigste Majestät!«

Nun zerrte man von rechts einen störrischen Esel mit dunklen Glotzaugen auf die Bühne, der augenblicklich versuchte, in den farbenprächtigen Kopfschmuck einer Zigeunerin zu beißen und von drei, vier Höflingen festgehalten werden musste. Die Königin fiel in Ohnmacht. Das Publikum aber applaudierte ausgelassen.

Es war an einem sehr friedlichen und wahrlich prächtigen Tag, der nur durch den Schnapsrausch von Aurélio Tapa ein wenig in seinem Gleichgewicht gestört wurde. Dieser schnarchte nämlich im Schatten eines der weit ausladenden Mandelbäume auf der staubigen und trockenen Erde, denn seit drei Tagen hatte es in Tres Rios nicht mehr geregnet, und niemand wagte es, ihn aufzuwecken.

Berendice Luz strich mit ihren rot lackierten Fingernägeln durch ihr ebenso rotes Haar und lachte insgeheim über den ewigen Versuch des fünfundsiebzigjährigen Pablo, seinen Widersacher Jorge, den Neunzigjährigen, wenigstens ein einziges Mal im Schachspiel zu besiegen. Aber auch diese Partie schien längst verloren zu sein, denn der arme Pablo knurrte leise, während sich auf seiner Stirn immer mehr Falten bildeten.

»Aussichtslos!«, schnaufte er.

Jorge lehnte sich zurück und blies genüsslich den Rauch einer würzigen Zigarre aus, während sein mit dem Alter zwar schon ein wenig trüb gewordener, doch noch immer wachsamer Blick Pater José de Las Casas folgte, der offensichtlich Señora Catarina Esmeralda aufsuchen wollte, die Gott überschwänglich dankte, seitdem der Herr die kleine Jasmin aus den so nahen, kalten und eisernen Klauen des Todes entrissen hatte.

»Du bist dran, verfluchter Hund!«, krächzte Pablo mürrisch.

Der Neunzigjährige aber verhielt sich auf einmal so seltsam, als ob er nicht mehr ganz bei Sinnen wäre, rückte seine schwarze Dame in den simplen Machtbereich des weißen Bauern seines Gegenspielers, der – weil er es kaum glauben konnte – die Augen weit aufriss, seinen Zug setzte und jauchzte: »Potz Blitz … und weg ist sie!«

»Ich gebe mich geschlagen«, erklärte Jorge nachdenklich, stand auf und schritt gemächlich über den unter einem gleißenden Sonnenlicht liegenden Dorfplatz davon.

»Was hat er nur?«, stammelte der Fünfundsiebzigjährige.

Auch Berendice Luz wusste keine Antwort.

Als Señora Catarina Esmeralda in aller Frühe am nächsten Morgen die Fensterläden von Jasmins kargem Zimmer öffnete, glaubte sie ihren Augen nicht zu trauen. An den Ästen des inzwischen völlig verblühten afrikanischen Tulpenbaumes hingen an langen Fäden mit ewig lächelnden Gesichtern hölzerne Marionetten, die – wie sie wusste – der neunzigjährige Jorge zeit seines langen Lebens geschnitzt hatte und wohl schon seit Jahren in einer finsteren Truhe aufbewahrte. Da an diesem Tag ein sanfter Wind blies, bewegten sich die Figuren und schienen gar miteinander zu flüstern.

»Sieh her, mein Engel«, sagte die Mutter leise.

Jasmin staunte mit leuchtenden Augen, denn sie erkannte sogleich die Zwergin mit dem aufgeplusterten Kleidchen und dem riesigen blau-rot-gelb eingefärbten Kragen ebenso wieder wie den Direktor, diesen großen Zauberer, mit seiner zylinderförmigen Kopfbedeckung und dem feuerroten filzigen Bart, der zudem den vornehmen Grande gespielt hatte, und sie erkannte den Seiltänzer, die Zigeunerin und alle Höflinge der Aufführung im kleinen Zelt mit den breiten grünen und weißen Streifen.

»Hereinspaziert, meine Damen und Herren, hereinspaziert!«, verkündete die wohltönende Stimme des Direktors der Gaukler und Komödianten. »Immer hereinspaziert … ins Dorf am Ende der Welt!«

Dies war das Vermächtnis des neunzigjährigen Jorge für Jasmin Esmeralda, der Gott dafür dankte, dass ihr junges Leben noch vor ihr lag. Dafür nahm er die wahrlich erste Niederlage im Schachspiel gegen den fünfundsiebzigjährigen Pablo mit betonter Gelassenheit und sichtlicher Genugtuung hin und war in der vorangegangenen Nacht – denn so lautet schließlich das Gesetz der Natur – mit einem lächelnden, sehr zufriedenen Gesichtsausdruck sanft und für immer, doch von den Bewohnern von Tres Rios unvergessen, dem gegenwärtigen Leben entglitten.

María Ángeles verweigert sich

Nach der Geburt ihres dritten Kindes beschloss sie fortan keusch und rein zu leben. Sie wusch sich im Fluss und suchte anschließend Pater Francisco in der Kirche auf. Der Geistliche kniete gerade vor dem Altar, betete inbrünstig und bekreuzigte sich anschließend. Sie hatte leise auf der Bank in der ersten Reihe Platz genommen, doch das Ächzen und Stöhnen des morschen Holzes war nicht zu überhören gewesen, als sie sich setzte. Außerdem bemerkte Pater Francisco immer, wenn sich ihm jemand hinter seinem Rücken heimlich näherte. Dafür besaß er ein besonderes Gespür! – Als er sich langsam erhoben hatte, wandte er sich augenblicklich nach ihr um. Aufmerksam betrachtete er sie ein paar Sekunden lang schweigend, bevor er würdevoll auf sie zuschritt.

»Nanu, María Ángeles, führt dich heute etwas Außergewöhnliches hierher?«, fragte er verwundert.

Sie sprang mit einem Satz auf. »Etwas Unaufschiebbares, Pater Francisco!«

»Nun, wenn dem so ist …«

Unwillkürlich deutete er mit einer sanften Handbewegung auf die beiden Beichtstühle an der Seite, die sich wie unheimliche und düstere Wandschränke vom weiß verputzten Kirchengemäuer abhoben.

»O nein, ich habe nicht gesündigt seit dem letzten Mal … gewiss nicht!«

María Ángeles spürte, dass sie errötete.

Der Geistliche schmunzelte. Also ein vertrauliches Gespräch über irgendein oftmals winziges, gar nichtiges

Problem unter vier Augen, überlegte er. Dafür war die schattige Nische hinter der mächtigen Säule geradezu ideal geeignet. Er ging voran – und sie folgte ihm, indem sie sich nochmals mit einem kurzen Blick in den weiten Kirchenraum gerichtet davon überzeugte, dass sie allein waren.

»Nun, meine Tochter, was gibt's? Geht es dem kleinen Ismael gut?«

Er hatte ihn vor drei Monaten getauft und erinnerte sich jetzt erneut mit einem leichten Frösteln daran, dass der Winzling – gerade als er sein schon von einem zarten Flaum bedecktes Haupt mit Weihwasser besprengte – zu schreien anfing und in die Windeln schiss.

»Ismael entwickelt sich prächtig«, sagte die Mutter nicht ohne Stolz und lächelte. »Dennoch ...«

»Dennoch?«, wiederholte Pater Francisco verwundert.

»... will ich kein weiteres Kind mehr bekommen ... drei sind schließlich genug. Aber mein Mann, Cayetano, verlangt tagtäglich danach!«

Pater Francisco wusste sofort, was sie damit meinte. Er hüstelte verlegen. Schließlich fasste er sich.

»Dies gehört nun einmal zu den ehelichen Pflichten«, sagte er mit einem ernsten Gesichtsausdruck.

Die Hitze zu dieser Jahreszeit machte die Männer immerzu verrückt – doch war eine derartig lüsterne Begierde ja überhaupt keine Sünde, denn schließlich rechtfertigt eine christlich geschlossene Ehe solch ein frivoles Tun.

Cayetano und María Ángeles hatten sich vor drei Jahren das Jawort gegeben und seitdem war sie eigentlich – mit wenigen Monaten Unterbrechung – fortwährend schwanger gewesen.

»Seit ein paar Tagen verweigere ich mich Cayetano, um zukünftig keusch und rein zu leben«, betonte María Ángeles mit Inbrunst.

Närrin, dachte der Pfarrer unwillkürlich. Diese plötzlichen Hirngespinste eines verheirateten Weibes waren ein weitaus größeres Problem als jedes andere, mit dem er es bisher zu tun gehabt hatte.

»Es ist unmöglich«, beschwor er sie. »Die Ehe ist heilig und besteht zwar auch aus Rechten, aber vor allem doch aus Pflichten.«

Dabei richtete der Pater seinen Blick ein wenig besorgt auf den mit bunten Blumen, einem schlichten Kreuz und wohl einem Dutzend brennender Kerzen geschmückten Altar.

María Ángeles sah sich ängstlich sorgsam im Kirchenraum um und entdeckte zu ihrem Entsetzen plötzlich Señora Ascensión del Valparaíso, ganz in Schwarz gekleidet, die sich ihrer persönlichen Heiligen in einer Nische mit einer Kerze für ihren im Aufstand gefallenen Sohn mit bedächtigen Schritten krummbeinig näherte. Dies verleitete María Ángeles dazu, ihre Stimme augenblicklich zu senken.

»Eine Scheidung ist keineswegs im Sinne des christlichen Glaubens«, entsetzte sich Hochwürden über die soeben aus dem hohlen Mund seiner Gesprächspartnerin vernommenen Worte.

»Denk doch nur an deine Kinder ... an die von Gott gewollte Ehe zwischen Mann und Frau ... die Fruchtbarkeit der Erde ... die Sinnlichkeit der Natur ...«

Sie konnte keinen Rat erwarten, keine Lösung ihres Problems, nur Vorwürfe, die sie belasten mussten, wenn sie ihr Ziel, das hieß: fortan keusch und rein zu leben, weiterverfolgen würde.

Señora Ascensión del Valparaíso, die immer vorgab, schwerhörig zu sein, aber über ein ausgezeichnetes Gehör verfügte, wenn leise Stimmen Geheimnisse austauschten, die sie nichts angingen, schaute bereits neugierig herüber.

»Ich danke Ihnen für Ihre Aufmerksamkeit, Pater Francisco«, sagte María Ángeles, bekreuzigte sich und begab sich anschließend geschwind zum Ausgang.

Der Pfarrer nickte, blickte ihr stumm und mit einem Gefühl von Unwohlsein, gar Gereiztheit hinterher, bis das hell leuchtende Tageslicht, das durch das Portal in den weiten Vorraum fiel, ihre Gestalt verschluckte.

»Hoffentlich findet die Verirrte bald auf den natürlichen und vorgegebenen Weg zurück«, murmelte er.

Nach kaum zwei Stunden hatte er dieses Gespräch schon vergessen, denn er war auf ein Fest geladen. An einem schwarzen eisernen Spieß drehte sich ein saftiges Schwein, und als Getränke bot man reichlich Bier und Schnaps an.

»Ich bevorzuge ein Stück Bauch«, sagte er schmunzelnd und biss mit Wollust in das von Fett triefende knusprige Fleisch, das man ihm servierte.

Dafür dankte Pater Francisco seinem Herrn, indem er den Blick hoch zum wolkenlos blauen Himmel richtete und zufrieden einen Vierzeiler murmelte.

Cayetano wirkte verstört und war schon ein wenig betrunken. Die schwieligen Hände schmerzten von der eintönigen Arbeit in der lausigen Zigarrenfabrik.

Diego fragte: »Ist alles in Ordnung?«

Zunächst wand er sich, schmunzelte wie immer, doch nach dem fünften oder sechsten Glas Aguardiente gestand er: »Sie verweigert sich mir! María Ángeles verweigert sich mir bereits seit einigen Tagen.«

Die Hitze im Raum war beinahe unerträglich. Zwar brausten mehrere Ventilatoren an der schmutzig gelben Decke, doch weit entfernt von ihnen, vornehmlich über dem Tresen.

Domingo kicherte.

Emilio philosophierte: »Weiber sind geheimnisvolle Wesen, die man niemals so richtig einschätzen und verstehen kann. Aber irgendwann fügt sich alles wieder zur vollsten Zufriedenheit zusammen, denn wenn sie einmal hitzig werden ... dann ... dann sind sie eigentlich noch viel schlimmer und ... ja, unanständiger als wir ...«

Sie lachten grob.

Conchita Pipa Encontrón am Nebentisch hob bei dieser heiteren Ausgelassenheit unwillkürlich ihren Rock und streckte ihre schlanken Beine weit von sich, während sie an einem Strohhalm knabberte, der in eine milchige Flüssigkeit getaucht war. Ihre feurigen Augen schauten so offensichtlich ins Nichts, dass sie allesamt wussten, wie bereit sie war.

Cayetano dachte einen Augenblick lang darüber nach, María Ángeles zu betrügen. Warum auch nicht unter den gegebenen Umständen?

Wenn sich die eigene Frau, die kirchlich Angetraute, verweigert, dann muss man doch unwillkürlich den Verführungen einer anderen erliegen.

Domingo bestellte noch eine Runde.

Emilio, der Junggeselle, sagte jetzt: »Ich weiß schon, weshalb ich die Freiheit so sehr liebe.«

Cayetano aber dachte bei diesen Worten daran, dass er bereits drei Kinder gezeugt hatte, zwei Töchter und Ismael, den lang ersehnten männlichen Sprössling, der – seiner väterlichen Meinung nach – gewiss noch ganz groß herauskommen würde und eines Tages vielleicht gar den trostlosen Zustand ihrer gegenwärtigen Welt wesentlich verändern und verbessern könne.

»Glaubt mir, Ismael wird es eines Tages zu etwas bringen ... und dann wird er sich dankbar an seinen Vater erinnern, der ihm solch einen steinigen Weg überhaupt geebnet hat. Ja, ich werde ihn in die Ciudad schicken, wenn es an der Zeit ist.«

Domingo kicherte und meinte, dass alle Väter in ihren Söhnen Helden, gewichtige Persönlichkeiten, in ihnen gar einen zukünftigen Präsidenten der Republik zu sehen glaubten.

»Mein Junge wird in der Ciudad jedenfalls Karriere machen«, schwor Cayetano – und davon war er nicht mehr abzubringen.

Diego grinste und dachte nunmehr an seine heimliche Liebschaft im Nachbardorf, von der keiner etwas ahnte oder gar wusste. Eine völlig problemlose Beziehung, die sich in unregelmäßigen Zeitabständen in der Dunkelheit der Flussweiten und an deren geräumigen Ufern vollzog. Im Morgengrauen, wenn er reichlich erschöpft, doch zufrieden nach Hause kehrte, erzählte er seiner Frau, den beiden Schwestern, der Großmutter von irgendwelchen unaufschiebbaren Reparaturen, die auf der morschen Barke, an den Netzen zum Fischfang oder am

Steg neben dem versumpften Ankerplatz durchzuführen gewesen waren.

Emilio betrachtete die grün gestrichenen Wände, die schmutzig gelbe Decke, erkannte das mit kleinen schwarzen Leichen übersäte Fliegengitter in der Maueröffnung hinter dem Tresen, den einsamen Gecko in einem entfernten Winkel, roch den Geruch schmorenden Fleisches aus der Küche hervorquellen und fragte belustigt: »Weshalb sind wir dann eigentlich noch hier, hahaha?«

»Weil unsere Ersparnisse einfach nicht dazu ausreichen, um in der Ciudad ein neues Leben zu beginnen«, murmelte Domingo.

Diego trocknete sich die vom Schweiß triefende Stirn mit einem Zipfel seines groben Hemdes.

»Eigentlich sind wir allesamt nur arme Hunde, Träumer, Spinner, nichts weiter«, bemerkte er trocken.

Eine leichte Empörung breitete sich aus.

»Du bist ja betrunken«, stellte Emilio spöttisch fest.

Sie verstummten für wenige Augenblicke und dachten darüber nach, was sie den anderen voraushatten. Domingo hinkt, auch wenn er es weitestgehend geschickt zu verbergen versteht, überlegte Cayetano und war froh darüber, dass er auf gesunden Beinen stand. Emilios Gesicht ziert eine unschöne Narbe, die ihm das Aussehen eines Verbrechers gibt und die er sich bei einer dämlichen Messerstecherei zugezogen hatte. Allerdings musste Diego ihm seine schöne ausgeprägte Stimme und seine außergewöhnliche Intelligenz zugutehalten. Immer las er irgendein geistreiches philosophisches oder dichterisches Werk. Emilio konnte María Ángeles' Weigerung, wenn er darüber nachdachte, eigentlich verstehen. Cayetano wurde ja zunehmend fetter und kahler. Leise kicherte er vor sich hin. Domingo lächelte ebenfalls, denn obwohl Diego im Kreis der Freunde die stattlichste Figur aufweisen konnte, schwitzte er unaufhörlich. Vielleicht ist es irgendwie krankheitsbedingt oder er hat einfach fortwährend Angst vor der Aufdeckung irgendeines kleinen Geheimnisses?

Die festen, steinernen Brüste der Cope, wie sie Conchita Pipa Encontrón nannten, gefielen ihnen allen, weswegen sie sich auch nicht zerstritten, obwohl sie in vielen Dingen keineswegs einer Meinung waren.

»Was kommen wird, nähert sich unaufhaltsam«, wusste Domingo und unterbrach damit das allgemeine Schweigen.

Emilio beschwor, dass die Zeit zeitlos sei und ihre winzige, in eiligen Schritten vorüberschreitende Existenz auf Erden eigentlich unbedeutend wie ein gemeiner Furz aus ihren Eingeweiden.

Mit benebelten Sinnen machten sie sich schließlich auf den Heimweg. Conchita Pipa Encontrón aber blieb noch eine Weile, um – wie sie vorgab – auf eine Freundin zu warten, die längst irgendwo auf dem Rücken liegend die gewaltige Lust eines jugendlichen Aufschneiders in kräftigen Stößen empfing und dabei begierig dem blassen Mond zulächelte, der wohl augenblicklich direkt über ihr und den Büschen am weiten Himmel stand.

Die Cope ließ ihren lüsternen, vielsagenden Blick mehrmals hinüberschweifen zum scheuen Miguel, dem Sohn des Wirtes, der ihr unschuldig zublinzelte und dem die ersten widerspenstigen und starren Barthaare am Kinn entsprossen, bis ihn die schrille Stimme seiner Mutter in die Küche befehligte. Verächtlich ließ sie den zerknabberten Strohhalm ins leere Glas fallen. Ein verlorener Tag, musste sie sich schließlich eingestehen.

»Es wird schon wieder werden«, lallte Domingo zum Abschied.

»Man muss die außergewöhnliche Gelegenheit jetzt unbedingt zum Nachdenken nutzen und vor allem die herrlichsten Räusche auskosten, solange sie einem in solch einem schlichten Zustand einer Ehe überhaupt so bedenkenlos einfach dargeboten werden, denn schließlich liegt es ja immer an den Weibern, wenn sich die Männer betrinken«, philosophierte Emilio, ging seines Weges und dachte angestrengt darüber nach, dass er eigentlich zu dieser späten Stunde keinen klaren Gedanken mehr fassen konnte, weswegen er sich ein wenig genierte, seiner lapidaren und wenig überlegten Äußerungen wegen.

Diego klopfte dem etwas verstört und ratlos wirkenden Ehemann von María Ángeles aufmunternd auf die Schulter. »Nur keinen Verdruss zeigen!«

Cayetano seufzte und fühlte sich vom vielen Alkohol augenblicklich aufgedunsen wie ein prall gefüllter Kartoffelsack und dennoch leer und unausgeglichen im Bewusstsein der Verweigerung seines Weibes, weswegen er darüber nachdachte, sich einfach ins Gras am Wegesrand fallen zu lassen, um zu sterben, einfach zu sterben, oder wenigstens zu träumen, oder sich von der kräftigen, feurigen Zunge der Sonne am Morgen nach dem Erwachen übers Gesicht lecken zu lassen.

Bald war es in der näheren Umgebung allgemein bekannt, dass sich María Ángeles ihrem angetrauten Gemahl verweigerte. Man fing an, ihn zu verspotten. Mit Jorge Alvarado prügelte er sich in der Cantina Verde des Einäugigen, bis man die Streithähne mit vereinten Kräften gewaltsam voneinander trennte. Mit einer geschwollenen Oberlippe und einer deformierten Nase, aus der das Blut in einem Rinnsal quoll, kam er nach Hause. María Ángeles schaukelte gerade den kleinen Ismael auf ihrem Schoß, während ihre beiden Töchter neben ihr im Gras mit ihren Puppen spielten.

»Wie siehst du denn aus?«, fragte sie verwundert.

»Es ist allein deine Schuld!«, schrie er erbost, bevor er seinen Kopf gänzlich in den mit einem lauwarmen Wasser gefüllten steinernen Trog tauchte.

Ismael fing leise an zu weinen.

»Es ist gut ... alles wird wieder gut, mein Ismaelito ... blablabla ... Es ist nichts passiert ... blablabla, mein Kleiner ...«, tröstete ihn seine Mutter.

Die greise Tante hatte die Situation vom offenen Fenster des Nachbarhauses aus beobachtet und empfand es nunmehr als ihre leidliche Pflicht, mit María Ángeles ein vertrauliches, sehr ausführliches Gespräch zu führen. Als Cayetano wenig später eine Runde schlief und die Sonne noch immer voller Kraft aus dem wolkenlos blauen Himmel auf das ausgetrocknete Land herniederstrahlte, schlurfte sie in ihren Pantoffeln über den staubigen Weg, der ihre beiden Anwesen voneinander trennte.

»Auf ein Wort, María Ángeles«, sagte sie geheimnisvoll.

Ismael hörte staunend zu, obwohl er keineswegs begriff, was die Alte von nebenan mit seiner Mama so eifrig zu besprechen hatte.

Nach einer halben Stunde erklärte María Ángeles

demütig: »Nun denn, wenn es keinen anderen Ausweg gibt ..."

»Es gibt keinen, mein Kind.«

Die greise Tante zog sich augenblicklich wieder in ihre schlichte Behausung zurück mit dem Bewusstsein, die ihr selbst auferlegte Aufgabe zur Wahrung des allgemeinen Friedens in der Familie und im ganzen Dorf mit Bravour gelöst zu haben.

Auch Pater Francisco zeigte sich zufrieden, als er von Marías gottesehrfürchtiger Tante – kaum eine Stunde später – vernahm, dass die missliche Angelegenheit nun wohl ein für alle Mal erledigt sei.

»Sie hat es also eingesehen, dass die Ehe heilig ist ... Die Wege des Herrn sind unerschöpflich.«

Die Tante bestätigte, dass die kurzzeitig Abtrünnige in Zukunft wieder ihre ehelichen Pflichten erfüllen werde. Davon war sie fest überzeugt.

Hochwürden entzündete lächelnd eine der großen Kerzen, die insbesondere für bedeutende Feierlichkeiten oder unvorhersehbare Ereignisse, gar eventuelle Wunder, geeignet waren und steckte diese in die dafür vorgesehene Halterung. Daraufhin kramte die Alte in ihrer schmutzigen Schürzentasche nach einer silbernen Münze für die Armen, vielmehr für die noch Ärmeren, die so reichlich – fast wie lästig summende Fliegen – vorhanden waren, dass man ihnen überall am Wegesrand begegnete.

Schon einen Tag später gab Cayetano in der Cantina Verde des Einäugigen freudestrahlend eine Runde Aguardiente aus.

»Offensichtlich ist wieder alles in Ordnung«, sagte Diego.

»Wie früher, als ob nichts geschehen wäre«, bekräftigte Cayetano.

Domingo lachte.

Emilio bemerkte, dass er es ja sozusagen vorausgesagt habe, weil er sich mit Weibern und deren Verhaltensweisen eben besser auskenne als jeder andere.

»Wenn sie erst einmal hitzig werden, dann ...«

»Darum bist du wohl auch ein Junggeselle geblieben«, spöttelte die immer begehrenswerte und ewig sündige Conchita Pipa Encontrón.

Er erwiderte nichts, sondern stierte auf ihre braun gebrannten, nackten Beine und wusste, dass er sie, die Cope, noch in dieser Nacht bekommen würde; eine Kleinigkeit!

Nach ein paar Monaten konnte man die Rundung von María Ángeles' Bauch schon deutlich erkennen. Längst hatte sie es aufgegeben, sich im Fluss zu waschen, um zukünftig keusch und rein zu leben.

Die Esperanza ist unverkäuflich!

Jaime blickte unruhig auf die grenzenlose Weite des offenen Meeres hinaus. Eine würzige Zigarre steckte in seinem Mundwinkel und Marisol fragte soeben, ob er einen Mojito trinken wolle. Er verneinte augenblicklich, denn er benötigte gerade heute einen klaren Kopf, um nachher mit Don Rodrigo ein Geschäft abzuschließen, das ihm bereits seit einigen Wochen den Schlaf raubte und zugleich ein heftiges Unwohlsein in seiner Magengegend hervorrief. Sein kleines Boot mit der winzigen Kajüte, auf dem er schon so viele einsame Nächte – ob im Hafen an der Mole angetaut oder draußen auf dem Meer – verbracht hatte, schaukelte ruhig auf der türkisgrünen Flut. Neben ihm auf dem Tisch lag seine weiße Kapitänsmütze, die sein Markenzeichen war und ohne die er kaum die dürftige Behausung verließ, in der er seit Anbeginn seiner Ehe mit Juanita eingezogen war. Inzwischen lebten darin auf engstem Raum fünf Personen, denn sein Weib war in den letzten Jahren dreimal schwanger geworden, was er vor allem der ständigen Hitze und dem Müßiggang auf der Insel zuschrieb. Er genoss es, von den Freunden und Bekannten »El Capitán« genannt zu werden, doch es half alles nichts; er musste sein Boot an den reichen, einflussreichen, wenn auch unbeliebten Don Rodrigo verkaufen, der sich für die »Esperanza« schon seit langem interessierte und in harten Dollars zahlen würde.

Marisol, die nicht nur ein Gespür für Spiel, Tanz und andere Lustbarkeiten hatte, sondern ebenso für Trauer, für Schicksalsschläge und das unvorhersehbare Unglück im Allgemeinen, bemerkte unwillkürlich seinen finsteren Gesichtsausdruck, die ungewohnte Schweigsamkeit, die ihn umhüllte, und fragte deshalb: »Ist etwas nicht in Ordnung, Capitán?«

Diese Frage zerriss die endlose Stille, die über dem Meer ruhte, bis hin zum weit entfernten Horizont, als würde plötzlich ein heftiger Platzregen aus nicht vorhandenen Wolken herniederprasseln.

»Ich muss … ich muss die ›Esperanza‹ verkaufen«, stotterte er.

Sie setzte sich ihm gegenüber an den Tisch und sah ihn erstaunt und ein wenig ungläubig an:

»Die ›Esperanza‹ verkaufen … Aber … Capitán … was soll dann aus dir werden? … Ihr gehört schließlich zusammen … du und dein Boot.«

Er seufzte mehrere Male – und sein Blick folgte flüchtig dem tiefen Flug eines braunen Meerespelikans entlang der Küste.

»Man muss an die Familie denken … an die Kinder … ans schlichte Überleben«, sagte er schließlich.

Sie hatte keine Ahnung davon, dass es ihm so schlecht erging. Mehrmals fuhr sie mit ihren gespreizten langen Fingern durch ihr rabenschwarzes langes Haar, sah ihm tief in die Augen und erkannte darin die hoffnungslose Stumpfheit völliger Verzweiflung.

»Und Juanita? Ist sie damit einverstanden?«

Er starrte nunmehr auf die mit Kerzenwachs befleckte Tischplatte, einsam, verloren und beinahe apathisch.

»Nicht nur das! Sie drängt mich sogar schon seit einiger Zeit dazu.«

»Vielleicht kannst du sie zurückkaufen, wenn es wieder ein wenig aufwärtsgeht?«, bemerkte sie nachdenklich.

Heiteres Kindergeschrei im Hintergrund lenkte ihn einen Augenblick lang ab, bevor er in einem mürrischen Tonfall, aus dem ein wenig Spott und Hohn herauszuhören waren, antwortete: »Was Don Rodrigo erwirbt, das gibt er nicht mehr aus seinen Händen.«

Sie wusste, dass er recht hatte.

»Trinken wir doch wenigstens einen Mojito ... auf Kosten des Hauses ... selbstverständlich«, sagte Marisol, um ein wenig Heiterkeit bemüht, wie es in ihrer Natur lag, wann immer ein Stimmungswechsel angebracht war, und sprang rasch auf.

Kurz darauf kehrte sie mit zwei bis an den Rand gefüllten Gläsern zurück.

Er lächelte.

»Ob Don Rodrigo für meine Kapitänsmütze auch ein paar Dollars zusätzlich bezahlen wird?«, murmelte er mit einem hoffnungslosen Unterton in seiner Stimme.

Sie schreckte hoch. »Die Mütze nicht ... Capitán ... die Mütze darfst du keinesfalls verkaufen!«

Er nickte zustimmend und sagte schließlich mit Würde: »Nein! Meine Kapitänsmütze werde ich zu Hause aufbewahren und mich an bessere Zeiten erinnern ... trotzdem ... man wird mich zukünftig nur noch Jaime und niemals mehr ›El Capitán‹ nennen. Das ist vorbei, aus und vorbei! Jetzt muss ich aber los, um Don Rodrigo aufzusuchen.«

Er trank sein Glas in einem Zug leer und erhob sich.

»Danke«, murmelte er leise.

Marisol lächelte und wandte sich mit einer hastigen

Bewegung von ihm ab, denn ihre Augen waren feucht geworden, und sie wollte ihn keinesfalls bemitleiden.

Ein Diener in schwarz-weiß gestreifter Livree an der Tür des weiß getünchten Hauses beäugte Jaime mit sichtlichem Verdruss, als er nach Don Rodrigo fragte.

»Mein Herr befindet sich im Arbeitszimmer und möchte jetzt nicht gestört werden«, sagte er.

»Aber es geht um ein wichtiges Geschäft ... Don Rodrigo weiß Bescheid ... Bestellen Sie ihm doch nur, dass ›El Capitán‹ ...«, er hüstelte verlegen, »oder besser Jaime Montero ihn bezüglich der ›Esperanza‹ zu sprechen wünscht.«

»Warten Sie hier«, sagte der Diener, ein wenig erbost über seine Hartnäckigkeit, und entfernte sich mit schlurfenden Schritten.

Die schönsten Palmen und andere Pflanzen in den vielfältigsten Farben wuchsen in Don Rodrigos parkähnlicher Anlage, die von einem immer frisch lackierten weißen Zaun umsäumt war. Auf der Veranda saß Doña Venezuela (de Guzmán), die Frau des Eigentümers, die ihn keines Blickes würdigte und sich mit einem kostbaren Fächer Kühlung verschaffte. Ein kleines Mädchen in einem rosa Kleid spielte mit ihren Puppen, die ebenso teuer eingekleidet waren wie sie selbst, auf dem Boden neben ihr.

»Mama, was will der fremde Mann von uns?«, fragte die Kleine verwundert.

»Wohl ein Bittsteller«, antwortete ihre Mutter verächtlich. »Kümmere dich nicht darum. Er wird gleich wieder verschwunden sein.«

Jaime lenkte nun seinen Blick auf den plätschernden Springbrunnen und die wunderschönen Statuen unbekannter Krieger und Göttinnen im Garten, wobei ihm auffiel, dass eine von diesen – wohl eine Griechin – mit ihren festen Brüsten, dem langen fließenden Haar und in ihrer stolzen Haltung seiner Frau Juanita ähnelte.

Doña Venezuela (de Guzmán) ließ es sich jetzt doch nicht nehmen, einen scheuen, aber aufmerksamen Seitenblick durch ihre Sonnenbrille hindurch auf den wohlgeformten, braun gebrannten Körper des Mannes zu werfen, der das Idyll ihres Reichtums mit seinen schäbigen Hosen, dem billigen Hemd und den längst abgetragenen Schuhen ein wenig schändete, wie es ihr vorkam.

Ein leiser Seufzer entstieg dabei ihrer makellos weißen Brust. Dann besann sie sich augenblicklich wieder, denn sie wusste, dass Schönheit und Reichtum, zumindest in diesem Land, auf dieser Insel, unvereinbar waren.

Der Diener kam zurück und murrte: »Don Rodrigo bedauert, heute nicht zu sprechen zu sein. Er bittet Sie, morgen – am frühen Nachmittag – wieder vorstellig zu werden.«

Jaime zuckte mit den Schultern und wusste, ein jeder Tag ist wie ein anderer, und ging davon. Was machte es schon aus, ob er die »Esperanza« auf der Stelle oder erst morgen verkaufen würde? Insgeheim gefiel es ihm sogar, noch einen Tag länger »El Capitán« zu sein.

In der Nacht, er hatte es irgendwie vorausgeahnt, wütete ein grausamer Sturm über dem offenen Meer. Die Flut ergoss sich über die ebene Uferpromenade und die weißen Strände. Ein giftig grüner Plastikeimer, den der Wind vor sich hertrieb, prallte auf die verschiedensten Hindernisse, bis er irgendwo in einem Hinterhof liegen blieb, fest an eine Mauer gedrückt und eingeklemmt zwischen einem Fass ohne Boden und einem rostigen Gestänge. Die Palmenreihe am fernen Ufer wogte schatten- und schemenhaft ruckartig hin und her wie ein in bizarren Sprüngen tanzendes, von wahren Teufeln besessenes Ballett im Vordergrund eines grausam wütenden Himmels. Bei diesem seltsamen Anblick musste er auch unwillkürlich an ein Marionettentheater denken, in dem die einzelnen Figuren von unsichtbaren Fäden mal nach links, dann wieder nach rechts gezogen werden – und die in dieser Nacht ein wenig in Unordnung geraten waren, ohne sich jemals von den lästigen Fesseln befreien zu können. Mit den Kindern hatte er ein solches Schauspiel erst vor ein paar Wochen auf einer Wanderbühne tatsächlich erlebt. Das Durcheinander am Schluss des Stückes mit dem Krokodil, dem Hanswurst, dem Polizisten und dem bösen alten Weib – bei dem sich die Fäden, an denen die Puppen hingen, bei einer heftigen Auseinandersetzung derart ineinander verwirrten, dass die Vorstellung abgebrochen werden musste und der Vorhang rasch zufiel – hatte auf dem Platz unter den hohen Palmen mit ihren riesigen gefächerten Blättern, die sanft in der Nachmittagsbrise rauschten, im Publikum heftige Lachsalven ausgelöst. Aber augenblicklich, in dieser Nacht der wütenden Naturgewalten, gab es wahrhaftig keinen Grund, sich zu amüsieren.

Juanita schloss die Fensterläden und meinte, dass sie es schon lange im Voraus geahnt habe. Sie war eine kluge

Frau! Die Kinder konnten nicht einschlafen und riefen nach ihrem Papa. Er hielt sie beschützend und abwechselnd fest in seinen Armen; Veronica, die Fünfjährige, Gloria, die Vierjährige, und Benito mit seinen zwei Jahren.

Er schwieg beharrlich seit einiger Zeit und lauschte aufmerksam dem Unwetter, das in tosenden Wirbeln um ihre gemeinsame Behausung fegte.

Ein plötzliches Krachen auf dem Dach schreckte die Kinder auf.

»Was war das?«, stammelte Gloria ängstlich.

»Nichts weiter ... wohl nur eine Kokosnuss, die heruntergefallen ist«, beruhigte Jaime sie.

»Hast du die ›Esperanza‹ endlich an Don Rodrigo verkauft?«, fragte später sein Weib mit Nachdruck, während sie sich bei Kerzenlicht mit irgendeiner Näharbeit beschäftigte, denn das elektrische Licht war wie gewohnt ausgefallen.

»Morgen ... morgen ...«, hüstelte er verlegen und erklärte: »Es ist mir nicht gelungen, Don Rodrigo heute zu sprechen, er ist ein viel beschäftigter Mann, aber morgen hat er sicherlich Zeit.«

Sie stieß einige tiefe Seufzer aus und hoffte, dass es morgen nicht zu spät sein würde.

»Weshalb sollte es?«

»Wegen des Unwetters, das augenblicklich über uns hereinbricht.«

Sie hatte zweifelsohne recht. Der Wind peitschte fürchterlich gegen die Fensterläden, die ungeteerten Straßen waren wie leer gefegt, und in der Ferne grollte das einsame, endlose Meer.

»Man könnte meinen, die Welt würde untergehen.«
Veronica und Gloria weinten, und Benito ebenfalls.

Jaime Montero betrachtete aufmerksam seine schneeweiße Kapitänsmütze und fragte sich unwillkürlich, ob es tatsächlich wahr sein könne, dass er sie für alle Zeiten ablegen müsste. Ein einfaches Ruderboot wäre vielleicht, nach Abzahlung der vordringlichsten Schulden, noch drin.

»Die Kinder benötigen wenigstens eine ordentliche Ausbildung«, meinte Juanita, »damit sie sich in der Welt zurechtfinden können.«

In der Welt des Betrugs, der Korruption, der Welt von Don Rodrigo und Venezuela de Guzmán, der Welt … dem Ungeheuer Welt … einer Welt der Intrige und der Käuflichkeit, einer gottverdammten Welt ohne jegliche Besserung, fluchte Jaime Montero stumm.

Jetzt prasselte ein heftiger Regen gegen die Fensterläden der schlichten Behausung. Das Meer wurde mächtig, geradezu übermächtig, und Jaime ahnte, dass sich dort draußen etwas Gewaltiges abspielte, auf das er keinen, nicht den geringsten Einfluss ausüben konnte. Veronica, Gloria und Benito schliefen letztendlich doch ein in den Armen ihrer Eltern – und ein ruhiger Tag folgte dem Unwetter der Nacht.

Das Wasser, das noch vor wenigen Stunden die ebene Uferpromenade und die weißen Strände mit seinen salzigen Schaumkronen überflutet hatte, war längst wieder im aufgeweichten Boden versickert und abgeflossen. Hoch oben in den Lüften zogen Fregattvögel weite, endlose Kreise, während die grazilen Strandläufer im nassen Ufersand Würmer, Schnecken und andere Köstlichkeiten aufpickten. Die Hitze schwelte über den Dächern der Hütten und Häuser – und der Steg erstreckte sich weiterhin über die Uferpromenade hinaus aufs Meer. Trat man auf die glitschigen Planken, so war es keineswegs ungewöhnlich, wenn man im klaren Gewässer Unmengen von kleinen Fischen, die bei Gefahr in alle Richtungen auseinanderströmten, beobachten konnte; aber ungewöhnlich war die Entdeckung der Umrisse seiner »Esperanza« auf dem seichten Grund des Wassers. Jaime seufzte und wusste augenblicklich, dass kein Geschäft mehr mit Don Rodrigo zu machen sei. Er hatte zu lange gezögert und würde sich jetzt Juanitas Vorwürfe anhören müssen. Wie konnten sie fortan überleben, wo ihm nicht einmal mehr das Boot für den Fischfang geblieben war? Er wusste es nicht.

Einige Tage später hatten sie es endlich mit vereinten Kräften geschafft, sein kleines Boot auf den Ufersand zu ziehen. Pablo, der Einbeinige, besorgte frische Farbe, Darío Ruiz, der Spinner, legte seine Gitarre zur Seite und begann die Kajüte wieder auf Hochglanz zu polieren, Marisol lächelte vergnügt und brachte Essen und Trinken, Juanita breitete die Segel und Taue zum Trocknen aus, Victor fuhr mit dem geliehenen alten Jeep, mit dessen Hilfe sie die »Esperanza« an Land gezogen hatten, wieder davon, um das Fahrzeug seinem Eigentümer zurückzubringen, und brachte noch zwei Leute mit, die Hand anlegten, um das Boot erneut seetüchtig zu machen. Wie ein Juwel erstrahlte es eines Morgens fast wie neu und glanzvoll unterm schon kräftigen Sonnenlicht, als sie sich gegenseitig zu der gelungenen Arbeit beglückwünschten.

»Capitán, die ›Esperanza‹ ist zum Auslaufen bereit!«, sagte Pablo stolz und grinste breit.

Jaime Montero hatte Tränen der Freude und des vollkommenen Glücks in den Augen.

»Freunde … Freunde … ich weiß nicht, wie ich euch allen danken soll«, stotterte er, als gerade der Wagen von Don Rodrigo an der Uferpromenade anhielt.

Der Herr in seiner schneeweißen Kleidung, dem Strohhut und dem für ihn typischen Spazierstock kam mit gerötetem Gesicht, furchtbar schwitzend, langsam auf ihn zu und sprach, nachdem er das Boot zu seiner vollsten Zufriedenheit eindringlich begutachtet hatte: »Nun, ich habe dich erwartet … vergeblich. Egal. Das Geschäft kann jetzt jedenfalls abgeschlossen werden.« Er lächelte.

Jaime Montero sah im Hintergrund Venezuela de Guzmán aus dem frisch polierten Wagen steigen, sogleich ihren kostbaren Sonnenschirm entfalten, der ihre blasse Haut vor der immensen Strahlung schützen sollte, wandte sich nach rechts hin zu Juanita, seinem Weib, die Benito auf dem Arm trug, bemerkte Pablo, der jetzt stumm vor sich hin kauerte, Marisol, die ihn mit großen leuchtenden Augen anstarrte, Victor und den verrückten Darío, die miteinander flüsterten, und die beiden Fremden, Purral und Alejo, die zu seinen Freunden geworden waren.

Don Rodrigo lächelte noch immer, als Jaime ihm fest in die Augen sah und entschied: »Mein Herr, die ›Esperanza‹ ist unverkäuflich!«

Bei diesen Worten verstummte selbst das Gekrächze einer wirren Ansammlung von einem Dutzend kahlköpfiger Geier, die auf dem morschen Geäst der schwarzen, leblosen Bäume am Meeresufer Platz genommen hatten.

Der weite Himmel und das offen vor ihm liegende Meer schienen auf einmal befreit und ohne sorgenschwere Seufzer zu atmen.

»Aber wovon willst du zukünftig leben ... mit deiner Frau und den drei Kindern? Ich mache dir ein Angebot, das gewiss keiner überbieten wird ... überbieten kann!«

Der reiche, von der Armut gehasste und verachtete, einfach unausstehliche Don Rodrigo war empört.

»Die ›Esperanza‹ ist unverkäuflich!«, wiederholte Jaime Montero stolz. »Und leben werden wir von der Sonne, den Früchten auf den Feldern, den Fischen im Meer ... wie eh und je.«

»El Capitán, damit hast du uns genügend gedankt«, sagte Pablo später, nachdem sich Don Rodrigo schwerfällig, kurzatmig und verständnislos den Kopf schüttelnd wieder entfernt hatte.

Am Abend feierten sie ein Fest, denn irgendeiner besorgte ein fettes Schwein, ein anderer ein Fass Bier, und Darío, der Spinner, spielte auf seiner Gitarre.

Juanita sagte zu seiner Überraschung: »Ich bin sehr stolz auf dich, Capitán.«

Er setzte seine weiße Kapitänsmütze auf, sah hinaus aufs weite Meer und fühlte sich glücklich und zufrieden wie nie zuvor in seinem Leben, obwohl er nicht wusste, wie die hässliche Armut jemals zu bewältigen sei. Aber darauf kam es schließlich gar nicht an, solange man Freunde ... wahre Freunde hat – und wenigstens für einen Augenblick lang das Recht auf tatsächliche Freiheit und die Verwirklichung eines für manchen zwar völlig bedeutungslosen, doch für ihn, Jaime Montero, eigentlich übermächtigen Traums.

Inés und ihre Gespenster

Tres Rios VI

In Tres Rios, dem Dorf am Rande des Dschungels, herrschte die gewohnte Langeweile. Puco Sánchez schlummerte in seiner Hängematte, María Magdalena hängte auf einem zwischen zwei Bäumen aufgespannten Seil Wäsche auf – und José Baurillo, der Wirt der Cantina, lehnte untätig an der Balustrade seiner Veranda und wusste nicht, wohin er den Blick wenden sollte. Weder auf der Straße, die nach Pascua führt, noch auf dem großen Platz unter den Mandelbäumen zeigte sich irgendeine Menschenseele. Das Dorf wirkte zur Mittagszeit immer wie ausgestorben. Nach einer Weile setzte sich José Baurillo in seinen Korbsessel neben der Eingangstür und entfaltete eine Zeitung, die ihm der Sargento Esteban Uríba von der Polizeistation in Cuatro Esquinas bereits vor drei Tagen vorbeigebracht hatte, als er den Alcalde in seinem Büro aufsuchte. Dies geschah jedoch in unregelmäßigen Tages- oder gar Wochenabständen, so dass er nur darauf hoffen konnte, dass Ulysses Maté, der am frühen Morgen nach Las Brisas aufgebrochen war, ihm von dort die neuesten Nachrichten mitbringen würde. Ulysses Maté aber würde erst bei Einbruch der Dämmerung nach Tres Rios zurückkehren, wusste er. So überflog José Baurillo noch einmal den Bericht über die Schiffbrüchigen, die in allerletzter Minute vor der Küste des Nachbarlandes aus dem wogenden Meer gerettet worden waren, bevor er die Zeitung lustlos wieder zusammenfaltete, auf seinem Schoß ablegte und die Augen schloss. Die Müdigkeit, die ihn plötzlich überwältigte, kam vom Nichtstun und der Hitze. Dies wurde ihm augenblicklich bewusst. Inzwischen fegte María Magdalena Sand und trockenen Staub – die der Wind, auch wenn er kaum spürbar war, unaufhörlich herantrug – von ihrer Veranda, während Puco Sánchez weiterhin genüsslich in seiner Hängematte schlummerte.

Als Porfiria Baurillo in der Küche der Cantina mit dem Geschirr, den Töpfen und den Tellern zu hantieren anfing, verursachten diese teils blechernen, teils klirrenden Geräusche den dickbäuchigen Wirt dazu, aus seiner Lethargie hochzuschrecken.

»Weib, du bringst mich noch um meinen letzten Rest an Verstand«, murrte er ärgerlich, bis er den Alcalde, Amadé Velásquez, bemerkte, der soeben mit gemächlichen Schritten den großen Platz überquerte und direkt auf die Cantina zukam.

»Nanu, will er um diese Tageszeit zu mir?«, wunderte er sich.

In dem von der Mittagshitze geröteten Gesicht des Alcalde entdeckte der Wirt der Cantina sogleich irgendeine Verstörtheit, eine Aufregung sonderbarer Art, die ungewöhnlich an ihm war und die er nicht zu deuten wusste.

Mechanisch grinste er und fragte: »Alcalde, wie wär's mit einer Erfrischung?«

Amadé Velásquez nahm sich einen Stuhl, der links neben dem einzigen Tisch auf der Veranda stand, und stellte ihn gegenüber dem Korbsessel ab, in dem José Baurillo noch vor kurzem eingenickt war. Schnaufend ließ er sich darauf nieder.

»Gib mir was Ordentliches zu trinken!«

Der Wirt lächelte, beugte sich seitwärts nach hinten und rief durch die Eingangstür der Cantina in den düsteren Raum: »Porfiria, ein Gast ist gekommen! Bring dem Alcalde und mir ein kühles Bier!«

Sie betrachteten sich eine geraume Weile schweigsam, bis das schroffe Gesicht der Wirtin endlich in der Tür erschien. In ihren Händen trug Porfiria Baurillo zwei große Gläser, die bis zum Rand mit eisgekühltem Bier gefüllt waren.

»Hörte ich richtig, dass der Alcalde …?«

Als sie Amadé Velásquez erkannte, unterbrach sie sich, grinste breit, drückte beiden jeweils ein Glas in die Hand und sagte: »Zum Wohl!«

Sogleich verschwand sie wieder in der Küche, um dort erneut mit ihrem Geschirr, den Töpfen und den Tellern herumzuhantieren.

»So schweigsam heute?«, bemerkte José Baurillo mit einem verschmitzten Lächeln.

Er ahnte, dass Amadé Velásquez etwas bedrückte, dass er sogleich auszusprechen wünschte. Zunächst aber prosteten sie einander zu und nahmen einen ausgiebigen Schluck.

Der Alcalde setzte sein Glas ab und sprach auf einmal: »Ist dir an Inés Llorente jemals etwas Außergewöhnliches aufgefallen?«

»Inés Llorente …«, murmelte der Wirt und überlegte angestrengt.

Sie bewohnt eine armselige Hütte, ziemlich abseits außerhalb des Dorfes auf dem Weg nach Cuatro Esquinas, besitzt ein paar Hühner und Bananenstauden, hängt wie

María Magdalena zweimal in der Woche ihre Wäsche zum Trocknen auf, vermeidet es, meine Cantina aufzusuchen, und fährt ab und zu mit dem Bus nach Las Brisas. Sie ist hübsch und hat dort sicherlich einen heimlichen Liebhaber, der sie auch gelegentlich in ihrer Hütte aufsucht. Ist nicht auch der junge Noél Augustín Valle insgeheim hinter ihr her, weil seine Annäherungsversuche bei Rebeca Sánchez fortwährend scheitern? Sie hat ihre Großmutter Hortensia verehrt, die leider vor einem dreiviertel Jahr im hohen Alter von zweiundneunzig Jahren abtreten musste und nun auf dem kleinen Friedhof unweit der mit der Zeit verfallenden Kirche von Pater José de Las Casas auf dem Weg nach Pascua für alle Ewigkeit schlummert. Etwas Außergewöhnliches von ihr zu berichten, gibt es in der Tat nicht, beschloss der Wirt, nachdem er seine Gedankengänge beendet hatte. Ganz Tres Rios wusste über das Bescheid, was er ebenfalls wusste.

»Es ist mir niemals etwas Außergewöhnliches an Inés Llorente aufgefallen«, beantwortete José Baurillo daher die Frage des Alcalde nach geraumer Zeit.

Dieser seufzte mehrmals und fragte sich insgeheim, wie er dem Wirt der Cantina die Situation erklären sollte.

»Der Pfarrer hat mir davon berichtet, dass Inés Llorente ... dass Inés Llorente ... mit ... mit irgendwelchen Gespenstern spricht«, sagte Amadé Velásquez schließlich und nahm erneut einen kräftigen Schluck.

»Dass ... dass ...«, stotterte José Baurillo und lachte lauthals los.

In Tres Rios geschahen zwar zuweilen merkwürdige Dinge, die jedoch stets mit Leichtigkeit aufzuklären gewesen waren. Ulysses Maté gab beispielsweise einmal vor, er hätte ein Krokodil von über drei Meter Länge erledigt, das sich letztendlich dann als ein Exemplar von lediglich ein Meter achtzig entpuppte; Aureliá Tapa, der Säufer, glaubte noch immer daran, den Aufruhr der Rebellen damals mit seinem Aufschrei: »Nicht hier, nicht hier in unserem Dorf!«, verhindert zu haben, während er zur fraglichen Zeit tatsächlich wieder einen üblen Schnapsrausch in einer Scheune ausschlief und alles nur geträumt hatte, da die Rebellen einfach an Tres Rios vorübergezogen waren, ohne dem Dorf irgendeinen Schaden zuzufügen – und die Witwe Antonía Jezebel Verde, die beschwor, dass das Böse im Dorf am Rande des Dschungels von ihr allein davon abgehalten wurde, sich in diesem zu entfalten und auszubreiten, indem sie in unzähligen Nächten inbrünstig vor ihrem Hausaltar betete, besaß überhaupt keinen solchen, doch ein Schränkchen, in welchem sie geistige Getränke aufbewahrte, um sich gelegentlich an diesen zu laben. Und das Böse im eigentlichen Sinne gab es ja auch überhaupt nicht in Tres Rios, denn seine Bewohner lebten friedlich miteinander.

Aber konnte man irgendeinem Aberglauben auf die Dauer entgegentreten?

Amadé Velásquez, in seiner Stellung als Alcalde von Tres Rios, wusste, dass man nicht so leichtfertig mit dieser Angelegenheit umgehen sollte … umgehen durfte. Erneut nahm er einen kräftigen Schluck.

»Inés und ihre Gespenster …«, stammelte er ratlos, ungläubig zwar – und war dennoch nicht geneigt, die Angelegenheit so einfach auf sich beruhen zu lassen.

»Daran ist nichts, daran kann nichts sein«, beschloss José Baurillo. »Wer Gespenster sieht, neigt dazu, längst verrückt geworden zu sein oder letztendlich verrückt zu werden. An Inés Llorente habe ich – ehrlich gesagt – derartige Anzeichen jedoch noch nicht bemerkt. Sie wirkt ausgesprochen normal«, fügte er mit Nachdruck hinzu.

Amadé Velásquez erhob sich von seinem Stuhl, bedankte sich für die köstliche Erfrischung und war dennoch ratlos; ratlos gegenüber der Tatsache, die ihm der Pater José de Las Casas berichtet hatte, als er ihn vor wenigen Tagen in seinem Büro aufsuchte.

»Ich muss Sie unbedingt sprechen, Alcalde«, sagte er.

Amadé Velásquez, völlig überrascht von diesem unerwarteten Besuch, bemerkte lediglich: »Setzen Sie sich doch, Pater.«

»Eine fürchterliche Hitze«, murmelte der Geistliche, nachdem er gegenüber dem Schreibtisch des Alcalde Platz genommen hatte.

»Sie sagen es ... Sie sagen es; doch was führt Sie eigentlich hierher ... zu mir?«, fragte der Alcalde neugierig, denn Pater José de Las Casas hatte ihn noch niemals zuvor in seinen Amtsräumen aufgesucht.

»Eine ... eine gewisse Sorge ...«, stotterte dieser.

Kurz entschlossen, nachdem er die Gespanntheit auf der Stirn seines Gegenübers längst erkannt hatte, stieß er ein wenig ärgerlich hervor: »Inés Llorente!«

»Inés ... Inés Llorente?«, wiederholte Amadé Velásquez verwundert.

»So ist es ... in der Tat ... deswegen bin ich hier.«

Der Ventilator brauste gleichmäßig und unaufhörlich an der Decke und verbreitete eine angenehme Kühle. Ein Gecko wachte aufmerksam am Fliegengitter und schnappte gelegentlich nach Insekten. Nebenan, während eines Augenblicks unwillkürlichen Schweigens, war die Spülung der Toilette hörbar. Ein lästiges Stimmengewirr auf dem Korridor entfernte sich allmählich. An der verstaubten Fensterscheibe im Rücken des Alcalde klebte ein wohl dreizehn Zentimeter messender Walking Stick, auf den sich nun die aufmerksamen Augen des Paters mit Interesse und einer gewissen Portion von Abscheu richteten.

»Inés und ihre Gespenster …«, murmelte er nachdenklich, als spräche er mit sich selbst. »Als gäbe es diese verdammten Gespenster tatsächlich!«

Der Alcalde verstand nicht und wartete geduldig darauf, dass Pater José de Las Casas endlich auf den Punkt kommen würde.

Der Blick des Geistlichen, der in seiner einfachen schwarzen Soutane wie ein Bettler im Namen des gelobten Herrn wirkte, löste sich urplötzlich von dem riesigen Insekt, flackerte unruhig und in tiefe Gedanken versunken umher, richtete sich auf einzelne Gegenstände des Raumes, um sich letztendlich in die fragenden Augen des Alcalde zu bohren.

»Es geschah gestern Abend … und Sie mögen mich für verrückt halten oder auch nicht … aber ich will es Ihnen trotzdem nicht vorenthalten … ich muss es Ihnen einfach erzählen … es fällt ja auch keineswegs unter das Beichtgeheimnis, sondern … sondern es ist lediglich … lediglich eine schlichte … nein, überhaupt keine schlichte, eher … ich muss es so ausdrücken … eine unbegreifliche Beobachtung, die ich gemacht habe …«

Nun lehnte sich der Alcalde, Amadé Velásquez, in seinen Bürostuhl zurück, streckte die Beine weit von sich und gebot seinem Gegenüber mit einer Handbewegung fortzufahren.

»Wie gesagt, es geschah gestern Abend, als ich unsere Kirche verließ, um noch einen kleinen Spaziergang zu unternehmen. Dieses Mal führte mich mein Weg, wohl aus einer augenblicklichen Laune heraus, nicht in die Nähe des Friedhofs, wo unsere Toten ruhen, sondern hinüber zu den längst verfallenen Hütten der Goldgräber in der Schneise des Dschungels, als ich zu solch später Stunde eine Gestalt bemerkte, die mir bekannt vorkam …«

Amadé Velásquez ahnte augenblicklich, dass es sich bei dieser Gestalt um keine andere Person als um Inés Llorente handeln konnte.

Aufmerksam folgte er dem anschließenden Monolog des Paters, bis sich dieser zuletzt – schwer seufzend – von seinem Sitzplatz erhob und erklärte, dass er zurück in seine Kirche müsse, um der einen oder anderen Person eventuell noch die wöchentliche Beichte abzunehmen.

»Denken Sie darüber nach, Amadé, und entscheiden Sie, ob diesbezüglich irgendetwas zu veranlassen ist«, sagte er noch, bevor er das Büro des Alcalde verließ.

»Darüber nachdenken, ob Inés Llorente vielleicht in die arglistigen Fänge des Teufels geraten ist – oder einfach nur darüber nachdenken, ob sie im Geist mit der Zeit ein wenig wirr geworden ist?«, murmelte er verstimmt, als er wieder allein war.

Der Ventilator brauste weiterhin an der Decke und spendete eine herrliche Kühle, während der Gecko soeben genüsslich ein weiteres Insekt verspeiste, das seinen Magen füllte, ohne sich darum kümmern zu müssen, was um ihn herum geschah.

Beim Abendbrot äußerte sich auch die Frau von Amadé Velásquez demgemäß, dass er – als Alcalde des Dorfes – gewisse Verpflichtungen habe, weswegen er diese überaus merkwürdige Angelegenheit keineswegs auf die leichte Schulter nehmen sollte.

»Aber wenn ihr – Inés Llorente – so sehr daran liegt, sich mit irgendwelchen Gespenstern unterhalten zu müssen, dann ist dies letztendlich ihre eigene Entscheidung, in die man sich nicht so einfach einmischen darf«, murmelte er ärgerlich und zeigte dennoch eine besorgte Miene.

»Hat Pater José de Las Casas – wie du es mir soeben berichtet hast, mein Lieber – nicht insgeheim ausgedrückt, dass er tatsächlich einen schrecklichen Dämon in ihrer unmittelbaren Nähe beobachtete, dem sie sich zwar nicht unterwarf, doch mit dem sie ein intensives Gespräch führte?«

»Nur ein gewissermaßen seltsames Benehmen seitens Inés Llorente hat er wahrgenommen, dass sie vielleicht Selbstgespräche führte, dass sie sich vielleicht ein wenig zerstreut zeigte …«

»Bevor man jedenfalls im Dorf allgemein anfängt, darüber zu reden, dass sich Inés Llorente tatsächlich mit irgendwelchen Gespenstern unterhält, solltest du, Amadé, vielleicht …«

»Er muss sich einfach getäuscht haben … oder gar

betrunken gewesen sein«, bemerkte der Alcalde nachdenklich.

»Der Pater säuft nicht!«, beschwor seine Frau mit Nachdruck.

»Woher kannst du das wissen?«

»Nun hör mal ... wenn du tatsächlich glaubst, dass ...«
Vorsorglich gab er nach, um eine häusliche Auseinandersetzung zu vermeiden, an der ihm wahrlich nichts lag, und sagte schließlich ohne Umschweife: »Ich werde mich also geflissentlich, in meiner Eigenschaft als Alcalde von Tres Rios, um diese merkwürdige, mehr oder weniger idiotische Geschichte kümmern und schon morgen mit Inés Llorente ein ausführliches Gespräch über diese ganze Angelegenheit führen.«

Zufrieden räumte Amadés Frau das Geschirr ab. Dabei tätschelte sie, bevor sie den fast leeren Topf an seinem Henkel ergriff, um ihn zur Spüle in die Küche zu tragen, zärtlich seine geröteten Wangen.

Er lächelte.

Sie wird mich ungläubig anstarren, wenn ich sie nach ihrem Umgang mit irgendwelchen Gespenstern frage, überlegte er mürrisch. Doch was getan werden muss, sollte immer unverzüglich erledigt werden, wusste er.

Sie wusch gerade ihre Wäsche unten am Fluss, als sich die Großmutter Hortensia in ihren gewohnt grauen, unendlich weiten und ärmlichen Röcken, mit ihrem schlicht zurückgesteckten, schon filzig gewordenen Haar und ihrem greisen, runzeligen Gesicht ihr näherte.

Augenblicklich erschrak Inés. Die Schmierseife entglitt ihren Händen und versank in der trüben glatten

Flut des Flusses. Am Waldrand erhoben sich ein paar rabenartige Vögel mit heftigem Gezeter in die glasklaren Lüfte. Der Himmel entblößte ein wolkenloses Blau. Im Schilf nebenan sangen und piepsten unscheinbare und winzige Sänger in einem gelben oder schlicht braunen Federkleid. Kein Windhauch rührte sich.

»Das Grab macht einen weder jünger noch schöner.« Die Großmutter kicherte und setzte sich auf einen großen runden Stein, der weit aus dem immerfeuchten Uferschlamm herausragte.

Myriaden von Insekten schwirrten um sie herum. Dies störte sie ebenso wenig, wie es ihr unangenehm war, dass ihre bloßen knöchernen Füße im ekligen Schlick steckten.

»Diese fürchterliche Hitze!«, seufzte sie mehrmals und trocknete sich mit einem Lappen, den sie aus ihrer Rocktasche gezogen hatte, die schwitzende Stirn.

»Du sollst auch nicht ständig Spaziergänge unternehmen und mich fortwährend mit deiner Anwesenheit belästigen«, sagte Inés Llorente mit einem schroffen Unterton in ihrer ansonsten so sanften Stimme. »Schließlich habe ich zu tun – und du bist schon lange tot und hast überhaupt nicht das Recht …«

»Ich habe nicht das Recht, auf dich aufzupassen, mein Kind, meinst du, wenn du dich in deinem Leichtsinn mit diesem verheirateten Lump aus Las Brisas einlässt, der dich doch nur ausnutzt?«, empörte sich die Großmutter Hortensia.

»Wir … wir lieben uns nun einmal«, beschwor Inés stotternd, flehentlich.

»Ach, die Liebe ist … und war schon immer ein arges Unglück. Sie fordert stets nur das Schicksal heraus.

Denk doch bloß an die traurige Geschichte der von allen anständigen Leuten geächteten Carmen Micada, die jetzt vier Kinder von vier verschiedenen Männern vorzuzeigen hat und sich jedem ekligen Fluss-Schiffer – diesen elenden Schweinehunden! – hingeben muss, um wenigstens diese winzigen, ewig hungrigen Mäuler ihrer Kleinen zu stopfen. Hintereinander wurde sie gar viermal schwanger, die Elende, und brachte damit ein entsetzliches Unglück über ihre ganze Familie und ihre gesamte Verwandtschaft!«

Inés Llorente tastete nach der verschwundenen Schmierseife im Fluss, fasste diese letztendlich und kicherte lauthals los: »Es ist schon verrückt, dass die Toten zuweilen wiederkehren!«

Als sie ihren Blick erneut in Richtung der Großmutter lenkte, die soeben noch auf dem großen runden Stein in ihrer ganzen leibhaftigen Gestalt – wie zu Lebzeiten – gesessen hatte, war diese plötzlich verschwunden – und unwillkürlich fragte sie sich, was es mit solchen Gespenstern, die sie heimsuchten, überhaupt auf sich hat. Aber sie waren ja gegenwärtig, kehrten regelmäßig – wenn auch in unbestimmten Zeitabständen – wieder, so dass man sie, die von derartigen Erscheinungen Geplagte, im Dorf fürwahr allmählich für verrückt halten musste.

Seufzend beendete sie ihre Wäsche unten am Fluss.

Die Hütte, die sie bewohnt, liegt etwa einen halben Kilometer abseits des Weges nach Cuatro Esquinas, versteckt hinter ein paar knorrigen Bäumen, auf denen sich zuweilen grüne Leguane tummeln, und ihren Bananenstauden, die sie eigenhändig gepflanzt hatte, als sie vor fast einem Jahrzehnt zusammen mit ihrer Großmutter

Hortensia hierhergezogen war. Nur ein unauffälliger Pfad führt zu ihrem Anwesen. Niemand (außer ihren Gespenstern) besucht Inés Llorente in dieser Einsamkeit, weswegen sie sich augenblicklich sehr darüber wundert, in der Gestalt, die sich jetzt ihrer unscheinbaren Hütte nähert, Amadé Velásquez, den Alcalde von Tres Rios, zu erkennen.

Was mag ihn bloß hierherführen?, fragte sie sich.

In Windeseile, wie es Frauen nun einmal eigen ist, brachte sie den Wohnraum mit dem festgetretenen Lehmfußboden noch ein wenig in Ordnung, verstaute die zwei gebrauchten Kaffeetassen in der Spüle, verbarg ihre noch feuchte Unterwäsche, die auf einem Nylonseil neben dem Fenster hing, in einer Schublade, wischte den Tisch mit einem feuchten Tuch ab und stellte zudem noch die Plastikeimer in der Ecke, die etwas in Unordnung geraten waren, in einer Reihe auf.

Schon klopfte es leise an die Tür.

Sie öffnete diese, nachdem sie sich noch mit einem kurzen, umsichtigen Blick davon überzeugt hatte, dass man einen unvorhergesehenen Gast in solch einem aufgeräumten Wohnraum jetzt bedenkenlos empfangen konnte.

Erstaunt sagte sie: »Alcalde?«

Amadé Velásquez lächelte ein Lächeln, das er sich längst angewöhnt hatte, um niemanden zu erschrecken, wenn er so unverhofft vor ihrem Heim und ihrer Tür auftauchte.

»Ich dachte, ich sollte auch mal bei dir, Inés, vorbeischauen, wenn ich schon mal in der Nähe bin.«

Er log – und augenblicklich erkannte sie seine Lüge.

»Ich kann Ihnen nur einen Tee anbieten, aber ... bitte ... treten Sie ein.«

Tatsächlich fühlte er sich unwohl, da er ihre Hütte noch niemals betreten hatte und sich als ein gänzlich Fremder, als ein Eindringling, vorkam.

Er setzte sich auf den ihm angebotenen Stuhl.

»Was für eine schreckliche Hitze!«, seufzte er.

»Ja, diese Hitze hindert einen manchmal wahrlich daran, sich um Angelegenheiten zu kümmern, die letztendlich doch erledigt werden müssen«, bemerkte sie und dachte an die reifen Bananen, die von den Stauden zu pflücken waren.

»So ist's ... Auch meine Geschäfte erlauben keinen Aufschub ... und müssen ...«, stotterte er und hielt einen Augenblick inne.

Jetzt wusste sie, weswegen er gekommen war und drehte sich nach dem kochenden Teewasser um.

»Gleich ist er fertig.«

Amadé Velásquez schmunzelte. »Man lebt recht einsam hier«, sagte er, »und du bedauerst sicherlich, dass deine Großmutter ... Hortensia ... leider vor kurzem ...«

»Sie starb schließlich mit zweiundneunzig Jahren, einem Alter, bei dem man immer mit einem raschen Ableben rechnen muss«, bemerkte sie und reichte dem Alcalde eine Tasse mit frisch aufgebrühtem Tee.

Er nahm einen Schluck und gestand lobend: »Schmeckt vorzüglich.«

Sie schwieg, setzte sich ebenfalls an den Tisch und wartete darauf, dass er endlich auf das Anliegen seines Besuches zu sprechen kommen würde.

Der Alcalde wusste, dass es längst an der Zeit war, sein

völlig unvorhergesehenes Auftauchen an dieser Örtlichkeit zu erklären.

Er räusperte sich und sagte schließlich: »Im Dorf spricht man davon, dass du dich mit irgendwelchen Gespenstern unterhältst.«

Inés lächelte. »Also darum!«

Amadé Velásquez zuckte mit den Schultern, um anzudeuten, dass er auf irgendwelche Gerüchte ja eigentlich nichts gab.

»Es ist wahrlich nicht meine Schuld, wenn mir meine Großmutter Hortensia zuweilen als sichtlich lebende Person erscheint, um mir irgendwelche Vorwürfe zu machen«, betonte sie.

Also war doch etwas dran an der ganzen Angelegenheit!

Der Alcalde seufzte, nahm einen weiteren Schluck Tee und überlegte angestrengt, wie er Inés Llorente davon überzeugen konnte, dass es im wirklichen und tatsächlichen Leben ja überhaupt keine Gespenster gab und ihre Großmutter Hortensia nur ein Wahnbild, eine schlichte Erscheinung sein musste, der sie ausgeliefert war … auf irgendeine unbewusste Art und Weise … weil sie … weil sie vielleicht nur daran glaubte, sie sehen und ihre Nähe verspüren zu müssen.

»Man darf sich selbstverständlich an die Toten erinnern, mit denen man so viele Jahre das Leben geteilt hat; aber man darf sie keineswegs aus dem Grab hervorlocken, damit sie als Gespenster – denn Gespenster existieren wahrlich nicht! – unseren Frieden stören«, betonte er.

Inés Llorente beäugte ihn mit großen Augen. »Ich bin wirklich nicht darauf erpicht, mir immer wieder ihre

Vorwürfe anhören zu müssen; doch Tatsache ist, dass meine Großmutter Hortensia zuweilen plötzlich neben mir sitzt und mit mir zu reden anfängt«, beteuerte sie. »Was kann ich dagegen machen, wenn die Toten nicht in ihren Gräbern bleiben?«

Amadé Velásquez wusste augenblicklich keinen Rat.

»Dies kann nicht sein! Es ist gänzlich unmöglich! Nur eine Einbildung«, bemerkte er und trachtete danach, Inés Llorente irgendwie davon zu überzeugen, dass sie geradezu wirre Worte aussprach.

»Man hat deine Großmutter Hortensia vor einem Dreivierteljahr auf dem Friedhof in die Erde gebettet, davon zeugt auch der Grabstein mit ihren Lebensdaten, und somit ist sie, bedauerlicherweise, für immer von uns gegangen und kann nicht mehr nach Tres Rios zurückkehren. Dies ist einfach unmöglich!«

Sie schwieg und lächelte.

»Mir, als Alcalde, ist es persönlich wahrlich unangenehm, dass ich dich diesbezüglich aufsuchen und ansprechen muss, doch ist es leider meine Pflicht – wenn man im Dorf beginnt, darüber zu reden –, ein ernsthaftes Wort an dich zu richten«, sagte er mit Nachdruck.

Sie schwieg weiterhin und lächelte bloß ihr gewohntes, Fremden gegenüber aufgesetztes Lächeln. Wie sollte er ihr auch irgendeinen Glauben schenken? So unwirklich war diese ganze Begebenheit; unverständlich für einen unbeteiligten Dritten.

Amadé Velásquez räusperte sich. »Nun gut; ich äußerte lediglich, was ich in meiner Eigenschaft als Alcalde von Tres Rios und als Freund ... als Freund ... unbedingt loswerden musste«, gestand er nochmals ein und erhob sich schließlich, um sich von Inés Llorente zu verabschieden.

Ein kraftloser Händedruck besiegelte das Gespräch.

Weiterhin herrschte in Tres Rios, dem Dorf am Rande des Dschungels, die gewohnte Langeweile, bis eines Tages – Wochen später – Aurélio Tapa im Schnapsrausch ein Gerücht ausstreute, das sich flugs in alle Windrichtungen verbreitete. Natürlich schenkte man seinen offensichtlich wirren Beobachtungen, die er gemacht zu haben beschwor – zunächst jedenfalls –, wenig Beachtung, denn schließlich war er in der ganzen Umgebung als Säufer längst bekannt und verschrien – und wer glaubt schon den stammelnd hervorgebrachten Reden solch einer Person? Dennoch amüsierte man sich, wohl aufgrund der gewohnten Lethargie, darüber und nickte ihm wohlwollend zu, noch einmal die ganze Geschichte in allen Einzelheiten zu erzählen.

»Also, wie gesagt … ich … ich hatte augenblicklich nichts … nichts zu tun und streunte … streunte eben wie ein verwahrloster Köter … ein verwahrloster Köter … gestern Abend in der Gegend herum, als ich zufällig … zufällig … an der von Inés Llorente bewohnten Hütte … ihr kennt sie ja alle … äh … ich meine die Hütte und auch Inés … die schöne Inés … äh … wo war ich gleich? … also … vorbeikam … Es war schon reichlich spät …«

»Weiter, weiter!«, bemerkte Ulysses Maté ungeduldig.

»Ich gebe dir noch einen Aguardiente aus, Aurélio, wenn du dieses entsetzliche Stottern endlich unterdrückst und uns deine Beobachtungen zügig zum Besten gibst«, betonte José Baurillo, der Wirt der Cantina, lachend, worauf sich der Angesprochene sichtlich bemühte, seine Geschichte ohne Umschweife zu Ende zu bringen, den Blick dabei unablässig auf die bereitgestellte Schnapsflasche gerichtet.

»... Licht brannte in ihrer Hütte, ich sah durch das Fenster, sie sprach mit irgendwelchen nicht vorhandenen Personen ... Gespenstern ... Ich sage euch: Inés Llorente sprach mit Gespenstern; denn immerfort richtete sie ihren Blick ins Leere, stockte zuweilen, hörte aufmerksam, beinahe geduldig zu, als ob ihr tatsächlich irgendjemand antworten würde, und redete anschließend unaufhörlich weiter ... wirres Zeug! ... wahrlich wirres Zeug, soweit ich überhaupt irgendetwas verstehen konnte ... Wo bleibt mein Schnaps?«

Zufrieden leerte er das Glas in einem Zug.

Die Aufmerksamkeit aller im Raum versammelten Personen galt allein ihm, was ihn zu einem stillen Lächeln animierte.

»Inés Llorente ist schon immer ein wenig seltsam gewesen, wenn nicht gar verrückt«, urteilte der junge Noél Augustín Valle gnadenlos.

»Nur keine voreiligen Schlüsse ziehen«, bemerkte Berendice Luz, »die sich letztendlich in ein bloßes Nichts auflösen und dennoch irgendeinen, wenn auch unbeabsichtigten Schaden hinterlassen.«

»Ach was«, seufzte Ulysses Maté, »Gerüchte haben noch niemandem im Dorf irgendeinen Schaden zugefügt.«

Puco Sánchez, der sich am späten Nachmittag aus seiner Hängematte erhoben hatte, um nach Einbruch der

Dunkelheit noch ein wenig am dörflichen Leben teilzunehmen, erklärte jetzt, dass Aurélio Tapa wohl nur mit der Absicht durch das Hüttenfenster von Inés Llorente geschaut habe, um sie in ihrer Unterwäsche bei ihrer allabendlichen Wäscheprozedur (Körperreinigung) … hahaha! … zu beobachten.

»Du bist und bleibst nun einmal ein altes Ferkel, wie jeder weiß.«

Ein allgemeines Gelächter setzte ein, bis sich die Witwe Antonía Jezebel Verde plötzlich ebenfalls in der Cantina von José Baurillo einfand und sich bei Berendice Luz, der Bedienung aus Cuatro Esquinas, nach dem Grund der ausgelassenen Fröhlichkeit erkundigte. Nachdem sie in aller Eile darüber unterrichtet worden war, gebot sie mit einer Handbewegung den anwesenden Gästen zu schweigen und erklärte mit einem seltsam ernsten Gesichtsausdruck: »Es könnte schon etwas Wahres an Aurélio Tapas Beobachtungen sein.«

Einen Augenblick lang verstummten die Gespräche, denn nun erwartete man – in Bezug auf das in dieser Nacht auserwählte Opfer – Weiteres zu erfahren, zumindest eine Fortsetzung der merkwürdigen Begebenheiten durch die einsame Witwe Antonía Jezebel Verde, die gewöhnlich kein Blatt vor den Mund nahm und über alle Vorkommnisse in Tres Rios stets gut unterrichtet war.

»Schließlich habe ich sie – Inés Llorente – eines Abends vor wenigen Tagen, selbstverständlich ganz zufällig, dabei belauscht, wie sie auf dem Friedhof mit ihrer Großmutter Hortensia ein eifriges Zwiegespräch über irgendwelche Geister führte, die – wie mir dabei zu Ohren kam – sie täglich, nächtlich, in unregelmäßigen Zeitabständen aufsuchen würden. Dabei ist ihre Großmutter Hortensia ja selbst schon zu einer geisterhaften Erscheinung geworden, wenn man so sagen will, denn schließlich ist sie bereits seit geraumer Zeit tot und liegt längst unter der Erde. Ich legte gerade ein paar frische Blumen auf das Grab meines verstorbenen Mannes nieder – Gott hab ihn selig! –, das sich ja in unmittelbarer Nähe der letzten Ruhestätte von Hortensia Llorente befindet. Aber ich will damit nichts, ja keineswegs irgendetwas Verwerfliches gesagt haben.«

Nein! Antonía Jezebel Verde verstaute nunmehr mit verschlossenem Mund die drei Flaschen Bier, die sie sich in dieser soeben angebrochenen Nacht noch auf ihrer Veranda gönnen wollte, in ihrer Tragetasche und verabschiedete sich, ohne weitere Äußerungen von sich zu geben.

»Ich habe es ... ich habe es euch ... gesagt ... dass Inés ... die schöne Inés ... heimlich mit irgendwelchen Gespenstern spricht«, freute sich Aurélio Tapa kindisch, nachdem sich die Blicke aller im Raum Versammelten wieder ihm zuwandten. »Ihr mögt es nun glauben oder auch nicht:«

»Sehr merkwürdig«, murmelte José Baurillo vor sich hin, denn augenblicklich erinnerte er sich an das mit dem Alcalde geführte Gespräch auf seiner Veranda.

Schließlich goss er Aurélio Tapa erneut das leere Glas voll und erklärte, dass ihn dieser elende Säufer letztendlich noch in den Ruin treiben würde.

Der junge Hitzkopf Noél Augustín Valle stotterte in höchster Erregung: »Nach Rebeca Sánchez ... nach Rebeca ... ist Inés Llorente ... Inés ... jedenfalls die

Schönste in der ganzen Umgebung zwischen … zumindest zwischen … Las Brisas und Cuatro Esquinas.«

Keiner widersprach ihm.

Währenddessen frisierte sich Berendice Luz ihr feuerrotes Haar mit einem grasgrünen Kamm im zerbrochenen Spiegel im Hintergrund des Tresens, dachte dabei vielleicht an den Besuch des Senators mit den Haarbüscheln auf den Ohren – vor einigen Monaten – und murrte: »Bei diesen ständig versoffenen Kreaturen um einen herum lohnt es sich überhaupt nicht, sich irgendwie zurechtzumachen.« Sie legte den grasgrünen Kamm beiseite.

Dennoch hellte sich ihr Blick unwillkürlich auf, als ihr der Sargento Esteban Uríba von der Polizeistation in Cuatro Esquinas in den Sinn kam, der sie schon häufig von seinem Lehnstuhl aus beobachtet hatte, wie sie vorüberging, mit einem Blick, der Bände sprach und ihr jedenfalls durch und durch ging.

»Aber es geht uns ja eigentlich überhaupt nichts an, wenn sich Inés Llorente einbildet, sich mit irgendwelchen Gespenstern unterhalten zu müssen; jedenfalls solange sie keinen Schaden im Dorf und an seinen ehrbaren Bewohnern anrichtet«, äußerte sich nunmehr Puco Sánchez etwas beunruhigt, doch mit Bestimmtheit, dazu und paffte dabei dicke, würzige Rauchkringel in die abgestandene Luft.

Ihm lag vornehmlich daran, dass der Friede in Tres Rios nicht gestört wurde. Schließlich genoss er sein tagtägliches Ausruhen in der schlichten Hängematte auf seiner Veranda. Irgendwelche Störungen der allgemeinen Lethargie waren ihm zuwider. Dabei dachte er insbesondere auch an seine hübsche Tochter Rebeca und hoffte, dass sie niemals – eines Tages – nach Hause kommen würde, um ihren Eltern mit tränenfeuchten Augen eingestehen zu müssen, dass sie schwanger sei. Mit Fernando Luís, dem Sohn des Fischers Ortega aus Cuatro Esquinas, den er als einzigen Bewerber um Rebeca geduldet hatte, lief ja nun nichts mehr, seitdem dieser großspurig überall ankündigte, sich nächstens mit einer gewissen Naín Herradura aus Las Brisas zu vermählen. Zuweilen kam in ihm sogar der Gedanke auf, dass es fürwahr vorteilhafter gewesen wäre, einen Sohn anstatt einer Tochter gezeugt zu haben, denn schließlich genießen Männer mehr Freiheit als Frauen ... und ein uneheliches Kind von einem Sohn war überhaupt kein Unglück. Doch wenn eine Tochter schwanger und ohne einen zur Ehe gewillten Mann nach Hause kehrte ... Er seufzte schwer.

Draußen, vor der Cantina auf dem Platz mit den weit ausladenden Mandelbäumen in seiner Mitte, schöpfte er frische Luft, die ihm sichtlich guttat. Das Abendessen dürfte inzwischen bereitstehen, überlegte er – und versuchte gleichzeitig, all die lästigen Gedanken auf dem Weg zu seiner Hütte loszuwerden, die ihn gerade in solchen Augenblicken fürwahr schrecklich bedrängten.

»Alcalde, auf ein Wort!«, rief José Baurillo lautstark über den großen Platz, den die gleißende Sonne bereits am Vormittag mit ungeheurer Wucht erhitzte. Dabei winkte er ihm aufgeregt zu, so dass Amadé Velásquez unwillkürlich eine Wichtigkeit erahnte, die ihm der Wirt der Cantina mitzuteilen hatte.

»Was gibt's?«, fragte er schnaufend, als er seinen Fuß auf die erste Treppenstufe der Veranda setzte.

José Baurillo, im Unterhemd, streckte ohne Scheu seinen gewichtigen Bauch heraus. »Du hattest tatsächlich recht«, murrte er.

»Recht? ... Womit?«

»Mit Inés ... Inés Llorente ... und ihren Gespenstern.«

Der Alcalde, der gehofft hatte, dass die ganze Angelegenheit zwischenzeitlich längst im Sande verlaufen sei, blickte nunmehr den Wirt erstaunt an.

»Was ist geschehen?«, murmelte er leise, erschrocken, denn er wusste, dass man sich auf ihn – José Baurillo – unbedingt verlassen konnte. Er war jedenfalls kein unsinniger Schwätzer.

»Ihr erscheinen tatsächlich ... Gespenster!«

Nun, es war die verstorbene Großmutter Hortensia, die zuweilen aus dem Grab auferstand, um Inés Llorente zu belästigen; aber ein Gespenst, eine Erscheinung, war schließlich genug. Weshalb sprach er jetzt von mehreren Gespenstern?

»Gestern Abend hat Aurélio Tapa hier in der Cantina Beobachtungen geäußert, die ihm selbst in seinem gewohnten Schnapsrausch niemals so aus heiterem Himmel einfallen würden ... und auch die Witwe Antonía Jezebel Verde hat diese geradezu bestätigt«, bemerkte der Wirt.

Der Alcalde musste sich setzen.

»Zwar habe ich mit ihr – Inés – längst ein ausführliches Gespräch darüber geführt, doch hat dies offensichtlich keineswegs genügt«, bemerkte Amadé Velásquez nachdenklich.

Jetzt galt es tatsächlich zu handeln, denn nunmehr hatte sich das anfangs nur schlichte Gerücht bereits im ganzen Dorf verbreitet und störte den allgemeinen Frieden, wusste der Alcalde. Aber was konnte man dagegen bloß tun?, fragte er sich. Und welche Gespenster, außer der verstorbenen Großmutter Hortensia, erschienen Inés Llorente noch? Was bezweckten sie, wenn sie tatsächlich in ihrem Geist vorhanden waren, mit ihrem Erscheinen? Welche Vorwürfe brachte die Großmutter Hortensia überhaupt gegenüber Inés vor? Lag darin vielleicht das ganze Geheimnis? Unsinn!

Ich werde letztendlich auch noch verrückt werden, wenn ich mich weiterhin mit dieser dummen Angelegenheit befasse, überlegte Amadé Velásquez. Tiefe Furchen von Ärger und Verdruss bildeten und zeigten sich auf seiner Stirn. Der Ventilator an der Decke in seinem Büro verbreitete nunmehr keine angenehme Kühle mehr, sondern eher eine Kälte, eine unangenehme eisige Kälte, weswegen er sich rasch dazu entschloss, ins gleißende Sonnenlicht hinauszutreten.

Drüben, auf der Veranda der Cantina, saßen der neunzigjährige Jorge und der fünfundsiebzigjährige Pablo beim Schachspiel.

Er lächelte, bis ihm plötzlich einfiel, dass Ersterer ja längst schon das Zeitliche gesegnet hatte und Letzterer es seitdem vermied, sich in der Cantina von José Baurillo überhaupt sehen zu lassen.

Aber saßen sie jetzt nicht tatsächlich dort wie früher, Jorge mit seinen schwarzen und Pablo mit seinen weißen Figuren vor sich, angespannt über den nächsten (vielleicht entscheidenden) Zug nachdenkend, als ob das

Rad der Zeit völlig spurlos an ihnen vorübergegangen wäre? Vernahm er nicht das bekannte Geschimpfe des Verlierenden mit diesen immerzu fluchenden Ausdrücken? ... »Mach schon, du alter Narr!« ... »Heute zeige ich es dir!« ... »Dein ewiges Grinsen geht mir allmählich auf die Nerven!« ...

Unsinn!

Amadé Velásquez seufzte. Nein! Gespenster gab es tatsächlich nicht, lediglich Sinnestäuschungen, die aus der Vergangenheit, aus irgendwelchen Erinnerungen heraus zu erklären waren, gänzlich zu erklären sein mussten.

Man muss die Angelegenheit ganz nüchtern betrachten, beschloss er, während er sich auf dem großen Platz mit den weit ausladenden Mandelbäumen einfand und seine Schritte wiederum der Cantina zuwandte.

Porfiria Baurillo stand mit einem Besen in der Hand auf dem Treppenabsatz, grinste und fragte laut: »Neuigkeiten, Alcalde?«

Er wehrte mit einer schlichten Handbewegung ab. »Es gibt keine Neuigkeiten, solange eine aktuelle Zeitung aus Las Brisas unser Dorf regelmäßig erst mit mindestens drei Tagen Verspätung erreicht«, murrte er.

»Dann machen wir eben so weiter wie bisher«, sagte sie und fegte mit dem Besen entschlossen über die Treppenabsätze.

Staub flog auf. Staub und Sand flogen tatsächlich tagtäglich auf, wenn María Magdalena oder sonst wer in Tres Rios einen Besen zur Hand nahmen.

Gespenster sind und bleiben auf alle Fälle äußerst unnatürliche Erscheinungen, die nur ans Tages- oder Nachtlicht treten können, wenn man sie – aus welchen

Gründen auch immer – herbeisehnt, wusste der Alcalde jetzt. Und somit sehnte sich Inés Llorente, die Unglückliche, wenn auch unbewusst, unwillkürlich nach diesen Gespenstern, die ihr in unregelmäßigen Zeitabständen erschienen.

Der kleine Friedhof des Dorfes lag unter den friedlichen Schatten blühender, sprossender Bäume im sanften Mondlicht, das sich hier und dort durch das üppige Laubwerk einen zittrigen Weg bahnte. Ein seltsames Schweigen herrschte vor; ein Schweigen, das solchen Örtlichkeiten wohl immer eigen ist.

Der Alcalde begriff wahrlich nicht, was ihn zu dieser nächtlichen Stunde hierhergetrieben hatte – oder wusste er es doch? Aurélio Tapa, dem er zufällig auf dem Dorfplatz begegnet war, hatte ihm jedenfalls zugeflüstert, dass Inés Llorente bei Einbruch der Dunkelheit ihre Hütte verlassen habe, um sich wohl wieder bei einem Stelldichein mit ihren Schatten aus dem Jenseits, wie er sich ausdrückte, einzufinden. Wie gewohnt grinste der Säufer breit, verhielt sich äußerst geheimnisvoll und war seiner Sinne nicht mehr ganz mächtig. Dennoch bewog wohl allein diese Bemerkung, dass Inés Llorente zu dieser fortgeschrittenen Stunde noch ihre Hütte verlassen hatte und irgendwo unterwegs war, Amadé Velásquez dazu, augenblicklich der Wahrheit – falls es eine solche überhaupt gab! – nachzuspüren.

So erwartete er sie, vielleicht vergeblich, hinter einem dichten Gebüsch versteckt und niedergebückt, auf dem kleinen Friedhof von Tres Rios in unmittelbarer Nähe des Grabes ihrer Großmutter Hortensia.

Vereinzelt durchbrach das Flattern eines Nachtvogels oder das Geräusch irgendeines Nagetiers auf dem Boden die einsame Stille, die sich wie ein übergroßer Mantel um ihn schloss. Der Mond beleuchtete mit seinem fahlen Schein die längst verwitterten Grabsteine und einfachen gusseisernen oder hölzernen Kreuze, unter denen die unzähligen Toten aus den letzten Jahrzehnten in der trockenen Erde gebettet lagen. Der Alcalde dachte jetzt aber weniger an sie oder an Inés Llorente, deren Erscheinung an dieser Örtlichkeit er eigentlich erhoffte oder nicht erhoffte, sondern eher an das Chili con Carne, das ihm seine Frau zum Abendessen versprochen hatte und das er aufgewärmt erst morgen Mittag vorgesetzt bekommen würde, weil er sich urplötzlich dazu entschlossen hatte, diesen dämlichen Gerüchten nachzugehen, die sich längst im ganzen Dorf verbreitet hatten.

Würde er sie – Inés Llorente – ansprechen, wenn sie tatsächlich auf dem kleinen Friedhof auftauchte, um sich mit ihrer Großmutter Hortensia zu unterhalten oder eher vor ihrem Grab zu stehen, um ein Selbstgespräch zu führen?

Warum sollte er sie nicht fragen, weswegen sie gerade zu dieser nächtlichen Stunde hierherkam, was ja doch ziemlich ungewöhnlich war – falls sie überhaupt kommen sollte.

Aber sie wird sich wohl eher mit irgendeinem unbekannten Liebhaber irgendwo, an unbekannter Stelle, treffen, während mir mein Chili con Carne entgeht und ich mir die Hosen in diesem Dornengestrüpp durchscheuere, ahnte Amadé Velásquez.

Das Schweigen rundum, vermischt mit einzelnen Geräuschen, die nicht zu deuten waren, machten ihn allmählich verrückt. Ab und zu ließ er seinen Blick hoch zum schwarzen Himmel, zu den einzelnen Wipfeln der Bäume und schließlich wieder auf die nüchternen Grabsteine, Kreuze und Erdaufhäufungen gleiten.

Lächelnd dachte er plötzlich erneut an den neunzigjährigen Jorge und seinen fünfundsiebzigjährigen Gegenspieler Pablo im Schach, die sich immerfort auf der Veranda von José Baurillo gestritten hatten, bis der listige Jorge irgendwann die Partie, würzigen Zigarrenrauch ausstoßend, dabei süffisant grinsend, mit dem Wort »Schachmatt!« beendete. Dies klang stets wie ein unerschütterliches Urteil, das über den armen Pablo verhängt wurde, der daraufhin sofort an Revanche dachte und seine weißen Figuren wieder bedächtig und hoffnungsvoll auf dem Brett mit den quadratischen Feldern anordnete. Aber der alte Jorge war und blieb einfach unschlagbar, bis zu jenem Tag, als er sich auf einmal nicht mehr auf das Spiel konzentrieren konnte, weil die kleine Jasmin Esmeralda schwer erkrankt war, was ihn einfach dazu bewog, seine Züge gedankenlos auszuführen, schließlich aufzustehen und fortzugehen, nachdem er Pablo noch zuflüsterte, dass er die Partie gewonnen habe.

Die schwarzen Figuren unterlagen zum ersten Mal den weißen!

Vielleicht unterlag der sinnbildliche Tod daher auch zum ersten Mal dem Leben!

Aber dies waren äußerst irre und abwegige Gedanken, überlegte der Alcalde und erhob sich ein wenig aus seinem Versteck. Da waren der Mond, die Finsternis, der schwarze Himmel und die Schatten der Bäume, die ihn jetzt erschraken, weil Tres Rios und seine Umgebung am Tage, in der Hitze, im gewaltigen Sonnenlicht, ganz anders waren, als sie sich augenblicklich zu dieser späten Stunde entpuppten. Ein paar Ameisen krochen über seine linke Hand, die er ärgerlich abschüttelte.

Schweigen! Schweigen! Ein unaufhörliches Schweigen!

Er spähte wieder in die Dunkelheit hinaus und ahnte, dass es bei weitem vernünftiger gewesen wäre, wenn er sein Chili con Carne genossen und sich anschließend zu Bett begeben hätte, als hier an dieser Örtlichkeit zu verweilen, einen Zufall erhoffend, der wahrscheinlich nicht eintraf.

Aber plötzlich tat sich doch etwas – und ein unscheinbares Geräusch forderte ihn geradezu heraus zu lauschen, angespannt zu lauschen; ein Geräusch, das kein sich nächtlich auf der Jagd befindliches Tier erzeugte, sondern wahrlich die Schritte eines Menschen sein mussten.

Unterm sanften Mondlicht gewahrte er tatsächlich die schemenhafte Gestalt von Inés Llorente, die sich der letzten Ruhestätte ihrer Großmutter Hortensia näherte. Beinahe verschlug es ihm den Atem! Er streifte ein paar Zweige zur Seite, um deutlicher zu sehen, deutlicher zu erkennen, was jetzt vorgehen würde.

Sie legte eine Blume auf das Grab nieder und verharrte schweigend davor.

Eine geraume Weile tat sich nichts, bis er bemerkte, dass sich ihre Lippen unaufhörlich bewegten und ihre Augen starr auf den Grabstein gerichtet waren, als würde dort jemand sitzen, den er – der Alcalde – nicht wahrnehmen konnte. In der Tat sprach sie jetzt wohl mit ihrer Großmutter Hortensia oder glaubte zumindest mit ihr zu sprechen, denn ihre Mimik drückte eine gewisse Art von Angespanntheit aus, die zuweilen einen stumpfen Schrecken annahm, als würden ihr gewisse Vorwürfe zu Ohren kommen, die sie sichtlich belasteten.

Jetzt fühlte Amadé Velásquez, dass irgendein Zittern in der Luft lag, eine unheimliche Schwere, die ihn betäubte, als wäre der Friedhof plötzlich voller Geistererscheinungen, seltsamen Lichtern, Toten, die sich aus ihren Gräbern erhoben … und vernahm er nicht auch auf einmal erneut Jorges Lachen? »Hahaha! Schachmatt, mein lieber Pablo!« … und Pablos gewohnte Flüche: »Du kannst mich mal, Idiot!« … wie damals, zu Lebzeiten des Neunzigjährigen auf der Veranda der Cantina von José Baurillo? Brannte jetzt nicht die heiße Sonne irgendeines Nachmittags, der weit in der Vergangenheit zurücklag, auf seiner Stirn – und überquerte da nicht soeben Rico Cañas, den alle nur aufgrund seiner geringen Körpergröße »El Pequeño« nannten, den Dorfplatz in seiner weißen Kleidung und dem für ihn typischen fliederfarbenen Halstuch? Aber Rico Cañas war ja schon seit zehn Jahren tot, ermordet von irgendwelchen Aufständischen, die ihn verdächtigt hatten, für die damalige Diktatur Spitzeldienste geleistet zu haben. Was für ein Unfug! … »El Pequeño«, der Sanfte, der zwei Felder besaß und beackerte, deren Ertrag kaum genügte, um ihn und seine ebenfalls kleinwüchsige Frau Rosita zu ernähren. Weshalb grinste und lachte »El Pequeño« jetzt, wo es für ihn doch wahrlich nichts mehr zu lachen gab? Vielleicht war es sein letzter Abend in der Cantina von José Baurillo gewesen, den er genossen hatte, bevor die Aufständischen mit ihren Gewehren und Macheten ins

Dorf eindrangen, um ihr Urteil über ihn zu fällen! Und der Alcalde erinnerte sich mit Entsetzen daran, dass es damals insgesamt zwölf Tote gab, die zu begraben gewesen waren, bis die Aufständischen endlich wieder abzogen und endgültig im Dschungel verschwanden. Rosita verschwand ebenfalls, nachdem sie nächtelang geheult hatte, aus dem Dorf, ohne eine Spur zu hinterlassen. Zwei Jahre später wurde er – Amadé Velásquez – zum Alcalde von Tres Rios gewählt.

»Wir lieben uns schließlich! Roberto Cuenca meint es wahrlich ernst mit mir!«, klagte Inés Llorente gegenüber ihrer Großmutter Hortensia.

Der Alcalde erwachte allmählich aus seiner Betäubung. Tatsächlich erkannte er jetzt die Großmutter von Inés, die in ihren weiten, unscheinbaren Röcken und mit ihrem filzigen, zurückgekämmten Haar auf dem Grabstein vor ihr saß.

War dies ein Wunder – oder bloße Einbildung? Kehrten die Toten tatsächlich aus ihren Gräbern zurück, wenn ihnen etwas an den Verhaltensweisen ihrer Nachkommen oder ihrer Verwandtschaft missfiel? Amadé Velásquez seufzte schwer.

Noch immer dachte er an das Chili con Carne, das ihn an diesem Abend wahrlich gesättigt hätte … Doch ebenso ging ihm dieser Name Roberto Cuenca, den er deutlich vernommen hatte, nicht mehr aus dem Sinn.

Etwas bewegte sich im Gebüsch. Unschwer konnte man das Rascheln eines Nagetiers, das auf der Suche nach einer Knolle war, die es ernähren sollte, vernehmen. Der Mond stand noch immer aufrecht und fahl am weiten Himmelszelt, doch Inés Llorente war längst verschwunden.

Vielleicht habe ich nur ein wenig geträumt?, überlegte der Alcalde.

Er erhob sich aus seinem Versteck, fühlte die Zweige, die ihn streiften, während er seine Hosen glättete, und beschloss, jetzt unverzüglich nach Hause zu kehren. Seine Frau würde jedenfalls begreifen, dass er in Amtsgeschäften unterwegs gewesen war.

Das Chili con Carne – sein Lieblingsessen! –, an das er mit Sehnsucht gedacht hatte, wurde ihm noch in dieser Nacht serviert.

»Und?«, fragte seine Frau.

Er wollte schweigen, einfach nichts sagen, und beschloss dennoch, sie ein wenig in dieses Geheimnis, das er soeben erfahren hatte, einzuweihen.

»Es gibt einen Liebhaber, der Inés Llorente unbeabsichtigt zu all den verrückten Träumereien und Torheiten veranlasst, die man ihr nachsagt ... und die sie sich einbildet ... weil dieser Kerl ihrer Großmutter Hortensia offensichtlich wohl schon zu ihren Lebzeiten gänzlich missfallen hat«, murmelte er.

»Irgendwelche tatsächlichen Gespenster, die ihr erscheinen, gibt es also nicht?«

»Gespenster existieren nicht«, log der Alcalde, obwohl er tatsächlich nicht recht wusste, ob es sie vielleicht doch gab.

Das Chili con Carne mit dem Mais, den Bohnen, den Gewürzen und dem Fleisch schmeckte vorzüglich, so dass er sich dazu entschloss zu schweigen, augenblicklich zu schweigen, und vielleicht morgen, übermorgen oder erst an einem der folgenden Tage Roberto Cuenca aufzusuchen, der mit Inés Llorente in irgendeiner Verbindung stand, die dazu beitrug, dass sie … Gespenster sah … Gespenster wahrnahm … Gespenster, die keine Wirklichkeit waren, erlebte … Gespenster gibt es ja wahrlich nicht und bestehen lediglich nur in der Einbildung.

Las Brisas zählt etwa dreitausend Einwohner, besitzt ein Postamt, zwei Banken, geteerte Straßen mit elektrischer Beleuchtung und mehrere Hotels. Es liegt direkt am Rio Sucio, dem größten der drei Flüsse, die sich am Ortsausgang von Tres Rios hinter einer hügeligen Erhebung mischen. Durch den schiffbaren Wasserweg ist Las Brisas immer mit der Außenwelt verbunden – und wenn man geneigt ist, aktuelle Neuigkeiten zu erfahren, dann lohnt es sich, den frühmorgendlichen Bus zu besteigen, der, aus Richtung Cuatro Esquinas kommend, auch am Ortseingang von Tres Rios kurz anhält, um Passagiere aufzunehmen. Nach circa drei Stunden Fahrt durch eine zumeist staubige und nur von wenigen Feldern durchbrochene Landschaft erreicht man schließlich sein Ziel. Die meisten Einwohner von Las Brisas verdienen ihren Lebensunterhalt in der einzigen Fabrik im Ort, in der ein Gesöff hergestellt und in Flaschen abgefüllt wird, das auch in der Cantina von José Baurillo seine Abnehmer findet. Aurélio Tapa trinkt es täglich in Mengen und schwört, dass es nichts Besseres gibt, um die Traurigkeit – *la tristeza* – auszuschalten und auch die Langeweile – *el aburrimiento* – zu hintergehen und hinters Licht zu führen. Außer mehreren Cantinas gibt es dort zudem Restaurants (eines, das gar von einer chinesischen Familie geleitet wird, die seltsame Gerichte zubereitet), Cafés und Läden, in denen man die unwahrscheinlichsten Dinge kaufen kann. Sogar ein Jahrmarkt mit verrosteten Karussells befindet sich dort, ein schäbiges Bordell, das von der Vieja Mercedes de Granada geführt wird, und eine Art von Zoo, in dem man vornehmlich Affen zeigt und Dschungelfahrten anbietet, falls sich doch einmal ein Tourist aus den USA, dem noch ferneren Europa oder gar Asien nach Las Brisas verirrt. Die Häuser sind bunt gestrichen und haben zumeist kleine, mit einem gusseisernen Gitter verzierte Balkone, die auf die zwei, drei bedeutenderen und geteerten Straßen hinauszeigen, in denen sich das Leben vornehmlich abspielt. Im kleinen Hafen der Siedlung schlingern immerzu ein paar an der Mole festgezurrte Boote auf den bewegten Fluten des Rio Sucio, in denen die Einheimischen vornehmlich am Wochenende furchtlos neben den Krokodilen baden. Vom Kirchturm in Las Brisas läutet täglich eine bronzene Glocke, deren heller Klang Pater José de Las Casas regelmäßig erschüttert, wenn er sich hier in ihrer Nähe aufhält, und ihn gar ein wenig neidisch macht, weil er schon seit Jahren davon träumt, dass auch seine Kirche einmal solch ein herrliches Getöse verbreitet, um die Gläubigen anzulocken. Vergeblich, denn wer sollte und könnte solch eine Glocke jemals bezahlen?

Amadé Velásquez war wohl zum letzten Mal vor vier Monaten dem Bus entstiegen, um in Las Brisas seinen Amtskollegen aufzusuchen, ihm vielmehr einen längst versprochenen Gegenbesuch abzustatten, da dieser ihn einmal in Tres Rios aufgesucht hatte. Ihm lag wahrlich nichts an diesem bewegten Treiben in der nächstgrößeren Siedlung, in der es vor allem nachts recht bunt zuging. Zwischen den plärrenden Marktfrauen, die Obst, Gemüse, Tuchwaren, frisch gefangenen Fisch und alle möglichen Waren anboten, bahnte er sich flugs einen Weg hindurch. Nichts anderes hatte ihn hierhergeführt, als ein offenes Gespräch mit Roberto Cuenca zu führen, der offensichtlich Inés Llorentes Liebhaber war und die eigentliche Ursache dafür, dass ihr die Großmutter Hortensia und andere Gespenster in unregelmäßigen Zeitabständen erschienen. Der fünfte Passant, der ihm entgegenkam und den er ansprach, konnte ihm unverzüglich die Anschrift von Roberto Cuenca mitteilen und sogar den Weg beschreiben, der dorthin führte. Es war nicht weit von der Stelle, an der er sich augenblicklich befand.

In einem Hinterhof, umgeben von brüchigen Mauern mit abblätternder Farbe, in dem frisch gewaschene Wäsche im ersten Stockwerk von Balkon zu Balkon auf Nylonseilen aushing, sich ein Geruch von Katzen- und Hundekot im dämmrigen Schatten des Mittags ausbreitete, der kaum zu ertragen war, entdeckte der Alcalde neben einer dürren Palme in einem Topf, die gewiss schon seit einiger Zeit das Zeitliche gesegnet hatte, eine offen stehende Tür, die zu den Wohnungen führte. »Cuenca« las er auf einem verrosteten, kaum mehr lesbaren Schild, nachdem er die knarrenden Treppenstufen bis ins zweite Stockwerk hochstieg. Eine Klingel war nicht vorhanden, so dass er zunächst zaghaft, dann entschlossen gegen die hölzerne Tür klopfte, die von Einkerbungen und Messerstichen beschädigt war, als hätte jemand versucht, sie gewaltsam zu öffnen. Es dauerte eine geraume Weile, bis er endlich das Schlurfen sich nähernder Schritte bemerkte.

Plötzlich stand er einer Frau mit dunklen, schulterlangen Haaren gegenüber, die ein Frischgeborenes auf dem Arm trug und ihn mit ihren glänzenden, kohlrabenschwarzen Augen gleichgültig anstierte.

»Hier wohnt doch Roberto ... Roberto Cuenca?«, stotterte er.

»Ist nicht zu Hause, ist wohl am Hafen und kommt bestimmt nicht vor Einbruch der Nacht zurück«, gab die Frau bereitwillig Auskunft.

»Aber er ... er wohnt doch hier?«, fragte er mit Nachdruck.

»Sicherlich ... wo sonst, wenn nicht bei seiner Familie?«

Das Kleine fing an zu schreien.

»Ich muss mich um das Kind kümmern«, bemerkte sie teilnahmslos und schloss die Tür.

War es tatsächlich möglich, dass Inés Llorente ein liederliches Verhältnis mit solch einem Mann unterhielt, der offensichtlich mit dieser unscheinbaren Frau verheiratet war, mit der er gerade erst ein Kind gezeugt hatte, einen Winzling, der in den Armen seiner Mutter unentwegt nach Nahrung schrie?

Er musste unbedingt mit diesem Roberto Cuenca sprechen und begab sich unverzüglich zum Hafen.

Drei Barken lagen fest getaut an der Mole, zwei Kioskbesitzer boten gleichzeitig ihre Waren laut ausrufend an; die aktuellen Zeitungen aus der Provinzhauptstadt, irgendwelche illustren Blätter und das Sprachrohr der Republik. Ein Schlangenhalsvogel verweilte regungslos auf einem dürren Aststumpf, der unweit des Ufers aus den erdfarbenen Fluten des Flusses herausragte, und ließ seine gespreizten Flügel im immensen Sonnenlicht trocknen. Ein verrückter Betrunkener, der es sich auf einer Uferbank bequem gemacht hatte, fragte ihn, wobei er in sämtliche Himmelsrichtungen deutete, ob er nach Paris, nach London wolle und Beethoven kenne … Beethoven aus Deutschland … das Genie … das einzige Genie, das jemals auf dieser Erde existiert habe. Dabei versuchte er, dessen Fünfte Symphonie zu summen, wobei ein widerlicher Speichelfluss aus seinen Mundwinkeln hervorquoll. Voller Abscheu wandte sich Amadé Velásquez von dieser Gestalt ab, die in ihrem tagtäglichen Rausch dahinvegetierte wie Aurélio Tapa und längst nicht mehr wusste, was tatsächlich Wirklichkeit und was lediglich nur bloße Einbildung war.

In einer Cantina am Hafen von Las Brisas traf er letztendlich doch auf Roberto Cuenca, der schallend zu lachen anfing, als er den Namen von Inés Llorente erwähnte. Natürlich unterhielt er mit ihr eine Beziehung, eine flüchtige Beziehung, die jedoch kaum erwähnenswert sei. Schließlich musste er sich in erster Linie um seine Familie kümmern … und nicht um ein schlichtes Abenteuer, das nun einmal begonnen hatte, als es beginnen musste, und letztendlich aufhören würde, sobald es für ihn unerträglich werden sollte, es weiterzuführen.

Dem Alcalde wurde augenblicklich klar, dass Inés eine Betrogene war, der sich die Toten aus der Vergangenheit lediglich deswegen näherten, um sie vor solch einer frevelhaften Liebschaft zu warnen und zukünftig abzuhalten. Er würde sie davon überzeugen müssen, dass sich zwischen Ehrlichkeit und Lügen wahrlich ein tiefer Abgrund auftat, der, wenn nicht zu verstehen, so doch vorhanden war.

»Armes Geschöpf!«, murmelte er ergriffen.

Wieder wusch sie ihre Wäsche unten am Fluss, als die Großmutter Hortensia ihr erschien. Mit ausgebreiteten, schlicht grauen Röcken saß sie auf dem großen runden Stein, bewegte ihre Füße zaghaft im Schlamm und stammelte: »In der Tat habe ich mich längst dazu entschieden, zuweilen in diese verdammte Welt zurückzukehren.«

»Aber dies ist geradezu unmöglich, denn schließlich bist du ebenso tot, wie es alle Anverwandten sind und auch die Mondgöttin, die mich gelegentlich heimsucht«, gestand Inés, während sie ihre Röcke und Blusen in das Wasser des Flusses eintauchte.

»Die Mondgöttin …«, schnurrte Hortensia missvergnügt, »die Mondgöttin ist wahrlich keine wirkliche Erscheinung.«

Inés seufzte schwer. »Die Mondgöttin ist ebenso Wirklichkeit wie du, Großmutter, es bist.«

Hortensia streifte ihr altes, unansehnlich gewordenes Haar zurecht, fluchte insgeheim und hob ihre Röcke, die zwischenzeitlich von der Flut nass geworden waren.

»Also kannst du fortan auf meine fürsorgliche Begleitung durch dein gegenwärtiges Leben verzichten?«, fragte sie entschlossen.

»Ich kann es … und ich will es!«, gestand Inés.

Plötzlich wurde ihr klar, dass diese verdammte Welt nicht aus irgendwelchen Schatten aus der Vergangenheit bestand, sondern allein aus der Tatsache, dass man hier im Diesseits lebte, verweilte und sein Leben irgendwie fristete.

Die Mondgöttin, in einem weißen Kleid, silbern glänzenden Sandalen und ebensolchen Ohrringen, aber stand am Waldesrand, ohne dass sie sich ihr nähern musste. Sie war einfach vorhanden, Wirklichkeit (ihre Wirklichkeit!), und äußerte entschlossen, dass diese lächerliche und absurde Beziehung zu Roberto Cuenca aus Las Brisas augenblicklich zu beenden sei. Eine Widerrede duldete sie nicht!

Als Inés Llorente die reifen Bananen von ihren Stauden pflückte und den Alcalde erkannte, der sich ihr auf dem staubigen Weg, der zu ihrer schlichten Behausung führte, näherte, wusste sie längst Bescheid. Sie lächelte.

Die Mondgöttin war ja niemand anderes als ihre Schwester Naín, die im Alter von fünfzehn Jahren im Fluss ertrunken war. Das Schicksal hatte ihr nach dem Tod der Eltern, die irgendwo am Wegesrand, nachdem man den Bus in der Dunkelheit anhielt, der sie in die Provinzhauptstadt bringen sollte, erschossen worden waren, zudem die Schwester und die Großmutter geraubt. Fortan war sie allein, allein auf dieser Welt ... dieser kleinen Welt, die nicht in Tres Rios begonnen hatte, aber dort enden würde ... in Tres Rios, dem einsamen und verlorenen Dorf am Rande des immergrünen Dschungels, in dem es Affen, Giftschlangen und vereinzelt sogar Jaguare gibt.

Amadé Velásquez, der plötzlich vor ihr stand, schnaufte schwer. Sein Gesicht war gerötet von der Hitze. Schweiß tropfte von seiner Stirn. Dennoch lächelte er ebenfalls.

»Sind es meine Gespenster, die Sie erneut hierherführen?«, fragte sie gelassen.

»Gespenster gibt es ja eigentlich gar nicht, nur irgendwelche Auswirkungen im Leben, die sie unwillkürlich … aus irgendwelchen Gründen … herbeirufen und in Erscheinung treten lassen«, murmelte er und unterbrach sich augenblicklich, als er in ihrer Mimik plötzlich eine seltsame Gleichgültigkeit erkannte, die ihn fesselte, ihn erschreckte und ihn zugleich verstummen ließ.

»Ich denke, dass mich weder die an Altersschwäche verstorbene Großmutter Hortensia noch die Mondgöttin, meine ertrunkene Schwester Naín, zukünftig noch aufsuchen werden«, seufzte Inés, »denn ich habe mich letztendlich dazu entschlossen, der Welt den Rücken zuzukehren.«

Der Alcalde schwieg und ließ seinen Blick über die Landschaft gleiten; die ruhigen, sanften Hügel im Hintergrund, über die Bananenstauden und hoch zum wolkenlos blauen Himmel, in dessen unendlicher Höhe ein paar Geier und darüber Fregattvögel in stillem Flug vorüberglitten.

»Und weitere Gespenster sind nicht mehr vorhanden?«, fragte Amadé Velásquez ein wenig unschlüssig.

»Gespenster … werter Alcalde … können in der Gegenwärtigkeit des Lebens doch nur existieren, wenn man sie herbeiruft oder von ihnen herbeigerufen wird. Ich jedenfalls denke und glaube daran, sie nimmermehr in meiner Nähe in Erscheinung treten oder irgendwie dulden zu lassen.«

Inés Llorente würde fortan also keinen Gesprächsstoff mehr in der Cantina von José Baurillo liefern, wusste er, denn letztendlich hatte sie sich dazu entschlossen, Roberto Cuenca aus Las Brisas nicht mehr wiederzusehen, die Großmutter, ihre Schwester und irgendwelche eventuell weitere vorhandenen Gespenster in ihren Gräbern ruhen zu lassen, um nur mehr Bananen zu pflücken, Tee zu trinken und sich ihren häuslichen Arbeiten zu widmen.

Wie gewohnt lag Puco Sánchez dösend in seiner Hängematte, als er das Dorf betrat. Von gegenüber grüßte ihn María Magdalena mit einer flüchtigen Handbewegung, bevor sie erneut den Besen zur Hand nahm, um den täglichen Staub und Sand von ihrer Veranda zu fegen. In seinem Korbstuhl fand er José Baurillo vor, der in einer Zeitung blätterte, die wohl wieder mindestens drei Tage alt war.

»Alcalde, gibt's Neuigkeiten?«, fragte er über den Platz hinweg, ohne irgendeine Antwort zu erwarten.

»Wenn sie nicht in deinem Blatt stehen, dann erübrigt sich eine jegliche Frage«, bemerkte Amadé Velásquez lustlos und setzte seinen Weg fort.

»Die Nachrichten, die uns zugehen, sind letztendlich immerzu veraltet«, murrte der Wirt der Cantina und sah der Gestalt des Alcalde hinterher, die sich allmählich entfernte.

Lebten sie schließlich nicht irgendwo am Ende … am Arsch der Welt … von wo aus es kein Entkommen mehr gab?

Aurélio Tapa betrachtete aufmerksam die Flasche, die er in seinen Händen hielt und die schon fast ausgetrunken war, und wusste, dass er sich eine neue besorgen werden müsse, bevor die Nacht hereinbrach.

Ein stumpfes Lächeln breitete sich auf seinem Gesicht aus.

Der greise Jorge, der Neunzigjährige, schob gerade seine schwarze Dame auf dem Brett vor und verkündete seinem Gegenspieler Pablo, dem Fünfundsiebzigjährigen, lautstark, dass er wieder einmal verloren habe und einpacken könne.

Pablo murrte, nachdem er die augenblickliche Situation wahrgenommen hatte: »Tatsächlich gibt es kein Entkommen mehr für mich, du elender Hund!«

Der neunzigjährige Jorge war im Schachspiel einfach unschlagbar und trotzte jeder Herausforderung.

Aber der alte Jorge ist ja längst tot und nur mehr ein flüchtiger Schatten aus der Vergangenheit, überlegte Aurélio Tapa in seinem fortgeschrittenen Schnapsrausch. Eine Ziege, die ihr Futterbündel in seiner Nähe längst aufgefressen hatte, meckerte leise.

»Man darf irgendwelche Gespenster dennoch nicht so einfach abtun ... fallen lassen ... ihnen den gebührenden Respekt verweigern«, murmelte er.

Nach einer Weile schlief er behaglich auf einem Bündel Stroh ein, ohne dass er noch daran dachte, seine Vorräte auffüllen zu müssen.

»Vielleicht gibt es diese Gespenster ... vielleicht gibt es sie auch nicht!«

Der Alcalde, Amadé Velásquez, saß jedenfalls am Esstisch seiner Frau gegenüber und erklärte zuversichtlich, dass sich die Geschichte mit Inés und ihren Gespenstern tatsächlich aufgeklärt und für alle Zeiten erledigt habe.

»Und sie wird fortan ...?«

»... jedenfalls keine derartigen Ausgeburten aus dem Jenseits mehr wahrnehmen, die sie belästigen«, beschwor er.

»Somit hast du deine Arbeit getan«, erwiderte sie, während sie ihm einen Eintopf servierte, der kaum einen Brocken Schweinefleisch enthielt.

»Sie ist getan …«, murmelte er leise, während er mit vergeblicher Inbrunst nach einem Stück Fleisch in der trüben Brühe suchte. Egal, der Eintopf schmeckte trotzdem vorzüglich. »Und ohne mein eigentliches Eingreifen hat sie sich erledigt.«

Einige Wochen später sprach niemand mehr in der Cantina von José Baurillo über Inés Llorente, der keine Gespenster mehr erschienen, nachdem sie den Kontakt zu Roberto Cuenca aus Las Brisas endgültig abgebrochen hatte. Wie gewohnt wusch sie ihre Wäsche unten am Fluss; doch der große runde Stein, auf dem die Großmutter Hortensia gelegentlich ihre schlichten Röcke ausbreitete, blieb fortan leer. Innerlich fühlte sie sich jetzt ruhig und gelassen und zog sich fast völlig in die Einsamkeit ihrer abgelegenen Hütte zurück.

Eines Tages aber, als José Baurillo sich gerade in seinem Korbsessel ausstreckte und mühsam den Blick erhob, um in der Mittagshitze über den einsamen, leer gefegten Dorfplatz mit seinen weit ausladenden Mandelbäumen zu spähen, entdeckte er sie, wie sie den Weg nach Pascua einschlug. Unwillkürlich ahnte er, dass sie in ihrer schlichten Kleidung den Pater José de Las Casas aufsuchen würde, um diesem vielleicht ihre Sünden und kleinen Geheimnisse zu beichten. Der Wirt seufzte schwer und lehnte sich in seinen Korbsessel zurück. Vielleicht hätte man sich in ihre Liebesbeziehung zu diesem Roberto Cuenca aus Las Brisas, auch wenn dieser zweifelsohne ein Schuft ist, nicht einmischen dürfen, überlegte er. Und was ging es die Bewohner von Tres Rios überhaupt an, dass sie sich insgeheim mit irgendwelchen Gespenstern unterhalten hatte? Jetzt verliefen die Abende in seiner Cantina ohne irgendwelche Ereignisse, denn niemand hatte mehr etwas zu erzählen. Aurélio Tapa saß stumm in einer Ecke, verdrehte die Augen und dachte wohl über seine eigene Vergangenheit nach, die Witwe Antonía Jezebel Verde verstaute wortkarg und flugs ihre drei Flaschen Bier in einer Tragetasche und machte sich davon – und selbst Puco Sánchez, dem es immer recht war, wenn sich im Dorf nichts Außergewöhnliches ereignete, wusste kein Gesprächsthema mehr und blieb der Cantina fern, um in seiner Hängematte auf der Veranda seines Hauses zu verweilen.

Als der Wirt Amadé Velásquez den Platz überqueren sah, rief er ihm unwillkürlich zu: »Es gibt keine Neuigkeiten mehr im Dorf, seitdem die Gespenster von Inés Llorente abhandengekommen sind ... hahaha! Wie wär's mit einer Erfrischung?«

Der Alcalde nahm die Einladung gerne an, denn die Mittagsglut war beinahe unerträglich.

»Man müsste sich eigentlich längst an diese Hitze gewöhnt haben – und kann es dennoch nicht«, bemerkte er, als er gegenüber von José Baurillo auf einem Stuhl Platz nahm.

Porfiria Baurillo servierte ihnen eisgekühltes Bier.

Trotzdem sie schwiegen und nur ab und zu an ihren Gläsern nippten, wussten beide, worüber der andere nachdachte.

»Inés ist soeben in Richtung Pascua aufgebrochen ...

wohl um dem Pater einen Besuch abzustatten«, murmelte der dickbäuchige Wirt und verzog sein Gesicht zu einer Grimasse.

»Inés … Inés Llorente …«, sagte Amadé Velásquez und ließ seinen Blick hinüber zu dem blau getünchten Haus schweifen, in dem der mörderische Zahnarzt Dr. Aquilino Gareja ihm vor einigen Monaten drei Backenzähne gezogen hatte, so dass er nur mehr auf seiner rechten Seite kauen und beißen konnte.

»Oberflächlich betrachtet könnte man wahrlich den Eindruck haben, hier würde nie etwas geschehen – und dennoch ereignen sich laufend irgendwelche merkwürdigen Dinge im Dorf und seiner unmittelbaren Umgebung«, betonte er nachdenklich.

»Wenigstens ruhen jetzt wieder die Toten«, sagte José Baurillo zufrieden.

»Ruhen sie tatsächlich?«

Was hat diese Bemerkung des Alcalde zu bedeuten?, fragte sich der Wirt.

Und dann wusste er es plötzlich, denn jetzt erkannte auch José Baurillo die dürre Gestalt des neunzigjährigen Jorge mit seinem ausgefransten Strohhut und seinen kleinen listigen Augen, die aufmerksam auf das vor ihm liegende Schachbrett gerichtet waren. Der fünfundsiebzigjährige Pablo kratzte sich nervös am Hals, als sein Gegenspieler – betont langsam und konzentriert – seine schwarze Dame vorschob.

»Noch gebe ich mich nicht geschlagen«, murmelte er, »noch nicht, du verfluchter Hund!«

Er beugte sich vor, damit ihm ja keine einzige Möglichkeit entging, den ewigen Widersacher endlich einmal durch eigene Kraft zu besiegen.

Der hatte sich jedoch nach seinem durchdachten Zug bereits lächelnd zurückgelehnt, stieß eine würzige Tabakwolke aus und deutete damit an, dass die Partie wiederum längst zu seinen Gunsten entschieden war.

Die namenlose Straße

Da war die Straße; irgendeine staubige, verlassene und vor allem völlig unbedeutende Straße mit ein paar Geschäften, Frühstückslokalen und einem Zeitungshändler an der Ecke, der immerfort »Prensa! ... Prensa! ... Prensa!« schrie. Kinderstimmen surrten lautstark in diesem Durcheinander. Außerdem war da ein Geruch von Fäulnis, der über den Rinnsteinen schwelte und an allen Ecken haften blieb, ein Gestank von Benzin aus knatternden Motoren von den vereinzelt vorüberfahrenden Fahrzeugen – und überhaupt erschnüffelte er überall den abscheulich bitteren Geruch des Unbekannten, der ihm keineswegs behagte.

Dennoch breitete er am frühen Nachmittag seine schmutzige Decke auf dem Bordstein aus, setzte sich darauf nieder und schob seinen filzigen Hut zurecht, damit vereinzelt Vorüberspazierende ihm eventuell ein Almosen geben würden, denn tatsächlich war er ja arm und bedürftig.

Sein kleiner Freund, Pepe Felipe Suerte, hatte ihn schon sehr früh, als die Nacht noch ihre schwarzen Schwingen über dem Dorf ausbreitete, aufgesucht, um ihm die achtstündige Reise mit dem Bus in das ferne Riobamba schmackhaft zu machen. Zunächst weigerte er sich noch, während er – schlaftrunken – eine Tasse bitteren Kaffees schlürfte, denn er war ja blind und verspürte augenblicklich keine Lust dazu, sich den Sehenden wiederum als ein Objekt irgendeines Mitleids und einer gefälligen Gnade auszuliefern.

Aber abgemacht war schließlich abgemacht. Vorgestern hatten sie darüber gesprochen, über diese Reise hoch hinauf in die Anden, und sie letztendlich beschlossen.

Sie erreichten den ersten Bus, der um halb fünf Uhr abfuhr, gerade noch rechtzeitig.

Allmählich verspürte er die kräftige Sonne auf seine bloße Stirn herniederbrennen, gewöhnte sich an das entfernte Gelächter einzelner Kinder, an die Stimmen irgendwelcher Passanten, die – sich leise miteinander unterhaltend – an ihm vorübergingen, an das Geläut einer Kirchenglocke, an den staubigen, eckigen Asphalt, auf dem er es sich so gut wie möglich bequem gemacht hatte, und hoffte inbrünstig, dass Pepe in Kürze zurückkehren und ihm Beistand in seiner Hilflosigkeit leisten würde.

Er horchte in alle Richtungen. Als er den Klang von ein paar einzelnen Münzen vernahm, die in seinen filzigen Hut wie ein Wasserfall plätscherten, dankte er dem Unsichtbaren mit einem stummen Lächeln aus seinem blinden Gesicht, das ihm zuweilen so fremd vorkam und ihm gar reichlich verzerrt erschien, weil er es noch niemals in seinem Leben in einem Spiegel betrachten konnte.

In der Tat fühlte sich Javier Fuente in diesem Augenblick wieder einmal entsetzlich bedrückt und niedergeschlagen.

Ohne die Augen von Pepe Felipe Suerte konnte er wahrlich nichts … überhaupt nichts schauen. Das Leben lief an ihm vorüber wie ein düsterer, nächtlicher Traum, den lediglich ein aufmerksames Gehirn mit etwas Farbe auszuschmücken vermochte.

Aber Farben sagten ihm ja eigentlich auch nichts. Er konnte sie letztendlich lediglich irgendwelchen Gerüchen zuordnen.

Das Meer – nur einmal war er dort gewesen – war blau und roch seltsam nach Salz, Fäulnis und toten Fischleibern, weswegen ihm diese Farbe ebenso behagte wie das Grün der Wälder, die ihren eigenen Geruch verströmten. Dagegen verabscheute er das Rot, dies törichte, schreckliche Rot, weil man es mit der Liebe verglich, die es für ihn wahrlich nicht geben konnte, und das unbedeutende Weiß, das Weiß der einsamen Kälte und des ewigen Schnees auf dem Chimborazo und den anderen, unendlichen Andengipfeln.

Jetzt dachte er an seine Schwester Olguíta, die ihm und seinem kleinen Freund Pepe sicherlich wieder ein vorzügliches, wenn auch einfaches Mahl zubereiten würde, sobald sie nach Hause, ins feuchtschwüle Tiefland des Oriente, zurückkehrten. Den herrlichen Duft der Kartoffeln, des Gemüses, des Fleisches konnte er insgeheim schon verspüren.

Aber Pepe sagte – oder bestand vielmehr darauf –, dass sie sich zumindest für ein paar Tage in der Provinzhauptstadt Riobamba aufhalten müssten, denn ansonsten hätte sich die lange Anreise gar nicht gelohnt.

Wo schlafen? Wahrscheinlich kümmerte sich sein junger Freund augenblicklich darum.

Eine feuchte Zunge leckte plötzlich über seine Hand – und Javier Fuente lächelte, denn er erkannte, fühlte einen einsamen Hund an seiner Seite, der ihn wohl als Gefährten seines eigenen elenden Schicksals ausgesucht hatte. Er ertastete den kleinen struppigen, warmen Körper neben sich auf der schmutzigen ausgebreiteten Decke, auf der dieser fast reglos verharrte, weil er wohl ebenfalls nicht wusste, wohin er gehen sollte, der arme Kerl.

»Ich werde dich Perdido nennen, wenn es dir recht ist«, sagte Javier Fuente.

Perdido leckte ihm daraufhin dankbar die dargereichte Hand.

»Olguíta wird sicherlich nichts dagegen haben, wenn ich dich mit nach Hause bringe, mein kleiner Freund«, erklärte er zuversichtlich und war dankbar für dieses unerwartete Glück eines völlig unverhofften Zusammentreffens.

Der silberne Klang von weiteren Münzen, die in seinen filzigen Hut prasselten, brachte Javier Fuente allmählich auf den Gedanken, dass ihm gerade heute eine Gerechtigkeit zukommen sollte, die ihm bisher immer versagt geblieben war.

Pepe Felipe Suerte steckte ihm einen Bissen in den Mund.

»Schmeckt vorzüglich«, betonte er mit einem Flüstern, das eigentlich kein Flüstern, sondern eher ein Ausbruch plötzlicher Freude war; einer Freude über Pepes Rückkehr, über die Bekanntschaft und augenblicklich geschlossene Freundschaft mit Perdido an seiner Seite und den Geruch des köstlichen Fleisches zwischen seinen mahlenden Zähnen.

»Da hast du ja einen tollen Kerl aufgetrieben«, sagte Pepe Felipe Suerte und beäugte den struppigen, mageren Hund mit großen Augen.

»Olguíta wird sicherlich nichts dagegen haben, wenn er bei uns bleibt«, murmelte Javier Fuente scheu.

Dagegen hatte Pepe nichts einzuwenden und wiederholte lediglich: »Nein. Gewiss wird deine Schwester Olguíta nichts dagegen haben.«

Die Sonne kroch über die Straßen, Plätze und Häuser der Stadt, wie sie es jeden Tag tat. Irgendwo im fernen Hintergrund, durchschnitten von unzähligen Stromleitungen, die ein wenig bauchig zwischen hölzernen Masten herunterhingen, schimmerte die schneeweiß bedeckte Kuppe des Chimborazo, horizontal durchschnitten, wie eine gigantische Sahnetorte, bis allmählich die Nacht hereinbrach.

»Es hat sich gelohnt«, freute sich Pepe Felipe Suerte kindisch, nachdem er die Münzen aus Javiers filzigem Hut entnommen und gezählt hatte, mit piepsender Stimme.

Jetzt war auch der Blinde ergriffen von diesem trägen Müßiggang Riobambas und dem Stillstand der Zeit in dieser Stadt.

Sie betteten sich auf ein dürftiges Strohlager, das Pepe organisiert hatte.

»Morgen werden wir weitersehen«, meinte er zufrieden – und dann sprach er mit seiner piepsenden, noch kindlichen, dreizehnjährigen Stimme vom Mond, der in seiner vollen Größe längst am schwarzen Himmel aufgegangen war. Der weiße, gelbe, blasse Mond!

Für Javier Fuente, der blaue und grüne Farbtöne liebte, bedeutete ein weißer, gelber, blasser Mond jedoch nichts anderes als eine Unsinnigkeit der Natur; Schlafen, Sterben, Schlafen, Träumen, sehnsüchtig Träumen; das Schlafen und das Sterben überhaupt. Und dennoch genoss er zuweilen solch einen tiefen, von allen Sorgen der Welt entrückten Schlaf, der jeden blind machte und ihn – den wahrlich Blinden – zuweilen sehend; aufmerksam sehend!

Aber hier in Riobamba, weit entfernt von seinem Heimatdorf, empfanden seine Glieder eine scheußliche Kälte.

Neben ihm atmete Perdido tief und reichlich zufrieden. Pepe schnarchte – und Javier lächelte ein verschmitztes, gar dankbares Lächeln, weil er doch so unverhofft einem neuen Freund begegnet war. Was machte es da schon aus, solch eine ungewohnte Kühle in den Gliedmaßen ertragen zu müssen?

Plötzlich begann er auch einen seltsamen Gefallen an jenen Farben zu finden, die ihm bisher immer verhasst gewesen waren. Das weiße und blasse Gelb des Mondes beispielsweise; diese Farben der Einsamkeit, wie er sie bezeichnete, die eigentlich gar keine Einsamkeit, sondern zuweilen sogar eine Art von innerer Geruhsamkeit auszudrücken vermochten. Nur das Rot, dieses kräftige Rot der Sehnsucht nach einem Weib und der viel versprechenden Liebe, würde er niemals akzeptieren können.

Irgendwann schlief er zufrieden ein in der Kälte der Nacht und an der Seite von Perdido, dessen struppiges Fell keiner Decke bedurfte, und träumte erneut diesen unvergänglichen Traum von einem azurblauen Meer, das er bisher nur ein einziges Mal in seinem Leben verspürt hatte, und den grünen Wäldern, deren kräftiger Geruch ihn zuweilen der Sinne beraubte.

Wieder war es diese namenlose Straße, diese eigentlich für ihn unbekannte und dennoch schon gewohnte Straße, zu der Pepe ihn hinführte – und die er bereits am Geruch vom Vortag augenblicklich erkannte. Und erneut vernahm er das markante Schreien des Zeitungshändlers an der Ecke: »Prensa … Prensa … Prensa!«

Vielleicht gab es neue, aufregende Nachrichten. Aber der Kerl an der Ecke mit seiner spitzen Stimme schrie nur immer wieder dasselbe, ohne dass er die Vorüberspazierenden auf irgendein besonderes Ereignis, eine Schlagzeile, eine bloße Überschrift aufmerksam machte.

Perdido knurrte leise an seiner Seite – während Pepe fortgegangen war, um ihnen ein ordentliches Frühstück zu besorgen.

»Die Sonne kehrt wieder«, bemerkte Javier Fuente flüsternd, mit einem stummen Lächeln, und lehnte sich zurück an die schroffe Mauer, die ihm schon ein wenig vertraut vorkam wie der Platz in Antigua, den sie – Pepe und er – regelmäßig aufgesucht hatten, um zu betteln. Aber die Ruinen waren wegen irgendwelcher Renovierungen und Ausgrabungen nunmehr auf unabsehbare Zeit geschlossen worden und lockten keine Touristen mehr an. Somit musste er sich wohl daran gewöhnen, in dieser Provinzhauptstadt Riobamba noch des Öfteren zu verweilen, um irgendwelche Almosen aus fremden, unbekannten Händen zu empfangen. Wenigstens lauerte hier kein Reiseleiter wie Jackson in Antigua, den sie fortwährend überlisten mussten, damit dieser von ihren Einkünften niemals zu viel in seine eigene Tasche einsacken konnte.

Er würde sich wahrlich an diese einsame Straße und die mit einem knatternden Bus zu bewältigende achtstündige Entfernung von seinem Heimatdorf gewöhnen müssen, um schlicht und einfach irgendwie zu überleben.

Gern hätte er mit seinen Händen irgendeine Arbeit verrichtet, um Olguíta und sich zu ernähren, aber eine diesbezügliche Möglichkeit bestand ja nicht. Bis zu seinem Tod würde er auf Almosen angewiesen sein, die ihm Fremde, vorüberspazierende Unbekannte, in seinen filzigen Hut warfen.

»Was für ein elendes Dasein!«, flüsterte er Perdido – schwer seufzend – zu. »Ein verdammtes Scheißleben!«

Mit der Hand tastete er nach dem struppigen Fell seines neuen Freundes. Aber Perdido war verschwunden.

Als Pepe ihm einen Becher Kaffee und etwas zu essen reichte, fragte er: »Wo ist Perdido? Siehst du ihn?«

»Nein. Er ist ... er ist ... wohl wieder fortgelaufen«, erklärte Pepe zaghaft und mit einer stammelnden Stimme, nachdem er seine aufmerksamen Blicke mehrmals nach links und rechts, die ganze weite Straße entlang, gerichtet hatte.

»Einfach fortgelaufen?«, fragte und wunderte sich Javier Fuente mit aufgeregter Stimme.

»Er sucht ... wird weitersuchen ... und wird sein kleines Leben wohl ebenso bewältigen müssen, wie wir es tun«, meinte der junge Vertraute.

Wieder diese Einsamkeit; diese schreckliche Einsamkeit, die wohl nie vorübergehen werden wird, erkannte Javier Fuente in diesem Augenblick und verspürte ein paar dicke Tränen, die aus seinen blinden Augenhöhlen hervorquollen.

»Trink!«, frohlockte Pepe.

Und Javier Fuente nahm einen kräftigen Schluck.

»Beiß rein!«, sagte Pepe – und Javier Fuente verspürte den Geschmack eines noch ofenfrischen Brötchens.

Aber seine Haupttätigkeit bestand jetzt darin, zu lauschen, sein Gehör nach allen Seiten auszurichten, um ungeduldig die augenblickliche Rückkehr seines Freundes Perdido zu erwarten.

Tatsächlich aber konnte der herrenlose Köter Perdido niemals mehr wiederkehren, denn sein struppiger Kadaver, jetzt schon der allmählich einsetzenden Fäulnis preisgegeben, lag irgendwo am Stadtausgang, überfahren, in einem schlichten Graben, in den er sich noch mit letzter Kraft geschleppt hatte.

Und Javier Fuente ahnte nunmehr, dass wieder etwas geschehen war, was ihm unbegreiflich erschien.

»Vermaledeite Existenz, vermaledeites Leben!«, fluchte er. »Lass uns nach Hause zurückkehren.«

Pepe Felipe Suerte dachte angestrengt über die aufgeregten Worte seines Freundes nach, wusste aber nichts darauf zu erwidern.

»Ich habe einfach genug … wenn du verstehst … ich habe einfach genug von alledem!«

Der Zufall wollte es, dass sie mit dem Bus eben an dieser Stelle vorüberfuhren, an dem Perdido sein klägliches Leben in einem Straßengraben ausgehaucht hatte.

Der weiße, blasse Mond senkte sich allmählich tief über die plötzlich hereinbrechende Dunkelheit. Die Indígenas kehrten schweigend und geräuschlos von ihren kümmerlichen Feldern in ihre steinernen Hütten zurück. Ein kräftiger Wind blies. Den Chimborazo konnte man jetzt nicht mehr wahrnehmen, denn ein schwarzer, unsichtbarer Himmel umschloss seinen mächtigen schneebedeckten Gipfel.

»Perdido wird eines Tages laut bellend vor unserer Hütte stehen, denn meinen Geruch hat er ja längst aufgenommen«, erklärte Javier Fuente nachdenklich.

»Er wird da sein, wenn er da sein soll«, bestätigte Pepe Felipe Suerte mit seiner piepsenden Stimme.

Allmählich wich die frostige Kälte der Andenhöhen der feuchtschwülen Luft des Oriente, je weiter sie ins Tiefland hinunterfuhren.

Olguíta hatte ihnen ein einfaches, aber sättigendes Mahl zubereitet. Ihre Münder schlürften begierig die Suppe mit den Kartoffeln, dem hart gekochten Ei und dem gesottenen Fleisch darin. So war das Leben wahrlich erträglich!

Nachdem sich der treue Freund Pepe verabschiedet hatte, legte sich Javier Fuente auf seine Matratze nieder und stierte mit blinden Augen aufmerksam in die Finsternis dort draußen, die er zwar spüren, doch nicht sehen konnte.

Aber vielleicht gab es dort draußen tatsächlich irgendwelche Engel, die ihn berauschten, denn ein stummes Lächeln breitete sich plötzlich über seinem ganzen Gesicht aus.

Jedenfalls ertappte er sich dabei, von Perdido zu träumen. Und in seiner Erinnerung kehrten die wenigen Stunden zurück, in denen sie miteinander Freundschaft geschlossen hatten – und die so schnell wieder vorübergegangen waren.

Schon am nächsten Morgen, nach kaum ein paar Stunden Schlaf, drang er auf Pepe, der regelmäßig mit ihnen frühstückte, keine Schule besuchte und somit über viel freie Zeit verfügte, ein, wieder nach Riobamba aufzubrechen.

Die namenlose Straße oder vielmehr der verloren gegangene Perdido hatten es ihm angetan.

»Vielleicht … vielleicht übernächste Woche wieder, denn die Reise dorthin ist ja ziemlich beschwerlich«, erklärte der junge Freund.

Und wenn Perdido ihn jetzt schon ungeduldig erwartete?

Javier Fuente schwieg und verzog das Gesicht. Ja, er konnte warten, abwarten, denn schließlich bestand sein Leben aus nichts anderem als … Warten … und Abwarten …

Den restlichen Vormittag – in der brütenden Sonne sitzend – verbrachte er damit, über die Zeit nachzudenken, die unwiederbringlich verloren gegangene und niemals wiederkehrende Zeit, die zukünftige Zeit, deren lethargischen Quell die augenblickliche Gegenwart darstellte – und von der man nicht wissen konnte, was sie überhaupt bringen würde –; und die Zeit erschien ihm nunmehr sogar als eine Person, wie sie der großartige englische Dichter William Shakespeare mehrmals in seinen Theaterstücken dargestellt hatte (dies war ihm von irgendwoher einmal zu Ohren gekommen!) – um eine Jahre später stattfindende Szene ausreichend einzuleiten und zu erklären –, und setzte sich neben ihn.

Entweder machte ihn seine Blindheit allmählich verrückt mit ihrer daraus hervorsprießenden Einsamkeit … oder war es das törichte, verdammte Rot irgendeiner verfluchten Lust nach einem Weib, das ihm so sehr zusetzte … oder …

»Perdido, mein kleiner Freund, ich erwarte dich!«, murmelte er plötzlich ergriffen.

Doch die Zeit – sie trug einen lächerlich zerknüllten Hut, eine unscheinbare Kleidung, staubige, abgetragene

Stiefel, so dass er sie augenblicklich (wenn er sie bloß hätte sehen können) einem Jedermann beschreiben können würde – verharrte stumm neben ihm und lächelte spöttisch aus einem versteinerten, reglosen Gesicht.

Und Javier Fuente erkannte jetzt, dass dieses Warten auf die Ankunft Perdidos hier im Dorf ebenso unsinnig war wie eine erneute Reise in die weit entfernte Provinzhauptstadt Riobamba, in diese namenlose Straße, zu unternehmen, um dem kleinen Freund wiederzubegegnen.

Die gegenwärtige Zeit löste sich ja in Sekundenschnelle in eine längst wieder vergangene Zeit auf, die nur mehr in der Erinnerung, in Träumen, kurzzeitig aufleben und zurückkehren konnte.

Dies also war das eigentliche Leben, erkannte er jetzt. Und es schmeckte bitter, entpuppte sich als hoffnungslos und strich vorüber wie der flüchtige Wind.

»Javier ... Javier ... was ist bloß los mit dir?«, fragte Olguíta. »Es täte dir wahrlich gut, dich wenigstens in den Schatten zu setzen.«

Er befolgte ihren Rat, denn die Person Zeit an seiner Seite war ebenso plötzlich verschwunden beim Klang ihrer Worte wie Perdido in der namenlosen Straße Riobambas.

Erklärungen?

Sie würde es nicht verstehen, dass er die Zeit soeben als eine körperlich existierende Person wahrgenommen hatte.

Stattdessen fragte er: »Wie spät ist es, Olguíta?«

»Bald Zeit zum Mittagessen«, antwortete sie.

Nun, dann würden seine Kiefer ja wieder bedenkenlos zuschlagen können, überlegte er.

Obwohl diese Gegenwärtigkeit aufgrund der sich ständig verflüchtenden Zeit eigentlich ebenso töricht war wie irgendeine vergängliche Liebe, für die man immerfort eine symbolische Ewigkeit heraufbeschwor, entdeckte Javier Fuente nun seine Wahrheit, die darin bestand, lediglich diese seltsamen Blumen eines jeglichen Augenblicks zu genießen.

Da war die Sonne, die unerschöpfliche Sonne, die ihm wohltat.

Da war der Geruch der feuchtgrünen Wälder, den er in sich aufsog.

Da waren die Stimmen der Dorfbewohner, die über ihre Sorgen und über die magere Ernte auf ihren Feldern berichteten.

Da war Pepes immerwährende Fröhlichkeit.

Da war der Klang des Kirchengeläutes am Sonntag.

Da war die Person Zeit, die wiederkehren würde, wenn er nur an sie dachte.

Und da war der einsame Straßenköter Perdido, dessen struppiges Fell sich an ihn schmiegte und sich immer an ihn schmiegen würde, sobald dieser erneut in seiner Erinnerung erwachte.

Viele weitere Wochen verstrichen, in denen der immer fröhliche und gut gelaunte Pepe Felipe Suerte ihn nicht dazu bewegen konnte, mit ihm erneut in die Provinzhauptstadt Riobamba zu reisen.

»Mich fröstelt vor diesen weißen, glasklaren, fremden Nächten dort, hoch oben in den Anden«, sagte Javier Fuente.

Irgendwann würde er es dem dreizehnjährigen Pepe wohl erklären müssen, dass ihm die Zeit – eben wie in einem Bühnenstück von diesem englischen Dichter William Shakespeare – wahrlich als eine lebende Person erschienen war, die beteuert hatte, dass es unsinnig sei, sich ihrem gewohnten Lauf zu widersetzen.

Mochten sie – die Dorfbewohner allesamt – und auch Pepe Felipe Suerte ihn letztendlich für verrückt erklären, egal!

Aus einem Frühstückslokal auf der anderen Straßenseite drangen einzelne Stimmen zu ihm herüber, die gelegentlich von den knatternden Motoren vorbeirauschender Fahrzeuge übertönt wurden. Javier Fuente horchte aufmerksam in alle Richtungen. Der Zeitungsverkäufer mit seinem penetranten »Prensa! … Prensa! … Prensa!« war nirgendwo zu vernehmen. Auch die schrillen Kinderstimmen, die er wiederum erwartete, vernahm er nicht.

»Die Zeit … diese merkwürdig verrinnende Zeit … hat sie – zumindest für heute – verstummen lassen«, murmelte er nachdenklich.

»Was sagst du?«, fragte Pepe.

»Ach, nichts.«

Dann überlegte er es sich plötzlich anders und erklärte: »Ich habe einfach nur darüber nachgedacht, welche Farbe die Fassade des Lokals dort gegenüber von uns wohl hat.«

»Und?«, wollte Pepe wissen.

Da er sich augenblicklich in einem Zustand von schlichter Gelassenheit befand, das kräftige Sonnenlicht auf seiner bloßen Stirn verspürte und daran dachte, dass alles so weitergehen würde, wie es nun einmal vorgesehen war, antwortete er vergnügt: »Sie ist vermutlich blau angestrichen, ebenso blau wie das Meer.«

»Du kannst ja tatsächlich sehen«, bemerkte Pepe mit piepsender Stimme.

»Hahaha!«, lachte Javier Fuente lautstark. »Du bist und bleibst ein kleiner Lügner.«

Als sein junger Freund fortgegangen war, um ihnen etwas zu essen zu besorgen, spürte er, dass sich die Person Zeit – mit ihrem lächerlich zerknüllten Hut, ihrer unscheinbaren Kleidung und den staubigen, abgetragenen Stiefeln – neben ihm auf der schmutzigen, abgetragenen Decke niedergelassen hatte.

»Wird Perdido wiederkehren?«, fragte er nach einer Weile.

»Hier, in dieser gegenwärtigen Welt, kehrt nichts mehr wieder, was einmal fortgegangen ist«, erläuterte die Zeit.

Trotz der Tränen in seinen blinden Augenhöhlen dankte Javier Fuente der gnädigen Erscheinung dieser Person Zeit an seiner Seite, die jetzt einfach da war, wenn er sie rief. Jetzt wusste er auch, dass Perdido niemals wiederkehren konnte, da ihn der schreckliche Tod aus seinem einfachen Straßenleben fortgerissen hatte, um ihm ein ewiges Leben – ohne Hunger, Kälte und Armut – zu gewähren.

Hoffentlich gibt es ein solches überhaupt.

Das Chili con Carne, das ihm Pepe zur Mittagszeit in einem Pappteller reichte, schmeckte vorzüglich.

Morgen würden sie wieder in ihr Dorf, ins Tiefland des Oriente, zurückkehren; ja, morgen.

Am Ende der namenlosen Straße, dort, wo die ziegelroten Dächer der letzten Häuser von Riobamba unterm

Sonnenlicht erglänzten, bevor die weite Ebene mit ihren Mais-, Karotten-, Weizen-, Gerste- und Kartoffelfeldern begann, erhob sich – mächtig und unerschütterlich – der Chimborazo, sein schneebedecktes weißes Haupt in den wolkenlos blauen Himmel streckend. Drei Indígenas, zwei Männer und eine Frau, saßen auf den schroffen Ackerschollen und tranken eine Flasche Aguardiente, um ihr bitteres, einsames Schicksal in einen augenblicklichen Zustand von Vergessenheit hinüberzutragen. Ihre Münder, von hässlichen Zahnlücken und einer sich allmählich ausbreitenden und fortschreitenden Fäulnis geprägt, sprachen unsinnige Worte in Quechua (Quichua). Aus einer armseligen Cantina stolperte fluchend ein schrecklich Betrunkener und fiel mit ausgebreiteten Armen in den Staub der längst toten, unasphaltierten Straße. Kein Kondor mit königlichen Schwingen durchpflügte mehr die glasklaren einsamen Höhen; diese kalten, wundersamen und ebenso schrecklichen Andenhöhen.

Javier Fuente und Pepe Felipe Suerte kehrten in ihr Dorf zurück, schlürften die köstliche Suppe, die ihnen Olguíta zubereitet hatte, und verabredeten sich dazu, nächstens, ja nächstens, wieder in die Provinzhauptstadt Riobamba zurückzukehren, um irgendwelche Almosen von Vorüberspazierenden zu erbetteln.

Wieder war es die Person Zeit, die sich neben Javier Fuente niedersetzte, der auf seiner alten hölzernen Flöte gerade irgendeine Melodie spielte, die ihm augenblicklich in den Sinn gekommen war.

»Irgendetwas drängt mich dazu, wenigstens noch einmal in diesem gottverfluchten Leben das endlose Meer zu verspüren«, sagte er.

Und die Zeit, in ihrer zerlumpten Gestalt, antwortete: »Dies soll dir auch gelingen. Dies verspreche ich dir!«

Vom Fuße des Regenwaldes aus konnte Javier Fuente, der Blinde, die weiten Andenhöhen nur erahnen; doch zum Meer war es eine noch bedeutendere Wegesstrecke weiter.

Und wenn schon!

Er schloss seine blinden Augen und seufzte.

»Es ist blau, nicht wahr? Blau … und rauscht immerfort wie die Ewigkeit.«

»Man bezeichnet es allgemein als blau, obwohl es in sich alle erdenklichen Farben birgt«, antwortete die Person Zeit an seiner Seite.

Als Pepe Felipe Suerte nach einer Woche des Müßiggangs im Dorf erneut vorschlug, wieder nach Riobamba aufzubrechen, erklärte Javier Fuente, dass er viel lieber ans Meer reisen wolle.

»Ans Meer?«, fragte der junge Freund überrascht und fügte nachdenklich hinzu: »Dies ist eine noch viel weitere Reise als hinauf nach Riobamba.«

»Und wenn schon!«, sagte der Blinde.

»Aber solch eine Reise bringt überhaupt nichts ein als bloße Strapazen, sinnlose Kosten und entsetzliche Unannehmlichkeiten. Sie lohnt sich keineswegs.«

Daraufhin schwieg Javier Fuente, denn seine Sehnsucht nach dem Meer wollten weder Olguíta noch Pepe begreifen oder gar teilen.

War es vielleicht dieses Blau, das er nicht sehen konnte und das ihn dennoch dazu verlockte, es erneut tief in sich aufzunehmen und es einzuatmen mit seinem Geruch von Salz, Fäulnis und toten Fischleibern?

War es etwa die Person Zeit – die rasend vorübereilende Zeit – an seiner Seite, die ihn dorthin trieb?

War es sein elendes Schicksal, das sich ein letztes Mal aufbäumte, um zu verspüren, was für andere kaum wahrzunehmen war?

War es sein baldiger Tod, den er vorausahnte ... den er sogar insgeheim herbeisehnte?

Er lächelte stumm.

Javier Fuente lächelte weiterhin stumm und zog sich in seine einsame Kammer zurück, als die Dämmerung hereinbrach.

Das offen stehende Fenster entblößte ein schreckliches Schwarz, einen weißen, blassen, unscheinbaren Mond, der ihm zugleich verhasst, doch zudem plötzlich auch vertraut geworden war wie ein geheimer Freund.

Er dachte an den lausigen, filzigen Köter in der Sierra, in Riobamba, dem er den Namen Perdido gegeben hatte, an Rosita Rojas duftende Haarlocke in seiner Schublade, die längst nicht mehr duftete, hörte die vielfältigen Geräusche irgendwelcher Nachtvögel im angrenzenden nahen Sumpf, die ihm ein wahrhaftiges Vergnügen bereiteten, und wusste, dass er unbedingt noch einmal dorthin reisen musste; dorthin, ein zweites und letztes Mal ... ans ewig pulsierende Meer.

»Wenn man eine innere schreckliche Kälte einfach nicht mehr zu erdulden vermag – und ein Gefühl von Freiheit einen fortwährend heimsucht und berauscht –, dann muss man fürwahr das Blau des unendlichen Meeres noch einmal in diesem gegenwärtigen Leben verspüren.«

Bald darauf versank Javier Fuente in einen ruhigen

Schlaf – und im Traum gewahrte er den salzigen Duft des Meeres mit Perdido an seiner Seite – und lächelte zufrieden.

In solch einem Augenblick fühlte er sich tatsächlich keineswegs blind, sondern sehend, sehender als alle anderen!

Unheil über Boca Rita

Eines Spätnachmittags verdüsterte sich urplötzlich der grenzenlos weite Himmel über dem am offenen Meer gelegenen Dorf Boca Rita in solch ungewöhnlicher Weise, dass alle seine Bewohner schleunigst in ihre Häuser oder Hütten flüchteten. Auf den in mühseliger Arbeit bepflanzten Äckern und Feldern ringsum breitete sich alsbald eine niemals zuvor erlebte Verlassenheit, Verlorenheit und Einsamkeit aus – und die prallen, längst reifen Mangofrüchte neben der einzigen Zufahrtsstraße, die ins Dorf führte, schlugen bald schon klatschend auf dem mit unzähligen Rissen und Schlaglöchern übersäten Asphaltboden auf, wo sie zerplatzten, ohne dass überhaupt noch irgendjemand danach trachtete, sie zu ernten. Die Fregattvögel hoch oben in den Lüften waren ebenso verschwunden wie die braunen Meerespelikane, die zu dieser Stunde gewöhnlich in der Bucht fischten, indem sie sich mit angezogenen Flügeln, senkrecht vom Himmel herabfallenden Steinen gleich, in die Flut stürzten, um mit einem Fisch im Schnabel schwimmend an die Wasseroberfläche wiederzukehren, den sie dann geschickt im Kehlsack hin und her beförderten, bis dessen Kopfende in geeigneter Position vor ihrem Schlund lag, um ihn schließlich gänzlich zu verschlucken. Auch die Rabengeier auf dem starren toten Baumgerippe, das aus dem Sandboden herausragte, ihrem bevorzugten Lieblingsplatz links neben den angetauten Booten, hatten sich urplötzlich in Luft aufgelöst.

Pechschwarz überzogen auf einmal gigantische Wolkengebilde, die übers Meer herankamen und gewaltig aufblähende Windstöße mit sich brachten, wie man sie tatsächlich noch niemals zuvor in der ganzen Umgegend erlebt hatte, den ansonsten so friedlichen Himmel Boca Ritas. Ein nahendes Unheil stand den Dorfbewohnern bevor, was ein jeder von ihnen sogleich erahnte! Schon schlug das Meer gewaltig schäumende Brecher auf die schmale Uferpromenade, und eine ungebändigte, wütende Flut überschwemmte bereits den an sie angrenzenden Dorfplatz mit seinen spärlichen, längst verrotteten Sitzbänken und kleinen, wenig gepflegten Blumenkästen.

Gegen vier Uhr dreißig hatte die eingebrochene Finsternis den letzten Sonnenstrahl dieses Spätnachmittags gänzlich verschluckt, und während der Wind schon seit geraumer Zeit wuchtig und mit ungebändigter Kraft durch ganz Boca Rita fegte, einen Schaukelstuhl, Plastikeimer, lose Bretter und die aufgehängte Wäsche von Carmen Medina mit sich riss, kehrten zudem unaufhörlich heftigste Donnerschläge, denen sogleich grelle Blitze folgten, ein. Die Erde erbebte in unzähligen Stößen, und der Boden schwankte zuweilen unter den Füßen der Dorfbewohner, was immerhin dazu ausreichte, ihre Gesichter – ob Mann, Frau oder Kind! – mit grenzenloser Furcht und Angst zu kennzeichnen.

»So etwas haben wir uns niemals vorstellen können, nicht wahr?«, klagte die ängstliche Stimme der Witwe Letitia Veronica Bedoya flüsternd; geradezu larmoyant.

Dabei konnte ihre Worte keiner vernehmen, denn schon seit beinahe drei Jahren, kurz nach dem Tod ihres geliebten Enrique, lebte sie völlig zurückgezogen in ihrer Hütte. Und nunmehr, nach Ausbruch dieser plötzlichen Höllengewalt, waren ihre Selbstgespräche erneut an ihren Enrique gerichtet, der im Kerzenschein, auf einer längst verblassten Fotografie, noch einmal sein fortwährend lächelndes Gesicht und seinen immerzu an Kraft strotzenden Körper, eben wie zu seinen Lebzeiten, in weißen Beinkleidern und beständiger Würde zeigte.

So sprach sie, die Witwe Letitia Veronica Bedoya, ja unentwegt mit ihm, dem Toten; flüsternd, vertraut, bescheiden, sich seinem ihr verbliebenen Bildnis, das ihn, ohne zu altern, noch zu Lebzeiten zeigte, zugewandt.

In dieser anbrechenden Nacht eines außergewöhnlichen Unheils, das Boca Rita nunmehr an solch einem gewöhnlichen Freitagabend letztendlich erfasst hatte, aber sprach sie noch deutlicher als jemals zuvor zu Enrique und wiederholte, tief seufzend, nochmals ihre Worte: »So etwas haben wir uns niemals vorstellen können, nicht wahr?«

Ihr verstorbener Gatte auf der Fotografie aber äußerte auch weiterhin nichts dazu und lächelte sorglos und unbekümmert.

Währenddessen flüsterte Santiago Vargas seiner Frau Rosita und den beiden Kindern, die diese in ihren Armen neben dem Esstisch in ihrer ärmlichen Behausung behutsam und zärtlich an sich drückte, zu: »Wir haben schon so vieles überstanden und werden auch diesem Schrecken, der augenblicklich aus dem Nichts über uns hereingebrochen ist, letztendlich widerstehen.«

Die Kleinen ängstigten sich sehr, während der aufgebrachte Sturm fortwährend an die Eingangstür ihrer Hütte schlug, als würde der Teufel persönlich und unverzüglich Einlass begehren. Die Eltern versuchten selbstverständlich, sie ein wenig zu trösten, aber auch in ihren Augen stand eine scheußliche Angst geschrieben, was ihren Kindern keineswegs verborgen bleiben konnte. Dennoch verfügten sie über genügend Kerzenlicht, um all dies plötzlich eingetroffene Unheil mitsamt der es begleitenden Finsternis zu überdauern, glaubten sie jedenfalls – und das aufgewühlte Meer konnte unmöglich bis zu ihrer einfachen Behausung vordringen, die sich entfernter vom Ufer als alle übrigen Häuser und Hütten von Boca Rita befand, beinahe schon an den Saum des Dschungels angrenzte.

»Der wütende Sturm wird sich spätestens in den wiederkehrenden Morgenstunden völlig gelegt haben«, flüsterte Santiago Vargas voller Hoffnung.

Zur allgemeinen Beruhigung trugen seine Worte wenig bei.

Tatsächlich krachte gerade etwas gegen die verschlossene Eingangstür ihres schlichten Anwesens. Holz zersplitterte mit einem fürchterlichen Tosen. Es war der alte Obstbaum, der schon seit ihrem Einzug in diese lausige Behausung jedes Jahr reichlich Früchte getragen hatte.

Augenblicklich setzte ein allgemeines Verstummen ein.

»Dios mios!«, stammelte der Wirt der Cantina, Ricardo Peraza, während er durch einen Spalt in der Tür in die ungewohnte Finsternis dieses Spätnachmittags um vier Uhr fünfundvierzig hinausspähte.

»Für heute, Compadres, ist's wahrlich genug«, sagte er daraufhin.

Dann aber besann er sich eines Besseren, als er die erschrockenen Gesichter seiner drei Gäste vor sich sah, bei denen die nackte Angst, die aus ihren Augen sprach, ihre dämliche Trunkenheit längst zu überwiegen begonnen hatte.

»Begebt euch endlich nach Hause, Compadres«, murrte nun auch die Wirtin aufgeregt aus dem Hintergrund.

»Man kann jetzt niemanden zu dieser Stunde nach draußen schicken, Sara«, hatte Ricardo Peraza nunmehr geistesgegenwärtig erkannt.

»Nach spätestens zehn Metern würde man unweigerlich von irgendeinem herumfliegenden Trümmerstück erschlagen werden, das sich von irgendwoher losgelöst hat. Macht es euch, Compadres, soweit dies überhaupt noch möglich ist, daher irgendwie gemütlich. Ich befürchte in der Tat, dass uns eine lange Nacht des schlichten Abwartens bevorsteht.«

Jacinto Portillo lächelte. Für ihn bedeuteten die Worte des Wirtes nichts anderes, als dass er sich die ganze bevorstehende Nacht gar kostenlos, wie er hoffte, betrinken könne, ohne dass die gewohnte Sperrstunde jemals eintreffen würde.

Jesús Oconitrillo aber dachte urplötzlich an sein Boot, das am Steg im Hafen festgezurrt war, und wollte unbedingt nach diesem sehen.

»Das geht jetzt wahrlich nicht!«, sagte Ricardo Peraza entschlossen.

»Dann schenk mir noch ein Bier ein«, murmelte Jesús.

Nunmehr aber verspürte Mariano Ocampo plötzlich, dass ihn nur die Schlechtigkeit seines Charakters von seinem Feld direkt in Ricardos Cantina getrieben hatte, ohne auf dem schleunigsten Wege nach Hause zu kehren.

»Ich muss hinaus, ich muss! Meine Familie wartet auf mich!«, schrie er aufgebracht.

»Es ist unmöglich! Warte wenigstens noch ein paar Stunden ab, bis sich alles wieder ein wenig beruhigt hat«, versuchte der Wirt den Freund zu überzeugen. Es gelang ihm nicht.

Man hätte ihm zweifelsohne einen Fausthieb versetzen müssen, um ihn von seiner urplötzlichen Entschlossenheit, nach Hause zu kehren, aufzuhalten, doch ist Derartiges stets eine vermaledeite Erwägungssache, deren weiteren Verlauf man einfach niemals vorhersehen kann.

»Bitte, bitte! Ich muss!«, jammerte Mariano Ocampo.

»Siehst du denn nicht, dass die Bäume wie Streichhölzer knicken, dass dir irgendein von diesem entsetzlichen Sturm herumschlagender Gegenstand mit Leichtigkeit das Genick brechen könnte?«

In seiner Verzweiflung erkannte Mariano Ocampo dies keineswegs.

»Ich muss, ich muss nach Hause ... zu meiner Frau ... zu meinem Kind!«, schrie er weiterhin aufgebracht.

Noch nie hatte Ricardo Peraza den Freund heulen sehen; nicht einfach nur ein paar Freudentränen vergießend, wie nach einem gewonnenen Fußballspiel ihrer Dorfmannschaft gegen ein Team aus einer der benachbarten Siedlungen, sondern geradezu erbärmlich schluchzen und jammern.

Nach einigem Zögern öffnete er ihm daher äußerst unwillig die Eingangstür der Cantina einen Spalt weit und ließ ihn in dieses grause Unheil hinausflüchten.

»Dios mios! Der Herr stehe dir bei, Compadre!«, flüsterte er besorgt und ängstlich.

Anschließend verschloss er erneut die knarrende Tür und schob zusätzlich den eisernen Riegel vor.

Das Meer und der Sturm tobten unaufhörlich weiter. Die wenigen Laternenmaste entlang der Uferpromenade waren längst geknickt, nachdem zuvor die Elektrizität ausgefallen und sämtliches Glas zersprungen war. Auch das Schild der Cantina löste sich aus seiner Halterung und versank irgendwo im Schlamm.

»Was für ein verdammter Fluch geht augenblicklich über Boca Rita hernieder …«, stammelte der Geistliche, der auf den Knien am Altar vor den Figuren Maria Magdalenas und dem Jesuskind ruhte, ohne eigentlich Ruhe finden zu können, denn das grausam wütende Unwetter hatte längst die Glasmosaiken, die die Umkehr von Saulus in Paulus seit Jahrzehnten wiedergegeben hatten, zerschlagen.

»Halte ein! Halte ein, Satan! In deinem fürchterlichen Tun!«

Der Pater, dem erst vor kurzer Zeit die Gemeinde Boca Rita von höchster Stelle anvertraut worden war, fühlte sich jedenfalls ein wenig irritiert.

»O Herr! Wie kann man den Glauben aufbauen und verbreiten, wenn ihm solch ein vom Teufel erzeugtes Unheil plötzlich entgegentritt!«, jammerte er fürchterlich.

Weiterhin schlugen irgendwelche losgelösten Gegenstände gegen die Häuser- und Hüttenwände von Boca Rita. Der hölzerne Steg, der wohl schon seit zwei Jahrzehnten würdevoll auf das Meer hinausgeragt hatte, zerbarst in einem letzten Aufbäumen. Das morsche Holz schoss noch einmal empor in die Lüfte, bevor es lautstark in sich zusammenkrachte. Die grausam wütende Flut spülte es einfach hinweg.

Weitere Plastikeimer, Palmenblätter, Stühle, Tische, bunte Fähnchen, Schuhe, irgendein Gestänge, der losgelöste Fensterflügel einer Behausung und alles nicht Festgezurrte jagten über den Dorfplatz, losgerissen von diesem unbegreiflichen Geschehen, das sich urplötzlich in Boca Rita an diesem denkwürdigen Freitag eingefunden hatte.

Ricardo Peraza war wahrlich entsetzt, währenddessen Jesús Oconitrillo nach einem weiteren Bier verlangte.

»Auch wenn dieses teuflische Schicksal, das über uns hereingebrochen ist, noch ein paar Tage lang anhalten sollte, werden wir letztendlich wieder unseren gewohnten Frieden finden«, beschwor der Wirt.

Dabei war ihm keineswegs wohl zumute. Wie würde es augenblicklich den anderen Dorfbewohnern ergehen?, fragte er sich unwillkürlich.

»Mariano Ocampo wird sicherlich noch sein Haus erreicht haben«, bemerkte die Wirtin gewissermaßen sorglos, wenn auch ein wenig nachdenklich.

»Und wenn nicht, Sara, dann hat sich doch etwas Entscheidendes hier im Dorf verändert.«

»Was denn?«, fragte sie gelassen, trotz ihrer Nervosität.

»Man wird jedenfalls versuchen müssen, sich an einem anderen, einem bei weitem ungefährlicheren Ort eine neue Existenz aufzubauen.«

»Für so schlimm, bedeutend, hältst du das gegenwärtige Geschehen?«

»Es zeigt uns jedenfalls unsere Grenzen – und somit muss der vernünftige Mensch geradezu dazu neigen, solch eine Örtlichkeit schleunigst zu wechseln, um nicht noch einmal einer derartigen Gefahr, einem derartigen Schicksal so gänzlich unwillkürlich ausgesetzt werden zu können!«

Tatsächlich ebbte der gewaltige Sturm, der übers Meer herangezogen war und mit seiner ungeheuerlichen Wut im Dorf Boca Rita Entsetzen und Zerstörung verbreitet hatte, nach vierundzwanzig Stunden wieder ab. Aber er hatte zugleich ein geradezu unüberschaubares Schlachtfeld hinterlassen: eingestürzte Dächer, verwüstete Äcker und Felder, niedergedrückte Palmen, von ihren Tauen losgerissene und versunkene Boote, sogar einige Tote, die man letztendlich auf dem Friedhof zu Grabe tragen musste. Unter ihnen war auch Mariano Ocampo, der immer lustige und gesellige Compadre, der in jenen Stunden der Verwüstung den einzigen Fehler begangen hatte, nach Eintreffen dieses vorhersehbaren Unheils nicht sogleich und unverzüglich – wie eben jeder andere Dorfbewohner – zu seiner Familie nach Hause gekehrt zu sein, weil ihn, wie gewöhnlich, nach stundenlanger und getaner Arbeit auf dem Feld ein scheußlicher Durst quälte. Ein zufällig herabstürzender Ast hatte seinen Schädel einfach zertrümmert.

»Ich hätte Mariano vielleicht doch noch von seinem Vorhaben abbringen oder ihn wenigstens durch einen gezielten Fausthieb außer Gefecht setzen können«, jammerte Ricardo Peraza, während er zusammen mit seiner Frau ihr gesamtes Hab und Gut auf einem Ochsenkarren verstaute.

»Du musst dir wahrlich keine Vorwürfe machen, denn ein jeglicher Mensch hat immerzu seinen eigenen Willen, von dem man ihn niemals abbringen kann und sollte, weil man diesen einfach zu akzeptieren hat«, sagte Sara entschlossen.

»Und dennoch hätte ein gezielter Faustschlag in jenem Augenblick tatsächlich genügt«, murmelte Ricardo Peraza betroffen.

Ist das eine Vorhaben vielleicht richtig, so entpuppt sich ein anderes sogleich als unrichtig und völlig falsch. Entscheidungen müssen ja oftmals in einem winzigen Augenblick getroffen werden.

Nunmehr erinnerte sich der Wirt der Cantina in Boca Rita, die es fortan nicht mehr geben sollte, auch daran, wie er seinerzeit in San Isidro einmal einen wunderschönen Vogel mit glänzendem Gefieder mit einem Stein erschlagen hatte, weil diesen zuvor ein vorüberrasendes Fahrzeug überfuhr. Der prächtige Vogel hastete noch mit seinen kräftigen Hühnerbeinen am Bordstein entlang über den Asphalt der Straße, fiel jedoch wiederholt hin, während das eine Auge des Tieres schon gänzlich getrübt und von der fortwährenden Berührung mit dem Beton der Straße längst abgeschliffen war. Hätte es sich vielleicht tatsächlich noch erholen können, wenn man ihm einige Stunden Ruhepause vergönnt hätte? Er wusste es nicht, damals, und wird es nimmermehr wissen können. Während all die elenden Gaffer einfach nur tatenlos herumstanden, die mehrmaligen, völlig verzweifelten Bemühungen des Vogels in die freien Lüfte zu starten verfolgten, wobei dieser sogleich wieder auf dem Asphalt aufprallte, traf er letztendlich solch eine entsetzliche Entscheidung, den gefiederten Freund einfach zu töten, töten zu müssen, um ihm weitere schreckliche Leiden zu ersparen. Als dessen kleiner Schädel längst schon zerschlagen war, zuckten die riesigen gelben Beine noch weiterhin und unaufhörlich. Jetzt kämpfte Ricardo Peraza augenblicklich mit den Tränen und wusste fürwahr nicht, ob diese, seine Entscheidung eigentlich richtig gewesen war. Irgendeine plötzliche, in bloß einem winzigen Augenblick erforderliche Entscheidung zu treffen, ist wahrlich grausam!

Sich eher einfach fortzuschleichen, gänzlich von dannen, einfach nichts zu sehen, um dem Gewissen keine Bürde auflasten zu müssen; die Welt der Staatsmänner und Gewissenlosen meidend, in der er sich niemals einfinden könnte, um weiterhin seinem gewohnten einfachen Leben nachzustreben, danach sehnte er sich nach dieser grausamen, schließlich von ihm, von ihm allein begangenen Tat! Wohl aus diesem Grund fühlte sich Ricardo Peraza nunmehr auch bereit, mit seinem angetrauten Weib Sara anderswo eine neue Zukunft zu finden und aufzubauen. Vielleicht war es geradezu eine Flucht, ein letztendliches Entkommen, um jedenfalls nimmermehr in solch oder eine ähnliche Situation zu geraten.

»Fahren wir endlich ab und verlassen diesen tristen Ort!«, bestimmte er daher lautstark. »Mein letztes gefülltes Bierfass im Keller kann meinetwegen der Teufel aussaufen!«

Nicht einmal einen einzigen Blick richtete er mehr zurück auf die kleine Uferpromenade, auf das sich vor ihm ausbreitende, entspannte Meer, das sich längst wieder beruhigt hatte – und somit bemerkte er auch nicht, dass sich die Rabengeier zwischenzeitlich wieder auf dem schwarzen toten Baumgerippe, ihrem Lieblingsplatz, eingefunden hatten; dass sich hoch oben am wolkenlosen Himmel wiederum die Fregattvögel versammelten, um den Möwen ihre Beute abzujagen; und die braunen Meerespelikane, als ob überhaupt nichts geschehen wäre, jetzt erneut in die azurblaue Flut eintauchten, um sich weiterhin, wie gewohnt, zu ernähren.

Mit einer Peitsche in der Hand trieb er den Ochsenkarren mit seinem und Saras Hab und Gut voran in Richtung der kühlen Berge, um ins dahinterliegende tiefe Hinterland zu gelangen.

Inzwischen war das Dorf Boca Rita, über das an jenem Spätnachmittag eines gewöhnlichen Freitags ein schreckliches Unheil hereingebrochen war, längst in Vergessenheit geraten. Ebenso wie Ricardo und Sara Peraza flüchteten auch Santiago Vargas und seine Familie weit weg von dieser Örtlichkeit, um sich irgendwo, abseits des offenen Meeres, eine neue Existenz aufzubauen. Der Pfarrer betet nunmehr an anderer Stelle und in einer neuen Kirche zu seinem Herrn. Jacinto Portillo ist spurlos verschwunden, während Jesús Oconitrillo, der sein Boot in den grauen, tosenden Fluten des urplötzlich überschäumenden Meeres verloren hatte, sich eines Tages in Tres Rios, dem Dorf am Rande des Dschungels, einfand, so dass auch weiterhin an anderer Stelle ein wenig über sein weiteres Schicksal zu lesen sein könnte, falls es überhaupt eine Fortsetzung der Geschichten aus Tres Rios geben sollte. Darüber mag der interessierte Leser entscheiden!

Die aufgehängte und vom Sturm einfach weggefegte Wäsche von Carmen Medina hat sich im Übrigen nimmermehr auffinden lassen, was schließlich auch egal ist, denn sie benötigt sie ja keineswegs mehr. Ihr Leichnam liegt einsam verfaulend in einem schlichten Grab, unweit der Stelle von Mariano Ocampos' Gebeinen.

Das gewaltige Unwetter, das über das Meer herangezogen war und einen heißen Sommernachmittag urplötzlich in eine pechschwarze Nacht verwandelte, hatte das Dach ihrer Hütte einfach erfasst und berstend auf sie niederstürzen lassen, als sie gerade an ihrem kargen Esstisch saß, um ein wenig über ihr zukünftiges Schicksal nachzudenken.

Somit entschied in jenem Augenblick wohl Gottes Allmächtigkeit gänzlich darüber.

Sollte sich eines Tages noch irgendwer zufällig in das längst verlassene Dorf Boca Rita am Ufer des offenen Meeres verirren, dann wäre dies tatsächlich ein ungewöhnliches Ereignis; denn seit jenem Spätnachmittag, als das schreckliche Unheil darüber einzogen war, befindet es sich tatsächlich in einem völlig sanften, wenn auch ungewöhnlichen Dornröschenschlaf, aus dem es eigentlich kein Erwachen mehr gibt.

Doch zwischen all den aufgehäuften Trümmern, die zurückgeblieben sind, kann man – mag man es glauben oder auch nicht – weiterhin ein unendliches Flüstern vernehmen; das Flüstern der Witwe Letitia Veronica Bedoya, das wie das Säuseln des nunmehr vorüberstreifenden Windes klingt – und die weiterhin eifrige Zwiegespräche mit ihrem Ehegatten Enrique führt, der auf einer längst verblassten Fotografie sein fortwährend lächelndes Gesicht und seinen immerzu an Kraft strotzenden Körper, eben wie zu seinen Lebzeiten, in weißen Beinkleidern und beständiger Würde vor ihr ausbreitet.

Eine jegliche Erinnerung verbleibt jedenfalls immer lebendig bestehen im Geist eines tatsächlich ehrenwerten Menschen!

Wohl hat man sie, die Witwe Letitia Veronica Bedoya, nach dem allgemeinen Exodus, dem Auszug aus dem Dorf Boca Rita, irgendwie vergessen, so dass sie dort einfach zurückgeblieben ist. Sie ernährt sich weiterhin von den von den Bäumen herunterfallenden Früchten, kümmerlichen Maiskörnern, die noch nicht ganz verdorben sind, und unterhält sich darüber angeregt mit ihrem Ehegatten Enrique, der allerdings weiterhin, wie gewohnt, schweigt. Manch einem Fremden, der vielleicht ganz zufällig in Boca Rita eintrifft, mag ihr dortiges, völlig zurückgezogenes Leben und ihre kümmerliche Gestalt gar ein wenig sonderbar erscheinen; dennoch hört man ihren Geschichten, die sie zu erzählen hat, und davon gibt es viele, aufmerksam und andächtig zu – und versäumt es jedenfalls auch nicht, ihr dafür ein wenig Kleingeld zuzustecken.

Somit wirkt das Dorf Boca Rita im eigentlichen und wahrsten Sinne überhaupt nicht als ausgestorben; denn wenn man zufällig oder gar unweigerlich dort einkehrt, findet man noch immer die Witwe Letitia Veronica Bedoya vor, die den Verfall dieser Örtlichkeit ebenso hütet wie das Andenken an ihren Ehegatten Enrique auf einer längst verblassten Fotografie.

Viele Jahre später, nach dem letztendlich einsamen Tod der Witwe Bedoya, kehrte übrigens wieder ein lustvolles, reges und völlig unverhofftes Leben in Boca Rita ein. Ein Hotel wurde errichtet, dem nach kurzer Zeit zwei weitere folgten. Touristen aus fernen Ländern kehrten unverzüglich ein. Die ursprüngliche Einsamkeit und Verlassenheit des unbedeutenden Ortes am offenen Meer wich alsbald einem frivolen Lebensgefühl, das sich in schummrigen Diskotheken, Bars und sonstigen Vergnügungsstätten ausbreitete. Am Meeresufer, auf seinen hellgelben, herrlichen und einsamen Stränden, zeigten sich jetzt Amerikaner, Europäer und Asiaten, die das immense Sonnenlicht genossen. Allesamt waren sie davon angetan, Boca Rita kennen zu lernen, die diesem Ort den eigentümlichen Namen gegeben hatte. Ehrfürchtig suchten sie mit ihren gezückten Digitalkameras ihre Grabstätte auf; denn auf der Witwe Grab stand auf einem schlichten Stein tatsächlich in großen Lettern geschrieben:

»Ich war Boca Rita!«

Wer für diese Frivolität verantwortlich war, ist niemals bekannt geworden.

Dabei sah sie, die Witwe Letitia Veronica Bedoya, eher aus wie eine füllige Matrone, kaum begehrenswert. Aber eine außergewöhnliche Werbetätigkeit hat diesen Ort am Meer jetzt geradezu aufleben lassen, so dass sich seither dort unaufhörlich Amerikaner, Europäer und Asiaten einfinden, um auf den nächtlichen Straßen irgendwelchen jungen, betörenden Geschöpfen, die ihre Armut aus dem Hinterland hierhergetrieben hat, zu begegnen – und die unter einsamen Laternenlichtern oder in überlauten Diskotheken lauern, um die Freizeit und Lethargie dieser vorübergehend Zugereisten, dieser vermeintlich unendlich Reichen, augenblicklich zu zerstreuen und zu versüßen.

Doch wenn man sie, die so hübschen, dunkelhaarigen Geschöpfe, nach ihrem richtigen Namen fragt, lächeln sie unentwegt und geben diesen niemals preis. Allesamt heißen sie Boca Rita! Wen kann dies verwundern?

An einem Dienstag im November

Tres Rios VII

An diesem Novembermorgen zeigte sich die Sonne nicht. Ein dichtes Wolkengebilde stand unbeweglich und in fast greifbarer Höhe wie ein gewaltiger Schatten über dem Dorf. Kein einziger Vogel flog vorüber. Am Urwaldsaum herrschte ein tiefes, ungewöhnliches Schweigen.

Als Ulysses Maté, noch unrasiert und in leichten Sandalen, aus seiner Hütte heraustrat, spürte er augenblicklich die ersten Regentropfen herniederprasseln, die auf seinem Hemd kleine feuchte Flecken hinterließen. Mit entschlossenen Schritten eilte er über den sandigen Weg hinüber zu der Umzäunung, in der er mehrere Ziegen und zwei Kühe hielt. Die auf allen Seiten offene, doch zumindest überdachte Bestallung umrahmten lediglich ein paar übereinandergesetzte Querbalken. Auf der Vorderseite dienten drei Holzbretter, die leicht aus den gekreuzten Holzpflöcken links und rechts herauszuheben waren, als Zugang. Seine Ziegen und die beiden Kühe standen schon ungeduldig davor, denn instinktiv ahnten sie das Herannahen eines außergewöhnlichen Unwetters.

»Nur ruhig ... ganz ruhig«, sagte er mehrmals mit flüsternder, sanfter Stimme, während er die drei Holzbretter abnahm und gegen die seitlichen Querbalken lehnte. »Jetzt könnt ihr euch gleich unterstellen.«

Die meckernden Ziegen liefen voran und drängten in einer Ecke der überdachten Bestallung ihre zitternden Körper aneinander. Nachdem auch seine beiden Kühe darin Platz gefunden hatten, verschloss er den Zugang wieder mit den drei Holzbrettern. Kaum war er damit fertig, durchzuckte auch schon ein greller Blitz die schwere dichte Wolkendecke. In der Ferne konnte er das unsanfte Grollen eines Donners vernehmen. Jetzt beeilte sich Ulysses Maté, auf die Veranda seiner Hütte zu gelangen. Der immer heftiger werdende Regen aber hatte sein Hemd und seine Hosen längst durchtränkt. Missmutig schaute er hoch zum Himmel – streifte mit der einen Hand durch seinen kräftigen Haarschopf, während die andere auf der Balustrade ruhte – und wusste unwillkürlich, dass ein tosendes Unwetter und ausgedehnte Regentage bevorstanden. Er seufzte mehrmals tief.

Der bei Sonnenschein sandige und staubige Weg, der nach etwa einem Kilometer und zahlreichen Windungen letztendlich in den Dorfplatz mündet, hatte sich bereits in eine schlammige Spur verwandelt. Im Türrahmen der benachbarten Hütte erschien die kleine und gekrümmte Gestalt von Pablo, dem Fünfundsiebzigjährigen, der teilnahmslos in die Ferne stierte.

»Ich fürchte, da braut sich einiges zusammen!«, schrie er dem Nachbarn über die Balustrade hinweg zu.

Der aber zeigte keinerlei Reaktion.

Erneut schoss ein gezackter, greller Blitz durch die geschlossene, tief stehende Wolkendecke.

»Scheußlich, was?«, brüllte er noch einmal hinüber zu Pablo, der aber weiterhin wie versteinert im Türrahmen seiner Hütte stand.

Ulysses Maté lächelte.

»Schachmatt!«, rief er jetzt so laut er konnte dem Nachbarn zu.

Nun gewahrte er endlich Pablos ärgerlichen Blick, der sich ihm langsam zuwandte. Sekunden später verschwand die Gestalt des Nachbarn im Innern ihrer Behausung. Die Tür verschloss sich mit einem kräftigen Ruck.

»Niemals wird er seine zahlreichen Niederlagen im Schachspiel vergessen können«, bemerkte Ulysses Maté leise, »und somit bleibt der neunzigjährige Jorge in seiner Erinnerung stets gegenwärtig.«

Niemand hörte seine Worte, denn Lucinda, seine Frau, war für einige Tage zu ihrer Schwester in die Provinzhauptstadt gefahren, um dieser bei ihren Hochzeitsvorbereitungen behilflich zu sein, und würde frühestens Ende der Woche zurückkehren – und nirgendwo, wohin er seinen Blick auch wandte, zeigte sich ein menschliches Wesen. Lediglich ein herrenloser Köter – ein armselig Herumstreunender – mit zerzaustem Fell und unter der Haut durchschimmernden Rippen rannte auf der schlammigen Spur an seiner Veranda vorüber und verschwand nach einer Weile hinter der grün getünchten Hütte der Witwe Antonía Jezebel Verde.

Von den Dächern plätscherte der Regen mittlerweile schon in kräftigen Sturzbächen hernieder. Nachdem er sich die durchnässte Kleidung ausgezogen hatte, legte sich Ulysses Maté nackt und ungeniert auf sein Bett und beschloss, so lange zu schlummern und zu dösen, bis sich die Sonne letztendlich am Horizont wieder zeigen würde. Mochte dieser Zustand auch drei, vier Tage oder eine ganze Woche andauern! Bereits eine viertel Stunde später, kaum dass er ein wenig eingenickt war, riss ihn ein gewaltiger Donnerschlag in die Höhe. Von der Veranda aus spähte er angestrengt hinüber zu seiner Bestallung. Alles schien unverändert zu sein. Die Umrisse seiner beiden Kühe konnte er schemenhaft wahrnehmen, während sich die Ziegen wohl dicht aneinandergedrängt in einer Ecke zusammenkauerten. Die schlammige Wegspur verwandelte sich allmählich in einen trüben Wasserlauf, wie er mit einigem Verdruss feststellte.

Wenigstens hat das Vieh in den letzten Tagen ordentlich gefressen, so dass ich mich erst wieder morgen um es kümmern muss, überlegte er. Dennoch beruhigte ihn dieser plötzliche Gedankengang nur wenig, denn, wenn der Regen andauerte … daran war nicht zu denken! Als Ulysses Maté erkannte, dass er völlig nackt auf seiner Veranda stand, schämte er sich, obwohl ihn niemand (höchstens der alte Pablo) beobachten konnte, und trat rasch in seine Hütte, um sich anzukleiden.

»Ganz Tres Rios wird weggeschwemmt werden«, äußerte sich Puco Sánchez besorgt und hatte längst keine Lust mehr, in seiner Hängematte, die zwischenzeitlich auch ein wenig feucht geworden war, zu verweilen.

Der Regen spritzte auf einer Seite schon auf den Rand des Bretterbodens, wo sich in einer Vertiefung bereits eine glitschige Lache gebildet hatte.

Seine Frau Julia ärgerte sich über den scheußlichen Dreck, der die grünen Blätter ihres sorgsam gepflegten Gemüses im Hintergrund des Hauses, neben dem Hühnerstall, bereits sichtbar besprenkelte und auf diesen unschöne, garstige Flecken hinterließ.

»Ob man's überhaupt noch essen kann?« Ihre Stimme klang weinerlich.

»Niemand kann voraussagen, wie lange dieser Regen letztendlich andauern wird«, bemerkte ihr Mann mit Nachdruck.

Insgeheim befürchtete er aber das Schlimmste, denn solch einen bewölkten, schwarzen und tief stehenden Himmel hatte er seit einer Ewigkeit nicht mehr gesehen, zuletzt – wenn er sich recht erinnerte – als Heranwachsender in seinem Geburtsort Delicias, und damals goss es über eine Woche lang unaufhörlich. Die reißenden Wasserfluten vernichteten die Ernte, töteten einiges Vieh und entwurzelten ganze Bäume. Sie schwemmten sogar ein hölzernes Treppengeländer mit sich fort, das nicht ordentlich befestigt gewesen war. Ja, damals hatte man nach dem Unwetter wochenlang gebraucht, um wenigstens die allzu sichtbaren Schäden zu beseitigen.

»So schlimm wird's schon nicht werden«, versuchte Puco Sánchez jetzt mit sanfter Stimme seine Frau zu beruhigen.

Wieder riss ein greller Blitz für einen Moment die geschlossene Wolkendecke auf. Ihm folgte unverzüglich ein kräftiges Donnergrollen über dem dunkelgrünen Saum des an Tres Rios unmittelbar angrenzenden Urwaldes.

Julia kauerte sich in seine Arme und fragte: »Was kann man dagegen bloß machen?«

»Nichts … rein gar nichts«, stotterte er, »denn hier … hier … handelt es sich … einfach um höhere Gewalt … und die … die ist seit Menschengedenken … schon immer unbezwingbar gewesen.«

Sie flüchtete ins Haus.

Erst nachdem die hübsche Rebeca ihr langes schwarzes Haar vor dem Spiegel in ihrer kleinen Kammer mehrmals durchgekämmt hatte, so dass es wie Seide über ihre schmalen Schultern und den Rücken hinunterfloss, gewahrte sie den heftigen Regen, der an die Fensterscheiben prasselte.

Im schlichten Wohnraum beggenete sie ihrer Mutter, die auf einen Stuhl gestiegen war, um ein neben der schummrigen Deckenlampe straff gespanntes Spinnennetz zu zerstören. Soeben hatte sie es entdeckt. Gestern war es jedenfalls noch nicht dort vorhanden gewesen. Dabei seufzte sie unaufhörlich: »Uns droht ein Unheil! Uns steht ein schreckliches Unheil bevor!«

»Was ist bloß mit Mutter los?«, fragte Rebeca ihren Vater, der noch immer regungslos auf der Veranda stand und in die Ferne stierte.

»Siehst du's denn nicht?«, sagte er leise und deutete mit dem Zeigefinger flüchtig auf das über dem Dorf tief herniederhängende Wolkengebilde.

»Bis Mittag wird sich der Himmel gewiss wieder aufklären«, flüsterte sie, wenn auch reichlich unsicher. Solch schwere, tief stehende Wolken hatte sie jedenfalls noch nie wahrgenommen.

»Muss man sich irgendwelche Sorgen machen?«, fragte sie nach einer geraumen Weile.

»Wenn das Wasser nicht mehr ablaufen kann, dann werden aus den Straßen auf einmal reißende Flüsse«, murmelte er kaum hörbar vor sich hin.

Als Rebeca Sánchez ihre hübschen Augen nach links auf den etwa hundert Meter entfernten Dorfplatz richtete, wusste sie plötzlich, was ihr Vater damit meinte, denn dort hatte sich schon ein gewaltiger See angestaut. Auf der Veranda der Cantina saßen drei, nein, vier Gestalten, die – soweit sie es an deren Verhalten erkennen konnte – ebenfalls reichlich besorgt dreinblickten.

»Bis Mittag wird sich die Sonne bestimmt wieder zeigen«, versuchte sie ihren Vater und sich zu beruhigen.

Der nickte nur, zündete sich eine Zigarette an und stierte erneut wortlos hoch zum Himmel.

Wieder ein Blitz und ein fürchterlicher Donnerschlag ganz in der Nähe.

»Geh rein ins Haus, Rebeca, und sag der Mutter, dass ich in einer knappen Stunde wieder zurück sein werde.«

»Aber …?«

Schon warf er die angezündete Zigarette weg, spannte den Regenschirm, den er sich längst zurechtgelegt hatte, auf und eilte mit raschen Schritten geradewegs auf die Cantina von José Baurillo zu. Seine Tochter sah, wie das Wasser in Sekundenschnelle seine Hosenbeine durchnässte. Dann stampfte er wütend durch den knöcheltiefen See, der sich zwischenzeitlich auf dem Dorfplatz gebildet hatte, bis er letztendlich die Treppenstufen der Cantina erreichte.

Erleichtert atmete Rebeca auf. Jetzt galt es vor allem, die besorgte Mutter zu beruhigen.

»Setz dich, Puco«, sagte José Baurillo und überließ dem gänzlich Durchnässten tatsächlich seinen heiß geliebten Korbsessel.

Jetzt ahnte auch Porfiria, seine Frau, dass die Lage ernst war, wenn er es gestattete, dass in seiner Anwesenheit jemand diesen Sitzplatz einnahm.

Puco Sánchez schnaufte schwer, denn er war nicht mehr der Jüngste, und hatte die kurze Strecke von seinem Haus bis hierher schnellstmöglich zurückgelegt in der Hoffnung, die Cantina zu erreichen, bevor weitere Blitze die Wolkendecke aufrissen und ein neuer fürchterlicher Donner grollte. Dies war ihm tatsächlich gelungen! Jetzt gewahrte er außer dem erschrockenen Gesichtsausdruck der Wirtsleute, die neben ihm standen, auch die besorgten Mienen von Berendice Luz und von Pater José de Las Casas, die es sich auf den Stühlen neben dem kleinen Tisch bequem gemacht hatten, soweit die Umstände dies überhaupt zuließen.

»Ich habe es nicht mehr bis zur Kirche geschafft«, entschuldigte sich der Geistliche, »... Gottes Wille! ...«

»Und ich bin – wie gewohnt – in aller Frühe von Cuatro Esquinas aufgebrochen, als von einem aufkommenden Unwetter noch nichts zu verspüren gewesen war, und befürchte, ein oder zwei Nächte auf dem Boden hinter dem Tresen verbringen zu müssen«, erklärte Berendice Luz.

Sie sehen also ebenfalls das Schlimmste voraus, wusste Puco Sánchez augenblicklich und lenkte seinen Blick unwillkürlich auf den überschwemmten Vorplatz, einem stetig ansteigenden See, aus dem wenigstens die weit ausladenden Mandelbäume furchtlos in ihrer Größe herausragten. Lag da nicht schon eine Panzerechse im trüben Wasser? Unsinn! Die Regentropfen bildeten unzählige, winzig kleine Krater auf der erdfarbenen Wasseroberfläche, die sich unverzüglich verschlossen, um sich sogleich an gleicher oder anderer Stelle wieder aufzutun. So schnell konnte man gar nicht schauen, wie sich tausende, abertausende, winzig kleine Krater öffneten und wieder schlossen, ein ungeheuerliches Schauspiel!

Wo war der Alcalde?, fragte sich Puco Sánchez. Amadé Velásquez fand schließlich immer einen Ausweg aus irgendeiner misslichen Situation. Aber der Alcalde befand sich seit einigen Tagen nicht im Dorf, da ihn ein unaufschiebbares Amtsgeschäft dazu bewogen hatte, die weite Reise in die Provinzhauptstadt anzutreten.

»Der Regen wird noch Tage andauern«, sagte José Baurillo mit Nachdruck, »und anschließend wird es eine grässliche Moskitoplage geben.«

Niemand widersprach ihm.

»In Tres Rios hat es nicht nur im November, sondern auch in anderen Monaten schon immer länger andauernde Regenschauer gegeben, die sich über Tage erstreckten«, erklärte Porfiria Baurillo, um irgendetwas zu sagen.

»... die aber stets von einer Ruhepause unterbrochen wurden, in der sich wenigstens ein Stück unserer so sehr geliebten Sonne zeigte. Aber, glaubt mir, ich kann nicht einmal mehr die Anwesenheit der Sonne hinter den Wolkengebilden verspüren oder auch nur erahnen … als ob … als ob sie uns endgültig und für immer verlassen hätte.«

Tres Rios im Ausnahmezustand?

Pater José de Las Casas murmelte ein fast unhörbares Gebet.

Berendice Luz träumte davon, dass der Sargento Esteban Uríba in einem auf den Fluten schlingernden Kahn am Treppengeländer der Cantina anlegen würde, um sie abzuholen und mit ihr irgendwohin zu entgleiten, wo die Sonne über ihre nackten Körper lecken würde, sie frische Ananasfrüchte genießen würden und die Zeit langsam … so unendlich langsam vorüberstreichen musste, dass ein Altern – dies scheußliche Altern! – einfach nicht mehr möglich war.

Instinktiv verspürte sie den Geruch toter Blätter, toter Hühner, den Geruch des Todes überhaupt.

Porfiria Baurillo seufzte, nahm einen Besen in die Hand und glaubte, durch eine ordentliche Säuberung der Holzbretter auf der Veranda dem Unwetter Einhalt gebieten zu können.

»Es ist doch zwecklos«, raunte José Baurillo mit belegter Stimme. »Bereite uns lieber ein paar Drinks.«

Puco Sánchez lehnte den Cocktail ab, denn plötzlich machte er sich ernsthafte Sorgen um seine Familie. Er spannte den Regenschirm auf und stieg erneut in die knöcheltiefe Flut. Ein weiterer Blitz durchzuckte leuchtend grell die düstere Wolkendecke. Er zögerte einen Augenblick lang. Nachdem vier, fünf Donnerschläge in der Ferne verklungen waren, machte er sich auf den mühseligen Weg zu seiner Hütte, seinem Haus. Durchnässt erreichte er schließlich seine Veranda und wünschte, nachdem er einen Blick auf seine Hängematte geworfen hatte, die leblos und feucht zwischen zwei Haken aufgespannt war, dass der allgemeine Friede im Dorf so schnell wie möglich wiederkehren würde.

Am nächsten Morgen öffnete Pablo, der Fünfundsiebzigjährige, die Tür seiner Hütte und entdeckte anstatt des sandigen Weges einen fast reißenden Strom, der sich in Richtung des Dorfplatzes fortbewegte. Die schweren Wolkengebilde standen unverändert und noch immer regungslos über Tres Rios und dem angrenzenden Dschungel.

»Das hättest du wohl nicht gedacht, Jorge«, murmelte er, »dass es uns eines Tages einfach wegspülen würde, was?«

Es war für ihn selbstverständlich, dass er mit seinem ewigen Widersacher im Schachspiel leise Gespräche führte, auch wenn dieser nicht mehr unter den Lebenden weilte.

Anschließend lenkte er seinen Blick auf die Veranda der benachbarten Hütte. Soeben trat Ulysses Maté mit Gummistiefeln und in einen Regenumhang gehüllt aus der Tür, um nach seinem Vieh in der Bestallung auf der gegenüberliegenden Seite zu sehen. Eher gleichgültig verfolgte er die Gestalt des Nachbarn, die vorsichtig den sandigen Weg überquerte, der zu einem beachtlichen Fluss angeschwollen war. Aus der Wiese war mittlerweile ein Sumpf geworden, durch den Ulysses Maté mit entschlossenen Schritten wütend stampfte. Als er die Bestallung erreichte, kehrte Pablo in das Innere seiner Hütte zurück und verschloss die Tür.

Der Raum war schlicht eingerichtet. In der Mitte stand ein Tisch mit vier Stühlen drum herum, unter dem Fenster ein gusseisernes Bett mit einer durchlöcherten Matratze darauf. Über der Kochstelle im Hintergrund hingen Pfannen, Töpfe und Kaffeetassen an Haken, und rechts davon nahm ein Schrank mit offenen Fächern viel Platz ein. In diesem lagerten wenige Kleidungsstücke, eine Bibel und zwei, drei andere Bücher, eine schmucklose Vase mit Plastikblumen, Werkzeug und sämtlicher Kleinkram, den er sich in den längst verflossenen Jahren angeschafft hatte und nicht wegwerfen wollte, als hinge eine unzerstörbare Erinnerung daran. In einer Schublade bewahrte er noch immer das Bildnis eines Traums auf, der nie Wirklichkeit geworden war; ein längst abgegriffenes Foto von seiner Jugendliebe Trinidad Pescara, die er in seinen Träumen längst nicht mehr lachen und zu ihm sprechen hörte … ihre Stimme, die er selbst dann nicht mehr wiedererkennen würde, wenn er sie direkt in seiner Nähe vernähme, weil zwischenzeitlich einfach viel zu viele Jahre seit damals dahingegangen waren.

»In einem solch fortgeschrittenen Alter, Jorge, wie du wohl weißt, kann man nur mehr an eine Partie Schach denken oder an den nahenden Tod«, seufzte er.

Mochte Jorge ihn hören oder auch nicht, jedenfalls beruhigte ihn die Tatsache, dass er sich vornehmlich, neben der längst verblühten Trinidad Pescara, an ihn erinnerte.

»Trotz all der stetigen Auseinandersetzungen waren wir tatsächlich Freunde gewesen, wirkliche Freunde, ohne Wenn und Aber, nicht wahr?«

Die schwarzen und weißen Figuren standen in ihrer Ausgangsposition auf dem Schachbrett auf seinem Tisch. Vergeblich wartete er darauf, dass Jorge die Partie eröffnen würde.

Man kann das Rad der Zeit einfach nicht mehr zurückdrehen, wurde ihm augenblicklich bewusst.

Nachdem er sich einen kräftigen Kaffee aufgebrüht hatte, überlegte Pablo, ob es nicht vernünftiger wäre, einfach zu sterben, als dieses gegenwärtige Leben mit all seinen entsetzlichen Leiden weiterhin erdulden zu müssen.

Nach Jorges Tod hatte er sich gänzlich aus dem weiteren Leben zurückgezogen, der Cantina von José Baurillo, dem kaum spürbaren Treiben auf den Straßen von Tres Rios, der lästigen Gegenwart und Wirklichkeit überhaupt, die ihm seither verhasst waren.

Zwischen seiner Jugendliebe zu Trinidad Pescara und den zumeist ärgerlichen Schachpartien, die er mit Jorge, dem Neunzigjährigen, ausgetragen hatte, waren immerhin Welten vergangen ... Welten des steten Alterns, irgendwelcher Veränderungen und der Hoffnungslosigkeit.

Ulysses Maté stand auf der Veranda seiner Hütte und betrachtete den Himmel. Die Wolkengebilde formierten sich zu immer gewaltiger werdenden und anschwellenden Heerscharen.

Pablo aber legte sich aufs Bett, streckte die Beine weit von sich und dachte darüber nach, dass er Jorge wenigstens einmal besiegt hätte, wenn er nicht seine Dame, sondern den Turm oder den Springer vorgeschoben hätte ... in dieser verflucht denkwürdigen Partie ... damals ... damals ... ja damals!

Der Regen prasselte unaufhörlich hernieder; ein Novemberregen, der keine Unterbrechung duldete; ein gleichmäßiger Regen am Morgen, am Nachmittag und am Abend, der die unbefestigten Wege und den Dorfplatz von Tres Rios allmählich mit seinen Fluten überschwemmte und die Bewohner ängstlich stimmte.

María Magdalena seufzte: »Umsonst! Alles umsonst!«

Anschließend kehrte sie in ihre Behausung zurück, verschloss die Fensterläden, um die Zeit abzuwarten, in der die Normalität wieder ins Dorf zurückfinden würde. Sie ernährte sich von den gehorteten Früchten ihrer kleinen, sorgsam gepflegten Beete, aß Kohl, Mohrrüben, Bananen und verschiedene Salate, bis am vierten Tag nach der Düsternis und Dunkelheit plötzlich die Sonne wiederkehrte.

Als sie am Freitagmorgen die Fensterläden mit einem Ruck aufstieß, gewahrte sie dieses herrliche Licht eines Neubeginns, das sich über Tres Rios ausbreitete. Obwohl die sandigen Wege noch feucht und schlammig waren, der See auf dem Dorfplatz nur allmählich versickerte und dessen Oberfläche noch einen Spiegel bildete, in dem die weit ausladenden Mandelbäume in ihrer ganzen Größe abgebildet waren, wusste sie, dass der Ausnahmezustand vorüber war. Sie nahm ihren Besen zur Hand und fing an, die Veranda zu säubern. José Baurillo, der Wirt der Cantina, grüßte sie mit einer flüchtigen Handbewegung, bevor er in seinem Korbsessel Platz nahm und die Beine weit von sich streckte.

Sie waren einer schrecklichen Gefahr entronnen, die ganz anders hätte ausgehen können, wenn die Sonne und der wolkenlose Himmel nicht rechtzeitig zurückgekehrt wären.

María Magdalena stieß ein flüchtiges Gebet aus und dankte Gott für die Nachsicht, die er ausgeübt hatte, um Tres Rios vor seinem Untergang zu bewahren.

Erneut lag eine friedliche und gewohnte Stille über dem Dorf.

Jasmin Esmeralda neckte Pedro, ihren Hund, der es sich nicht abgewöhnen konnte, sich genüsslich im Schlamm zu suhlen.

»Du bist und bleibst nun mal ein Schwein«, sagte sie. Dabei lachte sie, denn auch sie verspürte die Freude über eine letztendliche Wiederkehr der herrlichen Sonne am Horizont.

Das dichte Wolkengebilde, das regungslos und tagelang, fast greifbar wie ein überdimensionaler, schwerer Mantel über den Dächern von Tres Rios und den Baumwipfeln des angrenzenden Urwalds gestanden hatte, war urplötzlich verschwunden, als hätte es eine flüchtige Hand nunmehr mit einer einzigen Bewegung fortgewischt.

Pater José de Las Casas sank vor dem blumengeschmückten Altar seines Gotteshauses nieder, das vor undenklichen Zeiten auf dem halben Weg nach Pascua errichtet worden war, und murmelte inbrünstig ein Gebet. Er dankte sogar dafür, dass zwischenzeitlich auch die lästigen Vögel wiedergekehrt waren und erneut durch die unzähligen Maueröffnungen in das Kircheninnere eindrangen, weswegen er vereinzelt Futternäpfe aufstellte, um sie mit Maiskörnern zu füttern.

Puco Sánchez lag mit nacktem Oberkörper in seiner Hängematte und ließ sich die Sonne auf den behaarten Bauch scheinen. Zuweilen richtete er sich ein wenig auf, um hinüber zur Cantina zu spähen, wo er José Baurillo, die Beine weit von sich gestreckt, in seinem Korbsessel erkannte.

»Endlich ist die allgemeine Lethargie wiederum nach Tres Rios zurückgekehrt«, raunte er zufrieden und lächelte.

»Julia, was gibt's zu essen?«, rief er durch die offen stehende Tür ins Haus.

Längst hatte sich seine Frau wieder beruhigt und an den Alltag gewöhnt. Das Gemüse war nicht verdorben und noch essbar, nachdem sie es ordentlich von den Schlammspritzern gesäubert hatte.

»Gemüseeintopf«, antwortete sie mit ihrer gewohnt sanften Stimme nach einer geraumen Weile.

Mit … oder ohne Fleisch?, überlegte Puco Sánchez, doch dann erinnerte er sich daran, dass er ein Huhn hätte schlachten müssen, was er seit vielen Wochen nicht mehr getan hatte. Wann brachte der junge Noél Augustín Valle ihnen endlich wieder einen frisch gefangenen Fisch vorbei? Wo trieb sich der Kerl eigentlich herum? Seitdem sich dieses schwere, düstere Wolkengebilde über dem Dorf ausgebreitet hatte, war er tatsächlich verschwunden.

»Rebeca … Rebeca!«, rief er mehrmals, bis seine Tochter mit einem kräftig aufgetragenen Lippenrot und in der ganzen Blüte ihrer jugendlichen Schönheit im Türrahmen erschien.

»Was gibt's, Vater?«

»Wann hast du Noél Augustín Valle eigentlich zum letzten Mal gesehen?«, fragte er mit einem äußerst nachdenklichen Gesichtsausdruck.

»Diesen Spinner … was weiß ich?«, antwortete Rebeca irritiert und zupfte eine lose rabenschwarze Locke hinter ihrem Ohr hervor.

Aus ihrer Stimme klang eine Gleichgültigkeit und Teilnahmslosigkeit, wie sie Väter vielleicht zuweilen recht gerne vernehmen, während eine solche ergriffene Liebhaber immer entsetzt und zu irgendeiner Verzweiflungstat treibt.

»Denk nach«, forderte Puco Sánchez sie auf.

»Keine Ahnung«, gestand Rebeca mit einem Schulterzucken, »vielleicht zwei, drei Tage vor Ausbruch des Regens.«

Unwillkürlich erhob sich Puco Sánchez aus seiner Hängematte und dachte darüber nach, dass, wenn er auch nicht allen Dorfbewohnern in den vorangegangenen, scheußlichen Regentagen begegnet war, er sie dennoch in ihren Hütten wusste, während der junge Noél Augustín Valle in einem Verschlag am Rande des Dschungels hauste und vielleicht Hilfe benötigte. Jedenfalls machte er sich plötzlich Sorgen.

»Wo sind meine Stiefel?«, raunte er mit einem verbitterten Gesichtsausdruck.

Rebeca brachte sie ihm.

»Glaubst du, ihm könnte etwas passiert sein?«

»Wer weiß!«

Zum ersten Mal gedachte sie mit ein wenig Zärtlichkeit und Mitgefühl an den jungen Noél Augustín Valle, dessen ständige Annäherungsversuche ihr insgeheim zuwider waren.

Als ihr Vater die Stiefel angezogen hatte, erhob er sich gänzlich aus seiner Hängematte und sagte: »Ich will mal nach dem Rechten sehen – und bin in spätestens zwei Stunden wieder zurück.«

Sie nickte stumm.

Puco Sánchez machte sich auf den Weg zu dem Verschlag von Noél Augustín Valle, denn von einer Hütte oder einem Haus konnte nicht die Rede sein.

Der Kerl fristete ein erbärmliches Leben außerhalb der örtlichen Gesellschaft, ebenso wie Aurélio Tapa, der Säufer des Dorfes.

Die Einsamkeit der Umgebung erschreckte ihn. Aber sie schien ihm gleichzeitig so wahr zu sein wie eben das Leben in Tres Rios überhaupt. Die erbärmliche Hütte lag abseits irgendeines Weges, in einer schmalen Lichtung des Dschungels, zu der nur ein Pfad hinführte, den Noél Augustín Valle mit seiner Machete geschlagen hatte. Die Tür seiner Behausung stand offen, denn hier gab es nichts zu stehlen. Dennoch klopfte er an, bevor er eintrat.

Ein Bett, das eigentlich kein Bett war, sondern lediglich ein mit einer Decke überzogenes Matratzengespinst, breitete sich vor seinen Augen aus. Eine elektrische Beleuchtung gab es nicht, nur Kerzenlicht, das längst abgebrannt war. Kakerlaken flüchteten in Mauerumrisse, nachdem er in diese verlassene Behausung eingetreten war, wo keine Spur auf die Anwesenheit von Noél Augustín Valle hindeutete.

Hat sich der Kerl einfach aus dem Staub gemacht?, fragte sich Puco Sánchez unwillkürlich.

Jedenfalls entdeckte er kein Lebenszeichen von ihm, keine flüchtig hingeworfene Notiz auf einem Zettel, keinen Anhaltspunkt, der ihm irgendeinen Aufschluss über den Verbleib des Jungen geben konnte.

Schulterzuckend betrachtete er dieses einsame Idyll, das eigentlich kein Idyll war, und kehrte nach Hause zurück.

Rebeca, seine Tochter, erkundigte sich tatsächlich nach seinem Verbleib.

»Seine Behausung wirkt wie ausgestorben, als ob er Tres Rios endgültig verlassen hätte«, murmelte er, ohne dass er Weiteres sagen konnte.

Zufrieden schluckte José Baurillo gerade sein drittes eisgekühltes Bier, als der Alcalde, Amadé Velásquez, plötzlich am Sonntag den Dorfplatz überquerte und auf seine Cantina zusteuerte.

»Gibt's irgendwelche Neuigkeiten, die ich wissen müsste?«, fragte er.

Der Wirt lächelte und erinnerte sich augenblicklich an die finstern Wolkengebilde, an die Angst, die die Dorfbewohner ausgestanden hatten, und sagte lediglich: »Es begann am Dienstag ... wir haben gehörig Glück gehabt, dass sich das Unwetter letztendlich verzogen hat, obwohl eigentlich alles darauf hindeutete, dass uns ein Unheil bevorstehen würde ... die letzten Tage waren entsetzlich.«

Der Alcalde schwieg betreten.

»Man muss jetzt wieder mit Aufständischen rechnen«, erklärte er nach einer geraumen Weile besorgt.

»Oder mit einer weiteren Unbill der Natur«, fügte José Baurillo dem hinzu.

In der Provinzhauptstadt hatte es nicht einen einzigen Tropfen geregnet. Die Hitze schwelte von morgens bis abends ununterbrochen über den geteerten Straßen und die asphaltierten Plätze. Auch in den Nachtstunden, die der Alcalde schlaflos in einer schäbigen Herberge inmitten von Moskitoschwärmen verbracht hatte, kühlte es kaum ab. Nur einmal im Jahr fuhr er dorthin, um sozusagen elende Bittgänge zu erledigen.

»Ein vollkommen sinnloses Unternehmen«, gestand er dem Wirt, »denn eigentlich existiert Tres Rios weder auf den Landkarten und in den Verzeichnissen der Regierungsbüros noch in den Köpfen der Beamten.«

»Wenn jedoch wieder politische Neuwahlen bevorstehen, dann wird man sich gewiss augenblicklich daran erinnern, dass es auch hier ein paar Stimmen zu holen gibt ... hahaha!«, fügte der Alcalde nach einer Weile hinzu.

»Wir werden uns zukünftig in unseren Hütten und Häusern einschließen, falls irgendwann erneut ein Senator in einer schwarzen Limousine vorfahren sollte, und befestigen hier – an einem der Mandelbäume auf dem großen Platz – ein Schild, auf dem dann zu lesen steht: Bedauerlicherweise ist Tres Rios seit Jahren ausgestorben.«

Amadé Velásquez setzte sich auf einen Stuhl und nahm einen kräftigen Schluck von dem eisgekühlten Bier, das ihm Porfiria Baurillo soeben gereicht hatte.

»Vor zwei Tagen war dies noch ein See«, sagte der Wirt beiläufig und deutete mit einer Handbewegung dessen gewaltige Ausmaße an.

»In den Nachrichten in der Provinzhauptstadt sprach man lediglich von andauernden Regenschauern im Süden des Landes«, erklärte der Alcalde.

»Ist jemand zu Schaden gekommen?«, fragte er plötzlich.

»Alle sind wohlauf ... nur ... nur der junge Noél Augustín Valle scheint sich aus dem Staub gemacht zu haben. Jedenfalls hat man ihn seit Tagen nicht mehr zu Gesicht bekommen«, antwortete José Baurillo schulterzuckend.

Ein Schrecken durchfuhr die müden Glieder von Amadé Velásquez, der sich pflichtbewusst an seine Aufgaben als Dorfoberhaupt erinnerte.

»Man muss augenblicklich einen Suchtrupp zusammenstellen, um nach ihm zu suchen!«

Schon eine Stunde später machten sich vier Männer auf, um den Verschollenen aufzuspüren. Von seiner Behausung aus marschierten sie bis zu der Stelle, an der die drei Flüsse ineinanderfließen, die Tres Rios seinen

Namen gaben, drangen auf verschiedenen Pfaden in den Dschungel vor, suchten alle möglichen Örtlichkeiten auf, an denen er sich bevorzugt aufhielt, fragten jeden, der ihnen zufällig begegnete, vergeblich nach dem Vermissten, und kehrten schließlich bei Einbruch der Dämmerung erschöpft ins Dorf zurück.

»Es wird ihm doch hoffentlich nichts geschehen sein«, sagte Puco Sánchez nachdenklich, dem der Junge doch irgendwie am Herzen lag.

Niemand konnte ihm eine Antwort geben.

»Und wo ist eigentlich Aurélio Tapa abgeblieben?«, bemerkte Ulysses Maté, bevor sie auseinandergingen, um schon am nächsten Morgen noch einmal die Umgegend gründlich abzusuchen.

Niemand hatte in den vergangenen Tagen an den Säufer gedacht.

Als Amadé Velásquez nach Hause kehrte, nachdem die Dämmerung bereits der tiefschwarzen Nacht gewichen war, und seine Frau umarmte, die ihm noch ein Essen zubereiten wollte, sagte er nur: »Ein Bett ist alles, was ich jetzt noch benötige.«

Zwei Minuten später lag er darin und hatte es gerade noch geschafft, sich die Schuhe auszuziehen. Die Frau des Alcalde lächelte stumm, als sie ihn so genüsslich schlafend in den Kissen vorfand, nachdem sie ihr Haar vor dem Badezimmerspiegel gelöst hatte; wie ein Kind, das tausend Abenteuer an nur einem Erdentag erlebt hatte und jetzt hoffentlich in süßen Träumen dahinschwelgte.

»Nun, Jorge, ich warte auf deinen Zug«, murrte Pablo, der Fünfundsiebzigjährige, ungeduldig und schlürfte nebenbei seinen frisch aufgebrühten Kaffee. Ab und zu biss er noch in einen trockenen Keks.

Mit seinem weißen Bauern hatte er die Schachpartie längst eröffnet, doch die schwarzen Figuren seines Gegenspielers standen noch immer in ihrer Ausgangsposition auf dem Brett.

»Du überlegst reichlich lange, mein lieber Freund«, sagte er nach einer Weile und stand auf, um sich zu rasieren.

Als er an den kleinen Tisch zurückkehrte und einen flüchtigen Blick auf das Spiel warf, war auch ein Bauer der schwarzen Figuren auf dem Schachbrett vorgerückt worden.

»Aha!«, bemerkte er freudestrahlend.

Nun schob er, nach einigen Überlegungen, einen weiteren Bauern vor. In Erwartung einer Reaktion seines imaginären Gegenspielers stierte er vielleicht zehn Minuten auf das Brett, ohne dass sich irgendetwas tat. Daraufhin stand er auf, um seine Tasse abzuspülen.

Als er wiederkehrte, war ein zweiter schwarzer Bauer von unbekannter Hand (von Jorges Hand) vorgeschoben worden.

»So also spielen wir ... ein wenig verdeckt, was? Mal sehen ...«, raunte Pablo äußerst zufrieden.

Er setzte seinen Zug, beschäftigte sich daraufhin mit anderen Dingen, und kehrte nach einer geraumen Weile wieder an das Schachbrett zurück, um festzustellen, dass sein Gegenspieler ebenfalls eine seiner Figuren vorgeschoben hatte.

»Man wird uns noch für verrückt erklären, Jorge«, kicherte Pablo und beschloss nunmehr, seinen weißen Springer ins Feld zu schicken.

Schnell wandte er sich daraufhin einer Nebensächlichkeit zu, versuchte angestrengt an Trinidad Pescara zu denken, bis einige Minuten vergangen waren. Augenblicklich kehrte er ans Schachbrett zurück. Sein Gegenspieler hatte jetzt das Pferd ins Spiel gebracht.

»Was soll denn das?«, murmelte er.

»Ich begnüge mich vorläufig mit einem weiteren Bauern.«

Während er kurz auf die Veranda hinaustrat, um ein paar Rabengeier zu beobachten, die sich flügelschlagend an einem schäbigen Hundekadaver labten, wusste er, dass sein imaginärer Gegenspieler längst wieder einen Zug getätigt hatte.

»Aha!«, äußerte er sich vergnügt. »Mal sehen.«

Angestrengt dachte er über sein weiteres Vorgehen nach.

»Du kannst mich nicht reinlegen, Jorge, denn ich durchschaue dich.«

Bevor er erneut aufstand, klatschte er vergnügt in die Hände.

»Das hast du wohl nicht bedacht, dass ich jetzt schon meine Dame ins Feld schicke, was?«

Nun überlegte Pablo, ob er das karierte Hemd nicht noch eine Woche tragen könne, bevor er es im Fluss waschen würde.

»Elender Hund, was hast du nur vor? Gedulde dich … ich muss ein wenig überlegen«, raunte er, als er erneut an das aufgestellte Schachbrett mit seinen weißen und den feindlichen schwarzen Figuren getreten war.

Schließlich setzte er seinen Zug und trat wieder auf die Veranda hinaus, um das ausgiebige Fressgelage der Rabengeier mit einem eher teilnahmslosen Blick weiterzuverfolgen. Mit Blut beschmierte Schnäbel rissen unaufhörlich totes Fleisch aus dem wehrlosen Kadaver.

Tatsächlich vergingen wohl zwei Stunden, in denen Pablo die Zeit damit verbrachte, zwischen dem auf dem kleinen Tisch aufgestellten Schachbrett zu verweilen, um angestrengt und die Stirn runzelnd einen nächsten Zug zu überlegen, und dem Beobachten der unersättlichen Geier von seiner Veranda aus. Als sich die Rippen des Hundekadavers, vom Fleisch gänzlich losgelöst, zeigten, trat er ein letztes Mal an das Schachbrett.

Mit vor Schrecken geweiteten Augen erkannte er augenblicklich, dass auch diese Partie verloren war. Für seinen weißen König gab es keinen Ausweg mehr aus den fürchterlichen Klauen der schwarzen Dame, die sein imaginärer Gegenspieler in die richtige Position gesetzt hatte.

»Verdammter Kerl!«, stieß er mit einem tiefen Seufzer aus – und eine flüchtige Handbewegung brachte sämtliche noch auf dem Schachbrett verbliebenen Figuren zu Fall.

Wütend zog er das verblichene Foto von Trinidad Pescara, seiner Jugendliebe, aus der Schublade hervor und zerriss es.

»Mit dir begann wahrlich mein eigentliches Unglück!«, fluchte er.

Dann warf er sich aufs Bett, heulte fürchterlich und erkannte plötzlich, dass er zeitlebens stets glücklos gescheitert war und sich all seine Bemühungen ständig in flüchtig zerplatzende Luftblasen aufgelöst hatten.

Ulysses Maté brachte am Spätnachmittag die Nachricht ins Dorf, dass man den jungen Noél Augustín Valle vor zwei Tagen, abends, in der Cantina von Pedro Argénida in Cuatro Esquinas angetroffen habe. Anschließend, so sagte man, sei er nach San Isidro aufgebrochen. Was er dort wollte, wusste allerdings niemand.

»Und Aurélio Tapa?«, fragte der Alcalde, der Ulysses Maté dorthin geschickt hatte, während er mit Puco Sánchez seit dem Morgen nochmals gründlich die ganze Umgegend in entgegengesetzter Richtung nach den beiden absuchte. Erst vor einer Stunde waren sie nach Tres Rios zurückgekehrt.

»Der schläft augenblicklich einen prächtigen Rausch in der Polizeistation des Sargento Esteban Uríba aus.« Ulysses Maté lachte lauthals los, bis er plötzlich verstummte, weil er an seine ermüdeten Füße dachte. Auf der Veranda des Wirtes setzte er sich auf einen Stuhl und zog seine Stiefel aus.

»Hoffentlich bekomme ich keine Hühneraugen«, sagte er kaum hörbar. Es klang wie ein Fluchen.

Der Alcalde lehnte an der Balustrade und wusste, dass sich die Lage im Dorf endlich wieder beruhigt hatte. Eine geraume Weile lang blickte er hinter Puco Sánchez her, der es auf einmal sehr eilig hatte, nach Hause zu kommen. Sicherlich dachte er an seine zwischen zwei verrostete Haken aufgespannte Hängematte.

Im Türrahmen der Cantina erschien Porfiria Baurillo mit einem Besen in der Hand. Zufrieden machte sie sich an die gewohnte Arbeit, ihr breites Becken dabei unablässig bewegend.

Amadé Velásquez lächelte. Er war nicht nur glücklich darüber, wieder in Tres Rios zu sein, sondern dankte dem Himmel auch dafür, dass das Unwetter – ohne einen größeren Schaden angerichtet zu haben – vorübergezogen war und man über den Verbleib der beiden Verschollenen nunmehr Bescheid wusste.

»Diese gewohnte Ruhe und Lethargie unseres Dorfes habe ich tatsächlich schon ein wenig vermisst, während ich mich in der lärmenden Provinzhauptstadt aufhielt«, gestand er.

José Baurillo in seinem Korbsessel, die Beine weit von sich gestreckt, grinste breit und tätschelte genüsslich seinen üppigen Bauch.

»Die allgemeine Zufriedenheit ist letztendlich wiedergekehrt«, seufzte er dankbar.

Auch María Magdalena trat, wie die Wirtin, die ihre Arbeit soeben beendet hatte, mit einem Besen aus der Tür ihres Hauses und schickte sich an, ihre Veranda zu säubern.

»Die Zeiten ändern sich nicht, nur außergewöhnliche Ereignisse unterbrechen sie zuweilen für einen kurzen Augenblick«, philosophierte der Alcalde.

Wolkenlos, in einem reinen, weithin sichtbaren Blau, zeigte sich der Himmel regungslos über dem großen Dorfplatz. Aus den Wipfeln der weit ausladenden Mandelbäume drang ein Gezeter unzähligen, doch unsichtbaren Lebens.

Der Alcalde fragte nachdenklich: »Und der gesamte Platz hat sich in einen See verwandelt?«

»Knöcheltief stand das Wasser überall«, murmelte José Baurillo nachdrücklich.

Allmählich begann es zu dämmern. Längst war Amadé Velásquez nach Hause gekehrt, um mit seinem Weib ein schlichtes Abendessen einzunehmen.

In der Cantina von José Baurillo trafen nunmehr die ersten Gäste ein; ermüdete Gesichter, die sich danach sehnten, sich jetzt ein wenig Genuss und Zeitvertreib bei ein paar Bieren oder sonstigen alkoholischen Getränken zu verschaffen.

Berendice Luz lächelte über die verschlossenen, stumpfen Blicke, die ihr begegneten, die gelegentlichen Komplimente bezüglich ihres roten, feurigen Haares, die ihr zufielen, und dachte insgeheim an den Sargento Esteban Uríba, der jetzt auf der Polizeistation in Cuatro Esquinas wohl die Sterne am Himmel betrachtete … und vielleicht sogar an sie dachte.

Aurélio Tapa erschien mit feisten Schritten in der Tür. Es galt, seinen verflogenen Rausch der letzten Tage aufzufrischen.

»Verschwinde!«, sagte José Baurillo, der sein Eintreten in die Cantina mit geschäftstüchtiger Miene bemerkt hatte. »Verschwinde einfach, denn Gäste, die nicht zahlen können oder wollen, finden hier keinen Einlass mehr.«

Aurélio Tapa kramte vergeblich in seinen schäbigen, geflickten Rockschößen nach einer Münze oder einem Geldschein.

»Verfluchtes Dasein auf Erden!«, murmelte er.

Berendice Luz aber steckte ihm heimlich eine Flasche Aguardiente zu, als er die Cantina mit bedächtigen, unsicheren Schritten verließ.

»Ich danke dir, mein Kind«, flüsterte er und begab sich in die Nacht hinaus; eine warme und gewöhnliche Nacht, wie sie im Dorf im Allgemeinen vorherrschte.

Als er den Pfropfen der Flasche neben der Bestallung von Ulysses Maté löste, in der dessen beide Kühe und die Ziegen die Nächte verbrachten, schluchzte er fürchterlich und dachte an jene Augenblicke in seinem Leben zurück, in denen alles noch in Ordnung gewesen war. Zu schwach, um dem Alkohol zu widerstehen, nahm er einen tiefen Schluck, weitere ausgiebige Schlucke, bis er rücklings auf den Grasboden fiel und nur mehr die Sterne schaute, die den weiten Horizont schmückten. Das unaufhörliche Gemecker der Ziegen und das gelegentliche tiefe Muhen der Kühe schläferten ihn ein. In diesem Augenblick dachte er tatsächlich daran, sein Leben zu ändern, weil es so einfach nicht mehr weitergehen könne, wie er eigentlich längst wusste.

Die lechzenden Sonnenstrahlen eines neuen Morgens aber weckten ihn sanft, so dass er sich allmählich aus dem Gras erhob, in die endlose Weite um sich blickte und lächelnd erkannte, dass alles wie gewohnt verlief. Aus einem Versteck neben der Bestallung kramte er mehrere kleine Münzen hervor, die sicherlich für ein ordentliches Frühstück ausreichen würden, ohne dass er sich genieren musste. Anschließend würde man weitersehen. Während er seine Schritte der Cantina von José Baurillo zulenkte, dachte er insgeheim darüber nach, zukünftig in der Ferne oder wenigstens in Las Brisas eine neue Heimat zu finden, denn hier in Tres Rios war er ja nur mehr als ein verkommener und elender Säufer bekannt, dem man zuweilen ein kleines, allzu klägliches Almosen zuschob.

Von der Liebe, der Armut und dem Fluss

Er stand auf den Planken des schwankenden Bootes, festgeklammert an der Reling. Obwohl sein Blick nach rückwärts gerichtet war und sich ein letztes Mal auf die armseligen Hütten und Häuser des Dorfes heftete, deren kümmerliche Silhouetten im sinkenden Sonnenlicht allmählich verblassten, dachte er bereits an zukünftige Tage, an ein Ziel, das noch so weit in der Ferne vor ihm lag, dass man es unmöglich jetzt schon greifen konnte. Bis Iquitos würde die Reise wahrscheinlich vier, fünf oder gar sechs Tage dauern, je nachdem, wie der schmale gewundene Fluss ein Vorwärtskommen zuließ, bevor er letztendlich in den breiten Strom des Amazonas mündete. Die Schiffsschraube zog eine deutliche Spur durchs erdfarbene Wasser, die sich erst außer Sichtweite wieder schloss, denn inzwischen war erwartungsgemäß eine kurzzeitige Dämmerung hereingebrochen, die in wenigen Minuten in vollständige Dunkelheit übergehen würde. Einzelne Lichter brannten bereits an Deck, und vom Bug aus war ein heller Scheinwerfer auf die vor ihnen liegende trübe Wasserfläche gerichtet, dessen grelles weißes Licht, um das unzählige Insekten herumschwirrten, genügend Sicht freigab, um gegebenenfalls ein nötiges Ausweichmanöver durchzuführen oder die »Angelita« augenblicklich zu stoppen, falls ein schwimmender Baumstamm, eine Sandbank oder ein sonstiges Hindernis plötzlich aus den düsteren Schleiern der Nacht vor ihnen auftauchte.

Trotz des gleichmäßigen und einschläfernden Tuckerns des schweren Motors entgingen Victor Gutiérrez, der es sich zwischenzeitlich auf Deck gemütlich gemacht hatte und seinen Kopf auf eines seiner beiden Gepäckstücke bettete, weder die wohlvertrauten Geräusche aus den ufernahen Wipfeln der Bäume noch die abwechselnden Stimmen des Capitán und des Bootsjungen Manuelito. Ersterer, in der Kajüte – Zigarre rauchend, sich gelegentlich den feuerroten Bart kratzend – hinter einer schmutzigen Glasscheibe am Steuer stehend, trug eine weiße Kapitänsmütze und ein durchschwitztes Hemd, das sich über seinen aufgeblähten Bauch spannte, und hellbraune kurze Hosen; Letzterer, der sich ab und zu auf die entblößten Arme klatschte, um lästige Moskitos zu zerschmettern, und vom Bug aus unaufhörlich in den Fluss stierte, hatte ein dunkles T-Shirt an und lange, an den Knien bereits aufgescheuerte Beinkleider.

»Pass bloß auf irgendwelches Treibholz auf, Kerl«, sprach der Capitán.

»Aus diesem Grund stehe ich ja hier und glotze mir die Augen wund«, gab der Bootsjunge verstimmt zurück.

»Hahaha ... und würdest lieber anderes schauen, was?«

»Das kannst du mir glauben, Capitán.«

»Hahaha ...!«

Die derbe Sprache der Seeleute war ihm längst bekannt, denn schließlich war er mit Capitán Porfirio Ramirez, der den Fluss bereits seit mindestens einem Jahrzehnt in- und auswendig kannte, schon mehrmals – stromaufwärts oder stromabwärts – eine kurze Strecke bis zur nächsten oder übernächsten Siedlung mitgefahren, um auf dem einen oder anderen Markt, zumeist sonntags, seine wundersamen Holzschnitzereien einem mehr oder weniger uninteressierten Publikum feilzubieten. Zumeist schmunzelten sie über seine Fabelwesen und Tiere wie Elefanten, Nashörner, Kamele und Giraffen, deren Gestalten und Formen ihnen fremd waren, weil es sie in ganz Amazonien nicht gab und sie sich einfach nicht vorstellen konnten, dass sie irgendwo anders auf dieser Welt existieren würden. Aus diesem Grund hatte er es sich später auch angewöhnt, ihnen – den argwöhnischen Einheimischen – regelmäßig ein Buch vorzulegen, in dem zwar nicht seine phantastischen Fabelwesen, die tatsächlich und ausschließlich seiner Phantasie entsprangen, abgebildet waren, aber wenigstens diese seltsamen Tiere, die sie nicht kannten und die dennoch ebenso wirklich und aus Fleisch und Blut waren wie die allgemein bekannten Brüllaffen, Tapire und der königliche Jaguar im Dschungel Südamerikas.

Er war der einzige Reisende an Bord – und Mayra Reyes hatte ihn zunächst ungläubig angestarrt, anschließend geschluchzt, geweint und später auf ihn eingeprügelt und mit spitzer Stimme geschrien, dass er ein verfluchter Kerl sei und getrost zum Teufel gehen könne, als er ihr seine Absicht mitteilte, nach Iquitos und noch weiter zu reisen; ein Aufbruch ohne Wiederkehr, wie er leise, doch allzu entschlossen hinzufügte, was einem unausgesprochenen und sofortigen Ende ihrer gemeinsamen Beziehung gleichkam. Danach hatte sie ihr Elternhaus drei Tage lang nicht mehr verlassen, bis die »Angelita« am Nachmittag anlegte und nach kaum zwei Stunden Aufenthalt wieder weiterfuhr, mit ihm als einzigem Passagier an Bord zwischen gackernden Hühnern, Postsäcken, Bananenstauden, ein paar Möbelstücken und einem ovalen, goldumrahmten Spiegel, der ein Geschenk für die Hochzeit von Victoria Tenejapas im fernen Iquitos war, die längst schon stattgefunden hatte, während der Spiegel nunmehr bereits seit einem Monat immer noch stromaufwärts und stromabwärts auf dem Fluss verkehrte und allmählich Rost ansetzte. Mit mehreren Haken hatte man ihn an der hinteren Kajütenwand befestigt, so dass sich zuweilen tagsüber die Fluten des Wassers und nachts der Mond in ihm spiegelten. Manuelito, der Bootsjunge, kämmte sich in den frühen Morgenstunden lachend und regelmäßig sein schwarz glänzendes Haar darin, während der Capitán es vermied, auch nur einen Blick in den ovalen Spiegel zu verschwenden. Porfirio Ramirez wusste längst, dass er in den letzten Jahren merklich gealtert war und dass sich die Zeit seines restlichen Lebens, die ihm noch verblieb, mit einer jeden neuen Fahrt auf dem Fluss wesentlich verringerte. Zuweilen schüttelte ihn das Fieber einer heftigen Malaria, die er sich vor ein paar Jahren auf einer Expedition durch den Amazonas zugezogen hatte, dermaßen, dass er stundenlang, wenn es unvorhergesehen in Schüben wiederkehrte, in der schattigen Kühle seiner Kajüte auf der harten Pritsche ausruhen musste, bis der Anfall endlich wieder vorüber war, während er dem Bootsjungen – Manuelito war jetzt schon fast zwei Jahre an Bord – das Ruder überließ, der die »Angelita« an den Hindernissen vorbeisteuerte.

Immer wieder gab es irgendwelche Zwischenfälle. Einmal lief das Boot auf eine Sandbank auf und konnte nur mit Einsatz aller Kräfte wieder flottgemacht werden, ein andermal beugte sich ein Fahrgast zu weit über die Reling, verlor das Gleichgewicht und stürzte in die erdfarbenen Fluten. Noch bevor die Krokodile kamen, hatte er die »Angelita« gestoppt, den Rückwärtsgang eingelegt und dem Unvorsichtigen, der mächtig strampelte und wie ein ertrinkendes Tier brüllte, ein Seil zugeworfen, ihm beruhigend zugeredet und ihn – zusammen mit Manuelito – wieder an Bord gehievt. Wie zitterte der Mensch am ganzen Leib! Der Bootsjunge deutete auf ein Prachtexemplar von Krokodil, das mittlerweile fast unsichtbar im Schutz der trüben Flut herangeschwommen war und von dem nur die Spitze der Schnauze und zwei kleine gelbliche Augen aus der ruhigen glatten Wasseroberfläche auftauchten, während er ihm mit einer entschlossenen Handbewegung zu schweigen gebot. Der Fahrgast erholte sich zusehends. Als er am Ende der Reise aber – ganz nebenbei – davon erfuhr, dass ihn beinahe solch ein Reptil bei seinem unfreiwilligen Bad im Fluss geschnappt hätte, lachte er herzlich darüber und erzählte fortan in jeder Kneipe und zu jeder Gelegenheit davon, wie er mit kräftigen Schwimmzügen und außer Atem die »Angelita« erreicht hätte, sich am festgezurrten Anker – selbstverständlich ohne fremde Hilfe – an Bord hievte und der Dämon der Tiefe wütend wieder abdrehen musste. Die ordentliche Bezahlung samt dem großzügigen Trinkgeld verleitete den Capitán Porfirio Ramirez damals tatsächlich dazu, diese Geschichte seines Fahrgastes vor neugierigen und erstaunten Kneipenbesuchern zu bestätigen, der ihm dafür zusätzlich auch noch seine ausgedehnte Zeche beglich. Ein weiterer Zwischenfall hatte sich erst vor wenigen Monaten zur Regenzeit ereignet, als das Boot festgezurrt am Ufer auf den aufgewühlten Wellen schwankte. An eine Weiterfahrt war nicht zu denken. Unaufhörlich plätscherte das Wasser aus den offen stehenden Schleusen des Himmels auf die über das hintere Deck notdürftig aufgeschlagene Plane. Aus den undurchdringbaren Wäldern kroch ein feuchter, niedrig um die Baumhöhen hängender, schwebender Nebel und löste sich erst allmählich auf der Weite des Flusses auf.

Er starrte in die Mündung eines Revolvers, ohne zu wissen, wie es den drei Kerlen und den beiden Frauen überhaupt gelungen war, an Bord zu kommen. Eine brenzlige Situation! Anstatt die Reise weiterhin stromabwärts fortzusetzen, zwangen sie ihn dazu, stromaufwärts zu fahren. Er fluchte, insgeheim – andererseits fürchtete er um sein Leben und zitterte vor Angst. Wo war Manuelito? Sie hatten ihn ebenso überwältigt wie ihn. Eingesperrt in der dumpfen, stickigen Kajüte, auf deren dünnes Holzdach weiterhin ein heftiger Regenschauer hernniederprasselte, verbrachten sie unzählige Stunden zwischen Lethargie, unruhigem Schlummer und feiner Hellhörigkeit, die sie die verschiedenen Stimmen an Bord (die kräftige Stimme des Kommandanten, die heiseren Frauenstimmen, das Gelächter der Einzelnen) unterscheiden ließen, bis sich der Himmel endlich aufklarte und der üble Spuk wieder vorüber war. Fest getaut lag die »Angelita« in unbekannter Umgebung in einem Seitenarm des Flusses am Ufer. Sie konnten sich letztendlich von ihren Fesseln befreien und die Kajütentür mit vereinten Kräften aufstemmen.

Mayra Reyes war dem hölzernen Steg ferngeblieben, als die Barke ablegte. Nur der alte Jorge winkte einen letzten Gruß, wie er jedem ankommenden oder abfahrenden Boot zu- oder nachwinkte, da er wahrlich nichts anderes zu tun hatte. Außerdem kläfften noch ein paar streunende, immer hungrige Köter. Hätte er ihr nur die Wahrheit eingestanden; die einzige Wahrheit, die ihn zu diesem Aufbruch ohne Wiederkehr trieb; nämlich seine verhasste Armut! In Iquitos oder an einem noch ferneren Ziel wollte er versuchen, sein Glück zu machen. Aber er hatte ja beinahe geschworen, dann dort – fernab der Heimat – für immer zu verweilen. Victor beruhigte sich allmählich mit dem schlichten Gedanken, dass ein Brief genügen würde, Mayra alle Umstände seiner unglaublichen Flucht zu erklären, um sie später einfach nachzuholen, wenn er endlich reich und angesehen sein würde. Schließlich liebte er sie ja. Der plötzlich auftretende Schatten des Capitán Porfirio Ramirez riss ihn unsanft aus seiner Nachdenklichkeit.

»Wohin willst du eigentlich reisen, Victor?«, fragte er, während er vom Heck des Bootes aus seinen Blick über die gläserne Wasserfläche, in der sich ein kräftiges Sonnenlicht spiegelte, gleiten ließ.

»Zunächst nach Iquitos – und wenn es dort keine ertragreiche Arbeit für mich gibt, immer weiter, weiter und rastlos weiter …«

Porfirio Ramirez spuckte den bitteren Rest von Kautabak, den er mit seiner klebrigen Zunge endlich aus der Höhlung eines Zahnes gegraben hatte, in den Fluss.

»Und niemand vermisst dich?«, fragte er weiter, indem er sich seinem einzigen Fahrgast zuwandte.

»Mich erwartet die Welt dort draußen«, erklärte Victor, anstatt eine ehrliche Antwort zu geben.

»Die Welt dort draußen«, wiederholte der Capitán nachdenklich die soeben vernommenen Worte, »kann nur allzu leicht direkt in die Hölle führen; denn nur sehr wenige haben es tatsächlich geschafft, fern ihrer Heimat richtig Fuß zu fassen.«

Gewiss sprach er aus Erfahrung, doch Victor Gutiérrez – entschlossener denn je – ließ sich nicht beirren. Ruhig und gleichmäßig durchpflügte der Bug der »Angelita« die erdfarbene Flut des Flusses – und je weiter sie in die für ihn unbekannten Regionen vorrückte, desto vertrauter empfand er schon ein noch zu findendes zukünftiges Glück.

Als er zufällig den Spiegel an der Kajütenwand bemerkte, versuchte er sich gewissermaßen – aus welchen Gründen auch immer – gegenüber dem Capitán zu rechtfertigen:

»Doña Victoria, sagt man, hat jedenfalls in Iquitos ihr Glück gemacht und stammte ebenfalls aus einer völlig unbedeutenden Siedlung weitab vom Rest der Welt.«

Erstaunt richtete Porfirio Ramirez plötzlich seine ganze Aufmerksamkeit auf Victor und sagte: »Die wahre Geschichte ihres Lebens, mein Junge, kennst du offensichtlich nicht. Ich werde sie dir heute Abend erzählen; vorausgesetzt, dass du sie überhaupt hören willst.«

»Ich kann es kaum erwarten«, eiferte sich Victor zu bemerken und betrachtete den ruhigen Fluss, das breite grüne Band des undurchdringbaren Dschungels an seinen Ufern, während er den Capitán laut rufen hörte: »Manuelito, überlass mir das Steuer, gleich setzen die Strömungen ein!«

Sie wird mich doch nicht einfach vergessen können?, überlegte Victor. Wenn ihr Vater es zugelassen hätte, wären sie ja schon längst verheiratet. Dann hätte er sie auch mit auf diese unbekannte Reise genommen oder wäre – trotz dieser verhassten Armut – geblieben, um dem nüchternen Leben, das er führte, irgendwie zu trotzen und ihm seinen eisernen Widerstand des Willens entgegenzusetzen. Er, der alte (verfluchte) Simón Reyes, aber betonte immer wieder, dass er Mayra – seine einzige und innig geliebte Tochter – niemals in diese kümmerliche Hütte eines Hungerleiders einziehen lassen würde; Victors einzigen Besitz im Dorf. Ja, sie war schäbig, verrottet, unaufgeräumt, doch bot sie immerhin genügend Schutz vor Unwettern – und mit Mayras Hilfe hätte man sie wahrlich in einen kleinen Palast der Liebe verwandeln können. Mayra zögerte und zauderte, Simón Reyes beklagte sich regelmäßig darüber, dass er seine schlecht bezahlte Arbeit auf der Bananenplantage so einfach aufgegeben hatte, um auf kleinen Märkten stromaufwärts und stromabwärts seine Holzschnitzereien anzubieten, für die sich niemand interessierte, obwohl ihn diese Tätigkeit ungeheuerlich beanspruchte und es nicht zuließ, weiterhin auf der Plantage der United Fruits Company zu verweilen und seine Kräfte unnütz zu vergeuden, und Carmen Reyes, Simóns Frau, äußerte nur, dass man mit der Jugend ein wenig Nachsicht haben müsse.

Gewissermaßen war er sogar zu diesem Aufbruch gezwungen worden, obwohl er es bewusst vermieden hatte, Mayra die ganze Wahrheit einzugestehen. Der Groll von Simón Reyes über seine Nichtigkeit lastete jedenfalls auf seiner Seele.

Jetzt, im Schein der blassen Lichter an Bord der »Angelita«, näherten sich aus den Sümpfen die Moskitos. Ihr blutrünstiges Summen mischte sich mit den verschiedensten Tönen und Klängen aus der unmittelbaren Ufernähe. Victor Gutiérrez hörte den Capitán fluchen: »Verdammte Biester!«

Manuelito, der Bootsjunge, warf den Anker über Bord. Das Wasser klatschte, als wäre es von einer Kanonenkugel schwer getroffen worden.

»Leg dich aufs Ohr, Manuelito«, sagte der Capitán.

Minuten verstrichen, bis sich Porfirio Ramirez mit einer Flasche billigem Rum unter dem Arm seinem einzigen Fahrgast näherte.

»Ich liebe diese Nächte auf dem Fluss, auch wenn man dabei von dieser verdammten Brut fast aufgefressen … oder vielmehr ausgesaugt wird«, sagte er und ließ sich neben Victor nieder.

»Wohl denn«, bemerkte er, nachdem sein Blick noch ein wenig unruhig umherwanderte, als wäre er nicht gänzlich zufrieden, an dieser Seite des Flusses lagern zu müssen, und sagte schließlich: »Ich schulde dir noch eine Geschichte, die wahre Geschichte von Victoria Tenejapa aus Iquitos, nicht wahr?«

Victor lehnte sich zurück, nickte bejahend und zeigte sich äußerst interessiert. »Vertreib mir die schreckliche Langeweile, Capitán!«

Porfirio Ramirez schmunzelte, denn er wusste, dass die wahre Geschichte von Victoria Tenejapa seinem Fahrgast keineswegs gefallen würde.

»In der Tat wuchs sie in einem Ort namens Puyo auf, der am westlichen Rand Amazoniens und mit Blick auf die Ostseite der Anden gelegen ist«, begann er seine Erzählung. »Man erinnert sich noch heute daran, dass sie im Alter von sechzehn Jahren wunderschön gewesen sei und die hungrigen Kerle ihres Heimatdorfes wie läufige Hunde fortwährend um sie herumstrichen. Aber sie war auch ein wenig hochnäsig, schlug alle Bewerber, die sich ihr näherten, aus und träumte davon, einmal an der Seite eines ehrenwerten und angesehenen Mannes in Reichtum und in einem prächtigen Palast zu leben …«

»Es klingt wie ein viel versprechendes Märchen«, unterbrach ihn Victor Gutiérrez, lächelnd und gespannt der Fortsetzung lauschend.

Der Capitán nahm einen kräftigen Schluck, bevor er fortfuhr: »Man sagt, es gab da einen Jungen namens Raúl José Equis, allein dessen scheuen und ernst gemeinten Werbungen sie keineswegs gänzlich abgeneigt war; der aber besaß nichts als eine froh gelaunte Natur und eine Hütte am Rand eines steinigen Baches, die er sich mühsam mit der Kraft seiner eigenen Hände aufgebaut hatte. Das wenige Geld, das er verdiente, wenn er zuweilen eine saisonbedingte Arbeit fand oder einen Aushilfsjob annahm, bei dem er mehr oder weniger ausgebeutet wurde – denn gewisse Personen stellen regelmäßig nur die billigsten Arbeitskräfte ein, um noch schneller reich zu werden –, vertrank er nicht in der Kneipe, sondern gab es für Rosen und Süßigkeiten aus, die er dann seiner wahren Liebe, Victoria, mit einem fröhlichen Lächeln überreichte. Dafür durfte er zweimal Hand in Hand mit ihr durch die Straße des Dorfes spazieren, was ihm beim ersten Mal ein blaues Auge einbrachte, da gewisse Kerle schrecklich eifersüchtig waren und ihm wutentbrannt in einer dunklen Ecke auflauerten und ihn eigentlich grundlos schlugen. Beim zweiten Mal, als sie ihn mit seinem zufriedenen und verträumten Blick an der Seite der schönen Victoria sahen, hatten sie sich wohl schon daran gewöhnt, dass er ihr zukünftig Auserwählter sei und dass dagegen rein gar nichts mehr zu machen sei, weswegen sie seine und ihre Nähe fortan mieden und sich wieder den gefälligeren Mädchen aus Puyo und der Umgebung zuwandten. Als Victoria – an ihrem siebzehnten Geburtstag – von den gestickten und teuren Blusen im neu eröffneten Modegeschäft in der Hauptstraße des Dorfes dermaßen begeistert war, dass in ihren Augen Tränen schwammen, wann immer sie diese erblickte, beschenkte er sie mit einem Stück ihrer Auswahl. Erst nach zwei Monaten konnte er diese vermaledeiten Schulden begleichen, indem er auf jede auch noch so geringe Annehmlichkeit verzichtete und sich mit einer dünnen Suppe am Abend begnügte, bevor er sich auf seine hölzerne Pritsche niederlegte; in süße Träume versunken, glückselig lächelnd ...«

»... und später hat er sein Glück gemacht und ist mit ihr nach Iquitos gezogen, um fortan in stetem Wohlstand zu leben«, unterbrach Victor Gutiérrez erneut die vom dickbäuchigen Capitán der »Angelita« vorgetragene Geschichte, deren Ausgang er insgeheim mutmaßte zu ahnen.

»Falsch! Völlig falsch!«, erzürnte sich Porfirio Ramirez mit erhobener Stimme, nahm erneut einen kräftigen Schluck aus seiner Rumflasche und paffte zwischenzeitlich eine dicke Zigarre, deren Rauchkringel sich nur allmählich über dem Fluss auflösten.

»Völlig falsch!«, wiederholte er.

»Was ist anschließend geschehen?«, fragte Victor ein

wenig bestürzt, indem er seinen Blick in die auf ihn gerichteten Augen des Schiffers bohrte.

»Es kam, wie es kommen musste, wenn man nach Macht, Reichtum und nach einem prächtigen Palast giert«, betonte der Capitán.

»Der Kerl war fast dreißig Jahre älter als sie, doch seine Schönheit entdeckte Victoria in einem Jeep, mit dem er in Puyo vorfuhr, in seinen Worten und seinen elenden Versprechungen ... und er nahm sie mit nach Iquitos, wo er tatsächlich einen Palast bewohnte ...«

»Ein ehrenwerter Mann«, glaubte Victor Gutiérrez einwerfen zu müssen.

»O nein, ganz im Gegenteil!«, entgegnete Porfirio Ramirez erbost und paffte erneut ein paar dicke Rauchkringel aus. »Sie musste für ihn anschaffen gehen wie fünf oder sechs andere Frauen auch, die er irgendwo aufgegabelt hatte und seine edlen Stuten nannte, denn schließlich lebte er von ihnen.«

Der Bootspassagier schwieg betreten und dachte angestrengt über diese Aussage nach. Nach einer Weile sagte er: »Und nun hat er sie letztendlich doch erwählt, denn ...« Sein Blick schweifte bei diesen Worten unwillkürlich hinüber zum ovalen Spiegel an der Kajütenwand, dessen Oberfläche augenblicklich nichts als ein düsteres Schwarz entblößte, das Schwarz der Dunkelheit und der Nacht über dem Fluss. »... oder etwa nicht?«

Fledermäuse schwirrten um die Bordlichter, um Insekten zu fangen. Ein Vogel erhob sich geräuschvoll in die Lüfte. Vom Ufer her vernahm man den Todesschrei eines Beutetiers. Dann war wieder Stille, eine seltsame Stille.

Porfirio Ramirez hüstelte verlegen und bemerkte: »Kürzlich wurde er auf offener Straße niedergestochen, ermordet … und man sagt, dass der Täter niemand anderes als der jetzige Bräutigam der Braut gewesen sei, sein einziger, wenn auch entfernter Verwandter, der zudem seinen prächtigen Palast mit Inhalt erbte …«

»… mitsamt Victoria Tenejapa darin«, murmelte Victor Gutiérrez.

Der Capitán schwieg lange und nahm einen kräftigen Schluck aus der Flasche.

»So ist es«, bestätigte er schließlich. »Fortan wird Victoria Tenejapa zwar weiterhin in einem herrschaftlichen Palast, wohl dem schönsten in ganz Iquitos, leben, doch niemals glücklich sein, wie sie es auch seit damals nicht mehr war, als sie ihr Heimatdorf Puyo verließ. Man sagt, sie leide an einer unerklärlichen Krankheit, die sie in kurzer Zeit dahinraffen wird.«

Porfirio Ramirez erhob sich und deutete damit an, dass die Geschichte, die er seinem jungen Fahrgast erzählt hatte, jetzt zu Ende war.

Victor Gutiérrez starrte nachdenklich in die trüben Fluten des Flusses und murmelte, nachdem der Capitán sich schon ein paar Schritte von ihm entfernt hatte, zögernd: »Und was ist eigentlich aus Raúl José Equis aus Puyo geworden?«

Porfirio Ramirez wandte sich noch einmal um und fragte: »Was hast du gesagt?«

»Raúl José Equis … und was aus ihm geworden ist?«, schluchzte Victor.

»Ach ja, Raúl José Equis«, ereiferte sich der Capitán, »war nach dem plötzlichen Verschwinden von Victoria

Tenejapa nur mehr Spötteleien ausgesetzt, betrank sich eines Abends und erhängte sich an einem Obstbaum im Garten hinter seiner Hütte. Aber dies ist wohl schon ziemlich lange her.«

Er war und fühlte sich schrecklich allein; völlig allein und niedergeschlagen an Bord der »Angelita«. Als er sich erhob und auf der Reling aufstützte, wusste Victor Gutiérrez, dass hinter ihm zwar die verhasste Armut, doch vor ihm ein unwirkliches Iquitos, ein Traumgespinst, ein bloßes Abenteuer ohne Anfang und Ende lagen.

»Mayra …«, flüsterte er leise, »Mayra, was ist mir bloß in den Sinn gekommen, was konnte mich nur dazu bewegen, dich zu verlassen!«

Tränen befeuchteten seine Augen, während er in die verschwommene Tiefe der zurückliegenden Strecke auf den Fluss zurückblickte.

Von der Wand der Kajüte, die vor wenigen Tagen noch der ovale, goldumrahmte Spiegel verziert hatte, gähnte jetzt ein leeres Nichts. Niemand konnte in ihm mehr seine Schönheit, seine Entschlossenheit, irgendeinen Augenblick oder seinen scheußlichen Aussatz betrachten; außer die Fische vielleicht, die im Fluss schwammen, auf dessen Grund er nun gewaltsam ruhte. Rötlich zeigte sich das Morgenrot über dem vielfältigen Grün des Dschungels. Alles war wie gewohnt und dennoch irgendwie anders.

Victor Gutiérrez stand an der Reling, die Augen zum Horizont gerichtet. Nach einer weiteren Stunde Fahrt würden sie die Stelle erreichen, an der sich der Fluss in einem weiten Bogen plötzlich nach rechts wendet. Die

»Angelita« würde erneut an den schäbigen Hütten der kleinen Siedlung Los Pájaros del Viento vorübergleiten mit ihren kaum zwanzig Bewohnern, die, während sie sich in den Fluten Kühlung verschafften oder irgendwelchen Arbeiten nachgingen, nie versäumten, den Vorüberfahrenden zuzulächeln, zuzuwinken, um ihnen einen Gruß ihrer kümmerlichen Existenz darzubieten.

Der Capitán rauchte eine dicke Zigarre. »Alles in Ordnung?«, fragte er.

Auch auf dem Weg zurück – bis Iquitos waren sie erst gar nicht gekommen, denn Victor hatte sich zwischenzeitlich anders entschieden – hatte die »Angelita« keinen weiteren Fahrgast außer ihm an Bord, der, als ein Zeichen seiner wiedergefundenen inneren Zufriedenheit, Porfirio Ramirez vertraulich zublinzelte.

Na also, dachte dieser.

Ein kräftiger Wind blies über das Deck, denn die Barke rollte mit voller Fahrt über die gekräuselte erdfarbene Flut. Hin und wieder erhoben sich aus den übermächtigen Wipfeln der Uferbäume ganze Scharen von Vögeln, Aras, Reiher, unscheinbare Sänger und Kormorane. Zuweilen glitt auch der schwere gepanzerte Körper eines Krokodils von einer Sandbank beinahe lautlos ins Wasser. Hastig schwamm ein sehr beschäftigter Otter vorüber. Der wolkenlose Himmel zeigte sein schönstes Blau.

Victor Gutiérrez konnte es kaum erwarten, sein Heimatdorf endlich wieder zu erreichen, um Mayra Reyes in seine Arme zu schließen. Sie würde zittern vor Freude über seine unverhoffte Rückkehr, dessen war er sich sicher, und insgeheim ein paar Tränen vergießen. Nichts konnte ihn mehr daran hindern, sie unverzüglich zu ehelichen – ob mit oder ohne Einverständnis von Simón Reyes, ihrem Vater –, denn schließlich war sie seine Braut; seine Braut seit jeher. Und schon als Kinder hatten sie zusammen gespielt und den lästigen Pablo, den vorwitzigen Emilio, den heuchlerischen Juan stets und in inniger Eintracht miteinander aus ihrer gemeinsamen Nähe als unnötige Störenfriede vertrieben. Manchmal waren sie zu ihnen fürwahr schrecklich gemein gewesen. Die Gesellschaft der beiden Zwillingsschwestern Renata und Alicia mit ihren ständigen Albernheiten war ihr, der bezaubernden Mayra, zuwider geworden, seitdem er sie kannte, abholte und an den Fluss hinunterführte, wo er ihr das Angeln beibrachte, ihr Geschichten erzählte, die er geträumt hatte und die immer ohne Anfang und Ende waren, oder wo er nach geschliffenen Steinen tauchte, die es an dieser Stelle im Gewässer reichlich gab. Es machte ihr große Freude, die Steine zu bemalen, während er sich schon damals mit Holzschnitzereien beschäftigte.

»Aber was ist das für ein Tier?«

»Erkennst du es nicht?«

»Ein solches habe ich noch nie gesehen.«

»Du lügst.«

»Ich lüge nie.«

Noch einmal betrachtete er das seltsame Gebilde und warf es anschließend in weitem Bogen in den Fluss.

»Es ist mir misslungen, da du es nicht erkannt hast.«

Sie lachte. »Verrückter Kerl!«

Schon tauchten in der Ferne die Silhouetten der ersten Hütten und Häuser seines Heimatdorfes auf – und er konnte es kaum erwarten, bis die »Angelita« endlich am

Steg anlegen würde. Wie gewöhnlich bellten vereinzelt die hungrigen Köter der Umgebung und schnappten in die leere Luft, als würde ihnen eine unbekannte Hand einen köstlichen Knochen zuwerfen.

Der alte Jorge winkte herüber.

Sie stand ein wenig abseits an der Uferböschung, den Blick auf den Fluss gerichtet, ohne die Ankunft der Barke zur Kenntnis zu nehmen; den Kopf leicht zurückgeworfen, so dass ihr langes schwarzes Haar bis auf ihre rundlichen Hüften herabfiel; stolz, furchtbar stolz, denn sie wusste, dass er zurückgekommen war, allein ihretwegen.

Plötzlich war ihm die verhasste Armut so völlig gleichgültig; denn Tatsache war, dass er in diesem Augenblick an den ovalen, goldumrahmten Spiegel dachte, der auf dem Grund des Flusses lag und in den Victoria Tenejapa – wohl zu ihrem eigenen Glück – niemals schauen würde.

Das Billardspiel

Tres Rios VIII

In Tres Rios, dem Dorf am Rande des Dschungels, war eines Tages ein besonderes Ereignis eingekehrt. In aller Frühe fuhr knatternd und dröhnend ein Lastwagen über den großen Platz mit den weit ausladenden Mandelbäumen in seiner Mitte und hielt direkt vor der Cantina von José Baurillo an. Der Lärm riss die Witwe Antonía Jezebel Verde aus ihrem Tiefschlaf. Verschreckt flogen ein paar Vögel auf. Auf der Ladefläche des Lastwagens – unter einer schmutzigen Decke – stand etwas wie ein großer überdimensionaler Tisch; festgezurrt mit mehreren straffen Seilen um die verschnörkelten hölzernen Beine. Der Fahrer des Lastwagens, ein kräftiger Neger mit einer dunkelblauen Schildmütze, begrüßte den Wirt, der lächelnd auf seiner Veranda an der Balustrade stand, mit einem Handschlag.

»Zu viert kann man es mit einiger Mühe schaffen«, sagte er.

Er wischte sich den Schweiß von der Stirn, während der Wirt nach seiner Frau rief, um sie zu Aurélio Tapa in die Scheune und anschließend zu Puco Sánchez in seiner Hängematte zu schicken. Nach einer halben Stunde beförderten acht kräftige Hände das unförmige Ding von der Ladefläche des Lastwagens in den schummrig düsteren Innenraum der Cantina. José Baurillo ließ den Billardtisch direkt in der Mitte des Raumes aufstellen. Schließlich sollte er alle Neugierigen anlocken. Nach dieser vollbrachten Anstrengung klatschte er in die Hände und ließ es sich nicht nehmen, die schmutzige Decke eigenhändig von der merkwürdigen Oberfläche dieses garstigen Dings zu lösen und mit einem Ruck zu entfernen. Ein sattgrün bespanntes Feld mit sechs Löchern und einer hölzernen Umrahmung, fein poliert und glänzend, breitete sich vor den verwunderten Blicken von Aurélio Tapa und Puco Sánchez aus. Sie staunen nicht schlecht, bemerkte der Wirt zufrieden. Als dann noch die verschiedenfarbigen Kugeln über diesen künstlich gespannten, grünen Rasen rollten und eine rote und eine lilafarbige in einem der Löcher verschwanden, grinste José Baurillo breit. In ganz Cuatro Esquinas gab es solch ein Spiel nicht – und seine Bewohner würden nach Tres Rios eilen, um eine oder mehrere Partien zu spielen. Dazu würden sie trinken, unaufhörlich, unermesslich trinken, die Zeit vergessen und seine Cantina in der ganzen Umgegend bekannt machen. Er dachte sogar daran, einzelne Wettbewerbe zu veranstalten, bei denen der Gewinner einen Preis erhalten sollte, eine Flasche Rum oder Freispiele für mehrere Tage oder was auch immer.

Aurélio Tapa rümpfte die Nase und klagte über einen trockenen, ausgedörrten Hals. Ein Bier brachte ihm die Lebensgeister augenblicklich wieder zurück und er schwor, dass er es überall verbreiten würde, dass es nun in der Cantina von José Baurillo ein Billardspiel gebe, etwas, das nicht allerorten zu finden sei. Puco Sánchez kratzte sich am Hals und kehrte in seine Hängematte zurück. Die Queues lagen bereit. Nachdem der Fahrer des Lastwagens eine Erfrischung zu sich genommen und die Geldscheine eingesteckt hatte, die für den Billardtisch zu kassieren waren, verabschiedete er sich. Der aufwirbelnde Staub und der Lärm schreckten erneut ein paar Bewohner von Tres Rios aus ihrem morgendlichen Tiefschlaf auf.

Ulysses Maté griff nach seinem Gewehr, legte eine Patrone ein und dachte unwillkürlich an irgendwelche Aufständische, die das Dorf eingenommen hatten. Mit zusammengekniffenen Augen beobachtete er durch das Fenster seiner Hütte minutenlang die leere Straße. Aber es tat sich nichts dort draußen.

»Man muss abwarten«, beruhigte er sich.

Die Witwe Antonía Jezebel Verde beäugte von ihrer Veranda aus aufmerksam das eiserne, gelb gestrichene Ungeheuer, das ihr den freien Blick auf die Cantina teilweise versperrte.

Nachdem der klapprige Lastwagen Tres Rios hinter sich gelassen hatte, um sich wieder der Provinzhauptstadt zu nähern, kehrte erneut die lethargische Ruhe auf dem Platz mit den weit ausladenden Mandelbäumen ein. Einzelne Vögel ließen sich wieder auf den knorrigen Ästen, die ihnen als Schlafplätze dienten, nieder.

José Baurillo, dickbäuchig und mit haarigen Beinen, blickte andächtig nach rechts und links.

»Sie werden aus all ihren bunt gestrichenen Häusern heranströmen, um mein Billardspiel – welch eine Neuheit! – zu bewundern«, wusste er.

»Wollen wir es mal versuchen?«, fragte er seine Frau Porfiria.

Sie legte bereitwillig ihre Schürze ab, stellte den Besen an die Wand und grinste breit, während sie einen der Queues in die Hand nahm.

»Es gilt also, die Kugeln in den Löchern zu versenken?«
»Genau so ist es. So weit hast du es also begriffen«, schmunzelte er zufrieden. »Du darfst beginnen.«

Obwohl sie sich reichlich ungeschickt anstellte und er ihr mehrmals erklären musste, wie man solch ein Queue überhaupt handhabe, gelang es ihr, mit einem zufälligen Stoß zwei Kugeln in den Löchern zu versenken. Eine Viertelstunde später lagen noch drei seiner gestreiften auf dem grün bespannten Tisch, als sie erneut ihre Schürze anlegte, den Besen in die Hand nahm und mit Genugtuung sagte: »Ich fürchte, du hast verloren, José.«

Er staunte nicht schlecht. Anschließend übte er stundenlang, denn er gedachte ein großartiger Billardspieler zu werden; jetzt erst recht, nach dieser anfänglichen Blamage.

Schnell hatte sich die Neuigkeit im Dorf herumgesprochen. Schon bei Einbruch der Abenddämmerung gab es den ersten Krach, denn jeder wollte spielen.

Ulysses Maté stritt sich mit Aurélio Tapa um ein Queue – und der junge Noél Augustín Valle klopfte lautstarke Sprüche, indem er behauptete, dass er in Las Brisas schon des Öfteren mit örtlichen Lokalmatadoren dieses Spiel nicht nur gespielt, sondern zuweilen sogar gewonnen habe.

»Nur Ruhe ... nur Ruhe«, beschwichtigte der Wirt. »Alle kommen an die Reihe und jeder darf sein Können zeigen.«

Die Gemüter beruhigten sich – und die Versammelten warteten geduldig, bis sie endlich ein Queue in der Hand hatten und es hieß: »Jetzt zeig, was du kannst!«

Manche stellten sich wahrlich an wie der Ochs vor dem Berg und wussten nicht einmal, den Billardstock ordentlich in die Hand zu nehmen.

José Baurillo hatte ein wachsames Auge, denn eines konnte er wahrlich nicht dulden, dass ein Unerfahrener bei diesem Spiel den dunkelgrünen, samtenen Rasen beschädigte.

»Vorsicht! Vorsicht! … Mit Gefühl«, erklärte er mehrmals.

»Du nicht, du bist schon zu betrunken«, sagte er zu Aurélio Tapa, der sich endlich ein Queue ergattert hatte.

Murrend verkroch sich der Angesprochene in eine Ecke und sinnierte stumpfsinnig vor sich hin.

Die Augen von Berendice Luz leuchteten, als der Sargento Esteban Uríba mit einem gezielten Stoß zwei seiner Kugeln in den Löchern versenkte. Überhaupt war er der Einzige, der das Billardspiel einigermaßen beherrschte. Dies musste sich auch der aufschneiderische junge Noél Augustín Valle eingestehen.

»Eine Flasche Rum für den Sargento!«, schrie jemand im Hintergrund.

Aber man hatte ja noch gar keine Wette abgeschlossen, überlegte der Wirt.

»Elender Geizhals!«, sagte jetzt eine andere Stimme, die keiner Person zuzuordnen war.

»Meinetwegen«, stammelte José Baurillo und holte hinter dem Tresen eine Flasche Rum hervor, die er dem Sargento mit einer feierlichen Handbewegung überreichte.

»Dem Sieger, was dem Sieger gebührt!«, murmelte er dazu.

»Und ein Kuss von Berendice!«, schrie der junge Noél Augustín Valle aufgebracht und in heiterster Stimmung.

»Aber … aber …«

Berendice Luz genierte sich ebenso wie der Sargento

Esteban Uríba; dennoch wünschten sich beide insgeheim nichts mehr, als – sozusagen – in gegenseitige Berührung zu kommen.

An diesem denkwürdigen Abend und mit Hilfe des gewonnenen Billardspiels begann ihr gemeinsames Glück. Sie küsste ihn auf die Wange, und er fand augenblicklich Geschmack daran.

»Ich höre schon die Hochzeitsglocken läuten«, bemerkte jemand leise – und ein anderer äußerte: »Ich höre schon drei, vier Kinder plärren.«

Als der Sargento Esteban Uríba in die Stille der Nacht hinaustrat, war es wohl ein Wink des Schicksals, dass er Berendice Luz an seiner Seite vorfand. Gemeinsam würden sie jetzt den langen Weg nach Cuatro Esquinas zurücklegen, sich näherkommen und einiges miteinander zu besprechen haben.

Als María Magdalena am nächsten Morgen gerade mit wuchtigen Stößen ihre Veranda fegte, glaubte sie, dass auch dieser neue Tag wie gewohnt ablaufen würde. Eine erdrückende Hitze schwelte über dem Platz mit den weit ausladenden Mandelbäumen. Jasmin Esmeralda spielte im Schatten mit ihrem treuen Gefährten Pedro, der sie zuweilen zärtlich in die Hand kniff. Es gab augenblicklich keine schlammigen Pfützen, in denen er sich genüsslich suhlen konnte. Als sich die kleine sommersprossige Gloria Emanuela Ida Vincé mit ihrer Puppe auf dem Arm den beiden näherte, bellte Pedro aufgeregt. Jetzt würde er nur mehr das Weite suchen können, denn wenn Jasmin Esmeralda mit Gloria Emanuelita und ihrer Puppe ihr sorgsames Spiel der Kindererziehung ausübten, dann war er reichlich fehl am Platze.

Somit jagte er wild schnaufend einer Eidechse hinterher, bis diese im hohen Gras verschwand. Anschließend trottete er hinunter an das Flussufer, fühlte sich allein gelassen und drückte seine Schnauze auf den trockenen Erdboden. Vielleicht ein Schläfchen, um die Zeit und diese entsetzliche Langeweile totzuschlagen, überlegte er. Schließlich war er kein dummer Hund, wie diese anderen, diese Streuner, die sich zuweilen hungrig im Dorf herumdrückten, herrenlos, abgemagert und voller Zecken.

Etwas raschelte im Gebüsch. Leicht beunruhigt hob er die Schnauze, schnüffelte ... Ein farbenprächtiger Vogel (für ihn schwarz-weiß, da Hunde ja nur schwarz-weiß sehen!) flog auf. Die erdfarbenen Wellenkräusel plätscherten sanft auf den Ufersand. Etwas trieb an seiner Oberfläche. Ein knorriger Baumstamm, vielleicht. Pedro kümmerte sich nicht darum und schloss die Augen.

Währenddessen trieb der Gegenstand auf dem braunen Wasser immer näher auf ihn zu. Zwei gelbe, fressgierige Augen leuchteten wie Juwele aus dem gepanzerten Körper, der wie ein ruhig dahintreibender Baumrumpf aussah – aber sich von einem Augenblick auf den anderen in eine todbringende Gefahr verwandeln konnte.

Die Witwe Antonía Jezebel Verde glaubte, in dem Unding von Billardspiel ein Werk des Teufels zu erahnen. Die Männer des Dorfes spielten ja geradezu verrückt, wenn sie einen von diesen Queues in die Hand bekamen. Letzte Nacht hatte sie ein fortwährendes Jaulen und Getöse aus der Cantina von José Baurillo vernommen, das bis nach Mitternacht anhielt. Es hatte ihr den wohlverdienten Schlaf geraubt. Vielleicht konnte der Pater José de las Casas dagegen einschreiten? Sie würde ihn sicherlich am frühen Nachmittag in seiner Kirche, auf dem halben Weg nach Pascua, vorfinden. Auch von dort waren drei, vier junge Kerle gekommen, um das Billardspiel – dieses verdammte Teufelsding – in der Cantina von José Baurillo zu begutachten. Die Nachricht hatte sich in Windeseile verbreitet. Und diese missratenen Kerle, die aussahen, als hätten sie nichts anderes zu tun, als ihre Zeit nutzlos zu vergeuden, waren wild grölend und sichtlich betrunken in der Nacht wieder davongezogen, nach Pascua, das vielleicht aus zwölf bis vierzehn verstreuten Hütten besteht, die versteckt hinter hohen Bananenstauden liegen, und dessen Bewohner sich von den Feldfrüchten ernähren, die sie ganzjährig anbauen. Dazu besitzen sie noch Hühner und Ziegen – und Pepe Lancero vier Pferde, die in einer Koppel frei herumlaufen. Hatte sie nicht in einem der Kerle aus Pascua – diesem Hageren mit dem Schnauzbart und dem Hinkefuß – Ramón Lancero erkannt, den Sohn des Pferdebesitzers?

Die Witwe Antonía Jezebel Verde erinnerte sich jetzt wehmütig daran, dass der längst ergraute Pepe Lancero ihr einmal den Hof gemacht hatte. Dies war kurz nach dem Tod ihres Mannes gewesen. Damals besaß er aber noch keine vier Pferde, sah eher wie ein Hungerleider und Tagedieb aus, weswegen sie ihm die kalte Schulter wies. Bereute sie dies vielleicht zwischenzeitlich?

Jedenfalls seufzte sie schwer, als sie darüber nachdachte, welche Veränderungen mit der Zeit im Dorf eingetreten waren.

Der Alcalde, Amadé Velásquez, staunte wahrlich über das Billardspiel, das ihm der Wirt mit spürbarem Stolz zeigte und geflissentlich erklärte.

»Auch in Tres Rios kehrt allmählich der Fortschritt ein«, bemerkte er zufrieden.

»Wollen wir es einmal versuchen?«

Schon krempelte José Baurillo seine Hemdsärmel hoch.

Sie strengten sich wahrlich an, beugten sich tief über das grüne Feld, berechneten stumm ihren nächsten Stoß; aber letztendlich blieb es wohl allein dem Zufall überlassen, wenn es dem einen oder anderen von ihnen gelang, eine Kugel in einem der Löcher zu versenken.

»Danke. Das war meine …«, lachte der Wirt.

Letztendlich musste sich der Alcalde geschlagen geben, und José Baurillo freute sich insgeheim über seinen ersten Sieg.

Noch immer schlummerte Pedro mit geduckter Schnauze am Ufer des Flusses. Der reglose Holzstamm war schon ganz nahe, gefährlich nahe. Warnend flogen ein paar Reiher auf.

Der Hund Pedro aber war zu müde, um seinen Kopf zu heben, denn die Sonne brannte so wohltuend auf seinen Pelz hernieder.

Die unbeweglichen gelben Augen der Panzerechse hatten ihre Beute längst erfasst. Ein Hund war ja ein wahrlich besserer Leckerbissen als etwa ein Fisch oder ein flügellahmer Vogel.

Noch fünf, vier, drei, zweieinhalb Meter trennten das Krokodil von seiner Beute.

Augenblicklich verschwand die strahlende Sonne wie als Vorbote irgendeines plötzlichen Unheils hinter einer einzelnen Wolke, die regungslos am Himmel verweilte. Der Hund aber bemerkte weder den plötzlichen Schatten, der ihn bedeckte, noch die unheimliche Stille, die unwillkürlich – wie aus einem Nichts heraus – eingetreten war. Träumte er etwa süße Träume?

»Pedro, Pedro!«, rief die kleine Jasmin Esmeralda plötzlich aufgeregt in der Ferne.

Jetzt war er wieder hellwach, sprang auf und eilte freudig in die Richtung, aus der er die kindliche Stimme vernommen hatte.

»Da bist du ja, mein struppiger Freund!«, sagte sie erfreut und kraulte seine feuchte Schnauze.

Jetzt war er wieder wer, wusste Pedro, bellte und genoss die Zärtlichkeiten, die ihm Jasmin Esmeralda zukommen ließ, nicht ahnend die Gefahr, in der er soeben noch geschwebt hatte.

Der auf dem erdfarbenen Wasser dahintreibende Baumstumpf verschwand lautlos in der trüben Flut.

Gloria Emanuela Ida Vincé war zwischenzeitlich nach Hause gegangen, da ihre Mutter sie zum Mittagessen gerufen hatte.

Noch immer glaubte María Magdalena, dass auch dieser neue Tag wie gewohnt ablaufen würde, als sie eine große Aufregung bemerkte, deren Ursache sie nicht kannte, die sich aber auf der Veranda der Cantina von José Baurillo abspielte.

Der Wirt lief – rotgesichtig und wütend – ziellos auf und ab, verschwand zuweilen in seiner düsteren Räumlichkeit und zeigte sich – wenige Augenblicke später – wieder im gleißenden Sonnenlicht, aufgeregt und mit den Händen wild gestikulierend, als wäre ein Verbrechen geschehen.

Und wahrlich bezeichnete er es als ein Verbrechen, dass drei der gestreiften Kugeln seines Billardspiels fehlten, abhanden gekommen, einfach verschwunden waren.

»Warum hast du nicht aufgepasst, Porfiria, als ich gerade mal für ein paar Minuten weg war?«, klagte er.

»Ach, lass mich doch zufrieden!«, schnauzte seine Frau zurück und verschwand wieder in der Küche.

Ihm sträubten sich die Haare. Bis er drei neue gestreifte Kugeln aus der Provinzhauptstadt geliefert bekommen würde, verstrich gewiss ein ganzer Monat.

»Wenn ich den Dieb erwische, dann drehe ich ihm eigenhändig den Hals um wie einem Huhn!«, brüllte er zornig.

Auch diese Drohung des Wirtes und die Nachricht über seine abhanden gekommenen Billardkugeln verbreiteten sich in Windeseile im ganzen Dorf.

»Was gibt's?«, fragte Puco Sánchez und erhob sich nur widerwillig aus seiner Hängematte, als der junge Noél Augustín Valle plötzlich vor ihm stand.

»Man hat dem Wirt drei Billardkugeln gestohlen!«, stieß der Befragte atemlos aus. »Ich hole jetzt den Sargento aus Cuatro Esquinas!«

»Hahaha!«, lachte Puco Sánchez und legte sich in seine Hängematte zurück. »Damit musste José ja rechnen, denn solch ein Billardspiel zieht nicht nur Schaulustige an, sondern auch Neider, die es ihm nicht gönnen, dass er den Leuten das Geld aus der Tasche zieht. Hahaha!«

Pater José de Las Casas war ein gutmütiger Mensch, der Sünden verurteilte, jedem Gehör für seine zumeist kleinen Probleme schenkte und mit Gott im Wesentlichen im Einklang stand. Jedes Geschöpf hatte ein Recht zu leben, sich zu nähren und sich die Sonne auf die Haut oder den Pelz scheinen zu lassen. Dennoch, als er augenblicklich auf seine neu angelegten Gemüsebeete starrte, fühlte er sich ein wenig erschöpft nach dieser kurzen, aber heftigen Unterredung mit der Witwe Antonía Jezebel Verde, die ihn aufgesucht hatte, um über das monströse, teuflische Ding zu klagen, das in der Cantina von José Baurillo, dem Wirt, aufgestellt worden war und ihrer Meinung nach den Antichrist selbst in sich barg.

»Es ist doch nur ein Spiel, nichts Verwerfliches, ein bloßes Freizeitvergnügen für die braven Bewohner von Tres Rios«, hatte er ihren Vorwürfen entgegnet.

»Es zieht von überall her die Trunksüchtigen, Herumtreiber und letztendlich auch die Gesetzlosen an.« Darauf beharrte sie, während sie am Altar eine Kerze zum Gedenken an ihren längst verstorbenen Ehemann anzündete.

»Man muss den Menschen auch ein wenig Spaß gönnen, denn ihr Alltag ist mehr oder weniger trist genug«, hörte er sich reden.

»Wenn man die Vorsicht außer Acht lässt und willkürlich duldet, was geschieht, dann darf man sich letztendlich nicht wundern, wenn alles außer Kontrolle gerät.« Dies waren die abschließenden Worte der Witwe Antonía Jezebel Verde gewesen, über die der Pater José de Las Casas jetzt angestrengt nachdachte, nachdem sie die Kirche – mit einer kurzen Verbeugung vor dem primitiven Jesusbild, das mit den Jahren etwas schadhaft geworden war – eilig in ihrer schwarzen, unscheinbaren Kleidung verlassen hatte.

Der wahre Teufel lauert bestimmt nicht in einem schlichten Billardspiel, sondern erwartet arme Seelen eher in den verrufenen, schummrig rot beleuchteten Räumen des Bordells der Vieja Mercedes de Granada in Las Brisas, überlegte der Pater.

Sein Mais, seine Bananenstauden, seine Papayas und sein Gemüse wuchsen heran, stellte er mit Zufriedenheit fest.

Würde er irgendwelche Veranlassungen treffen?

Nein. Gerade jetzt schwelgte Tres Rios in einem Zustand von äußerster Zufriedenheit, von teilnahmsloser Ruhe und einer geradezu heiligen Geborgenheit, die man wahrlich nicht stören durfte.

Der Pater José de Las Casas zog sich in seine privaten Räume zurück, zwei unscheinbar wirkende Zellen ohne irgendwelche Ausschmückungen. Dort lebte er in einer Welt der völligen Abgeschiedenheit, genährt von Büchern und Schriften, Abschriften, die ihn intensiv beschäftigten.

Gott war allgegenwärtig, wusste er; gegenwärtig in den Menschen, Tieren und Pflanzen. Wer sich Ihm, dem Unerschöpflichen, entgegenstellte, war ein Verfluchter! Ein im gegenwärtigen Leben längst Verurteilter!

José Baurillo aber befand sich noch immer in einem Zustand äußerster Wut und verdächtigte jetzt Aurélio Tapa, Puco Sánchez oder wen auch immer des Diebstahls seiner Billardkugeln.

Ein neuer von Hitze beladener Tag schwelte über dem großen Platz mit den weit ausladenden Mandelbäumen in seiner Mitte.

José Baurillo saß in seinem Korbsessel und beäugte die Umgebung aufmerksam, mürrisch und ohne Unterlass.

»Letztendlich wird sich der gemeine Dieb schon zu erkennen geben«, sagte er. Aber hatte es in Tres Rios jemals einen Dieb gegeben?, fragte sich der Wirt und wusste, dass dies noch niemals vorgekommen war.

»Die Zeiten ändern sich«, stammelte er aufgebracht, »und was man vormals nie geglaubt hätte, ist jetzt tatsächlich geschehen.«

Bei Einbruch der Dämmerung erhob er sich aus seinem Korbsessel, in dem er – mit wenigen Unterbrechungen – fast den ganzen Nachmittag verbracht hatte, in wirre Gedanken versunken, und wusste plötzlich, was er zu tun hatte. Entschlossen – mit wenigen Hammerschlägen – befestigte er ein Schild mit der Aufschrift:

Bis auf Weiteres geschlossen,
solange sich die drei abhandengekommenen
Billardkugeln nicht wieder einfinden!

»Ich werde es ihnen schon zeigen«, murmelte er anschließend zufrieden.

In der Tat lasen die Gäste diesen Anschlag und standen vor der verschlossenen Tür der Cantina. Dies war noch niemals vorgekommen, dass ihre durstigen Kehlen keinen Einlass fanden. Ein aufgeregtes Rumoren verbreitete sich auf dem Platz mit den weit ausladenden Mandelbäumen.

Aurélio Tapa fluchte: »Es ist fürwahr ungeheuerlich!«

Der junge Noél Augustín Valle wusste nicht, wie er den angebrochenen Abend verbringen sollte und schlenderte unruhig vor der Veranda der Cantina auf und ab.

Ulysses Maté ärgerte sich über solch ein sichtlich willkürliches Unterfangen des Wirtes und äußerte aufgebracht: »Was bildet der Kerl sich eigentlich nur ein?«

Auch aus Cuatro Esquinas und Pascua waren einige Junge und Alte eingetroffen, um sich einen fröhlichen, ungezwungenen Abend zu gönnen.

Ramón Lancero dachte sogar daran, gewaltsam in die Cantina einzudringen, um sich an den Getränken zu laben. Seine beiden Begleiter, mit denen er eigentlich immer zusammen war, aber hinderten ihn daran.

»Das bringt doch nichts«, sagten sie.

Als der Sargento Esteban Uríba in seiner Uniform auf der Bildfläche erschien, schlichen sie sich lautlos davon.

José Baurillo musste sich währenddessen, in der Einsamkeit seiner ansonsten an Trinkern nach Anbruch der Dämmerung reichlich gefüllten Cantina, die Klagen seiner Frau Porfiria anhören, die seinen Dickkopf wahrlich nicht verstand.

»Mit diesem dämlichen Billardspiel verdirbst du uns noch das ganze Geschäft!«, sagte sie.

»Es geht hier um nichts anderes als um ein Prinzip; nämlich dass die drei verschwundenen Billardkugeln augenblicklich zurückgegeben werden«, murrte er mit störrischer Miene.

»Du bist ein wahrhaftiger Esel, wenn du dir einbildest, dass dies jemals geschehen wird«, sagte sie.

Er streckte seinen Bauch vor, seufzte tief und antwortete: »Man wird ja sehen.«

Die Cantina von José Baurillo blieb tatsächlich noch zwei weitere Tage geschlossen, bis sich am Morgen des dritten die verloren gegangenen Kugeln einfanden. In einem schlichten Paket aus Papier eingewickelt, selbstverständlich ohne Absender, entdeckte er sie letztendlich auf seiner Veranda.

»Ich hätte gerne gewusst, wer sie gestohlen hat«, raunte er – doch insgeheim war er tatsächlich froh darüber, dass sie wieder vorhanden waren, dass er am Abend die Cantina wie seit eh und je öffnen konnte, um den durstigen Gästen Einlass zu gewähren.

Aurélio Tapa fluchte noch immer, während er die Räumlichkeit als Erster betrat: »Du hast uns ganz schön erschreckt mit deiner verschlossenen Tür!«

Plötzlich war das Vormals zurückgekehrt, ein jeder Augenblick, der dahingegangen zu sein schien.

Wieder stritten sich die Gäste der Cantina darum, sich ein Queue anzueignen, zu siegen oder zu verlieren … zu trinken (was der Wirt mit Genugtuung wahrnahm) und den Abend und die Nacht damit zu verbringen, ihm ein einträgliches Geschäft zu bereiten.

»Die Ordnung ist zurückgekehrt«, flüsterte er seiner Frau Porfiria heimlich zu, die mit umgebundener Schürze in der Küche stand, um Pollos con Papas zuzubereiten.

Sie schritt emsig zwischen dem Herd und der Durchreiche für die einfachen Speisen hin und her und sagte ärgerlich: »Dieses verdammte Billardspiel, das du hier aufgestellt hast, verursacht nur ein schreckliches Durcheinander, nichts anderes.«

José Baurillo überlegte angestrengt. In der Tat hatte sie recht, denn die Spieler, die sich fortwährend um die Queues stritten, tranken zwar, aber vergaßen dabei auch das Trinken, waren hauptsächlich damit beschäftigt zu gewinnen, um sich als Siegesprämie eine Flasche Rum oder Ähnliches anzueignen.

»Man muss allmählich zur Wirklichkeit zurückkehren«, wusste er, als er entdeckte, dass der Konsum an Getränken seit der Ankunft des Billardspiels in seiner Cantina in der Tat zurückgegangen war.

»Eher sollen sie ja saufen als spielen«, beschloss er letztendlich.

An einem Donnerstagabend fuhr erneut der Lastwagen aus der Provinzhauptstadt mit dem kräftigen Neger und seiner dunkelblauen Schildmütze am Steuer vor.

Dieser lächelte gleichgültig und sagte: »Es war offensichtlich ein vergebliches Bemühen, in Tres Rios eine Neuheit einzuführen.«

»Man hat sie mit Begierde aufgenommen; doch insgesamt lohnt es sich wahrlich nicht, an irgendwelche Erneuerungen zu denken.«

Der Neger lächelte noch immer, als das Unding längst auf der Ladefläche seines Lastwagens verstaut war.

»Wo die Zeit stillsteht, sollte man sie tatsächlich stillstehen lassen«, meinte er.

José Baurillo reichte ihm eine Erfrischung, denn er wusste, dass der Neger noch eine lange Strecke zurück in die Provinzhauptstadt zu bewältigen hatte.

Ein knatternder Motor heulte auf und schreckte die Witwe Antonía Jezebel Verde aus ihrem sanften Dösen.

»Der Pater José de Las Casas hat es tatsächlich geschafft, den Frieden in das Dorf zurückkehren zu lassen«, murmelte sie zufrieden.

Darin täuschte sie sich allerdings.

Auf der blau gestrichenen Veranda der Polizeistation in Cuatro Esquinas streckte der Sargento Esteban Uríba währenddessen, in einem Korbsessel sitzend, die Beine weit von sich. Seine Gedanken kreisten unentwegt um die hübsche rothaarige Berendice Luz, die er am Abend wieder treffen würde. Er wusste, dass er sein Glück, sein Lebensglück, letztendlich gefunden hatte.

Nun erfreute er sich tatsächlich an diesem lethargischen Ablauf seiner Tage, den endlosen Stunden und Minuten, die ohne irgendeine Aufregung vorüberstrichen. Jedem Vogel, der am Rande des Dschungels aufflog, wünschte er ein unermessliches Glück. Er lächelte beinahe ein dämliches, unaufhörliches Lächeln, das nur Berendice Luz zu verdanken war, der er seit dem Gewinn des Billardspiels nähergekommen war.

Die Hochzeit stand bevor!

Plötzlich erschien ihm alles so unwirklich und wirklich wie ein bloßer Traum; die einsame Vergangenheit seines Lebens … und er erinnerte sich an den Wandbeschmierer Guillermo González Sancho, den er ja tatsächlich nicht getötet hatte, und an den Comandante Juan Crespo Orosí, der ihm die freudige Nachricht darüber eher zufällig übermittelte.

Er war zu beneiden in diesem Glück, das ihm jetzt über den Weg lief.

Warum aber verdunkelte sich in diesem genüsslichen Augenblick der Himmel?, fragte er sich. Die Sonne war plötzlich hinter einer einzelnen Wolke verschwunden. Er sah hinüber zum Saum des Dschungels, als ein lauter Gewehrschuss aus der unsäglichen Stille krachte.

»Dies darf ... dies kann ... kann ... nicht wahr sein«, stammelte er ungläubig, schwer schnaufend.

Auf seinem Hemd zeichnete sich eine rote Blutspur ab – und aus seinem Gesicht verschwand augenblicklich dieses glückselige Lächeln, das von so kurzer Dauer gewesen war.

Aufgeschreckt erhoben sich ein paar Rabengeier in die Lüfte.

Drei Männer näherten sich jetzt der Polizeistation von Cuatro Esquinas mit der blau getünchten Veranda. Sie trugen schwere Stiefel, olivgrüne Kleidung, die kaum mehr als Uniform auszumachen war, denn ihr fehlte jegliche Ordnung, dazu breite Gürtel. Der Narbengesichtige mit einem um den Kopf geschlungenen Tuch betrat die Veranda als Erster, während die beiden anderen vorsichtig, ihr Gewehr im Anschlag, nach allen Richtungen Ausschau hielten. Jedoch weit und breit zeigte sich keine menschliche Seele.

»Ich habe es euch doch gesagt, dass er hier allein auf Posten ist«, murmelte das Narbengesicht und stieß mit seinem schweren Stiefel gegen den Leichnam, der vor ihm regungslos auf dem Boden lag.

»Ein guter Schuss, Basilio!«, sagte er zufrieden.

Der Angesprochene, ein Jüngling von vielleicht zwanzig Jahren, glatter Haut und kaum merklichen Bartstoppeln, grinste zufrieden.

»Danke, Comandante«, sagte er und nahm dabei eine beinahe militärische Haltung an.

Der Dritte von ihnen – er trug einen zerschlissenen Strohhut, unter dem sein langes, schwarz glänzendes Haar hervorfloss – zwinkerte nervös mit den Augen.

Dabei stieß er unaufhörlich den würzigen Rauch einer Zigarre aus, die in seinem Mundwinkel wie angegossen klebte.

»Wir sollten uns hier nicht zu lange aufhalten«, bemerkte dieser mit Nachdruck.

»Du hast recht, Vicente«, gab der Comandante zu. »Jedenfalls ist der Kerl ... mausetot.«

Der mit dem Namen Basilio stierte jetzt beinahe ungläubig auf den vor ihm liegenden Leichnam, auf dessen Brust man einen garstig roten Fleck erkennen konnte, der allmählich austrocknete und höchstens faustgroß war. Er genügte jedenfalls, um das kurze Glück des Sargento Esteban Uríba in einem unbedachten Moment für alle Zeiten zu zerstören. Ein plötzlicher Schwindel ergriff den Zwanzigjährigen.

»Zurück in den Dschungel!«, befahl der Comandante.

So wie sie aus dem Nichts eines gewöhnlichen Nachmittags herangeschlichen waren, verschwanden die Aufständischen wieder im Dickicht des immergrünen Laubes.

Allmählich kehrte die gewöhnliche Ruhe ein – und die schmucklosen Rabengeier ließen sich, als ob nichts geschehen wäre, erneut auf den knorrigen Ästen der Bäume um die Polizeistation nieder.

Der junge Noél Augustín Valle entdeckte den Toten eine halbe Stunde später und rannte heulend auf dem staubigen Weg nach Tres Rios zurück, auf dem er gekommen war, um dem Alcalde von seiner fürchterlichen Entdeckung zu berichten.

So starb der Sargento Esteban Uríba auf seiner Polizeistation in Cuatro Esquinas einen einsamen Tod, nachdem er kurz zuvor im Billardspiel gewonnen und vor allem sein wahres Liebesglück letztendlich gefunden hatte. Sein Schicksal war fast mit dem von Guillermo González Sancho, dem Wandbeschmierer, vergleichbar, den ebenfalls ein unbedachter, idiotischer Schuss seinerzeit zur Strecke brachte.

Amadé Velásquez, der Alcade von Tres Rios, war tief erschüttert, als man ihm darüber Bericht erstattete.

José Baurillo sank in seinen Korbsessel und dachte an das verfluchte Billardspiel, als ob es irgendetwas mit dem plötzlichen Tod des Sargento zu tun hätte.

Puco Sánchez erhob sich aus seiner Hängematte und verschloss sorgfältig die Fensterläden seiner Hütte.

»Solange sich irgendwelche Aufständische in der Nähe herumtreiben, ist äußerste Vorsicht geboten«, erklärte er seiner Frau, die leise wimmerte.

Berendice Luz lächelte ein seltsames, ungläubiges, fast irres Lächeln, bevor sie in eine tiefe Ohnmacht hinüberglitt, als sie vom gewaltsamen Tod ihres zukünftigen Bräutigams erfuhr.

Eine merkwürdige Entfremdung

Tatsächlich war Ariosto Chaves, ein Macho von Geburt, seinerzeit in Marianela Leitón schrecklich vernarrt gewesen. Dies hatte sich insbesondere dadurch gezeigt, dass er einem vermeintlichen Nebenbuhler um ihre Gunst, der unentwegt in ihrer Nähe auftauchte und wie ein läufiger, ausharrender Hund um sie herumschlich, eines Tages die Lippe blutig schlug. Daraufhin verschwand Orlando Trejos ebenso aus der Stadt wie Marianela Leitón, die ihre Eltern zu einer entfernten Verwandten, der Witwe Graciela Uriarte, nach Rio Claro schickten – einem unbedeutenden Dorf in Grenznähe zum Nachbarland im Süden.

Mehrere Jahre waren zwischenzeitlich vergangen – und Ariosto Chaves hatte letztendlich, nach unzähligen amourösen Abenteuern, doch noch Nidia Abarca geheiratet, die geduldig, sittsam und brav, in ihre Stickereien vertieft, diesem Augenblick still und demutsvoll, doch insgeheim mit unendlicher Sehnsucht entgegengesehen hatte, als er nach den grausen Stürmen einer fürwahr tristen Regenzeit eines Nachmittags mit einem riesigen Strauß frisch gepflückter Blumen auf dem Hof ihrer Eltern auftauchte und ihren Vater zu sprechen verlangte. Man war sich schnell einig geworden, und jetzt erwartete sie bereits ihr drittes Kind von Ariosto.

Warum er in dieser Nacht, die er in einem schäbigen Hotelzimmer verbringen würde, unwillkürlich an Marianela Leitón denken musste, wusste er selber nicht. Oder lag es einfach daran, dass der Bus in den Süden mit Sicherheit Rio Claro passieren musste, bevor er die Grenze zum Nachbarland erreichte? Doch vermutlich lebte Marianela gar nicht mehr dort, in diesem unscheinbaren Ort, der keinerlei Abwechslungen, nicht die geringsten Freuden bot; es sei denn, man fand Vergnügen daran, den vorüberrauschenden Bussen hinterherzublicken, die nach einem kurzen Aufenthalt schleunigst ihren Weg fortsetzten.

Eine kichernde Frauenstimme unter der plätschernden Dusche im Zimmer nebenan holte ihn augenblicklich wieder in die Wirklichkeit zurück. Jetzt vernahm er von überall her weit hörbares Gelächter. Laute rhythmische Musik drang in sein Gehör.

Ariosto Chaves betrachtete aufmerksam sein Gesicht im stumpfen Wandspiegel, empfand es als angenehm und schön, wenn auch schon ein wenig von den Jahren gezeichnet, bevor er sich dazu entschloss, noch in einem Restaurant einzukehren, da ihm der Magen schrecklich knurrte.

»Hotel Melissa« stand auf einem Schild über der Rezeption. Die Señorita nahm lächelnd seinen Schlüssel entgegen.

Sein Schwiegervater hatte ihn damit beauftragt, ein Geschäft für ihn zu erledigen, weswegen er überhaupt die beschwerliche Reise auf diesen lang gezogenen, holprigen Straßen ins südliche Nachbarland antrat. Nachdem er die Zustimmung des alten Dagoberto Abarca zur Eheschließung mit seiner Tochter Nidia erhalten hatte, gab er seine Tätigkeit als Straßenhändler für allerlei Krimskram ohne lange zu zögern auf, da diese eh nicht viel einbrachte und eine Familie kaum ernähren konnte, und arbeitete fortan für ihn. Schließlich besaß der Schwiegervater einen gut florierenden Laden in der Stadt, hatte eine feste Kundschaft, der er auf Anfrage alles besorgte, wonach sie verlangte. Und nun verlangte Jacinto Mondragón, ein dickbäuchiger alter Geschäftsfreund von Dagoberto Abarca, dessen aufgedunsenes Gesicht ein geradezu lächerlicher und komischer Oberlippenbart schmückte, nach einer Lieferung von Panamahüten, die eigentlich in Cuenca, Ecuador, hergestellt werden, aber im südlichen Nachbarland günstig bei einem, seinem Schwiegervater bekannten Geschäftsfreund zu erwerben waren, weswegen er ihn, Ariosto, augenblicklich dorthin schickte.

Man konnte diese mit Leichtigkeit in kleinen rechteckigen Schachteln transportieren, bevor man ihr geschmeidiges Stroh knitterfrei enthüllte, die Hüte noch mit einem bunten Tuch um die Krempe versah, um sie anschließend, mit reichlich Gewinn, zu verkaufen. Fünfzig Exemplare davon hatte Jacinto Mondragón vorerst bestellt und zeigte sich daran interessiert, einen regen Handel mit diesen Kopfbedeckungen zu treiben. Er, Ariosto, würde sich also – außer den fünfzig gewünschten Exemplaren, die er sogleich mitbringen würde – auch noch mit dem Geschäftsfreund von Dagoberto Abarca im Nachbarland darüber einigen müssen, wie zukünftige Lieferungen direkt vor Ort ankamen.

Während Ariosto Chaves genüsslich die kleinen Bissen Fleisch zerkaute, die auf seinem Teller lagen, dachte er allerdings weder an das Geschäftliche noch an Nidia, seine Frau, und die Kinder. Es war das verschwommene

Bild der Erinnerung an Marianela Leitón, das ihn nicht mehr losließ. Ihren dunklen Blick, ihr schwarzes seidenes Haar, dessen Duft von Jasmin er nach all den vergangenen Jahren noch immer roch, hatte er tatsächlich niemals vergessen. Seine Erinnerung kehrte augenblicklich wieder. Mochte sie in der Zwischenzeit auch ein wenig gealtert sein, war sie gewiss noch recht hübsch anzusehen; denn schließlich war sie die eigentliche, tatsächliche Liebe seines Lebens überhaupt gewesen.

Er rief nach der Señorita mit dem Leib einer unförmigen Stute, deren Brüste sich unter einer engen Bluse aufdringlich in sein Gesichtsfeld mischten, bezahlte – und kehrte anschließend geradewegs ins »Hotel Melissa« zurück.

Melissa stand vor dem Eingang, lächelte ihm erneut zu und schritt mit grazilen Hüftbewegungen ihm voran an die Rezeption, wo sie ihm den Zimmerschlüssel aushändigte. Ja, sie war tatsächlich schön, begehrenswert in ihrem kurzen grünen Rock und der weißen, ausgefüllten Bluse; doch dachte er jetzt augenblicklich nur an sein zu erledigendes Geschäft, morgen, an Nidia mit ihrem schwangeren Bauch und an Marianela Leitón; verflucht!

»Man ist mit den Jahren tatsächlich ein wenig ruhiger geworden«, gestand er sich ein, als er sein Antlitz nochmals in diesem stumpfen Wandspiegel seines Zimmers betrachtete und jetzt nur mehr an einen erholsamen Schlaf dachte.

Eine Kakerlake flüchtete aufgeregt aus dem Bad unter sein Bett. In den Fugen und Mauerrissen entlang den Wänden kroch ein immer beschäftigtes Heer von Ameisen hin und her. Mühsam trugen sie Keksrümel auf ihren unzähligen Rücken davon.

Doch Ariosto Chaves kümmerte dieses aufgeregte Geschehen jetzt nicht mehr, denn zwischenzeitlich hatte er sich auf sein schlichtes Bett niedergelegt. Morgen würde er den Bus ins südliche Nachbarland nehmen, um die ihm aufgetragene Aufgabe von Dagoberto Abarca zu erfüllen, nach wenigen Tagen Abwesenheit wieder in die Stadt zurückkehren, um Nidia, seine Frau, und die Kinder erneut zu umarmen, die ihn wahrlich vermissen würden, obwohl er eigentlich doch nur kurz vom häuslichen Herd abwesend gewesen sein wäre.

Da standen die Busse in allen Farben abfahrbereit nebeneinander wie schnaufende, kolossale Ungeheuer aus einer längst vergangenen Zeit. Ihre breiten Schnauzen gruben sich fast schon in den erhöhten Bordstein, auf dem – entlang einer fleckig beschmierten, verwitterten Mauer – sich einzelne gusseiserne Bänke aneinanderreihten. Aus unterschiedlichsten Lautsprechern dröhnte ein Schwall von Musik, ein schreckliches Durcheinander schnatternder, krachender Rhythmen.

Auf der gegenüberliegenden Straßenseite leuchtete im Vormittagslicht die lang gezogene Fassade der Markthalle mit ihren kleinen bunten Ständen auf, die ein wenig düster und durchbrochen wirkte aufgrund einzelner schmaler schwarzer Gänge, die durch ihr Inneres führten. Dort erkannte man jetzt wahrlich den Staub in der Luft flattern wie Myriaden von nicht vorhandenen Insekten.

Auf die in grellen Farben bemalten Fassaden der zahlreichen Kioske und Läden aber zeichnete das grelle Sonnenlicht ein leichtfertiges Gefühl von Heiterkeit ohne

Unterlass. Ein knatternder Motor heulte auf. Die Tür eines gelb-grünen Busses öffnete sich und empfing den gewaltigen Strom der zusteigenden Passagiere. Ein Geschnatter von Gänsen war zu vernehmen. Jetzt eilten von verschiedenen Seiten alle möglichen Händler mit ihren Kleinwaren heran, um geschwind ein vorteilhaftes Geschäft zu tätigen. Socken wurden unter schnuppernde Nasen gehalten, köstliche Früchte an wohlgeformte oder hässliche, jedenfalls immerzu dürstende Münder, Zeitungen und Lotterielose in Augenhöhe der Zusteigenden oder bereits Sitzenden, Getränke den merklich Schwitzenden, hölzerne Rückenkratzer vielleicht den ein wenig Verlausten, Süßigkeiten den Kindern, doch kein Blick wurde auf die durch die Fensterscheiben schweigsam Hinausschauenden verschwendet. Die markanten, spitzen Stimmen dieser emsigen Händler übertönten kurzzeitig sogar das fürchterliche Dröhnen des längst angesprungenen Motors des zitternden Busses, bevor sie sich endgültig entfernten, verklangen, da sich dessen Türen jetzt schlossen und das Fahrzeug rückwärts aus der engen Fahrrinne auf den Vorplatz hinausglitt wie ein schwankender Kahn auf den bewegten Wassern eines Flusses. Noch einmal heulte der Motor kraftvoll auf, bevor der gelb-grüne Bus schnaufend um die nächstgelegene Ecke kroch. Jetzt vergönnten sich auch die Straßenhändler eine kurze Pause im Schatten der Bänke, auf denen sich die entstandenen Lücken allmählich wieder mit Wartenden füllten.

Ariosto Chaves seufzte. Noch wenigstens eine ganze Stunde galt es totzuschlagen, bevor sein Bus endlich abfuhr. Damit hatte er gerechnet, weswegen er gierig in ein Brötchen mit einem einzelnen Salatblatt und einer Scheibe Schinken biss.

An einer halb entblößten Brust saugte ein Säugling, Augen senkten sich wissbegierig und entschlossen in Tageszeitungen, ein alter Mann umschlang mit seinen groben Händen einen schweren Sack mit Kartoffeln und dachte wohl angestrengt darüber nach, wie er diesen bloß nach Hause, in seine kümmerliche Hütte, schleppen konnte, die von seinem Ausstieg unterwegs noch mehrere Kilometer entfernt in der Einsamkeit einer ansteigenden Hügellandschaft liegen mochte. Na ja, vielleicht würde er auf seinen Nachbarn mit dem Eselskarren oder andere hilfreiche Hände treffen.

Während das pralle Sonnenlicht den Vorplatz der Busstation mit seiner schwelenden Hitze überschwemmte, ergriff letztendlich auch Ariosto Chaves sein Bündel, um sich in die Warteschlange neben dem dunkelblauen Bus einzuordnen.

»Ein jeder weiß sein Ziel«, seufzte er und betrachtete die noch immer wartenden Menschen rundum aufmerksam. Sein eigenes aber kam ihm plötzlich wie ein bloßes Hirngespinst vor. Dennoch würde er die ihm von Dagoberto Abarca, seinem Schwiegervater, übertragene Aufgabe mit Zufriedenheit lösen, wusste er.

Er nahm den reservierten Sitzplatz mit der Nummer 17 am Fenster ein.

Nachdem die Stadt längst hinter ihm lag, betrachtete er weiterhin noch ein wenig die Landschaft mit ihren herrlichen Ölpalmen und den sich weit erstreckenden Feldern, bevor er in einen sanften, genüsslichen Schlummer fiel.

Plötzlich prasselte ein schrecklicher Regenschauer gegen die Fenster, und jemand schrie nach drei Stunden Fahrt lautstark: »Rio Claro!«

Was ihn dazu bewegte, »Halt!« auszurufen, sich trotz des Regens hinaus in die blitzende, von einem Donnergrollen erfüllte Luft der gerade hereinbrechenden Abenddämmerung zu begeben, mag wohl für immer ein Geheimnis bleiben.

Jedenfalls nahm er sein schlichtes Gepäck auf und stand, während der Bus brausend in die hereinbrechende Nacht davonfuhr, an einem ihm fremden Straßenrand, der sich an wahrlich einsamen, in der aufkeimenden Dunkelheit verfallenden Häusern entlangzog.

»Morgen ist auch noch ein Tag«, sagte sich Ariosto Chaves, während er, vor dem Regen Schutz suchend, unter dem wellblechernen Dach der Haltestelle verweilte.

Die vier, fünf anderen Passagiere, die noch mit ihm an diesem Ort ausgestiegen waren, wurden mit aufgespannten Regenschirmen von ihren Vertrauten, Familienmitgliedern, Brüdern oder Schwestern empfangen und nach Hause geleitet.

Er aber war allein, blieb allein, denn nichts anderes hatte ihn wohl dazu bewegt, den Bus zu verlassen, als dieses plötzliche Gefühl, Marianela Leitón aufsuchen zu müssen; Marianela Leitón, die noch so wirklich in seiner Erinnerung verweilte.

Es war diese merkwürdige Entfremdung von der ihm gewohnten häuslichen Vertrautheit, die er jetzt – nach all den Jahren – plötzlich verspürte. Sie hatte ihn unwillkürlich dazu getrieben, den Rücklichtern des davonbrausenden Busses mit dem Gemüt eines gleichgültigen

Maultiers hinterherzublicken, ohne sich eigentlich darüber bewusst zu sein, was geschehen war.

Ein plötzlicher, doch jedenfalls kein folgenschwerer Entschluss, überlegte er – und lächelte insgeheim darüber. Und wie überrascht musste Marianela Leitón sein, wenn er ihr auf einmal von Angesicht zu Angesicht gegenüberstehen würde; er, der jugendliche, unvernünftige Schwärmer und Angeber von damals; ihr, die von ihren Eltern zu ihrer Tante Graciela Uriarte nach Rio Claro geschickt worden war, als die läufigen Hunde der Stadt nicht mehr mit simplen Schimpfwörtern aus ihrer grazilen Gegenwart abzuweisen gewesen waren.

Marianela … Marianela …

Und Ariosto Chaves verspürte eine heftige Wiederkehr der liederlichen Trunkenheit von damals, als er Orlando Trejos, den Schmächtigen, mit einem einzigen Faustschlag niederstreckte.

Das Haus lag auf einem Hügel über dem völlig unbedeutenden Rio Claro. Und der Wirt der Cantina erklärte auf seine Nachfrage, dass er eine gewisse Marianela zweifelsohne kenne, die wie eine Made im Speck an der Seite ihres Ehegatten leben würde.

»Aber sie heißt jetzt Trejos mit Nachnamen, Marianela Trejos.«

Der Name Trejos erschreckte Ariosto Chaves augenblicklich.

Sie wird doch wohl nicht die Frau von Orlando Trejos geworden sein?, fragte er sich unwillkürlich.

Wirkte er gar ängstlich in diesem Augenblick?

Der Wirt erläuterte nun geflissentlich: »Jedenfalls …

sie kam eines Tages aus der Stadt hierher, lebte lange Zeit völlig zurückgezogen zusammen mit ihrer Großmutter Graciela Uriarte in deren Haus am Ausgang des Dorfes, heiratete schließlich, wenn auch ein wenig überstürzt, einen Jugendfreund, wie es hieß, der plötzlich aufgetaucht war … und beide haben sich letztendlich in das dörfliche Leben eingefügt, Fremder … Doch warum …?«

Ariosto Chaves hob abwehrend die Hände, betrachtete die kümmerliche Cantina mit ihren schmutzigen Wänden, den brausenden Ventilatoren an der Decke und den Moskitogittern vor den verstaubten Fenstern.

»Nur eine merkwürdige Entfremdung …«, murmelte er.

Wer sollte ihn auch in diesem Augenblick verstehen können, der gänzlich unbedeutend war und nichts anderes als eine reine Willkür, zu der er sich entschlossen hatte, indem er in Rio Claro aus dem Bus gesprungen war. Und der tropische Regen prasselte unaufhörlich weiter und schlug gegen die gespenstisch wirkenden Fensterscheiben der Cantina, in der sich gerade mal ein halbes Dutzend verwegener Trunkenbolde aus der Umgegend aufhielten. Der Fremde erweckte zwar deren Interesse, aber Ariosto Chaves war keineswegs dazu geneigt, sich in irgendwelche stumpfsinnigen Gespräche einzulassen. Jetzt wünschte er nur mehr ein weiteres kühles Bier.

Der Wirt brachte ihm ein neues und wandte sich anschließend wieder den übrigen Gästen zu.

»Jesús, wann wirst du endlich deine Schulden begleichen?«, tönte seine kräftige Stimme durch den stickigen Raum.

Und Jesús stammelte wie gewöhnlich verlegen: »Morgen … ganz sicher! … morgen!«

Wenn Marianela Leitón tatsächlich diesen lumpigen, völlig bedeutungslosen Orlando Trejos geheiratet hat, dann ... dann ... ist daran nichts mehr zu ändern.

Ariosto Chaves bedauerte jetzt wahrlich, diesen unsinnigen Entschluss gefasst zu haben, ihr wiederzubegegnen und seine Reise zu unterbrechen.

»So sind sie allesamt, diese Weiber, diese vermaledeiten Weiber!«, murmelte er, seiner Sinne nicht mehr ganz mächtig.

Jemand hörte dies und sagte: »So ist es, fürwahr! So ist es!«

Ein Narbengesichtiger am Ende des Tresens, mit dem man sich in später Stunde zu keinem Gespräch mehr einlassen sollte.

Doch Ariosto Chaves lächelte und bekannte erneut: »Nichts ist mehr rückgängig zu machen und ... und ... letztendlich hat mich wohl doch nur eine merkwürdige Entfremdung hierhergeführt.«

Der andere glotzte blöde, verstand seine Worte nicht und zuckte verständnislos mit den Schultern.

Weshalb zögerte er jetzt noch? Ach ja, weil zwischenzeitlich längst eine grässlich tintenschwarze Nacht über dem hässlichen Rio Claro hereingebrochen war und es vor morgen früh keine Möglichkeit mehr gab, die nahe gelegene Grenze zu erreichen.

Ausgestreckt auf seinem schmucklosen Bett in der billigen Absteige am Rande der Straße erwachte Ariosto Chaves erst am späten Morgen. Zunächst hatte er tatsächlich noch mit dem Narbengesichtigen getrunken, dann mit zwei weiteren Kerlen und zuletzt noch mit dem Wirt, der zwischenzeitlich wohl Bescheid wusste über seine einstige Liebe zu Marianela.

»Es ist alles endgültig vorbei!«, stammelte er, sprang auf und atmete begierig die Luft eines neuen erfrischenden Tages.

Er musste mehr als zwei Stunden an der Haltestelle ausharren, bevor endlich ein klappriger Bus anhielt, der ihn von hier – aus diesem verfluchten Rio Claro – fortbrachte. Und als er letztendlich seinen Sitzplatz einnahm, war er tatsächlich froh darüber, Marianela Leitón, die jetzt Marianela Trejos hieß, nicht noch einmal wiederbegegnet zu sein; denn schließlich lag zwischen ihnen, zwischen der längst verlorenen Zeit, zwischen ihrer beider Leben, diese wahrlich merkwürdige Entfremdung, die nicht mehr rückgängig zu machen war.

Ein törichtes Grinsen überzog sein Gesicht. Jetzt wurde ihm plötzlich klar, dass sich die Vergangenheit unweigerlich nur mehr in einer schlichten, verblassenden Erinnerung verlieren musste ... und er nicht dazu bereit war, sich weiterhin irgendwelchen unsinnigen Träumen hinzugeben; dämlichen, unwirklichen Träumen, die doch allzu schwer das Gemüt bewegen. Und überhaupt, wer wusste, ob Marianela Leitón nach all den Jahren nicht gar zu einer fürchterlich dominierenden Drohne angeschwollen war, fettleibig, unansehnbar, giftig, garstig – und Orlando Trejos mittlerweile ebenso oder noch mehr zusetzte wie sein eifersüchtiger Faustschlag von einst? Der Wirt der Cantina hatte jedenfalls bedenklich geschwiegen, als er ihre einstige Schönheit anpries und letztendlich – an seine Worte erinnerte er sich jetzt ganz genau – nur gemurmelt: »Das Altern verzehrt die einstige Jugend völlig, wie jeder Spiegel zerbricht, in den man tausendmal geschaut hat … und nichts kehrt wieder.«

Die anderen Passagiere im Bus wunderten sich jedenfalls über das idiotische Lächeln von Ariosto Chaves, das er verbreitete, indem er gleichgültig zum Fenster hinaussah, flüchtig die vorbeirauschende Landschaft mit ihren Ölpalmen und endlosen Ananasfeldern betrachtete, um schließlich vergnügt mit diesem merkwürdigen, recht törichten Lächeln auf seinem Gesicht ein wenig einzuschlummern.

Nachdem er seine Geschäfte erledigt hatte, begab er sich schließlich ans Meer. Und je mehr er sich der Ferne näherte, desto mehr entfernte sie sich von ihm.

Unnahbar – fast wie ein Traumgebilde – erschienen ihm auf einmal diese Nebeldünste am Horizont, die steil empor zu den wilden, undurchdringbaren Wäldern wuchsen. Mit jedem Schritt, den er tat, sanken seine Füße tiefer in den schwarzen puderigen Sand. Zu seiner Rechten grollte das Meer ohne Unterlass; unaufhörlich, ohne Stillstand, immerzu in Bewegung. Dunkelgrün brachen die Wellen, bevor sie weiß schäumend auf den ebenen Strand ausliefen, dort versickerten, um dennoch wiederzukehren, denn das Wasser kehrt immer ins Meer zurück. Dabei entblößte die gebändigte Flut von neuem die geschliffenen farbigen Kieselsteine, die in Perlmutt schimmernden Muschelschalen, Treibholz und anderes Totes, um all dies – beim nächsten Ansturm seiner Gewalt – erneut mit seinen warmen Fluten zu umspülen.

Aber was das Meer einmal freigab, holte es sich nimmermehr zurück.

Ein glotzendes Fischauge starrte ihn an. Trotz einer empfindsamen Erschöpfung verspürte er nicht die geringste Müdigkeit – und so setzte er seinen Weg fort. Die Unendlichkeit aber war keineswegs zu erreichen, denn alsbald mündete schon ein unüberwindbares Hindernis in Form eines breiten Brackwassers ins Meer.

Jetzt gab es nur mehr ein Zurück!

Nidia Abarca lächelte, als er nach diesen wenigen Tagen der Abwesenheit in ihre Obhut zurückkehrte. Die Kinder umschlangen begierig seinen Hals.

»Hast du Hunger?«, fragte sie.

Ja, er verspürte tatsächlich einen gewaltigen Hunger.

Nie war ihm solch ein Eintopf mit seinen schlichten Zutaten köstlicher erschienen als jetzt; gerade in diesem Augenblick, als er Marianela Leitón gänzlich aus seinem weiteren, zukünftigen Leben gestrichen hatte.

Eine Unendlichkeit in der trägen Gegenwärtigkeit des Lebens gibt es tatsächlich nicht!

Plötzlich tobte ein aufkeimender Sturm gegen die Fensterscheiben ihrer schlichten Behausung.

»Fürchterliche Regentage sind im Anmarsch«, bemerkte Nidia.

»Daran ist wohl nichts zu ändern«, sagte er.

»Morgen wird's vielleicht wieder etwas angenehmer werden.«

»Es wird ... es wird ... es muss«, beschwor Ariosto mit fester Stimme.

»Und wie verlief deine Reise nach ...?«

Ariosto Chaves überlegte einen Augenblick lang, bevor er antwortete: »Im Großen und Ganzen gewöhnlich, völlig gewöhnlich.«

Nidia Abarca lächelte stumpfsinnig und war mit dieser Aussage zufrieden.

Während der nächsten Tage aber überlegte Ariosto Chaves noch einmal, ob es nicht tatsächlich vorteilhafter für sein bloßes Gemüt gewesen wäre, Marianela Leitón noch einmal in diesem Leben wiederzubegegnen. Aber letztendlich erstreckte sich zwischen ihnen mittlerweile diese merkwürdige Entfremdung, die ebenso wenig zu greifen war wie die Unendlichkeit, die Sterne am Himmel, Sturmböen oder eine einfache Windstille, das gegenwärtige Leben überhaupt, so dass er beschloss, fortan in keinem Augenblick mehr an sie – Marianela Leitón, die längst Verlorene – zu denken.

Der große Regen

Aquilino Nadar stand auf der überdachten Veranda seiner Hütte und sah Aracelis Jiménes über den Hof kommen. Die Hühner liefen gackernd und aufgeregt auseinander. Sein Hund sprang auf und bellte.

»Drake, sei still!«, kommandierte er laut.

Das Tier gehorchte ihm augenblicklich und legte sich winselnd neben dem Holzstapel nieder, wo sein Lieblingsplatz war.

Aracelis Jiménes war zweifelsohne das hübscheste Mädchen im Dorf und alle unverheirateten Männer sehnten sich danach, wenigstens einmal mit ihr auszugehen. Solch ein Angebot lehnte sie jedoch stets lächelnd mit der Begründung ab, dass ihre Zeit der Reife noch nicht gekommen sei. Somit nahm man allgemein an, dass sie eines Tages wohl denjenigen heiraten würde, dem es gelingen sollte, sie zu einer Verabredung zu überreden.

Die alte, zerbeulte Blechkanne, die sie ihm entgegenstreckte, als sie die Veranda betrat, fasste mehrere Liter, so dass er sich verpflichtet fühlte zu fragen: »Voll?«

»Zwei Liter genügen«, antwortete sie lächelnd.

Während er die frische Milch im Haus abfüllte, setzte sich Aracelis in den alten Schaukelstuhl auf der Veranda. Ihre zierlichen Füße steckten in schmutzigen, abgetragenen Sandalen. Sie streckte sie weit von sich.

»Herrlich ist solch ein Schaukelstuhl«, bemerkte sie, als er mit der Kanne in der Hand wieder vor ihr stand.

»Er gehörte der Großmutter«, sagte er beiläufig.

Noch nie war Aquilino Nadar dazu fähig gewesen, eine richtige Unterhaltung zu führen. Immer sprach er in kurzen, abgehackten Sätzen nur das Wichtigste, das, was unbedingt gesagt werden musste. Aber er hatte von frühester Jugend an gelernt zu beobachten und die Reaktionen anderer Leute und ebenso das Verhalten von Tieren richtig einzuschätzen. Aracelis Jiménes zeigte jedenfalls keine Anstalten, sich in allernächster Zeit wieder aus dem Schaukelstuhl der Großmutter erheben zu wollen.

Ein Blick zum Himmel, an dem sich schwere düstere Wolken aufbäumten, genügte, um zu sagen: »In Kürze wird es regnen.«

Sie lächelte. »Und wenn schon! Ich wollte mir heute eh noch meine Haare waschen.«

Sie hatte wundervolles Haar, schulterlang und glänzend schwarz. Die rote Schleife stand ihr vorzüglich. Als er seinen Blick erneut über die Dächer der Häuser auf der gegenüberliegenden Straßenseite richtete, fielen die ersten schweren Regentropfen. Drake wurde es unter dem freien Himmel ungemütlich und er trottete langsam heran.

»Gleich fängt es wirklich zu schütten an«, sagte Aquilino.

»Glaubst du, dass es eine Überschwemmung geben könnte?«

»Man muss mit allem rechnen«, bekannte er nach einer längeren Pause.

Nun zerplatzte der Himmel tatsächlich, öffnete seine Schleusen – und aus der trüben, von weißen Nebeln erdrückten Ferne grollte ein Donner, dem mehrere Blitze folgten. Insgeheim freute er sich über diese in Sekundenschnelle aufbrausende Naturgewalt, denn nun hoffte er, dass Aracelis Jiménes noch ein Weilchen bei ihm bleiben würde. Erneut zuckten gefährliche Blitze am Horizont.

»Ein höllisches Inferno, was sich jetzt da draußen abspielt«, erklärte er.

»Ich wollte mir eigentlich nur die Haare waschen und keineswegs in einer Flut ertrinken«, sagte sie und blieb im Schaukelstuhl sitzen, lächelnd, bewusst lächelnd über seine Schüchternheit.

Ihre Gegenwart war ihm einerseits angenehm, doch andererseits wiederum auch äußerst unangenehm. Noch nie hatte er sich mit ihr über wesentliche Dinge unterhalten, geschweige denn, sie einmal gefragt, ob sie eventuell mit ihm ausgehen möchte. Wenn schon Jorge Quemado, der schöne Jüngling mit der samtenen Stimme und den vollendeten Tanzschritten, gescheitert war, gab es wenig Hoffnung für die anderen, und wahrlich keine für ihn, den einfachen Bauern mit den groben Händen, der viel zu großen Nase und einer schrecklichen Kargheit an Worten.

»Da, schon wieder ein Blitz!«, seufzte sie.

Drake bellte, als wollte er sich einem Teufel, der den Tag finster macht, mit seinem zerzausten Fell entgegenstellen.

»Sei still, es ist doch sinnlos!«, murmelte Aquilino.

Der Hund gehorchte augenblicklich und verkroch sich unter dem kleinen Tisch an der Wandseite, um dieses scheußliche Gewitter über sich vorüberziehen zu lassen.

Aracelis lachte. »Vielleicht geht jetzt, in diesem Moment, die gesamte Welt unter, weil man sie zu sehr belastet und ausgebeutet hat«, schwärmte sie ehrlich.

Ihm war es ebenfalls egal.

Beinahe täglich rackerte er sich draußen auf dem Acker ab und konnte gerade mal so überleben. Wenn er dagegen an Don Macario dachte, der in das neue, weiß getünchte Haus am Ausgang des Dorfes eingezogen war, empfand er geradezu einen hässlichen Neid. Don Macario war reich, obwohl er keine sichtbare Arbeit leistete. Für ihn wäre es tatsächlich ein Verbrechen, wenn die ganze Welt in diesem Augenblick untergehen würde.

Auf der Straße schoss das Wasser bereits in einem reißenden Strom dahin. Nur gut, dass er seine zwei Kühe rechtzeitig im Stall untergebracht hatte, denn auf der Wiese würden sie jetzt sicherlich knöcheltief im Schlamm stecken und ängstlich brüllen.

»Deine Großmutter war immer sehr freundlich zu mir«, sagte Aracelis Jiménes.

Er knurrte: »Jetzt ist sie schon seit mehr als drei Jahren tot.«

Nach einer Weile, während er schweigend über die Dächer hinüber zu den Bergkämmen in der Inselmitte stierte, fügte er hinzu: »Ja, tot, nachdem sie ihr Leben lang für nichts und wieder nichts geschuftet hatte.«

»Aber die Hütte und das Grundstück konnte sie sich wenigstens leisten.«

»Sie verfallen zusehends, wie eben alles mit der Zeit bei dieser hohen Luftfeuchtigkeit zugrunde geht«, erklärte er, »und Farbe und Material für Reparaturen am Haus kann ich mir im Moment einfach nicht leisten.«

Sie nickte verständnisvoll, denn sie war ebenfalls arm.

Er bot ihr ein paar Früchte zu essen an, die er am Morgen gepflückt hatte.

Nachdem sie mit ihren großen weißen Zähnen in das saftige Fleisch einer Mangofrucht gebissen hatte, sagte sie: »Ich fürchte, der Regen hält noch einige Stunden an.«
Gewiss hatte sie recht, denn vom Dach spritzte ein regelrechter Wasserfall auf das Gras vor der Veranda hernieder.
»Ich werde … ich werde uns einen Kaffee … einen Kaffee aufsetzen«, stotterte Aquilino.
»Einverstanden«, antwortete Aracelis lächelnd.
Als das Wasser kochte, freute er sich wie ein verwöhntes kleines Kind. Nicht einmal der schöne Jorge Quemado hatte es jemals geschafft, sie einzuladen – und er brühte nun einen kräftigen Kaffee für sie beide. Jetzt konnte es regnen, solange es wollte. Niemand würde ihr trautes Beisammensein stören.

Als er wieder auf die Veranda hinaustrat, war der Schaukelstuhl der Großmutter leer.
»Ich habe es mir anders überlegt, ich muss nach Hause!«, schrie Aracelis Jiménes ihm aus einer Entfernung von zwanzig Metern zu und winkte noch einmal kurz, völlig durchnässt und mit ihrer roten Schleife im zurückgebundenen Haar, bevor sie hinter den Bäumen entlang der Straße aus seinem Blickfeld entschwand.
»Beinahe hätte sie meine Einladung angenommen«, murmelte Aquilino seufzend und setzte sich. »Es wäre einfach zu schön gewesen, als dass es hätte wahr werden können.«
Der zottige Drake leckte ihm mit seiner feuchten Zunge tröstend über die Hand, denn der kleine Hund verspürte unwillkürlich die sanfte Traurigkeit seines Herrn.

Die Aufständischen

Tres Rios IX

Was der Alcalde längst befürchtet hatte, war nunmehr eingetroffen. In der Umgegend von Tres Rios, dem Dorf am Rande des Dschungels, trieben sich Aufständische herum. Der Sargento Esteban Uríba von der Polizeistation in Cuatro Esquinas war am helllichten Tage von diesen Mördern einfach erschossen worden, als gerade ein Wolkengebilde den Himmel kurzzeitig verfinsterte. Mit besorgter Miene lud Amadé Velásquez seinen Revolver mit sechs Patronen im Büro und steckte ihn anschließend unter sein Hemd in den breiten Gürtel.

»Was ist zu tun?«, fragte er sich.

Selbstverständlich musste verhindert werden, dass eine Panik ausbrach; doch ein plötzlicher Schrecken hatte die Einwohner von Tres Rios und den anderen Dörfern ringsum längst erfasst, als sich die Nachricht von der heimtückischen Ermordung des Sargento in Windeseile verbreitete.

»Wachen müssen aufgestellt werden, sowohl an den sonnenüberfluteten, scheinbar ruhig dahinfließenden Tagen wie auch in den kommenden Nächten«, erklärte er eine halbe Stunde später in der Cantina von José Baurillo den dort Versammelten.

Alle hatten sich bewaffnet: mit elenden Flinten, rostigen Revolvern, die sie seit Jahren in dunklen Schubladen verborgen hielten, oder einfachen Messern, wenn sie keine Schusswaffe besaßen. Der junge Noél Augustín Valle brachte Pfeil und Bogen mit.

»Jedenfalls dürfen wir uns nicht wehrlos diesen Verbrechern ausliefern, die sich irgendwo dort draußen im Dschungel herumtreiben – und jederzeit und allerorten unsere Sicherheit gefährden können.«

»Sie werden es schon zu spüren bekommen, mit wem sie es zu tun haben, diese Hunde, wenn wir sie erwischen«, sagte Ulysses Maté, der sehr zornig dreinblickte.

So kannte man ihn tatsächlich nicht.

»Unsere Frauen und Kinder sollten nicht unnötig in diese verdammte Angelegenheit hineingezogen werden«, versuchte der Alcalde die Gemüter zu beruhigen.

»Dennoch ... dennoch darf man die augenblickliche Lage keineswegs beschwichtigen oder gar unterschätzen.«

Stumm hörten die Versammelten ihm zu.

»Ich rechne damit, dass uns spätestens in zwei, drei Tagen Unterstützung und Hilfe seitens der Regierung zukommen wird. Nicht, um unser Dorf vor den Eindringlingen zu bewahren oder gar zu retten, sondern allein deswegen, weil die Regierung nicht dulden kann oder darf, dass sich Aufständische in unserem Land erheben und ausbreiten«, beschloss der Alcalde seine wohlbedachte Erklärung.

Der plötzliche Tod des Sargento Esteban Uríba, der allgemein beliebt und geachtet gewesen war, hatte die Gemüter der Anwesenden schwer betrübt, weswegen sie sich wahrlich entschlossen zeigten, dieses an ihm begangene Verbrechen zu rächen.

»Diese Schweine sollen krepieren!«, schrie der junge Noél Augustín Valle erbost.

Es war eine Situation im Dorf eingetreten, die Amadé Velásquez, den besonnenen Alcalde, fürwahr beunruhigte.

Die erregten Gemüter mussten davor bewahrt werden, irgendeine schreckliche Dummheit zu begehen!

Bei Einbruch der Dämmerung schickte er Puco Sánchez zusammen mit Noél Augustín Valle los, damit der eine auf den anderen achtete; José Baurillo mit Aurélio Tapa, dem Säufer, und Ulysses Maté mit Pablo, dem Fünfundsiebzigjährigen. Sie durchstreiften Tres Rios und die nahe Umgebung in allen Richtungen, ihre Wege kreuzten sich zuweilen – und dann flüsterten sie einander irgendwelche Bemerkungen zu, dass alles wie gewohnt ruhig und von den Aufständischen nichts zu sehen sei. Daraufhin trennten sie sich wieder und setzten schweigend ihren Rundgang fort.

An der Stelle außerhalb des Dorfes auf der Felsenerhebung, hinter der die drei Flüsse ineinandermünden, die Tres Rios seinen Namen gaben, angelangt, fragte Aurélio Tapa den Wirt der Cantina im Flüsterton: »Was würden wir eigentlich tun, wenn uns die Aufständischen plötzlich gegenüberständen?«

José Baurillo antwortete mit einem besorgten Gesichtsausdruck: »Jedenfalls müssten wir schneller sein als sie, denn ansonsten wären wir verloren.«

»Hast du schon einmal auf einen Menschen geschossen?«, fragte Aurélio Tapa nach einigen Minuten des Schweigens.

»Immer ist es ein erstes Mal, dass man etwas tun muss«, antwortete der Wirt der Cantina und nahm jetzt, zur Bekräftigung seiner Worte, sein geschultertes Gewehr in die Hand. »Wenn man nicht schneller ist als der Feind, dann ist letztendlich alles verloren!«

Nun zog er es vor, fortan seine alte Flinte vorsorglich im Anschlag zu tragen. Doch in dieser Nacht geschah nichts, was vielleicht hätte geschehen können.

Am darauffolgenden Morgen, nachdem er seiner Frau versicherte, dass sich nichts Außergewöhnliches ereignet hatte, sondierte der Alcalde das Gelände zusammen mit Fernando Luís, dem Sohn des Fischers Ortega aus Cuatro Esquinas.

Von den Aufständischen war nichts zu sehen, bis auf eine längst erloschene Feuerstelle in einer Lichtung des undurchdringbaren Dschungels.

Gegen Mittag fuhren drei Jeeps und ein Militärlaster vor. Unter der Führung des Comandante Juan Crespo Orosí standen elf Mann bereit, um die Aufständischen zu vernichten.

»Wir werden sie aufspüren, auch wenn sie sich augenblicklich irgendwo zurückgezogen haben, um irgendwelche neuen Anschläge zu planen«, erklärte der Comandante zuversichtlich.

Durch dieses Erscheinen der gegenwärtigen Regierung in ihrem Dorf – aufgrund der Anwesenheit des Comandante und seiner elf Untergebenen in Uniform – beruhigte sich die Bevölkerung von Tres Rios allmählich.

Der Comandante Juan Crespo Orosí und seine Truppe verbrachten die nächsten Tage damit, zwischen Las Brisas und Cuatro Esquinas die Mörder des Sargento Esteban Uríba aufzuspüren. Ihr Unternehmen verlief erfolglos – und es schien, als ob die Aufständischen weitergezogen seien, bis plötzlich ein erneuter Überfall stattfand.

Pedro Argénida, der Wirt der Cantina im benachbarten Cuatro Esquinas, erstattete dem Comandante ausführlich Bericht hierüber: »Sie kamen aus dem Nichts, drangen gestern Abend bei mir ein und bedrohten meine Familie und die wenigen anwesenden Gäste mit vorgehaltenen Waffen. Der Narbengesichtige, der wohl ihr Anführer ist, befahl uns in schroffem Ton, Ruhe zu bewahren, ansonsten würden sie keine Rücksicht nehmen und sich auch nicht davor scheuen …« Mehrmals seufzte Pedro Argénida tief, schwitzte in Erinnerung der Tatsache, dass er heute vielleicht schon hätte tot sein können, und sprach schließlich mit zittriger Stimme weiter: »… uns alle zu töten! Uns schlotterten die Knie, Comandante, das dürfen Sie mir getrost glauben!«

»Aber was bezweckten sie mit diesem Überfall?«, fragte Juan Crespo Orosí nachdenklich.

»Mir schien, die Kerle waren lediglich darauf aus, mich auszuplündern, mir die Einnahmen des Abends aus der Kasse zu stehlen, was sie auch taten, um schleunigst wieder zu verschwinden.«

»Keine politischen Absichten?«

Pedro Argénida verneinte, indem er mehrmals den Kopf schüttelte. »Bloße, gemeine Verbrecher, sage ich Ihnen; lediglich elendes Diebesgesindel, das nur darauf aus ist, sich zu bereichern.«

Der Comandante blickte aufmerksam in die Runde der Versammelten. »Wenn sie den Sargento Esteban Uríba in seiner Eigenschaft als Polizeibeamter des Staates ermordet haben, dann steckt gewiss politische Gründe hinter der ganzen Angelegenheit«, erklärte er.

Nachdenklich lehnte sich Juan Crespo Orosí in seinem Stuhl zurück, streckte die Beine weit von sich und wusste, dass er diese Aufständischen (waren es tatsächlich nur drei?) letztendlich einfangen und dem Gericht in der Provinzhauptstadt übergeben würde.

In der Tat erinnerte er sich auch an seine Gespräche, die er mit dem Sargento auf der Polizeistation in Cuatro Esquinas geführt hatte, und bedauerte dessen Tod mit einer Leidenschaft, die eher schon privater Natur war.

»Elende Verbrecher und gemeine Mörder!«, klagte er.

Am nächsten Morgen rückten sie wieder aus, um ebendiese elenden Verbrecher und gemeinen Mörder einzufangen und sie, in Handschellen gefesselt, dem ordentlichen Gericht in der Provinzhauptstadt zu übergeben.

Berendice Luz sah eine Sonne, die überschwänglich am wolkenlos blauen Himmel stand und gleißend heiß auf die Erde herniederstrahlte. Ihre Gedanken schwelgten in kostbaren Erinnerungen. Dennoch fühlte sie den Wahnsinn, der sich allmählich in ihrer Seele ausbreitete. Ihr Zukünftiger war tot ... tot ... ermordet worden von ... von ... wem auch immer! Wie lange hatte sie darauf gewartet, letztendlich ihr Liebesglück zu finden? Vergeblich! Der Tod hatte seine leblos grausen, knöchernen Finger ausgestreckt, um ihr alles zu nehmen, an dem sie letztendlich hing. Ihr rotes, feuerrotes Haar im Spiegel betrachtend, wusste sie, dass alles verloren war. Wie ein lebloser Schatten dahingleitend, vernahm sie all diese Worte ehrlicher Teilnahme, die sie keineswegs trösten konnten. Ihren Schmerz würden sie niemals begreifen können, die anständigen Bewohner von Tres Rios, von

Cuatro Esquinas … allerorten … diesen furchtbaren Schmerz der einzigen Liebe, der sie jemals verfallen war.

Der Sargento Esteban Uríba lebte nicht mehr!

Was bedeutete ihr in solch einem Augenblick die herrliche Sonne, die weiterhin, als ob nichts geschehen wäre, auf das Dorf herniederstrahlte? Es war eine schwarze, gnadenlose und trübe Sonne, die eine scheußliche Melancholie in sich trug; eine elende, längst tote Sonne, deren Wärme für sie nicht mehr spürbar war.

Zwischen dem Leben und dem Tod existiert nichts anderes als ein winziger Augenblick, den entweder eine kurz andauernde Freude füllt oder eine lange endlose Verlorenheit, die in der Einsamkeit der Nacht die Oberhand gewinnt; in einer Nacht, erfüllt von Gespenstern, blutsaugenden Fledermäusen, der Trübsal eines stillen, gewaltigen Schmerzes, in der sogar der Silhouetten ähnelnde Flug der Tukane über den Baumgerippen am Horizont keine Freude mehr erzeugen kann.

Berendice Luz fühlte sich, als ob sie nur mehr ein bloßer Schatten wäre, der am eigentlichen Leben vorüberglitt, wie ein Gespinst aus irrsinnigen Träumen, unwirklichen und widerlichen Träumen, die niemals mehr wirklich werden konnten.

»Etwas ist geschehen, das mir völlig die Vernunft geraubt hat«, wusste sie und raufte sich ihr feuerrotes Haar.

Inzwischen hatte sich der Alcalde, Amadé Velásquez, in seinen häuslichen Räumlichkeiten eingefunden. Seine Frau erschrak über den Revolver, den er unter seinem Hemd trug und den er nicht vor ihr verbergen konnte.

»Es ist nur eine simple Vorsichtsmaßnahme«, beteuerte er ihr geflissentlich.

Der Eintopf schmeckte vorzüglich.

»Wird man diese elenden Mörder jemals erwischen?«, fragte sie.

»Sie werden sich vor einem ordentlichen Gericht in der Provinzhauptstadt zu verantworten haben«, versicherte ihr Amadé.

Seine Frau schwieg und dachte daran, dass in der Vergangenheit in diesem Land so viele Verbrechen ungesühnt geblieben worden waren.

Zwei Tage später vernahm man einzelne Schüsse, die aus dem undurchdringbaren Grün des Dschungels bis ins Dorf drangen und zwischen den Häusern und Hütten widerhallten. José Baurillo, auf dessen linker Wange noch der Rasierschaum aufgetragen war, trat verdutzt durch die Eingangstür seiner Cantina hinaus auf die Veranda. Puco Sánchez erhob sich aus seiner Hängematte. María Magdalena stellte ihren Besen zur Seite. Aurélio Tapa kroch unter dem Stroh hervor, in dem er die Nacht verbracht hatte, und öffnete das Scheunentor. Sämtliche Augen waren auf den sandigen, staubigen Weg gerichtet, der geradewegs zum Fluss führt, an dessen gegenüberliegendes Ufer der Urwald grenzt.

Zunächst zeigte sich keine Menschenseele. Dann glaubte Puco Sánchez irgendwo dort hinten eine Bewegung auszumachen und rief nach seiner Frau und Rebeca. Gewiss! Durch den Fluss, der wie ein dunkler, schwarzer Strich das grüne Band des Dschungels in ganzer Breite vom gelben Sand und den wenigen Sträuchern davor teilte, wateten die Soldaten des Comandante Juan Crespo Orosí. Sie hatten das Dorf vorgestern in aller

Frühe verlassen, um die Aufständischen aufzuspüren, und sahen reichlich erschöpft aus.

Pablo, der Fünfundsiebzigjährige, lächelte, als er die Männer mit müden Schritten an seiner Hütte vorüberkommen sah.

»Sie haben die elenden Verbrecher endlich erwischt«, raunte er seinem unsichtbaren toten Freund Jorge, dem Neunzigjährigen, zu.

Ulysses Maté spuckte voller Verachtung gegenüber den Mördern des Sargento Esteban Uríba auf das wenige, in einzelnen Flecken wuchernde Gras vor seiner Veranda.

Auf einer Bahre, die sie flüchtig zusammengezimmert hatten, schleppten die Uniformierten den Leichnam eines jungen Mannes, der noch vor kurzem vor Kraft strotzt hatte, auf den Dorfplatz. Nein! Niemand interessierte sich für ihn. Aller Augen waren auf die drei vermeintlichen Mörder gerichtet, deren Hände in Handschellen auf den Rücken gefesselt waren.

Der Narbengesichtige, in zerschlissener Kleidung, der ein Tuch um den Kopf geschlungen trug, blickte verächtlich um sich. Der zwanzigjährige Basilio zitterte am ganzen Leib, während Vicente, der mit dem Strohhut und den wüsten Bartstoppeln, fast teilnahmslos wirkte. Ihre abgemagerten, erschöpften und verzerrten Gestalten wirkten fast ein wenig Mitleid erweckend im Angesicht der weit ausladenden Mandelbäume in der Mitte des großen Platzes.

Nachdem Amadé Velásquez einen verächtlichen Blick auf die Gefangenen geworfen hatte, begrüßte er den Comandante Juan Crespo Orosí fast wie einen alten Freund.

»Letztendlich siegt immer die Gerechtigkeit«, bemerkte er zufrieden.

Niemand konnte später mehr aussagen, wer Berendice Luz über die plötzliche Verhaftung der Verbrecher unterrichtet hatte. Jedenfalls legte sie den Fußweg von anderthalb Stunden zwischen Cuatro Esquinas und Tres Rios in Windeseile und mit gerafften Röcken zurück, um den Mördern ihres Zukünftigen ins Angesicht zu blicken.

Man gab den sichtlich Erschöpften in der Cantina von José Baurillo zu essen und zu trinken.

»Zweifelsohne werden sie hingerichtet werden«, sagte der Comandante, als er die allmählich aufkeimende Unruhe in den Gesichtern der Dorfbewohner bemerkte.

»Man sollte sie sogleich dort draußen an den Mandelbäumen aufhängen«, äußerte sich der junge Noél Augustín Valle aufgebracht und fand Beifall bei einigen im Raum Versammelten.

»Ein Urteil darüber obliegt einzig und allein den Gesetzen unseres Landes«, sprach der Comandante Juan Crespo Orosí mit donnernder Stimme, die keinen Widerspruch duldete.

Ein betretenes Schweigen trat daraufhin ein.

Der Narbengesichtige verschlang seine Portion Reis mit großem Appetit. Vicente schwitzte und lächelte ein wenig verwirrt, während er an einem Hühnerbein nagte. Der zwanzigjährige Basilio aber zitterte noch immer und konnte sein Glas Wasser kaum an den Mund führen.

»Ich habe es aus Überzeugung getan … aus Überzeugung!«, schrie er auf einmal lauthals los und sprang auf. »Für eine gerechte Sache … für eine wahre Republik, die in ihrer augenblicklichen Form keine tatsächliche

Republik ist ... eher eine Diktatur ... eine Republik, lediglich dem Namen, der Bezeichnung nach ...«

Zwei Uniformierte, die hinter ihm standen, drückten ihn gewaltsam auf seinen Sitzplatz nieder.

» ... für eine wahre Republik ... eine bessere Sache ...«, schluchzte er noch mehrmals.

Als er aber seine feuchten Augen auf die um ihn herumstehenden Versammelten richtete, verstummte er betreten.

»Gnade ...«, hauchte er schließlich noch mehrere Male, »ich bitte um Gnade!«

Der namenlose Soldat auf der Bahre draußen auf dem Platz, den man im gleißenden Sonnenlicht einfach liegen gelassen hatte, schwitzte, ohne dass er den Schweiß, der über sein längst erstarrtes Gesicht perlte, noch verspürte. Fliegen schwirrten emsig um seinen leblosen Körper. Ein roter, blutiger, grauser Fleck zierte oder verunstaltete vielmehr seine Brust. Nur ein zottiger Köter kläffte ganz in seiner Nähe. Schon begann er zu stinken, denn bei dieser Hitze setzt die Verwesung eines Körpers augenblicklich ein.

Die Augen von Berendice Luz waren nur mehr starr auf den gemeinen Kerl gerichtet, der den Mord an ihrem Geliebten, dem Sargento Esteban Uríba, soeben gestanden hatte.

Schlürfte er die ihm vorgesetzte Suppe jetzt auch mit zittrigen Händen, wobei ihm der Speichel aus den Mundwinkeln rann, so war er doch lebendig und konnte solch eine heiße Hühnerbrühe noch genießen.

Blickten seine Augen auch verstört, so schimmerten sie dennoch wie dunkle Juwelen, die wenigstens noch am Leben waren.

Atmete sein Körper heftig, bewegte er seine Arme und Beine auch unruhig, so konnte er sie dennoch bewegen, während sich der längst erstarrte und verwesende Leichnam des Sargento Esteban Uríba nie wieder rühren würde ... nie mehr wieder in diesem irdischen Leben!

Sie verspürte einen unermesslichen Hass – und eine plötzliche, nie zuvor gekannte Entschlossenheit in sich aufkeimen.

Das fröhliche Gesicht des Sargento Esteban Uríba lächelte ihr fast täglich zu, wenn sie – Berendice Luz – wie gewohnt auf ihrem Weg nach Tres Rios an der Polizeistation in Cuatro Esquinas vorüberspazierte. Immer hatte sie sich gewünscht, dass er einmal mehr zu ihr sagen würde, als ihr einen simplen Morgengruß mit auf den weiten Weg zu geben. Er war zweifelsohne ein wenig schüchtern im Umgang mit Frauen, aber anständig und dienstbeflissen, auch wenn er es sich erlaubte, die Uniform nicht immer korrekt zu tragen, die schweren Stiefel zur Seite zu stellen, um in Socken oder barfüßig auf der blau gestrichenen Veranda zu verweilen. Als das Billardspiel in der Cantina von José Baurillo eintraf, waren sie sich endlich nähergekommen, doch mit dessen plötzlichem Verschwinden setzte auch schon die Tragödie ihres Lebens ein.

Noch immer verspürte sie seine Umarmungen, seine Küsse, seinen Atem in jener Nacht, als er als Sieger des Abends hervorgegangen war und sich mit ihr gemeinsam auf den Rückweg nach Cuatro Esquinas aufmachte.

Der Mond schimmerte blass und fahl am Horizont, als er ihr endlich – gelöst, freimütig, wundersam berauscht über seinen Sieg in diesem Billardspiel – erklärte, dass er schon eine Ewigkeit lang in sie verliebt sei, ohne es jemals gewagt zu haben, ihr dies einzugestehen.

»Du hättest es längst tun sollen, denn darauf habe ich immer gewartet«, seufzte sie.

Er lächelte. »Nunmehr kann unserem gemeinsamen Glück jedenfalls nichts mehr im Wege stehen«, erklärte er ihr zuversichtlich.

Tatsächlich hätten sie miteinander zukünftig all die Wonnen der Leidenschaft der Liebe genießen können, wenn aus dem an das Dorf angrenzenden Dschungel nicht diese Mörder herausgetreten wären. Ein unbedachter Schuss hatte jedenfalls alles ganz plötzlich beendet, was tatsächlich erst begonnen hatte … ihr gemeinsames Glück!

Nun sah Berendice Luz den zwanzigjährigen Basilio, zwischen den in der Cantina Versammelten vor sich am Tisch sitzend, der abwechselnd seine Suppe schlürfte oder an einem Glas Wasser nippte. Sein verstörter Blick wanderte im Raum hin und her, doch richtete sich niemals auf sie, da er ja keine Ahnung davon hatte, dass sie die Verlobte, die Zukünftige des Sargento Esteban Uríba gewesen war, den er mit einem gezielten Schuss getötet hatte.

Niemand achtete auf sie.

Wie gesagt, verspürte sie einen unermesslichen Hass – und eine nie zuvor gekannte Entschlossenheit keimte plötzlich in ihr auf.

Sie vollbrachte, was sie unweigerlich tun musste.

Ein Schuss durchbrach augenblicklich die Stille, die eingetreten war, bevor man die drei Verbrecher abführte, um sie vor ein ordentliches Gericht in der Provinzhauptstadt zu stellen und um sie dort zu verurteilen.

Der zwanzigjährige Basilio bäumte sich ein letztes Mal auf, griff an seine blutbefleckte Brust und weinte noch ein paar Tränen, bis er von seinem Stuhl lautlos zu Boden glitt.

Das Glas Wasser, an dem er soeben noch genippt hatte, zersprang in unzählige Scherben.

Jemand überwältigte Berendice Luz, indem er ihr die Pistole aus der Hand riss.

Sie lächelte gelassen. Was bedeutete dies schon, dass auch sie jetzt letztendlich zu einer Mörderin geworden war?

Gesichter starrten sie an, alle bekannten Gesichter aus Tres Rios – und die unbekannten Gesichter der Soldaten des Comandante Juan Crespo Orosí.

»Jetzt wird man auch sie eines gemeinen Mordes wegen anklagen müssen«, bemerkte Letzterer.

Amadé Velásquez, in seiner Eigenschaft als Alcalde von Tres Rios, zog den Comandante zur Seite.

»Sie hat sich niemals zuvor etwas zuschulden kommen lassen, dafür garantiere ich«, erklärte er geflissentlich.

Der narbengesichtige Anführer der Aufständischen lachte sarkastisch und sagte: »Ihr seid nicht anders als wir und rächt euch ebenfalls an der Ungerechtigkeit.«

Ein Soldat gebot ihm augenblicklich zu schweigen, indem er ihm einen kräftigen Hieb mit seiner Faust ins Gesicht versetzte.

»Darüber zu urteilen, ob solch eine Tat gerechtfertigt ist oder nicht, Alcalde, obliegt uns wahrlich nicht«, erklärte der Comandante in einem strengen Ton.

»Es gilt dennoch, abzuwägen …«, widersprach Amadé Velásquez und legte seinen Arm vertraulich auf die Schultern von Juan Crespo Orosí, der langsam auf die Veranda der Cantina hinaustrat und den großen Platz mit den weit ausladenden Mandelbäumen aufmerksam betrachtete.

Die plötzliche Stille beeindruckte sie beide.

Der tote Soldat, um den sich niemand kümmerte, lag noch immer schwitzend auf seiner Bahre und stierte mit dunklen, unverschlossenen Augen in den wolkenlos blauen Himmel.

»Sie nannten ihn Bebé, einfach nur Bebé«, sagte der Comandante. »Seine Mutter wird tausend Tränen vergießen – und sein Vater wird uns verfluchen … und die ganze Verwandtschaft wird sich zu seinem schlichten Begräbnis einfinden.«

»Zu alledem wäre es wohl niemals gekommen, wenn sich diese elenden Mörder – wahrlich rein zufällig! – nicht gerade in Tres Rios eingefunden hätten«, meinte der Alcalde sagen zu müssen.

»Wir fahren ab!«, kommandierte der Comandante Juan Crespo Orosí plötzlich entschlossen.

Indem er sich noch einmal Amadé Velásquez zuwandte, sagte er: »Mein Bericht wird dahingehend lauten, dass dieser Kerl einen Fluchtversuch unternommen hat … denn … denn eine Berendice Luz haben wir niemals gekannt.«

»Ich bin Ihnen sehr verbunden, Comandante«, äußerte sich der Alcalde mit belegter Stimme.

Drei Jeeps und der Militärlaster mit Juan Crespo Orosí, zehn lebenden und einem toten Soldaten, drei Aufständischen, von denen ebenfalls einer tot war, fuhren ab und entfernten sich allmählich in Richtung Horizont auf der staubigen, einsamen Straße nach Pascua.

»Jetzt sind Ordnung und Frieden endlich wieder ins Dorf zurückgekehrt«, bemerkte Amadé Velásquez, während er zusammen mit Porfiria Baurillo, der Frau des Wirtes, versuchte, die entsetzte, von einem gemein begangenen Mord noch immer benommene Berendice Luz zu trösten.

Ihr stummes Lächeln glich tatsächlich dem eines Engels, der sich allmählich von der Erde löste, weil die von ihm ausgeübte Gerechtigkeit letztendlich unverzeihlich war, da sie keineswegs im Einklang mit den Gesetzen des Landes stand.

Doch zuweilen bedürfen vorgeschriebene Gesetze tatsächlich einer Erneuerung, da diese oftmals nicht dazu taugen, für eine Allgemeinheit gültig zu sein, um gerecht angewandt werden zu können.

Nach dem Begräbnis

Längst hatte man seinen Tod erwartet, und als die kleine Aurelia aus der Nachbarschaft ihm – an einem Sonntag – zur gewohnten Mittagsstunde das weich gekochte Essen brachte und seine winzige Schlafkammer betrat, nachdem er auf ihr immer heftiger werdendes Anklopfen nicht geantwortet hatte, erschrak sie nicht einmal über den dürren, leblosen Körper mit den weit aufgerissenen Augen, den sie im Halbdunkel auf dem Bett liegend vorfand. Sie stellte das Tablett mit den breiigen Kartoffeln, die in einer dünnen Suppe mit etwas Gemüse vermischt schwammen, einfach auf dem Schränkchen neben der Tür ab, bekreuzigte sich mehrmals, wandte sich schließlich um und ging nach Hause, um ihren Eltern zu berichten, dass es endlich vorbei sei.

Der Vater und die Mutter erschienen kurz darauf in der Kammer des Verstorbenen – und während er die Fensterläden weit öffnete, um das helle Tageslicht eindringen und vor allem eine Brise Frischluft in diese stickigen vier Wände hereinwehen zu lassen, empfand sie etwas wie ein Gefühl von Abgeschlossenheit.

»Er war immer ein guter Mensch gewesen«, seufzte sie.

»Es ist vorbei«, bemerkte er beiläufig und starrte eine Weile lang auf den wächsernen Leichnam, der nicht mehr atmete.

In der kochenden Hitze des folgenden Nachmittags trug man ihn bereits zu Grabe, denn die Verwesung setzt in solch tropischen Breiten immer frühzeitig ein. Dem

Trauerzug folgten nur wenige Leute, da er seine vertrauten Freunde längst überlebt hatte. Aurelia trug ein dunkles Kleid mit weißen Spitzen. In der Hand hielt sie ein Bündel gelber Rosen. Ihre Mutter schnäuzte sich unentwegt auf dem Weg zum Friedhof, während ihr Vater würdevoll hinter dem Sarg herschritt. Ein schlichter, einfacher Sarg musste genügen, da weder er – der Tote – jemals reich gewesen war noch sie – die Nachbarn –, die ihm zwar das tägliche Essen brachten und sich gelegentlich nach seinem Befinden erkundigten, doch in keinerlei familiärer Bindung zu ihm gestanden hatten. Der Pfarrer sagte ein paar bedeutungslose Worte, bevor man ihn in das tiefe schwarze Loch senkte, aus dem es kein Entrinnen mehr gab. Die zwei bekannten Trunkenbolde der Gemeinde, Emiliano Zarraga und Hermán Lujeza de los Rios, schaufelten Erde darüber, legten Aurelias gelbe Rosen, nachdem sich die Trauernden nach Hause begeben hatten, über den frisch aufgeworfenen Hügel und steckten ein schlichtes hölzernes Kreuz in die Erde, auf dem lediglich der Name des Verstorbenen zu lesen stand: Ismael Jota.

Im Alter von sechsundachtzig Jahren muss man schließlich mit seinem Ableben rechnen, sagte sich der Tote. Aber irgendwie hatte er es sich doch alles ein wenig anders vorgestellt. Niemals wäre es ihm jedenfalls eingefallen, dass er danach – DANACH! –, nach seinem Begräbnis, noch in der Gesellschaft der beiden Totengräber verweilen müsste, die jetzt – bei Einbruch der Dämmerung und nach getaner Arbeit – nichts anderes im Sinn hatten, als sich unter dem rot blühenden Flamboyant zu betrinken.

Emiliano Zarraga reichte Hermán Lujeza de los Rios eine Flasche Aguardiente, nachdem er daraus einen gewaltigen Schluck genommen hatte, und sagte: »Hast du ihn gekannt?«

»Wen? Den Toten meinst du?«

»Ja, Ismael Jota, den wir soeben zugescharrt haben.«

Hermán dachte eine Weile angestrengt darüber nach. »Er war ein alter Mann gewesen, längst fällig für die Ewigkeit«, sagte er schließlich.

»Schon, schon«, murmelte Emiliano, »aber man sagt zudem, dass er zwar immerzu bescheiden und einfach lebte, es allerdings zu einem beträchtlichen Vermögen gebracht haben soll.«

»Ich kann's nicht glauben«, erwiderte Hermán ein wenig erstaunt. »War dies heute etwa nicht ein Armenbegräbnis?«

»Es war ein Armenbegräbnis«, gab Emiliano unumwunden zu, »doch würde es mich keineswegs wundern, wenn man noch einen geheimen Schatz entdecken würde.«

»Einen geheimen Schatz?«

»Vielleicht in einer unscheinbaren Kiste oder Truhe in seiner Hütte.«

Jetzt lachte der Tote; doch die beiden Totengräber konnten sein Lachen nicht hören.

Ismael Jota wunderte sich darüber, wie leicht und körperlos er sich von der Stelle erheben konnte. War er denn nicht tot? Schon allein der flüchtige Gedanke an seine Hütte, die er zu Lebzeiten, zumindest in den letzten fünfzehn Jahren, bewohnt hatte, brachte ihn schleunigst dorthin. Aber warum stand deren Tür jetzt weit offen und warum brannte ein Licht im Wohnraum?

Auf die Veranda traten zwei Männer heraus. Einer von den beiden setzte sich in seinen Schaukelstuhl, während der andere in die Dunkelheit und hinüber zum Dorfplatz spähte. Plötzlich erkannte er sie. Derjenige im Schaukelstuhl war Aurelias Vater Domingo Perrés, der andere, der Stehende, mit dem fleckigen Pickelgesicht, Porfirio Duca, der geizige Wirt der Cantina »Estrellas de la Noche«.

»Ich habe noch gewisse Forderungen einzutreiben. Der Tote ist mir bis zum Schluss eine hübsche, nicht gerade unbeträchtliche Summe schuldig geblieben«, sagte soeben der Wirt.

Domingo lachte. »Und daran erinnerst du dich jetzt ganz plötzlich, nachdem Ismael schon vor seinem Tod – zumindest die letzten beiden Jahre – deine Spelunke nicht mehr aufsuchen konnte, weil er sich kaum noch bis dorthin hätte bewegen können.«

»Aber seine Unterschrift ist weiterhin gültig«, unterbrach ihn Porfirio Duca und zeigte ein paar Zettel vor, die er in der Hand hielt. Auf diesen war unweigerlich die kritzelige Signatur des Verstorbenen zu erkennen.

Darüber wunderte sich Ismael Jota sehr und stierte verblüfft auf die mit der Zeit fettig gewordenen Blätter mit den Eselsohren in der Hand des Wirtes; denn er wusste, dass er damals sämtliche Schulden beglichen hatte, bevor er beschloss, die Cantina »Estrellas de la Noche« nie wieder zu betreten, da er im Voraus ahnte, dass sein Alter und seine morschen Knochen dies fortan nicht mehr zulassen würden.

Er hat mir hoch und heilig versprochen, die Schuldscheine unverzüglich zu vernichten, der Hund … und erlaubt sich jetzt, nach meinem Begräbnis, irgendwelche nicht mehr vorhandenen Forderungen noch einmal einzutreiben.

»Ich gebe mich mit der Hütte des Toten zufrieden, die seine Schulden eh nicht aufwiegen kann«, hörte er den Wirt nunmehr scheinheilig sagen.

Domingo war das Lachen vergangen. Er erhob sich aus dem Schaukelstuhl und rief nach seiner Frau, die im Innern der Hütte gerade damit beschäftigt war, den Boden zu kehren, nachdem sie die wenigen Möbel nass abgewischt hatte, damit der Geruch des Todes allmählich aus diesen Räumlichkeiten entweichen konnte.

»Lass uns gehen, Rebeca! Wir haben uns zwar um Ismael bis zu seinem Tod gekümmert, als ob er zu unserer eigenen Familie gehört hätte, aber Porfirio Duca verfügt über einen unwiderlegbaren Anspruch auf das Hab und Gut des Verstorbenen.«

Sie folgte ihm stumm mit dem Besen und einem Putzkübel in den Händen.

Über das Gesicht des geizigen Wirtes breitete sich ein hässliches Lächeln aus, als er erneut die Hütte des Toten betrat.

»Es wird schon recht bald ein Käufer gefunden werden«, raunte er zufrieden und zuversichtlich.

Der Tote wusste, dass er keinen Frieden finden würde, wenn es ihm nicht gelang, Porfirio Duca des gemeinen Betrugs zu überführen. Allein der Gedanke an den Wirt genügte, dass er sich augenblicklich in dessen Wohnraum über der Cantina »Estrellas de la Noche« einfand, wo der Betrüger im matten Schein einer Öllampe zusammen mit seiner Frau Elena am Tisch saß. Ihre hässlichen Gesichter zuckten von unersättlicher Gier, einer Gier, die diese im düsteren, spärlichen Licht, das sie umhüllte, fast grünlich erscheinen ließ.

»Morgen bringe ich vor der Hütte des alten Narren ein Schild an, damit jedermann sehen kann, dass wir sie verkaufen«, flüsterte Porfirio seiner Frau zu.

Elena kicherte leise. »Wir sollten aber für die Möbel, die darin stehen, noch gesondert etwas verlangen, auch wenn es sich dabei mehr oder weniger um längst abgetragenes Gerümpel handelt.«

»Bin ich vielleicht blöde?«, sagte er.

Elena erkannte sogleich, dass ihr Mann ebenso dachte wie sie.

»Ich muss wieder hinunter in die Cantina«, bemerkte sie und erhob sich vom Tisch.

Währenddessen saß die Familie Perrés gerade beim Abendbrot, als der Tote sich an sie erinnerte, was genügte, um sich dort augenblicklich als schwebender, völlig körperloser Geist einzufinden.

Domingo, der gerade das Brot aufschnitt, sagte: »Das ist der Dank dafür, dass wir ihn in den letzten zwei Jahren versorgt haben ... hahaha!«

»Dennoch, er war immer ein guter Mensch gewesen«, betonte Rebeca ausdrücklich.

Die kleine Aurelia hatte Tränen in den Augen und schluchzte.

»Was weinst du, Kind?«, sagte der Vater. »Eigentlich sollten die beiden bekannten Geizkrägen Porfirio und

Elena Duca jetzt weinen … nämlich Freudentränen über ihr gewonnenes Glück … hahaha!«

»Beruhige dich doch!«, flehte Rebeca.

»Nun ja, er hätte wenigstens ein ordentliches Testament hinterlegen können, solange er noch bei Kräften war.«

»Mir hat Ismael ein Schiff mit einer Schatzkarte hinterlassen«, sagte Aurelia beiläufig, doch weder der Vater noch die Mutter nahmen ihre Bemerkung ernst.

Der Wirt klatschte begeistert in die Hände. Kaum hatte er ein Schild an dem knorrigen Obstbaum neben der Veranda angebracht, auf dem zu lesen stand, dass die Hütte des Verstorbenen mitsamt der Inneneinrichtung zum Verkauf angeboten werde, interessierten sich schon zwei Herren dafür.

Der Tote schmunzelte vergnügt, als er in ihnen die beiden Totengräber Emiliano Zarraga und Hermán Lujeza de los Rios erkannte. Tatsächlich glaubten sie an einen geheimen Schatz, den sie wohl unter dem harten, festgetretenen Erdboden des Wohnraumes, der losen Erde unter der Veranda oder einfach in einem Geheimfach hinter der schlichten Bretterwand vermuteten. Obwohl weder Emiliano noch Hermán über viel Bargeld verfügten, trieben sie den Verkaufspreis zum sichtlichen Vergnügen des Wirtes gegenseitig in die Höhe.

Plötzlich aber stutzte Porfirio Duca und sagte leise zu seiner Frau Elena: »Irgendetwas stimmt hier nicht, wenn die beiden Totengräber so versessen darauf sind, unbedingt Eigentümer der unscheinbaren Hütte des Toten zu werden.«

Da die außergewöhnliche Trunksucht von Emiliano und Hermán den Dorfbewohnern längst bekannt war, luden die Wirtsleute beide in ihre Cantina ein.

»Lasst uns erst mal einen heben, Freunde, bevor wir das Geschäft abschließen«, frohlockte Porfirio.

»Selbstverständlich auf Kosten des Hauses«, fügte Elena mit geschmeichelter List dem hinzu.

»Wir sind eingeladen, Hermán, hörst du!«, sagte Emiliano.

»Du glaubst wohl, ich bin taub, Emiliano, was?«, bemerkte Hermán.

Allmählich schwanden den beiden Totengräbern die Sinne, denn sie fühlten sich wie im Schlaraffenland. Kaum hatten sie ein Glas geleert, stand es schon wieder gefüllt vor ihnen und verlangte danach, erneut ausgetrunken zu werden.

»Dein Papagei im Käfig hat einen Zwillingsbruder bekommen«, jauchzte Emiliano verzückt.

»Deine Elena hat ja zwei Köpfe und vier Augen, mit denen sie mich ansieht«, stellte Hermán ein wenig furchtsam fest, bevor er lauthals über den Spaß loslachte.

Porfirio Duca und seine Frau hatten die Situation unter Kontrolle und gaben nur vor, ausgiebig mitzutrinken. Ihre Füße standen unterdessen in einer Lache aus Schnaps, deren Feuchtigkeit nur langsam und allmählich in den tiefen Rillen des Holzbodens versickerte.

»Der arme Ismael Jota, wenn er nur mit uns feiern könnte ...«

Sogleich hatte Emiliano diese Bemerkung des Wirtes aufgeschnappt, stieß Hermán, der neben ihm saß, in die Seite und meinte, fürchterlich lachend: »Hast du das gehört … der … der Arme!«

»Pst … pst …«, unterbrach ihn Hermán, »bloß … bloß keine Details!«

Er sah sich unwillkürlich um, als befürchtete er augenblicklich, die Wände hätten unsichtbare Ohren, riesige, gewaltige Ohren. Dabei bemerkte er aber keineswegs die angespannten, finsteren Gesichter von Porfirio und Elena Duca, die sich ihnen interessiert zuneigten.

Schließlich war es so weit!

Emiliano deutete es als Erster an, dass Ismael Jota immer sehr sparsam gewesen sei und … Plötzlich wusste er nicht mehr weiter, sank zunächst auf die Stuhllehne zurück, schnaufte heftig und schnappte ein paarmal nach Luft, bevor er seinen Schädel auf die sich vor ihm befindliche Tischplatte knallen ließ. Hermán staunte in der Tat ein wenig ungläubig über das Benehmen seines Freundes und genoss es dann, die Aufmerksamkeit der Wirtsleute ganz auf sich zu lenken.

»Er weiß von einem Schatz … einem … einem vergrabenen Schatz; doch kein weiteres Wort darüber!«

Plötzlich verdrehte Hermán seine geröteten, glasigen Augen, sah ins Leere und stürzte wie ein voller Kartoffelsack, ohne die geringste Gegenwehr zu zeigen, zu Boden und fing an, laut zu schnarchen.

»Hahaha!«, lachte der Wirt.

»Wir verkaufen nicht!«

»Hihihi!«, lachte die Wirtin.

»Wir sind ja keine Idioten wie diese zwei dämlichen Trunkenbolde!«

Am nächsten Tag blieb die Cantina »Estrellas de la Noche« geschlossen, denn Porfirio und Elena Duca hatten anderes zu tun. Mit gierigen Blicken durchstreiften sie die wenigen winzigen Räume der Hütte, um den versteckten Schatz des Toten ausfindig zu machen. Elena zerrte unter dem Schränkchen in der Schlafkammer eine Kiste hervor, die unversperrt war, so dass sie nicht einmal ihren Gatten zu Hilfe rufen musste, um diese zu öffnen. Ihre Hände wühlten in halb verrotteten Kleidungsstücken, die Ismael Jota als Jugendlicher getragen hatte. Da war auch eine Uniform der Rebellen von damals. An deren linkem Hosenbein konnte man noch unschwer einen verkrusteten, längst verblassten Blutfleck erkennen von einer Verletzung, die Ursache dafür war, dass der Verstorbene zeit seines Lebens gehinkt hatte. Elena zerrte die Spuren der Vergangenheit – ähnlich einem wilden Tier auf unentwegter Suche nach irgendeiner Nahrung – aus der Truhe des Toten und verstreute sie auf dem Boden der Schlafkammer, um endlich auf den Grund der Kiste zu gelangen. Außer zwei Fotografien fand sie nichts Weiteres vor. Sie seufzte ärgerlich.

Dann horchte sie auf einmal auf und hörte ihren Gatten die Bretterwand im Wohnraum bearbeiten. Als sie diesen betrat, versuchte er gerade mit einem Stemmeisen in einen Hohlraum vorzudringen, wie er schwitzend und heftig atmend bemerkte.

»Hilf mir, Elena!«

»Ich komme schon, Porfirio!«

Dies war eine neue Hoffnung. Mit vereinten Kräften rissen sie ein Brett aus der Wand und stießen auf einen abgetrennten Nebenraum, in dem der Tote alte Gartengeräte, ein paar seiner Holzschnitzereien (zumeist kleine handliche Boote) und seine Sammlung von bunten Vogelfedern aufbewahrte. Man hätte nur um die Hütte herumzugehen brauchen, um diesen abgetrennten Raum von außen durch eine knarrende, morsche Tür zu betreten.

»Verflucht!«, schrie Porfirio.

»Wieder nichts«, bemerkte Elena erschöpft.

Aber wenig später schon erschien den Wirtsleuten der ächzende Boden der Veranda verdächtig. Porfirio stemmte ein Brett heraus, ein zweites, ein drittes.

»Trockener Boden, Spinnweben und Unrat«, stellte er fest, nachdem er sich auf den Bauch gelegt hatte, um dort unten nachzusehen.

Sie hatten alles versucht. In den wenigen Schubladen und den feuchten Innenwänden der Möbelstücke, in denen der Schimmel längst Einzug gehalten hatte, war weder irgendwo ein Geheimversteck ausfindig zu machen, noch entblößte irgendein Gekritzel des Verstorbenen auf Papier einen entscheidenden Hinweis auf einen verborgenen Schatz.

Jetzt fingen sie an, die beiden Trunkenbolde Emiliano Zarraga und Hermán Lujeza de los Rios zu hassen.

»Du hast dich von diesen Idioten an der Nase herumführen lassen«, warf Elena ihrem Mann vor.

»Wer war denn sogleich damit einverstanden, den beiden kostenlos einen üppigen Rausch zu kredenzen?«, bemerkte Porfirio vorwurfsvoll.

Der Schaden, den sie an der Hütte des Toten auf der Suche nach einem unvorstellbaren Glück angerichtet hatten, war schwerlich zu reparieren. Überall lagen lose

Bretter, umgeworfene Möbelstücke herum – und aufgeworfene Erdhügel im Wohnraum zeugten von ihrer närrischen Schatzsuche.

Niemand interessierte sich mehr für den Erwerb der längst verfallenen Hütte des Verstorbenen, durch deren leckes Dach an den folgenden Regentagen das Wasser tropfte. Auch dieses hatten die Wirtsleute ordentlich bearbeitet auf ihrer vergeblichen Suche nach einem verborgenen Schatz.

Porfirio Duca sagte: »Alles umsonst!«

Elena schnäuzte sich ärgerlich, war wütend und befand, dass man sie wahrlich betrogen hätte.

Eines Nachts hatte Aurelia einen seltsamen Traum, und als sie aus diesem erwachte, holte sie aus dem Bauch des Schiffes, das ihr der Verstorbene geschenkt hatte, die Schatzkarte hervor, die von ihm mit zittriger Hand gezeichnet und mit merkwürdigen Zeichen versehen war. Nun konnte sie die beiden ( ) und die drei ~ ~ ~ auf einmal deuten, denn von einem Boot auf dem Meer hatte sie ja geträumt und einem sanft dahinplätschernden, stets gleichmäßigen Regen. Aber weshalb tauchte neben dem Schiffsrumpf (den die beiden Klammern wohl darstellen sollten) und den Wellenlinien (als Symbol des Meeres) darüber plötzlich Ismael Jotas Hütte auf der Schatzkarte auf? Schließlich lag das Meer eine gute halbe Tagesreise vom Dorf entfernt, während es bis zur schlichten Behausung des Toten nur wenige Meter zu Fuß waren. Die Hütte war mit mehreren Strichen gezeichnet, von denen zwei unweigerlich das Dach darstellen sollten. Täuschte sie sich? Vielleicht hatte der Verstorbene früher tatsächlich noch eine weitere Hütte besessen und nie darüber gesprochen. Jedenfalls – so hatten es ihr die Eltern einmal erzählt – verweilte Ismael Jota, als er noch jünger und bei Kräften war, oft tagelang am Meer. Und er selbst, wenn sie sich mit ihm unterhielt, sprach bevorzugt über seine fortwährende Sehnsucht nach der unendlichen Weite des Ozeans. Aus diesem Grund schnitzte er auch unzählige Boote und hatte ihr sein Lieblingsstück, das er als sein Meisterwerk bezeichnete, geschenkt; kurz bevor es mit ihm zu Ende gegangen war. Dabei zeigte er ihr zudem, dass die Luke auf Deck der dreißig Zentimeter langen Barke vor der kleinen Kajüte zu öffnen war, und fügte geheimnisvoll hinzu, dass er darin eine Schatzkarte versteckt habe, die sie zu seinen wenigen Habseligkeiten führen würde.

Was hatte er noch gesagt?

»Wenn ich letztendlich abtrete …«

(Und jetzt hat er tatsächlich die irdische Welt für immer verlassen, überlegte Aurelia und fühlte einen tiefen Schmerz.)

»dann sollen meine Ersparnisse dir und deinen Eltern gehören für die freundliche Fürsorge und Zuneigung in meinen letzten Jahren.«

(Dabei hatte er liebevoll gelächelt.)

Bevor er ein wenig einschlummerte, sprach er noch einmal von der Weite des Meeres, der Hängematte zwischen den knorrigen Bäumen in seinem kleinen Garten hinter der Hütte, in der er sich so geborgen fühlte wie auf Deck eines Bootes (umspült von den Wellen) und unbeschreiblich frei. Wie sehr er doch die Freiheit liebte!

Sie lächelte. Man hätte wahrlich denken können, dass ein Dampfschiff zwischen den drei Bäumen vorüberfahren würde, wenn er Pfeife rauchend in seiner Hängematte lag. Aurelia erinnerte sich in diesem Augenblick vergnügt daran. In seinen letzten Monaten aber blieb er nur mehr im Halbdunkel seiner Schlafkammer auf dem Bett liegen, keuchte zuweilen, schnaufte tief, hörte mit gespitzten Ohren dem Dorftreiben zu, das er lediglich noch in Bruchstücken von draußen wahrnehmen konnte, und wartete geduldig auf seine Erlösung von diesem irdischen Leben.

Sie schluchzte.

Erneut betrachtete sie die Schatzkarte und wusste jetzt, dass die drei versetzten • • • auf dieser von Ismael Jota die Bäume in seinem kleinen Garten darstellten, dieses lang gezogene Zeichen — mit dem ^ darüber die Hängematte und den Pfeifenrauch. Und dicht daneben waren eben die Symbole ( ) und ~ ~ ~ angebracht, bei denen es sich, wie ihr augenblicklich klar wurde, nicht um den Rumpf eines Schiffes und das Wellenspiel des Meeres handelte, SONDERN … und dass das X die Stelle bezeichnete, an der sich der Schatz befinden musste, war sowieso klar.

Sie musste unbedingt mit ihren Eltern darüber reden.

Verwundert beäugten die Wirtsleute der Cantina »Estrellas de la Noche« Rebeca Perrés, die sich dafür interessierte, die Hütte des Toten mitsamt dem bisschen an verwildertem Grundstück zu erwerben. Schnell war das Geschäft abgemacht und abgeschlossen. Porfirio rückte zudem — erleichtert aufatmend — die Schuldscheine des Toten heraus.

Ismael Jota grinste zufrieden.

»Ein ordentlicher Preis für dieses wertlose Nichts«, freute sich der geizige Wirt.

»Ein gutes Geschäft«, bemerkte Elena zufrieden.

»Solch eine Sentimentalität verdient, betrogen zu werden«, sagte Porfirio lachend.

Kichernd fügte Elena dem hinzu: »Den alten Narren haben sie offensichtlich sehr gemocht.«

»Hahaha!«

»Was sie bloß anfangen wollen mit diesem Bretterverschlag?«

»Pure Sentimentalität, wie schrecklich!«, jauchzte Porfirio und goss sich ein weiteres Glas Aguardiente ein.

Mit tiefer Genugtuung beobachtete der Tote, wie Domingo, Rebeca und Aurelia das Wasser aus der bauchigen hölzernen Regentonne abschöpften, um diese anschließend zur Seite zu rücken. Denn in der Tat bezeichneten die beiden ( ) nicht einen Schiffsrumpf, sondern eben dieses Fass, in dem sich ständig das Regenwasser sammelte. Und die drei ~ ~ ~ bedeuteten die sanft gekräuselten Wellen des stehenden Gewässers an seiner Oberfläche. Direkt unter die ( ) hatte Ismael Jota das X eingetragen.

Nun schoben sie mit vereinten Kräften die Regentonne zur Seite und entdeckten augenblicklich die Truhe, über die der Verstorbene nur ein Stück Pappkarton gebreitet hatte und ein Häufchen Erde darüber. Sein Reichtum war nicht außerordentlich, doch groß genug, um die Gesichter der Vertrauten vor Freude erstrahlen zu lassen, während sich die Gesichter der Wirtsleute vor Neid grün verfärbten, als sie davon erfuhren.

Die Familie Perrés beschloss, da sie es sich fortan leisten konnte, aus dem Dorf wegzuziehen, um irgendwo am Ufer des Meeres zu leben. Denn ebenso wie der Tote sehnte sie sich nach dessen Nähe.

»Er war immer ein guter Mensch gewesen«, sagte Rebeca zum wiederholten Mal und hatte ehrliche Tränen in den Augen.

»Als Testament hat dieses alte Schlitzohr eine geheime Schatzkarte hinterlassen!«, jauchzte Domingo vergnügt.

Aurelia aber sah hoch zum Himmel und fühlte, dass der Geist des Toten dort oben – irgendwo – über ihren Köpfen schwebte. Und tatsächlich fühlte sich Ismael Jota auf einmal befreit und überaus zufrieden, denn er hatte ein gutes Werk vollbracht und letztendlich seine Ruhe gefunden. Nun konnte er getrost in sein Grab zurückkehren oder … ins Paradies eintreten … oder auf einer Barke das unendliche Meer für alle Zeiten und Ewigkeiten befahren … oder … auch als Toter weiß man schließlich nicht, was noch kommen wird.

Ein allerletztes Mal erlaubte er es sich jedoch – heimlich und unsichtbar – in die Cantina »Estrellas de la Noche« einzutreten, wo er die beiden Wirtsleute in einem furchtbaren Streit miteinander vorfand.

»Du dämlicher Idiot!«

Elena erzürnte sich über ihren Gatten, der geknickt in einer Ecke des Raumes saß, und spie Gift.

»Du hässliche Kröte!«, geiferte Porfirio zurück.

So sollte ihr restliches Leben bis zu ihrem Ende weitergehen, denn auch die anderen Dorfbewohner fingen an, die Wirtsleute fortan zu verspotten.

»Bin ich doof?«, lautete jetzt in ihrer Umgangssprache: »Heiße ich etwa Porfirio?«

»Bin ich vielleicht hässlich?«, hieß jetzt: »Ich will doch keine Elena sein!«

Emiliano Zarraga und Hermán Lujeza de los Rios, die beiden Totengräber, setzten sich nach getaner Arbeit in den Schatten des rot blühenden Flamboyant. Immer gab es ein Loch für einen Toten auszuheben – und wenn nicht, dann mussten sie sich eben damit beschäftigen, verwelkte Blumen zu beseitigen, die Kieswege frisch aufzuschütten, die Vergänglichkeit irgendwie aufzuhalten, indem sie die Grabsteine von den entsetzlichen Zeichen der Witterung säuberten, oder wenigstens so tun, als wären sie fortwährend mit irgendeiner gewichtigen Arbeit beschäftigt. Dafür wurden sie schließlich bezahlt.

Dies hieß aber keineswegs, dass sie nicht ab und zu eine Flasche köpften, denn wer konnte es ihnen nicht nachsehen – bei dieser andauernden Hitze?

Längst hatten sie sich damit getröstet, dass sie den Schatz des Toten auch durch den Erwerb seiner Hütte niemals aufgespürt hätten, da dieser ausschließlich für Aurelia und ihre Eltern bestimmt gewesen war.

»Ismael Jota hat es so gewollt«, sagte Emiliano erleichtert.

»Der Verstorbene hat es so bestimmt«, erklärte Hermán zufrieden.

Keiner im Dorf konnte sich erklären, weshalb auf dem Grab von Ismael Jota stets ein Bündel frischer gelber Rosen lag. Schließlich war die Familie Perrés längst an die Küste gezogen – und eigentlich gab es niemanden mehr, der sich um diesen aufgeworfenen Erdhügel mit dem schlichten Holzkreuz unter dem zumeist wolkenlos blauen Himmel kümmern sollte.

»Manch ein Geheimnis muss eben ungelöst bleiben«, bekannte Emiliano Zarraga; lachend, trunken.

Doch Hermán Lujeza de los Rios beschwor, dass er vorgestern, gestern einen Geist gesehen habe, der vielleicht auch morgen, übermorgen wieder in Erscheinung treten würde, um diese gelben Rosen auf das Grab des Toten zu legen.

Niemand glaubte ihm, dem Trunkenbold.

Als sie sich zu später Stunde – vom Alkohol gesättigt und ein wenig stolpernd – endlich auf den Nachhauseweg machten, rauschte der Wind durch das Geäst der Bäume. Und Ismael Jota lachte unhörbar; denn sein Lachen war längst aus dieser gegenwärtigen Welt eines Augenblicks verstummt.

Der rot blühende Flamboyant aber erstrahlte auch am nächsten Morgen wieder in seiner heftig leuchtenden Farbe über dem friedlichen, so ruhigen Meer der einsamen, unzähligen Toten.

Sargento Sertíjo

Tres Rios X

Jaime Dominguez Sertíjo, wie er mit vollem Namen hieß, wurde vom Comandante Juan Crespo Orosí als Nachfolger des von Aufständischen ermordeten Sargento Esteban Uríba vorgeschlagen, um nunmehr die verlassene Polizeistation in Cuatro Esquinas wiederzubeleben. Der Comandante hatte ihm diesen Posten gewissermaßen schmackhaft gemacht, da der Sargento Sertíjo sich dadurch auszeichnete, dass er äußerst vertrauenswürdig, gänzlich unbestechlich und vor allem jemand war, der schon immer ein ruhigeres Leben in der Abgeschiedenheit eines Dorfes den Gewaltverbrechen in der Provinzhauptstadt bevorzugte, in der er es zwei Jahre lang vornehmlich mit Mördern, Dealern, Prostituierten, Dieben und anderen schlimmen Auswüchsen einer reichlich unmoralischen Gesellschaft zu tun gehabt hatte. Der Comandante wusste darüber Bescheid, dass der Sargento Sertíjo seinerzeit nur aufgrund einer üblen Verschwörung und gemeinen Nachrede aus Estrellas del Norte, einem am Meer gelegenen Dorf im Norden, in die Provinzhauptstadt versetzt worden war, weil sein Gerechtigkeitssinn einfach unbeugsam war. Sich mit einer hohen Persönlichkeit in lautstarken Vorwürfen auseinanderzusetzen, selbst wenn diese gerecht waren, wie sich letztendlich auch herausstellte, war immer etwas naiv und konnte damals nur in einer Zwangsversetzung enden. In der Tat war Oscar Luís Calderón, dem Estrellas del Norte zumindest zur Hälfte gehörte, korrupt und bestechlich gewesen, doch zudem ein Politiker mit reichlichen Beziehungen, ein Geier unter Geiern sozusagen, so dass die vorgebrachte standhafte Ehrlichkeit eines Sargento Sertíjo sich letztendlich unweigerlich in solch einer Zwangsversetzung in die Provinzhauptstadt, an die schaurigsten Plätze dort, auswirken musste. Als sich Oscar Luís Calderón der Bestechlichkeit und der Zeugenaussage eines bedingten Mörders, den er zu gewissen Taten – drei mysteriöse Todesfälle wurden im Laufe der Zeit bekannt – angestiftet hatte, überführt sah und sich auf der weitläufigen schneeweißen Terrasse seines Anwesens in einem letzten Aufbäumen und einem grässlichen, überschwänglichen Weinrausch erhängte, war jedenfalls niemand zugegen, der den Sargento Sertíjo jemals rehabilitierte. Doch die dem Sargento zugefügten Wunden schlossen sich allmählich in Anbetracht der neuen Aufgabe, in der Provinzhauptstadt Gerechtigkeit auszuüben. Aber wo verweilte die Gerechtigkeit, an welch einem Ort überhaupt? Carmen Necesitá, eine einfache Straßendirne, erlag einem halben Dutzend Messerstichen ihres so genannten Beschützers, der sich von ihr betrogen fühlte, weil sie in jener unglücklichen Nacht, wie sie beschwor, nur einen einzigen Freier abbekommen hatte, was ihren Zuhälter dermaßen erzürnte, dass er letztendlich diese abscheuliche Tat beging. Jaime Dominguez Sertíjo, der ja längst ein wenig Freundschaft mit Carmen Necesitá geschlossen hatte, quollen die Tränen aus den Augen, als er sich über die zarte kleine Leiche beugte.

»Nicht einmal ein bloßes Abschiedswort war mir mehr

vergönnt von ihren Lippen!«, beteuerte er dem Comandante in einem persönlichen Gespräch gegenüber.

Somit wusste Juan Crespo Orosí, dass für die leer stehende Polizeistation in Cuatro Esquinas wohl kein besserer Hüter des Gesetzes, Charakter und Mensch zur Verfügung stehen konnte als eben dieser Sargento Sertíjo.

Als er die in einer satten blauen Farbe getünchte Veranda der Polizeistation in Cuatro Esquinas zum ersten Mal betrat und sich über die Brüstung der Veranda beugte, ahnte der neue Sargento augenblicklich, was seinem Vorgänger zum Verhängnis geworden war. Wie eine Zielscheibe bot man sich hier, auf dieser Veranda, geradezu irgendwelchen Aufständischen an, wenn diese aus dem angrenzenden Rand des Dschungels, hinter irgendeinem Gebüsch versteckt, ihre Gewehre auf einen richteten. Darüber durfte er überhaupt nicht nachdenken! Ein einsamer Eselstreiber, den er nicht kannte, kam vorüber und grüßte ihn mit einem breiten Grinsen im Gesicht. Mit einer flüchtigen Handbewegung erwiderte er den Gruß. Anfänglich fühlte er sich noch als Fremder, denn bei seiner Ankunft war ihm vom Comandante Juan Crespo Orosí lediglich der Alcalde von Tres Rios vorgestellt worden. Dieser begrüßte ihn zwar freundlich und reichte ihm die Hand, sprach ein paar Worte, doch musste Amadé Velásquez augenblicklich irgendeinem dringenden Geschäft nachgehen. Der Comandante Juan Crespo Orosí führte ihn daraufhin seinem zukünftigen Arbeitsplatz zu, klopfte ihm vertraulich auf die Schulter und fuhr davon.

Somit setzte der Sargento erstmals Kaffee auf dem winzigen Herd in der Polizeistation auf und betrachtete aufmerksam dieses ihm nun anvertraute Umfeld. Rechts von der Balustrade erstreckt sich der aufdringliche Dschungel mit all seinen Geräuschen und seinen Geheimnissen, die dieser in sich birgt, während auf der linken Seite ein staubiger Weg an der Polizeistation vorbeiführt, auf dem die Campesinos auf ihren Eseln und Pferden vorüberreiten oder zu Fuß nach Cuatro Esquinas oder in die andere Richtung, nach Tres Rios, unterwegs sind, erkannte er augenblicklich.

Am dritten Tag, nachdem er bereits zwei schlaflose Nächte in der ihm anvertrauten Polizeistation verbracht hatte, bemerkte er eine junge Frau, die auf dem staubigen Weg vorüberschlenderte. Hübsch war sie anzusehen, lächelte ihm sogar ein wenig schüchtern zu, während sie zugleich einen Augenblick lang verweilte, um anschließend ihren Weg, zögernd, wie es ihm vorkam, fortzusetzen. Einige Stunden später konnte er bereits von der aufdringlichen Witwe Antonía Jezebel Verde, die ihm einen selbstgebackenen Kuchen überreichte, den Namen der Schönheit in Erfahrung bringen.

»Es wird wohl Rebeca Sánchez gewesen sein«, mutmaßte die Alte beiläufig, während sie ihm ein großes Stück Kuchen auf einem Teller servierte.

Er war dazu geneigt, diesen einfachen Kuchen ins Überschwängliche zu loben, denn schließlich galt es, sich bei den Bewohnern der Umgegend in ein geeignetes Licht zu setzen und um zu erreichen, ein von allen Seiten geachteter Nachfolger des offensichtlich vielgeliebten Sargento Esteban Uríba zu werden.

Lästig war die Witwe Antonía Jezebel Verde dennoch, da sie die Eigenschaft hatte, unaufhörlich zu schwatzen und nicht zu wissen, wann es an der Zeit war, sich zurückzuziehen. Als die Dämmerung hereinbrach, sagte sie endlich: »Schon so spät? Ich muss nach Hause!«

Noch einmal bedankte er sich artig für den Kuchen, den angenehmen Zeitvertreib und bemerkte, dass man sich ja wohl bald wieder begegnen würde.

Die Witwe Antonía Jezebel Verde eilte in ihren schlichten Röcken davon, hinaus in die mittlerweile hereingebrochene Dunkelheit, und ertappte sich dabei, dass sie zufrieden vor sich hin lächelte, weil der neue Sargento ein bemerkenswerter Mann war, der wieder für Recht und Ordnung in Tres Rios und der ganzen Umgegend sorgen würde.

In der Cantina von José Baurillo begrüßte ihn der Wirt am folgenden Tag mit einschmeichelnden Worten: »Sie haben sich hoffentlich schon ein wenig eingelebt in unserem Dorf, Sargento?«

Der bestätigte dies, indem er verkündete, dass es ihm hier wahrlich gefalle.

»Porfiria, bring uns ein eisgekühltes Bier!«

Nach einer Weile des Schweigens äußerte der Wirt, dass man in Tres Rios tatsächlich wie im Paradies leben könnte, wenn es zuweilen, von Zeit zu Zeit, diese verfluchten Aufständischen nicht geben würde. Dabei übertrieb er wohl ein wenig – und verschwieg gegenüber dem Sargento zudem die entsetzliche Langeweile, die im Dorf vorherrschte, dessen Bewohner zuzeiten quälte und die dieser wohl selbst und schon recht bald verspüren würde.

»Muss man sie tatsächlich fürchten, die Aufständischen?«, fragte der Sargento gelassen.

»Gelegentlich, aber augenblicklich sind wieder ruhige Tage eingekehrt«, antwortete José Baurillo nur.

Zur Beruhigung fügte er seinen zuvor gesagten Worten noch hinzu: »Außerdem sind sie zumeist feig und schleichen daher an Tres Rios einfach vorüber wie gemeine Hunde, ohne sich auf irgendeine Auseinandersetzung mit uns Dorfbewohnern einzulassen.«

»Und dennoch fiel jener Schuss aus dem Hinterhalt, der meinen Vorgänger tötete«, bemerkte Jaime Dominguez Sertíjo nachdenklich.

»Man hat sie augenblicklich eingefangen, diese Verbrecher, es waren derer lediglich drei; einer wurde dabei getötet und die beiden anderen erwartet ebenfalls ein gerechtes Urteil. Dieses Geschehen hat sich sicherlich auch unter all den anderen Rebellen in Windeseile herumgesprochen, so dass sie die Umgebung von Tres Rios wohl für eine sehr lange Zeit meiden werden«, betonte José Baurillo mit einem beruhigenden Lächeln im Gesicht.

Nunmehr dachte der Sargento Sertíjo an seine erste Begegnung mit Rebeca Sánchez und fragte den Wirt daher: »Lebt Rebeca Sánchez eigentlich hier im Dorf?«

Der Wirt lächelte erneut bedeutungsvoll und deutete auf die Flucht der einsamen Straße hin, die vom großen Platz mit den weit ausladenden Mandelbäumen hinwegführt.

»Man kann von hier aus sogar ihren Vater in seiner Hängematte beobachten, wenn man einen geschärften Blick hat.«

Daraufhin erhob sich Jaime und wiederholte nochmals, dass er sich tatsächlich schon ein wenig in das gewöhnliche Leben des Dorfes eingelebt habe. Anschließend dankte er dem Wirt für das Bier und verabschiedete sich.

José Baurillo rief sogleich nach seiner Frau und erklärte ihr in wenigen Worten, dass wohl recht bald eine Hochzeit stattfinden würde, die man gewiss in ihrer Cantina feiern werde.

»Du spinnst doch schon wieder«, bemerkte Porfiria mit einem Kopfschütteln, während sie mit dem Besen in der Hand herumfuchtelte, um die Veranda zu säubern.

»Jedenfalls ist er der am besten geeignete Bewerber um Rebecas Gunst, dieser Teufelskerl, wie mir scheint.«

Der Sargento Sertíjo befand sich soeben auf der Veranda der Polizeistation in Cuatro Esquinas, als er Rebeca Sánchez wiederholt mit einem Korb vorübergehen sah. Sie lächelte ihm zu, und er lächelte augenblicklich zurück. Auf einmal empfand er dieses Gefühl einer plötzlichen Verliebtheit, das sich wohl kaum irgendwie erklären lässt. Der Mond vergoss sein fahles blasses Licht über die Landstraße und den Vorplatz der Veranda, während er ein wenig in genüsslichen Träumen schwelgte.

»Rebeca ... Rebeca ... Rebeca ...«, murmelte er dabei unentwegt leise vor sich hin, und ihr Name zerging auf seiner Zunge wie eine süße Speise aus Vanille und Schokolade.

Dann endlich war sie da und gegenwärtig ... stand wahrhaftig vor ihm in einem hübschen blauen Kleid, das schwarze Haar zurückgekämmt, mit ihren großen dunklen Augen ... denn diese, solch eine Liebe konnte ja auf die Dauer nicht einfach wie ein einfacher Eselstreiber immerfort an ihm vorüberziehen … und er bemühte sich darum, ihre Anwesenheit festzuhalten, indem er Rebeca einen Kaffee anbot und ein tatsächlich längeres Gespräch. Dazu schien sie bereit zu sein, denn sie nahm auf einem der schlichten Stühle auf seiner Veranda Platz, nicht ohne in die Dunkelheit hinauszuspähen und nebensächlich zu bemerken, dass sie längst im Haus ihrer Eltern erwartet werde.

»Man hat Sie einfach hierher, ans Ende der Welt, versetzt?«, fragte sie leise.

»Ich bin gänzlich freiwillig nach Tres Rios gekommen, der Anfang eines für mich neuen und aufregenden Lebens.«

Es dauerte nicht lange, bis er ihr seine ganze Lebensgeschichte enthüllte; denn wie aus einem frischen Quell sprangen ihm die Worte aus dem Munde. Er gab all seine Hoffnungen und Sehnsüchte preis und hatte in der Tat nichts Schlechtes zu verbergen. Dies spürte Rebeca unverzüglich und dachte über all diese erbärmlichen Idioten nach, die ihr bisher den Hof gemacht hatten; allen voran Noél Augustín Valle, dieser Schwätzer!

Auch wenn es wenig wahrscheinlich und geradezu ungeheuerlich ist, zu behaupten und darüber zu berichten, dass in einem kurzen Moment tatsächlich solch eine innige Beschwörung zwischen zwei Herzen stattfinden kann, muss man derartigen Tatsachen oder Gegebenheiten doch unweigerlich ins Auge sehen.

Rebeca Sánchez war jedenfalls ebenso verliebt in Jaime Dominguez Sertíjo, wie dieser in jenem bloßen Augenblick, als er sie zum ersten Mal sah. Jetzt tranken sie bereits dies Atmen einer gegenwärtigen, fortan und in

Zukunft gemeinsam ablaufenden Zeit aus köstlichen, unsichtbaren Quellen.

Alsbald waren sie sich bewusst und einig darüber, dass auf der Veranda der Polizeistation in Cuatro Esquinas ein Engel vorüberstreifte; ein Engel der Liebe, der ihnen eine verheißungsvolle und überaus bedeutende Zukunft verkündete.

Schüchtern, gar ein wenig stotternd, fand sich der Sargento Sertíjo schon nach wenigen Tagen (drei Wochen mochten wohl vergangen sein) auf der Veranda von Puco Sánchez ein, der sich wie gewöhnlich in seiner Hängematte genüsslich ausstreckte.

»Aha, der neue Sargento«, bemerkte der Hausherr staunend und setzte sich träge auf den Rand seiner Hängematte, während er dem Überraschungsbesuch mit einer flüchtigen Handbewegung einen Stuhl anbot.

Jaime Dominguez Sertíjo lehnte höflich ab.

Bisher waren sich beide erst zweimal kurz auf dem großen Platz mit den weit ausladenden Mandelbäumen begegnet – und sie hatten kaum drei Sätze miteinander gesprochen.

»Etwas ... etwas ist geschehen, was ... was wir ... was wir miteinander ... zu ... zu besprechen haben«, meinte der Sargento mit kaum vernehmbarer Stimme.

Daraufhin räusperte er sich.

Nunmehr zeigte sich Puco Sánchez augenblicklich erschrocken und dachte sogleich an die Aufständischen.

»Man muss den Acalde unverzüglich benachrichtigen!«

»Aber ... aber darum handelt es sich ja ... ja keineswegs.«

»Nicht?«, wunderte sich Puco und ließ seine Füße unruhig über dem Boden hin und her baumeln. »Was ist es dann?«

Erst jetzt bemerkte er den Blumenstrauß in den Händen von Jaime Dominguez Sertíjo, den dieser geschickt hinter seinem Rücken verborgen gehalten hatte, jetzt vorzeigte und dessen Blüten in Weiß, Lila, Gelb und Rot schon ein wenig herabhingen.

»Nanu«, sagte Puco erstaunt.

Schließlich nahm der Sargento seinen ganzen Mut zusammen und stotterte: »Ich ... und Ihre Tochter! ... Es ist nämlich so, dass ... dass Rebeca ... dass Rebeca und ich ... nun ja ... nun ja ... heiraten wollen.«

Geschafft!

Puco Sánchez verschlug dieses Geständnis allerdings sogleich die Sprache. Er erhob sich von seiner Hängematte, stierte in Jaimes Gesicht oder vielmehr in ein Nichts.

»Aber weshalb ... und wieso? Ich weiß nicht. Vielleicht fragen Sie einfach Julia, meine Frau, nach deren Meinung.«

Eine gewisse Spannung war plötzlich vorgegeben.

»Julia! Julia! Julia!«, schrie er mehrmals lautstark in Richtung der offen stehenden Tür, bis sich seine Frau mit umgebundener Schürze endlich zeigte.

»Was gibt's? ... Ah ... der neue Sargento!«

In Windeseile löste sie ihre fleckige Schürze, mit der sie wie gewohnt den Abwasch getätigt hatte, streifte sich ihre Haare und ihr schlichtes Kleid zurecht und staunte über den wunderschönen Blumenstrauß in den Händen des unverhofften Gastes.

Währenddessen lauerte im Hintergrund wie ein äußerst angespanntes, überirdisches Wesen, das nur dann zu Tage tritt, wenn es eine Berechtigung dafür empfindet, Rebeca Sánchez, die Auserwählte.

Nachdem Julia in die vorgegebene Situation eingeweiht worden war, überlegte sie nicht lange, lächelte und sagte nur, ihre glänzenden schwarzen Augen auf Puco Sánchez gerichtet: »Wenn beide es tatsächlich ernst meinen, dann müssen wir dies wohl akzeptieren.«

Puco Sánchez erwiderte, während er die klägliche Gestalt betrachtete, die mit ihren eigentlich längst schon von der Hitze verdorbenen Blüten vor ihm stand, mühsam: »Man muss Rebeca … Rebeca unverzüglich … unverzüglich zu Rate ziehen, denn sie … sie ist schließlich alt genug und … und muss wissen, was sie möchte.«

Kaum hatte sie diese Worte ihres Vaters vernommen, stand Rebeca auch schon auf der Türschwelle und beteuerte aufgeregt: »Keinen außer Jaime will ich jemals haben!«

»Dann gebt doch wenigstens den Blumen frisches Wasser, bevor sie gänzlich verdorren«, meckerte Puco Sánchez, noch immer reichlich verwirrt.

Die einander Versprochenen fielen sich augenblicklich in die Arme und küssten sich innniglich. Julia Sánchez war gerührt.

»Kommt herein ins Haus … es gibt ja noch so vieles … so vieles zu besprechen!«, schluchzte sie ebenso aufgeregt wie ihre Tochter.

Währenddessen legte sich Puco Sánchez wieder in seine Hängematte, streckte die Beine weit von sich, schloss die Augen und überlegte, dass er mit etwas Derartigem eigentlich nicht gerechnet hatte. Wie würde ihr zukünftiges Leben wohl weiterhin verlaufen, wenn die Tochter auszog und er mit Julia plötzlich allein sein würde? Nun ja, Wesentliches würde sich wohl vorerst kaum ändern, denn weiterhin würde er seine Beine in seiner geliebten Hängematte ausbreiten können, bis dann unweigerlich die Enkelkinder einträfen, die ihn unter großem Lärm aus seiner gewohnten Gemütlichkeit (seiner Lethargie) reißen würden. Daran durfte er überhaupt nicht denken.

»Und wer bezahlt eigentlich die Hochzeit und das ganze Drumherum?«, murmelte er vor sich hin.

Jetzt schwitzte Puco Sánchez in seiner Hängematte, während er gleichzeitig vernahm, dass sich das glückliche (zukünftige) Brautpaar mittlerweile von Julia verabschiedete und sich entfernte.

Dann stand sie, seine angetraute Frau, plötzlich neben ihm und sagte: »Man muss Einladungen verschicken, den Alcalde, Amadé Velásquez, und auch José Baurillo, den Wirt, schleunigst informieren, dass Rebeca in den Hafen der Ehe einlaufen wird.«

Während ihm die Sonne heiß und frivol ins Gesicht grinste, fragte er lediglich: »Und wer bezahlt dies alles?«

»Letztendlich wir. Denn schließlich ist Rebeca unsere Tochter, unser eigen Fleisch und Blut.«

»Selbstverständlich«, murrte Puco Sánchez.

»Sie hat schließlich ihre Entscheidung getroffen.«

»Sie hat in der Tat ihre Entscheidung getroffen«, wiederholte er.

Als Noél Augustín Valle, der zwar ein etwas liederlicher, doch keineswegs gar ein gemeiner oder grober Kerl ist, von der bevorstehenden Heirat zwischen Rebeca Sánchez und dem Sargento Jaime Dominguez Sertíjo erfahren hatte, fand er sich augenblicklich im Bordell der Vieja Mercedes de Granada in Las Brisas mit einem scheußlichen Rausch ein. Man legte ihm irgendeine Yanira zur Seite. Als er erwachte, schmerzte ihm der Kopf, ekelten ihn diese blassen, verschlungenen Beine um seine Lenden, quälte ihn weiterhin ein eigentümlicher Traum. Etwas wie Liebe sprach aus seinem verschlossenen Herzen.

»Wenn ich weder dich, Rebeca Sánchez, noch dich, Inés Llorante, jemals bekommen habe, dann liegt mir wahrlich nichts mehr daran, hier weiterhin zu verweilen.«

Vielleicht war er zudem in seinem gesamten und bisherigen noch jungen Leben immerzu einfach zu sehr verliebt gewesen, was sich nunmehr als ein gewaltiger Fehler entpuppte.

Yanira bemerkte jedenfalls: »Das bewusst Vorgegebene unterliegt immer irgendeiner Täuschung.«

»Ich habe es letztendlich begriffen. Ein Aufbruch muss geschehen!«, murmelte er missvergnügt, dennoch erleichtert und streichelte sanft über Yaniras rabenblauschwarzes Haar.

Zweifelsohne war sie geradezu bezaubernd, und er hatte sie schon mehrmals aufgesucht in den vergangenen Jahren. Aber sie war und blieb eben nur ein schönes Geschöpf, das man ihm – heute ihm und morgen irgendeinem anderen – zur Seite legte, um gewissermaßen einen Trost zu spenden den Verlorenen, Unglücklichen, Gescheiterten.

Er gab ihr einen letzten Kuss und schlich sich daraufhin aus dem Bordell der Vieja Mercedes de Granada in Las Brisas, hinaus in den dämmerigen Morgen.

Niemals hatte er die eigentliche Liebe, doch stets die Erfüllung irgendeines plötzlichen Verlangens, erfahren.

Die ersten Boote mit tuckernden Motoren glitten über die sanft sich weithin bis zum Horizont und darüber hinaus erstreckende Wasserfläche.

Jetzt wurde ihm, Noél Augustín Valle, plötzlich bewusst, dass er nimmermehr nach Tres Rios zurückkehren würde, wo die fortwährend vorüberstreichende Zeit eigentlich tagtäglich in irgendeinem Müßiggang endete.

»Auf, auf zu neuen Ufern!«, schrie sein Herz und gleichzeitig seine Stimme.

»Wohin?«, fragte ein armseliger Bettler, der auf einer Bank eingenickt war, dort die ganze Nacht verbracht hatte und nunmehr seine vom Alkohol geröteten Augen rieb, um sie vom trügerisch trüben Schleier seiner Trunksucht augenblicklich zu befreien.

»Bruder, ich gehe fort, und zwar für immer«, sagte Noél Augustín Valle entschlossen.

»Bruder, ich verweile hingegen weiterhin an dieser Örtlichkeit bis ich letztendlich sterbe«, bekannte der alte Mann und beschloss, seine Augen wieder zu schließen, um noch ein wenig zu schlummern.

An jenem Tag verloren sich jedenfalls sämtliche Spuren von Noél Augustin Valle, der nunmehr und letztendlich den Entschluss gefasst hatte, irgendwoanders ein gänzlich neues Leben zu beginnen. Er wanderte (schlich) einfach davon, von dannen, nach irgendwohin.

Von da an war nichts mehr von seiner weiteren Existenz zu vernehmen, als hätte er sich geradezu in ein Nichts, in einen flüchtigen Staub verwandelt und aufgelöst. Irgendein aufkommender Wind trug ihn einfach davon …

José und Porfiria Baurillo sprangen an diesem Sonntag wie Berserker umher oder eben wie wahrhaftig geschäftstüchtige Wirtsleute, um ihren zahlreichen Gästen all ihre Wünsche zu erfüllen. Die Heirat zwischen Rebeca Sánchez und Jaime Dominguez Sertijo war nunmehr vollzogen. Der Pater José de Las Casas hatte in seiner Kirche, die sich außerhalb des Dorfes auf dem halben Weg nach Pascua befindet, die Trauung vorgenommen. Nunmehr genossen die Gäste – denn ganz Tres Rios war zur Hochzeit geladen – die üppigen Speisen, die dargebotenen Getränke, tanzten, lachten, spaßten miteinander und verabschiedeten sich erst in den frühen Morgenstunden. Zufrieden legte sich Aurélio Tapa, der Säufer, unter einen Baum auf einer Wiese nieder ins feuchte Gras und begann bald darauf genüsslich zu schnarchen. Ulysses und Lucinda Maté spazierten vereint und eng umschlungen, sich gegenseitig immerzu neckend, nach Hause, denn tatsächlich erinnerten sie sich jetzt an ihre eigene Hochzeit und wurden noch einmal schrecklich kindisch und jung.

Als ein neuer Tag über Tres Rios erwachte, war nichts mehr zu verspüren von der Festlichkeit, die am Vorabend begonnen hatte und die ganze Nacht, bis in die frühen Morgenstunden hinein, andauerte. Irgendwann kam die Witwe Antonía Jezebel Verde aus ihrer Hütte zum Vorschein und fegte den Sand und Schmutz von ihrer Veranda – dann zeigte sich auch María Magdalena und tat dergleichen.

Im Dorf war jedenfalls wieder Stille eingekehrt.

Die Verliebten, die sich bereits um Mitternacht unter dem allgemeinen Applaus der Dorfbewohner in die Polizeistation von Cuatro Esquinas zurückgezogen hatten, erlebten ihren ersten gemeinsamen Morgen. Sie nahmen das Frühstück auf der in einem satten blauen Ton gestrichenen Veranda zu sich und lächelten dabei unentwegt.

»Rebeca, wir müssen uns nunmehr unbedingt nach einer beständigen Bleibe umsehen«, sprach Jaime nachdenklich.

»Mich stört es keineswegs, noch eine Weile hier zu leben und zu verbleiben«, erwiderte sie und zuckte mit den Schultern. »Dies hier ist doch ein gemütliches Nest.«

Er lachte. »Wie kindisch du bist!«, wunderte er sich.

»Und du schon so … so … so … erwachsen«, feixte sie und kraulte sein Kinn.

»Ganz ernsthaft …«

»Ach was, der ganze Ernst stellt sich schon von selbst ein, und zwar früher, als wir vielleicht glauben wollen mögen«, betonte sie mit Nachdruck.

Damit hatte sie zweifelsohne recht. Man sollte wenigstens noch ein Weilchen unbeschwert sein, die Zeit einfach an sich vorübergleiten lassen und erst viel später an die Zukunft denken.

»Komm her, mein Liebling!«, sagte er.

»Fang mich doch!« Sie lachte und machte Anstalten, barfüßig und mit hochgerafftem Rock auf der staubigen Straße in Richtung nach Cuatro Esquinas zu laufen.

»Was die Leute wohl denken werden, Rebeca!«, meinte er.

»Die Meinung der Leute ist mir völlig egal.«

»Du kleines Biest!«, zischte er, jagte hinter ihr her, holte sie bereits nach wenigen Metern ein und hob sie hoch in die Luft.

Hahaha!

»Wir sind!« Sie lachte.

»Somit sind wir!«, beschwor er.

Glücklich verliefen ihre nächsten Tage, Wochen und Monate.

Dann fuhr eines Tages ein Jeep vor, der den Comandante Juan Crespo Orosí mit sich brachte. Der erklärte in wenigen Worten, dass die Situation im Dorf Tres Rios äußerst gefährlich geworden sei. Aufständische rückten erneut in diese Gegend vor.

Der Alcalde, Amadé Velásquez, äußerte sich demgemäß, dass man sie mit Hilfe der Bewohner des Dorfes schlicht und einfach vernichten werde. Jetzt standen alle bereit, zu ihren Waffen zu greifen. Man erwartete ein kurzes Gefecht. Doch die Geschehnisse überschlugen sich.

Schon fielen Schüsse!

Nun waren es nicht nur mehr drei Aufständische, die in der Umgebung des Dorfes Tres Rios Unheil anrichteten, sondern ein Trupp von vielleicht zwanzig oder dreißig Mann, die wirklich eine Gefahr bedeuteten. Der Comandante Juan Crespo Orosí hatte jedenfalls Regierungstruppen hierher beordert, um den Rebellen den Garaus zu bereiten. Uniformierte standen nunmehr überall herum, am Eingang und Ausgang von Tres Rios, um den Dorfbewohnern zu zeigen, dass der Staat niemals das Gesetzlose erdulden würde. So verliefen die nächsten drei Wochen in irgendeiner Willkür, einem Ausnahmezustand, der davon geprägt war, dass sich niemand auf den Straßen und auf dem Platz des Dorfes mit den weit ausladenden Mandelbäumen mehr zeigte.

Wenn sich Puco Sánchez nun wie gewöhnlich an irgendeinem Tage während dieser Zeit in seiner Hängematte niederließ, schnaufte er schwer und wusste nicht, ob ihm vielleicht ein Ungeheuer, aus dem Hintergrund hervortretend, die Kehle durchschneiden würde. Somit wurde sein immerzu genüssliches Hindämmern von irgendwelchen schweren Albträumen erfasst, die unaufhörlich um ihn herumstrichen. Pablo, der Fünfundsiebzigjährige, verbarrikadierte sich in seiner Behausung und sprach nur mehr ab und zu ein paar Worte mit Jorge, dem Neunzigjährigen.

»Hättest du all dies Geschehen jemals vorausgeahnt?«
Natürlich schwieg Jorge, der ja längst tot war.

Ulysses Maté beobachtete aufmerksam den weiten Himmel, an dem sich kein einziges Wölkchen zeigte. Wie gewohnt schwelgte die Hitze über der Landschaft.

»Draußen stehen Uniformierte unter den Schatten der Bäume«, sagte er tonlos zu seiner Frau Lucinda, die augenblicklich die Wäsche wusch.

»Es ist einfach entsetzlich, dass man selbst in dieser Abgeschiedenheit keine Ruhe mehr findet«, antwortete sie.

Er nickte stumm.

In der Cantina von José und Porfiria Baurillo fanden sich in jenen Tagen nur wenige Säufer mehr ein, die sich dem, was sich tatsächlich ereignete (oder geschehen konnte), mit aller Wucht widersetzten. Sie sprachen von schlichter Willkür und einem unnötigen Entsetzen, tranken weiterhin und verkrochen sich mit ihrem Rausch in irgendeine Ecke, die noch nicht von einem anderen Flegel besetzt war.

Wieder fielen Schüsse!

Aber irgendwann verkündete der Comandante Juan Crespo Orosí, dass die Aufständischen nun letztendlich, wenn nicht vernichtet, so doch längst wieder weitergezogen seien.

Ein allgemeines Aufatmen war daraufhin erneut im Dorf Tres Rios zu verspüren.

Der Comandante Juan Crespo Orosí setzte sich in seinen Jeep und fuhr davon. Mit ihm verschwanden augenblicklich auch die Uniformierten, die sich in den Schatten unter den weit ausladenden Mandelbäumen herumgedrückt hatten. Eine allgemeine Lethargie kehrte abermals zurück ins Dorf Tres Rios.

Will man auch ernsthaft bezweifeln, ob sich all die vorgegebenen Geschehen tatsächlich so ereignet und zugetragen haben, so muss man doch noch einmal auf die beiden Schachspieler Jorge, den Neunzigjährigen, und Pablo, den Fünfundsiebzigjährigen, zurückkommen.

»Wiederum ein … ein Schachmatt!«, flucht der eine wütend und drückt damit seine gänzliche Unzufriedenheit aus.

Der andere aber spricht: »Wie wäre es, wenn wir die Figuren wechseln würden, ich die weißen, du die schwarzen übernehmen würdest?«

Pablo, der Fünfundsiebzigjährige, ist erstaunt über solch einen Vorschlag; ein Einfall, der ihm niemals in den Sinn gekommen ist.

»Dann gelänge es dir vielleicht auch, mich zuweilen zu besiegen.«

»Du … du elender Hund … hast mich … hast mich … jahrelang an der Nase … an der Nase herumgeführt!«, stottert und schreit Pablo, der Gegenspieler von Jorge, verblüfft auf. »Darauf hätte ich wahrlich früher kommen müssen!«

Basura

Wie lange er hier schon lebte, in diesem einsamen Dorf unten am Rio Napo, wusste er längst nicht mehr, denn in dieser Abgeschiedenheit Amazoniens verstrich die Zeit äußerst langsam. Gleichmäßig und kaum spürbar floss sie dahin. Niemand zählte mehr die Tage, Wochen oder gar die Monate; höchstens der Pater, wenn er sonntags regelmäßig die Glocke im alten Kirchturm ertönen ließ, deren heller Klang ein paar barfüßige Bauern mit ihren abgezehrten Frauen von den Feldern herbeilockte. Gewiss hatte er hier, in diesem abgelegenen Santa Bárbara, schon einige Jahre seines Lebens verbracht, die ihm bereits wie eine halbe Ewigkeit vorkamen.

Zunächst war er in der Absicht gekommen, Gold zu schürfen, was er jedoch nach einigen wenig erfolgreichen Versuchen rasch wieder aufgegeben hatte; spätestens nach seiner ersten Begegnung mit Prudencia Maruja Saber, einer Kreolin aus dem Nachbardorf Alonso, die er alsbald darauf ehelichte. In den schwülen Nächten, in denen sich ein dunstiger Nebel unentwegt über das nahe, sattgrüne Blattwerk des Dschungels bewegte und dieses gänzlich verschleierte, zeugten sie einen Sohn, Felipe, den ihnen der Fluss wegnahm, in jenen Wochen der heftigen Regenfälle und Überschwemmungen vor vielleicht anderthalb Jahren.

Seitdem hasste er den Fluss, den Rio Napo, mit seinen sumpfigen Ufern und endlos verschlungenen Seitenarmen, dessen grausame Bewohner, die Krokodile, immer eine Gefahr für badende Kinder darstellten.

Prudencia Maruja Saber war ihm ein treues Weib geworden, das gänzlich in seinem Schatten lebte, wenig sagte und ihn tun und gewähren ließ, wonach ihn verlangte. So brach er oftmals mit zwei Freunden – Pablo Aguirre und Corto Peñas – zu mehrtägigen Jagdausflügen in die weitere Umgebung auf, von denen sie zumeist reiche Beute mit nach Hause brachten, was zur Folge hatte, dass in Santa Bárbara nach ihrer Rückkehr sogleich ein ausgelassenes Fest gefeiert wurde. Pablo und Corto waren hier im Dorf aufgewachsen und schon immer hier gewesen. Sie führten mit ihren Ehefrauen und Kindern ein ebenso schlichtes Leben wie er mit Prudencia Maruja Saber.

Sie spürte, wenn er unruhig wurde, wenn ihn die schreckliche Langeweile erdrückte, wenn er wieder hinaus in diesen gottverdammten Dschungel musste, und sagte dann lediglich: »Geh zu Pablo und Corto ... auch ihre Frauen werden sicherlich nichts dagegen haben.«

Dann lächelte er dankbar, gar befreit, packte in aller Eile irgendwelche Kleinigkeiten zusammen, die er in seinem Rucksack verstaute, und gab ihr noch einen flüchtigen Kuss zum Abschied.

Pablo und Corto waren ebenfalls in kürzester Zeit zur Abreise bereit, so dass die drei Männer wieder einmal mit ihren Gewehren, das Gepäck geschultert, auf dem staubigen Weg das Dorf verließen, um irgendwo – geradewegs – ins satte feuchte Grün des schier undurchdringbaren Urwalds einzutauchen.

Sie fühlten sich wie kleine närrische Kinder, wenn sie unter sich waren, blödelten und alberten miteinander herum und legten, kaum dass das Dorf hinter ihnen lag, eine erste Rast ein.

»Seht her, Freunde!«, jauchzte Pablo und zog aus seinem Gepäck drei Flaschen chilenischen Rotwein hervor, die er seit Tagen vor seiner Gattin und den Kindern versteckt gehalten hatte. »Lasst uns erst einmal einen kräftigen Schluck zur Brust nehmen.«

Ein jeder trank die ihm dargebotene Flasche in wenigen Augenblicken mit Vergnügen leer.

Pablo Aguirre war ein typischer Kreole mit einer sehr dunklen braunen Haut, der einen kleinen Oberlippenbart trug, ein zerfurchtes Gesicht hatte und immer zu irgendwelchen Scherzen aufgelegt war, dazu kleinwüchsig wie Corto Peñas, den er jedoch um ein paar Zentimeter überragte, denn Corto hatte zudem reichlich Übergewicht und eine furchtbar ausgeprägte Nase. Cayetano Saber sah wahrlich am besten aus, überragte die beiden anderen um nahezu eine halbe Kopfeslänge und besaß schön gezeichnete Mundzüge. Prudencia Maruja gefielen insbesondere auch seine leuchtend schwarzen Augen, die wütend zu funkeln anfingen, wenn er sich über irgendetwas – zumeist Kleinigkeiten – aufregte. Er war tatsächlich jähzornig und schwerlich wieder zu beruhigen, sobald ihm eine Laus über die Leber lief.

»Den Kerl stampf ich zu Brei!«, hatte er sich eines Tages über den alten Jorge Herrera echauffiert, nur weil ihm dieser beim Abschuss eines Fasans zuvorgekommen war.

»Beruhige dich doch endlich!« Prudencia Maruja lachte – und es dauerte wahrlich lange, bis er diese eigentlich unsinnige und völlig belanglose Angelegenheit wirklich gänzlich vergessen konnte.

So muss sich ein richtiger Mann wohl benehmen, überlegte sie – und bewunderte seine kräftigen Arme, seine behaarte Brust und vor allem seine Entschlossenheit.

Mit Pablo und Corto verband ihn in der Tat eine innige Freundschaft, seitdem er sich in Santa Bárbara niedergelassen hatte. Sein Weib duldete dies ohne zu murren – wohlwollend –, wenn Cayetano mit ihnen loszog, um Beute zu machen. Hauptsache, er schürfte nicht mehr nach Gold, das es nicht gab, weswegen ihr solch ein Tun als reichlich unsinnig vorgekommen war.

Der Verlust von Felipe, ihrem einzigen Sohn, hatte beide damals zutiefst getroffen. Unten am Fluss war es passiert, als sie einen Moment lang nicht aufpassten und die reißende Strömung den Dreijährigen mit sich riss. Lautlos überwältigte ihn der Tod. Sicherlich fraßen ihn die Krokodile, weil sein kleiner Leichnam niemals aufgefunden werden konnte; doch daran mochte Prudencia Maruja nicht denken. Sie betete für seine Seele und war davon überzeugt, ihm irgendwann – unter der Obhut Gottes – wieder zu begegnen.

Natürlich sprang Cayetano seinem Sohn augenblicklich in den Fluss hinterher, um nach seinem entschwindenden Körper zu greifen. Aber gegen diese Strömung hatte er seinerzeit keine Chance gehabt und musste letztendlich sogar zufrieden sein, dass er mit seinem eigenen Leben davongekommen war. Sie vermieden es, sich gegenseitig Vorwürfe zu machen. Es war nun einmal geschehen, und der kleine Felipe lebte unvergessen in ihren betrübten Herzen weiter.

Der Pater in der längst verfallenen Kirche von Santa Bárbara hielt eine rührende Predigt über den Verlust, den plötzlichen Tod ihres Kindes – und ein Requiem aus fünf glasklaren Kehlen wurde gesungen.

Gott hatte Felipe hinüber ins unendliche, unsterbliche Paradies geleitet, wusste Prudencia Maruja Saber und schöpfte daraus ihre Kraft, um weiterzuleben. Dazu zwitscherten die Vögel wie kleine gefiederte Engel – unsichtbar verborgen im fleischigen Laub der Urwaldriesen –, und die Sonne kehrte tagtäglich wieder.

Nachdem sie die drei Flaschen Rotwein, jeder für sich, in der brütenden Mittagshitze geleert hatten, marschierten sie weiter; leichtfüßig und beschwingt.

»Diesmal werden wir einen Jaguar erlegen! Glaubt mir, Freunde, ich hab's irgendwie im Gefühl«, murmelte Corto aufgeregt, denn das Jagdfieber hatte ihn längst gepackt.

»Das sagst du ein jedes Mal und bringst doch wieder nur ein Pekari oder ein lausiges Opposum nach Hause.« Pablo lachte ausgelassen.

»Oder ein paar Maiskolben, weil jeder Schuss danebenging«, spöttelte Cayetano.

»Ich weiß schon, ich weiß schon«, erinnerte sich Corto augenblicklich an eine missglückte Jagd vor wenigen Monaten. »Doch damals funktionierte meine alte Knarre nicht mehr richtig, und das wisst ihr genau.«

»Erinnert ihr euch noch daran, wie ich den Abhang hinunterpurzelte, weil ich einem Geräusch nachging, das aus dem Dickicht kam, und …«

Sie erinnerten sich an Pablos Missgeschick und prusteten vor Lachen lauthals los.

Bei Einbruch der Dunkelheit kampierten sie auf einer Lichtung und sammelten Holz für ein Lagerfeuer.

An die Geräusche des Urwalds muss man sich erst gewöhnen, denn überall herrscht ein geräuschvolles Leben. »Fressen und gefressen werden!«, lautet das unaufhörliche Gesetz der Natur. Ein Trupp Nasenbären näherte sich ihnen, als sie um das endlich entfachte Feuer herumsaßen, rauchten und sich gegenseitig Geschichten erzählten, die alle drei längst kannten. Trotzdem kicherten sie ein jedes Mal vergnügt, wann immer der eine oder der andere erneut damit anfing, eine lustige Episode aus ihrer Vergangenheit auszugraben. Dies war fürwahr ein herrlicher Zeitvertreib.

»Kennt ihr Juanita noch, die Tochter der Delgados?«, fragte Cayetano plötzlich.

»Prudencia Maruja würde mich augenblicklich verprügeln, wenn ihr die Geschichte jemals zu Ohren kommen würde …«

Selbstverständlich erinnerten sich Pablo und Corto sofort an dieses Abenteuer, an dem sie ja auch beteiligt gewesen waren.

»Prudencia Maruja würde nicht nur dir allein, sondern uns allen gemeinsam den Garaus bereiten … dazu kämen noch die Schläge unserer Alten, die wir zu ertragen hätten, nicht wahr, Corto?«, sagte Pablo.

»Oje, oje, oje, dieses Unglück könnte ich niemals verkraften!«, bemerkte der kleine Dicke furchtsam und kicherte anschließend zusammen mit seinen Freunden.

»Juanita Delgado war schon ein tolles Weib gewesen … verdammt noch mal!«, schwärmte Cayetano.

»Eigentlich schade, dass ihre Eltern sie fortgeschickt haben …«

»Mensch, sei froh, dass sie das Dorf rechtzeitig verlassen hat. Wenn sie schwanger geworden wäre, würde der eine es auf den anderen geschoben haben … und unsere Freundschaft wäre fürwahr dahingegangen«, bemerkte Pablo sachlich.

Inzwischen hatte sich der schnüffelnde Trupp Nasenbären dazu entschlossen, weiterzuziehen, den mit fleckigem Laub bedeckten Abhang hinunter, da sie in der Nähe der Menschen nichts für sie Fressbares auffanden.

Tatsächlich war es ihnen allen dreien recht, dass sie in Bezug auf Juanita Delgado so glimpflich davongekommen waren – und sie kicherten und lachten minutenlang, bis Corto auf das Krokodil zu sprechen kam.

»Dieses Ungeheuer lauert noch immer irgendwo im Fluss, ohne dass es jemals einer gewagt hätte, es zu erlegen.«

Sie nannten die gepanzerte Riesenechse »Basura«, da sie alles verschlang, was an Fressbarem in ihre Nähe kam. Manche im Dorf betrachteten diesen Dämon der trüben, ruhenden und fließenden Gewässer als einen Gott, den man mit Opfergaben – geschlachteten Hühnern, mit denen man ihn regelmäßig fütterte, wenn man zum Fischfang den Rio Napo hinunterfuhr – beruhigen, zumindest in Schach halten konnte. Die Jagd auf dieses Reptil war jedenfalls gänzlich untersagt, denn die Erde würde beben, ein Unwetter die Ernte vernichten, und die Frauen müssten unfruchtbar werden, wenn es jemals einer wagen sollte, den Frevel zu begehen, dieses Ungeheuer töten zu wollen.

»Wir erlegen das Mistvieh!«, schrie Cayetano plötzlich erregt und sprang auf.

Er dachte an seinen Sohn Felipe, der im Fluss ertrunken und wahrscheinlich von einem Krokodil gefressen worden war, einer Bestie wie Basura, wenn nicht gar von dieser selbst.

Die Gesichter von Pablo und Corto verfinsterten sich auf einmal, denn gerade dieses Reptil war tabu – und sie lehnten sich schweigsam zurück.

»Was ist los mit euch? Ihr werdet euch doch wohl nicht fürchten?«, schrie Cayetano, der von dieser Idee – seinem unvorstellbaren Hass auf die Bestie – jetzt völlig besessen war. »Vermutlich hat diese Kreatur meinen Felipe … meinen geliebten Felipe … mit Haut und Haaren aufgefressen!«, schluchzte er.

»Lasst uns ein Pekari, Fasanen oder meinetwegen auch einen Jaguar erlegen, aber schon der Gedanke allein, Basura zu töten, ist unverzeihlich, selbst wenn es uns gelingen sollte«, versuchte Pablo den mittlerweile von einer unvorstellbaren Wut erfassten und einem grenzenlosen Hass gezeichneten Freund zu überzeugen.

»Diesmal schnappen wir uns gewiss einen Jaguar«, fügte Corto jetzt ernsthaft hinzu und bereute, dass er aus Unachtsamkeit – ohne an die gewaltige Überschwemmung, den seinerzeit tosenden Fluss und an den Tod von Cayetanos Sohn zu denken – das Ungeheuer Basura überhaupt erwähnt hatte.

»Ich Idiot!«, murmelte er missvergnügt.

Am nächsten Tag zogen sie weiter, doch wurde ihre Stimmung immer getrübter. Außer einer Vielzahl von kleinen farbenprächtigen Vögeln, die zwischen den Baumriesen im Zickzackflug umherflatterten, einem Gürteltier, das sich flugs im Dickicht verkroch, als es die Nähe der Jäger verspürte, und einigen Kapuzineraffen hoch oben im

Geäst, bemerkten sie fast keine Tiere des Urwalds. Zudem fehlte es ihnen an der nötigen Geduld, auszuharren und in einem Versteck zu verweilen, bis eventuell ein für sie erjagbares Tier achtlos vorüberkommen sollte.

Sie marschierten einfach drauflos – und die Geräusche, die sie verursachten, vertrieben sämtliche Beutetiere. Pablo gelang es am frühen Nachmittag, einen Fasan zu erlegen. Während sie eine Rast einlegten, betrachtete er den Vogel eine geraume Weile und meinte dann: »Wenn das alles ist, was uns vor die Flinte kommt, dann können wir uns eigentlich gleich wieder auf den Rückweg machen.«

Corto schnaufte schwer, denn die hohe Luftfeuchtigkeit quälte ihn sehr.

»Ich werde wohl allmählich alt«, sagte er, zog eine Grimasse; doch keiner der beiden anderen lachte wie gewohnt darüber.

Die Stimmung war tatsächlich getrübt, seitdem sich Cayetanos Gedanken nur mehr auf das Krokodil Basura konzentrierten. Mit mürrischem Gesichtsausdruck rauchte er eine Zigarre und verweilte entsetzlich wortkarg inmitten seiner Gefährten. In seinen dunklen Augen brannte ein teuflisches Feuer, das seine beiden Begleiter erschreckte.

Endlich unterbreitete Pablo den Vorschlag, die gepanzerte Echse in Gottes Namen zu jagen und zu erlegen, damit Cayetano letztendlich wieder seine Ruhe finden konnte.

»Schließlich sind wir Freunde und halten zusammen«, erwiderte er auf Cortos Bedenken, dass dieser Frevel noch nicht übersehbare Unannehmlichkeiten mit sich bringen würde.

»Nun gut«, stimmte der Dicke nach einer langen Pause, in der er sich mit einem Tuch die feuchte Stirn trocknete, schließlich der gefährlichen Jagd zu, woraufhin die Augen Cayetano Sabers augenblicklich zu leuchten anfingen.

Entschlossen kehrten sie um und marschierten in Richtung des Flusses, dessen erdfarbene, grause Fluten Cayetanos Jungen während der großen Überschwemmung in der Regenzeit vor anderthalb Jahren aus den Armen seiner Eltern fortgerissen hatten. Am ehesten war Basura weitab vom Dorf in einer sumpfigen Lagune aufzufinden, in der das Wasser faulig und trüb, an seinen Ufern von unzähligen Mangrovendickichten überwuchert, ruhte. Hierher wagte sich nur selten jemand, denn diese Örtlichkeit schien verhext zu sein. Einmal war Enrique Rodriguez dorthin aufgebrochen, um einen verborgenen Schatz aufzuspüren, den man aufgrund einer alten Sage irgendwo an diesem Ort vermutete. Eine ganze Woche lang galt er als verschollen und erreichte schließlich Santa Bárbara schwer verwundet und mit allerletzter Kraftanstrengung. Zwar konnte er nach Monaten – bis auf seinen rechten Arm, der fortan steif blieb – körperlich beinahe wieder gänzlich hergestellt werden, doch sein Gehirn war für immer verloren. Seitdem vegetierte er in einem merkwürdigen Zustand von geistiger Umnachtung dahin, und es konnte niemals geklärt werden, woher seine Verletzungen eigentlich stammten. Wenn man ihn danach fragte, grinste Enrique Rodriguez blöde, deutete auf den Rio Napo und sprach von Dämonen und Vampiren, die nachts auf Blutjagd gehen; vielmehr flattern, kriechen, sich an ihr Opfer heranschlängeln …

und er verdeutlichte mit entsprechenden Gesten deren abscheuliche Taten. Niemand glaubte ihm so recht, doch an der Existenz irgendwelcher Wassergeister wollten sie auch nicht zweifeln.

Corto zitterte, denn jetzt überkam ihn eine furchtbare Angst, als er diesen trüben, gewaltigen Schlund der Hölle, wie er den Ort bezeichnete, vor sich liegen sah. Merkwürdige Blasen blubberten zuweilen an die Oberfläche dieses stehenden Gewässers, wo sie lautlos zerplatzten. Noch nie hatte er sich hierher gewagt und wusste, dass es kein Zurück mehr gab.

»Unsere Stunde hat geschlagen, glaubt mir, dies ist das Ende!«

Pablo lachte zwar, doch es war ein verzerrtes, unechtes Lachen; ein Lachen, das vielleicht noch der Gefangene von sich gibt, bevor ihm der Henker die Schlinge um den Hals legt.

Nur Cayetano zeigte sich mutig und meinte: »Ihr werdet sehen, es wird uns ohne viel Mühe gelingen …«

Er verstummte plötzlich, denn ein Geplätscher, unweit von ihnen entfernt im Wasser, hatte sie aufgeschreckt, so dass sie furchtsam dorthin sahen. Nur ein Gekräusel von Wellen auf der Oberfläche war davon noch auszumachen. Ansonsten blieb alles still.

»Ich sag euch, wenn wir uns nicht schleunigst davonmachen …«, wiederholte Corto, dessen Glieder merklich zitterten.

»Angsthase, sei still!«, sprach Cayetano in einem zornigen Ton.

In den sumpfigen Gewässern, versteckt unter einer dichtgrünen Decke aus Wasserpflanzen, lauerte Basura und beobachtete die drei Gestalten, die unentschlossen am nahen Ufer standen und deren Augen suchend umherblickten. Er ahnte eine fette Beute, die sein Jagdfieber packte. Zur rechten Zeit würde er schon zuschlagen!

Der Dschungel kennt nur das Recht des Stärkeren, dies ist sein unbedingtes Gesetz. Tagtäglich findet ein schrecklicher Überlebenskampf statt, dem unzählige unterlegene Kreaturen zum Opfer fallen. Selbst der Jaguar, der keine natürlichen Feinde kennt, steht vor der Ausrottung, denn der Mensch hat, wenn nicht ihn durch einen Blattschuss, dann jedenfalls seine Jagdgebiete reichlich dezimiert. Wer einmal im Urwald übernachtet hat, der weiß, wie schwer es ist, dort überhaupt Schlaf zu finden. Besonders nachts schwellen die Geräusche ringsherum zu einem gewaltigen Getöse an; denn jetzt sucht der Stärkere zumeist nach seiner Beute. Niemals tötet das Tier aus bloßer Lust am Töten, sondern lediglich, um zu überleben, um seine Nachkommen großzuziehen und um dem Gesetz seiner Natur zu gehorchen.

Der Mensch aber sehnt sich nach Trophäen, die er dann stolz vorzeigen kann, um damit andere – wie er jedenfalls glaubt – zu beeindrucken. Es ist der Wille zur Macht, die ihn beherrscht. Der Libertador ist niemals eine Persönlichkeit, der allein das Glück der Bevölkerung eines Landes am Herzen liegt, sondern er ist immer auch der Egoist, der sich gerne feiern lässt und über Gefallene mit einem unbewegten Lächeln hinwegsteigt, weil diese nur Statisten in seinem groß angelegten Denken und für seine Ideen und Vorhaben sind.

Denken wir beispielsweise an Simón Bolívar, dessen Büsten unzählige Plätze in lateinamerikanischen Staaten schmücken. Der Befreier Amerikas von den Spaniern dachte in seinen letzten Stunden gewiss angestrengt darüber nach, ob sein Tun eigentlich rechtens war; insbesondere nachdem er seinen Traum eines Großkolumbiens unter der Herrschaft einzelner schäbiger Diktatoren, in ständiger Auflösung begriffen, letztendlich auch zerfallen sah.

Aber rasch wollen wir zur Geschichte von Cayetano Saber, Pablo Aguirre, Corto Peñas und dem Krokodil Basura zurückkehren, denn dem Autor obliegt es wahrlich nicht, sich näher mit historischen Persönlichkeiten zu befassen, sondern einzig und allein mit den einfachen Figuren des Volkes im Allgemeinen, die zwar gänzlich erfunden, aber dennoch so sind … wie sie nun einmal sind.

Sie hatten ihre Gewehre im Anschlag, als sie bei Tageslicht das sumpfige Gelände vorsichtig nach dem schrecklichen Ungeheuer durchstöberten, bis ihnen einfiel, dass sie es wohl am besten mit einem Köder anlocken könnten. Da sich gerade ein Kapuzineraffe hoch oben über ihnen im Gezweig an jungen Baumsprossen labte, gelang es Cayetano, den armen Kerl mit einem wohlgezielten Schuss zu töten. Sie legten den leblosen Körper halb ins Wasser und zogen sich ein paar Meter weiter in ein Versteck zurück, von dem aus sie beinahe regungslos auf das Erscheinen von Basura warteten. Das Krokodil aber war sehr schlau, nutzte einen Moment der Unachtsamkeit aus und zerrte den Affen mit einem Ruck ins tiefe trübe Wasser, noch ehe einer der Jäger reagieren konnte. Ein nutzloser Schuss fiel.

»Scheiße! Wir haben geschlafen!«, schrie Pablo. »Auf solch eine neue Gelegenheit werden wir jetzt lange warten müssen.«

Damit hatte er zweifelsohne recht. Das Krokodil blieb verschwunden. Nach einem weiteren erfolglosen Tag murrte Corto, dass es nunmehr an der Zeit sei, endlich wieder nach Hause zu kehren.

»Niemals! Ohne irgendeine Beute? Niemals!«

»Aber Corto hat recht. Vielleicht gelingt es uns unterwegs ...«

Da schnellte Basura aus seinem schlickigen Sumpfloch hervor und verbiss sich in Pablos Bein, der heulend aufschrie.

Jetzt aber reagierten Cayetano und Corto sehr schnell, schossen einen wahrhaftigen Kugelhagel auf die gepanzerte Echse ab, bis diese Pablos Bein letztendlich losließ. Das Krokodil überschlug sich mehrmals, versuchte ins geschützte tiefe und trübe Gewässer zu entkommen, doch Cayetano erlegte es mit einem gezielten Schuss, so dass es sich nochmals kurz aufbäumte und auf dem Rücken – weich, ungeschützt, tödlich verwundet – liegen blieb.

»Wir haben es geschafft! Wir haben die Bestie erlegt!«

»Schnell ... Pablos Bein ...!«, schnaufte Corto aufgeregt.

Sie verbanden es notdürftig.

»Es wird schon wieder! Halb so schlimm!«, beruhigte Cayetano den geschockten Freund, der nur mehr am ganzen Körper zitterte, wimmerte und unsäglich fluchte:

»Ohne Bein bin ich nichts mehr wert … ein Krüppel … verfluchte Scheiße!«

Dann fiel er in Ohnmacht.

Als er wieder erwachte, beugte sich der Arzt des Nachbardorfes, den man schleunigst herbeigerufen hatte, lächelnd über ihn.

»Es ist alles in Ordnung. Keine Angst!«, beruhigte er den unvorsichtigen Jäger.

Und tatsächlich erholte sich dieser in kürzester Zeit.

Das Ungeheuer Basura aus dem Rio Napo hing festgebunden und tot, mit offenem Rachen, an einem lang gestreckten Querbalken vor Cayetano Sabers Hütte. Prudencia Maruja war zufrieden, dass ihr Gemahl unbeschadet von diesem Jagdausflug mit Pablo Aguirre und Corto Peñas zurückgekehrt war.

Nun aber geschah es, dass die übrigen Dorfbewohner – was eigentlich vorauszusehen gewesen war – den Umgang mit den drei Freunden und deren Familien mieden und in deren Gegenwart böse Flüche ausstießen.

»Ihr habt uns ein großes Unglück über Santa Bárbara gebracht, denn Basuras Geist wird fürchterliche Rache nehmen«, sagte der Älteste des Dorfes und deutete an, dass es wohl am besten wäre, wenn sie die Gegend schleunigst und für immer verlassen würden.

Corto und Pablo erschraken bei diesen Worten und wurden trotz ihrer gebräunten Haut blass, während Cayetano laut zu lachen anfing.

»Ihr Alten mit eurem unsinnigen, ewigen Aberglauben! Basura ist tot, für immer tot – und mein Sohn Felipe endlich gerächt!«

Um seinen Worten den nötigen Nachdruck zu verleihen, stieß Cayetano sein Messer in die weiche Unterseite des Krokodils.

»Seht her! Seht ihr! Es rührt sich nicht mehr!«

Kopfschüttelnd und stumm machte sich der alte Mann davon.

Frühmorgens, am darauf folgenden Tag, herrschte ein fürchterlicher Aufruhr im Dorf, denn man vermisste die kleine Adelita Moreno, die in der vergangenen Nacht nicht in die Hütte ihrer Eltern zurückgekehrt war. Die Aufregung war groß, insbesondere, nachdem man zudem entdecken musste, dass sich das scheußliche Ungeheuer offensichtlich in Luft aufgelöst zu haben schien, denn nur mehr ein paar zerrissene, verstümmelte Seilenden hingen von dem lang gestreckten Querbalken vor Cayetanos Hütte herab.

»Jemand hat uns einen Streich gespielt«, murmelte der erfolgreiche Jäger, während er sich, noch ein wenig verschlafen nach einer aufregenden Nacht, einer Liebesnacht, die er in den heftigen Umarmungen von Prudencia Maruja verbracht hatte, auf seiner Veranda zeigte.

Doch es war zu spät! Sechzig Hände, vierzig Männer- und zwanzig Frauenhände, griffen nach den Schurken, ballten sich zu Fäusten und schlugen erbarmungslos zu. Sie ließen erst von den geschundenen Leibern der drei Freunde ab, als diese blutend im trockenen Staub der Straße lagen, vor Schmerzen stöhnten und nur noch mit einem unwirklichen, verschwommenen Blick die fröhlich pfeifende und um die Ecke biegende Vermisste wahrnahmen.

Die fünfzehnjährige Adelita Moreno hatte die vergangene Nacht im Stroh in einer abgelegenen Scheune in den Armen ihres ersten Liebhabers verbracht.

»Wir sollten uns schleunigst aus diesem gottverdammten Santa Bárbara davonmachen«, hustete Cayetano in den Armen von Prudencia Maruja, während er sich ein wenig zu erheben versuchte.

Der völlig verängstigte Pablo nickte stumm dazu.

Inzwischen war auch der Pater in seiner schwarzen Soutane – mit flinken Schritten und reichlich atemlos – auf dem Schauplatz des Geschehens angelangt. Tatsächlich stieß er wilde Flüche in Richtung der sich allmählich entfernenden Dorfbewohner aus: »Seht, was ihr angerichtet habt … mit eurem verdammten Aberglauben … Gott möge euch und mir verzeihen … Seht her! Ihr Nichtsnutze! Seht her!«

Mit niedergeschlagenen Blicken, barhäuptig – denn ihre Strohhüte hatten sie augenblicklich abgenommen, nachdem der Pater auf dem Schauplatz erschienen war – standen sie da, die Bewohner des Dorfes Santa Bárbara, und stierten mit irren, leblosen Blicken auf den sandigen, weichen, von einem kräftigen Sonnenlicht bereits erhitzten Boden. Keiner von ihnen wagte es, ein Wort zu sagen.

Nur Enrique Rodriguez, der längst Verblödete, auf einem Stein im Schatten eines Flamboyant sitzend, stammelte etwas von Dämonen, Fledermäusen, Gespenstern und fing an zu kichern, still in sich hineinzukichern, da eh niemand aus dem Dorf etwas verstand von ebendiesen Dämonen, Fledermäusen, Gespenstern, die er damals gesehen hatte und denen er tatsächlich seinerzeit begegnet war ... und dennoch waren sie allesamt irgendwie abergläubisch, die Bauern, Händler und Fischer von Santa Bárbara.

»Es ist genug! Es ist genug! Geht jetzt nach Hause!«, schrie der Pater aufgebracht.

Allmählich trotteten sie wie hohle, fast unwirklich erscheinende Gestalten, die ihre eigenen kümmerlichen Schatten im gleißenden Sonnenlicht des längst aufgekommenen neuen Tages auf den Dorfplatz warfen, davon, ohne diese überhaupt beachten zu wollen.

Cayetano lächelte verächtlich.

Pablo Aguirre fasste sich an seinen geschwollenen Knöchel, auf dem sich ein deutlicher Bluterguss zeigte und ausbreitete.

Corto Peñas, der kleine Dicke, aber schwieg betreten, spuckte tatsächlich Blut und überlegte, dass er wahrlich einen großen Fehler begangen hatte, in der vorangegangenen Nacht den leblosen Körper von Basura mit Hilfe seiner beiden Brüder zurück in den Fluss zu werfen. Schluchzend weinte er vor sich hin.

Man hat weder von Basura, dem Krokodil, noch von den Bewohnern Santa Bárbaras Weiteres mehr vernommen, denn letztendlich starb das ganze Dorf eines Tages in der Hitze unerträglich gewordener Nachmittage völlig aus. Keiner seiner Bewohner wollte sich weiterhin an diese Örtlichkeit festklammern, die dahinfließenden, immerzu zeitlos vorübereilenden Tage und Nächte der Einsamkeit aufrechterhalten, wozu auch? In solch einer Einöde zu verkümmern, verneinte auch der Unschlüssigste und führte diesen schließlich von dannen, trug ihn hinweg, zu einem weiteren Dasein, wenn auch keineswegs eigentlichen neuen, großartigen Zielen entgegen. Selbst die Alten ließen sich davonkarren, sei es auch nur aus Furcht aufgrund solch eines Fluches wegen!

Somit existiert Santa Bárbara auf keiner Landkarte mehr, weil die gnadenlos vorüberspringende Zeit es gänzlich ausgelöscht hat. Nun beginnt der Urwald sein Imperium über das einstmalige Dorf zu entfalten und zu errichten, indem er die Kathedralen seiner unerschöpflichen Blattwerke über die armseligen Hütten neigt, Farne und Efeu wuchern lässt. Bald wirkt alles von einem undurchdringbaren Dickicht umschlossen und neue, kräftige Wurzeln zersprengen die einstmals begangenen Wege, den Dorfplatz, verschließen sämtliche Zugangsöffnungen mit einer unerklärlichen Wut und einem ebensolchen Aufruhr, die keine Rückkehr mehr an irgendwelche vergangenen Geschehen mehr zulassen.

Dennoch und trotzdem gleitet der Fluss auch weiterhin noch immer unaufhörlich in dieser Landschaft vorüber, in dessen erdfarbener Trübe und Tiefe der wachsame Blick von Basura lauert, denn die gesamte Welt – hier und allerorten – dürstet fortwährend nach irgendetwas Fressbarem!

Ende

Harry Ulber, geboren am 20. August 1958 in Nördlingen und wohnhaft in München, entdeckte nach Abschluss der Hochschulreife, der sich ein mehrjähriges, intensives Studium diverser Fremdsprachen inklusive klassischer Literatur anschloss, insbesondere eine Vorliebe für ausgedehnte Reisen nach Lateinamerika und in die Karibik.

In phantasievollen Beschreibungen und ausschmückenden Bildern ist es dem Autor gelungen, einige Eindrücke aus einer dem Europäer vermeintlich fremdartigen Welt in äußerst spannend anmutenden Erzählungen in „Inés und ihre Gespenster" wiederzugeben.

Tatsächlich hätten sich sämtliche Geschehen, insbesondere wie sie in den Geschichten rund um das fiktive Dorf Tres Rios dargestellt sind, so oder ähnlich zutragen können, wären sie nicht allesamt - letztendlich - bloß einer allzu dichterischen Stirn entsprungen!